VLADIMIR NABOKOV

The Gift

天赋

弗拉基米尔·纳博科夫

朱建迅 王骏 译

上海译文出版社

图书在版编目(CIP)数据

天赋/(美)弗拉基米尔·纳博科夫著;朱建迅,
王骏译.—上海:上海译文出版社,2018.12
(纳博科夫作品系列)
书名原文:The Gift
ISBN 978-7-5327-7884-3

Ⅰ.①天… Ⅱ.①弗… ②朱… ③王… Ⅲ.①长篇小
说-美国-现代 Ⅳ.①I712.45

中国版本图书馆CIP数据核字(2018)第131119号

Vladimir Nabokov
THE GIFT

图字:09-2018-561号

天　赋	Vladimir Nabokov	出版统筹　赵武平
	弗拉基米尔·纳博科夫　著	责任编辑　邹　滢　王　源
The Gift	朱建迅　王　骏　译	装帧设计　@broussaille 私制

上海译文出版社有限公司出版、发行
网址:www.yiwen.com.cn
200001　上海福建中路193号　www.ewen.co
上海信老印刷厂印刷

开本 890×1240　1/32　印张 11.75　插页 2　字数 280,000
2018年12月第1版　2018年12月第1次印刷

ISBN 978-7-5327-7884-3/I·4852
定价:58.00元

The Gift

天赋

献 给 薇 拉

前言

《天赋》的大部分章节，是一九三五年至一九三七年间在柏林完成的；它的最后一章一九三七年完稿于法国的里维埃拉。《当代纪事》—— 一组前社会革命党成员在巴黎创办的一家重要的流亡者杂志——分期（一九三七年到一九三八年第六十三至六十七期）刊登了该小说，但却删除了其中第四章。该章被拒载，与书中第三章（二〇四页）瓦西列夫拒绝出版那部传记，都是由于同样的原因：这是生活发现它不得不模仿它所谴责的艺术的绝好事例。只是在一九五二年，该小说开始创作近二十年之后，它的完整版本才最终问世，由好心的纽约契诃夫出版社出版。想象一下人们在俄罗斯现政权统治下居然有可能读到《天赋》，该是何等有趣的事。

我从一九二二年起一直客居柏林，与书中的男青年循了相同的时间轨迹；但无论这一事实，还是我与他共有的一些爱好，诸如文学和鳞翅目昆虫学，都不应该让读者说声“啊哈”，并且将构思者混同于他构思的人物。我现在不是、过去也从来不是费奥多尔·戈杜诺夫-切尔登采夫；我父亲不是中亚地区的探险家，虽说我仍然有望将来哪天成为这样一位探险家；我从未向济娜·梅茨求爱，也不曾为诗人孔切耶夫或其他哪位作家担心。实际上，正是从孔切耶夫以及另一个次要人物，即小说家弗拉基米罗夫身上，我看出了一九二五年左右我本人的些许印迹。

在写作此书的年月里，我在重现柏林及其侨民聚集区时，不能像我在后来的英文小说里描写某些环境时那样果断，那样无所顾忌。书中多处借助艺术技巧反映了历史。费奥多尔对德国人的态度，或许特别典型地反映了俄国流亡者对（柏林、巴黎或布拉格的）“本地人”那种粗鲁而荒谬的蔑视。再者，我笔下的男青年受到一个崛起的独裁政权的影响，该政权所处的时期与小说创作同时，而不是小说部分反映的那段历史时期。

知识分子的大量外流，形成了布尔什维克革命最初几年普遍移居国外的侨民中如此显著的一个群体，这在今天有如某个神秘部落的多次迁徙，它的那些鸟形符号和月形符号，现在正被我从大漠烟尘中逐渐发现。我们始终不为美国的知识分子所知（他们受共产主义宣传的影响，认为我们只不过是些凶恶的将军、石油巨头、拿着长柄眼镜的瘦削的贵妇人）。那个世界如今已经消失了，布宁[①]、阿尔达诺夫[②]和列米佐夫[③]消失了。弗拉季斯拉夫·霍达谢维奇[④]消失了，他是二十世纪最伟大的俄国诗人。老一辈的知识分子们正在相继离世。他们在最近二十年的所谓“失去家园者”中尚未找到继承者，这些“失去家园者”已将自己苏维埃祖国的地域观念和平庸习气带到了国外。

《天赋》的世界目前是一个幻境，如同我的大多数作品，有鉴于此，我能以一定程度的超然的口吻谈论此书。这是我过去或今后的最后一部俄语小说，它的女主人公不是济娜，而是俄罗斯文学。第一章的线索围绕费奥多尔的诗歌展开。第二章是费奥多尔文学进程中一次朝向普希金的突进，包括他尝试着描述父亲的几次动物学野外考察。第三章转向果戈理，但它真正的中心却是献给济娜的爱情诗。费奥多尔的《车尔尼雪夫斯基传》，一首十四行诗内的一个螺旋式结构，是第

① Ivan Bunin (1870—1953)，亦译“蒲宁”，俄国作家，一九一九年后流亡巴黎，以其短篇小说而闻名，一九三三年获诺贝尔文学奖。

② Mark Aldanov (1886—1957)，俄国作家、批评家，曾多次提名诺贝尔文学奖。

③ Alcksey Remizov (1877—1957)，俄国现代主义作家。

④ Vladislav Khodasevich (1886—1939)，二十世纪俄国文坛和侨民文学界最有名望的文学家之一，出色的诗人和翻译家。

四章的重点所在。最后一章糅合了先前所有的主题，并隐约暗示了费奥多尔梦想将来哪天写出的书：《天赋》。我不知道书中那对年轻恋人被打发走以后，读者的思路还能跟随多远。

众多俄罗斯天才作家加入了书中庞大而有序的阵容，致使本书的翻译殊为不易。我的儿子德米特里·纳博科夫完成了第一章的英译，但由于自身事务的急迫，无法继续翻译下去。其余四章由迈克尔·斯卡梅尔翻译。一九六一年冬天，我在瑞士的蒙特勒认真修订了五章的所有译稿。我对每首诗歌的译文及散见于书中的若干诗行的译文负责。卷首的那段引语并非虚构。书中的最后一首诗则模仿了《叶甫盖尼·奥涅金》中的一节。

弗拉基米尔·纳博科夫

一九六二年三月二十八日于蒙特勒

橡木是树。玫瑰是花。鹿是动物。麻雀是鸟。俄罗斯是我们的祖国。死亡是不可避免的。

P. 斯米尔诺夫斯基

《俄语语法教材》

第一章

一九二×年四月一日（一位外国评论家曾经说过，许多小说，例如绝大多数德国小说，都是以某个具体日期开头，唯独俄国作家保持本国文学特有的诚实，对年份的最后一位数字略去不述），一个多云而明媚的日子，下午将近四点的光景，一辆行驶着的深黄色加长搬运车，挂在一辆同为黄色的拖拉机上，后轮硕大无比，前面坐着一个家伙，无遮无挡。车在柏林西区坦嫩贝格大街七号门前停下来，车身前部装有一只星形排风扇，侧面是搬运公司的名字，蓝色字母有一码高，每个字母（包括一个方点儿）都镶着黑边，不怀好意地企图爬入邻近字母的领地。房子（我也即将入住其中）前面的人行道上站着一对男女，显然是出来接收家具的（我衣箱里的手稿多于衬衫）。男的身穿一件稍稍发绿的棕色粗呢大衣，微风过处，荡出一缕生气。他个头很高，浓黑的眉毛下垂着，上了岁数，灰白的胡须到嘴角变成黄褐色，嘴里无力地叼着根雪茄屁股，已经熄了，还有半截烟灰。女的体格粗壮，已不年轻，弓形腿，一张酷似中国女性的脸倒有几分姿色。她穿着一件俄国羔皮夹克，风从她身边吹过，携来一股品质上乘、只是有些过时的香水味。他们站在那里，一动不动，目不转睛地瞅着三个身穿蓝色工作服、脖子通红的壮小伙儿吃力地搬着他们的家具，就好像生怕被克扣了似的。

有朝一日，他暗自思忖，我得以此情此景为开头，创作一部厚重出色的老派小说。对于这个倏然而逝的念头，他不禁生出一丝讽意。其实这大可不必，因为他内心深处那个代表他、却又超然于他的某个人已经吸收了这一切，并且将其记录归档。他本人今天刚搬进来，处于尚未适应当地生活的状态，现在是头一回奔出去买几样东西。他了解这条街乃至整个街区：他原先寄居的房子距此不远。然而，迄今为止，这条街一直旋转和来回移动，与他丝毫无涉，今天它骤然停止。今后，它将甘愿成为他新居的延伸部分。

街道两边排列着一株株高度适中的椴树，纵横交错的黑枝条间悬挂着颤颤欲坠的雨滴，分布在即将绽出新叶的芽眼上（明天每颗雨滴都将孕育出一片碧绿的嫩芽）。整条街是宽约三十米的平滑的沥青路面，两侧色彩斑驳的人行道（手砌的，脚踩在上面很舒服），路面以几乎不被肉眼觉察的弧度拱起，始于邮局，终于教堂，俨如一部书信体小说。他睁着训练有素的眼睛，在街上到处寻觅某个令他每天心生隐痛、触目伤怀的事物，然而眼前却似乎没有任何类似的迹象，灰色的春日四处弥散的光线不仅无可怀疑，甚至有望使在晴朗的天气里势必显现的任何琐碎的东西变得柔和。任何东西都有可能：例如一座楼房的色彩，能使你嘴里生出些许燕麦片甚或哈尔瓦[①]的难闻怪味；或是一座建筑物的某个细部，每回你打此路过，它都能分外醒目地吸引你的注意；或是一尊女像柱的令人气恼的仿造品，矮小的石像，没有高大的支柱，一点点重量便能将其压为齑粉；或是用一枚生锈图钉钉在树干上的一则早已过时、尚未完全撕掉的手写（淡淡的墨水，蹩脚潦草的蓝色字迹）告示，留下一角毫无意义、却被永久保存的残片；或是商店橱窗里的一件物品；或是一股气味，在最后时刻拒绝唤起它原先似乎准备唤起的回忆，依然躲在街道的某个角落里，神秘莫测，飘忽不定。不，诸如此类的东西一概没有（压根不存在）。他想，闲时琢磨一下三四家商店的顺序，看看自己对这种顺序符合其组合规律的猜测是否准确，兴许不失为一个好主意。一旦发现最常见的布局，便能进而推测某个城市所有街道的大致格局，例如：烟店、药店以及果蔬店。在坦嫩

① halvah，一种由碎芝麻和蜜糖混合而成的甜食，原产于土耳其。

贝格大街上，这三家各处一隅，互不相连。也许，话说回来，它们之间的组合规律尚未形成，但在将来，依循对应补充的原则（随着商家的破产或搬迁），它们会以适当的形式渐渐聚拢：果蔬店回头一瞥，将穿过街道，以便起初与药店相隔七家店面继而相隔三家——颇似电影广告中彼此纠缠不清的字母找到各自位置的情形。最终它们当中总有一个悄然转身，回归正位（一个滑稽角色，新兵中不可避免地被逐出军营的杰克）。于是另两家店将等到邻近一处出现空缺，届时将一齐向街对面的香烟店眨眨眼，仿佛在说："快，到这边来。"转瞬间，它们已站成一排，组成一列特有的队形。上帝，我对这一切厌恶至极：商店橱窗里的东西，外观单调的商品，尤其是拘泥刻板的交易方式，成交前后双方说出的使人腻味的奉承话！还有低眉垂首地瞅着适中标价的模样……优惠时慷慨大方的姿态……标榜自我牺牲的广告词……所有这些假充正经的拙劣表演，能以一种奇怪的方式蒙骗善良之辈。比如说，亚历山德拉·雅科芙列芙娜，就曾对我坦言，每当她在熟悉的商店购物，便恍若置身于一个异样的天地。在那里人们诚实守信，彼此体贴，她陶醉其中，倍觉温馨，不禁向那位笑得脸通红的售货员报以粲然一笑。

他走进的这种柏林商店，根据角落里摆放的一张小桌，桌上的一部电话机、一本电话簿、一盆水仙花以及一只大号烟灰缸，足可断定是一家烟店。这号烟店不卖他喜欢的俄罗斯过滤嘴香烟，他本想空手而归，但却意外发现店主那斑斑点点的背心上的珍珠母纽扣，以及那南瓜色的秃顶。是的，我一生中总是受骗挨宰，买了许多高价商品，该获得小小的额外回报作为补偿。

他穿过街道，走向位于街角的药店，突然一道光柱从他的太阳穴边掠过，他不由自主地转过头来，像我们目睹彩虹和玫瑰花似的很快笑了笑。只见一块白亮炫目的、平行四边形的天空正从车上被抬下来—— 一张镶着镜面的梳妆台，仿佛银幕一般，树枝清晰无皱的倒影从中掠动。它们摇曳着，徐徐而行，不过树枝并非自然摆动，而是由那几个抬着这片天空、这些树枝、这张滑动的镜面的人身躯的轻微晃动引起的。

他继续朝药店走去，然而刚刚看到的情形——无论是使他感到亲切和愉悦，还是令他觉得意外和惶惑（恰似孩子们从干草棚坠入富有弹性的黑暗里）——替他释放出一股快感。连日来，它一直被埋在思想深处，只要稍受触动，便会攫住他的全副身心：我的诗集已经出版了。每当他像现在这样心潮起伏，想到刚刚付梓问世的五十多首诗时，他总会迅速地把整本书回顾一遍，于是，诗的节奏变得急促，犹如笼罩在瞬时生成的薄雾中，诗行忽隐忽现，令人捉摸不定。熟悉的词语匆匆流逝，在激烈翻腾的泡沫中打着旋儿。如果你定睛细看，会发现这股湍急的波涛已化作滚滚奔流的巨澜，就像我们很久以前常做的那样，从一座摇晃不停的磨坊桥上看着那些奔腾不息的水流，直到桥身变成船艄：别了！这种泡沫，这种游移不定，以及独自闪过的一首诗，在远处狂热地叫着，也许是喊他回家，所有这些，加上乳白色的封面，都融合在异常纯洁的狂喜之中……我在干什么？他想着，蓦然回过神来，意识到自己走进隔壁商店所做的第一件事，是将烟店老板找的零钱撂在玻璃柜台中央的橡皮垫上。透过玻璃台面，他隐隐瞥见了一瓶瓶珍贵的香水，女店员态度倨傲地注视着他那古怪的举止，旋即又将好奇的目光移向这只递过钱来却还不知道要买什么的茫然的手。

“请给我拿一块杏仁肥皂。”他一本正经地说。

买到肥皂以后，他转身迈着同样轻快的步伐回到家中。房前的人行道上此时除了三张蓝色的椅子外别无他物，看样子是被孩子们放在一起的。搬运车里倒放着一架棕色小钢琴，两只小小的铁脚朝上，捆得紧紧的以免被颠起。他在楼梯上撞见了那几个嗵嗵嗵往下走的搬家工人。在他按响新居门铃的当儿，他听见楼上的说话声和敲击声。房东太太把他让进门，说已经将他的钥匙放在房间里了。这个身材高大、收费昂贵的德国女人有一个有趣的名字：克拉拉·施托博伊。这在俄国人听来颇似“克拉拉与您同在[①]”，既伤感，又坚强。

这是一间长方形的屋子，耐心等着的衣箱……眼下，先前那种闲适的心绪已经转为憎恶：但愿没人知道这种可耻可鄙的无聊苦闷，没人知道他不停地抗拒反复出现的新住所邪恶的管辖，无法与完全陌生的物体同处一室，躺在睡椅上注定辗转难眠！

他在窗前站立片刻，凝乳一般白净的天穹上，随着暗弱的太阳的环行，不时出现一些乳白色的斑点。与此同时，搬运车凸起的灰色篷顶上，椴树纤细的枝影猝然奔向实体，可是未能成形便消失了。正对面的房子半截淹没在脚手架中，另外半截完好无损的正面石墙上，常春藤肆意延伸，蔓过了窗台。在从前院横穿而过的一条小径的尽头，他能看出一座煤窑的黑色标记。

孤立地看，所有这些是一种景象，正如房间本身是独立的实体一样，不过此时出现了一个中间者，使其成为从这个房间而非别处看到的景象。他心里暗忖，很难将墙纸（底色淡黄，印着淡蓝的郁金香）变成遥远的大草原。书桌的荒漠得耕耘很久，才能长出第一批韵文的嫩芽。只有等许多烟灰落在扶手椅下和它的缝隙里，桌面才适合旅行。

房东太太过来喊他接电话，他礼貌地伛下肩背，随她走进餐室。“第一件事，我尊敬的先生，”亚历山大·雅科夫列维奇·车尔尼雪夫斯基说，“你原先住处的房客们干吗这样不愿意透露你的新地址？你把门砰地一关就走了，对吧？第二件事，我得祝贺你……怎么，你还没听说？真的？”（“这事他还一点都没听说过。”亚历山大·雅科夫列维奇对着离话筒很远的某人说。）“嗯，那样的话，控制好你的情绪，注意听这则消息。让我来读给你听：‘迄今默默无闻的作者费奥多尔·戈杜诺夫-切尔登采夫最新出版的诗集令人耳目一新，作者的诗歌天赋不容置疑……’你知道这些话，用不着我读下去，不过你今晚到

---

① “与您同在”的俄文与“施托博伊（Stoboy）”发音相似。

我们这儿来吧。到时候你就能看到整篇文章。不，费奥多尔·康斯坦丁诺维奇，我的好朋友，眼下我什么也不能告诉你，无论是谁写了这篇评论，还是这篇评论在哪家侨民办的俄文报纸上发表。不过你若想了解我的个人看法，请勿见怪，我觉得此人把你捧得太高了点。这么说你愿意来？好极了。我们到时候等你。”

挂上话筒时，费奥多尔差点将桌上带有活动钢杆、拴着铅笔的电话座碰掉，他竭力想稳住，结果反而将它碰翻在地。接着他的臀部撞在餐具柜角上，走开时正从盒中掏出的一根香烟也掉到地上。最后他错误地估计了屋门摆动的幅度，猛地推开门，响亮的回音使手托一碟牛奶、沿走廊来到门口的施托博伊夫人嘴里迸出冷冰冰的“哎哟”一声！他想告诉她，她那身绣有淡蓝郁金香的淡黄色衣裳很漂亮，她头上鬈发的分缝，脸颊上松垂突出的部位微微颤动，赋予她一副乔治·桑式的王者风范。她的餐厅已经达到完美的极致。但他仅仅向她投以欣喜的一笑，几乎给没有随猫跳到旁边的虎皮斑纹地毯绊倒。毕竟他从未怀疑结果会是这样，从未怀疑由几百位离开圣彼得堡、莫斯科和基辅的文学爱好者组成的这个圈子会立马赏识他的天赋。

我们面前放着一本薄薄的名为《诗集》的小册子（普通的燕尾状封皮，在最近几年跟前些年流行的封面饰带一样成为书籍装帧的时尚——从《月下梦幻曲》到具有象征意义的拉丁文），收录大约五十首十二行诗，全部围绕一个主题：童年。在满怀激情地创作它们的过程中，作者一方面通过选择快乐童年所具有的任何一个典型元素来概括所有的儿时旧事——这样它们读起来清晰明快；另一方面，他仅仅允许自己的真实个性渗入诗歌的字里行间——这样又似乎过于考究。同时他得尽力保持自己对游戏的控制，或是观察玩物的角度。汲取灵感的策略，激发思维的手段，诗歌的血肉，半透明散文的幽魂——这些表述性词语似乎为我们足够精确地总结了这位年轻诗人的艺术特点……他锁上门，掏出那本书，重重地跌坐在沙发上——他得即刻重读此书，赶在激情渐渐平息之前，以便检验这些诗歌出类拔萃的品质，预先想象某位聪明、讨人喜欢而又名不见经传的评论家给予它们的高度赞誉。眼下，在他仔细品味鉴赏它们之际，他正在做的事情，与他刚才在瞬间想象中回顾全书截然相反。此刻，他像在以三维方式读诗，仔细探索每一首诗，它像立方体似的从其他诗集中取出，每一面都沐浴在和煦宜人的乡间空气里，这样的阅读过后，到了晚上他总是精疲力竭。换言之，读诗时，他再次利用一度由记忆搜集的所有素材，从中提炼出现有诗歌，并且重构一切，绝对的一切，仿佛一位返乡的游子，从一个孤儿的眼眸中窥见的不仅是自己年轻时结识的孤儿母亲的微笑，还有以骤然闪现的一束黄光为终点的一条林阴道，座椅上的那片赭色树叶，以及所有的一切。诗集的第一首诗名为《一只消失的球》，读者觉得天上正开始下雨。那样的一个傍晚，对我们北方的冷杉十分有利的厚厚云层聚拢在房子周围，林阴道已经从公园返回，准备过夜，公园的入口笼罩在暮霭里。眼下，放下的百叶窗将屋子和外面的幽暗夜色隔开，全然不顾各种家用物品稍亮一些的部分已经穿过房间，去占据漆黑一片的花园里几个不同高度的临时位置。现在是睡觉的时候了。

游戏变得心不在焉，有些冷漠。上了年纪的她双膝跪地，痛苦地呻吟着，经过三个心力交瘁的阶段。

我的球滚到保姆的盥洗台下。
地板上一根蜡烛
紧紧追随阴影的边缘
来来回回，可惜球已消失。
然后伸进弯杆，
砰砰訇訇乱捅一气，
迸出一粒纽扣
接着出现半片烤面包干。
霎时间，球急速滚来，

遁入颤动的黑暗，
穿过整个房间，倏地钻到
坚牢的沙发下面。

为什么“颤动的”一词不能令我很满意呢？或者木偶操纵者的巨手在观众已经渐渐适应玩偶大小时有没有瞬间露出（结果观众在表演结束之际的第一反应是“我已经长了这么高”）？毕竟这屋子确实是在颤动，烛光移开时，整面墙上形如旋转木马的阴影摇曳不定，或是保姆拼命扶住庞大且不稳的苇帘（苇帘扩展的体积与其平衡程度成反比）时天花板上显现出一对巨峰高耸的骆驼的阴影——这些是我最初的全部回忆，最贴近原始来源的回忆。因为好寻根究底，我的思想时常转向那个原始来源，转向那正反颠倒的虚无境界。于是，意识朦胧的婴儿生长期，在我眼里仿佛总是大病初愈后的一个缓慢的恢复期。当我把记忆的弦绷紧到极点，以便回味那种黑暗，并且利用从中获得的教益准备迎接即将到来的黑暗时，脱离原始朴质的虚空便成为到达这一恢复期的途径。但是，在我颠倒自己的一生，致使生变为死，濒临这种逆序死亡时，却没有看出任何可怕的迹象，能够与一位百岁老人据说在行将就木之际经历的无边恐惧相提并论。什么也没有，也许除了前面提到的几个阴影，它们在蜡烛被带离房间时，从底下什么地方升起来（左边的铜把手在床脚投下的阴影掠过我身旁，像是一个移动时陡然膨胀的黑脑袋），占据了我婴儿床上方它们惯常所处的位置，

在它们的角落里变得恬不知耻
只是稍许有些像
它们的自然原型。

在整整一组因真挚而使人们解除戒备的诗中，不，那是扯淡——为什么硬要使读者“解除戒备”呢？难道他危险吗？在整整一组优秀

的……或者，换个语气更强的词儿，超凡出众的诗中，作者不仅仅讴歌了这些骇人的阴影，而且赞美了更加光明的时刻。无稽之谈，照我说！他没有那样写，我那无名的、不为人知的赞颂者，仅仅是为了他的缘故，我才用诗表达对两种宝贵的，同时我想是古老的玩具的回忆。第一样是一只硕大的彩绘花盆，里面栽着一种生长于阳光充沛的地区的植物的仿制品，上面栖息着一只制成标本的热带鸣禽，黑羽毛，紫胸脯，逼真到惊人的地步，似乎即将展翅飞翔。等到我用甜言蜜语从管家伊芙娜·伊凡诺芙娜手中骗到那把大号钥匙，插入花盆侧面，紧紧拧几下，注入生命活力，小小的马来亚夜莺将张开嘴……不，它连嘴也张不开，因为时钟的这根或者那根弹簧出了奇怪的故障，将张嘴的动作贮存到将来某个时候：鸟儿此刻不愿歌唱。但是你若将其忘却，一星期后碰巧经过它那位于橱顶的气派堂皇的栖息地，一股神秘的激情迫使它倏地发出魅力独具的柔和颤音。它鼓起羽毛直竖的小胸脯，妙不可言地长时间鸣啭，然后停了下来；接着，在你出门走过另一块地板时，鸟儿以最后一声啁啾作为特殊的回应，整个音符刚吐出一半便蓦地打住，陷入沉默。诗中述及的另一个玩具，在另一间屋里，同样置于高高的橱架上，行为方式与第一个玩具相似，但却带有笨拙模仿的细微痕迹——因为模仿嘲弄的精神向来与品质纯正的诗歌十分谐调。这是一个穿着缎面灯笼裤的小丑，身子支撑在一副漆得雪白的双杠上，偶尔晃一下，它就会处于运动状态：

伴随着一支小曲的旋律
夹杂着一种滑稽的腔调

当他抬起套着白色长统袜的双腿（鞋上缀着绣球）时，小小舞台下面的什么地方发出丁零当啷的响声，随着双腿抬得越来越高，并且伴有肉眼不易觉察的扭动——一切戛然而止，他手脚僵硬，神态呆滞。我的诗也许也是这样？不过并列和演绎的真实性有时通过高妙的语言技巧得到了较好的保存。

通过这些聚集成册的一首首诗，我们眼前渐渐浮现出一个悟性极强、家境极为优裕的男孩的形象。我们的诗人一九〇〇年七月十二日出生于莱希诺庄园，这里世代都是戈杜诺夫-切尔登采夫的乡间宅地。这孩子还没到上学年龄就已经读了父亲的一大堆藏书。在他那部妙趣横生的回忆录里，某某回忆了小费佳[①]和大他两岁的姐姐塔妮娅如何热衷于参加业余演出，甚至为自己的演出编写剧本……这种说法，我的好人儿，也许颇合其他诗人的实情，但对我来说却是谎言。我对戏剧向来不感兴趣，尽管记得我们的确有过一个木偶剧团，几株硬纸板做的树，一座雉堞状的城堡。透过覆盆子果冻色的赛璐珞窗户，只见一片彩绘的火焰轻轻摇曳，颇似魏列夏庚[②]画上的莫斯科大火，其实里面是一根点燃的蜡烛——正是这根蜡烛，同时少不了我们的参与，将整座城堡付之一炬。哦，不过我和塔妮娅对玩具十分挑剔！我们从冷淡的局外供货商那儿得到的往往是些蹩脚货。凡是装在印有插画的扁平纸盒里的东西都是不祥的预兆。我试图向此类包装献上一首照理该写的十二行诗，但不知怎的未能起诗兴。全家人围坐在被一盏灯照亮的圆桌边，男孩身穿一套不可思议的水手服，脖子上系着一根红领带，女孩脚登一双饰有花边的红色皮靴。姐弟二人脸上露出愉悦的表情，用麦秆一样的细秆编织珠子、小篮子、鸟笼与盒子。他们的弱智的父母，带有同样的热情，参与同样的消遣。父亲乐呵呵的脸上长着漂亮的胡髭，母亲挺着丰满的胸脯。狗也在打量着桌子，妒羡不已的祖母坐在后面。如今这两个孩子已经长大成人，我经常在广告上跟他们邂逅：他晒成棕褐色的画颊油光闪亮，正惬意地抽着烟，或是像肉食动物一样咧着嘴，胖乎乎的手上攥着一份三明治，中间夹着什么红的东西，似乎在说："多吃肉！"她

① Fedya，费奥多尔的小名。

② Vereshchagin（1842—1904），俄国画家，擅长表现战争场面。其油画《战争的礼赞》（一八七一年）描绘尸骨成山的战争景象，成为当时和平与人道主义运动的宣传素材。

微笑地瞅着脚上的长统袜，或是带着自甘堕落的欢喜劲儿，往罐头水果上浇人造奶油。他们终将成为精神亢奋、面色红润、贪吃无度的老人——眼前依然有几具橡木棺材摆放在棕榈叶装饰的展览橱窗里，呈现出邪恶的黑暗之美……模样俊俏的捣蛋鬼的天地与我们一起成长，它和我们的日常生活之间有一种令人振奋的邪恶关系，不过英俊的捣蛋鬼身上总有某种鲜为人知的瑕疵，藏匿在完美外表后面的不体面的瑕疵：广告上富有魅力的饕餮之徒，成天暴饮暴食，永远无法体会美食家暗自独享的乐趣，他的时尚（滞留在广告牌上，而我们则朝前走去）总是稍稍落后于现实生活的时尚。有朝一日，我将重新探讨他遭到的天谴，它在此人的全部心智和能力的大概位置上找到一个容易下手打击的弱点。

一般说来，我跟塔妮娅不喜欢无声的游戏，而偏爱能让人出汗的游戏——奔跑、捉迷藏、打仗。“打仗”一词恰到好处地使人联想到武器推进器用力塞入玩具枪时发出的弹簧挤压声—— 一根六英尺长的彩色木棍，卸掉上面的橡皮吸碗，以便增加打击胸铠表面镀金锡皮的力度（披上它的是一个骑兵与印第安人的混血儿），在上面留下一个令人生畏的小小凹痕。

……你把枪管拽到头，
弹簧嘎吱作响
将带着弹性的枪管摁到地上，
你瞧，被门遮掩一半，
你的分身停在镜中，
束发带里插着五彩缤纷的羽毛
头朝下倒立。

作者有机会躲在（这时候我们住在戈杜诺夫-切尔登采夫宅邸，紧挨涅瓦河畔的英吉利码头，如今这座宅邸依然位于原地）帷帘里，躲在桌下，躲在缎面长沙发竖立的靠垫后，躲在衣橱里，衣蛾的蛹踩在脚下咯吱咯吱响（你在这儿可以不被觉察地观察缓缓走过的男仆，他看上去行为怪异，活生生的，人影缥缈，散发出苹果和茶的气味），也躲在

螺旋形楼梯下
或孤零零的碗橱后面
被遗忘在空荡荡的屋里

闲置在布满灰尘的架子上的是这样一些物件：一串狼牙项链；一尊阿拉木图人崇拜的小型袒腹偶像；另一尊人物造型相同的瓷像，瓷像伸出黑色的舌头，作为这个民族的一种问候方式，一副国际象棋，里面的象被换成了骆驼；一只铰接木龙；一只索约特毛玻璃鼻烟壶；另一只玛瑙鼻烟壶；一只萨满教僧的铃鼓以及随之走动的一只兔脚；一只美洲鹿皮靴，里面铺着用蓝色的忍冬树皮做的软垫；一枚剑形西藏古币；一只喀拉玉杯；一枚饰有绿松石的银质胸针；一座喇嘛用的烛台。还有许多诸如此类的废物——像灰尘，像寄自德国某个温泉浴场的明信片，上面是珍珠母色的"问候"——都是我那不能忍受人种论的父亲从他传奇式的旅行中碰巧带回来的。真正的珍品——他收集的蝴蝶标本，他的藏品——保存在三间上了锁的房间里。但是这本诗集却对此只字不提。一种特殊的直觉预先提醒年轻的作者，有朝一日他将指望完全以另一种方式，不是通过迷人动听的小诗，而是用截然不同、具有男子汉气概的措辞来介绍他那著名的父亲。

还是有什么地方不对劲，评论者不假思索、直言不讳地小声道（甚至兴许是女性的声音）。怀着温馨的情感，诗人回忆了他在里面度过童年时代的几间屋子。他已经能给陪伴他度过儿时岁月的事物的诗意描写注满真情实意。当你凝神听时……我们全都专注虔诚地……昔日的旋律……譬如他描写灯罩，墙上的石版画，他的课桌，地

板打蜡工每周一次的登门服务（他们留下严寒、汗水和乳香的混合气味），还有调时间：

星期四从钟店来了
一位彬彬有礼的老人，开始
用一只手慢吞吞地给
家里所有的钟上发条。
他朝自己的手表瞥了一眼
又调准墙上的钟。
他站在一张椅子上，等待
这只钟完整地报时。
然后，出色地完成
他那令人愉快的工作，
他无声地放回椅子，
随着一阵微弱的嗡嗡声，钟滴答作响。

钟锤与钟摆偶尔撞击，发出短促而尖锐的咔咔声，钟奇怪地停下来，仿佛是为了积攒报时的力气。钟的滴答声，犹如一卷展开的皮尺，被一格格刻度分成许多个一英寸，计算着我的无数次失眠。入睡于我之难，实不下于不让我用什么东西挠得鼻孔痒痒就打个喷嚏，或是凭借徒手损伤自身器官的方式自杀（吞下我的舌头，或是类似的行为）。在那受尽煎熬的夜晚，起初我靠跟塔妮娅交谈打发时间，她的床在隔壁房间。我们不顾家规，将门推开一道缝，接着，刚刚听见家庭教师走回与塔妮娅相邻的她自己的房间，我俩当中的一个人轻轻关上门，闪电般地赤脚奔到床边，匆匆上床钻进毯子。我们有时让房门微开，待在各自屋里互相猜谜，时而陷入沉默（至今我仍能听见黑暗中这种双重沉默的声音），她猜我的谜，我猜另一个谜。我出的总是些荒诞愚蠢的谜，而塔妮娅让我猜的则始终是谜中经典：

我的第一部分是一种贵重金属，
我的第二部分是天庭的一位居民，
我的全部是一只美味的水果。[①]

有时她已进入梦乡，我还在耐心等待，以为她正在绞尽脑汁解我的谜，无论哀告抑或诅咒都无法将她唤醒。此后，我在床的黑暗里航行一个多钟头，将毯子拱在头顶，形成一个洞穴，我瞥见远处的出口闪现着一缕倾斜而又幽蓝的光，与我的卧室、涅瓦河的暗夜和色彩浓艳、在晦暝夜色中微微透明的窗帘的骤动毫无共同之处。我正在勘察的岩洞的褶皱和罅隙，容纳如此朦胧的现实，充溢如此压抑的奥秘，使我的心头和耳际，开始产生一阵震颤，好似一面音量渐弱的鼓。在那里，在我父亲曾经发现的一种新的蝙蝠的洞穴深处，我能辨认出从岩石上凿出的一尊石像的突出的颧骨。在我最后打起盹儿之际，六双强健的手将我掀翻在地，随着一阵裂帛似的可怕声响，某人将我从头到脚撕成两半，随后一只敏捷的手悄悄伸入我体内，使劲捏我的心脏。或者我被变成一匹马，操着蒙古人的腔调大声叫嚷，几个萨满教僧朝它甩出套索，猛扯它的跗关节，于是它的四条腿喀嚓一声折断，瘫倒在地，与身子形成直角——我的身子——胸脯紧贴黄色的地面，做出痛苦不堪的姿势，马尾像喷泉似的朝上掀起，稍后又垂下来，我从梦中惊醒。

起床的时间。供人取暖的炉火轻轻拍打
闪闪发亮的饰面，以确定
火焰是否已经升到炉顶。
已到炉顶。对它热烈地哼哼，
清晨做出回应，用雪的寂静，

① 原文为法文。除英语外，本书作者还使用了俄语、法语、意大利语、拉丁语等语言。除特殊情况，一般不再注明。——译注

略带粉红的天蓝，
以及洁净无垢的纯白。

奇怪的是，一段记忆将如何变为一尊蜡像，画上的小天使[①]如何令人生疑地变得更加漂亮，尽管画框随着年岁的增长日渐变暗，奇怪，奇怪的是记忆的不幸。我七年前移居国外。这片异域的土地如今已经失去了异国的特殊情调，正如故国的土地再也不是一个习以为常的地理概念。第七年。像之前热情的法国公民为庆祝新生的自由那样，王国中的游魂立马算了起来。然而时光年复一年地流逝，庆祝绝不等于慰藉，往事若非渐渐消散，便会蒙上死一般的光泽，因此留给我们的不是奇特的幻影，而是一溜儿排成扇形的风景明信片。此处无论什么东西都派不上用场，诗歌不行，立体摄像机[②]不行——在令人眼珠暴突的静谧里，那件精巧的装置过去常常赋予天花板极度的凸状，同时使手执酒杯漫步徜徉的卡尔斯巴德[③]人所处的环境看上去糟糕透顶。因此，我之所以遭受梦魇的折磨，是由于视力偏差所致，而不是因为听了蒙古人的种种酷刑。我记忆中的那架立体摄像机为我们牙科医生的候诊室增色不少。医生名叫劳森，是美国人。他的法国情人迪康夫人，一个头发灰白、冷酷无情的女人，坐在桌边，周围一瓶瓶血红的劳森漱口水，她噘着嘴，神经质地挠挠头皮，试图为我和塔妮娅找到当初的预约登记。终于，她使足劲，随着一声刺耳的刮擦，成功将那支滴着墨水的钢笔从罗曼诺夫王子移至丹托斯先生，前者的末端和后者的开头各留下一滴墨渍。下面这首诗描述了我们如何驱车去见这位牙医，他在前一天预言“此诗一定会发表”……

自此时起，在这辆马车里坐半小时

① cherub，九级天使中的第二级，司知识，常以有翅膀的小胖孩形象示人。
② stereoscope，可观看两张拍摄角度稍异的照片，产生立体感。
③ Karlsbad，即卡罗维发利（Karlovy Vary），捷克西北部城市。

将是怎样的滋味？
我将用怎样的眼睛注视这些雪花
以及树干的黑色桠杈？
我的视线将如何再度追随
那块裹在棉绒帽里的
锥形路缘石？归途中
如何回忆去时的情景？
（怀着憎恶和温情
频频触摸那块手绢
仔细叠在里面的东西
好似表链上的一颗象牙饰物。）

那顶“棉绒帽”不仅意思含混，而且甚至远未触及我想表达的意思，即雪像帽子似的堆在拴着铁链的锥形花岗岩上，不远处就是彼得大帝的塑像。什么地方！唉，追忆所有零星片断的往事在我已非易事；我已经开始忘记依然鲜活地贮存在记忆里和在我的逼迫下消失殆尽的事物之间的种种关联。倘若如此，像这样沾沾自喜地妄下断语，将是一个让人饱受贬辱的莫大讽刺：

于是，一个先前的印象持续存在
于和谐的冰里。

要是不管怎样，我的文字总是离题太远，或者用了“精确的”称谓，却没想到它像射出的子弹般使搭档和猎物双双殒命，那么，是什么迫使我创作有关我的孩提时代的诗歌？不过我们不必失望。那人说我是一个真正的诗人——意思是我的捕猎没有白费。

这是另一首有关儿时磨难的十二行诗。它描述了小镇的严冬如何让我吃尽苦头，譬如，套在腿上的罗纹长袜擦疼了膝盖的皮肤，或者女店员拽出一只瘪得出奇的儿童手套，塞到你那搁在柜台上的手里，柜台像是刽子手行刑的断头台。此外还有：当你站着伸开双臂，让人扣牢毛皮翻领时，衣服上的双面钩状扣头一回滑落；然而，作为对扣子滑落的补偿，衣领翻起时，音效发生了多么有趣的变化，各种声音听起来多么浑厚圆润。由于已经触及双耳，拴紧帽子护耳上的带子（抬起你的下巴）时那如丝般的、绷紧的嗡嗡声又是何等令人难忘。

套句老话说，年轻人在寒气凛冽的日子嬉耍喧闹。我们在公园门口遇到那个气球小贩。孩子们，瞧，那些气球上下浮动，互相摩擦，全都沐浴着上帝的阳光，呈现红黄蓝三种色调。一幅美丽的景象！劳驾，叔叔，我要那只最大的，画上大公鸡的那只白色气球，里面有一只红色的鸡雏在浮动，等它的母亲炸裂后，它就会蹿上天花板，第二天落地，皱成一团，十分温顺。此时，幸福的孩子们已经买到了价值一卢布的气球，和蔼可亲的小贩们已经从挤挤挨挨的一串气球中摘下一只。等一分钟，我的孩子，别抓，让我割断绳子。随后，他重新戴上连指手套，检查拴在手腕上的绳子，剪刀挂在绳子上晃荡着，继而他脚跟离地，身子开始垂直上升，越来越高地进入蓝天。瞧，他那串气球现在只有一串葡萄大，他下方是诗中屡屡提及的圣彼得堡，影影绰绰，镀成金色，这儿那儿，略加修缮，根据我们国家级画家创作的一流画卷。

不过玩笑归玩笑，这地方确实非常美丽，非常宁静。公园里的树木模仿它们自己的精灵，整个效果显示了卓越的天赋。我和塔妮娅将嘲笑我们的同龄人乘坐的雪橇，尤其不放过这种：上面铺着带有流苏的地毯似的东西，配有一个高高的座位（甚至安上靠背），再加上由驭手紧握、刹车时用毡靴抵住的缰绳。这种雪橇从不直接到达最后一个雪堆，而是几乎立即偏离方向，在继续下滑的同时无助地原地打旋，车上载着一个面无血色、神情专注的孩子。等到雪橇冲势渐衰，他被迫下车步行，以便到达这条冰封小径的尽头。我和塔妮娅有两副从桑迦利买来的重型雪橇。这种雪橇结构简单：两块铁滑板呈流线型置于两端，上面各有一只长方形的天鹅绒垫子。你无需将它拽上滑道——它轻松自如、急不可耐地滑过雪地，积雪无法阻挡它的进程，脚下的滑板一路颠簸晃荡。我们来到了山边。

你爬上一座“闪溅”平台……（一桶桶提上山、浇在滑道上的水溅在木制台阶上，凝成晶莹闪耀的冰，只是这个善意的头韵[①]未能尽得此地之妙。）

你爬上一座闪溅平台，
首先用力匍匐在
雪橇上，它喀嚓喀嚓
沿着蓝色行驶；随即
景色经历了一个严酷的变化，
圣诞节，托儿所里
猩红热悄悄蔓延，
或者，复活节轮到白喉，
你疾速滑下明亮易碎，
且已扩展的冰山
在一种亚热带的
半塔夫里谢斯基的公园里，

凭借谵妄的力量，尼古拉·米哈伊洛维奇·普尔热瓦尔斯基将军[②]与他的石骆驼从我们附近的亚历山大花园转移至此，转眼间将军又变成了我父亲的雕像，父亲当时远在比如浩罕和阿什哈巴德之间的什么地

① alliteration，一组词或一行诗中用相同的字母或声韵开头。此处“闪溅”由“闪耀”(sparkle) 和“溅泼”(splashed) 组合在一起，即为头韵。

② General Przhevalski (1839—1888)，俄罗斯十九世纪最著名的探险家和旅行家。一生四次到中国西部探险，初衷是为了抵达西藏拉萨，然而终生未能如愿。

方，或者是在祈宁山脉的一个斜坡上。我跟塔妮娅忍受了多少病痛的折磨！时而同病相怜，时而轮流遭罪。我的身体备受煎熬，皆因我听见一扇门砰的一声，另一扇门颇有节制地轻轻关上，其间突然传来她的脚步声和笑声，仿佛自天而降，与我无涉，不以我为念，与缠住我的肥厚的敷布，裹在里面的黄褐色油布填料，疼痛的双腿，身躯的臃肿和紧缩相距无限遥远。但如果是她有病，却又多么世俗化，多么真实，多么像我手指触摸的一只轮廓分明的足球。当我看见她躺在床上，带着迷茫的神情，仿佛她已经转向来世，只有倦怠乏力的躯壳朝着我！让我们描写投降之前的最后挣扎，当时你尚未偏离白昼的正常道路，对自己隐瞒了发烧和关节的酸痛，身子裹在墨西哥时装里，你谎称身子发冷即为游戏之需。半个钟头过去，在你已经投降，最终躺在床上之后，你的身体不再相信刚才它还在玩耍，沿着走廊的地板上匍匐前行，沿着镶木地板，沿着地毯。让我们描述一番母亲将体温表放在我胳肢窝下（一项无论男仆或家庭教师她都不愿托付的工作）时她那探询和警惕的微笑。“哟，你自个儿已经陷入一个挺不赖的窘境，对吧？”她说，仍然想把此事当作儿戏。一分钟之后，她说：“昨儿我就晓得了，我晓得你发了一场高烧，你蒙不了我。”再过一分钟，她说：“你猜你有多少度？”最后，她说：“我想我们可以把它取出来了。”她将那根亮灿灿的玻璃管拿到灯下，蹙紧海豹皮似的两撇漂亮眉毛——已经由塔妮娅继承的眉毛——审视良久……随后她缄默无语，从容不迫地甩甩温度计，将其放回盒里。她打量着我，仿佛不大认识似的。此时我父亲骑马走过被鸢尾花映成蓝色的原野。让我们也描述一番那种神志昏乱的状态，你觉得一个个巨大数字的生成使你头脑膨胀，耳畔同时响起某人与你毫无关联的喋喋不休的絮叨，仿佛置身于阴暗的园子里，紧挨存放算术书的疯人院。书中的数字符号，一半（或者更精确地说，一百一十一分之五十七）出自那个愈发重要的恐怖世界，出现在卖苹果的女摊贩的存货里。四名苦役雇工，加上已将一拖车分数遗赠儿子们的某个人，在深夜林间飒飒风声的陪伴下，聊着特别家常、特别愚蠢的话题，它们因而越发注定会成为那些数字本身，成为那个无限拓展的数学领域（这种拓展莫名地使我对当今物理学家的宇宙论有了更清楚的认知）。让我们最后描述一下康复。此时甩下水银柱已毫无意义，温度计被随意搁在床头柜上，柜子上一大堆寄来祝贺你康复的书和几只簇拥在半空的药水瓶旁边的玩物（慵懒的旁观者）。

一只文具盒加上草稿纸
是我看得最真切的东西：
纸页上饰以一只马掌
和我的字母组合图案。我已成为
一名高手，摆弄歪扭的姓名首字母，
凹雕图章，干枯扁平的花朵
（由一个小姑娘从尼斯[①]寄来）
以及泛着红色和古铜色的封蜡。

诗集里没有一首提及在我极为严重的肺炎逐渐痊愈期间发生在我身上的一桩怪事。我们每人搬进客厅（姑且用一个维多利亚时代的陈腐词汇）以后，其中的一位客人（继续使用它）整晚默然无语……夜里热度慢慢消退，我终于爬上海岸。我，让我告诉你，虚弱、乖戾、透明，像一枚雕花玻璃蛋似的通明剔透。妈妈出门去给我买——我不知道具体为何物—— 一样我带着怀孕女人的贪欲时时觊觎，过后却忘得干干净净的怪诞的东西。幸好妈妈已将这些我迫切需要的东西逐一列出。我平卧在床上，处于室内一层层略微发蓝的昏暗光线的包围中，觉得自己正在创造一种难以置信的明晰，恰如远方一道白得炫目的天光横亘在片片狭长的暮云间。你可以识别海岬和天晓得哪些小岛的浅滩——仿佛你若将短暂的目光投射得稍远一些，便

① Nice，法国东南部港口城市。

能辨认拖上潮湿沙滩的一只熠熠发光的小船，以及注满亮晶晶的水的逐渐远去的脚印。那一刻，我想，我已经达到人类健康的极致：我的头脑刚刚在一种危险的、干净得不可思议的黑暗中浸泡漂洗过。眼下，一动不动地躺着，甚至没有合拢眼皮，我在想象中看见妈妈，她身披绒鼠毛皮大氅，脸上遮着黑点面纱，登上雪橇（在古老的俄国，它在马车夫肥臀的衬托下总是显得极其渺小），举起她的鸽灰色绒皮手筒护住面颊，尾随一对罩着蓝网的黑马急速前进。条条街道展现在眼前，而我没有花费任何力气，咖啡色的雪块纷纷敲击着雪橇前端。现在它已经停住。男仆瓦西里从他站的踏板上走下来，并且以相同的姿势解开裹在膝上的毛毯，妈妈步履轻快地走向一家商店，它的招牌和陈列的商品我无暇顾及，因为恰在那时，我舅舅——她弟弟走过来跟她打招呼（可她已经消失了）。我老大不情愿地陪他走了几步，试图趁他们走开之际看清与他交谈的那位先生的脸，但是我突然改变主意，转过身，可以说是匆匆溜进店里，妈妈正在付十卢布买一支委实不起眼的费伯牌绿铅笔，然后两名店员将它巧妙地裹在褐色的纸里，交给瓦西里。他正在我妈妈身后将笔送上雪橇，雪橇沿着那些无名街道快速驶向正前来迎接它的我们的房子。然而我那无比清晰的视线却被端着肉汤和吐司面包进屋的伊芙娜·伊凡诺芙娜挡住。我需要她扶我从床上坐起身子。她重重地拍了一下枕头，将一只床头托盘（配有小巧的支架，靠近西南角始终有一片黏糊糊的区域）横着放到我面前的活动毯子上。门突然打开，妈妈走进来，笑着举起像戟一样的长长的棕色纸包裹。里面出现了一根费伯牌绿铅笔，一码长，同样的厚度：一件作为商品广告平悬在橱窗里的庞大展示物，曾经碰巧勾起我的荒诞不经的欲念。当任何一桩蹊跷怪事降临在我们当中、犹如一个半神半人混迹于星期日的人群中时，我肯定依然沉浸在那个甜蜜的境界里，因为那时我对自己的遭遇并不感到惊诧，只是不经意地悄声自语，我在估量该物体的体积方面已经错得离谱。但是，在我长得更加结实、并且用面包填塞了若干缝隙以后，我便带着怀疑的隐痛去思考我那无比清晰的视线的魔力（我经历过的仅有的一次）。我对此深感羞愧，甚至连塔妮娅都隐瞒了。还有一次我差点儿因为窘迫而哭起来。那是在我和母亲首次外出旅行之际，我们撞见母亲的一位远房亲戚，一个名叫盖伊杜科夫的，他对母亲说："我跟你兄弟前天在特列乌曼家附近见到你了。"

与此同时，诗里的空气愈益温暖，我们正准备返回乡间，早在我上学前（我十二岁才开始上学）的四月初我们便可能搬家。

冰雪，从山坡上消失，隐匿于沟壑，
彼得堡的春天
充满欣悦，充满银莲花
以及第一批蝴蝶。
可是我不需要去年的蛱蝶，
那些褪色的冬眠者，
或者那些饱受摧残的黄粉蝶，
飞过透明的树林。
虽然我不会辨认不出
世上最柔软的尺蠖蛾
的四片美丽的薄翼
平摊在一截斑驳泛白的桦树树桩上。

这首诗是作者的得意之作，但他并未将其收入到集子中，因为，又一次，该诗的主题与他父亲有关，艺术的精炼提醒他在时机成熟前回避那个主题。他模拟春天的下列印象，作为刚刚走出车站之际的第一感觉：地面的柔软，地面贴近你脚底时同样感到的柔软，你脑袋周围完全不受拘束的气流。四轮轻便马车的驭手们彼此互不相让、动作粗野，毫无节制地频频拉客，站在箱子上，挥舞着一只腾空的手。他们的喧嚷掺杂着一声声朝早到者喊的、装腔作势的"吁"。不远处一辆里外都是深红色的敞篷汽车在等我们：速度观念已经赋予方向盘一定的倾斜度（海边悬崖上的树将理解我的意思），然而其整体外观上依然保持了——我猜因为有些过犹不及—— 一种与王蝶[①]的外形之间的从属关系。不过，即使它果真是一次模仿性的尝试，也已被引擎的轰鸣破坏殆尽。未及我们露面，这震耳欲聋的轰鸣已迫使从另一条路上过来的运草马车上的一个农民跳到地上，竭力用一只麻布袋蒙住马头——过后他和他的马车八成会陷在沟里甚或田里。少顷，已经忘记了我们和我们的尘土，乡间凉爽柔和的静谧将复又聚拢，唯留最小的缝隙给一只云雀的鸣啭。

兴许哪一天，我将踩着后跟早已磨损的外国鞋底，尽管有如绝缘体般愚蠢的肉身，我却觉得自己像个幽灵似的再次走出那个车站，身边没有肉眼可见的伴侣，沿着公路旁的人行小径步行约十俄里去莱希诺。一根根电线杆将在我经过时嗡嗡作响。一只乌鸦将在一块砾石上——休憩，伸展一只折错了的翅膀。我无法想象的周围地貌的种种变化，以及某些不知何故被我忘却的最古老的路标，将相继与我打招呼，甚至时时混杂在一起。我想我将边走边发出一种类似呜咽的声音，与电线杆相呼应。我抵达见证了自己成长的几个地点，瞧见这个和那个——或者相反，由于火灾、重建、伐木作业或大自然的遗弃，未瞧见这个和那个，但是仍然认出某种对我无限忠诚、矢志不渝的东西，即使仅仅因为我的眼睛终究是用跟这些地点的灰暗、明晰和潮湿相仿的材料制成的。接着，所有的激情过后，我将体验一种对苦难的餍足——也许是站在山口，面临一种对我而言时机未到因而无法体验的幸福（只有在登上峰巅之后，我才体会到这点，并且是一手执笔）。但是有一样我绝对发现不了的东西正在等我——赋予流亡他乡实践意义的东西：我的孩提时代和孩提时代的果实。它的果实——此刻在眼前，已经成熟。而我的童年本身已经消失在远处，甚至比我们俄罗斯

① victoria，所罗门群岛产的一种大蝴蝶。

的北方还要遥不可及。

作者已经觅得几个动人的词儿，来描述迁居乡间时的感受。多么有趣，他说，当你

> 再也无须戴上
> 帽子，或是换上便鞋，
> 以便在春天再度溜出家门
> 奔跑在园子里的砖色沙土上。

十岁那年，又增添了一种新的消遣。那个奇特的玩意儿滚进来时，我们仍旧住在城里。我抓住它的两只羊角，骑着它穿过一间间房间，持续了很久。它以何等忸怩而又不失优雅的姿势驶过镶木地板，直到扎到一枚图钉！我那可怜、破旧、喀嚓作响的小三轮车，轮子过细，甚至能陷进花园平台上的沙子里，相形之下，新来者的动作透出一种超凡的轻盈。这一点在下列诗行里得到了很好的体现：

> 噢，那第一辆脚踏车！
> 它的气派，它的高度，
> 刻在车架上的“达克斯”或“波贝拉”，
> 紧绷绷的轮胎悄然无声！
> 绿阴道上摇晃和穿行的人们
> 重叠的日影掠过你的手腕
> 鼹鼠丘黑暗中隐现
> 险些将你掀翻！
> 然而翌日你越过它们
> 尽管梦里无人扶助，
> 却信赖这种梦的单纯，
> 脚踏车没有倒下。

那以后的第二天，我不可避免地屡次想起“靠惯性滑行”——迄今为止，我一听到这个词，就会看见一条倾斜、泥泞的狭长地面滑过身边，伴随着橡胶几不可闻的喃喃声和钢铁轻微至极的沙沙声。骑车，骑马，划船，洗澡，网球和槌球；松树下的野餐；水车和干草棚的诱惑——这便是一连串使我们的作者动情的主题。从形式的角度审视他的诗呢？这些，不消说，是现实的缩影。但是作者借助细致入微、使根根发丝清晰毕现的娴熟技巧处理它们，并非因为诗中一切都是由作者苦心孤诣地刻意创造，而是因为作者无意间将存在的最细微的特征传达给了读者，要做到这一点，需要一种完整而可靠的天赋，确保作者遵守艺术契约中的所有条款。你可以就集邮簿式的诗歌形式是否值得振兴抒发己见，但却肯定无法否认戈杜诺夫-切尔登采夫已经在他亲自划定的范围内妥善解决了诗体学的问题。他的每一首诗都闪耀着彩虹般绚丽的光芒，任何喜爱色彩斑斓的风格的读者都将赏识这本小小的诗集。对于待在教堂门口的盲人它倒是无可奉告。作者具有何等非凡的眼力！黎明醒来，他知道今天天气如何，只消看一眼百叶窗的缝隙，它

透进一抹比蓝色还蓝的蓝
而且蓝的程度几乎不亚于
我眼下对它的回忆。

傍晚，他以同样眯缝的双眼凝视田野，只见它的一侧已经笼罩在暮霭里，而远方的另一侧

从正中的巨砾
到远处的森林边缘
被照得亮如白昼。

在我们看来，这似乎不能算作真正意义上的文学，而是他自打儿

时起便注定与之结缘的绘画。尽管我们对作者目前的处境一无所知，却能清晰地想象出一个头戴草帽的男孩，老大不舒服地坐在园子里的一张板凳上，旁边是随身携带的画具，正在描摹祖先遗赠给他的天地：

白瓷的细胞
包含蓝、绿和红的蜜色。
首先，铅笔线条
在糙纸上勾勒出一个花园。
白桦，外屋的阳台，
尽皆洒满太阳的斑驳光点。我
将画笔浸在浓郁的橘黄颜料里
同时摁紧笔尖旋转；
此刻，在斟满酒的高脚杯里，
在雕花玻璃流溢的光波里
呈现出缤纷璀璨的色彩
怎不令人心醉神迷！

这便是戈杜诺夫-切尔登采夫的薄薄的诗集。临了让我们添加……还有什么？还有什么？想象力。快点激发我的思绪！我以往梦见、如今仍旧通过诗歌梦见的那些迷人得令人悸动的东西并未湮没在诗里，而是引起了某位读者的注意，他的评论我将在白天结束之前阅读。这一切是真的吗？他是否果真理解它们当中的一切，懂得除了老式的、不错的"别有风姿"以外，它们还蕴涵特殊的诗意（当你的头脑，在细小得难以觉察的迷宫里逡巡一周后返回，带着新发现的、独自使诗歌呈现其本来面目的音乐时）？读诗时，他是否不仅将它们当作文字，而且视为文字之间的缝隙，如同你读诗时该做的那样？抑或他仅仅是将它们走马观花地浏览一遍，喜欢它们，赞扬它们，提醒人们注意它们的时间顺序的意义。这是如今时代的一个普遍流行的特征——

视时间为风尚。倘若一本诗集的开篇是《一只消失的球》，那它势将以《失而复得的球》收尾：

那年只有图画和雕像，
留在各自原先的位置上
当童年结束，老房子发生
了什么事情：转瞬间
所有的房子都在
互相交换原有的家具，
橱柜和屏风，以及许多
笨重庞大的东西：
正是那一刻，从沙发下面，
在骤然暴露的镶木地板上，
活泼、可爱得令人难以置信，
它出现在一个角落里。

诗集的外观令人赏心悦目。

从诗集中榨取最后一滴蜜汁以后，费奥多尔伸了个懒腰，从沙发上站起身。他觉得饥肠辘辘。手表的三根针近来表现反常，经常逆向行走，闹得他不能指望它们。费奥尔多出门，感到周身浸没在潮湿寒冷中（幸好我穿上了这件）。在他凝神构思他的诗的当儿，雨水已将这条街从头到尾冲得滑溜溜的。货车已经开走，拖拉机刚才停的人行道旁，留下一弯汽油凝成的彩虹，最触目的是紫色，还有一个形似彩羽的弧圈。沥青路上的长尾鹦鹉。那家搬家公司叫啥名来着？马克斯·拉克。马克斯的运气[1]。

我带上钥匙了吗？费奥多尔蓦地想到，不由得停下脚步，一只手

---

① “Max Lux（马克斯·拉克）”与“Max’s luck（马克斯的运气）”谐音。

插入雨衣口袋。他摸到一把叮当作响的东西，沉甸甸的，心里重新镇静下来。三年前当他作为一个学生生活在这里时，先前搬到巴黎跟塔妮娅同住的母亲写信说，刚刚摆脱了那种将柏林人长期拴在门锁上的永久性枷锁的束缚，她感到无所适从。他能想象出她读到这篇关于他的评论时高兴的神情。顷刻间，他觉得母亲在为他自豪；不单如此，他的眼睑边缘还有母亲的一颗滚烫的泪珠。

不过我干吗在意一生中是否会受到关注，如果我无法确定世人是否将永远记住我，直到最后一个最黑暗的冬季，像龙萨[1]笔下的老妇人一样惊叹不已？可是……我离三十岁还早，如今已经受到关注。关注！谢谢你，我的祖国，为了这种遥不可及的……一种抒情诗的可能性从他身边掠过，在他耳畔吟唱。谢谢你，我的祖国，为了你弥足珍贵的……我不再需要"受到关注"这个词儿的声音：韵脚点燃了生命的火花，但是韵脚本身已被抛弃。应该感谢这最疯狂的天赋……我猜"网"已做好捕捉的准备。没时间依靠那束骤然涌入的光线看清我的第三行诗。遗憾。一切都已消失，没能领会我的暗示。

他来到一家兼作俄国烹饪蜡像博物馆的俄罗斯食品店，买了几块饺子形馅饼（第一块是肉馅，第二块是卷心菜馅，第三块是木薯馅，第四块是米馅，第五块……买不起第五块），然后坐在公园里一张湿漉漉的长椅上，迅速将它们吃完。

雨开始下得更猛了：有人已经陡然掀起天幕。他得在有轨电车站的圆顶候车棚下暂避一时。那儿的长椅上坐着两个手提公文包的德国人，正在商谈一笔交易，言谈中充满思辨性的细节，全然不像在谈生意，恰似你在布罗克豪斯[2]百科全书中查阅某一词目时，忘记了完整的词目而只记得它的首字母。晃着一头短发，一个姑娘牵着一只呼哧呼

---

① Ronsard（1524—1585），法国诗人，七星诗社的中心人物，其作品反映了文艺复兴时期的人文主义理想，代表作有《颂歌集》等。

② Brockhaus（1772—1823），德国出版家、辞书编纂家，他主编了百科全书，原称《社交辞典》，后改称为《大布罗克豪斯》。

哧喘着气、形似蛤蟆的小斗牛犬走进候车棚。奇怪的事发生了:“遥不可及”与“受到关注”又一起出现,像某种合声在耳边萦绕不绝。我不会受到诱惑。

雨停了。带着纯粹的简单性——毫不做作,绝无花招,所有的街灯全亮了。他料定自己已能动身前往车尔尼雪夫斯基家,以便到达目的地时接近九点,莱茵河,好的,生态群。[①]如同常发生在醉鬼身上的情形一样,当他怀着这样的心思横穿马路时,某件事阻止了他。在一盏路灯的潮湿光线的照耀下,一辆汽车停靠在路边,引擎轰鸣:车前防护罩上的每颗雨滴都在战栗。谁有可能写这篇评论呢?费奥多尔无法在侨居德国的这伙评论家中最后确定一位。这人忠厚正派但缺乏灵气,那人虽有才华却不诚实,第三人只写过散文评论,第四人只写过自己的朋友,第五人……费奥多尔的想象力使第五人的形象呈现于脑际:此人与他年龄相同,甚或,他想,比他年轻一岁,在相同的年份、相同的侨民报纸杂志上的发表总量不比他多(这里一首诗,那里一篇文章),但却已经用某种让人难以理解却又似乎与液体的流动一样自然的方式,温婉谦和地将自己笼罩在难以定义的名声的光环里,致使人们提及他的名字,虽然不一定特别频繁,但口气却显然有别于其他年轻人。只要有他新写的文章,尽管鄙视自己这样做,费奥多尔还是会在角落里如饥似渴地阅读那灼心的每行每句,试图通过阅读本身消解那些文字带给他的不可思议的感受。而后的两三天里,他既不能摆脱已经读过的内容,又无法克服疲惫衰弱或隐隐作痛的感觉,仿佛在与对方搏斗的当儿,伤害了自己最内在、最神圣的一点。他是一个孤寂忧郁、目光短浅的人,两侧肩胛骨的相应部位带有少许恼人的缺损。但是我将宽恕一切,如果此人是你的话。

他觉得自己正保持着懒散闲逛的步速,殊不知他途中撞见的钟(钟表店那几只骤然出现的庞然大物)走速之慢更甚于他。临近目的

① “莱茵河(Rhine)”、“好的(fine)”、“生态群(Cline)”都与“九(nine)”押韵。

地时，他迈出一大步赶上与他同往一处的柳博芙·马尔科芙娜，方才明白自己坚持走完全程，是因为自己缺乏耐心，正如自动扶梯能将伫立不动者变成跑动的人一样。

这位肌肉松弛、无人爱怜、上了年纪的女人已经戴了一副夹鼻镜，干吗还要描眉画眼呢？两只镜片夸大了这种业余修饰的粗陋，结果使她那单纯诚挚的目光平添了不少暧昧的意味，使人无法避而不看：谬误导致的催眠效果。其实几乎有关她的一切似乎都基于一种不幸的误解——每当她寻思自己能像德国人一样说德语，寻思高尔斯华绥[①]是一位文学大师，或者格奥尔基·伊万诺维奇·瓦西列夫对她产生了病态的好感时，人们便琢磨这甚至是不是神志迷乱的一种形式。车尔尼雪夫斯基和瓦西列夫—— 一名肥胖的老记者，每两个星期六组织一次文学聚会，她是最热衷于光顾的人之一。今天才是星期二，柳博芙·马尔科芙娜依然保留着上个礼拜六的印象，并且慷慨地与他人分享。跟她做伴的人全都不可救药地成为心不在焉的粗汉。费奥多尔寻思自己的精神状态也不如以往，幸好他们正朝前门走来，车尔尼雪夫斯基的女佣已经站在门口迎接，手里拿着钥匙。其实，主人此前已经打发她去接瓦西列夫，后者得了一种实属罕见的心脏瓣膜疾病——甚至养成了对它的嗜好，有时携带一只心脏解剖标本，毫不掩饰又饱含爱意地展示它的一切。“我们用不着乘电梯。”柳博芙·马尔科芙娜边说边开始上楼，看似沉重的步子，落在台阶上便成了一种出奇的平滑无声的轻晃。费奥多尔只得放慢速度，跟着她弯弯曲曲地向上走去，姿势酷似一只你时而瞧见的狗儿，鼻子蹭着主人的脚后跟，忽左忽右地蹒跚而行。

亚历山德拉·雅科芙列芙娜亲自把他们迎进门。费奥多尔还没有顾得上注意她那怪异的表情（仿佛她不赞成或想迅速回避什么），

① Galsworthy（1867—1933），英国著名小说家和戏剧家，代表作有《福尔赛世家》三部曲等，一九三二年获得诺贝尔文学奖。

她丈夫便迈着两条肥胖的短腿冲进大厅，手里同时挥舞着一张报纸。

“就是它！”他嚷道，嘴角猛地朝下一撇（他儿子亡故以后形成的一种面部肌肉痉挛），“瞧，就是它！”

“我嫁给他那会儿，”车尔尼雪夫斯基夫人说，“指望他情绪能不那么外露。”

费奥多尔吃惊地发现他稀里糊涂地从男主人手中接过的是一张德文报纸。

“日期！”车尔尼雪夫斯基喊道，“往下瞧，看清上面的日期，小伙子！”

“四月一日，”费奥多尔叹息着答道，无意识地把报纸折了起来，“是的，当然，我本该记住的。”

车尔尼雪夫斯基粗野地纵声大笑。

“别跟他一般见识。”他妻子拖着倦怠而忧郁的腔调说，同时微微扭动屁股，一手轻轻地揽住年轻人的腰部。

柳博芙·马尔科芙娜啪的一声合上手提包，神态自若地朝客厅走去。

这是一间陈设俗陋、灯光昏暗的小屋，一片阴影留在一个角落里，一只仿制的塔纳格拉[1]花瓶立在不可企及的书架上。等到最后一位客人终于抵达，车尔尼雪夫斯基夫人瞬间变得——正如平素发生的那样——酷似她自己那只蓝莹莹的茶壶，开始沏茶时，拥挤的寓所披上了纯朴动人、温情脉脉的伪装。沙发上几块色彩缤纷的坐垫之间——它们全都索然无趣、模糊不清—— 一个耷拉着天使般的两条腿、嵌着波斯人的一双杏眼的绸布娃娃，正被两个坐姿舒适的人轮流挤压：满面胡髭、身躯庞大的瓦西列夫，穿着箭一般笔直、拉到膝上方的战前长袜；一位娇嫩孱弱、妩媚多姿、眼睑粉红的姑娘，整副形貌颇似一只白鼠。她的教名叫塔玛拉（倒是更适合这只娃娃），她的姓能使人联想

① Tanagra，希腊中部一村庄，周围古墓中出土了数量可观的赤陶小雕像等文物。

起挂在裱画店里的一幅德国山地风景画。费奥多尔在书架旁落座，尽管喉头哽噎，仍然试图装出兴致勃勃的样子。克恩，一名土木工程师，为与已故的亚历山大·勃洛克[1]（著名诗人）过从甚密而自豪，此刻正从长方形纸板箱上揭下一个日期，一种黏胶剥落的声音随即响起。柳博芙·马尔科芙娜凝神端详盛在一只很蹩脚地绘有一只大黄蜂的大盘子上的糕点，突然间她中断了观察，从一个小圆面包那里获得了满足——撒着糖霜、总带有一枚无名氏指印的那种……主人正在讲述一个医科学生愚人节当天在基辅的恶作剧……屋里那个最有趣的人物却与他们相隔一段距离，坐在写字台边没有参与谈话——然而却一声不吭地凝神倾听。他是一个年轻人，与费奥多尔有些相像——其相似之处不在于容貌（他的容貌在那时很难分辨），而在于其整体外形的色调：头发剪短的圆脑袋（根据当下圣彼得堡浪漫主义的标准，这种短发比一簇簇乱发更适合诗人）的微微发褐的赤赭色；大而柔软、稍稍凸出的耳朵的透明度；纤细的颈背上落下一片凹陷的阴影。他的坐姿与费奥多尔有时呈现的姿势相同——脑袋略垂，双腿相交，两臂不是交叉而是仿佛畏寒似的搂在一起，于是身体的憩息更多通过僵挺的侧影（膝盖，肘部，瘦削的肩膀）与所有部位的紧缩得以体现，而不是一个人在放松和聆听时整副身架的柔和。立于书桌上的两卷书的阴影犹如一只袖口和大衣翻领的一角，而倚在其他书上的第三卷书的阴影，可能会被误认为是一条领带。他比费奥多尔约莫年轻五岁，而且，就面容本身而言，如果根据房间墙壁上以及旁边卧室里（两张夜间哭泣的单人床之间的小桌上）的照片判断，也许两人之间毫无共同之处。倘若你忽略面部轮廓，连同突出的额骨的一定延展以及眼窝的幽黯深邃——帕斯卡尔式，按照那些相面师的说法——兴许两者的眉毛宽度有些相仿……但是不，这不是普通类比的问题，而是事关两个敏感、瘦

① Alexander Blok（1880—1921），俄国诗人。早期创作充满悲观情调，有浓厚的象征主义色彩。代表作有《祖国》《俄罗斯颂》等。

弱、各有怪癖的男孩之间精神上的相似之处。这位年轻人目光低垂，唇边露出一丝嘲讽的意味，以一种羞怯且不十分惬意的姿势，坐在一张周围嵌着闪闪发亮的铜质平头钉的椅子上，左侧是凌乱不堪地堆满辞典的书桌。亚历山大·雅科夫列维奇·车尔尼雪夫斯基，像是要重新获得失去的平衡一样，迫使自己的目光从那个影子少年身上移开，同时继续用扬扬得意的戏谑竭力掩饰自己精神上的病态。

“别担心，会有评论文章出来的。”他对费奥多尔说着，不经意地眨巴着眼睛，“那些评论家准会挤出你的黑头粉刺。”

“顺便问一下，”他的妻子说，“‘摇晃穿行’到底是什么意思——在那首谈到脚踏车的诗里？”

费奥多尔解释时，更多是靠手势而非话语：“知道吗？你开始学骑脚踏车的时候，往往左右摇摆不定。”

“最合我意的是有关儿科疾病的那首，不错。”亚历山德拉·雅科芙列芙娜说着，赞许地点点头，“写得好：圣诞节的猩红热和复活节的白喉。”

“为什么不可以颠倒一下呢？”塔玛拉问道。

哦，这男孩曾经多么喜欢诗歌！卧室里装有玻璃门的书橱塞满了他的书：古米廖夫[①]，埃雷迪亚[②]，勃洛克，里尔克——他熟记于心的可真多！还有那些笔记本……哪天我得和她坐在一起，将它们全部浏览一遍。她有精力做这事，我却没有。奇怪的是，人们做事总是一再拖延。人们大多认为检视死者的遗物将是一种乐趣——掺杂苦涩的唯一乐趣，但是他的遗物依然留在那里，原封不动（也许是一个人灵魂的那种虑及将来的怠惰）。不能想象一个陌生人情愿碰它，但如若不小心让那只宝贝小书橱付之一炬，那倒将是莫大的慰藉。车尔尼雪夫斯基陡然站起身，仿佛凑巧似的将椅子挪到书桌旁，使书桌和书籍的阴

---

① Gumilyov (1886—1921)，杰出的俄罗斯诗人，代表作《珍珠》《浪漫之花》《火柱》等。

② Hérédia (1842—1950)，在古巴出生的法国诗人，著名的十四行诗大师。他的一百一十八首十四行诗和几首长诗编成诗集《锦幡集》出版。

影都不能成为魂灵谈论的话题。

其时，谈话已经转向列宁逝世以后某位失去权势且又无人怜惜的苏维埃政客。“哎，在我接触他的那几年里，他处于荣耀和成就的巅峰。”记者瓦西列夫说，他出于职业习惯误引了普希金的诗文（他用了“希望”，而非“巅峰”）。

那个貌似费奥多尔的男孩（正因如此，费奥多尔深受车尔尼雪夫斯基的宠爱）此刻站在门口，在离开屋子前驻足片刻，半转身子朝向自己的父亲——尽管他生性耽于想象，却远比所有坐在屋里的人笃实可靠！那张长沙发能被透过瓦西列夫和苍白的姑娘的目光瞧见！工程师克恩仅仅以夹鼻眼镜的闪光作为自己的象征；柳博芙·马尔科芙娜亦是如此；费奥多尔之所以存在，概因他与死者之间有一种暧昧不明的和谐——雅沙[①]倒是真实而生动的，可惜矜持的本能阻碍了旁人仔细端详他的容颜。

不过或许，费奥多尔暗自思忖，或许这一切都不对，或许他（亚历山大·雅科夫列维奇·车尔尼雪夫斯基）眼下压根儿没有像我揣度的那样想象他那死去的儿子。他可能确实在聚精会神地与人交谈，他的眼珠骨碌转动，兴许恰恰是因为他始终烦躁不安的缘故，可怜的灵魂。我苦闷、厌倦，这里没有哪一句话听上去是真实的，我不晓得自己干吗老是坐在这儿，听他们胡诌一气。

尽管如此，他继续坐在原处吸烟，轻轻扭动大脚趾——而且趁其他人继续聊天和他自言自语的当儿，他按照自己每到一地始终坚持的做法，试图揣摩这人或那人内心显而易见的意愿。他将小心翼翼地坐在参与对话者的躯体内，宛若坐在一张扶手椅上，这样对方的胳膊肘成为供他倚靠的扶手，他的灵魂将舒适地融入对方的灵魂。而后，随着天光骤变，转瞬间，他将成为亚历山大·车尔尼雪夫斯基，或者柳博芙·马尔科芙娜或者瓦西列夫。这种犹如泛着德国矿泉水般的欢腾

① Yasha，雅科夫（Yakov）的小名。

气泡的转变，有时还会平添一种竞技体育带来的兴奋感。当一个偶然出现的词儿恰如其分地证实他对别人的思绪的猜测时，他感到非常荣幸。在他看来，所谓的政治（荒谬可笑的一连串协议、冲突、恶化、摩擦、纷争、崩溃以及清白无辜的小镇变为国际公约的代名词）毫无意义，并且时而使他带着一种好奇和憎恶引起的战栗，陷入瓦西列夫宽敞的腹内，在里面逗留片刻，受到瓦西列夫的内部结构的驱使。在那里，"洛迦诺"[1]按钮旁有一个"停工"按钮，一种佯装聪明、佯装引人入胜的游戏在一些不谐调的标记的引导下进行，诸如"克里姆林宫五巨头"，"库尔德人[2]反叛"，或是已经完全丧失人性内涵的个别姓氏：兴登堡[3]，潘勒韦[4]，赫里欧[5]（他那个畸头巨怪般的俄语姓名首字母，左右颠倒的E，在瓦西列夫的报纸专栏里总是显得卓尔不群，大有与其法国主人彻底决裂之势）。这是一个充满先知箴言、预感以及神秘组合的世界；一个实际上比最抽象的梦境还要鬼魅丛生的世界。费奥多尔搬入车尔尼雪夫斯基夫人的躯体以后，发现里面的一切并非完全陌生，却有许多让他吃惊不已的东西。他就像一位拘谨古板的旅行者，会对遥远异域的民俗风情感到惊讶：日出时分的集市，赤身裸体的孩子，持续不停的喧嚣，大得离奇的水果。这位懒散、平庸、时年四十五、失去唯一儿子的女人，陡然活转过来。丧子使她两肋生翅，眼泪使她恢复青春——至少以前认识她的人这样说。对儿子的思念，在她丈夫心里郁积成疾，在她心里却燃起日趋炽烈的热情。说这股热情溢满她的身心并不确切，不，它大大超越了她灵魂的范围，甚至似乎将那两间租屋的荒诞变为崇高。惨剧发生后，她和丈夫从蓬内大街宽敞的公寓

① Locarno，瑞士南部城市，一九二五年《洛迦诺公约》签署地。

② Kurd，主要居住在伊拉克、伊朗、土耳其及叙利亚边界地区的民族。

③ Hindenburg（1847—1934），德国元帅、总统，任总统期间支持保皇党和法西斯组织，任命希特勒为总理。

④ Painlevé（1863—1933），法国政治家、数学家，一九一七年至一九二五年任法国总理。第一次世界大战期间短期组阁。

⑤ Herriot（1863—1957），法国激进党领袖、文学家，作品有《法国文学简史》《贝多芬传》等。

(她弟弟及其家人曾在那里住过数年)搬到这里。现在她看待自己的所有朋友,仅凭他们对她的丧亲之痛感受如何,同时,为了更加缜密起见,靠回忆或想象雅沙对这个或那个人的看法继续她与人的交往。她的心被活动的热情和对充足反应的渴望牢牢攫住。她的孩子在她体内生长,竭力挣扎着想出来。由她丈夫和瓦西列夫新近组建、旨在让她丈夫和她自己有事可做的文学圈子,在她眼里仿佛是她那诗人儿子死后获得的最高荣誉。恰恰是在那刻,我跟她初次照面,而且颇觉惶惑,因为这位体态丰腴、兴致极好、两只蓝眼睛亮而有神的矮个女人在与我初次聊天之际,泪水倏地夺眶而出,恰似一只液体漫到边缘的水晶容器没来由地突然裂开一般。然后,她将闪烁的目光依然对准我,笑着,啜泣着,开始一遍遍地念叨:“天哪,你确实让我想起了他!”我们后来几次见面时,她谈到儿子,谈到有关他去世的所有细节以及眼下梦见他的情景(仿佛已怀他多时,像肥皂泡似的微微透明),我觉得她的话既粗俗又无耻。当我间接获知她提及自己的痛苦、自己的损失,我没有以相应的共鸣附和她,而仅仅是转换话题了事,她对此“有些伤感”时,内心更加恼怒不已。然而,很快我注意到,像这种让她得以活在世上、不致因主动脉猝然破裂而死去的悲哀,正开始不知不觉地使我深陷其中,并且对我提出要求。你知道某人递给你一张珍贵的照片,满怀希冀地瞅着你时那特有的姿态,而你,在虔诚地久久凝视照片上那张露出率真的微笑、全无轻生之念的脸以后,故意拖延归还照片的时间,故意磨磨蹭蹭地伸出手,并且投去眷恋不舍的一瞥,交回照片,似乎及早将它脱手会显得失礼。我和她没完没了地重复这一动作。她丈夫将坐在屋角灯光下明亮的书桌前工作,间或清清喉咙。他正应一位德国出版商之约编纂他的《俄语技术词汇辞典》。四下静谧无声,一切都不对劲。我盘里残留的果酱和烟灰混在一起。随着她越发起劲地继续谈论雅沙,他的个人魅力变得越来越小。哦,不,我跟他之间没有多少相似之处(远远少于她暗自猜测想象的那些由巧合所致的外部特征的类似性,再者,她另外发现了一些并不存在的外部特征——其实，我俩内心与外表的相似之处几近于无）。如果我俩曾经相遇，我甚至怀疑我们能否成为朋友。他的阴郁，偶尔被无趣之人特有的瞬间迸发的狂喜所打断；他的知识热情引起的伤感；他的纯洁，若非因为他们出于病态而过分加以美化，准能清晰地表明他的怯懦；他对德国的感情；他那庸俗的、心灵的震颤（“整整一个星期，”他说，“我恍恍惚惚。”那是在读完施本格勒[①]的作品之后）；临了是他的诗……总之，任何在他母亲眼里充满魅惑的东西只能惹我生厌。作为一名诗人，他在我看来过于虚弱。他对诗歌只是浅尝辄止，正如成千上百个与他同一类型的聪明的年轻人一样。然而，如果他们没有经历多少堪称悲壮的死亡——与俄罗斯文学无关，他们对这一点的了解倒是十分透彻（哦，那些雅沙的笔记本，满是诗体学方面的图示，解释四音步诗里的韵律变化），他们后来完全抛弃了文学。倘若他们能在某一领域显露才华，那将是在科学界或行政部门，抑或干脆是在有条不紊的生活中。他的诗歌充斥着大量时髦的陈腔滥调，歌颂他对俄罗斯的“悲怆的”爱——叶赛宁[②]笔下的秋景，勃洛克描绘的沼泽地带烟雾弥漫的蓝色……粉末似的白雪，落在曼德尔施塔姆[③]新古典主义风格的木料铺砌的建筑群上以及涅瓦河畔的花岗岩护墙上。时至今日，普希金的胳膊肘留在上面的印痕依然依稀可辨。他母亲将对我朗诵这些诗歌，因为心绪烦乱念得不顺，那犹如腼腆羞怯的小学女生似的稚嫩语调，压根不适合那些染上悲剧色彩的疾行如飞的音步。雅沙本人当初肯定带着一种自己全然不察的单调节奏背诵这些诗，鼻孔膨胀，身体摇晃，沐浴在一种抒情式骄矜的怪诞的光辉里，过后他随即消沉下去，又变得微贱、孱弱、内向。蛰伏在他喉咙里的是铿锵有声的修饰

① Spengler（1880—1936），德国哲学家，认为任何文化都要经历成长和衰亡的生命周期，著有《西方的没落》等。

② Esenin（1895—1925），俄国诗人，出身于农民家庭，早期描写农村自然景色，歌颂宗法制度下的农民生活。最后自杀。

③ Mandelshtam（1891—1938），俄罗斯白银时代最卓越的天才诗人，主要诗作有《石头》《哀歌》等。

词——不可思议的，冰冷的，美丽的——他那一代年轻诗人趋之若鹜的修饰词。他们全有一种幻觉，以为那些深奥冷僻的词儿，散文体词句，甚或表现力贫乏的词儿，已经完成了自己的生命循环，眼下，当用在诗里时，正从相反的方向返回，获得一种出人意料的新鲜感。这些从车尔尼雪夫斯基嘴里结结巴巴地吐出的词儿在某种程度上形成了另一半的循环，再度消失，然后再度显现它们的衰朽和窘困——从而正在暴露出风格的骗术。政治性的挽诗以外，雅沙写了其他一些诗歌，描写耽于冒险的水手们经常出入的下贱的场所，描写杜松子酒和爵士乐（他按照德语发音，将其读作“雅兹”）。他写了关于柏林的诗歌，他在诗里试图将抒情音调赋予德语专有名词，其手法恰似，譬如，令俄文诗歌里响彻一种吟诵意大利街道名称、悦耳得令人难以置信的女低音。他还写了一些献给友谊的诗，没有韵脚，没有音步，充满了紊乱、蒙眬和羞涩的感情，心灵深处的喧嚣，以及称呼男性朋友的礼貌的呼语，[①]正如一名生病的法国男子称呼上帝，或是一名年轻的俄国女诗人称呼她心爱的男士一样。他以一种苍白的、随意凑合的方式表达这一切，同时使用许多与他狭隘的中产阶级身份相一致的粗俗语和不正确的重音。由于受到表示增大的后缀的误导，他想当然地觉得“最近失火的地点”意为“一场大火”，我还记得他可悲地提及“弗鲁布廖夫的壁画”——针对两位俄罗斯画家（鲁布廖夫和弗鲁别利[②]）的一种有趣的合称，它充分证明了我们之间的差异。不，他过去不可能像我一样爱好绘画。我向他母亲隐瞒了自己对他的诗的真实见解，出于礼貌被迫吐出的几声含混不清的恭维，却被她视为语无伦次的狂喜的迹象。她喜不自禁、热泪盈眶地送给我的生日礼物，是雅沙的最好的领带，一件波纹绸质地的老掉牙的货色，刚刚熨过，上面一家著名但不高雅的商店的标签仍然清晰可见。我很难想象雅沙本人曾经系过

① apostrophe，指在演说或文章中用第二人称称呼不在场的人物或拟人的事物。

② “弗鲁布廖夫（Vrublyov）”是由“鲁布廖夫（Rublyov）”和“弗鲁别利（Vrubel）”组合而成的名字。

它。作为对她让我与其分享的每一样东西的回报，作为对她向我详实描述她的已故儿子，他的诗歌、神经衰弱、亢奋以及他的死的回报，车尔尼雪夫斯基夫人蛮横地要求我给予她一定量的创造性合作。她的丈夫，为他拥有一百年历史的姓氏感到自豪，用它的来历殷勤款待客人达数小时之久（他的祖父在尼古拉一世统治时期受洗礼——在沃利斯克，我想——施洗者是著名政治家车尔尼雪夫斯基[①]的父亲，一位身体肥硕、精神健旺的希腊裔东正教牧师，喜欢在犹太人中间从事传教工作，除了宗教祝福以外，还将自己的姓氏额外赐予那些皈依者）。他在许多场合对我说："我看，你真该以传记小说为体裁，写一本小说，介绍六十年代我们的伟人——喏，喏，别皱眉，我能料到你所有的反对理由。不过相信我，毕竟有这样的例子，说明某个正派人富有献身精神的一生体现出的迷人魅力，足以弥补其文学观点中的谬误。至于尼古拉·车尔尼雪夫斯基嘛，确实是一个勇敢的人。如果你拿定主意描写他的一生，我有许多离奇古怪的事儿可以讲给你听。"我压根没有心思描写这位六十年代的伟人，更无意描写雅沙，像他母亲喋喋不休地建议的那样（于是，拼凑在一起，这便是他们一部完整的家族史）。不过，在对他们引导我创作灵感的这番努力感到既好笑又好气的同时，我依然觉得车尔尼雪夫斯基夫人将很快使我陷入窘境。另外，正如我被迫系上雅沙的领带前去拜访她一样（直到想起说我打算把它留待特殊场合使用），我将不得不着手创作一篇冗长的短篇小说，描写雅沙的命运。我曾经软弱得过了头（或者勇敢得过了头），竟去琢磨自己怎样才能对付这个题目，倘若凑巧……任何一个颇有见解、多愁善感的人，任何一位戴角质架眼镜的"严肃的"小说家——欧洲的家庭医生和研究社会震动的测震学专家，无疑已经从这个故事中发现了颇能反映"战后年轻人的精神状态"的特点—— 一个词语组合，它本身（甚

① 此处指尼古拉·车尔尼雪夫斯基（Chernyshevski，1828—1889），俄国民主主义者、思想家、学者、作家和批评家，主要作品有长篇小说《怎么办？》以及其他涉及美学、哲学、文学批评等方面的论著。

至撇开它所表达的“大意”不论）使我轻蔑得说不出话来。每当我听到或读到最近流行的幼稚无聊的话，有关“时代的症状”以及“青年的悲剧”之类的蠢话时，就会产生一种腻味恶心的感觉。再者，因为雅沙的悲剧没能激发我的热情（尽管他母亲认定我心里在燃烧），我兴许已经身不由己地陷入散发着令人作呕的弗洛伊德式腐臭的“深度”社会问题小说之中。在我发挥想象力、用脚趾触碰水坑表面薄似云母的浮冰之际，我的心脏停止了跳动。我甚至会想象将自己的作品誊清，交给车尔尼雪夫斯基夫人，采取了一种坐姿，好使那盏灯从左侧照亮自己的命运之路。（谢谢你，这样我能看清。）在简短的序言中提到当初写它是如何困难，提到我意识到的责任感之后……但是，此间的一切都将被羞愧的绯红色薄雾遮蔽。幸好我没有执行命令——我无法断定是什么救了我：一方面，我一再拖延，为时过久；另一方面，在我们的会面之间，出现了某些值得庆幸的间隙，也许车尔尼雪夫斯基夫人本人对我的话感到有些厌倦。即便如此，这个故事始终未被作者采用—— 一个事实上过于简单和伤感的故事。

我和雅沙几乎同时进入柏林大学，只是我不认识他，虽说我俩准已照过许多次面。学科的不同——他主修哲学，我研究纤毛虫——减少了我们交往的可能性。倘若我现在重返往昔岁月，仅仅在一方面得到充实——对当今的清醒的感觉，一丝不苟地追寻我那些首尾相叠的所有足印，我定将注意到他那张快照上如今看起来很眼熟的脸。你以为自己正随身携带时下的违禁品重返过去的时光，这本身是一桩趣事。至于在出人意料的场合，邂逅今天的相识，他们如此年轻、清新，由于一种清醒状态下的神经错乱而没有认出你，这又该是多么荒诞不经。这么着会有一个女人，比如说，一个某人自打昨日以来一直爱慕的女人，她以一个少女的形象出现，正紧挨着他站在拥挤的车厢里；而一个十五年前在街上向你问路的匆匆过客，眼下与你同在一个办公室里共事。在这往昔纷乱的人群中间，只有约莫一打的面庞将体现此种时代错误的重要性：被王牌的光辉改变形貌的小牌。

接着，一个人能多么自信地……不过可惜，即使你碰巧在梦中进行这一次回溯旧踪的旅行，之后在往昔岁月的边缘，你目前的领悟力完全失效，而且在由梦魇的笨拙的道具管理员草草拼凑的教室环境里，你再一次不了解自己的课程——身边是所有俱已忘却的旧时学校形形色色的痛苦挣扎。

在大学里，雅沙与两位同学结为好友，鲁道夫·鲍曼，一个德国人，以及奥莉娅·G.，一位同胞——那些俄文报纸没有登出她的全名。这位姑娘与他同龄，而且甚至，我想，与他同乡。然而他们两家彼此并不相识。我只有幸见过她一回，是在雅沙死后大约两年的一次文学聚会上——我记得她那引人注目的宽阔光洁的前额，海蓝色的眼睛，鲜红的大嘴，嘴唇上方一片黑色的绒毛，唇边一颗圆鼓鼓的痣。她站在那儿，双臂相交，搁在绵软的胸脯上，顿时在我心中激起所有恰当的文学联想。诸如一个晴朗夏夜的尘埃，高速路边一家酒馆的门槛以及一个神思倦怠的姑娘目不转睛的凝视。至于鲁道夫，我与他缘悭一面，只能凭借其他人的话揣测，他长着一头往后梳理的褐发，动作麻利，而且外表英俊——那健硕的身躯和发达的肌肉令人联想到一只猎犬。于是，我用不同的方式分别研究这三个人，以致影响了他们的实质和特点，直至最后一刻，属于我自己却不被我理解的太阳，将他们一齐照亮，同时借助同样猝然闪现的光芒将他们融为一体。

雅沙记了一本日记，将自己、鲁道夫和奥莉娅之间的相互关系简洁地解释为“嵌在一个圆里的一个三角形”。圆圈代表正常的、简单的、联结三人的“欧几里得式的”（如他所言）友谊，因此如果这只圆圈单独存在，他们的结合可能始终是轻松愉快、牢不可破的。但是刻在圆圈内的三角形是人际关系的一种不同的体系，错综复杂、令人痛苦，且形成缓慢，有一种自己的存在方式，完全独立于圆圈围住的恒定友谊的普通范畴之外。这是悲剧的平淡无奇的三角形，产生于田园诗的圆圈内，姑且不论彰显其发展的时髦的参照物，单是这种匀称得令人起疑的结构的存在，便永远不可能允许我据此写出一部短篇或长篇小说。

“我疯狂地爱上了鲁道夫的灵魂，”雅沙用他那充满激情的、新浪漫主义的笔调写道，“我爱它的比例均衡，它的健康及它对活在世上表现出的喜悦。我疯狂地爱上了这个完全裸露、太阳晒黑的柔软的灵魂，它对所有事物都做出一种反应，穿过人生，犹如一位自信的女人掠过舞池一般。我只能以最复杂、最抽象的方式，相形之下，康德、黑格尔如同儿戏，想象我将经历的心醉神迷的狂热，只要……只要什么来着？我能拿他的灵魂怎么办？这正是置我于死地的东西——这种对某种最神秘的工具的渴望（因此阿尔布雷希特·科赫渴望狂人世界里的‘金色的逻辑’）。每当我与他独处时，我血液翻腾，双手像学校女生的手一样变得冰凉。他知道这点，他开始厌恶我，而且不掩饰自己的反感。我狂热地爱上他的灵魂——犹如爱上月亮一样徒劳。”

鲁道夫的拘谨尚可理解，但你如果仔细审视此事，便会觉得雅沙的冲动或许并没有违背常理，他的激情毕竟与俄罗斯上世纪中叶许多年轻人的激情极为相似。他们快活得颤抖。每当雅沙扬起柔软光洁的睫毛，他那眉毛苍白的老师，一位未来的领袖，未来的殉道士，将转身朝向他。倘若鲁道夫算得上一位地地道道的教师，一位殉道士，抑或一位领袖，我会否认从雅沙身上看到了难以矫正的偏差。鲁道夫的真实身份，所谓的德国大学生，一名德国的“正常青年”，以及他在一定程度上属意晦涩诗歌、蹩脚音乐和畸形艺术——并不影响他身上那种令雅沙痴迷或者觉得令他痴迷的东西。

作为由一名教授的令人尊敬的傻瓜儿子与一名公务员的女儿所生的儿子，鲁道夫生长在优越的资产阶级环境里，在状若教堂的餐具柜和呈休眠状态的书脊之间。他本性敦厚，虽说并不和善；善于交际，却有些轻浮；容易冲动，同时又工于心计。他确凿无疑地爱上了奥莉娅，在跟她和雅沙骑车在黑树林里漫游之后。那次旅行，如他在事后讨论时所表白的那样，“开拓了我们三人的眼界”。他在最低层次上烦躁地、质朴地爱上了她，但却遭到了她的严词拒绝，这种拒绝随即变得更加生硬，因为这个倦慵懒散、一味攫取、孤僻任性的姑娘，接下来（在同样的杉树林里、紧傍那个同样圆而黑的小湖）“意识到她已倾心迷恋”雅沙，而雅沙由此感到的压抑，实不下于鲁道夫因为雅沙的炽热情欲以及奥莉娅因为鲁道夫的炽热情欲而生出的烦恼。于是，他们感情的几何关系遂告完整，令人想起法国十八世纪戏剧家笔下人物之间传统且略显神秘的互相联系，X爱上Y，Y爱上Z。

到了冬天，他们结交的第二个冬天，他们已经清楚地意识到这种处境。整整一冬，他们都在深入思考这种关系的无望。表面上看，似乎一切正常：雅沙孜孜不倦地读书；鲁道夫打曲棍球，娴熟地将球快速击过冰面；奥莉娅学习艺术史（它联系时代背景发出的声响——如同所涉及的整个戏剧性事件一样——酷似一个过于独特，以致走调的音符）。而在内里，一种隐伏的、折磨人的煎熬正渐露端倪，这几个不幸的年轻人刚刚开始从他们的三重折磨中觅得些许乐趣，它就变成令人忧惧的祸端。

长期以来，他们遵循一种彼此达成的默契（每个人无耻地、绝望地了解另外两人的一切），每当三人待在一起时，他们避而不提自己的感情。但只要缺了哪一位，另两位将不可避免地谈及他或她的激情与苦难。出于某种原因，他们在柏林的一家火车站的饭店里度过新年除夕——兴许由于时间装备在火车站尤其引人注目的缘故，然后，他们耷拉着脑袋，走过节日凄冷的街上堆积的五颜六色的雪泥。鲁道夫颇具讽刺意味地提议为他们友谊的显露而干杯。打那以来，他们起初措辞谨慎，继而带着毫不掩饰的狂喜，共同谈论三人全部在场时自己的感受。正是在那时，三角形开始了对圆周的侵蚀。

上了年纪的车尔尼雪夫斯基、鲁道夫的父母，以及奥莉娅的母亲（一位女雕塑家，身躯臃肿，两眼乌黑，风韵尚存，嗓音低沉，曾经两度丧夫，过去脖间常常围着貌似青铜链的长长的项链），不仅没有觉察出某个预示厄运的事态正在扩大，而且还有可能颇有把握地答复说（倘若哪位漫不经心的提问者出现在天使们中间，他们已经聚拢，已经簇拥在躺着一把刚问世的黑色小左轮手枪的摇篮周围，内行般地絮絮叨叨）诸事顺遂，人人快乐。不过事后，当一切皆已发生，他们受到蒙骗的记忆进入一个个同样色彩斑斓的日子，在他们惯常的流逝中寻觅即将到来的事物的迹象与证据。而且，出人意料的是，他们终将发现这些。于是当G太太登门拜访车尔尼雪夫斯基太太，抚慰对方的丧亲之痛时，她完全认定自己对悲剧早有预感的说法。自从她进入昏暗的客厅的那一天起，奥莉娅跟她的两个朋友默默地坐在一张长沙发上，保持纹丝不动的姿势，像身处墓碑浮雕上各种倾向于以悲剧收场的寓言故事中。这仅仅是倏然而逝的光影的融合，但是G太太声称已经注意到那一刻，或者，更有可能的是，她已将那一刻搁置一旁，以便几个月后与其重逢。

到了春天，这把左轮手枪已经长大。它属于鲁道夫，但在很长一段时间里，却毫不惹眼地在三人之间辗转相传，犹如家庭游戏里沿着一根细绳滚动的温暖的圆环，或是黑玛丽手上的一张纸牌。虽说看似离奇，三人一齐失踪，以便——已经置身于一个不同的世界——恢复一个合乎理想、完美无缺的圈子的主意，眼下正由奥莉娅积极推行，尽管目前很难确定何人何时首先提出这个主意。这项艰巨复杂的事业中诗人一角由雅沙扮演——他的处境似乎全然无望，概因这一角色过于抽象。然而，有一些痛苦无法被死亡消弭，因为它们能更容易地被生活及其变化中的渴望化解：一颗有形的子弹无力抵御它们。而另一方面，它却能相当出色地对付涌上鲁道夫和奥莉娅心头的粗鄙的激情。

现在已经找到了一个解决方案，有关它的讨论变得特别引人入胜。四月中旬，在车尔尼雪夫斯基当时居住的公寓里，发生了显然是最后触发终场结局的一件事。雅沙的父母安然地离家前往马路对面的电影院，鲁道夫意外地喝得酩酊大醉，任由自己胡来，雅沙将他从奥莉娅身边拽开，这一切发生在浴室里。转瞬间，鲁道夫满眼含泪地拾起不经意间从裤兜里落到地上的钞票。三人觉得格外压抑、格外羞耻，而定于翌日上演的终场将带来的慰藉又是何等诱人。

四月十八号是星期四，同时也是奥莉娅父亲的第十八个祭日，饭后他们配备了那把这时已经变得相当结实且取用自如的左轮手枪，在光线明亮的糟糕的天气里（吹来一股湿润的西风，每个花园里都有三色堇的紫褐色）出门乘五十七路有轨电车去格伦沃尔德[①]，计划在那里寻找一个僻静之处，相继开枪自尽。他们站在车厢后面的平台上，三人全都披着雨衣，脸上苍白浮肿。雅沙那顶约莫已有四年未戴，今天不知何故被他戴在头上的宽大的鸭舌帽，赋予他一种异常平庸的神态。鲁道夫光着脑袋，风儿撩乱了他那从两侧鬓角往后梳理的金黄色头发。奥莉娅身子倚在后面的栏杆上，一只白皙结实、食指上套着一枚醒目的戒指的手紧紧抓住黑色的扶手——觑起双眼，瞅着掠过身旁的街道，同时老是错误地踩住地板上小巧的钟状物联结的踏板（电车后身变前身时专供司机那只石头般的大脚踩踏）。这三人隔着门受到车厢里尤利伊·菲利波维奇的注意，此人是雅沙一位表哥以前的老师。他赶紧探身门外——他是一个敏捷自信的人——朝雅沙招手。雅沙认出了他，走进车厢里。

“遇见你可真巧。”尤利伊·菲利波维奇说着，详细解释完他正与五岁的女儿（和他分开，坐在窗边，橡皮般柔软的鼻子紧贴着玻璃）一起去看他那住在产科病房的妻子之后，他掏出皮夹，又从皮夹里掏出他的名片，瞅着电车偶尔停住的当儿（电车拐弯时脱离电线），用一支自来水笔勾去旧住址，在上面写下新住址。“喏，”他说，“你表哥从巴塞尔[②]一回来，就把这交给他，另外提醒他，拜托，他还有几本我的书，我需要它们，非常急需。”

电车沿着霍亨索伦大街疾驰，在车后的平台上，奥莉娅和鲁道

① Grunewald，位于柏林西部郊区的一片居民区，以森林茂密著称，曾是皇家森林狩猎场。

② Basel，瑞士西北部一城市。

夫相继像刚才一样神情肃穆地立于风中，但是某种神秘的变化已经发生：通过将他们独自撇在一旁的行为，即便仅有短暂的一瞬（尤利伊·菲利波维奇·波斯纳和他女儿很快下了车），雅沙实际上已经拆散了联盟，已经开始脱离他们。结果当他重返平台、待在他们身边时，他，尽管与他们一样对此浑然不觉，已经孤独无依。另外一道隐而不现的裂隙，与支配所有裂隙的规则协调一致，继续不可抗拒地缓缓裂开、变宽。

春天岑寂的林子里，湿漉漉的暗褐色桦树，尤其是比较矮小的那些，茫然若失地站在周围，心里全都走了神。离鸽灰色的湖不远（宽广的湖岸阒无人迹，只有一位矮个男人正在应他的狗的请求将一根树枝伸进湖水搅动），他们轻而易举地找到一个偏僻适宜的地方，忙不迭地着手行动。更确切地说，是雅沙着手行动。他诚实的禀性能使最鲁莽的行为透出一种几近质朴的意味。他说他将按照年龄顺序首先开枪自毙（他年长鲁道夫一岁，长奥莉娅一个月），这样一句简单的表示使他们无须靠抓阄来碰运气，因为抓阄既粗俗又轻率，结果保不准还是会摊到他先死。他脱去雨衣，没有向朋友告别（考虑到他们的共同归宿，这倒也在情理之中），屏住声息，脚步踉跄地奔下滑溜溜、松树遍布的山坡，走进一个长满低矮橡树和多刺灌木丛的沟壑，虽说四月的空气清澈纯净，这些植被还是完全遮蔽了他的身影，使其他两人无法看见。

这两人站了很久，等着听见枪声。他们没带香烟，好在鲁道夫够聪明，从雅沙的雨衣口袋里摸出一盒未拆封的香烟。天空已经罩上阴云，松树小心地窸窣作响，仿佛它们稠密的枝柯正从下面摸索什么。两只野鸭以惊人的速度高高飞过，伸出长长的脖颈，一前一后紧紧挨着。事后，雅沙的母亲动辄掏出名片给人看，在它的背面，雅沙已经写上："爸爸妈妈，我还活着，我给吓坏了，原谅我吧。"挨到最后，鲁道夫再也忍不住了，他爬下山坡，去看他到底怎么样了。雅沙坐在一根圆木上，周围堆满了去年落下、迄今无人搭理的树叶，但他没有转身。他只是说了声："一分钟就能了结。"他的后背有些紧绷绷的，像是在抑制一阵剧痛。鲁道夫重返奥莉娅身边，他刚一到她身边，两人便听见砰的一声沉闷的枪响。而在雅沙屋里，生命又多持续了几个小时，仿佛什么也没有发生。剥下的香蕉皮留在一只盘子上，安年斯基[1]的诗集《柏木雕花箱》以及霍达谢维奇的诗集《沉重的里拉[2]》放在床边的椅子上，还有长沙发上的乒乓球拍。他当场中弹殒命。可是，为了使他活转过来，鲁道夫和奥莉娅拖着他穿过灌木丛来到芦苇丛旁，不顾一切地往他身上洒土，替他按摩，以致警察后来发现的是一具涂满污血和泥沙的尸体。接着，两人开始呼救，不过没人过来：建筑师费迪南·斯托克斯赫麦塞尔早已带着他那只浑身湿漉漉的塞特种猎犬离开了。

他们返回刚才等待枪声的地方，到这里，整个故事罩上一层疑云。明摆着的一点是：鲁道夫，兴许因为人世间的一个空缺有待他填补，抑或因为他纯粹是个孬种，完全打消了自毙的念头；奥莉娅呢，虽然始终不改初衷，却也无可奈何，因为转眼间左轮手枪已经被他藏起。林子里变得阴冷黑暗，周围淅淅沥沥地落下一阵毛毛细雨，他们待了很久，度过了枯燥无聊的一个钟头。据传他们正是在那一刻成为恋人的，不过这种说法实在无趣。夜半时分，在一条被诗意地称为丁香巷的街道的拐角，一名警官半信半疑地听着他们那恐怖而连贯的故事。他们表现出一种歇斯底里的状态，看起来像小孩子在吹牛显摆。

倘若车尔尼雪夫斯基夫人在事件发生后随即跟奥莉娅见面，一种充满柔情的感觉或许便能由此产生。不幸的是，这次会面迟至几个月之后，一则因为奥莉娅外出，二则因为车尔尼雪夫斯基夫人的悲恸没有立即呈现出费奥多尔亲临现场时所发现的那种不知疲倦甚或如痴如醉的形式。奥莉娅在某种意义上是不幸的：她碰巧回来参加她同

---

① Annenski（1855—1909），俄国诗人。一八七九年毕业于彼得堡大学文史系，著有抒情诗集《低吟的歌》《柏木雕花箱》等。

② lyre，古希腊的一种弦乐器。

父异母的哥哥的订婚宴会，家里全是客人。当车尔尼雪夫斯基夫人没预先打招呼就来到这里，脸上盖着纪念死者的厚厚面纱，从她可悲的案卷（照片、信函）里精心挑选的一份珍品装在手提包里，所有的人都在酝酿陪她落泪的喜悦。迎候她的是一位年轻女子，身穿半透明的上装，嘴唇血红，饱鼓鼓的鼻头敷满脂粉，客气和不耐中透着颓废。你可以在她接待客人的隔壁小房间里听见一架唱机的哀号，不消说，从中不会产生亡灵们之间的融洽关系。"我只是久久地盯着她。"车尔尼雪夫斯基太太说道。言毕她小心翼翼地剪去许多小幅快照上的奥莉娅和鲁道夫。然而后者随即来到她家，在她脚下打滚，脑袋对准长沙发柔软的角落猛撞，过后转身离开，迈着富有弹性的优美步伐，急速走在春天的一场阵雨之后闪闪发亮的选帝侯大街上。

雅沙之死让他的父亲非常痛苦。他在疗养院度过整个夏天，而且再没有真正康复：将理性的室温与雅沙死后进入的无限丑陋而寒冷的鬼魅世界分开的隔板骤然破裂，而且无望修复，因此只能用布遮住那道罅隙，他尽量避开不看上面颤悠悠的褶皱。自打那一天起，来世开始渗入他的生命，但他无法消除这种与雅沙灵魂的频繁交往。他终于对妻子提起这事，徒然地希望如此能使秘密状态孕育的幻觉没有害处，因为很快他不得不寻求医生们令人厌烦、大多致命的显微镜加橡胶管的救助。如此说来，他仅有一半生活在我们的世界，因此更加贪婪、更加绝望地攫住这个世界。当你聆听他轻松活泼的话语，打量他五官匀称的面庞，很难想象这位看似健康、矮墩墩、胖乎乎、头上有秃斑、鬓发稀疏的男人种种超脱尘世的经历，不过特别奇怪的是使他顷刻间面目全非的抽搐。此外，他一连数周右手戴一只灰布手套（他患有湿疹）的事实，神秘地暗示着一件不可思议的事情，仿佛他厌恶生活肮脏的触碰，抑或遭到另一种生活的炙烤，他把摘除手套后的握手专门留给冷酷无情、难以想象的晤面。与此同时，非但没有任何东西因雅沙之死而停滞，而且许多趣事正在发生：在俄罗斯，人们冷眼旁观人工流产的普及和避暑别墅的复兴；在英国，发生了这种或那种罢工；列宁匆匆辞世；杜塞[1]、普契尼[2]、阿纳托尔·法朗士[3]相继死去；马洛里和欧文在临近珠穆朗玛峰顶处丧生；多尔戈鲁基老王爷，脚登织有褶边的人造皮凉鞋，秘密访问了俄国，为的是再看看茂密的荞麦；而在柏林，三轮出租车出现没多久后竟又消失；第一艘飞艇慢吞吞漂洋过海；报上连篇累牍地报道库埃[4]、张作霖和图坦卡蒙[5]。一个礼拜日，一位年轻的柏林商人和他的一位锁匠朋友动身去乡间，他们乘坐的一辆四轮大马车仅带一丁点血腥气，租车给他的是他的邻居，一个屠夫。两名女仆与商人的两个小孩坐在车里豪华的椅子上，孩子们呜呜哭着，商人与他的伙伴一边狂饮啤酒，一边拼命驱赶马儿，天气很美好，以致他们在兴头上蓄意撞倒一名灵活拐弯的骑车人，在水沟里结结实实揍了他一顿，把他的公文包撕成碎片（他是一位画家），继续欢欢喜喜地上路。画家苏醒过来以后，在一家客栈的花园里意外地撞见他们，只是试图确定他们身份的警察也给打得不轻。过后他们兴高采烈地驱车沿着公路前行，眼见几辆警察驾驶的摩托车渐渐逼近，便举起左轮手枪射击。在接踵而来的交火中，一粒子弹击毙了愉快的商人的三岁儿子。

“听着，我们应该转变话题，”车尔尼雪夫斯基夫人柔声说道，“我不敢让我丈夫听到诸如此类的事情。你手头的确有一首新诗，对吧？”“费奥多尔·康斯坦丁诺维奇准备给我们念一首诗。”她朗声宣布，可是瓦西列夫，身子半躺着，一只手捏着一根硕大的烟嘴，上面插了一根不含尼古丁的香烟，另一只手漫无目的地将一个玩具娃娃

① Duse（1858—1924），意大利女演员，以扮演莎剧中的朱丽叶、易卜生《玩偶之家》中的娜拉等角闻名。

② Puccini（1858—1924），意大利歌剧作曲家，主要作品有歌剧《波希米亚人》《蝴蝶夫人》等。

③ Anatole France（1844—1924），法国小说家、文艺评论家，一九二一年加入法国共产党，同年获得诺贝尔文学奖，主要作品有《波纳尔之罪》等。

④ Coué（1857—1926），法国心理疗法医师、药剂师，研究催眠术，倡导一种自我暗示的心理疗法。

⑤ Tutankhanmen，古埃及第十八王朝国王。英国埃及学家H. 卡特发现其陵墓（一九二二年），发掘时墓室完好，内有金棺、法老木乃伊和大量珍贵文物。

弄得乱蓬蓬的，这个娃娃正在他的膝头经历各种情绪的演变。他仍然继续谈了足有半分钟，叙述前一天法庭上是如何调查这一欢乐事件的。

“我手头什么也没有带，心里什么也没记住。”费奥多尔连续重复了几遍。

车尔尼雪夫斯基蓦地转向他，将自己的一只汗毛浓密的小手搭在他的衣袖上。“我估摸你还在生我的气。你没有？以名誉担保？我事后才明白，那是一个多么残忍的玩笑。你看上去气色不好。情况怎么样？你从来没有认真对我解释你为什么变换住处。”

他解释道，在他住了一年半的膳宿公寓里，突然搬进一些他认识的人：过于和善、头脑愚钝、爱管闲事、惹人厌烦的家伙。他们时不时地“串门聊天”。他们的房间紧挨他的房间，不久，费奥多尔觉得他们之间的那堵墙壁已经坍塌，他无力自卫。不消说，对于雅沙的父亲来说，住处的变更解决不了他的问题。

瓦西列夫已经站起身。他轻轻吹着口哨，阔背微伛，正在翻阅架上的书籍。他抽出一本，将它打开，止住口哨，代之以呼哧呼哧的喘息，开始独自读起第一页来。他在长沙发上的位置被柳博芙·马尔科芙娜和她那只手提包占据。由于她倦怠的双眼未经任何修饰，在她用一只难被取悦的手抚摸塔玛拉金黄色的后脑勺的时候，脸上的神态平添了几分妩媚。

“对！”瓦西列夫没头没脑地说了声，啪地合上书，塞入书架上近在眼前的第一个空隙。“这个世界上的一切都得完结，同志们。我嘛，必须在明晨七时起床。”

工程师克恩朝自己的手腕瞟了一眼。

“哦，再待一会嘛。”车尔尼雪夫斯基夫人说着，两只蓝色的眸子流露出哀求的目光，一边转向工程师，见他已经起身，站在他的空椅子后面，又将椅子朝旁边稍稍挪开一些（这样一个灌了满肚子茶的俄罗斯商人也许会将自己的杯子倒扣在与之相配的碟子上），便开始谈起他已经答应在下周六的会议上发表的演讲——演讲题目是《战时的亚历山大·勃洛克》。

"我在通知中误写成《勃洛克与战争》，"她说，"不过这不会有什么影响，对吧？"

"恰恰相反，它当然有影响，"克恩答道，两片薄唇边带着一丝笑意，但是厚厚的镜片后面却露出杀气，没有松开叠在腹部的两只手，"'战时的勃洛克'表达了标题的本义——演说者自己观察的个人本质。'勃洛克与战争'嘛，恕我直言，是哲学。"

此时，他们全都开始渐趋朦胧，随着一片雾气的随意颤动微微荡漾，而后消散殆尽。他们的轮廓，按照8字形编织而成，正在蒸发，虽说间或有一个亮点在闪烁—— 一只眼睛里的热诚的目光，一只手镯的一线微光，还有瓦西列夫那被急促地刻上皱纹的前额的短暂重现。他正握住某人开始融化的手，最终隐约浮现的是淡绿色的麦秆，饰以丝织玫瑰（柳博芙·马尔科芙娜的帽子）。现在，一切俱已消失，雅沙一声不响、趿着拖鞋来到烟雾弥漫的客厅，心想他父亲已经就寝。随着神奇的一声丁零，就着深红色提灯的光亮，几个影影绰绰的人正在修理广场拐角上的人行道。因为没钱搭电车，费奥多尔正步行走回家。他忘了向车尔尼雪夫斯基借两三个马克，这点钱可以帮他支撑到靠上一堂课或担任翻译获取酬金。单单这个念头本不至于让他烦恼，可是他让源自极讨厌的失望（他已经生动清晰地构想他大作的成功）的那种普普通通的痛苦情绪搅得心神不安，加上左边鞋里一个冰冷的破洞，还有对在一个陌生的地方度过即将到来的夜晚的害怕。他疲惫不堪，为虚掷当夜柔和的开端而自怨自艾；他心里备受煎熬，觉得自己那天没有循着某条思路直到其尽头，现在再也不可能完成。

他此时走过的几条街道早已逐渐而巧妙地潜入他的熟人圈子——似乎这还不够，它们期待爱抚。它们甚至已经预先买下，在他未来的记忆里，圣彼得堡旁边的空地，一个邻近的墓穴。他走在这些阴暗光滑的大街上，密集的房屋节节退让，往后或是倾斜着进入柏林褐色的夜空。夜空中仍有不少零星分散的薄弱之处，会在某人的凝视下融化，让夜空能收获几点疏星。终于到了我们曾经用餐的广场，还有高高的砖砌教堂以及依然完全透明的杨树，状若一个巨人的神经系统。这儿，还有公厕，使人想起巴巴－亚加[①]俗艳的村舍。在被一盏街灯的微弱光线斜穿而过的公园的阴暗处，那个近八年来始终拒绝实体化的漂亮女孩（他对初恋记忆犹新）坐在一张炭灰色长椅上，但是等他走上前去，发现只是杨树桩佝偻的阴影坐在那里。他拐上他所住的街道，像纵身投入冷水似的一头钻进去——他委实讨厌返回，向他预示如此令人触目伤神的气氛的，是那间屋子，那只心地歹毒的衣柜，以及那张长沙发。他找到他的前门（被黑暗笼罩），掏出一串钥匙，没有一把能打开门。

“怎么回事……”他忿忿地嘀咕着，瞅了瞅钥匙齿，复又气呼呼地开始将它捅进锁孔。“真见鬼！”他嚷了一声，后退一步，以便仰起脑袋看清门牌号码。没错，正是这座房子。他正要再度俯身察看一下锁，脑中忽有所悟，这些明摆着是膳宿公寓的钥匙，被他误揣在雨衣兜里，今天搬家时被一起带来，新钥匙准还搁在他此刻比刚才更想进去的房间里。

在那段日子里，柏林看门人大多是阔绰的恶棍，家里养着胖老婆。按照小资产阶级的标准，他们属于共产党。白俄房客们见了他们不寒而栗。惯于屈从的我们，处处都让身体被一个逆来顺受的阴影掩盖。费奥多尔完全明白，惧怕一个喉结上下滚动的老傻瓜，实在是愚不可及，但还是不敢在半夜过后贸然唤醒他，把他从巨大的羽毛褥垫上叫起来，不敢实施按铃的动作（虽说极有可能任他怎么按都无人应声）。他不敢轻易这样做，尤其因为他身上没带那枚十芬尼[②]的硬币，无法想象他能走过那只手掌。它令人生畏地窝成杯状，举到齐及臀部的高度，

① Baba-Yaga，俄罗斯民间传说中的女妖，经常偷走儿童而煮食之。

② Pfennig，德国二〇〇二年采用欧元之前的辅币名，一百芬尼等于一马克。

满怀信心地等着接受一份贡金。

“真是乱七八糟，真是乱七八糟。”他喃喃地说着，走到旁边，感觉到身后一个不眠之夜从头到脚压在他身上的重量。这是一个沉甸甸的孪生兄弟，他必须将他带到这儿或那儿。“真傻，多么傻呀。”他补充了一句，说俄语“glupo”[①]时他加进法语轻轻的“l”音，如同他父亲以往茫然困惑时，以粗鲁调笑、漫不经心的口吻发的音。

他考虑下一步该做什么。等谁出来？争取找到身披黑斗篷、掌管几条住宅街的钥匙的守夜人？豁出去按响门铃，把整个房间闹翻天？费奥多尔开始沿着人行道踱到拐角，然后返回。高高在上的，是一盏盏乳白色路灯，每一盏都挂在它那横向伸展的电线上。在最靠近他的一盏灯下方，有一个阴惨惨的圆圈在摇荡，同时携着一缕微风掠过潮湿的柏油路面。这种摇荡与他并无明显关联，然而却带着手鼓般铿锵有力的声响，将什么东西轻轻推离它始终憩息的灵魂的边缘。眼下，早先遥远的召唤已经永远平息，但却传出“谢谢你，我的祖国，为了你最遥远的……”的洪亮的声音，在近处回荡。少顷，随着一股袭来的波浪，传来“我理当感谢的最残忍的迷雾……”旋又飞去寻觅一个答案：“……被你忽视……”他一边梦呓般地自言自语，一边在并不存在的人行道上踱来踱去。他的双脚受局部意识的指引，而处于主导地位的费奥多尔·康斯坦丁诺维奇，实则是唯一至关紧要的费奥多尔·康斯坦丁诺维奇，正往下一个幽冥昏暗的诗节里窥探，它在几码开外的地方晃荡，注定要消融在一种尚未被认识但已得到特别允准的和谐里。“谢谢你，我的祖国……”他又开始出声吟诵，重新积聚声势，然而刹那间，人行道化为他脚下的石块，周遭的一切即刻开言。他的神志蓦然清醒，匆匆走向他住宅的房门，因为此时门后透出一束亮光。

一个中年女人，颧骨高耸，卡拉库耳大尾绵羊[②]毛皮夹克披在肩

---

① 用拉丁字母转写的俄语，傻。

② Karakul，塔吉克斯坦的湖名，该地区首先培育此种绵羊。

头，正在送一个男人出门，跟他一起在门边止步。“那么别忘了做这事，亲爱的。”她用一种单调乏味的平常语调说这话时，正巧费奥多尔来到门口，咧着嘴嬉笑，当即认出了她：当天早晨，她跟丈夫一直在等候他们的家具。不过他同样认出了正被送出房门的客人——他是年轻的画家罗曼诺夫，曾经在《自由言论》的编辑部办公室里撞见过两次。他清秀的面庞透出的希腊人的纯洁，却被歪歪扭扭、色泽暗淡的牙齿所玷污，带着一种惊愕的神态，跟费奥多尔打招呼。费奥多尔尴尬地朝太太鞠躬致敬，她正在整理从一侧肩头滑落的夹克，然后大步流星地跨上楼梯，在转弯处重重地绊了一下，随即抓住扶手往上爬。身穿晨衣、睡眼惺忪的施托博伊夫人令人敬畏，好在碰面没有持续多久。他在自己的房间里笨手笨脚地摸着灯，费力地找到它，在桌上瞧见闪亮的钥匙和那本白书。一切都已结束，他想。不久以前，他还在向朋友们分赠带有矫饰抑或陈腐的题词的书。他想起最近几天他如何陶醉在自己的书带来的喜悦中。不过终究没什么大不了的。今天的欺瞒并不排除明天或后天的报偿。然而，不知怎的，梦想已经使人腻烦，眼下那本书躺在桌上，被完全密封在自己限定和约束的范围内，再也不会放射出原先那些强烈而明亮的光线。

片刻之后，躺在床上，正当费奥多尔的思想趋于平静，准备就寝，他的心开始沉入睡眠的积雪之际（他睡着时总是伴有心悸），他鲁莽轻率地冒险重复那首未完成的诗——纯粹是为了赶在它被睡眠隔开前再欣赏一遍。但他软弱无力，诗却很强大，旺盛的生命力正在抽动，不一会儿就征服了他，使他皮肤上遍布鸡皮疙瘩，使他脑瓜里充满天国的噪音。于是他又打开灯，点燃一根烟，身子仰卧，被单扯到下巴颏上，双脚隆起，恰似安托科利斯基[①]笔下的苏格拉底（一只脚趾在卢加诺的湿气中烂掉），完全听命于灵感的所有要求。这是一次与一千名

① Antokolski（1896—1978），俄国诗人。著有长诗《儿子》《在阿尔巴特大街后面的胡同里》等。

对话者的交流，其中只有一人是真实的，必须将其攫住，置于声音可及的范围内。这是多么困难，又是多么了不起……在这些梦游者之间的交谈中，我的灵魂对单调的敲打几乎全然不知……

在经过约莫三小时的斟酌和危及生命的激情以后，他终于将整首诗从头到尾梳理了一遍，决计明天把它写下来。在与其分别时，他试着柔声吟诵美好而温暖、带着农庄清新气息的诗行：

谢谢你，我的祖国，为了你最遥远
最残忍的迷雾，我理当感激。
被你迷住，被你忽视，
我自言自语地说起你。
在这些梦游者之间的交谈中
我内心几乎全然不知
到底是我的疯狂在徜徉，
还是你的旋律在萌生。

此时方才明白这首诗含有某种意义，他饶有兴致地把它吟诵完，心里暗自赞许。疲惫，快活，鞋底冰冷（塑像半裸着躺在一个阴暗的公园里），对自己完成的工作的出色程度和重要性仍然坚信不疑，他起身打开电灯。他穿着破旧的睡衣，胸脯瘦骨嶙峋，两条毛茸茸的长腿布满青绿色的筋脉。他在镜前磨磨蹭蹭，依旧怀着同样庄重的好奇审视自己，尚未完全认出自己，那对阔眉，那前额，带着一小撮突出的齐根剪平的发尖。他左眼里一条血管已经破裂，从眼角遍及全眼的绯红，使那只眸子的一线黯淡微光具有某种吉卜赛人的特征。那天，夜间几小时过去以后，他那瘪塌的双颊长起了多么茂密的胡髭，仿佛创作引起的湿热同样刺激了汗毛！他转动开关，但是大半个黑夜已经消散，屋里所有苍白冷漠的物体立于原地，像人们站在烟雾缭绕的火车站站台上接人一样。

他久久不能入睡：丢弃的语言外壳阻滞和磨损了他的大脑，刺痛了他的太阳穴，他无法摆脱它们。与此同时，屋子已经变得相当明亮，不知何处——最有可能是在常春藤里，疯狂的麻雀全都一道，没有相互倾听，而是发出聒耳的喧噪：一所小学校里的庞大凹室。

就这样开始了他在这个新的隐匿处的生活。他的女房东不能适应他的那些习惯，诸如一直睡到晌午，吃无人知道怎样吃或在何处吃的午餐以及就着油腻的纸包凑合一顿晚餐。他的诗集未获得任何评论（不知怎的，他以为它会自动得到评论，甚至没有费神寄出几本专供评论的样书），除了登在瓦西列夫的报纸上的一则短讯，由金融记者署名，该记者对他的文学前途表达了乐观的看法，同时引用了一节，其中有一个致命的印刷错误。他开始越发了解坦嫩贝格大街，它使他尽晓关于它本身的最温情的秘密：隔壁地下室里住着一位名叫“金丝雀”[①]的老鞋匠，透过他几近失明的窗子，可以看到一只鸟笼，里面没有黄色的囚徒，周围是补好的鞋子的样品。可是说到费奥多尔的鞋，鞋匠从干这行常戴的钢边眼镜上方将他一阵打量，拒绝替他修补。因此费奥多尔开始考虑买一双新的。他还得知楼上房客的姓名。某日他将眼镜错误地对准顶层楼梯平台，在一块标有姓名的牌子上看到卡尔·洛伦茨，*历史画画家*[②]。另一日看到罗曼诺夫，他在一条街道的拐角遇见此人。罗曼诺夫在该市的另一地区与这位*历史画画家*合用一间画室，他告诉费奥多尔几件有关他自己的事情：他是苦行僧、遁世者兼守旧派，毕生致力于描摹游行、战斗以及佩戴着星形勋章和缎带出没于无忧宫公园的帝王幽灵——如今置身于不见军服的共和国，弄得一贫如洗、郁郁寡欢。他在一九一四年前曾颇享盛誉，曾去俄国描绘德意志皇帝与沙皇的会面，在圣彼得堡过冬时遇见他现在的妻子，玛加丽塔·利沃芙娜，她当时是一个年轻风骚、对各门艺术皆有涉猎却又样样不精的女人。罗曼诺夫在柏林与这位流亡的俄国画家的结识纯属

①② 原文为德语。

偶然，全赖一张报纸上的广告。这位罗曼诺夫是一个与众不同的人。洛伦茨对他产生了一种阴郁的依恋，但自从那天罗曼诺夫第一次展出自己的作品以来（他展示了X国的伯爵夫人，上身一丝不挂，腹部有紧身胸衣留下的勒痕，搂着缩小到只及真人三分之一的自身），就视他为疯子兼骗子。然而许多人却为他在大胆创新中体现出的天赋所倾倒。有人预言他将获得不同凡响的成功，更有人推测他将成为某一新自然主义艺术流派的创始人。在经历所谓现代主义的各种试验之后，据说他已形成了一种被赋予新意、趣味横生又稍许有些冷漠的叙事艺术。在他的早期作品里，某种漫画家风格的痕迹依然显而易见——例如，在被称为“巧合”的事件中，在一根广告柱上，在色彩既艳丽又极为和谐的演出海报、电影院的星形名称以及其他透明彩衣之间，人们可以看到一则一串钻石项链的遗失启事（标有向拾者提供的酬金），这串项链分明躺在人行道上，恰巧位于柱脚下，闪烁着清白无邪的光芒。在他的《秋》里，尽管黑裁缝那具身躯被划破的人体模型给丢进堆满瑰丽枫叶的沟里，它已经显现出一种更加纯净的气质。古董商们从中窥见了悲怆的深渊。但是他迄今为止的最佳作品仍是那幅被一位独具慧眼的大亨购得、已被普遍复制的作品，名叫《四公民捕捉一只金丝雀》。四人全都是一色的黑衣、宽肩、头戴高顶黑色大礼帽（虽然出于某种原因其中一个赤脚），摆出古怪的、狂欢的，同时用心提防的姿态，头顶是一株修剪得方方正正的椴树。上面的绿叶洒满明亮的阳光，鸟儿藏在里面，没准就是从我的鞋匠身边逃走的那只。罗曼诺夫奇特而美丽却又居心叵测的艺术使我隐隐感到兴奋。我从中窥见的既是一种先发制人，又是一种预先警告：它已经把我的艺术远远抛在后面，同时又为自己照亮路上的种种危险。说到他本人，我发现此公无聊到令人憎恶的地步——我无法忍受他速度极快、口齿不清的话语，伴以他明亮的眼睛与话题毫不相干的一阵骨碌转动。“听着，”他说，唾沫星子喷向我的下巴颏，“你干吗不让我把你介绍给玛加丽塔？她让我哪天晚上把你带来—— 一定得来，我们在画室里搞个小型聚会。你知道，有音乐、三明治、红色灯罩——会来很多年轻人——波隆斯基家的丫头，希德洛夫斯基弟兄俩，济娜·梅茨……”

我不熟悉这些名字；我无意在弗谢沃洛德·罗曼诺夫的陪伴下度过几个夜晚，那个长了一张狐狸脸的婆娘洛伦茨也压根儿不能让我动心——因此我不仅没有接受邀请，反而自那时起开始躲避这位艺术家。

清晨，马铃薯小贩的吆喝声“上好的土豆”在街上回荡，声调高亢而有节奏，不过嫩蔬菜的心儿会怎样怦怦直跳哟！要不就是一个男人以丧葬似的低沉嗓音宣布：“栽花的土[①]！”拍击地毯的嘭嘭声时而夹杂着一只手摇风琴的声音，它给漆成棕色，搁在邋遢的马车轮子上，正面绘有一个环形图案，代表一条田园诗般的小溪。时而用右手、时而用左手转动手柄，目光犀利的街头手摇风琴师摁出一声浑厚的“我的太阳”。那轮太阳正邀请我们走进广场。在广场的花园里，一株年幼的栗树，还不能独自行走，由一根木桩支撑，倏地走出来，载着一朵体积超过自身的花儿。丁香花呢，反倒多时不曾开放。不过待到她们最终拿定主意，只一夜的工夫，随着一张张座椅下面留下大量烟蒂，她们荡开一片色泽浓艳的涟漪，环绕着公园。教堂后面一条静谧的巷子里，刺槐在六月一个阴沉沉的日子纷纷撒落花瓣，人行道旁的黑色沥青像泼上了淡黄色的奶油。在簇拥着一尊赛跑者铜像的玫瑰花床里，荷兰国旗的四角脱离了红色花瓣，后面跟随着阿诺德·詹森将军。七月的一个快乐且无云的日子，上演了一出极其成功的蚂蚁大逃亡：雌蚂蚁准备上天。麻雀也奔向天际，准备吞噬它们。在无人打搅这些蚂蚁的地方，它们持续沿着砂砾路爬行，同时蜕下充作道具的脆弱的翅膀。报纸上登载了从丹麦传来的消息，那里出现了一次热浪，有关人士正密切观察众多精神错乱的病例：人们纷纷扯下衣服，跳入运河。雄舞毒蛾呈锯齿形漫天狂舞。椴树经历了它们复杂混乱、香气四溢的所有变形过程。

---

① 原文为德语。

费奥多尔上身穿一件衬衫，光脚穿一双帆布胶底运动鞋，将在公园的一张靛蓝色长椅上消磨大半天，晒成棕褐色的修长手指捏住一本书。等到太阳特别炙人的时候，他将把脑袋倚在灼热的椅背上，久久地闭上眼睛。城市白昼梦幻式的轮子旋转着，经过内里深不可测的一片猩红，孩子们零星片断的话音飘忽不定，那本摊在他膝头的书变得越来越沉重，越来越不像书。可是眼下，那片猩红在一朵飘过的云下面变深。仰起汗津津的脖颈，他将睁开双眼，再次瞧瞧公园：长着雏菊的草坪，刚浇过水的砂砾路，自个儿玩跳房子游戏的女孩，那辆儿童推车，里面的婴儿由两只眼睛和一只粉红色的拨浪鼓构成，以及那只急促喘息、光彩耀目的圆盘盲目飞过云层的旅行。转眼间，一切又在闪亮，沿着阳光斑驳、两侧的树躁动不安的大街，辘辘驶过一辆载煤卡车。浑身污垢的司机高高坐在颠簸的座椅上，齿缝里噙着一枚翡翠般晶亮的叶片的细茎。

黄昏时分，他将出去授课——教一名睫毛呈浅棕色的商人，此人用歹毒而又茫然的目光怔怔地瞅着费奥多尔。后者在心不在焉地念莎士比亚的作品，或是教一名身着无袖连衣裙的女学生，他有时很想吻一下她那弯弯的浅黄色颈背。再不就是教一名乐呵呵的粗壮汉子，此人曾在帝国海军服役，说“唉唉，拿定主意”，准备动身去墨西哥，悄悄摆脱他的情妇—— 一位重达两百磅、热情又忧郁的老太太。她碰巧与他同乘一辆雪橇逃到芬兰，打那以来，怀着无休止的嫉妒与失望，她一直喂他肉馅饼、奶油布丁、腌蘑菇……除去这几节英语课以外，还有一些有利可图的商务翻译——有关瓷砖地板低音传导性的报告，或是有关滚珠轴承的条约。最后，一笔微薄但弥足珍贵的收入来自他的抒情诗，诗是他始终怀着同样恋旧和爱国的热忱，在一种酒酣耳热的昏睡状态中创作出来的。其中一些最终未能成形，而是在融解，给内心最深处施肥灌溉；另一些则经过彻底的润饰，悉数配齐标点，被送往报社办公室——首先乘坐地铁，炫目的反光跃上车窗前根根直立的铜杆，继而搭乘古怪且空旷的巨型电梯直达九楼，在一条像模型黏土一样灰不溜秋的走廊尽头，一间狭窄的斗室散发着“现实性的腐尸”（如同一号办公室那位滑稽角色曾赞美的那样）的臭气，里面坐着秘书，一位像月亮一样迟钝、慵懒的人物，永不显老且几乎毫不性感，曾不止一次地挽救局面。那是在瓦西列夫的自由主义报纸上某篇文章触犯众怒之后，咄咄逼人的小流氓即将登门问罪时；或是在德国的托洛茨基分子抑或某个体魄强壮的俄国法西斯分子，在当地雇一名无赖和神秘主义者寻衅闹事之时。

电话丁零零地响了。校样一张张掀过，宛如荡起一片涟漪。剧评家持续阅读一份偶然出现的来自维尔纽斯[①]的俄文报纸。“干吗呀，我们欠你钱吗？没那回事嘛。”秘书将这样说。当通向右边房间的门打开时，你可以听见格兹韵味十足的口授或是斯图皮申清嗓子的声音，在几架打字机咯嗒咯嗒的响声中，你能分辨出塔玛拉短促而清脆的嗒嗒嗒声。

左边的房间是瓦西列夫的办公室。他那件有光呢夹克紧紧绷在肥厚的肩膀上。他站在用作写字台的面板倾斜的立架前，像是一台大功率机器似的直喘粗气，他用带着教室斑斑墨渍的邋遢笔迹撰写重要文章，题为《没有改进的迹象》或《中国的形势》。他蓦地打住，想出了神，用一只手指挠了挠胡子拉碴的大腮帮子，制造出一种金属刮板似的声音，又眯起一只眼，高悬其上的一弯粗俗的黑眉不掺一根灰丝——在俄国至今仍被忆及。窗边（窗外有一幢类似的设有多间办公室的大楼，修缮工作正在高空进行，仿佛他们满可以在乌云银行对付杂乱的租金）放着一只碗，内有一个半橘子和一罐撩人食欲的酸奶。书架底部上锁的橱柜里存有遭禁的雪茄和一只红蓝相间的硕大心脏。一张桌上凌乱不堪地堆满了废旧的苏联报纸、封面俗丽的廉价书籍和信函——请求、提醒、指责，半只汁水榨尽的橘子，一页开了一扇天窗的报纸以及一幅人像照片，上面是瓦西列夫的女儿，她住在巴

---

① 即Vilnius，现在是立陶宛的首都。

黎，有着娇美迷人的裸肩和烟青色的头发。她是一位失意的女演员，在《格兹塔报》的电影专栏里屡被提及：“……我们天才的同胞西尔维纳·李……”只是谁也不曾听说过这位同胞。

瓦西列夫将心情愉快地接受费奥多尔的诗稿，并且把它们付印，并非因为他喜欢它们（他基本上连读都没读），而是因为点缀他报纸上非政治专栏的这些花边文字，对他绝对无关紧要。在一劳永逸地为某位天生的撰稿人确定了他不可能达不到的文字水准以后，瓦西列夫任其发挥，即便确定的水准几乎不高于零。诗歌，鉴于它们仅仅是些微不足道的摆设，几乎完全不加控制地得以过关，慢慢渗入本来可能塞满分量更重、体积更大的文字垃圾的间隙。然而从拉脱维亚到里维埃拉，所有禁锢我们流亡诗歌的孔雀笼里响起了多么欢快、多么令人兴奋的尖叫声！他们已经出版了我的诗！是我的！费奥多尔自己觉得他仅有一个对手（附带提一下，此人不是《格兹塔报》的撰稿人），因而对出版物上的几个邻居不以为然，对自己诗作的欢喜劲儿也不亚于旁人。有时他等不及自己的那份晚间邮报，直接提前半小时到街上买一份，刚离开报摊，便不顾体面地就着水果摊附近的微红灯光打开报纸，堆积成山的橘子在蓝色暮霭的笼罩下光彩熠熠。有时一无所获：其他什么货色把它挤掉了。但只要发现它，方便起见他准会聚拢纸页，继续沿着人行道前进，把自个儿的诗连读几遍，不断变换默读的声调。也就是说，他依次想象旁人心里吟诵这首诗的方式，想象或许那些见解被他看重的人此时正在读它——随着这些不同化身的渐次出现，他几乎真真切切地感到一种变化，发生在他眼眸及眼眸后面的颜色上，以及嘴里的味觉上。他越喜欢当天的杰作，便越能娴熟地、饶有趣味地透过别人的目光审读这首诗。

就这样消磨了整个夏天，同时产出、抚育、永远停止热爱约莫两打诗以后，他在一个晴朗凉爽的日子出门，那是一个星期六（今晚开会），去买一件重要的东西。落叶不是平躺在人行道上，而是弯曲变形，皱巴巴的，以致每张叶片下面，都凸起阴影的蓝色的一角。手拿一把扫帚，那位个头矮小的老太婆系着一条干净的围裙，一张小脸轮廓清晰，两只脚大得与身体不成比例，走出她那有着糖果橱窗的姜饼色小屋。没错儿，这是秋天！他欢欢喜喜地走着。一切都很好：早晨他收到母亲的一封信，她计划圣诞节来看他。透过他那双日益磨损的夏天穿的鞋子，他清晰地感受到脚下的土地，走过一段未铺砌的路，旁边是隐隐散发着焦糊味儿的几块废弃的菜地。外墙发黑剥落的房子和几个花里胡哨的遮阳棚之间，种着缀满亮晶晶的水珠的卷心菜，还有枯萎的康乃馨淡蓝色的细茎，以及向日葵——它们耷拉着沉甸甸、斗牛犬似的脸庞。长期以来，他一直想表达的是，不知为什么，正是在他的一双脚里，蕴藏着他对俄罗斯的感情，他能凭借自己的脚板触摸和辨认她的整体，正如一个盲人用手掌触摸一样。遗憾的是，当他行至那片褐色的沃土的尽头时，不得不再度走上响起回音的人行道。

一位年轻女子，一身黑衣，额头闪亮，敏锐的双眼左顾右盼，第八次侧身坐在他脚下的一张小凳子上，从窸窣作响的鞋盒里面利索地抽出一只窄窄的鞋子，双肘往两边分开，用力掰开鞋边，心不在焉地瞥视身旁，同时解开鞋带。接着，她从怀里掏出一只鞋拔，对付费奥多尔那只腼腆的、穿着打上丑陋补丁的袜子的大脚。鞋奇迹般地大小合适，只是如此一来，脚的知觉丧失殆尽：鞋内脚趾的扭动对绷紧的黑色皮革表面的平坦丝毫没有影响。女店员以惊人的快速度扣上鞋带两端，两个手指碰一碰鞋尖。“没错儿，”她说，“新鞋总有点……”她连珠炮似的继续说着，抬起两只褐色的眼睛：“当然只要你愿意，我们可以做些调整，不过它们完全合脚，你自己瞧瞧！”然后她将他领到X光机前，把搁脚的地方指给他看。俯身对准透镜的孔径，在亮灿灿的背景映衬下，他看见自己整整齐齐分开的一根根黑色趾骨。穿上这鞋，穿上这鞋，我将踏上海岸。从卡戎[①]的渡船上。同样穿上另一只鞋后，他在店堂从头铺到尾的地毯上走了一个来回，一边瞟着那面齐踝高的镜

① Charon，希腊神话中渡亡魂过冥河去阴间的神。

子，镜里映出他的优美步态以及他的裤腿，眼下它的年龄看似增长了一倍。“是的，它们是不赖。”他怯怯地说。在他的孩提时代，他们常常用纽扣钩[①]刮光滑的黑鞋底，以防它打滑。他腋下夹着这双鞋出门授课，回家，吃饭，然后穿上，惴惴不安地欣赏了一番，才出去开会。

它们看上去确实不赖——就一个令人痛苦的开端而言。

会议地点在一个装修得很差劲的狭小公寓，里面住着柳博芙·马尔科芙娜的几个亲戚。一位红发姑娘，身着一件到膝盖上部的绿裙子，正在帮助爱沙尼亚用人（跟她大声说着悄悄话）端茶。在难得见到新面孔的熟人堆里，费奥多尔立刻认出了首次与会的孔切耶夫。他打量着对方肩膀浑圆、腰背微佝的体形。这个沉默的、讨人嫌的家伙，他那正在奇迹般地成长的天资，只有靠酒杯中的毒药方可遏制。费奥多尔梦想哪天能跟这个无所不知的人好好聊聊，可惜从来没有机会。当着此人的面，费奥多尔不安地扭动身子，心里火烧火燎，无望地召唤他自己的诗篇前来解围，觉得自己充其量只是一个同龄人而已。那张年轻的面孔属于中部俄国人的类型，看上去有点平庸，平庸之中还兼有古怪和守旧。它的顶端与波浪形头发为邻，底部跟浆过的领边搭界。乍一见到他，费奥多尔顿时感到一阵郁闷与不适……三位女士却在沙发上朝他微笑，车尔尼雪夫斯基正在远处向他行穆斯林的额手礼[②]，格兹像举起一面旗帜似的举起一本带给他的杂志，上面有孔切耶夫的《一首长诗的开篇》以及克里斯托弗·莫托斯的文章，题为《当代诗歌中普希金的玛丽的声音》。在他身后有谁以一种解释作答的腔调读出“戈杜诺夫-切尔登采夫”。没事儿，没事儿，费奥多尔立马这样想着，暗自微笑，环顾四周，将一根香烟的末端在他那饰有老鹰图案的烟盒上轻轻磕了磕。没事儿，我们哪天还得对磕鸡蛋，他跟我，瞧瞧谁的蛋壳会破。

① button hook，旧时一种用来把小扣子钩过纽扣孔的钩子。

② 伊斯兰国家表示问候的礼节，行礼时深弯腰，右手掌置于额前。

塔玛拉指给他一张空椅子，他朝椅子走去，再次觉得听见了自己名字的圆润洪亮的回音。当与他同龄的年轻人——诗歌的爱好者们——偶尔用那种燕子般轻盈掠过诗人清澈如镜的心灵的特殊凝视，追随他的身影时，他内心深处感到一阵正在复苏、让他振奋不已的骄傲的寒意。这是未来声誉的先兆。但还有另一种世俗的声誉——对过往的忠实回应：他为同龄年轻人对他的关注而庆幸，但年长者的好奇也同样令他自豪，他们认为他是一位伟大探险家的儿子。他父亲是一个勇敢无畏、特立独行的人，曾经在西藏、帕米尔高原和其他蓝土地上发现新的动物。

“来，”车尔尼雪夫斯基太太开口说道，脸上露出纯洁的微笑，“我想让你见见……”她将他介绍给一个叫斯克沃尔佐夫的人，他最近刚从莫斯科流亡至此。他是个脾气随和的人，眼睛周围布满辐射状皱纹，有一只梨似的鼻子和稀稀拉拉的胡须。此外还有他衣着光鲜、嗓音悦耳、饶舌健谈的年轻妻子，肩披丝绸方形披巾。总之，这是一对多少有点学问的夫妻，费奥多尔对这号人再熟悉不过，靠的是回忆以往时常闪现在他父亲身边的人物。斯克沃尔佐夫用谦恭得体的语言首先表达他的惊愕，为何对于康斯坦丁·基里洛维奇之死的有关情形，国外居然没有任何消息。“我们当时以为，”他妻子插进来说，“如果国内的人全都对此一无所知，那倒在情理之中。”“可不是嘛，”斯克沃尔佐夫继续说，“我记得清清楚楚，我某日碰巧出席招待你父亲的宴会，科兹洛夫和探险家彼得·库兹米奇，委婉地提到戈杜诺夫-切尔登采夫视中亚为他的私人禁猎区。没错……那是很久以前的事喽，我想你当时还没出世呢。”

这时，费奥多尔忽然觉察到车尔尼雪夫斯基夫人正将一种意味深长、饱含怜悯的忧郁的目光对准自己。他唐突地打断斯克沃尔佐夫，开始向他干巴巴地询问有关俄国的情况。“应该从何说起呢……”后者答道，“你晓得，情况是这样的。”

“你好哇，你好哇，亲爱的费奥多尔·康斯坦丁诺维奇！”一位浑似撑得胀鼓鼓的大海龟的胖律师，在费奥多尔的脑袋上方嚷嚷着。其实此人已经握住他的手，一边挤过人群，此时正在跟其他什么人打招呼。接着，瓦西列夫从座位上站起来，微微哈腰，张开手指，在桌边倚立片刻，摆出一副店员和演讲者惯有的姿态，宣布会议开始。"比施先生，"他补充道，"下面将为我们朗读他新创作的哲理悲剧。"

赫尔曼·伊万诺维奇·比施，一位上了年纪、腼腆害羞、身材魁梧、讨人喜欢的先生，来自里加[①]，长了个酷似贝多芬的脑袋，在那张法兰西第一帝国时期的小桌边坐下来，喉咙里沙哑地咕哝了一声，打开他的手稿。他的双手在明显地颤抖，并且这种颤抖持续贯穿于整个朗读过程。

从一开始这条路显然将导致灾难。里加人滑稽的乡音和怪诞的语法错误，与他意义的晦涩极不协调。当念到开场白时，出现了一个"孤独的同伴"。"孤独的同伴（odinokiy sputnik）"被他念成了"独行客（odinokiy putnik）"。费奥多尔仍存一线希望，但愿这是一个深奥的悖论，而不是一个有违原意的笔误。镇上的守卫队长不让旅行者进城，连续重复几遍他"肯定不能通过"（与"夜间"押韵）[②]。这是一个海滨小镇（那位"孤独的同伴"从内地来到此处），一艘希腊轮船上的水手正在那里恣意狂饮。下面这段对话发生在"罪恶街"上：

妓女一

万物皆为水，这是我的客人泰利斯[③]说的。

妓女二

万物皆为气，年轻的阿那克西美尼[④]告诉我。

---

① Riga，拉脱维亚首都。

② 在英文中"肯定（definitely）"一词与"夜间（nightly）"押韵。

③ Thales（公元前624年？—公元前546年？），古希腊哲学家、数学家、天文学家，"希腊七贤"之一，认为水为万物的本原。

④ Anaximenes（公元前588年？—公元前524年？），古希腊米利都学派哲学家，认为气是万物之源。

妓女三

万物皆为数，我那秃顶的毕达哥拉斯[①]错不了。

妓女四

赫拉克利特[②]抚摸着我悄声低语："万物皆为火。"

孤独的同伴（上场）

万物皆为命运。

另有两段合唱曲，其中一段竟然莫名其妙地代表德布罗意波[③]和历史的逻辑，而另一段合唱曲，好的那一段，则与其大唱反调。"水手一，水手二，水手三。"比施继续念着，他那带有哭腔的怯生生的嗓音逐一列举剧中摊到台词的人物。此外还出现了三名花贩：一名"百合花女人"、一名"紫罗兰女人"以及一名"繁花女人"。霎时间，什么东西倒了下来，听众中开始出现几个小小的塌方。

不久以后，某种电力线从各个方向相继贯穿整个屋子排列在一起——由交换的眼神连接而成的网络，先是在三四个人，稍后五六个人，继而十人之间——占全体与会者的三分之一。孔切耶夫缓缓地、小心地从他身旁的书架上取下一大本书（费奥多尔看出那是一本波斯微型画像图册）。就在他同样缓缓地将图册在腿上翻过来转过去的当儿，他那双近视眼开始越过图册四下扫视。车尔尼雪夫斯基夫人脸上显出一副吃惊和委屈的神情，但为了遵循她守口如瓶的道德规范，尽管不知怎地沉湎于对儿子的思念，她仍然强迫自己听下去。

比施飞快地念着，他那亮晃晃的下颌在旋转，黑领带上的U形图案熠熠生辉，而桌下的双脚则呈内八字着地。随着这出悲剧白痴般的

① Pythagoras（公元前580年？—公元前500年？），古希腊哲学家、数学家，认为数为万物的本原，促进了数学和西方理性哲学的发展。

② Heraclitus（公元前540年？—公元前470年？），古希腊唯物主义哲学家，认为火是万物的本原，一切都在流动变化中。

③ de Broglie，指量子力学中的物质波，根据法国物理学家路易斯·维克托·德布罗意（Louis Victor de Broglie，1892—1987）的姓命名。

象征意义变得愈益深邃、复杂和令人费解，一种强抑着的、令人隐隐作痛的欣悦越发迫切地需要某种宣泄途径。许多人已经弯下身子，不敢看人。等到假面舞会在广场上开始，某人——是格兹——咳了一声，伴随着这声咳嗽，又发出一阵附加的哮喘，于是格兹用双手捂住面孔，稍顿片刻，再次露出他那傻呵呵、亮晶晶的脸和湿漉漉、光秃秃的脑壳。而在长沙发上，塔玛拉已经完全卧倒，身子来回摇晃，仿佛处于分娩时的阵痛中。费奥多尔呢，失去了保护，眼泪夺眶而出，硬是将内心的喧嚣压抑得无声无息，并且为此痛苦不堪。瓦西列夫出人意料地在椅子上笨重地挪了一下身子，一条椅子腿啪的一声倒地，瓦西列夫朝前一歪，脸色骤变，幸好没有摔倒。这一事件本身并无可笑之处，倒是给一阵足以打断朗读、自然而猛烈的狂欢情绪的迸发提供了一个借口。就在瓦西列夫将他庞大的身躯转移到另一张椅子上时，赫尔曼·伊万诺维奇·比施蹙起他那撇动人但却无助的眉毛，用一截铅笔头在手稿上草草写下什么。在一阵起抚慰作用的平静里，一位身份不明的女人，发出一声与众不同的最后的呻吟，想表达什么意思，可是比施已经开始往下念了：

百合花女人

你们今天全都为了什么感到苦恼，姐姐？

繁花女人

是的，算命的告诉我，我闺女要嫁给那位昨天的过路客人。

女儿

嗬，我还没有看清他的模样。

百合花女人

他也没看清她的模样。

"听啊，听啊！"合唱队中传来和谐悦耳的音乐，如同在英国议会一般。又发生了一点小小的骚动：一只空烟盒，上面不知让胖律师写了什么，开始了穿过整个屋子的旅行，每个人的目光都盯着它的各段旅程。上面准保写了什么特别有趣的话，可是谁也不看，只是让烟盒顺从地从他们手中朝费奥多尔依次传递过去。临了到他手上时，他读出上面的字：稍后我想跟你商量一件小事。

最后一场戏正接近尾声。笑神不知不觉地遗弃了费奥多尔，他若有所思地注视着他一只鞋上的光泽。从渡船跨上冰凉的海岸。右边的鞋比左边的鞋更夹脚。孔切耶夫半张着嘴，匆匆翻阅画册的最后几页。"闭幕。"比施嚷道，重音落在最后一个而不是第一个音节上。

瓦西列夫宣布幕间休息。大多数听众都带着一副干瘪颓丧的表情，像是在一辆三等客车上过了一宿。比施早将他的悲剧卷成一只很粗的圆筒，站在远处的一个角落里。他依稀觉得，在那一片嘈杂声中，赞美的涟漪已经成形，并且一圈挨一圈地荡漾。柳博芙·马尔科芙娜给他沏了茶。他那孔武有力的脸，顿时换上一种毫无防范、和颜悦色的神气。他惬意地舔舔嘴唇，俯身打量端给他的杯子。费奥多尔在远处观察这一幕，怀着敬畏的心情，耳畔传来他身后的如下对话：

"请给我作些解释！"（车尔尼雪夫斯基夫人愠怒的声音。）

"唉，你知道，这种事情难免会发生……"（心怀歉疚、温蔼有礼的瓦西列夫。）

"我要你给我解释。"

"可是，我的好太太，我现在又能怎么样呢？"

"哼，你不是说你事先读过了吗？他难道没有把它送到你的办公室吗？我记得你说过它是一部严肃而有趣的作品。一部杰作。"

"不错，这话我说过，第一印象你知道，我大致浏览了一下——我没考虑它的朗读效果——我让它骗了！它真能糊弄人。不过你可以到他那边去，亚历山德拉·雅科芙列芙娜，说点给他听听。"

律师一把抓住费奥多尔的手臂，说："你就是我要找的人。我突然想起这儿有件事要你帮忙。我的一位当事人找我。他需要人把他的一些文件译成德文，用于一件离婚案，明白吗？替他处理此事的德国人的办公室里有一个俄国姑娘，不过显然她只能翻译一部分，因此他们需要一个人帮他翻译余下的部分。你可愿意承担此事？嗯，让我记下你的电话号码。好，记下了。”

“女士们，先生们，请坐下，”瓦西列夫洪亮的嗓音突然响起，“下面我们将讨论刚刚读过的剧本，愿意参加者请签名。”

就在那当儿，费奥多尔瞧见那位孔切耶夫，拱肩缩背，一只手搁在西服上衣的翻领后边，朝出口方向走出一条蜿蜒曲折的路线。费奥多尔尾随其后，在此过程中几乎忘了他的杂志。下午，老斯图皮申加入了他们的活动。他频频从一间出租屋搬到另一间出租屋，但总是远离市中心，诚然，这些搬迁对他而言既复杂又重要，在旁人眼里却仿佛发生在一个超越人间烦恼的虚无缥缈的世界中。他把一条长度不够的灰格围巾随意围在脖间，照俄罗斯人的派头，用下巴颏儿抵住，再同样照俄罗斯人的派头，靠背部的剧烈动作来套上大衣。

“看来，他确实让我们获得一次享受。”他说着，他们一道在持有前门钥匙的女佣的陪伴下走下台阶。

“坦率地说，我没怎么用心听。”孔切耶夫评论道。

斯图皮申去等一辆稀罕的、近乎传奇的有轨电车，戈杜诺夫-切尔登采夫则朝相反的方向一直走到拐角。

“多么糟糕的天气。”戈杜诺夫-切尔登采夫说。

“是的，冷得厉害。”孔切耶夫附和道。

“倒霉——你住哪块儿？”

“夏洛滕堡区。”

“哎呀，哎呀，远得很呢。你走回去？”

“嗯，是的，走回去。我想这儿我该……”

“对，你往右拐，我朝前走。”

他们互相道别。“噫，这风刮的！”

“等等，稍等片刻——我送你回去。不用说你跟我一样是夜猫子，用不着我向你讲解那些石头路上的不吉利的妖术。看来你没用心听我们可怜的演讲者说的话？”

“只是开始听了听，后来就左耳进右耳出了。不过，我觉得事情还没糟到那个地步。”

“你当时在翻阅一本书里的波斯微型画像。你可曾留意一幅——一个惊人的相似——圣彼得堡公共图书馆藏画中的一幅，我想，作者是大约三百年前的里扎·阿巴西。那个男的跪着同龙崽子搏斗。大鼻子，八字须——斯大林！”

“是的，我认为那人是命运的最强者。顺便说一下，我已拜读了您极其出色的诗集。当然，实际上它们只不过是你将来小说的雏形。”

“说得对，哪天我要写一部‘思维与音乐相结合，犹如睡梦里的生命褶缝’的散文体作品。”

“多谢您说出这句谦恭的引语。你真正热爱文学，对吧？”

“我想是吧。听我说，我是这么想的，世上只有两类书：床边的跟废纸篓里的。我要么热爱一位作家，要么完全把他抛开。”

“有点苛刻，不是吗？而且有点危险。别忘了整个俄罗斯文学实则是一个世纪的文学，经过最宽容的淘汰，余下的不超过三千到三千五百张印刷纸，这其中有资格放上书架的只有三分之一，更不用说放在床头的数量如此之少，我们必须安于这样的现实，我们的珀加索斯[①]身上有杂色，蹩脚的作家并非一无是处，优秀的作家并非尽善尽美。”

“也许你愿意举几个例子，以便我加以反驳。”

“当然：如果你打开冈察洛夫[②]或——”

“快闭嘴！别对我说你会替奥勃洛莫夫说句好话——那第一个

① Pegasus，希腊神话中从被割下头的女妖美杜莎的血中跳出的生有双翼的飞马，其蹄踏出赫利孔山上的灵泉，传说诗人饮此泉水可以获得灵感。

② Goncharov（1812—1891），俄国作家，主要作品有长篇小说《平凡的故事》《奥勃洛莫夫》《悬崖》等。

‘伊里奇’[①]，是俄罗斯的祸根。这是社会批评家的乐趣吗？或者你想讨论维多利亚时代种种诱惑物的恶劣的卫生状况？圈环裙[②]和潮湿的公园座椅？或许服装式样？或者拉伊斯基忧心忡忡时所处的困境，他以‘唇间闪烁着红润光泽’的形象出现在读者面前？这使我不禁想起皮谢姆斯基[③]的主人公，他们每个人都在强烈感情的压力下‘用手揉他的胸脯’！”

“这儿你可就被我捉住了。同样这个皮谢姆斯基，难道不也写过一些好东西吗？譬如，那几个前厅男仆，在一场舞会上闹着玩，相互抛接一位女士的一只沾满烂泥、破破烂烂的棉绒靴。啊哈，既然我们现在谈的是二流作者，你觉得列斯科夫如何？”

“嗯，让我想想……有趣的英式用语形成了他的风格，诸如‘丑恶的东西’，而不是简单明了的‘坏事’。至于他那些雕琢过甚、一语双关的曲解——不，恕我直言，我不认为它们有趣。还有他的冗长累赘的表达——天哪！他的‘代表作’可以轻而易举地压缩到报纸的两个版面。我不晓得哪种人更糟——他那些禀性正直的太不列颠人，还是他那些禀性正直的牧师。”

“且慢……那么他的耶稣形象呢？‘幽灵似的基督教徒，冷静温和，身披一袭色若成熟李子的长袍’！或者他对一只打哈欠的狗嘴的描写，‘淡蓝的硬腭像抹了发蜡’？或者他笔下的闪电，夜里将屋内的一切照得透亮，连留在一把银勺上的氧化镁也不例外？”

“没错，我承认你说的是实话，他对蓝色怀有一种拉丁语系民族的感情：lividus[④]。列夫·托尔斯泰呢，另一方面，却对紫色情有独钟，喜欢带上几只秃鼻乌鸦赤足走在犁过的地里的黑色沃土上！当然，我永

---

① Ilyich，冈察洛夫的同名长篇小说的主人公，一个昏庸懒惰的地主典型，其全名为伊里亚·伊里奇·奥勃洛莫夫。此处说话人以“第一个”来区分托尔斯泰《伊凡·伊里奇之死》中的伊里奇。

② Crinoline，一种用硬环扩张的裙子。

③ Pisemskiy (1821—1881)，俄国作家，代表作《喜剧演员》《浑浊的海》《在漩涡中》等。

④ 拉丁文，蓝色的。

远不该买下那些地。”

“你说得对，这令人不堪忍受。不过我们的话题已经转到一流作家了。你总不至于说你看不出那儿的弱点吧？像这样的故事，《暴风雪》[①]——”

“别跟普希金过不去：他是我国文学界的黄金储备。那边是契诃夫的食品篮，里面装有足够将来几年吃的食物，外加一只抽抽搭搭哭鼻子的小狗，一瓶克里米亚酒。”

“等等，让我们再回到老祖宗上来。果戈理如何？我以为我们能够接受他的‘完整的有机体’。屠格涅夫呢？陀思妥耶夫斯基呢？”

“疯人院又转为伯利恒[②] ——这就是你读到的陀思妥耶夫斯基。‘有一处保留。’诚如我们的朋友莫托斯所言，在《卡拉马佐夫兄弟》[③]里，什么地方有一个圆形印痕，是户外一张桌子上的一只湿酒杯留下的。这还值得保留，如果他们采取你的态度。”

“你总不至于对我说屠格涅夫无懈可击吧？还记得刺槐棚架下那些不合时宜的两人的密谈？巴扎罗夫的咆哮和战栗？他为了那些青蛙大惊小怪的举动委实难以置信？总之，不知你是否能够忍受‘渐渐消失的短语’末尾屠格涅夫式的一行小圆点的特别语调，以及各章的伤感结局。或者我们应该宽恕他的所有过错，为了奥金佐夫夫人[④]黑绸服的灰色光泽，一些优美得体的句子伸出的后腿以及他的猎犬休息时摆出的兔子般的姿势？”

“我父亲曾经挑出屠格涅夫和托尔斯泰狩猎场面及自然景物描写中各种愚蠢荒谬的错误，至于那位倒霉的阿克萨科夫，让我们还是免谈他在那块地里闯下的丢人现眼的大祸吧。”

---

① *The Blizzard*，普希金的短篇小说。

② Bethlehem，巴勒斯坦地区的著名古城，犹太教、基督教圣地，位于约旦河西岸。原文中的“bedlam（疯人院）”与“Bethlehem（伯利恒）”谐音。

③ *Karamazovs*，俄国作家陀思妥耶夫斯基一八八〇年发表的最后一部长篇小说，描写贵族社会腐化堕落的生活。

④ Mme. Odintsev，屠格涅夫的长篇小说《父与子》中出场的一位贵妇人。

“既然尸体已经搬开，我们也许可以开始谈谈诗人？好吧，顺便问一下，说到尸体，你可曾想过在莱蒙托夫①鼎鼎有名的短诗里，结尾的‘熟悉的尸体’特别滑稽可笑？他真正想说的是‘她曾经认识的人的尸体’。这种死后的相识是无法解释和毫无意义的。”

“最近是丘特切夫②常常跟我合住在我的公寓里。”

“一位值得敬重的房客。你对涅克拉索夫的抑扬格诗怎么看——你是不是不喜欢他？”

“哦，我喜欢。在他最出色的诗里，有一种吉他的弹拨，一声啜泣，一声喘息。这些是比方说费特，一位更精细的艺术家，多少有些欠缺的。”

“我有一种感觉，费特不为人知的弱点是他的理性和强调对偶——这没有瞒过你，对不？”

“那一群愚蠢的社会剖析派作家为了一些错误的理由指责他。不，我能谅解他的一切，为了‘回荡在越发阴暗的草地上’，为了‘黑暗淌下露珠般的喜泪’，为了扇动翅膀、‘气喘吁吁的’蝴蝶。”

“这样让我们转到下个世纪：当心脚下。你我已经开始漫谈儿时的诗歌，不是吗？让我想想看　　它怎么说来着？‘浮云边缘颤动得何等厉害’……可怜的老巴尔蒙特③！”

“或者，在勃洛克身边发光的‘给人以虚幻慰藉的云’。只是这里过分挑剔会是一种罪过。那时我如痴如醉、满心感激地全盘接受，不带任何吹毛求疵的批评，这五位姓氏以‘B’打头的作家——俄罗斯新诗的五种官能。”

“我蛮想知道其中哪一种代表味觉。对，对，我知道——有些格言，如同飞机，只有处于运动状态下方能停在空中。但是我们正在谈论黎明。它是怎样来到你身边的？”

---

① Lermontov（1814—1841），俄国诗人、小说家，主要作品有长诗《童僧》、《恶魔》和长篇小说《当代英雄》等。

② Tyutchev（1803—1873），十九世纪俄国诗人、政治家。

③ Balmont（1867—1942），俄国诗人，象征主义诗歌的代表人物之一，主要作品有诗集《在北方的天空下》《在无边的天地里》等。

"我睁眼看见字母表的时候。抱歉，这听起来很做作，可事实是，从儿时起，我就一直饱受音色的折磨。"

"所以你也，像兰波[①]一样，本可——"

"不仅写出一首十四行诗，而且写出厚厚一部巨著，带着他从未想到过的各种音色。例如，我说的四种语言中形形色色、不计其数的'a'对我而言在色调方面各不相同，从漆黑色到木片的灰色——有如不同种类的木料。我向你介绍我的粉红色法兰绒'm'。不知你是否记得春季连同外重窗[②]一起取下的保温棉絮？是呀，那就是我俄语的'y'，确切点说是'ugh'，如此贪婪，如此乏味，那些词儿羞于以它打头。如果我手头有颜料，我将把烧过的黄土[③]和乌贼墨调在一起，使其与'古塔胶'[④]中'ch'音的颜色相称。你会称赞我明灿灿的's'，如果我往你窝成杯状的双手倒一些晶莹璀璨的蓝宝石，我在小时候曾经战战兢兢、似懂非懂地碰过它们，当时我母亲，穿上赴舞会的漂亮衣裳，随着不可遏止的阵阵抽泣，任她这些精美绝伦的宝贝从它们不见天日的藏身处流入自己的掌心，从它们的盒子里流到黑色的天鹅绒上，稍后，蓦地将它们统统锁上，横竖哪儿也不去，任她弟弟怎样苦苦相劝，急得他在几间屋里不停地走来走去，叩击家具，耸耸军官制服上的肩章。只要微微掀开遮住凸肚边窗的窗帘，便能看见渐渐朦胧的河畔，蓝黑色夜幕下一溜房屋的临街正面，一片绚丽辉煌的灯火悄悄施展的魔法，钻石镶嵌的花押字射出的不祥的炫目光晕，拼成花冠状的盏盏彩灯……"

"火的字母，总之，我知道后来发生的事情。让我替你讲完这个无聊至极、让人心灵不安的故事，好吗？你如何痴迷于任何一首心头偶然浮现的诗。你如何十四岁开始写剧本，十五岁写挽诗——全是写的

---

① Rimbaud（1854—1891），法国诗人，创作生涯自十五岁到二十岁，但其作品及简练的风格对象征主义运动产生巨大影响。主要诗作有《醉舟》及散文诗《灵光篇》等。

② storm window，装在普通窗户外面用以防雨雪及冷风等的窗户。

③ burnt-sienna，这种黄土含铁，可作颜料。

④ "gutta-percha（古塔胶）"含"ch"字母，一种野生天然橡胶。

日落，日落……勃洛克的《陌生女郎》[①] 中有这样的诗句：'在醉汉之中慢慢死去。'顺便问一下，她是谁？"

"一位年轻的已婚女子。持续了两年差一点的时间，直到我逃出俄国。她可爱、温柔——你知道，长着一双大眼睛和一双骨节稍许突出的手。我始终对她忠诚不渝，直至今日。她对诗歌的品味局限于时兴的吉卜赛抒情歌谣，她酷爱扑克牌游戏，她死于斑疹伤寒——天知道在哪儿，天知道当时的情形。"

"那么现在呢？你还会说值得继续写诗吗？"

"哦，当然！直到生命的最后一刻，即使在眼下，我也很快活，虽说紧紧夹住的脚趾让我痛得失态。说实话，我再次感到那种骚动，那种兴奋……我将再熬一个通宵……"

"给我看。让我们看看它效果如何：穿着这个从那缓缓的黑色渡船……不成，再试试：透过落在水面永不融化的雪……继续试下去：在缓缓地垂直飘落的雪下面，在这天气阴沉的——跨行——忘川[②]，一个平常的季节，穿着这鞋，我将在哪一天跨上海岸。这样好些，但注意别冲淡那股兴奋劲儿。"

"嗯，是这个理儿。我的看法是，你会情不自禁地感到开心，只要前额皮肤有了这样的刺痛感……"

"……就像切碎的甜菜里过量的酸醋给人的感觉。你知道我刚才想起了什么吗？那条河不是忘川而是冥河。别在意，让我们继续：此刻一根弯弯的树枝，隐约浮现在渡船旁，卡戎手执撑篙，在黑暗中，向它伸去，钩住它，非常……"

"……缓缓旋转的小船，静谧无声的小船。朝着家乡，朝着家乡！我今晚真想一手执笔，凝神构思。多美的月亮！这些栏杆后面吹来了多么诱人的树叶和泥土的黑色气息！"

---

① *Incognita*，勃洛克创作的名诗，表现世俗生活的卑俗与浪漫主义幻想的冲突。
② Lethe，希腊神话中冥府的一条河流，饮其水即忘记过去的一切。

“真可惜，谁也没有偶然听到我本来很愿意与你进行的妙语连珠的对话。”

别担心，它不会白白浪费的。说真格的，我很高兴结果会是这样。究竟该怨谁呢？我们竟然在第一个拐角分手，我竟然一直在背诵一段虚构的跟自个儿进行的对话——取材于一本文学灵感自学手册。

第二章

霏霏细雨仍在飘洒，但是带着天使降临时那种难以捉摸的突兀。顷刻天边出现了一道彩虹，处于懒洋洋的、自身茫然的状态，绿色中微呈粉红，另外一抹淡紫，沿着里层边缘弥漫开来。它高悬于庄稼收尽的田野上，远处一片树林的前上方，其中一截颤巍巍地穿过林子。箭矢般笔直落下的离群的雨滴已经失去了节奏、重量和发声的能力，在阳光下闪耀着星星点点的亮光。经雨洗涤的天穹上，从一片乌亮的云层后面，一朵白得令人销魂的云此时正竭力摆脱乌云，发出耀眼的光芒，使自己复杂可怖的造型纤毫毕现。

“好哇，好哇，结束了。”他喃喃地说着，从山杨下露出身影。山杨聚集在滑溜溜的乡村地区的黏土路上——这一路标上一处隆起的地面多么明显！此路向下延伸，进入一个洼地的斜坡，所有的车辙都汇集在洼地的一个溢满奶油咖啡的长方形的坑里。

我的乖乖！极乐世界的色彩缤纷的图案！有一次在鄂尔多斯，父亲在一场暴雨过后爬上一座小山，一不留神误入一道彩虹的底部——千载难逢的事儿！他发现自己置身色彩斑斓的大气中，仿佛天堂中的一幕光的戏剧。他又上前一步——离开了天堂。

那道彩虹在逐渐消散。雨已经完全止歇，天气火辣辣地热，一只长了一对软软的眼睛的马蝇，停在他的衣袖上。一只布谷鸟开始在一片矮林里啼鸣，恹恹无力、几近探询。那声音像壳斗[①]似的膨胀，复又像壳斗似的无法找到答案。可怜的、胖鼓鼓的鸟儿可能已经飞远，它像最初那样鸣叫，回音越来越弱（它也许在寻觅另一个处所，以求得最好、最哀婉的效果）。一只大蝴蝶，飞时身子扁平，黑中微微透蓝，掺一道白纹，划出一道异常流畅的弧形，停歇在湿润的土地上，合拢双翼，并以那种姿势消失。正是这种蝴蝶，常常被一个气喘吁吁的农家孩子擒获，用双手将其拢到他的帽子里。正是这种蝴蝶，从医生循规蹈矩的小马驹扭扭捏捏迈着小步的蹄子下面翩然飞入空中。此时的医生，手挽膝头那几乎多余的缰绳，或者干脆将缰绳拴在前面的车板上，满腹忧虑地驱车沿着浓阴密布的小路向医院驶去。但偶尔你会发现四片黑白相间、底边呈砖灰色的蝶翼，像扑克牌似的散落在林间小径上，身子的其余部分给一只无名的鸟儿吞吃了。

跃过一个水坑，内有两只金龟子牢牢抱住一根稻草，互相挡住对方的路，他在路边印上自己的脚印：一个意味深长的脚印，永远仰视，永远目送他消失在远方。独自穿过一片田野，头顶天上急驰而过、蔚为壮观的流云，他记起自己怎样怀揣第一只第一次装进香烟的烟盒，走近这里一位收割庄稼的老农，向他讨个火。老农从瘪塌的胸部掏出一盒火柴，面无笑容地递给他。可是风儿在吹，一根根火柴相继熄灭，还没有擦出一点火星，而随着每根火柴的熄灭，他的羞愧便增添一分。老农则带着一种冷淡的好奇，注视这位一味挥霍的年轻乡绅。

他走进树林深处。木板摊在路边，黑黑的，糊满黏泥，被一些柔荑花和叶簇紧紧缠住。是谁扔下一只红菇，菌褶如展开的白扇？回答他的是传来的一串嘿嗬声：姑娘们在采摘蘑菇和浆果，后者在篮里的颜色远比在茎上幽暗！白桦林中，有一株他熟悉的老树，长了一对连为一体的躯干，形似里拉，旁边立着一根柱子，上挂一块木板，板面的印迹漫漶，只有几道弹痕可以辨认。一个叫勃朗宁的曾在木板旁遭其英国导师——也叫勃朗宁——枪击，神父旋即拿起手枪，眼疾手快地推

---

① cupule，某些植物果实特有的一种外壳，如包在栗子外面的带刺的硬壳，此处喻为难以理喻的东西。

弹上膛，朝木板连射七枪，形成一个工整的K。

再往前走，只见一朵玉凤花恣意地开放在一片沼泽地上。沼泽地过去，他得穿过一条僻径。往右稍行片刻，有一扇微微闪亮的小门：公园的入口处。门外点缀着蕨类植物，门内排列着一行行蓊郁繁茂的素馨和忍冬，有的地方被罩上冷杉针的阴影，有的地方则被白桦叶映亮。这个颇具规模、花草稠密、路径纵横交错的公园，恬静地处于一种阳光阴影均衡共处的状态之中，夜复一夜地形成一个可变的因素，但是其可变性中却包含一种独具特征的和谐。如若温暖的光圈在脚下的林阴小路上闪烁跳荡，一道厚厚的浓重阴影势将在远处横跨小径往前伸展，阴影后面那些筛落的黄褐色光斑复又显现。而再过去，在光斑尽头，一片墨黑愈发加深，移到纸上，能令水彩画师舒心惬意，前提是墨迹不能干，这样画师得以逐层往纸上濡笔添墨，以留住它的丰神韵味——这种丰韵稍纵即逝。条条小径通向住宅，但是几何学原理无法解释，何以最快的捷径似乎不是笔直、狭长而平整的小径，伴随着一个善解人意的影子（好似一位迎候你、触摸你脸的瞎眼女人出现在面前），尽头是一缕骤现的阳光，而是通过与其相邻的若干蜿蜒曲折、杂草丛生的小径中的任意一条。他沿着他喜爱的小径朝那座依然隐而不现的房屋走去，经过一张长椅——父亲定期离家出游的前一晚都会和母亲在这张椅子上坐坐，这已成为家里一贯的传统。父亲两膝分开，双手捻弄着他的眼镜或是一朵康乃馨，耷拉着脑袋，一顶平顶硬草帽斜扣在后脑勺上，一丝严肃的、近乎讥讽的笑意，浮现在他眯缝的眼角周围。他嘴角柔软，胡须末梢修得齐齐的。母亲在向他讲述什么事情，从身旁，从下面，从她颤抖的白色阔檐帽下方；或者用她的阳伞尖在无声的沙土上捣出一个个吱嘎作响的小洞。他走过一块花楸茎攀附的卵石（其中一株已经转身把手伸给幼小的一株），走过一小片长满青草的地，这地在他祖父的时代曾是一个池塘，走过几株矮小的枞树，它们曾在积雪重压下变得浑圆。大雪曾经笔直地、缓缓地飘落，它可以这样飘落三天，五个月，九年。就在这时，前方，在一串白色斑点横贯其间的开阔领域，你瞥见一团团影影绰绰的黄色污斑正渐渐临近，它蓦然变得清晰醒目，同时战栗不已，体积增大，成为一辆有轨电车。湿雪旋即倾斜着飘落到地上，厚厚地覆盖在风窗玻璃立柱的左面，而在有轨电车站，柏油路面依然是黑色的、裸露的，似乎天生不能容纳任何白色物体。药店、文具店和杂货店的招牌，在人们眼前旋转着，起初甚至无法辨认，其中仅有一块招牌尚能看出是用俄文写的：Kakao[①]。与此同时，他周遭刚被想象出来的一切，如此光怪陆离、栩栩如生（这本身便值得怀疑，如同在错误的时间里或服下一片安眠药后所做的梦历历在目一样难以置信），已经黯然失色，遭到腐蚀，逐渐解体，须臾间（宛若童话故事里的楼梯在任何一位爬楼者身后突然消失）一切俱已坍塌、消失。一排呈告别姿势的树，像一群人似的站在原地，仿佛前来为某人送行，转眼已被急流冲走，彩虹的一块残片隐没在洼地里。那条小径，看似要拐，其实已到了尽头。一只上面钉着图钉的蝴蝶，只有三只翅膀，没有腹部，以及沙地上、长椅阴影旁的一朵康乃馨，最后仅存的零星碎片，所有这些在转瞬间都屈服于费奥多尔，他轻而易举地回到现实世界。径直走出他的陈年旧事（短暂地、无谓地拜访他，恰似不分时间场合猝发的不治之症），径直走出往昔温室般舒适的天堂，他登上柏林街头的一辆有轨电车。

他动身去教一门课，像平素一样已经迟到，像平素一样萌生出一种朦胧的、奸邪的、深重的敌意，憎恨所有交通工具中这最缺乏灵气的、笨手笨脚的家伙，憎恨那些掠过湿漉漉的车窗、熟悉得不可救药、丑陋得不可救药的街道，尤其深恶痛绝的是当地乘客的脚、身躯和脖颈。他的理智告诉他，他们当中可能也不乏纯真的、人格完整的人，具有无私的情感、纯粹的忧思，甚至带着通过生活得以体现的种种回忆。然而出于某种原因，他得出的结论是，所有这些冷冰冰的、滴溜溜转的眼睛，盯着他，仿佛他带了一件违法的宝贝（是他的天赋，一般

① 用拉丁字母转写的俄文，可可。

说来），仿佛他只配与居心叵测的歹徒、欺诈成性且唯利是图的小人为伍。俄国人那种“德意志人一小部分粗俗、相当一部分俗不可耐”的看法，他知道，是与艺术家的身份不相称的。然而他浑身打了个寒噤，唯有那位脸色阴沉的售票员，眼睛流露出追捕者的目光，手指上贴着一块胶布，永久地、苦苦地寻求平衡和空隙，以便在车厢一阵阵剧烈的颠簸中，经过牲口似的挤在一起的旅客，唯有他，如果在外表上不能算是人类，至少也是与人类相近的物种。在第二站，一个身形单薄的男人，穿一件狐皮翻领短外套，头戴一顶绿帽子，脚上蒙着磨破的鞋罩，在费奥多尔前面的椅子上坐下来。在入座的当儿，此人的膝盖，以及一只鼓鼓囊囊、带有皮质提手的公文包的一角，在他身上碰了一下。这件区区小事使他的烦躁变为一种纯粹的暴怒，于是，直勾勾地瞪视这个坐着打量他的相貌的人，费奥多尔顿时往他身上倾注了自己全部可耻的仇恨（对这个贫困而可怜的、奄奄一息的民族），而且确切地知道恨因何生：因为那低低的前额和浅白的眼睛，因为全脂牛奶和特浓，它们暗示了稀释物和人造物存在的合法性；因为滑稽矮胖子似的打手势的方式（吓唬孩子时不是像我们那样，用一根竖立的手指—— 一种令人想起神圣裁决的长期有效的提示物，而是借助于一个横着的手指，模仿一根挥舞的手杖）；因为对栅栏、道路及平庸的热爱；因为对官职的崇拜；因为这样的事实——如果你去听某人的心声（或是大街上的任何对话），将不可避免地听到数字、金钱；因为盥洗室里进行的揶揄调侃和粗野的笑声；因为男男女女臀部的肥大，即便身体的其余部位并不臃肿：因为挑剔苛求的不足；因为明显需要清理的痕迹——厨房里煎锅底部的油光和浴室内无视文明的污秽；因为对不足挂齿的卑鄙勾当的癖好，对卑鄙勾当的不遗余力，被精心固定在公园栏杆上的某样令人憎恶的东西，因为其他什么人的活猫，身子给铁丝穿透，作为对一位邻居的报复，铁丝的一头还巧妙地打了个结；因为对世间万物的残忍，心满意足，自以为是；因为五位过路行人表现出的那种出乎意料、乐于助人的热乎劲，他们共同帮你捡起几枚掉落的法寻[1]；因为……于是，他逐一列出这份充满偏见的诉状的要点，瞅着坐在他对面的那人，直到后者从兜里掏出一份瓦西列夫的报纸，一边满不在乎地咳嗽，声音里带有一种俄国腔。

那可真了不起，费奥多尔暗自思忖，几乎露出喜悦的笑容。生活是多么巧妙，多么优雅而隐秘，本质上又是多么美好！现在他从报纸的读者特写中看出这样一种同胞的温柔性——蕴含在眼角、粗大的鼻孔，以及俄式胡髭里——以致他对竟然可能有人受骗，感到既好笑又不可思议。他的思绪因这种意外的缓解而变得开朗起来，并且转往另一个方向。他眼下要教的这名学生，是个只受过一丁点教育、但却好奇爱问的犹太老头。他在去年忽然生出一种欲望，想学习如何"用法语聊聊天"。在他看来，与干巴巴地学习一种语言的语法相比，聊天似乎更容易学，也更符合他的年龄、性格和人生经历。开始上课前，他总是唉声叹气，向别人描述每天工作结束后有多疲惫（他是一家大型造纸厂的经理），言谈中夹杂了大量的俄文和德文，又带了点法语的调调。接着从这番冗长的诉苦转入一场讨论——用法语说——使听者从头到脚即刻陷入国际政治的无望的黑暗。而且仅凭这些，他要求出现奇迹：所有这些生硬滞重、冗长无味的拙劣谈吐——犹如在被大雨冲坏的路上搬运石块，必须在转瞬间变成像细工饰品一样精致的语言。他记不住单词（并且喜欢说这不是一个缺点，而是一种特质），通过一年的学习，非但没有取得任何长进，反而连费奥多尔当初发现他已掌握的几个法语词组都忘了。以此为基础，老头曾经考虑利用三四个夜晚的时间，形成他自己的生动活泼、轻巧便携的巴黎。唉，时光毫无结果地流逝，证明努力的枉然和美梦的虚幻——结果老师变得毫无经验，完全不知所措。当不幸的工厂经理冷不丁需要准确说法语时（"水印辊法语怎么讲"），这个问题，出于体贴，又被提问者忙不迭地宣布收回。两人一时颇觉尴尬，恰似某首田园诗中一位天真无邪的青

[1] farthing，英国旧时值四分之一便士的硬币或币值。

年跟女仆不经意地互相碰了一下。此种情形愈发令人不堪忍受。由于学生越来越沮丧地提起他大脑的疲乏，越来越频繁地推迟上课（电话里他的秘书天使般的悦耳嗓音是幸福的旋律），费奥多尔觉得学生对老师的蠢笨无能终于深信不疑，但是出于对他破旧裤子的怜悯，正在拖延这种互相折磨，而且将继续拖延，直至生命的结束。

眼下，坐在电车上，循着不可言喻的清晰思路，他预见自己将如何在七八分钟内走进那间装修布置符合柏林人对身体舒适度要求的熟悉的书房，将在那张深深的皮质扶手椅上坐下。旁边是一张低矮的金属桌，上面的烟盒已经为他打开，台灯被改造成地球仪的样子。他将点燃一支烟，带着虚伪做作的快乐神情跷起二郎腿，面对他毫无指望的学生痛苦而恭顺的目光，将清楚地听见他的叹息，以及答复中夹杂的根深蒂固的“是的，是的”。然而顷刻间，迟到引起的不愉快的感觉，在费奥多尔内心被一种明确的、多少有些唐突却令他高兴的决定所代替，他决计不登门授课——在下一站下车回家。等待他的，是他那本读了一半的书，来世的烦恼，现实生活随之飘浮的乐而忘忧的迷雾，以及那项复杂的、幸福的、虔诚的工作——它占据他的全部身心已有大约一年之久。他知道今天他将获得几节课的报酬，否则抽烟吃饭又得赊账，但他对此却非常坦然，因为那种精力充沛的懒散（一切悉数在此，在这个组合里），因为他成全自己的那种高尚的玩忽职守。他听任自己玩忽职守已不是头一回了。腼腆，苛求，始终艰难度日，耗费全部心力寻觅闪现在他心头的不计其数的生命，恍若拂晓时分身处神话中的一个小树林里。他再也无法强迫自己与他人交往，无论是为了金钱，还是为了乐趣。于是他贫穷而孤独。再者，仿佛是为了跟普通命运赌一口气，他快活地回忆起他如何有一回在夏天没有参加“郊区别墅”的聚会，仅仅是因为车尔尼雪夫斯基夫妇事先提醒他，一位男士也将到场，并且“兴许能对他有所帮助”。或者回忆起他在前一年秋天如何找不出时间与某个需要一名翻译的离婚办事处联系——因为他当时正在创作一部诗剧，因为许诺他这笔酬金的律师喜欢缠人且傻里傻气，因为他最后耽搁得太久而拿不定主意。

他走出车厢，踏上门口的脚踏板，就在那当儿，一阵砭骨的冷风无情地朝他袭来，费奥多尔束紧雨衣带子，整了整围巾，可惜车里的微量热气已经被风从他身上夺去。雪已停止飘落，但它去了哪里，谁也不得而知。仅剩下一片无处不在的潮湿：汽车轮胎刷刷的摩擦声，猪嚎般凄厉刺耳的汽车喇叭声，还有天色的黯黑——因为寒冷、惆怅、厌恶自己而战栗，灯已点亮的商店橱窗特有的黄色光晕，光的反射和折射，明亮的电灯，以及电灯光线的所有这些病态的失禁，这其中都有它存在的印迹。电车驶上广场，令人痛苦不堪地急刹停住，但这仅仅是初步的停车，因为在前面，在挤满准备登车的乘客的安全岛旁，另两辆电车被前方的一辆汽车挡住。这种毫无生气的聚集，多少也证明了费奥多尔持续居于其中的这个世界灾难性的不完美。他再也无法忍受，跳下车，大步穿过滑溜溜的广场，朝另一条电车线路走去。在那条线上，凭借欺骗的花招，利用同一张车票——限于单程，往返绝对无效，他能返回自己的街区。一名乘客只能单向坐车。这种诚实的、常规的算计在某些情况下会暗暗推翻，因为只要了解路线，乘客便能将直线路程神不知鬼不觉地变成一道弧线，弯回起始站。这种聪明的做法（电车路线规划中某个纯系德意志民族缺陷的令人愉快的证据）被费奥多尔心甘情愿地仿效。然而由于神志恍惚，无法享受片刻有利的物质条件，加上已经在琢磨别的什么事情，他鬼使神差地买了那张他本想省下的新车票。尽管那样，作弊图谋依然得逞。尽管那样，结果证明赔钱的不是他，而是市交通部门，而且更有甚者，其数目之大（一张北方快车票的价格）远远超出一般的预计。他穿过广场，拐进一条小街，朝着电车车站方向走时，又穿过一片杉树灌木丛，乍看规模不算大，因为圣诞节的到来而被集中在这儿以供出售。它们本身之间形成一条林阴小径。他边走边甩动双臂，指尖触及潮湿的杉针。但很快狭窄的小径变宽，往外延伸，太阳破云而出。他在一个花园平台上露面，那里柔软的红沙土上你能辨认出几个夏日符号，一只狗的爪痕，一只鹡鸰的珠串似的踪迹。塔妮娅的自行车留下的邓禄普[①]牌橡胶轮胎印，在拐弯处分为两股波纹，以及脚后跟踏出的一个浅浅的凹坑，随着一个轻巧无声、含有或许四分之一皮鲁埃特旋转[②]的动作，她滑离坑沿，歪向一侧，继而手握车把往前走去。一座老木屋，依照所谓的“冷杉式”风格，漆成淡绿色，排水管也漆成类似的颜色，房顶下雕刻着纹饰，石基高高的（面对石基表层填塞孔缝的灰色油灰，你会忽发奇想，以为自己从中瞧见了被四壁包围的马儿滚圆的粉红色臀部）。这是一座高大坚固、极富有表现力的房屋，阳台与酸橙树的桠杈齐平，游廊饰以贵重的玻璃，在一大群燕子的簇拥下漂向前去迎接他。雨篷完全撑开，避雷针直插蓝天，亮灿灿的白云，拓展成一种绵延不绝的拥抱。坐在最前面游廊的石阶上，全身均匀地洒满阳光的，是父亲。显然他游过泳刚刚到家，脑袋上裹着一块粗糙的毛巾，因此人们不能看见——他们真巴不得能看见——他那略掺灰白的黑色平头，头顶的发茬往前逐渐变窄，形成一个尖梢紧贴前额。母亲一身白衣裤，凝视着正前方，没由头地像年轻人一样双手抱膝。她旁边是塔妮娅，穿一件肥大的衬衫，乌黑的辫梢搭在锁骨上，平滑的发缝分得很低，怀抱一只猎狐㹴[③]，咧开微笑的嘴被暑热炙出皱纹。再往上——伊芙娜·伊凡诺芙娜不知何故没有出来，她的容貌模糊不清，但她的苗条腰身，她的腰带，以及她的表链却清晰可见。靠着一侧，往下些，脑袋斜倚在辅导塔妮娅的圆脸姑娘（脖上的丝绒缎带，丝绸蝴蝶结）膝头的，是他父亲的兄弟，一位身体强健的军医，一位说话诙谐、长相英俊的男子。再往下，是两个脾气乖戾、满脸怒容的学童，费奥多尔的表兄弟：一个头戴一顶校帽，另一个光着头——光头的那个将在七年之后死于梅利托波尔[④]之役。最底层的沙土上，保持与他母亲完全一致的坐姿的是费奥多尔本人，

① Dunlop，全名约翰·博伊德·邓禄普（1840—1921），英国发明家，一八八七年发明橡胶充气轮胎，一八九〇年开始商业性生产。

② Pirouette，芭蕾舞的一种单脚尖着地的旋转动作。

③ fox terrier，一种动物，体小灵活，过去用以驱狐出穴，今主要供玩赏。

④ Melitopol，苏联西南部城市，位于主要水果产区的中心。

他当时就是如此，虽说打那以来稍有变化，白牙、黑眉、短发，穿一件敞开的衬衫。我忘了这张照片是谁拍的，但这张倏然而逝、颜色已退、大抵无甚用处（那里有许多其他的和更好的）的照片，甚至不宜洗印，却被一个奇迹拯救，而且变成无价之宝，随着他母亲的行李一起运抵巴黎，然后在去年圣诞节被她带到柏林。眼下，在为她儿子挑选礼物时，她看重的不是什么东西价格最贵，而是什么东西最令她难以割舍。

她来他这里住两个星期，在两人阔别三年以后，她的脸涂得煞白，手上戴着黑手套，脚上套着黑袜子，一件旧海豹皮大衣胡乱披上肩，没有扣上纽扣，在走下长途汽车铁踏板最初的一刹那，她同样快速地首先朝他、继而朝脚下瞥了一眼。紧接着，她的脸因幸福的痛苦而扭曲，她紧紧搂住他，愉快地呻吟着，吻他的任何部位——耳朵、脖颈——他依稀觉得，他一直引以为豪的她的美貌已经衰颓。但是等到他的视线适应了现时的微光—— 一开始与记忆遥远暗淡的光影似有天渊之别，他重新认出她身上曾经被他爱过的一切：向下巴颏儿渐渐窄下去的面颊的漂亮轮廓，丝绒般的眉毛下面，迷人的眸子里绿褐黄三色的不断交替变换，轻盈颀长的身姿，在出租车里点燃一根香烟的那股贪婪急迫的劲头，以及专注的目光。她将这种目光——没有被久别重逢的激动弄得目眩神迷，像其他任何一个人有可能的那样——骤然投向他俩都注意到的一幅奇异的画面：一名沉着冷静的摩托骑手的摩托车挎斗里放着一尊瓦格纳[①]胸像。当他俩朝房前走来时，往昔之光已经遮蔽了现今之光，对它的吸引已经达到饱和点，一切复为旧观，宛如三年前柏林的这个街区，宛如俄罗斯一度出现过的情景，宛如以前的情景，宛如将来永恒不变的情景。

施托博伊夫人的住处有一个备用房间，那儿，在第一个夜晚（一只打开的梳妆盒，被取下来搁在大理石盥洗盆上的几枚戒指），她躺在

---

① Wagner（1813—1883），德国作曲家，毕生致力于歌剧的改革与创新，作品有歌剧《漂泊的荷兰人》《纽伦堡名歌手》等。

沙发上急急地吃着葡萄干，没有它她一天都挨不过。她说起将近九年里她屡屡返回的目的，再度重复老话题——语无伦次，抑郁而羞愧地将目光挪向别处，似在供认什么诡秘的、怕人的事情。她越发相信费奥多尔的父亲仍然活着，为他举办的丧事甚是蹊跷，他的死讯并不确切，从未得到任何人的证实，他在某个地方被捕、入狱，历经坎坷，贫困潦倒，陷入绝境，生了一场经久不愈的大病以后，他正在逐渐康复——然后突然间他哗啦一声使劲推开大门，踩着重重的步子走上台阶，走了进来。与以前相比，这番话在更大程度上使费奥多尔高兴之余又增添了惶恐。这么多年他满不在乎，习惯性地认为父亲已死，反而从父亲回家的可能性中觉察出某种荒唐的成分。生活不仅能够产生奇迹，而且有必要使奇迹丧失（否则它们将令人难以忍受），即便是最细微的超自然力的迹象。这是否可以接受呢？这种游子还家的奇迹，在于其世俗的本质，在于它与理智的和谐一致，在于它很快让一桩不可思议的事件与日常生活之间产生易于接受和理解的联系。但是随着这种自然性的需求的逐年增加，生活越发难以满足这种需求。现今令他惧怕的，不单单是想象一个幽灵，而是想象一个不会令人惧怕的幽灵。有些日子费奥多尔觉得在街上（柏林有些狭小的死胡同似乎是暮色苍茫时鬼魂融化的地方）一个七旬老汉会冷不丁走到他旁边，身穿童话里的破衣烂衫，络腮胡子遮住大半张脸，只露出一双眼睛。老头眨眨眼，开口说话，用的是他曾一度习惯的语气："喂，儿子！"他父亲经常在梦中出现在他眼前，仿佛回家前刚刚结束了骇人听闻的苦役，经历了被禁止提及的各种肉体折磨，现已换上干净内衣裤——无法想象衣服裹住的躯体。带着一种令人不快、颇有感染力且又一反常态的愠色，他额头冒汗，牙齿微露，坐在桌边，身旁环绕着悄没声儿的一家人。但当克服了眼下这种强加于命运的习性引起的虚幻感觉之后，他依旧强迫自己想象一个活生生的父亲的到来，上了年纪但毋庸置疑是他的父亲，为他悄悄离家出走编造最完整、最令人信服的解释，溢满胸间的不是幸福，而是一种揪心的恐怖。当想象中的晤面超越尘世生活的边界，恐怖随即消失，让位于一种平和感。

不过另一方面……恰巧在一个很长的阶段，有人许诺你很大的成功，这你从一开始便不相信，因为它迥异于命运的赠品。如果你的确屡屡想到它，那你这样做，便是由于它将令你沉湎于幻想。但当在一个普普通通的日子，随着一股拂面的西风，消息终于传来——完全地、很快地、果断地摧毁对它的任何希望——然后你忽然惊讶地发现，尽管你不相信成功，但你自始至终与之共存，却没有意识到成功之梦就在身边经常出现，它早已膨胀，早已独立，因此眼下你无法将其逐出你的生活而不在生活里留下一个漏洞。因而费奥多尔，尽管富有逻辑性，不敢想象梦幻成真，却与父亲还乡的熟悉的梦同居一处。这个梦已经神秘地装饰了他的生活，并以某种方式将其提升到高出周围生活的水平，致使他能目睹各种遥远而有趣的事情，恰似一名小男孩，被他父亲托着胳膊肘举起，使得他能瞧见栅栏外面的有趣景物。

第一夜过去以后，伊丽莎白·帕芙洛芙娜恢复了希望，并且确信同样的希望继续存在于她儿子的心中。口头上再也不提它，但如往常一样，在他们的所有对话里都默认它的存在，尤其是他们没有进行多少次出声的交谈。通常在几分钟思路活跃的沉默之后，费奥多尔忽然注意到他俩始终很清楚这到底是什么，这种成双的、几乎与草无异的语言作为一条溪流，作为他俩心领神会的一个词儿出现。有时他们玩这样的游戏：并肩而坐，默不吭声地假定他俩各自进行相同的莱希诺散步：他们走出公园，踏上田野旁的小径（桤木林的左后方有一条河），穿过绿树成阴的墓地，日光斑驳的一个个十字架用它们的胳膊测量某个大得骇人的东西；在这里摘树莓有些难为情，涉水渡河，复又上坡，穿过树林，到达河流的另一个弯曲处，到达奶牛桥再往前，穿过松林，沿着绞死者之路—— 一个个熟悉的诨名，早在他们祖父的儿时就叫开了，他们身为俄罗斯人，听着也不觉得刺耳。突然间，在由两人想象的无声的散步中，利用依据游戏规则确定的行走速度（尽管他们本来可以在一瞬间飞越他们的整个活动范围），他俩全都打住，说他们已经到了哪儿。而结果证明，和以往一样，谁也没有超过对方，都已停在同一片矮树林里。这时同样的笑容掠过母子二人的脸，与他俩共同的泪珠相映生辉。

很快他们重新达成了心灵交流的节律，因为他们通过书信所无法了解的并没有什么新内容。她向他详述塔妮娅最近的婚礼，她已经动身去比利时，在那儿待到一月份，同行的是费奥多尔至今仍不认识的丈夫—— 一位随和、寡言、彬彬有礼、毫不起眼的先生，"在无线电部门供职"。等他们回来以后，她将随他们搬进一座大楼里的一套新公寓，大楼位于巴黎的一座城门附近。她庆幸自己将搬出那家楼梯又黑又陡的旅馆，她跟塔妮娅住在一间狭小但犄角很多的斗室，它被一面镜子侵吞，并且少不了各种床虱的光顾——从透明的粉红色幼虱到表皮坚韧的胖家伙。它们聚集在墙上印有列维坦的俄罗斯风景画的日历后面，后来渐渐挨近活动场地，栖身于破损壁纸内侧的小片凹坑，双人床的正上方。但是新居的快乐前景并非没有恐惧相伴：她对她的女婿有一种反感，在塔妮娅轻松而又显眼的幸福神情里，有某种勉强的成分。"你知道，他跟我们不完全是一号人。"她坦白道，一边借助上下颌的某种绷紧和俯视的目光以示强调。但那还不是全部，至少费奥多尔对那个被塔妮娅爱却不爱塔妮娅的男人已有耳闻。

他们常常出门。伊丽莎白·帕芙洛芙娜出门时似乎总是在寻觅什么，用炯炯有神的双眼仓促掠过的一瞥快速量度这个世界。德国的假日显得潮湿多雨，一个个水坑使人行道上仿佛布满小洞，圣诞树上的彩灯在一扇扇窗户里闪烁着明灭不定的光芒。这儿那儿的街角上，站着一位以赚钱为己任的圣诞老人，身穿红色风雪大衣，目光贪婪地分发传单。一家百货商店的橱窗里，某个乡巴佬想出一个主意，在伯利恒之星[①]下方的人造雪上安装几个滑雪者的人体模型。一次，他

① Star of Bethlehem，基督教圣经《新约·马太福音》所载的天文现象，据说此星引导"东方博士"到达耶稣的出生地伯利恒，又称"圣诞之星"。

们看见一队共产主义示威者走过半融化的雪泥——举着潮湿的旗子。他们大多为生计所迫，有的弯腰曲背，其他的或跛足或面带病容，有许多没甚姿色的女人，里面还夹杂着几个不动声色的小资产阶级分子。费奥多尔和他母亲一起去看他们三人曾住过两年的那套公寓，但是守门人已经换了，当年的主人已经去世，熟悉的窗口挂着陌生的窗帘。不知何故，他们心里什么也辨别不出来。他们去了一家电影院，那里正在上映的一部俄国片子，以特别的热情展现汗珠从工人们容光焕发的脸上簌簌滚落的情景——而工厂主始终在抽一支雪茄。不用说，他带她去看望了车尔尼雪夫斯基夫人。

这次介绍并不是很成功。车尔尼雪夫斯基夫人迎接客人时，慈爱中透出一丝凄楚，意在表明痛苦的经历早已将她们紧密地联系在一起。不过伊丽莎白·帕芙洛芙娜最关心的是其他女人对费奥多尔的诗作有何见解，以及为何无人撰文对它们加以评论。“我能不能在您离开前拥抱您一下？”车尔尼雪夫斯基夫人问道，预备性地踮着脚跟站起身——她比伊丽莎白·帕芙洛芙娜矮一个头，后者俯身朝向她，脸上浮现的纯真妩媚的微笑完全抵消了拥抱的意义。“说得对，我们应该勇敢。”夫人说着，将他们送上楼梯，一边用裹在身上的毛茸茸的披巾末梢遮住下巴颏儿。“我们必须勇敢；我已经学会鼓足勇气，现在能够教人做到坚忍不拔，不过我想你在这所学校同样学得挺出色。”

“你知道，”伊丽莎白·帕芙洛芙娜说道，下楼时步子轻快又小心，没有将低垂的脑袋转向她儿子，“我看我得买些烟纸烟草什么的，不然到头来会贵得出奇。”旋即她又以同样的口吻添了一句：“天哪，我真替她难过。”的确，不怜悯车尔尼雪夫斯基夫人是不可能的。她丈夫已经在疯人院里被拘禁了三个多月，在“半疯狂的囚笼”里，正如他自己在神志清醒的时刻戏称的那样。早在十月，费奥多尔去那里看过他一次。在显然经过装饰的病房里，坐着一个更胖、更红润、脸修得光光、完全丧失理智的车尔尼雪夫斯基，脚穿橡胶拖鞋，肩头披着一件带有兜帽的披风。“喂，你死了吗？”是他首先提出的问题，带着与其说是吃惊，不如说是不满的腔调。以他“与彼岸世界斗争协会主席”的身份，他正不停地设计出种种方法以阻止鬼魂的渗透（他的医生，采用一种“逻辑默许”的新疗法，对此没有提出异议）。眼下，兴许是基于另一个世界的绝缘性，他正在试用橡胶，但显然至今收效甚微。因为当费奥多尔准备将放在一侧的椅子拿过来坐时，车尔尼雪夫斯基恼怒地说：“别动它，你明明看见有两个人已经坐在上面了。”这“两个”，加上沙沙作响、随着每个动作不停地拍打身子的披风，以及护理人员的无言的存在，使人恍若经历一次探监。病人的全部谈吐，在费奥多尔听来，都是对那种复杂而透明、虽然半疯但不失崇高的思维状态的一种不可容忍且夸张的庸俗化。不久前，车尔尼雪夫斯基在这种思维状态中刚刚与他失踪的儿子交流过。操着近乎下流的抑扬顿挫的喜剧腔调，讲笑话时才有的腔调——眼下被他派上正经用场——他开始了没完没了地哭诉，而且出于某种原因，说的全是德语，抱怨人们浪费金钱，发明高射炮和毒气瓦斯，却压根不关心如何指导比它重要一百万倍的另一场斗争。费奥多尔的太阳穴旁有一块愈合的伤痕——那天清晨他额角撞在一根暖气管上，当时他正匆匆捡起滚到暖气管下的一个牙膏盖子。倏地打住话头，车尔尼雪夫斯基拘谨而焦急地指着他的太阳穴。“怎么回事？”他问道，做出一种痛苦的怪相，随即不怀好意地笑着，变得越发愤怒和狂躁不安，开始说你休想从他身边溜走——他早已认出，他说，一个刚刚冒出自杀念头的人。护理员走到费奥多尔身边要他离开。走过草木繁茂、适于葬礼的园子，经过土壤肥沃的花圃，里面一朵低音调的深红色大丽花正在天赐的睡眠和永恒的憩息中含苞欲放，他朝那张长椅走去，上面坐着正在等他的车尔尼雪夫斯基夫人（她从来不进疯人院去看她的丈夫，而是整天待在他的住处附近，心事重重，生气勃勃，总是带着大大小小的包裹）。费奥多尔走过由繁复的香桃灌木丛装饰的那条色彩斑驳的砾石路，将他遇见的探视者视为偏执狂患者。心神颓伤的费奥多尔反复思量这样一个事实：车尔尼雪夫斯基的不幸，似乎是对以他自己满怀希望的惆怅为主题的一种嘲笑的变体。事隔很久他才懂得这种推论的完整和精细，以及所有无可指责的结构的平衡。利用此种平衡，这些附带的声音已经成为他个人生活的一部分。

他母亲动身三天之前，在一个为侨居柏林的德国人所熟悉的大厅里——这个大厅属于一个牙医协会，依据是墙上挂着若干幅俯视下方的德高望重的牙医肖像——举行了一场公开的文学晚会，费奥多尔·康斯坦丁诺维奇也到了场。出席者寥寥无几，天气很冷。大门旁边，被见过一千回的俄罗斯当地知识界的几个代表站成一圈抽着烟。跟往常一样，刚瞥见一张熟悉友好的面孔，费奥多尔就急急向他走去，满怀真诚的喜悦。孰料话匣刚打开，喜悦便被厌烦所代替。伊丽莎白·帕芙洛芙娜在第一排就座，紧挨着她的是车尔尼雪夫斯基夫人。眼见他母亲在往后拢齐刚刚做好的头发之际不时左顾右盼，在大厅里四下走动的费奥多尔断定她很不情愿搭理她的邻居。节目终于开始。首先朗读的是一位知名作家，当年他的文章曾出现在俄罗斯的所有文学评论刊物上。他是一个头发花白，脸刮得光溜溜的老头，酷似一只戴胜鸟，一双就文学而言过于善良的眼睛。用一种明显的普通音调，他朗读了革命前夕有关彼得堡生活的一个故事，其中涉及一块嗅得出乙醚气味的补丁，装束时髦的侦探，香槟，拉斯普廷[①]，以及涅瓦河上预示灾厄、极其暴烈的夕照。在他之后一位叫克龙的，发表作品时以罗斯季斯拉夫·斯特兰尼（陌生的[②]罗斯季斯拉夫）为笔名，用一个长长的故事取悦我们。讲的是一段富有浪漫气息的冒险经历，发生在一个小镇，那里的一百只眼睛上方是陌生的苍穹。为了美感，他将表述词语置于名词之后，他的动词也流落某处。为了某种缘故，“谨慎地”一词大约重复了十二次。（“她谨慎地收敛笑容”；“栗树谨慎地展蕊怒

---

① Rasputin（1872？—1916），俄国西伯利亚的农民“神医”，以占卜和浪荡出名，因治愈王子的病而成为沙皇尼古拉二世的宠臣，后因扰乱内政，被王室贵族集体刺杀身亡。

② “斯特兰尼（Strannyy）”与英文中“陌生的（strange）”一词谐音。

放。”）休息时间过后，诗人们接二连三地入场：一位身材修长的年轻人，有一张纽扣似的脸；一位个头较矮，但鼻子很大；一位上了年纪戴一副夹鼻眼镜的女士；另一位年轻些的女士。最后是孔切耶夫，与其他人得意洋洋且不失缜密与优雅的神态形成鲜明对照，他用疲沓的低音咕咕哝哝地读他的诗。但是诗中独有这样的乐声，看似幽暗的诗行中意义的罅隙在脚下豁开。这些声音如此逼真，如此出人意料，从每位诗人贯串在一起的同样的文字当中，倏地迸出、嬉乐一番、悄悄溜走同时并未遏抑人们渴望的，是一种无与伦比的完美。与文字没有相似之处，也无需文字。于是当晚第一次响起并非虚假的掌声。最后一位露面的是戈杜诺夫-切尔登采夫。他从夏天写的一些诗中，朗诵了伊丽莎白·帕芙洛芙娜非常喜欢的几首——关于俄罗斯的：

黄色的桦树，蓝天里悄然无语……

和关于柏林的，开头是这一节：

这里的境况实在可悲；
连威士忌也过于苦涩
尽管据说此酒直接来自
他们提供原料的城市汉堡……

以及最令她动情的一首，虽说她没有想过将它跟对一位少妇的回忆联系起来，一位早已去世、费奥多尔十六岁时曾经爱过的少妇：

一天夜晚在落日与河流之间
古老的桥上站着我们：你和我。
你可会忘记这情景，我问，
——那股不寻常的急流从身边经过？

你迫不及待地答道：永不！

什么啜泣使我们倏然颤抖，
生活转瞬间发出怎样的喟叹！
你和我一天夜里站在古老的桥头，
直到我俩死去，直到明天，永远。

但是夜色已深，许多人正朝出口走去。一位女士背对舞台披上外衣，掌声稀疏……潮湿的夜在街上幽幽地闪着黑光，刮起一股狂风：永不，我们永远不会到家。然而一辆电车开来。握住过道上方的一只拉手吊环，站在临窗而坐的母亲身旁，费奥多尔满怀憎恶地想起他当天写的诗，想起词的裂隙，想起诗的漏损。与此同时，带着自豪的、快乐的精力，带着狂热的急迫，他已经在渴望创造新的东西，某种至今不为他所知的真实的东西，与他觉得犹如心灵负担似的天赋完全相称。

在她动身的前夜，他俩待在他的房间里迟迟不睡。她坐在扶手椅上，轻松娴熟地（她以前一个纽扣也不会钉）缝补他那些可怜的衣裳。而他坐在沙发上，啃着指甲，读一本厚厚的、破旧的书。早些年他年轻时，《安哲鲁》和《埃尔祖鲁姆之行》[①]中有数页他略去未读，但最近他偏偏从中觅得特别的乐趣。他刚读到这一句："偏远地区对我有某种神秘的魅力；旅行是自打我儿时以来始终不渝的梦想。"蓦地他感到甜甜的、猛烈的、不知何来的一击。依然困惑的他，将书搁到一旁，将麻木的手指插入一盒自制香烟。在那一刻，他母亲头也不抬地说："我刚才想起了什么！那些关于蝴蝶和飞蛾的滑稽的小诗，是我们出去散步时你跟他一起构思的，你记得的。'裳夜蛾，你的蓝色条纹，从它的蒴盖下露出来。'""没错，"费奥多尔答道，"有些是地地道道的叙

---

① 皆为普希金的作品，《安哲鲁》是一首长篇叙事诗；《埃尔祖鲁姆之行》全名为《一八二九年远征时的埃尔祖鲁姆之行》，书中涉及高加索的自然景色、山民生活及俄土战争。

事诗：'一片枯叶不及新生的栖树蝶陈旧。'"它是一个完全出人意料的收获！父亲刚刚带回旅途中采集的第一个标本，在首次穿越西伯利亚的长途跋涉中发现了它——他甚至还没来得及将它描述一番。回家的第二天，在距自家几步路的莱希诺公园，心目中没有鳞翅目昆虫，在与妻儿一起悠然闲逛的当儿，朝猎狐㹴扔了一只网球。他为自己的归来、和煦的天气、家人的健康备感欣慰，却又下意识地用猎手的老练眼光打量沿途的每一只虫子。接着在费奥多尔面前冷不丁将藤杖尖指向一只胖鼓鼓的、灰中透红的枯叶蝶，边缘呈深波状、模拟叶子的那种，身子悬在一簇灌木下的叶茎上熟睡。他正欲继续前行（这类蝴蝶的外貌全都十分相似），却又蹲下，皱起额头，审视他的意外发现，突如其来地朗声说道："嘿，我真该死！我不需要走这么远！""我一直这么说。"他夫人笑着打断他。他手中这只毛茸茸的小怪物属于他刚刚带回的新品种——眼下它们在此处露面，在圣彼得堡，它们的种群已被悉心研究！但正如经常发生的那样，巨大的巧合的势头并未就此止住，它还能再持续一个阶段：仅隔数日他父亲便获悉，一位与他同行的科学家刚刚依据圣彼得堡的标本对这种新的蝶蛾做出描述。费奥多尔嚷了整整一夜：父亲让他们抢了个先！

伊丽莎白·帕芙洛芙娜此刻即将启程返回巴黎。他们久久伫立在狭窄的月台上等候火车，旁边是行李装卸机，另几条铁轨上，几列伤感的火车暂停片刻，忙不迭地砰砰拍打它们的门。巴黎直达快车冲进站台。他母亲登上车，旋即将头探出窗外，微笑着。站在隔壁豪华卧车旁、为一位质朴的老太太送行的是一对夫妻。那女的是一位肤色白皙、嘴唇鲜红的美人，身穿带有高高毛领的黑色丝绸大衣；男的则是一位著名的特技飞行表演者。人人都在直勾勾地盯着他看，盯着他的围巾，盯着他的脊背，仿佛期待着从上面发现一对翅膀。

"我提一个建议，"临别之际他母亲快乐地说，"我身上大概剩下七十马克，对我一点用处也没有，你得吃好点。我不忍心瞧你，你瘦成这样。喏，拿着吧。""非常乐意。"他答道，心里随即憧憬着国立图书馆的一年期借书证，牛奶巧克力以及某个贪财的德国少女。在他那些心地卑劣的时刻，他不停地揣度如何将其攫为己有。

费奥多尔思虑重重，心不在焉，因为觉得在跟母亲几次交谈时不知何故撇下正经事只字未提而隐约地不安，他回到家里，脱掉鞋子，撅断一条巧克力的一角，连同上面的锡纸，将摊在沙发上的书挪近些……“庄稼微微荡漾，等待开镰收割。”又是那神圣的一击！它在怎样召唤、在怎样激励他，那个关于捷列克河的句子：“千真万确，这条河令人生畏！”甚或更贴切、更亲密的——关于鞑靼女人的句子：“她们坐在马背上，脸上裹着面纱，人们只能见到她们的双眼和脚后跟。”

于是他凝神聆听由普希金的调音叉发出的最纯正的声音——他已确切知道这声音对他有何要求。在母亲离开两星期之后，他写信给她，诉说了他的具体构思，借助于“埃尔祖鲁姆”的清晰的韵律构想出的内容。她回信的语气，好像她对此早有所闻：

> 我很长时间没有像跟你一起待在柏林时那样愉快了，但注意，这并非轻而易举的工作。我心里觉得你将出色地完成它，但切记你需要大量的准确资料，而不需要什么家庭的温情。倘若你有任何需求，我将尽己所能向你提供，但应慎重对待你目前从事的研究。最重要的，是拿到他全部的书，格里戈里·叶菲莫维奇的书和大公的书，以及更多的书。当然你知道如何获取这一切，务必与瓦西里·格尔马诺维奇·克鲁格联系。如若他仍在柏林，设法找到他，他俩曾结伴出游，我记得。接触其他人，你比我了解他们，写信给阿维诺夫，给维里蒂，给那位战前拜访我们的德国人，是班哈还是邦哈？写信去斯图加特、伦敦、都灵、牛津、世界各地，你自己看着办吧，因为我对这些事情全然不知，所有这些名字只是在我耳畔嗡嗡作响，可我断定你能设法办妥，我亲爱的。

然而，他继续等待——拟议的工作是一阵飘飘然的狂喜，他唯恐将那种狂喜毁于一旦。再说工作的复杂干系令他担惊受怕，他尚未就此做好准备。他在整个春季继续实施训练项目，以普希金为食，将普希金吸入肺里（这位普希金的读者增大了自己的肺活量）。他悉心探究词语的精确性以及它们联结的绝对纯洁性。他将散文的透明性带入无韵诗的境界继而将其掌握。在这方面，普希金的《普加乔夫暴动始末》的直白叙述，向他提供了一个生动的例子：

上帝帮我们避免目击俄国的一场暴乱
无谓而残忍的……

为了增强他凝神苦思的能力，他趁外出游逛之际，将有关普加乔夫的所有篇章尽皆熟记于心，好似一个人用铁棒代替了手杖。从普希金的一个故事中朝他迎面走来的是卡罗利娜·施密特。“一个涂着厚厚胭脂的姑娘，看起来温顺矜持。”她获得舍尼希弥留之际躺着的那张床。在格鲁内瓦尔德森林外面，一位貌似西梅昂·维林（来自另一个故事）的邮差在窗边点燃烟斗，那里摆放着若干盆凤仙花。在桤树丛中可以瞥见大家闺秀出身的农妇蔚蓝色的无袖短衬衣。他处于那种情感和心理状态，“当现实让位于想象时，将第一个梦境的朦胧幻觉与想象融为一体。”

普希金渗入他的血液。普希金的声音与他父亲的声音融合在一起。他吻着普希金灼热的小手，把它当作另一只闻起来像早餐“kalach”（一种金黄色小圆面包）的大手。他记得他和塔妮娅两人的保姆与普希金的奶娘阿林娜来自同一个地方——苏德雅，就在加特契纳那边，距离他们的所在地有一小时的车程——她说话也“像唱歌一样”。一个空气清新的夏日清晨，他跟父亲一起来到河畔的更衣房，木板墙上映出河水倒影的粼粼金辉，听见父亲带着恰如其分的热忱，吟诵他认为不仅是普希金、而且是世间所有诗歌中最漂亮的诗句：“Tut Apollon—ideal, tam Niobeya—pechal”（这是阿波罗——理想，那是尼俄伯[1] ——忧伤)。一只尼俄伯豹蛱蝶黄褐色的翅膀连同上面珍珠母般绚丽的花纹掠过河畔草地里的轮锋菊。六月初的草地上,偶尔可见纤巧的黑色阿波罗绢蝶。

带着不知疲倦的亢奋,他现在开始正式准备他的工作(在柏林,为期十三天的一次调整,时光依然是六月初):搜集素材,彻夜苦读,研究地图,写信,并且会见关键人物。他已经从普希金的韵文转入自己的生活,因此起初普希金时代的节奏与他父亲的生活节奏混合在一起。科学书籍(柏林图书馆的章总是盖在第九十九页),诸如《一位博物学家的游记》这类为人熟知的作品,套上陌生的黑色和绿色的封皮,与他从中寻觅普希金的余泽的俄国旧期刊并排放在一起。有一天,他偶然发现了那本出色的《A. N. 苏霍绍科夫往事回忆录》中有两三页涉及他祖父——基里尔·伊里奇(他父亲曾悻悻地提起过)。回忆录的作者在提到他对普希金的看法时附带提到基里尔·伊里奇,这个事实现在不知怎的似乎具有特殊的意义,尽管作者将他刻画成一个寻欢作乐、白吃干饭的家伙。

苏霍绍科夫写道:

> 他们说一个腿从髋部截断的人能长时间地觉得它仍在原处,移动并不存在的脚趾,收缩不存在的肌肉。同理,俄罗斯将持续感受普希金活生生的存在。在他不幸的命运里,有某种富有魅惑的东西,恰如深渊一般:而且说真的,他自忖已经,并且迟早将对命运做出专门的预测。诗人除了从以往的经历里提炼诗句以外,他还从有关未来的忧思中发现诗句。人类生存的三重规律——不可逆转性、不可感知性、不可避免性——他了解得非常透彻。但他的生存欲望是何等强烈!在上面提及的我"有学问"的婶婶

① Niobe,希腊神话中底比斯王后,为自己被杀的子女们哭泣而化为一块石头,变成石头后继续流泪。

的粘贴簿里，他本人写了一首诗，我迄今仍能记得，不仅烂熟于心，而且历历在目，以至于我甚至可以看见它在纸上的位置。

哦，不，我的生活没有变得乏味，
我仍然需要它，我仍然热爱它。
我的灵魂，虽说它的青春已经逝去，
还没有变得完全冰冷麻木。
命运仍将予我慰藉；一本
天赋的小说将受到我的欣赏，
我将见到一位成熟的密茨凯维奇[①]，
带来供我自己赏玩的什么名堂。

我认为谁也不能发现其他任何一位诗人如此频繁地凝望——时而诙谐、时而拘谨——未来。时至今日库尔斯克省仍住着一个年龄超过百岁的老头，我记得他当年已有一大把年纪，呆头呆脑，居心不良——但普希金永远离开了我们。在我漫长的一生中见识了许多卓越的天才，经历了许多非凡的事件。我经常暗自忖度他对凡此种种将如何做出反应。嗬，他本来可以目睹农奴的解放，可以读到《安娜·卡列尼娜》……眼下再度沉溺于我的梦幻，我想起自己年轻时曾一度带有想象性质的东西。这一心理事件与对一个人物的回忆密切相关，这个迄今仍好端端地活在世上的人将被我称为Ch[②]——我相信他不致因为遥远往昔的重见天日而责备我。我们通过双方的家庭相互结识。我祖父跟他父亲一度过从甚密。一八三六年，在国外期间，这位Ch其时非常年轻——刚满十七岁——跟他家里发生口角（据他们说，此举加快

① Mickiěwicz（1798—1855），波兰诗人，献身于民族解放运动，代表作史诗《塔杜施先生》，描写波兰爱国志士反抗沙俄侵略的斗争。
② “车尔尼雪夫斯基（Chernyshevski）”的前两个字母。

了他父亲，一位拿破仑战争时期的英雄的死）。后来他在几个汉堡商人的陪伴下，神态冷漠地乘船抵达波士顿，再从那儿去得克萨斯州落脚，在当地成功地经营养牛业。那样的境况持续了二十年之久。他赚的钱全都在密西西比河的一艘货船上玩埃卡泰牌戏[①]时输了个精光，在新奥尔良的赌场上赢回，接着又挥霍一空。在大门紧闭、人声鼎沸、烟雾腾腾的场子里经历了一次久得骇人的、路易斯安那当时盛行的决斗——以及其他许多冒险行为之后——他开始思念俄国。方便不过的是，国内有一份地产正等着他。怀着像当年离开时一样了无挂碍、漫不经意的情绪，他返回欧洲。一次，在一八五八年冬季的一天，他出人意料地来到圣彼得堡莫伊卡我们的住宅。父亲不在，客人便由我们两个小伙子接待。我俩打量着这个头戴软塌塌的黑帽、身穿黑衣的模样古怪的傻瓜。衣帽那浪漫而又幽暗的色调，将他带有华丽褶裥的丝绸衬衫，以及深蓝、淡紫、粉红三色相间、缀有钻石纽扣的马甲，衬托得格外醒目。我和我哥哥忍俊不禁，当即决定利用这么多年他对祖国毫不知情、似乎它已从某扇活动门中坍塌的事实。于是此刻，犹如一个四十岁的瑞普·凡·温克尔[②]，正从面目全非的圣彼得堡中醒来，Ch急不可耐地打探任何一个消息，我们告诉他不少，其中掺杂了毫无节制的捏造虚构。对于这样的问题，譬如，普希金是否健在，他眼下写些什么，我以多有不敬的语气答道，“哟，他前几天刚写了一首新诗。”[③]当晚我们带客人去看戏，可是结果却有些不妙。我们招待他的不是一出新编俄国喜剧，而是由著名黑人悲剧演员奥尔德里奇主演的《奥赛罗》。起初，我们的美国农场主似乎对舞台上一位正宗黑人的出现颇感兴趣。但是他对演员

---

① écarté，一种两人对玩的三十二张纸牌戏，可以在入局前调牌，以垫牌为特色。

② Rip von Winkle，美国作家华盛顿·欧文所著《见闻札记》中一篇小说的篇名及其主人公姓名；小说叙述温克尔为避开性格凶悍的妻子藏身山洞，沉睡二十年后发现妻子已故，住屋已成废墟，世间发生翻天覆地的变化。

③ 普希金早在一八三七年便死于决斗。

的精湛演技一直视若无睹，而是凝神打量观众，尤其是我们圣彼得堡的女人们（他不久便娶了其中一位为妻），她们当时心里充满了对苔斯德蒙娜[①]的妒意。

“快看谁坐在我们旁边，”我哥哥忽然对我悄声耳语，“那儿，我们右边。”

隔壁包厢里坐着一个老头……相当矮小的个头，身穿一件寒伧的燕尾服，一张泛出灰黄的黝黑脸膛，凌乱灰白的连鬓胡子，稀疏发灰、未经梳理的头发。他对非洲人的表演如痴若醉，两片厚嘴唇哆嗦着，鼻孔扩张。兴之所至时，他干脆在座位上跳上跳下，狂喜地猛擂身边的挡墙，手上的几枚戒指熠熠闪亮。

“他是谁？”Ch问道。

“怎么，你连他也不认识？仔细瞧瞧。”

“我认不出来。”

我哥哥瞪大双眼，小声嘀咕：“嘿，他是普希金嘛！”

Ch又看了看……隔了一分钟，兴趣转移到其他什么上面。现在回想当时心里萌生出怎样的奇怪情绪似乎很滑稽：这种恶作剧，正如通常的情形一样，弄巧成拙，这个匆促召来的幽灵不愿消失。我压根儿无法回避隔壁包厢。我瞅着那刺眼的皱纹，宽鼻头，大耳朵……后背掠过一阵阵寒战，奥赛罗身上的全部妒火无法逼迫我不去看他。倘若此人果真是普希金又当如何？我心里暗忖，年已六旬的普希金，二十年前被那个花花公子的致命子弹射杀的普希金……天赋处于成熟秋季的普希金。这就是他；这只握住女士观剧望远镜的黄手写出了《努林伯爵》《埃及之夜》……演出结束，雷鸣般的掌声响起。头发灰白的普希金猝然起身，依旧微笑着，饱蕴青春激情的眼睛闪烁着明亮的光辉，迅速离开了他的包厢。

---

① Desdemona，莎士比亚悲剧《奥赛罗》中主人公奥赛罗的妻子，受伊阿古诬陷被其夫扼死。

苏霍绍科夫将我祖父描绘成一个无知的花花公子是不正确的。其实说到底，后者的兴趣与一个年轻浅薄的涉猎者的智力习性处于不同的层次，此公与我们的传记作者都是圣彼得堡文学界的成员。虽说基里尔·伊里奇年轻时狂放不羁，可一旦结了婚，他不但收束了心性，而且担任政府公职，同时由于经营有方，继承的财产增加了一倍的收益。然后他退隐乡间，显示出从事养殖业的卓越才能，忙里偷闲培育出一种新型苹果，留下一篇奇怪的写于冬季闲暇时的论文，论述“动物王国法律面前的平等原则”。外加一条关于巧妙改革的建议，置于当时流行的一个晦涩难解的标题下：一位埃及官僚的远见卓识。作为年迈之人他接受了伦敦的一个显赫的顾问职位。他和蔼、勇敢、坦诚，有他的种种怪癖与情欲——还能需要别的什么吗？他已经发誓不再赌博，因而完全无法待在备有一叠扑克的房间里，这已经成为家里的一项惯例被保留下来。一把竭力为他效劳的老式柯尔特[①]左轮手枪，一枚刻着神秘女士肖像的大奖章，吸引儿时的我生出难以名状的种种遐想。他的生命，直到晚年依然保持着初始的暴烈与新鲜，安详地结束。他一八八三年返回俄国，不再作为路易斯安那的一名决斗者，而是作为俄罗斯的一位显贵。七月的一天，在我后来保存采集的蝴蝶标本的隐秘的蓝色小屋里，在那张皮沙发上，他毫无痛苦地告别了人世。在他的临终谵妄中，他不停地念叨着一条大河，音乐和光。

我父亲生于一八六〇年。他的德国老师极力培养他对鳞翅目昆虫的癖好。顺便问一下，那些曾经教俄国儿童自然史的富有创见的人们境况如何？绿色的网，拴在一根线上的锡盒。别着蝴蝶标本的帽子，有学问的长鼻子，眼镜后面两只朴实率真的眸子——他们今在何方？他们脆弱易损的骨骼又在何处？或许这是一批专供出口俄国的特殊德国人，或许我看走了眼？过早结束（一八七六年）在圣彼

① Samuel Colt（1814—1862），美国枪械制造商，发明柯尔特六发左轮手枪，一八三五年获专利，另外设计遥控电引爆水雷等。

得堡的中学教育后，他在英国剑桥接受高等教育，师从布莱特教授主修生物学。他第一次周游世界时，我祖父仍然在世。从那时起直到一九一八年，他的全部生活由旅行和创作科学书籍两部分组成。主要著作有：《亚洲鳞翅目昆虫》（八卷本，一八九〇年至一九一七年陆续出版）《俄罗斯帝国的蝴蝶与飞蛾》（拟议出版的六卷中的头四卷于一九一二年至一九一六年间问世），以及最为公众熟知的《一位博物学家的游记》（七卷本，一八九二年至一九一二年出版）。这些书被公认为经典作品。未及中年，他的名字便占据了俄亚动物种群研究的领先地位，与该领域几位先驱的大名并列：菲舍尔·冯·瓦尔德海姆、梅内特里斯、埃弗斯曼。

他在研究过程中与几位杰出的俄国同行保持密切接触。苏霍绍科夫称他为“俄罗斯昆虫学的征服者”。他与查里·奥贝蒂尔、尼古拉·米哈伊诺维奇大公、利奇和塞茨合作。他散见于各类昆虫学期刊的论文多达数百篇，其中第一篇——《论彼得堡某些蝴蝶的出现的特征》（罗斯市霍莉昆虫学会）发表于一八七七年，最后一篇——《奥斯托蒂尔·西蒙诺依德，一只模仿小绢蝶的尺蠖》（伦敦昆虫学翻译学会）发表于一九一六年。他跟斯陶丁格，著名的《昆虫名录》的作者，展开了一场颇有分量、语气尖刻的论辩。他是俄罗斯昆虫学会副会长，莫斯科大自然研究者协会正式会员，帝俄地理学会会员，以及国外众多学术团体的荣誉会员。

从一八八五年到一九一八年，他旅行范围之广，委实令人难以置信，他以三英里代表若干千英里的比例测量行程，收集了令人震惊的藏品。在这些年里，他完成了总共持续十八年之久的八次大规模考察。不过其中还有许多次附带的观光，被他称之为“消遣”——考虑到这些微不足道的跋涉，不仅是重游往昔大致看过的欧洲的一些国家，而且也是在继续他年轻时的环球之旅。他认真对待自己的亚洲之行，勘察了东西伯利亚，阿尔泰山脉，费尔干纳盆地，帕米尔高原，“戈壁瀚海的岛屿及其海岸”，蒙古以及中国西藏“不受任何影响的陆地”，并用精确而凝重的语言描绘了他的旅行。

这就是我父亲一生的概况，照搬自一本百科全书。它还没有吟唱，但我已经能听见其中一种逼真的声音。它不停地说，在一八九八年三十八岁上，他娶了伊丽莎白·帕芙洛芙娜，一位著名政治家的二十八岁的女儿；他跟她育有两个孩子；在他几次出游的间隙……

一个令人痛苦、有点亵渎神圣的问题，实难用言语表达：她嫁给他以后的生活是否愉快，无论是相伴还是分离？我们是否应探究这个内心世界或仅仅囿于对路线的描述？“亲爱的妈妈，现在我请你帮我一个大忙。今天是七月八日，他的生日。换了其他随便哪一天，我决不会让自己提出这个请求。跟我说说你和他的一些事。不是我能在我俩共同的回忆里发现的那种事，而是你独自经历并铭记于心的那种。”下面是回信的一部分：

> ……想象—— 一次蜜月旅行，比利牛斯山脉，世间一切的美好和欢乐，太阳、溪流、花朵、白雪覆盖的山巅，甚至旅馆里的苍蝇——以及时时刻刻待在一起。后来，一天上午，我闹头痛或别的什么毛病，或者吃不消暑热。他说他得午餐前出去溜达半个钟头。我格外清晰地记得自己坐在一家旅馆的阳台上（周围一片恬静，还有群山，加瓦尔涅的美妙的悬崖），生平首次读一本少女不宜的书，莫泊桑的《一生》，记得我当时打心眼里喜欢它。我看看自己的小手表，发现已是午餐时间，他已离开了一个多钟头。我等着。起初，我有些愠怒，继而又开始担心起来。午餐摆放在露台上，我却无法下咽。我走到旅馆前面的草坪上，返回自己的房间，复又外出。又过了一小时，我处于一种恐怖、焦虑、天知道什么的难以名状的境地。我第一次出门旅行，我涉世不深，易受惊吓，还有那本《一生》。我料定他已经抛弃了我，一个个最愚蠢、最可怕的念头接连不断地涌入我的脑袋。时间在流逝，我觉得用人们好像正在幸灾乐祸地瞅着我——噢，我无法向你说清那是什

么滋味！我甚至已经开始把衣裳胡乱塞进一只箱子，以便即刻启程回俄国，接着，我忽然认定他已经死去，赶紧奔出房间，开始叽里咕噜地念叨一些疯话，同时报警。蓦地我看见他走过草坪，脸上带着那种我以前从未见过的欢天喜地的神情，虽说他一直都很快乐。他从那儿走来，朝我挥手，仿佛什么也没发生，单薄的裤子沾上潮湿的绿斑，他头上没戴巴拿马草帽，夹克衫的半边也给扯破了……我想你已猜出发生了什么事情。感谢上帝，他总算逮住了它——在他的手帕里，在一座陡峭的悬崖上。否则他会整夜待在山里，正如他冷静地向我言明的那样。不过现在我想告诉你另外一件事，发生在此后不久，那时我已知道真正好的分离可能是什么滋味。你当时很小，刚满三岁，你不可能记得。那年春天他出门去塔什干。他预计从六月一日开始进行一次旅行，时间不少于两年。那已经是我俩婚后他第二次长期外出。我现在常想，如果将自我们举行婚礼之日起共处的时间加在一起，总计不会超过他这回不在我身边的日子。我还想起我有时觉得自己不幸，现在才知道我一直很幸福，那不幸是幸福的一种色彩。总之，我不知道那年春天自己到底是怎么搞的，他出门时我向来有点反常，但那次我疯疯癫癫地全然不顾体面。我忽然拿定主意赶上他，跟他结伴旅行至少到秋天。我偷偷地将一千种东西聚拢到一起，我压根儿不晓得需要什么，可又感到我在很好地、适当地备足一切。我记得我准备了一副双筒望远镜，一根铁头登山杖，一张行军床，一顶遮阳帽，一件直接取自《上尉的女儿》[①]的兔皮大衣，一把小小的珍珠母左轮手枪，还有某个令我胆寒的油布做的大家伙，以及我无法旋开螺纹盖的一只复杂的水瓶。一句话，想想《达拉斯贡城的达达兰》[②]的装备：我怎么设法将你们几个小家伙留下来，

① *The Captain's Daughter*，普希金的中篇小说。

② *Tartarin de Tarascon*，法国作家都德的小说。

我怎样跟你们告别——那些情景笼罩在一团迷雾里，我再也记不得我如何在奥列格叔叔的监视下偷偷溜出去，我如何到达车站。可是我既害怕又快乐，我觉得自己俨然是一位女英雄，车站上人人注视着与我那身英国旅行服配套的格子花短裙（但愿我们相处融洽：齐踝），肩膀上一侧挂着双筒望远镜，另一侧挂着一只钱包。我就是以这副模样跳下停在塔什干城郊的一个小村庄的四轮马车，置身于灿烂的阳光下。我永远忘不了当时的情景，我在距那条路不足一百码处瞥见你父亲：他站在那里，脚踏一块白石，一只胳膊肘撑在栅栏上，跟两个哥萨克人聊天。我跑过砂石路，嚷着、笑着。他缓缓转过身，我像个傻瓜似的在他面前突然停下，他将我从头到脚一番打量，觑起双眼，以一种出人意料的可怕口吻吐出三个字："你回去。"我赶紧转身，回到车旁，钻进车里，见他已经将脚不偏不倚地搁在原来的地方，胳膊肘又撑在栅栏上，继续跟哥萨克人聊天。我驱车走上归途，神情恍惚，石化了一般，只有内心深处什么地方开始准备涌出滂沱泪雨。但是车行两英里后（写这一行时脸上掠过一丝微笑）他赶上我，骑的白马后面扬起一股烟尘。我们这次分手的情景截然不同，于是我几乎像我起初离开时一样，快活地继续朝圣彼得堡走去。只是我时刻记挂着你俩，不知道你们怎么样，但不管怎样，你们都挺结实。

不——不知怎的，我觉得我记得这一切，兴许是因为它后来屡被提及的缘故。总之我们的整个日常生活充满了有关父亲的故事，充满对他的担忧，对他回归的期盼，与他告别时隐而不露的惆怅，以及迎接他时的狂喜。他的激情体现在我们所有人身上，以不同方式被渲染，以不同方式被理解，但却是持久的、惯常的。他的家庭博物馆里竖立着一排排橡木橱，一只只玻璃抽屉里满是钉在十字架上的蝴蝶（其余——植物，甲壳虫，鸟类，啮齿目动物和爬行动物——他送给他的同事们研究），散发着兴许是在天堂散发的气味。里面几个实验室助手坐在紧靠单块玻璃窗户的桌边工作。多么神秘的中央壁炉，从我们的整座圣彼得堡住宅内部散热发光！唯有彼得罗巴甫洛夫斯克[1]正午时分的隆隆炮声才能打破它的静谧。我们的亲戚，不从事昆虫学研究的朋友，用人，温顺且敏感的伊芙娜·伊凡洛芙娜谈论蝴蝶，不是作为实体，而是作为我父亲的某种禀赋，只能依附于他而存在，或是作为一种人人早已惯于对付的疾病。于是昆虫学变成一种我们习以为常的幻觉，犹如一个无害的家鬼，每晚在炉旁坐下来，再也吓不着任何一个人。与此同时，我们那些不计其数的叔叔婶婶，没有哪个对他的学问有任何兴趣，甚至几乎从未读过他那些被数十万有教养的俄国人翻来覆去地阅读的普及读物。当然我跟塔妮娅从儿时刚懂事起便学会了欣赏父亲，他的魅力似乎甚至超出了他口中好几个故事的主人公哈罗德。此人在拜占庭角斗场上跟狮子搏斗，在叙利亚追歼强盗，在约旦沐浴，在非洲的"蓝土地"上一举攻下八十座城堡，使冰岛人免受饥馑之苦。他的赫赫声名从挪威传到西西里，从约克郡传到诺夫哥罗德。接着，当我被蝴蝶迷住时，我的灵魂受到某种启示，我开始在脑海里重新经历父亲的一次次旅行，仿佛出游者是我本人。我在梦里看见蜿蜒曲折的小路，旅行车队，多种色彩的群山。我疯狂地、痛苦地嫉妒父亲，直到流下泪水——滚烫的、汹涌的泪水倏地夺眶而出，就在我们傍桌而坐讨论他的途中来信时，甚至简单提及一个远在天边的地方时。每年，随着春天的日益临近，在迁居乡间之前，我心头萌生出远赴西藏前可能萌发的感情的一丁点可怜的碎片。在涅夫斯基大街上，三月的最后几天，当宽阔的人行道上的木板在阳光和雨水的映照下闪烁着深蓝色的光芒时，你可以看见，一辆马车高高飞过，沿着房屋临街正面，飞过市政厅，飞过广场上的椴树，飞过凯瑟琳塑像，第一只黄蝴蝶。在教室里，那扇高大的窗户敞开着，一群麻雀在窗台上栖息。老师们听任一堂堂课从身边经过，代之以一块块方形的蓝天，从蓝色中坠落一

[1] Petropavlovsk，哈萨克北部一城市。

只只足球。不知何故我的地理成绩一贯很差，我们的地理老师带着一副崇拜的表情提起我父亲的名字。每当此刻，我的同伴便将一双双探询的目光转向我，因为强抑的狂喜，因为害怕表达那种狂喜，自己身上的血液如何上涌之后复又回落。眼下我想起自己的了解是多么微不足道，在描述我父亲的研究时又是多么容易犯下愚蠢的错误！

四月初，为了拉开季节的序幕，俄罗斯昆虫学会的会员们进行了一次传统的旅行，来到黑河彼岸圣彼得堡的一个郊区。在一个依然湿漉漉、光秃秃、洞口依然露出几堆白雪的桦树林里，树根上出现了薄弱透明、紧紧地平贴在纸一样的树皮上的我们心爱的稀世珍品——该省的一种特产。在这些年长且有家累、在四月的树林里谨慎而紧张地施行魔法的人当中，有一位老剧评家，一位妇科专家，一位国际法教授和一位将军。由于某种原因我能特别清晰地想起这位将军的模样（X. B. 拉姆鲍夫斯基——他身上有一些帕斯加尔[①]的气质），低垂的阔背，一只胳膊置于其后。旁边是我父亲的身影，他以一种东方人的悠闲姿势蹲在地上。两人仔细审视由一把小铲挖出的一堆红土，从中寻觅蝶蛹。时至今日我仍然揣度马车夫在由这一切构成的路上等的是什么。

有时，在乡下，祖母步态优美地走进我们的教室。奥尔嘉·伊凡诺芙娜·韦齐思胖乎乎的，气色很好，戴一副连指手套，衣服上镶着花边。“孩子们你们好。”她用圆润洪亮的嗓音说道，接着重读介词，告诉我们：“刚才我在花园里瞧见，靠近雪松的一朵玫瑰上歇着一只蝴蝶，非常漂亮，身上有蓝色、绿色、红色、金色——它有这么大。”“快去拿你们的网，”她继续说，身子转向我，“走进花园，兴许你们还能逮住它。”言毕她步态优美地走出教室，全然不顾这一事实，倘若此种传奇式的昆虫果真让我撞见（她的想象到底装饰的是哪一种平庸的花园来客，甚至不值一猜），我会死于心脏破裂。有时，为了特别取悦我，我的法语家庭教师选择弗洛里安的一则寓言让我背诵，关于某种俗艳得没治

① Paschal，指帕斯加尔二世（？—1118），意大利籍教皇，赞助组织第一次十字军东征。

的小少爷蝴蝶。有时某位姨妈给我一本法布尔[1]的书，他那些普遍流行的作品，充斥了闲聊，不精确的观察以及赤裸裸的谬误，被我父亲嗤之以鼻。我还记得这件事：一天，刚刚弄丢了我的捕蝶网，我出去到阳台上寻找，遇见我舅舅的勤务兵扛着它从什么地方回来，脸颊红扑扑的，玫瑰色的嘴唇上露出一丝温蔼羞怯的微笑。"快看我给你逮着了什么。"他以一种满足的口吻宣告，一边把网里的东西一股脑儿倒在地板上；网孔在网圈附近被一截绳子拴牢，这样就形成了一只口袋，里面塞满了各种窸窣作响的活物。我的天，里面都是些什么乱七八糟的玩意儿：三十余只蚱蜢，一朵雏菊的脑袋，两只蜻蜓，几株麦穗，些许沙子，一只被挤压得不成形的大菜粉蝶，最后，一只途中发现的食用伞菌，为了食用的目的加了进去。俄国的普通百姓了解并热爱他们国家的大自然。当我克服了窘态，肩扛蝶网走过村庄时，我会听到多少嘲讽、多少猜测和问题！"嗯，这没什么，"我父亲说，"你真该见识那些中国人的脸——当时我在某座圣山上采集标本，或是伏尔加河岸边一个小镇上开明的女校长的表情——当时我向她解释我正在那个山谷里干什么。"

真不知如何描述与父亲一起走过树林、田野和泥炭沼泽地时的喜悦，或者夏天一再惦记他是否离开，有所发现以及带着这种发现与他会面的永恒的梦想！真不知如何描述我心里萌生的感情，当他把儿时捕获这个或那个的所有地点一一指给我看时—— 一座一半朽烂的小桥剩下的那根横梁，他曾于一八七一年在桥上捕获第一只孔雀蛱蝶，通往河边的路旁坡地，他曾于此双膝跪地，含泪祈祷（这一着未能奏效，它已经永远飞走了！）。当他谈起自己的话题时，他的语言，那种独特的流畅以及优雅的风格，多么富有魅力！手指拧动宽板或显微镜上的螺丝时，动作是何等柔和精确，他的课程展示了一个多么真正令

[1] Fabré（1823—1915），法国昆虫学家，以研究昆虫行为和昆虫解剖学闻名，主要著作为《昆虫记》，共十卷。

人陶醉的世界！是的，我知道这样写不上路子——这些感叹会使我失之肤浅——不过我的笔尚未习惯追随他的轮廓，我自己憎恶这些附加的花体字。哦，别用如此受惊的一双大眼看我和我的童年。

这些课程的甜蜜！一个和煦的傍晚，他把我带到某个小池塘边，观看阿斯彭鹰蛾紧贴水面来回摇荡，身子边缘浸入水里。他示意我如何准备器具，以测定那些外表难以分辨的种类。面露不同寻常的微笑，他让我重新留意我们公园里的黑色眼蝶，它们神秘而优雅地不期而至，只有在逢双年份出现。一个天气颇冷、雨量颇大的秋夜，他替我调匀啤酒和糖蜜，以便在滑腻的、被一盏煤油灯照耀得亮闪闪的树干上捕捉一群有斑纹的大蛾子。它们无声无息地俯冲下来，急急地朝诱饵飞去。对于我那些蛱蝶的金色的蛹，他有时给它们保暖，有时又给它们降温，这样我能从中得到科西嘉——适宜在北极生存、实属罕见的品种，身子仿佛浸过焦油，粘着一层柔软的绒毛。他教我怎样彻底搜寻一座蚁冢，找到已经与蚁冢居民缔结了一项野蛮条约的一只浅蓝色小蝴蝶的幼虫，我看见一只蚂蚁怎样贪婪地搔那只幼虫笨拙的、鼻涕虫似的小小身子的后半截，弄得它痒痒的，迫使它分泌出一滴足可致醉的液体，接着忙不迭地将其吞入肚里。作为补偿，它提供自己的幼蚁供对方食用。此种情形恰似母牛向我们提供牛奶水果冻，而我们则把自己的婴儿送给它们吃。但是一种外来蓝色小蝴蝶的凶悍的幼虫却不愿屈从这种交换，它肆无忌惮地吞噬幼蚁，继而变成一种无法穿透的蝶蛹。终于，在孵化期间，被蚂蚁团团围住（经验派的那些失败），它们等待皱得要命的蝴蝶出现，以便向她发起进攻；它们进攻——然而她并未一命呜呼。“我从来没有笑得那么开心，”父亲说，“我当时意识到大自然已经向她提供了一种黏稠的物质，致使那些狂热的蚂蚁的触角和脚粘在一起，结果他们全都在她周围翻滚扭动。而她自己，冷静且无懈可击，让自己的翅膀变硬变干。”

他跟我说起蝴蝶的气味——麝香和香子兰，说起蝴蝶的声音，说起一种马来亚鹰蛾丑陋的毛虫的尖利叫声，比我们的鬼脸天蛾耗子似的吱吱声要好听。他跟我说起巴西丛林里狡黠的蝴蝶，模仿当地一种鸟儿的嗡嗡声。他跟我说起模拟性伪装的不可思议的艺术智慧，无法用求生的努力加以解释（进化的不熟练力量的冒进），过于精妙，不适于仅仅蒙骗偶然出现的猎食者——有翅的、有鳞的以及无翅无鳞的（不太挑剔，但不太喜欢蝴蝶），而且似乎是由某位诙谐的艺术家专为人的智慧眼发明的（一个假设，可能远远胜过观察以蝴蝶为主食的猿人的进化论者）。他跟我说起用于模仿的神奇面具；说起处于憩息状态的巨蛾摆出蛇的样子瞅着你；说起一种热带尺蠖蛾，颜色酷似在自然体系中与之毫无关联的一种蝴蝶，它仿橙黄色的腹部，到了它的二代，这种橙色滑稽地转移到了内缘；还说起那种著名的非洲燕尾蝶离奇的后宫。这些披上形形色色伪装的雌蝶在颜色、形状甚至飞行方式上仿效半打不同的种类（显然不可食用），它们又是无数其他善于模仿者的榜样。他跟我说起迁徙，说起空中飘过的大量白色粉蝶构成的长云，对风向漠不关心，始终距离地面同样的高度。它们轻轻地、平稳地飞越山丘复又降落溪谷。遇见兴许另一朵黄色的蝶云，缓缓从中流过，没有停顿，没有玷污自己的白色——飘向远方，傍晚时分栖息在树上，一直站到次日清晨，仿佛覆满白雪。然后粉蝶再度起飞继续旅行——飞往何处？为什么飞？一个尚未被大自然完成抑或被其忘却的故事。“我们的蓟蝶，”他说，“英国的‘小荨麻赤蛱蝶’，法国的‘漂亮夫人’，不像那些有亲缘关系的品种一样在欧洲冬眠；它出生于非洲平原；那儿，拂晓时分，幸运的旅行者能够听见在晨曦初露时闪着光亮的整个大草原响彻不计其数的蝶蛹急促而尖利的声音。”从那儿，蝴蝶毫不耽搁地开始向北旅行，翌年早春抵达欧洲海岸，顷刻间使克里米亚的花园与里维埃拉的露台活跃闹忙起来。没有磨蹭，但是到处留下供夏季繁殖的单只蝴蝶，它继续北上直到五月底，此时以单一的种类飞抵苏格兰，黑尔戈兰[①]，我们当地甚至地球的北极：它已经在冰岛

① Heligoland，德国西北部一岛屿，被称为“北海的直布罗陀”。

遭擒！身上褪色、难以辨认的蝴蝶，以一种与众不同的奇异而疯狂的飞行姿势，选中一块林间空地，“绕着圈子”进出于莱希诺冷杉林。等到夏季将尽，在大鳍蓟冠上，在紫菀草上，它那兴奋得遍体粉红的后裔已经在享受生活。“最动人的，”我父亲补充道，“是头几个冷天我们注意到的一种倒转现象：退潮。蝴蝶匆匆南飞，准备越冬，但当然没等到获得温暖便丢了性命。”

英国人塔特在瑞士的阿尔卑斯山和帕米尔高原观察到一种同样的现象。与他同时，我父亲发现了受精的帕纳塞斯雌蝶腹部下面出现的角膜结构的本质，并且解释了她的配偶如何借助于一对铲形附器，将他自己生产的贞操带置于她身上，并且塑成一定的形状，全都不尽相同，有时是一叶小舟，有时是一只螺旋形贝壳，有时——如同极其稀罕的炭渣般灰黑的“俄耳甫斯”[①]戈杜诺夫——是一把小小的里拉琴的复制品。我想精确地展示这种作为我眼下作品的卷首插图的蝴蝶——因为我能听见他谈论它，能看见他怎样将带回的六种蝴蝶从他的六只厚厚的三角形信封中取出，怎样垂下双眼透过放大镜贴近唯一的雌蝶——他的实验室助手怎样虔敬地在一只潮湿的广口瓶里松开干燥光滑、紧紧叠在一起的蝶翼，以便稍后用一枚别针顺利地刺穿昆虫的腹部，将其钉在展板的软木槽上，再用半透明的阔纸带将它敞开的、不加防御且优雅扩展的美丽平压在上面，再将一点点棉花塞到腹部下面，把它的黑色触角弄直——于是它便永远以那种方式晾干。永远。柏林博物馆藏有我父亲的许多猎物，它们现在仍像八九十年代一样新鲜。林奈[②]收集的蝴蝶自十八世纪以来在伦敦至今尚存。在布拉格博物馆，人们可以看见备受叶卡捷林娜青睐的显眼的阿特拉斯蛾。那我为何如此悲伤呢？

---

① Orpheus，又译“奥菲士”，希腊神话中的诗人和歌手，善弹竖琴，弹奏时猛兽俯首，顽石点头。

② Linnaeus（1707—1778），瑞典博物学家，创立双名法，最早阐明动植物种属定义的原则。

他的捕获物，他的观察，科学词汇里他的声音，这一切，将被我悉数保留。但那还是太少。带着同样的、相对的永恒，也许我愿意保留那些他身上的东西：他那活跃的男子汉气概，他的顽强执拗和独立不羁，他人格的冷与暖，他对自己所从事的一切拥有的权力。犹如玩一场游戏，犹如希望顺便将他的力量印在万物之上，他从昆虫学以外的一个领域零星地挑出一些内容，从而在自然学科的几乎所有分支里都留下自己的痕迹。在他搜集的全部植物中经他描述的仅有一种，但那是一种引人注目的桦树；一种鸟儿—— 一种名贵的雉鸡；一种蝙蝠——但却是天底下最大的一只。然而在自然界的所有领域内，我们的名字发出无数次回音，因为其他博物学家把他的名字送给或是一只蜘蛛，或是一朵杜鹃，或是一道山脊——后者，附带提一下，惹他生气。"确立和保留某个山口的古老的当地名称，"他写道，"总比让其负担一位挚友的姓名更加科学和高尚。"

我喜欢——我现在方知我当时多么喜欢它——他显示的那种别具一格、轻松自如的技巧，利用脊背里一根两英寸长的刺对付一匹马、一条狗、一杆枪、一只鸟或是一个农家孩子——没完没了地前来求医的都是受伤残废的，甚至孱弱的、甚至怀孕的妇女。他们兴许将他的神秘职业当作伏都教[①]的具体实践。我喜欢这一事实，不同于大多数非俄罗斯旅行者，譬如斯文·赫定[②]，他悠然漫步时从不换上中国服装。总之他超然离群，在与当地人打交道时苛刻刚愎到了极点，对中国官话和喇嘛没有表现出任何宽容。他在帐篷里习箭，作为防范妓女纠缠的有效手段。他对人种志毫无兴趣这一事实，出于某种原因，极大地冒犯了某些地理学家。他的知交，东方学家克里夫佐夫在责备他时几欲落泪："要是你带回一首婚礼歌曲该有多好，康斯坦丁·基里洛维奇，描叙一下某种当地服装该有多好！"喀山有一位教授专门抨击

① Voodoo，一种西非原始宗教，现仍流行于海地和其他加勒比诸岛的黑人中。
② Sven Hedin（1865—1952），瑞典探险家，曾在西藏、新疆等地探险。

他。从人道主义——自由主义的某些前提出发，教授谴责他从事科学研究时的贵族气派，对人类倨傲不逊的鄙夷，对读者兴趣的蔑视和危险的怪癖，以及其他许多行径。某日在伦敦的一个国际宴会上（这则轶事最让我开心），斯文·赫定坐在我父亲身边，问他是怎么搞的，明明获得前所未有的自由，可以在西藏的禁区旅行，虽与拉萨相距不远，却没有去附近的拉萨看一下。对此我父亲答道，他不愿牺牲即便一个小时的标本收集，仅仅为了参观"另一个污秽的小镇"——我能清楚地意识到他这话准是眯起双眼说的。

他天生具有平和的性情、自制力、坚韧的毅力和幽默感，但他发脾气时他的愤怒有如突如其来的霜降。（祖母背着他说："家里所有的钟都停了。"）我能清晰地回想起桌边那一次急遽的沉默，随即浮现在母亲脸上的那种魂不守舍的神情（我们女眷中巴不得她倒霉的人坚称她"在科斯佳[①]面前浑身战栗"），以及餐桌末端一位女家庭教师如何忙不迭地用手掌遮住一只即将叮当作响的杯子。他的愤怒可能缘于某人制造的纰漏，仆人的计算错误（父亲精通房地产事务），针对他的一位挚友的一句轻率无礼的议论，某个倒霉的客人怀着街头演说式的爱国主义精神带来的陈腐的政治情绪，抑或是我的这种或那种过失。他自己年轻时曾经屠戮了数不胜数的鸟儿，他自己曾经给新婚燕尔的植物学家伯格带来一片完整的植被，面积相当于一间屋子（我猜测它像卷起的波斯地毯），被他在裸露悬崖和积雪之间某个惊人的高处找到。他偏偏不能宽恕我，仅仅因为我用一杆蒙特克里斯托步枪射下一只莱希诺麻雀，或是挥剑猛砍池塘边一株幼小的山杨。他不能容忍拖沓、踌躇、眨巴着眼睛撒谎，不能容忍虚伪或矫情——我确信倘若他抓住我懦弱的真实凭据，定会将我诅咒一番。

我还没有说出一切；我正在谈及兴许是最重要的事情。在我父亲心里和他自身周围，在这种明显直接的力量周围，有某种实难言传

① Kostya，康斯坦丁（Konstantin）的小名。

的东西，一片混沌，一个难解之谜，某种令人困惑的矜持，使人时多时少地觉察到它的存在。此种情形，恰似这个真实的、非常真实的人物拥有某个尚未被认识，但也许是最重要的东西的气息。它与我们，或者我们的母亲，或者生活的外表没有直接关系，甚至与蝴蝶（天底下与他最亲近的生灵，我敢说）也是如此。它既非冥思也非忧郁。当我在书房外面隔窗窥望，瞧见他怎样蓦然忘却自己的工作时（我心里可以感到他是怎样忘了它的——仿佛什么东西已经化为泡影或渐渐缩小），我无法解释他那张脸给我留下的印象。他那聪明的大脑袋从桌前微微偏向一侧，倚在他的一只拳头上，一道宽宽的皱纹从面颊升至太阳穴，他一动不动地坐了一分钟。如今我有时觉得——谁晓得——兴许他外出旅行不是为了寻觅什么，而是为了逃避什么。返回途中，他意识到这东西仍在自己身边，在他心里，不受支配，用之不竭。我无法替他的秘密找到一个名称，不过我只知道那就是根源，导致了那种特殊的——既不高兴也不阴郁、与人类情感的表现确无关联的——寂寞，无论我母亲或是天底下所有昆虫学家概莫能外的寂寞。而且奇怪的是，我们乡间仆人中也许唯有房产看守人——一个弯腰曲背的老头，曾两度被夜间闪电轻微灼焦——不经父亲指点学会（他曾向整整一个团的亚洲狩猎者传授此法）捕捉并杀死一只蝴蝶而无需将其糟蹋得面目全非。这当然没有妨碍他以一本正经的神气建议我切勿赶在春天捕捉小蝴蝶，如他所说的“小不点儿”，而是等到夏天它们长大以后再下手。意即他，不加掩饰不惧突兀地认为我父亲知道一两件其他任何人都不知道的事情，从其自身角度看是对的。

无论那可能是什么样，我现在深信我们当时的生活深受其他家庭所没有的一种魔法的影响。从我和父亲的谈话中，从他外出期间的白日梦中，从附近几千本绘满动物插图的书中，从藏品的宝贵微光中，从地图上，从大自然的所有纹章图案和拉丁名称的神秘教义中，生活显现出一种令人陶醉的纤巧，使我觉得我的旅行即将开始。因此我借来我今天的翅膀。在我父亲书房里那些古老、安谧、嵌在丝绒镜框里的家庭照片中，挂着一幅画：马可·波罗离开威尼斯。她呈玫瑰色，这个威尼斯，她的港湾里的水是蔚蓝的，水面上的天鹅有小船的两倍大。几个脾气暴烈、个头矮小的男人通过一块木板进入其中一条小船，准备登上泊在不远处的一艘帆已收拢的轮船。我无法逼迫自己离开这神秘的美丽，这些历经沧桑的颜色在眼前飘浮，恍若寻觅新的形状。此时我忽然想象驻扎在普热瓦利斯克的父亲的车队，他常常赶着驿马从塔什干到达那里，已经由一支慢车队事先运送了三年的给养。他手下那些哥萨克人去邻近村庄购买马匹、骡子和骆驼；他们准备了包装箱和小口袋（里面有这些被考验了几世纪的撒尔塔人[①]的皮口袋里没有的东西，从科涅克上等白兰地到豌豆粉，从一块块银锭到马掌钉）。在湖岸上那块埋葬着探险家普尔热瓦尔斯基、顶端镌刻着一只铜鹰的岩石旁边做完追思弥撒之后——周围栖息着几只当地勇猛的雉鸡——车队启程上路。

那以后我发现车队的牲口，在它们被赶进山里之前，迂回曲折地穿行在绿阴遮蔽、堪称福地的山峦里，既依靠山上的青草衣饰，也依靠构成群山的苹果般亮丽的绿帘石。结实健壮的卡尔梅克马驹单列前进，形成运输队：一对对重量相等的驮包被用绳索绑了两道，这样什么也不能挪动。每匹马驹由一名哥萨克人手执缰绳领路。在这队人马前面，肩扛一杆伯丹步枪，手持一副随时待用的蝶网，戴一副眼镜，穿一身紫花布工作服，父亲骑着他的那匹快马，由当地一名马夫陪伴。走在队伍最后的是大地测量专家库尼岑（这是我见到的情形），一位器宇轩昂的老人，已经将半生光阴用于从容不迫的漫游，他的仪器装在箱子里——经线仪、测量罗盘、人工地平仪。当他驻足测定方位或在日志里记下方位时，他的马被一名助手牵住，一位身材矮小、患贫血症的德国人，伊万·伊万诺维奇·维斯科特，以前是加特契纳的科学

① Sart，梵文，原指中亚定居的商人、农民，现指乌孜别克族、维吾尔族与塔吉克人。

家。我父亲曾教他如何制备鸟皮，自那时起他参与所有的考察活动，直至一九〇三年夏天在丁库死于坏疽。

再往前我看见了群山：天山山脉。为了寻找山口（根据口头资料标在地图上，但首先由我父亲踏勘），车队攀越陡峭的斜坡和狭窄的岩脊，往下滑到北部，滑到盛产赛加羚羊的大草原上，复又登高来到南部，这儿涉过急流，那儿试图穿越瀑布。往上，往上，沿着几乎无法通行的小径，阳光在怎样欢快嬉舞！空气的干燥形成了光与影之间一种惊人的对照：各种光闪耀，这么多的缤纷绚丽，以至于有时你无法注视一块岩石，一条溪流；阴影里有一片黑暗吸收了所有的景物，于是每种颜色过着一种神奇的多重生活，马儿踏入杨树林中的阴凉处时身上的毛皮发生了变化。

峡谷里波涛的轰鸣足以震聋一个人的耳朵，脑袋和胸部充满一股电击的震颤。水流带着令人敬畏的力量奔涌——然而，像熔铅一样平稳——接着在抵达湍滩之际陡然丑陋地膨胀，五光十色的波浪高高堆叠，溅落在石块亮晶晶的边缘上，发出一阵狂怒的咆哮。随后，哗啦一声在二十英尺高度，从一条彩虹坠入黑暗，流向远方，眼下变了样：水花翻滚，呈烟蓝色，泡沫犹如白雪。它先是拍击砾岩峡谷的一面，继而拍击另一面，仿佛回音萦绕的山间僻静处永远无法承受它的冲击。与此同时，在岸上，在惬意的静谧里，蝴蝶花儿正在绽开——忽然一群莫若尔蝶蹿出一片阴暗的杉树林，冲上一座令人目眩的阿尔卑斯山地草场后止住，战栗。不，只有空气在战栗……它们已经没了踪影。

我能特别清晰地想起——在这透明易变的环境里——我父亲主要的、一成不变的职业。仅仅为了这种职业的缘故，他才进行这些规模浩大的旅行。我看见他在石块滑落时喀哒喀哒的清脆声响中从马鞍上弯下身子，借助挥舞蝶网长柄的尾端（手腕的扭动导致帆布兜底，盛满了簌簌声和砰砰声，弹过圆环，以防蝴蝶逃窜）一举擒获我们的阿波罗绢蝶的一些高贵的亲戚，它们此前一直试探性地疾速飞越危险的山麓碎石。他和其他骑手（例如哥萨克下士谢苗·扎尔科伊，或者布里亚特人布扬图耶夫，抑或我的那位代表，在我整个童年时代受我指使尾随我父亲）无畏地攀上岩石，跟踪那只布满眼斑的白蝴蝶并终于将其俘获。它在我父亲的手里，死了，它那毛茸茸、色泽微黄、向内弯曲的身体宛如一朵柔韧的柔荑花，发脆相叠的双翼的光滑底面的边缘露出血红色斑点。

他避免在中国人的路边客栈里消磨时光，尤其是通宵，他讨厌这些客栈，由于它们的“毫无感情的忙乱”，其中只有喧嚷，听不见一丁点笑声。然而说也奇怪，在他后来的回忆里，这些客栈的气味，属于中国人的任何聚居地的特殊气味——厨房油烟、燃粪、鸦片以及马厩的烟相互混杂的陈腐气味——对他而言更象征着他心爱的狩猎，而不是重新浮现于脑际的山上草地的清香。

随车队一起翻越天山，我现在能看见夜幕渐渐降临，将一片阴影投在山坡上。推迟到早晨的是一次艰难的横渡（湍急的河上已经架起一座摇摇欲坠的桥，方法是在砍倒的树枝上铺设石板，不过对岸的坡地却相当陡峭，而且平滑如镜），车队停在原地宿营。当暮色依然滞留在空中一层层缥缈的大气里、晚餐正在准备时，哥萨克人已经预先拿掉马鞍下的汗毡，摸了摸盖毯的里面，开始擦洗被驮包磨出的伤痕。黑暗笼罩的空气里，回荡着蹄铁清脆的声响以及盖过河水的充裕的噪音。天色已经很暗了。父亲爬上一块岩石，寻找一个可以安放用来捕蛾的石灰光灯的地方。之后我能以中国人的视角（从上方）看见，在一个深深的沟壑里，分明是黑暗中的篝火的红色。透过它喘息的烈焰的边缘，肩膀宽阔的人影仿佛在飘浮，无休止地改变他们的轮廓，一个红色的倒影微微荡漾，没有从原地挪动，映在翻腾的河面上。但在上方，万籁俱寂，一片黑暗，唯有一只铃铛偶尔丁零当啷地响几下。几匹马儿，已经站起身接受它们那份干饲料，在花岗石碎片间随意溜达。头顶上星星已经出现，近得骇人、令人沉醉，每一颗都很显眼，每一颗都是一个活的球体，清晰地显现出它的球状实体。蛾子开始朝灯的诱惑飞来。它们在它周围划出疯狂的圆圈，砰的一声撞在反光罩上。它们坠地，它们爬过摊开的床单进入光圈，灰色的，眼睛亮似燃煤，颤抖着，飞起复又坠落。一只照得透亮、慢条斯理、动作娴熟的大手，长着杏仁形状的指甲，将一只只夜蛾拈进杀虫瓶[①]。

有时他备感孤独，身边甚至没有像这样睡在帐篷里的男人，躺在毛毡褥垫上，环绕着卧在篝火灰烬上的骆驼。利用驮畜在吃到充足饲料的地方停留较长时间的机会，父亲常常外出几天勘察地形，在此过程中，他迷上某种新的粉蝶，不止一次地忽视山间狩猎的规矩：切勿踏上不归路。如今我反复自问他在孤寂的夜里到底作何感想。我在黑暗中挖空心思、竭力忖度他的思想倾向，我在这方面的成效，远不及我对自己从未见过的地方的旅行想象。他在想什么？想最近的一次俘获？想我母亲，想我们？想人生固有的古怪、他神秘地灌输给我们的这种意识？或许我在溯及既往时错误地将他眼下怀有的秘密强加于他，而在最近意绪消沉、全神贯注地掩盖一种无名创伤的痛苦、掩盖死亡并将其视为可耻的事情时，他出现在我的梦里，但并不怀有那种秘密，而只是感到高兴，在这命名并不完备的世上，每走一步他都为无名者命名。

在山里度过整个夏天以后（不是一个夏天，而是几个，在不同的年份里，互相交叠形成半透明的层次），我们的车队往东穿过一个峡谷进入一片多石的沙漠。从我们眼前缓缓消失的既有那绽裂开来呈扇形的溪床，又有那些对旅行者忠贞不渝的植物：发育不良的沙树，刺芋，麻黄。把水装上驼背以后，我们钻进幽灵似的荒野，到处都是大块卵石，完全掩盖了沙漠柔软的、微微发红的褐色黏土，所到之处被脏雪的外壳和盐霜的表皮弄得斑驳陆离，我们隔着老远误以为是我们寻觅的小镇的城墙。由于骇人的风暴，这条路危险难行。正午起大风时，一切都被裹在一片咸腥的褐雾里。狂风怒吼，砾石的微粒鞭子似的抽打我们的脸，骆驼趴在地上，我们的油布帐篷被撕成碎片。由于

---

① killing jar，内盛毒气，用以杀死昆虫以作标本。

这些风暴，地表发生了难以置信的变化，呈现出城堡、柱廊和楼梯的怪诞的轮廓；不然就是冲成一块洼坑，仿佛在这片沙漠之中，当初将世界塑造成形的雄浑伟力仍在狂怒地发挥作用。但是也有风暴暂息的日子，长角的画眉（父亲恰当地称它们为“吃吃傻笑的家伙”）吐出一串模仿的颤音，成群的麻雀陪伴我们的衰弱的牲口。有时我们住在一个孤零零的村落，里面仅有两三户人家和一座倾圮的庙宇。有时我们遭到身穿羊皮袄、脚登红黄两色棉靴的唐古特人的袭击：途中一段有声有色的简短插曲。此外还有蜃景——大自然，那个手法老到的作弊者，创造出不容置疑的奇迹：水的幻影异常清晰，居然映出了附近真实的石块！

前面出现了戈壁沉寂的沙海，一座座沙丘渐次经过，犹如股股波浪映现出短短的赭色地平线，丝绒般柔软的空气里唯一能听见的是骆驼吃力急促的喘息和宽脚掌的刮擦声。车队前行，时而攀上沙丘的顶点，时而俯冲。傍晚时分它的阴影已经拓展了巨大的范围。维纳斯的五克拉钻石在西边天际消失，与它同时消失的落日余晖，在它苍白、橘黄和紫色的光线里，扭曲了一切景物。父亲喜欢回忆他曾经如何在这样的黄昏里，在一八九三年戈壁瀚海的死亡中心偶然邂逅——起初将其视为七色光线投射的幽灵——两个脚穿中国凉鞋、头戴圆毡帽的骑行者。孰料竟是美国人扎赫特勒本和艾伦，为了闹着玩儿骑车横穿亚洲前往北平。

春天在南山等候我们。万物预示着它的到来：溪水的潺潺，河流渺远的喧嚣，栖息在潮湿滑腻的山坡洞穴里的匍匐鸡的啼叫，当地画眉快活的啁啾，以及“来历难以解释的大量噪声”（此言摘自我父亲的一位朋友格里戈里·叶菲莫维奇·格鲁姆-克鲁金米洛的笔记本，它永远铭刻在我心里，并且充满令人惊异的和谐乐音，因为写下它的不是一个无知的诗人，而是一位天才的博物学家）。在南山坡上我们已经遇见第一只有趣的蝴蝶——勃特勒粉蝶科的波塔宁亚种。在我们经过一股急流，下山到达的溪谷里，我们发现了真正的夏日。所有的山坡上点缀着银莲花和报春花。普尔热瓦尔斯基氏瞪羚和施特劳赫氏雉鸡在诱惑狩猎者。那里的日出何等壮观！只有中国的晨雾才能摄人心魄，使万物颤动——那简陋茅舍的古怪轮廓，拂晓的峭壁！仿佛跌进一个深渊，这条河涌入黎明前依然滞留在峡谷里的那片霞光的黑暗，而再往上，沿着奔流不息的河水，一切都闪烁着明灭不定的微光。一大群蓝喜鹊已经在磨坊旁的柳林里苏醒过来。

在十五名配备长戟、肩扛鲜亮得荒谬可笑的巨大旗帜的士兵护送下，我们数次通过几个贯穿山脊的隘口。虽说时值仲夏，晚霜却异常凛冽，翌日清晨，花儿凝上一层薄霜，变得如此酥脆，以致在脚下当即碎裂，发出一阵出人意料的轻微的丁零当啷声。不过两小时之后，太阳刚刚透出暖意，奇妙的阿尔卑斯山植物群重新显得璀璨夺目，重新使空气里弥漫着树脂和花蜜的馨香。紧贴陡峭的山坡，我们在灼热的蓝天下缓缓挪移。蚱蜢从我们脚下蹿出，狗儿耷拉着舌头狂奔，在马儿投下的阴影里寻觅远离暑热的避难地。井里的水散发出火药的气息。树仿佛成了一位植物学家的谵妄：一株缀满雪白浆果的白色花楸，或者一株覆满红皮的白桦！

一只脚踩住岩石的一块残片，身子微微斜倚在蝶网的把手上，我父亲从一个高高的山嘴，从坦尼格玛的冰川巨砾上，俯瞰库克瑙湖—— 一片浩瀚而幽蓝的湖水。下方金色的大草原上一群骞驴[①]匆匆赶路，一只苍鹰的阴影掠过悬崖。头顶是完美无瑕的恬适，沉寂，透明。我再度寻思父亲在思考什么，当他不是在忙于捕蝶，而是像那样静静地站着时……就像那样出现在我记忆的顶峰，折磨我，使我神魂颠倒——直到痛苦的地步，直到温柔、嫉妒和爱慕引起神志迷乱，他神秘莫测的孤寂缠绕我的灵魂。

有时，沿着黄河及其支流逆水而上，在九月某个绚丽的清晨，在岸边的百合花丛中及洼地上，他和我带上埃尔维斯的凤蝶—— 一种尾

① Kiang，又称西藏野驴，是所有野生驴中体形最大的一种。

似羊蹄的黑色奇珍。在寒峭的夜晚，入睡前，他读贺拉斯[①]、蒙田以及普希金——他随身携带的三本书。有一年冬天，当穿过一条河的冰面时，我注意到远方一长串黑色物体横贯冰面，二十头野牦牛的巨角被猝然凝结的冰冻住。透过厚厚的冰晶它们呈泳姿的固定的身躯清晰可见。高昂在冰面上的漂亮脑袋将宛如活物，倘若上面的眼珠不被鸟儿啄去的话。不知何故我想起中国的一位暴君帝辛[②]，他曾出于好奇对孕妇开膛破肚。此外，在一个寒冷的清晨，他瞅见几个挑夫渡水，传令手下将他们的腿齐胫部截断，以便验看他们的骨髓的状况。

在昌都的一场大火中（准备用于建造一个天主传教团总部的木头在燃烧），我瞧见一个上了年纪的中国人在与火处于一段安全距离处孜孜不倦、意志顽强、不厌其烦地泼水，因为他住处的四壁映现火光。确信不可能向他证明他的房子没有着火，我们听任他继续他那徒劳的举动。

经常我们得硬挤出一条路，无视中国人的恫吓和禁令：好的枪法是最好的通行证。在炉城[③]，脑袋刮得光溜溜的喇嘛在弯窄的街上游荡，散播谣言说我正在抓小孩，为的是将他们的眼珠熬成一种饮剂，供我的柯达相机服用。那边白雪覆盖的山脉的陡坡，浸润在大朵的杜鹃花香气四溢的玫瑰色泡沫里（我们将花枝用做夜间篝火的燃料）。我在五月的山坡上寻觅威风凛凛的阿波罗绢蝶布满橘黄斑点的青灰色幼虫，寻觅蝶蛹，它们被一根丝线拴在一块石头的底部。当天，我记得，我们瞅见一头西藏白熊，发现一条新蛇：它以食鼠为生。此外我们从它胃里拽出的老鼠原来也是未被描述过的一个品种。从杜鹃花丛和裹着网状地衣的松林里飘来一股松脂的刺鼻气味。在我附近，几个巫医带着竞争者审慎狡黠的目光，正为了赚钱采摘中国大黄，它的根

---

① Horace，古罗马诗人，作品有《讽刺诗集》、《歌集》、《书札》等，《书札》中的《诗艺》对西方诗歌产生很大的影响。

② 即商纣王，后所述剖腹观胎、断胫验髓皆体现了他的暴虐。

③ Tatsienlu，即康定，旧史曾译作“打箭炉”，简称炉城。

部与一只蝴蝶幼虫有某种惊人的相似之处，连同它的腹足和气门。而我，与此同时，在一块石头下寻见一种无名蝶蛾的幼虫，不是大体上，而是绝对具体地代表那种根的复制品，以至于我都不太清楚到底是谁假冒了谁——或者为何。

在西藏我们中无人不撒谎：要获得确切地名和行路方向简直难得要命。我不由自主地也开始欺骗他们。由于他们无法区分浅发和白发的欧洲人，他们误将我，一个头发被阳光晒白的小伙子，看成一个古代老头。在各处的一堆堆花岗岩上你可以读到“玄妙的宗教教义表白书”，一堆堆萨满教的纷乱的词儿被某些擅长写诗的旅行者优美地“翻译”成：哦，睡莲里的珠宝！哦，他们将某种类型的官员从拉萨差遣到我身边，施魔法阻止我做什么并威胁要对我干些什么——我对他们不以为然。不过，我记得一个白痴，尤其令人生厌，身穿黄绸服，打一把红伞。他骑在一头骡子上——它那天然的悲怆因为它眼睛下方冻泪凝结的冰柱的存在而扩大了一倍。

从一个很高的地方，我瞧见一片幽黑的沼泽地由于不可胜数的泉眼的喷涌而颤动，使人联想起缀满繁星的夜空——其名源于此景：繁星草原。隘口高过云端，崎岖难行。我们用碘仿和凡士林的混合剂按摩驮畜的伤口。有时，在一个渺无人迹的地方宿营之后，清晨我骤然发现夜里在我们周围已经长出一大圈犹如黑色伞菌的盗贼的帐篷——可是，须臾便没了踪影。

踏勘西藏高原之后，我向罗布泊行进，以便从那里返回俄罗斯。塔里木遭到沙漠侵蚀，渐渐干涸，以其残存的水形成一片广袤的芦苇滩，如今的卡拉-科苏克-库尔，普尔热瓦尔斯基的罗布泊——以及可汗[①]时期的罗布泊，不论雷特霍芬会说什么。它的四周是盐碱滩，但是只有边缘地带的水才是咸的——因为那些灯心草不会环绕咸水湖生长。一年春天，我绕着湖走了五天。在那二十英尺高的芦苇丛里我有

---

① Kahan，中世纪土耳其、鞑靼、蒙古等族最高统治者的称号。

幸发现一种非同寻常的水陆两栖蛾子，拥有翅脉的一种残遗系统。隆起的盐碱滩上遍布软体动物的贝壳。傍晚天鹅飞翔的和谐悦耳的声音在寂静中回荡。灯心草茎的黄色清晰地衬托出鸟儿没有光泽的白色。一八六二年，六十名俄国旧礼仪派教徒[①]与他们的妻子儿女一起在这些地区住了一年半，然后他们动身前往吐鲁番，从那儿又去了哪里无人知晓。

再往前走是罗布戈壁，一片多石的平原，层层叠叠的泥崖，光亮透明的盐池。灰色天空中那个淡白的斑点是罗博罗夫斯基的白蛱蝶中孤零零的一只，随风飘去。在这片荒漠里保存着马可·波罗比我早六个世纪经过的一条古道的遗迹：它的标记是一堆堆的石头。正如我在西藏的一个峡谷已经听见有趣的擂鼓似的吼声曾经令我们的第一批朝圣者胆寒，在戈壁的沙暴中我也同样耳闻目睹了马可·波罗当年见识的情景："将你唤到旁边的幽灵的悄声细语"和天幕古怪的忽隐忽现，一连串无穷尽的旋风，前来迎接你的车队和幽灵部队，几千张幽灵的面庞以其隐形匿迹的方式朝你逼近，穿过你，之后骤然消散。十四世纪二十年代在伟大的探险家弥留之际，他的朋友们聚集在病榻前乞求他剔除他书中他们觉得不可思议的内容——利用明智而审慎的删减冲淡他的奇迹。但他回答说书中收录的内容尚不足他亲眼所见的事实的一半。

所有这一切令人销魂地徘徊着，充满颜色和空气，前景是活泼的动作，背景令人信服。接着，犹如一缕柔风携来的轻烟，它移动位置继而消失殆尽——费奥多尔再次看见他的壁纸的枯萎和难以置信的郁金香，烟灰缸里摇摇欲坠的烟蒂堆，映在黑色窗台上的灯光。他推开窗户。他桌上两张上面写有文章的纸页遽然惊起：一张对叠，另一张滑到地板上。房间随即变得潮湿阴冷。楼下，一辆汽车缓缓驶过幽暗

① Old-Believer，指十七世纪抵制莫斯科牧首强行在俄罗斯正教会内推行崇拜仪式改革而脱离正教会的教徒。

寂寥的街道。还有，真怪，正是这种滞缓使费奥多尔想起一连串琐碎的、不愉快的事情——白昼刚过，落下的课。当他想到次日清晨他得打电话给那个受骗的老头时，一种可憎的沮丧使他心里沉甸甸的。但当窗户再度紧闭，已经感到并拢的手指间的空隙时，他转向等得不耐烦的灯，转向散乱的初稿，转向余温尚存、此刻悄悄溜进他的手指（解释并填补空隙）的钢笔，当即返回那个对他犹如白雪之于野兔、水之于奥菲莉亚一样自然的世界。

他记得很清楚，仿佛他已经将那个晴朗的日子贮存在丝绒盒里，他父亲最后一次回家，是在一九一二年七月。伊丽莎白·帕芙洛芙娜已经走了六英里去接她丈夫。她总是独自去接他，总是恰巧能大概知道他们将从哪边返回，住宅右边还是左边，因为有两条路，一条长些也平坦些，沿公路再经过村庄；另一条短而崎岖——穿过佩先卡。费奥多尔套上他的粗呢马裤，以防不测，吩咐仆人给马装上鞍具，可是他却下不了决心骑马出去接父亲，怕的是扑空。他徒劳地竭力跟膨胀而夸张的时间妥协。一两天前在泥沼上乌饭树的蓝浆果间擒获的一只珍稀蝴蝶还没有在宽展板上干透：他不停地用别针尖戳它的腹部——唉，它依然是软软的，这意味着不可能揭下完全遮住蝶翼的纸条，虽说他急于向父亲显示它们完整的美丽形象。他在宅第周围来回踱步，感受他的激动引起的压力和痛苦，妒羡旁人度过这些庞大空虚的分分秒秒的本领。河面上传来村里的孩子洗澡时撒野狂欢的尖叫，这种喧嚷，在夏日深处不断奏响，听起来犹如远处的纵情欢呼。塔妮娅正在兴高采烈地荡秋千，站在吊椅上。叶簇的紫色阴影从她鼓荡的白裙上掠过，斑驳纷杂的色彩令人一阵目眩，她的衬衫时而拖在身后，时而紧贴脊背，衬托出她两侧后缩的肩膀之间的凹陷。她脚下，一只猎狐㹴正在朝她狂吠，另一只在追逐一只鹡鸰；绳索快活地嘎吱作响，似乎塔妮娅那样翱翔，是为了从树巅上方俯视下面的路。我们的法语家庭教师，打着一把波纹丝绸阳伞，难得一见的正客客气气地跟被她仇视的勃朗宁先生分享自己的忧虑（“火车晚点两个钟头或者干脆不来了”），后者站着用一根马鞭抽打他的绑腿——他绝非通晓多种语言的人。伊芙娜·伊凡诺芙娜不断光顾阳台，先是这个而后那个，小小的脸上露出她用以迎接所有喜事的不满神情。几间外屋周围洋溢着一种特别的生气：仆人用泵汲水，劈木材；园丁拎来两篮草莓，长方形的篮壁染满红斑。扎克瑟巴，一个上了年纪的吉尔吉斯人，身躯健硕，脸蛋肥胖，眼角周围布满错综复杂的皱纹，曾经在一八九二年救过康斯坦丁·基里洛维奇的性命（他杀死一只正在笨拙地摆弄他的母熊），目前在莱希诺家里平安度日，调治他的疝气。他身穿带有半月形口袋的蓝色上衣，足登擦亮的皮靴，头戴缀着晶亮饰片和绸彩流苏的无檐便帽，舒舒服服地坐在靠近厨房门口的一张长凳上。他坐在那儿晒太阳已有好一会儿，胸口挂着一条晶莹闪烁的表链，心怀恬静与欢乐的憧憬。

倏地，步履沉重地跑上通向河边的弯路，从阴影中出现，眼里闪过一丝失魂落魄的目光，嘴巴虽未出声但已作势要喊的，是那个上了年纪、头发灰白、蓄着连鬓胡子的男仆卡济米尔。他跑着带来这个消息，在距此最近的河流弯道那边，桥上已经听见了马蹄声（一阵急促而沉闷、被骤然打断的嗒嗒敲击）——确保那辆维多利亚汽车[①]即将沿着与公园平行的土路飞速驶来。费奥多尔朝那个方向奔去——从树干中间，掠过苔藓和乌饭树浆果。在那树林边缘的路的尽头你可以看见，在他们以超出幼小的冷杉的高度疾驰之际，司机的脑袋和靛蓝色衣袖如幻象般狂热地飞掠而过。他奔回原处——那被撇下的秋千仍在园子里晃悠，门廊旁停着空荡荡的维多利亚汽车，车里搁着弄得皱巴巴的旅行毯。他母亲正走上台阶，身后拖着一条烟灰色围巾。塔妮娅紧紧搂住她父亲的脖子，后者空着的手从兜里掏出一只表，此刻正朝它凝神注视，因为他一向喜欢知道他从车站到家的速度有多快。

① victoria，一种后座有折篷的旧式汽车。

第二年，忙于科学研究，他哪儿也没去，但是到了一九一四年春天，他开始准备再度赴西藏探险，同行的有鸟类学家彼得罗夫以及英国植物学家罗斯。俄德战争突然中止了这一切。

他将战争视为一种障碍，它随着岁月的流逝变得越发令人厌倦。他的亲属由于某种缘故断定康斯坦丁·基里洛维奇将自愿入伍并且即刻出征，行进在一支独立小分队的前列。他们认为他是一个怪人，但又是一个不乏男子汉气概的怪人。其实，康斯坦丁·基里洛维奇，眼下虽已年过五旬，但却蕴藏了未曾开发的充沛的体力、敏捷的思维、活力和精力——也许比以往更急于征服群山，唐古特人，恶劣天气，以及一千个待在家里想象不出的其他危险。他此时不单待在家里，而且竭力不把战争放在心上，倘若提起它，话语里只有愤怒的轻蔑。“我父亲，”回忆当时的情景，费奥多尔这样写道，“不单教给我大量知识，同时还训练我的思维，犹如训练一副歌喉或一门手艺，依据他那号人的种种规矩。就这样我对战争的残酷漠然置之。我甚至承认一个人可以从一次射击的精确，一次侦察的危险，抑或一次调遣的微妙中获得某种乐趣。但是这种小小的乐趣（它们更好地体现在其他特殊门类的体育运动里，诸如：猎虎，画圈打叉游戏[①]，职业拳击）无法抵消任何战争固有的少许令人忧郁的痴愚。”

然而，虽说有“科斯佳的不爱国的立场”，如克谢尼娅婶婶所言（坚定地、娴熟地利用“高级亲眷”将其军官丈夫隐匿在后方的阴影里），这幢住宅弥漫着对战争的忧虑。伊丽莎白·帕芙洛芙娜被招进红十字会工作，引起人们议论说她的精力是“在弥补其丈夫的无所事事”，他对“亚洲虫子的牵挂，超出了对俄军荣耀的关切”。此言其实，顺便提一下，是由一家轻松活泼的报纸挑明的。留声机唱片旋转着，播放重新裹上卡其布的爱情歌曲《海鸥》的歌词（……一位年轻的海

① noughts and crosses，两人轮流在方格图的九个小方格内画圈或打叉，以先把所画的圈或叉列成一行者为胜。

军少尉，在一个步兵排服役……）。羞答答的保姆出现在房间里，一绺鬈发从她们的标准头巾下面隐隐露出。她们做出在烟缸边沿轻轻将烟叩几下然后点燃的娴熟动作。守门人的儿子离家上了前线，现在让康斯坦丁·基里洛维奇帮助他返回。塔妮娅开始去她母亲的军事医院教俄语语法，学员是一个性情温蔼、胡子拉碴的亚洲人，他的腿正被医生从更高部位截去，作为遏制坏疽的一次努力尝试。伊芙娜·伊凡诺芙娜编织羊毛护腕。杂耍艺人费奥娜假日里用流行讽刺歌曲款待士兵。医院和医护人员演出《沃瓦[1]好样的》，一出关于逃避兵役者的戏。报上印着献给战争的短诗：

> 今天你是灾祸降临在我们亲爱的土地，
> 但俄国人将目光闪亮，露出开朗的神情，
> 当他瞧见时间无所顾忌，
> 给德国的阿提拉[2]打上耻辱的烙印！

一九一五年春，我们没有做好准备从圣彼得堡迁居莱希诺，此举原先如日历上的月份顺序一样自然和不可动摇，而是为度夏去了我们在克里米亚的庄园——位于雅尔塔和阿卢普卡之间的海滨。在天堂般碧绿的花园倾斜的草坪上，费奥多尔捕捉南方的蝴蝶，脸儿痛苦地扭曲，双手幸福地颤抖。但是地道的克里米亚蝶中珍品不是在这里的香桃木、蜡黄的灌木丛和木兰花中被发现，而是高高在上，在莽莽群山里，艾-彼得山的岩石间，以及亚伊拉长满青草的高原上。那年夏天他父亲不止一次地陪他踏上松林间的一条小径，以便向他指点，带着对这种欧式琐事降贵纡尊的微笑，被库兹涅佐夫刚刚描述过、在一块块岩石间翩翩飞舞的眼蝶。这里正是某个鲁莽粗汉将自己的大名刻

---

① Vova，弗拉基米尔的小名。

② Attila，匈奴国王，绰号“上帝之鞭”，进攻罗马帝国的最伟大的蛮族统治者之一。

在陡直巨石上的地方。这些漫步是康斯坦丁·基里洛维奇的唯一消遣，并非因为他抑郁易怒（此类有限的表述词语与他崇高纯洁的风格不相吻合），而是因为，简单地说，他在犯愁。伊丽莎白·帕芙洛芙娜和孩子们完全清楚他到底需要什么。八月里他突然短暂地离开。他去了哪里，只有那些与他过从甚密者才知道。他的行踪如此隐秘，足以激起任何一名移动中的恐怖分子的妒忌。想象一下俄国公众舆论将如何痛苦地绞扭那双小手是滑稽而骇人的，倘若它获悉战事吃紧之际戈杜诺夫-切尔登采夫曾去日内瓦会晤一位肥胖秃头、快活透顶的德国教授（第三位同谋者也在场，一个英国老头，戴着一副细边眼镜，身穿一件宽松的灰西服）。他们相聚在一家廉价旅馆的小房间里，为的是进行一次科学探讨。讨论了必不可少的内容之后（议题是一部多卷本著作，在斯图加特顽强地持续出版，依靠研究不同种类的蝴蝶的外国专家的长期合作），他们心平气和地分手——向各自的方向回去。但是这次旅行并没有使他心情开朗。相反，沉甸甸地压在他心头的不变的梦想甚至增加了它的秘密的分量。秋天他们返回圣彼得堡。他极力撰写《俄帝国的蝴蝶与飞蛾》，难得出门与刚刚丧妻的植物学家贝格对弈，因为对方而非自己走错棋愤懑不已。他带着嘲讽的微笑浏览每天的报纸，将塔妮娅抱上膝头，然后陷入冥想，那只搭在塔妮娅浑圆肩膀上的手也变得心事重重。十一月的一天，他在桌边收到一份电报。他拆开电报，默读一遍，眼珠子又扫了一遍，对其做出判断，然后将它搁置一旁，从一只状若长柄勺的金质高脚杯中啜了一口波尔图葡萄酒，继续沉着地跟我们的一位穷亲戚闲聊。那是一个满脑壳老人斑的小老头，一天两次来我家蹭饭吃，无一例外地给塔妮娅带来柔软粘牙的太妃糖。挨到客人离开以后，他跌坐在一张扶手椅上，摘下眼镜，用一只巴掌由下而上地摩挲面颊，同时以平静的口吻宣布，奥列格叔叔腹部被一块手榴弹残片击中，眼下伤势危重（当时他正在一个遭到炮火袭击的急救岗位上工作）。转眼间，费奥多尔灵魂中浮现出某次对话，其锋利的边缘割裂他的灵魂，那是他们兄弟俩直到最近都热衷于有意为之的、荒唐的无数次餐桌谈话中的一次：

奥列格叔叔（以一种戏谑的腔调）：

嗯，告诉我，科斯佳，你有没有碰巧在什么禁猎区看见什么小鸟？

父亲（唐突地）：

恐怕我没瞧见。

奥列格叔叔（热乎起来）：

另外，科斯佳，难道你从没见过波波夫斯基的马儿遭到波波夫的蝇子的叮咬？

父亲（越发唐突地）：

从来没有。

奥列格叔叔（完全入神地）：

难道你从来没有机会，比如，观察眼内蜂群的对角线运动？

父亲（直视他的眼睛）：

我有过。

当晚我父亲动身去加利西亚找他，极快极舒服地将他送回家，请来绝对一流的医生，由格里森·耶荷夫、米勒-梅利尼茨基以及他本人做了两次长时间的手术。到圣诞节时，他兄弟已经康复。接着康斯坦丁·基里洛维奇的情绪陡然发生了一些变化：他的眼神变得活泼柔和起来，人们重又听见他过去走路时发出的悦耳的哼唱，因为什么事情特别开心。他去了什么地方，几只箱子送达复又搬走。在家里，置身于主人的所有这些神秘的欢乐气氛之中，你能生出一种不确定的、期待中的困惑日益增长的感觉。一次费奥多尔碰巧经过沐浴着春日阳光的镀金客厅，他蓦地注意到父亲书房白门的铜把手微微颤动但未旋转，仿佛有人正用手指无力地触碰把手，却没有打开门。然而随即门悄悄开了，母亲走出来，泪痕斑驳的脸上隐约露出一丝温顺的微笑，走过费奥多尔身边时做了个表示无奈的古怪手势。他敲敲父亲的房门，走进书房。“你要什么？”康斯坦丁·基里洛维奇头也不抬地问，手中的笔片刻没停。“带我一起走。”费奥多尔答道。

在这个俄国边境正面临崩溃、内里正遭到蚕食、到处人心惶惶的时刻，康斯坦丁·基里洛维奇突然计划撇下他的家人两年时间，去某个遥远的国家从事一项科学考察，此事在多数人看来是心血来潮、荒谬轻浮之举。甚至有人说政府“将不允许购置食品及其他必需品”，“那个疯子”既得不到旅行伙伴又得不到驮畜。但在土耳其斯坦这个不算遥远的地区，人们难以觉察时代的奇特气息。事实上唯一令人想起它的是由几个地区官员组织的一场招待会，与会的客人带些礼品资助战争（稍后在吉尔吉斯人和哥萨克人当中爆发了一场与从事战时工作的命令有关的叛乱）。一九一六年六月，戈杜诺夫-切尔登采夫在动身前夕从镇上来到莱希诺，向家人告别。直到最后一刻，费奥多尔仍在巴望父亲能带他同行——一次他曾说他会这么做，只要儿子长到十五岁。“下一回我准保带你去。”此刻他说，似乎忘了带儿子同行对他而言永远是下一回。

这最后一次告别本身与前几次没有任何区别。按照家庭惯例，一连串井然有序的拥抱之后，父母二人戴着式样相仿、配有绒面护目罩的黄褐色眼镜，稳稳当当地坐进一辆红色旅行车中。四周站着仆人。年老的守门人拄着拐杖，隔开一段距离站在一株被闪电劈裂的杨树旁。司机是一个矮墩墩、胖鼓鼓的小伙子，身穿棉绒制服，绑着橙色绑腿，颈背呈橘红色，肥厚的手上佩着一块黄宝石。他可怖地使了好大劲，猛拉，再次猛拉，启动引擎（父母开始在他们的座位上颤抖）后立马坐在方向盘后方，扳动换挡杆，戴上长手套，偏转脑袋。康斯坦丁·基里洛维奇朝他忧心忡忡地点点头，汽车向前驶去。猎狐狸的吠声哽在喉头。当它在塔妮娅的怀里疯狂地挣扎，背朝下翻了个身，脑袋在她肩头扭来扭去之际，汽车的红色后身消失在拐弯处。随即，从冷杉林后，紧接着一阵音量渐渐增强的吱嘎吱嘎，响起变速换挡的刺耳噪声，之后是舒适地远去的轻微声息，万籁俱寂，然而须臾间，从河后面的村子里重又传来引擎胜利的怒吼，逐渐消失——永远。伊芙娜·伊凡诺芙娜的泪水夺眶而出，她去为猫儿取牛奶。塔妮娅佯装唱着歌，返回凉爽、空寂、回声萦绕的屋子。扎克瑟巴死于去年秋天，他的幽灵溜下门廊里的板凳，重返安谧美丽、盛产玫瑰和羊的天堂。

费奥多尔走过公园，打开声音悦耳的边门，穿过厚厚的轮胎刚刚留下车辙的公路。一只熟悉的黑白相间的漂亮蝴蝶款款飞离地面，画出一个很大的弧圈，也在参与送行。他拐进树丛，经过一条浓阴遮蔽的小径，金色的蝇子在被横向截断的太阳光束里飘浮、颤动，来到他最喜爱的林间隙地——泥泞的、花儿绽放、在骄阳下湿漉漉地闪亮的隙地。这片林中草地的神圣意义通过蝴蝶得以体现。每个人都能在这里有所发现。度假者可以在一截树墩上小憩。画家可以觑起他的双眼。但其真实性有可能得到更深刻的探究，借助被知识放大的爱情：借助它的"瞪大的眼珠"——用普希金的话来说。

刚刚出现，因其艳丽的、近乎橘黄的色泽，看似愉快的塞勒涅豹纹蝶展开双翼，以一种令人陶醉的假正经的姿势在空中飞舞，极其娴熟地飞掠而过，宛若金鱼的背鳍。一只已经浑身濡湿、但尚有蛮力的凤蝶，少了一距[①]，拍击它的全副甲胄，落到一朵黄春菊上，随即起飞，恍若从上面倒退，它离开花儿，挺直身子开始轻轻摇曳。几只长着黑脉翅的白蛱蝶慵懒地飞来飞去。其中一两只溅上了血一般的蝶蛹的排泄物（它在白色城墙上留下的斑点向我们的祖先预示特洛伊城的陷落、瘟疫及地震）。第一批深褐色的阿芬眼蝶已经在翩翩起舞，以一种轻快的、摇晃的动作飞过草地，苍白的微小蛱蝶从草丛中升起，旋又降落。一只蓝中透红、长着蓝色触角的斑蛾，活似一只身披伪装的甲虫，歇在一朵轮锋菊上，与一只摇蚊待在一起。匆匆离弃草地，飞落在一片桤树叶上，一只雌菜蝶依靠一种怪异的挺腹与平摊双翼（多少使人

① spur，雄鸡、雉等的腿的后面突出像脚趾的部分。

想起朝后压平的耳朵），提醒她那位给气得不轻的追求者她已怀孕。两只略呈紫罗兰色的铜色小灰蝶（他们的雌蝶尚未出来）以闪电般的速度飞到半空中缠在一起，嗡嗡疾行，一只围绕另一只旋转，狂怒地擦身而过，飞得越来越高——遽然分开，返回花丛。一只随意飞来的阿曼杜斯浅蓝色小蝴蝶激怒了一只蜜蜂。一只弗蕾娅灰色豹蚊蝶从一群塞勒涅蝶中间振翅飞过。一只小天蛾长了个大黄蜂的躯体和一双玻璃般透明的翅膀，无形地拍打着，从空中用它的长喙折磨一朵花，继而冲向第二朵和第三朵。所有这些迷人的生命，通过它们此刻的交汇融合，你可以绝对可靠地说出夏天的年龄（几乎可以精确到某一天），该地区的地理位置，以及这块空地的植被结构——所有这些活生生的、真实的、令费奥多尔永远珍惜的东西，全被他借助瞬间犀利老练的一瞥所觉察。蓦地他将一只拳头击在一株白杨树干上，俯身向前，扑簌簌流下了眼泪。

尽管他父亲对民间传奇并无嗜好，却曾经引用一则精彩的吉尔吉斯童话故事。可汗的独子，一次狩猎时迷了路（以此作为最佳童话故事的开端，以此作为优越生活的终结），在林间瞥见了什么闪闪发亮的东西。他趋前察看，见是一个拾树枝的女孩，身穿一件鱼鳞裙。然而他吃不准到底是什么在闪光，是姑娘的脸蛋抑或是她的衣裳。年轻的王子跟她一起来到她母亲面前，主动给她一份彩礼，一块与马头同样大的金子。“不要，”姑娘说，“喏，这儿，拿上这只小口袋——你瞧它比针箍大不了多少——拿去装金子。”王子哈哈大笑，说：“一枚金币也装不下。”他扔进第一枚金币，扔进第二枚，第三枚，直至扔进身上的所有金币。王子好生纳闷，便去请教他父亲。

> 他聚敛的全部家产，
> 公共资金及所有钱财，
> 全被好样的可汗扔进袋中
> 晃晃，凝神倾听，复又晃动；

再扔进双倍于此的宝藏：
流逝的只是一声叮当！

他们传老太太进宫。“那口袋，”她说，“是一只人眼——它想包容世间的一切。”言毕她捏起一撮泥土，口袋立马被填满。

最后一个有关我父亲的可靠证据（不包括他自己的信件）被我在一些笔记里发现，它的作者是法国传教士（兼博学的植物学家）巴罗。他于一九一七年夏天在西藏的山区与父亲不期而遇，具体地点是在泽都村附近。“我惊愕地瞧见，”巴罗写道（见一九二三年《勘测年鉴》），“一匹套上鞍具的马儿正在山间一块草地上吃草。随即出现一位身着欧洲服装的男子，从山岩上走下来。他用法语跟我打招呼，原来是大名鼎鼎的俄国旅行家戈杜诺夫。我已有八年多没见过一个欧洲人了。我们度过了愉快的几分钟，坐在草皮上的一块岩石的阴影里，讨论一个有关术语方面的小问题，关系到长在附近的一种小巧的淡蓝色蝴蝶花的学名。接着，我们友好地互相道别，随后分手。他朝正在一个山谷里召唤他的同伴们走去。我去看马丁神父，此时他奄奄一息地躺在一个遥远的客栈里。”

除此之外是迷雾。根据我父亲的最后一封信，像以往一样简短但却异常骇人，此信于一九一八年初奇迹般地寄到我们手上，他在邂逅巴罗之后不久便开始准备踏上归途。听说发生了革命，他在信里嘱咐我们迁居芬兰，我婶婶在那里有一座乡间住宅。他在信中写道，依照他的算法，他将“以最快的速度”在夏天以前到家。我们等了他两个夏天，直至一九一九年冬季。我们在芬兰住一阵，在圣彼得堡住一阵。我们的房子早已遭到洗劫，但是父亲的收藏品，房子的心脏，仿佛保持了神圣物体固有的不易受损的特点，全都幸免于难（后来置于科学院的管辖之下）。这一喜悦完全补偿了自儿时起一直使用的桌椅的丧失。我们住在圣彼得堡祖母公寓的两居室里。由于这种或那种原因她两度被带走，接受讯问。她染上伤寒后死去。这事发生几天后，一个可怕的冬夜，饥饿和无望——内乱中如胶似漆的不祥之兆，一个不知名的年轻人登门找我，戴一副夹鼻眼镜，不讨人喜欢，不爱吭声，要我即刻去见他的叔叔，地理学家别列佐夫斯基。他不知道或不想说是为了什么，但是霎时间我心里的一切希望全都化为泡影，我开始浑浑噩噩地打发日子。如今．几年以后，我有时遇到这个米沙，在他工作的柏林俄文书店里。每次我瞧见他，尽管我们聊不了几句，仍然觉得一股热辣辣的战栗掠过整根脊柱。整个人又经历了一次我们的短暂同行。米沙（这个名字我将永远铭记于心）上门时，我母亲不在家，但我们下楼时却碰见她。不认识我的同伴，她焦急地问我去哪儿。我回答说我去买几把理发推子，我们几天前凑巧提到此事。过后我时常梦见它们，那些并不存在的理发推子，呈现出完全出人意料的形状——群山，码头，棺材，手摇风琴——只是我以一个做梦者的直觉知道它们是理发推子。“等一下。”母亲嚷道。可我们已经到了楼下。我俩匆匆地、默默地走在大街上，他稍稍领先我一些。我打量着房屋的人面装饰，打量着隆起的雪堆，试图智胜命运，通过暗自想象（以便提前破坏它的可能性）尚未被我理解的、黑暗而新鲜的、即将由我带回家的哀戚。我们走进一间屋子，我记得是纯粹的黄色，一个老头儿下巴颏上蓄着一小撮尖胡须，身穿运动衫，脚登长统靴，径直通知我说，根据未经证实的情报我父亲已不在人世。母亲在楼下的大街上等我。

在接下来的六个月里（直到奥列格叔叔用几近强制的手段带我们出国），我们试图发现他是如何、在何处丧命的——甚至他是否已经丧命。除了一个事实，它发生在西伯利亚（西伯利亚是一个广袤的地区）、发生在从中亚返回途中以外，其他资料我们一无所获。他们是否有可能向我们隐瞒了他神秘死亡的地点和情况，并且持续隐瞒至今？（《苏联大百科全书》中他的生命仅以寥寥数笔简单作结：他死于一九一九年。）抑或这种模糊证据的自相矛盾完全排除了使答案明晰的可能性？一次我们在柏林通过不同渠道、不同人物获知一两个补充事件，但它们充其量只是新的几层迷茫，而不是对事实真相略窥幽隐。

两种不可靠的说法，多少都带有推论的性质（再者，没有就最关键的一点向我们提供任何情况，即他到底是怎么死的——如果他死了的话），彼此纠缠，互相矛盾。按照第一种说法，他的死讯由一个吉尔吉斯人带到赛米巴拉金斯克。根据第二种，却是由一名哥萨克人传到阿克-布拉特的。我父亲走的是什么路线？他可能是从七河地区[1]前往鄂木斯克（经过针茅草场，向导骑在一匹花斑马驹上），或者从帕米尔到奥伦堡，横穿图尔盖地区（经过多沙的干草地，向导骑骆驼，他骑一匹马，脚踩白桦皮马镫，从一口水井走到另一口水井，远离村庄和铁路）。他是如何度过农民战争的风暴，如何避开红军的？我理不出任何头绪。还有，哪种"隐形帽"适合他，他可以潇洒地歪戴在头上？他可曾隐匿在渔民的棚舍里（如同克吕格尔猜测的那样），在咸海的据点混迹于古板执拗的乌拉尔旧礼仪派教徒之间？倘若他死了，又是怎样死的？"你从事什么职业？"普加乔夫问天文学家洛维茨。"数星星。"于是他们将他绞死，从而让他更挨近星星。唉，他是怎样死的？死于疾病？死于暴露？死于干渴？死于某人之手？如若——死于谁人之手，那只手是否依然活着，拿面包，举酒杯，赶蝇子，搅动，指点，示意，静止平放，握别的手？他可曾长时间地对他们予以还击？他可曾将最后一粒子弹省给自己？他是否被生擒了？他们是否将他带上特等客车，停在某个惩罚别动队的车站总部（我能瞧见它丑陋的机车添加的燃料是干鱼），怀疑他是白军间谍（这也不无道理：他很熟悉白军将领拉夫尔·科尔尼洛夫，年轻时曾与他一起遍游绝望大草原，事隔多年又在中国见过他）？他们是否将他枪杀在某个遭上帝遗弃的车站（碎裂的穿衣镜，破烂的奢侈品）的女厕所里，或是在一个黑夜将他带进某个家庭菜园，等月亮从云罅中露出脸来？他怎样跟他们一起在黑暗中等待，带着一丝鄙夷的微笑？倘若一只略呈白色的飞蛾在蒙上阴影的牛蒡周围流连忘返，他也会，甚至在那一刻，我知道，用同样赞许的瞥视

① Semirechie，位于吉尔吉斯斯坦和哈萨克斯坦之间。

追寻它的踪影。间或，晚茶过后，在我们莱希诺花园里吸着烟斗，他以这种瞥视问候品尝我们丁香花的粉色的天蛾。

但有时我得到的印象是，所有这些全是毫无价值的流言，一个陈腐的传说，从大概的知识的那些相同且可疑的针头线脑中诞生。我自个儿利用这些零碎知识，是在我的梦企图混过我仅凭道听途说或通过书本所了解的领域之际。结果第一位确曾见过且谙熟上述领域的人将拒不承认它们，将嘲笑我思想的异国情调，我悲戚的山丘，我想象的悬崖，将在我的推测中挑出与年代错误同样多的地形错误。那样就更妙了。只要我父亲之死的说法纯系谎言，就不应承认他那离开亚洲的旅行本身仅仅是以一条尾巴的形式依附于这个谎言（犹如普希金的故事中由年轻的格里尼奥夫用一幅地图制作成形的那只风筝）。再有或许，如果我父亲确曾踏上归途（没有坠入深渊粉身碎骨，没有遭到佛教僧侣的羁押），他选择了一条截然不同的路。我甚至有机会听到一些臆断（听起来像是过时的建议），说他很有可能向西走到拉达克以便往南进入印度。他为何不能继续行至中国，再从那儿搭乘任何一艘轮船抵达世界上任何一个港口？

“不管哪种情形，妈妈，所有与他生平有关的材料都收集在我这里。来自连篇累牍的草稿，书上冗长的手稿摘录，各种各样的纸上难以辨认的潦草记录。铅笔写的评语凌乱散布于我的其他文章的空白处。来自删去一半的句子，未写完的词儿，以及大肆挥霍的缩略且已被忘却的名字，严严实实地藏在我论文的字里行间。来自无法赎回的信息的脆弱的静止，已经有几处被一种极快的思维活动摧毁，从而转为虚无。利用这一切我现在必须制造一本明晰有序的书。有时我觉得在什么地方它已经被我写完，觉得正是这里，躲在这个墨水丛林里，觉得我只需将它们一部分一部分地从黑暗中释放出来，这些部分便会自行凑合在一起。然而这对我又有何用？当这种释放之劳此时在我的眼里显得如此困难复杂，当我唯恐用一个俗艳的短语将其玷污，或者在转移到纸面的当儿令其渐受磨损，以致我怀疑此书究竟能否写出。你本人写信给我提到在这项任务中必须作为先决条件的几个要求。不过眼下我相信我将拙劣地完成此项任务。别因为弱点和怯懦责备我。有朝一日我将给你读我已经写好的支离破碎、仅具雏形的片断。它与我生硬的梦境几乎没有相似之处！在这几个月里，在我搞研究、做笔录、追忆和思索之际，我简直快活极了。我断定某个前所未有的美丽的东西正在被创造，我的记录充其量只是这项工程的小小支柱，路径标志，螺钉。最重要的部分正在自动发展和被创造出来，不过此刻我看出，恰似在地板上醒来一般，除了这些可怜的记录，其余空无一物。我该干啥呢？你晓得，当我读他或格鲁姆的书时，我听见它们令人痴迷的旋律，当我琢磨既不能替代又不能重新组合的词儿的位置时，恍惚觉得获取这一切并用我自己将其稀释是亵渎神圣。如果你赞成，我将承认：我本人仅仅是文字冒险的探索者。宽恕我，倘若我拒绝寻觅我对父亲自己的收集场地的幻想。我已经意识到，你知道，让他的旅行意象萌生却不遭到那些毫无新意的二流诗歌用语玷污的不可能性，这些诗歌用语不断地渐渐远离真正的诗歌。而这些乐于接受新的事物和观点、学识渊博、高雅纯洁的博物学家的活生生的体验，又将这些真正的诗歌赋予他们的研究。”

“我当然理解和同情，”母亲回复道，“可惜你无法驾驭它，不过你当然不应勉强自己，另一方面我深信你有点言过其实。我深信，倘若你少考虑风格，少考虑困难，以及蹩脚诗人的陈词滥调，‘以一个吻开始罗曼蒂克的死亡’云云，你定能创作出非常出色、非常真实、非常有趣的作品。除非你想象他在读你的书，你觉得那本书惹他发怒，令你羞惭。那么，不用说，放弃它，放弃它吧。但我知道不可能这样，我知道他会告诉你：干得漂亮。更有甚者：我坚信将来哪天你准能写出这本书。”

促使费奥多尔取消他的工作的外因是由迁居别处引起的。应该替他的房东太太说句好话，她已经忍耐他很长时间，忍了两年之久。不过当机会送上门、让施托博伊夫人能够在四月份获得一名理想房客时—— 一位上了岁数的老处女，七点半起床，在办公室工作到下午六点半，在她姐姐家用晚餐，十点钟就寝——她请费奥多尔一个月之内搬走。他一再推迟他的打探，不仅是因为懒惰，以及一种使给予的连续一段时间具有永恒的完美形状的乐观倾向，而且因为他觉得替自己寻觅栖身之地、搅扰陌生世界，实在是无法容忍的卑鄙勾当。然而，车尔尼雪夫斯基夫人答应帮他的忙。三月将尽的一天傍晚，她对他说：

"有消息了。你曾经在这儿见过塔玛拉·格里高利耶芙娜，那位亚美尼亚女士。她在一户俄国家庭住的公寓里租有一间屋子，眼下想转让给旁人。"

"这意味着它是一间糟糕的房间，如果她想脱手的话。"费奥多尔脱口而出。

"不对，只是因为她想回国与她丈夫团聚。可是，如果你存心不想要，那我就不再为这事操心啦。"

"别生气嘛，"费奥多尔说，"我挺喜欢这个主意，真的喜欢。"

"当然，不能保证这房间还没有被处理掉，不过我还是建议你给她打个电话。"

"哦，那当然。"费奥多尔说。

"因为我晓得你，"车尔尼雪夫斯基夫人继续说，已经在翻阅一本黑皮记录簿，"因为我晓得你从来不亲自打电话……"

"我明儿一早就打。"费奥多尔说。

"因为你决不会做这事——乌兰德4831—— 我自己做算了，我马上跟她通话，你可以向她了解所有情况。"

"别忙，等一下，"费奥多尔焦急地说，"我不晓得该问什么。"

"别担心，她会自己告诉你的。"于是车尔尼雪夫斯基夫人压低嗓音迅速重复了一遍电话号码，伸手去取桌上的电话。

她刚将听筒贴近耳朵，身体便呈现出她在沙发上惯常的通话姿势，渐渐地从一种坐姿转换成一种倚姿，习惯性地整了整裙裾。在等待接通之际，她的两只蓝眼珠骨碌碌转。"那就好了——"她开口说，孰料电话已经接通，里面传来一个姑娘的声音。车尔尼雪夫斯基夫人报出号码，语调带有一种抽象的劝诫的意味，数字听起来带着一种特殊的韵律——仿佛48是正题，31是反题——加起来形成一个合题：是的[①]。

“那就好了，”她又对费奥多尔说道，“如果她跟你一起去那儿。我敢说你这辈子从没……”她露出一丝笑容，垂下两眼，移动一只丰腴的肩膀，略略跷起伸出的双腿。“塔玛拉·格里高利耶芙娜？”她用一种新的腔调问道，温和诱人的腔调。她边听边发出轻柔的笑声，在裙子里揪起一道褶缝。“对，是我，你没听错，我寻思你会跟以往一样听不出我呢。好吧——就算是经常吧。”把音调更舒服地确定下来：“嗯，有什么新情况吗？”她倾听新情况，眨巴着眼睛，仿佛趁这个间隙她将一盒水果夹心软糖朝费奥多尔的方向推去。随即她一双小脚的趾头在寒伧的丝绒拖鞋里开始轻轻地互相摩擦起来。它们停止摩擦。“是的，这我听说了，不过我想他有一个固定工作。”她继续倾听。你能从寂静中听出从另一个世界传来的小到极点的有节奏的拍击声。“哦，那太荒唐了。”……亚历山德拉·雅科芙列芙娜说，“这么说你现在碰上这种事情。”片刻之后她拉长调子，旋即，针对一个迅速提出的问题，在费奥多尔听来犹如细弱的犬吠，她叹了口气答道：“没错，或多或少，没有新鲜事。亚历山大·雅科夫列维奇很好，整天忙忙碌碌，此刻在听一场音乐会。我没有消息报告，没有特别的消息。眼下我这儿有……嗯，当然，这会给他带来乐趣，但你想象不出有时我多么渴望跟他出门去什么地方，即便只有一个月。什么地方？哦，任何地方。总而言之，情况有时有点令人沮丧。可是若非如此，又没有任何新鲜感。”她缓缓地审视自己的掌心，保持那只手举在眼前的姿势。“塔玛拉·格里高利耶芙娜，戈杜诺夫-切尔登采夫在我这儿。顺便说一下，他在找一间屋子。你们那儿有没有人……哦，太好了。等一等，我把话筒递给他。”

---

① ja wohl，德语，是的，表强调。

“你好吗？”费奥多尔说着，俯身朝着电话机。“我听亚历山德拉·雅科芙列芙娜说——”

一个响亮的以至于搔得他中耳痒痒的、异常灵敏清晰的声音统治了谈话。“屋子还没有租出去，”几乎陌生的塔玛拉·格里高利耶芙娜开口说，“碰巧他们很想要一位俄国房客。我现在就告诉你他们是谁。名叫西奥果列夫，从名字看不出什么，不过在俄国他可是一名检察官，一位顶顶有教养的讨人喜欢的绅士……还有他妻子，人也特别好，有一个跟前夫生的女儿。听着，他们住在阿伽门农大街十五号，一个出色的街区，一套狭小的公寓，但设施先进，中央供热系统，浴缸——总之，你能指望的一切。你将搬进的房间舒适宜人，只是（用一种缩回的语调）它能俯瞰院子，这自然是个小小的缺憾。告诉你我怎样付房租，我每月付三十五马克。它挺安静，有一张不错的长沙发。喏，我们谈得差不多了。还能告诉你什么？我在那儿搭伙，我得承认伙食挺好，挺好，不过你得自个儿跟他们谈好价钱。我靠节食减肥。我们现在得这么办：我明天上午无论如何得去那儿，大概十一点半钟，我很守时，因此你也该去那儿。”

“等一等，”费奥多尔说（对他而言，十点起床相当于其他任何人五点起床），“等一等。我恐怕明天……兴许这样会好些，要是我……”

他想说“给你打个电话”。但是车尔尼雪夫斯基夫人坐在旁边直递眼色，致使他吸了口气，赶紧纠正自己的说法：“我想我大体上能来，”他的声音里没有一丝热情，“谢谢你，我来。”

“那好（用一种叙事语调），地址是阿伽门农大街十五号，三楼，有电梯。那就这样说定了。明儿再谈，我将非常乐于见到你。”

“等等，”亚历山德拉·雅科芙列芙娜嚷道，“请别挂断。”

第二天上午，他到达约定的地址，带着焦躁的情绪，混沌的脑瓜以及仅有一半运转的他自己（仿佛他的另一半由于时间过早尚未开启）。谁知塔玛拉·格里高利耶芙娜不仅人不在那儿，而且还打来电话说她来不了。他由西奥果列夫亲自接待（其他人谁也不在家），原来他是一个臃肿壮实的汉子。他的轮廓令人想起一条鲤鱼，约摸五十来岁。他长着一张俄国人特有的坦率的脸，坦率得几近粗鄙。这是一张丰满的脸，椭圆形，下唇下面有一小撮黑毛。他那引人瞩目的发型也有些粗鄙：稀疏的黑发往下捋，均匀平整地分成两边，一条中缝既不处于脑袋正中也不过于偏向一侧。大耳朵，单纯的、具有男子气概的眼睛，微微泛黄的厚鼻以及一丝伤感的微笑整体给人一种和蔼可亲的感觉。“戈杜诺夫-切尔登采夫，”他重复道，“当然，这个名字再熟悉不过了。我曾经认得……让我想想——你父亲不是叫奥列格·基里洛维奇吗？噢，是你叔叔。他现在住在哪里？在费城。嗯，真够远的。看看我们侨民飘流到何方！真惊人。你跟他可有联系？我知道，我知道。嗯，切勿将你能做好的事拖到明天——嘀——嘀！来吧，我带你瞧瞧你的住处。”

门厅右边有一条很短的过道，随即重又往后拐了个九十度的弯，形成另一个胚胎状的走廊，在厨房半开的门前终止。左边的墙有两扇门，西奥果列夫猛吸一大口气，用力将其中一扇推开。门转过它的脑袋，僵硬地出现在我们眼前的是一间长方形斗室，赭色墙壁，窗边有一张桌子，一张长沙发靠着一堵墙，一只衣橱挨着另一堵墙。在费奥多尔看来，这间斗室令他反感，充满敌意，就他的生活而论完全“不便使用”，仿佛它的位置偏离真实足有致命的好几度（用一道灰尘弥漫的太阳光束来代表虚线，标志一个旋转时的几何数字的偏差）。与那个想象的长方形相比，在其范围内他可以睡眠、阅读和思考。即便凭借奇迹他能够调整自己的生活，使之适应这个出现偏差的盒子的角度，它的家具、色彩，对沥青铺就的院子的俯视——这一切却都难以忍受，他当即决定不要这屋子。

“喏，就是这儿，”西奥果列夫美滋滋地说，“这是隔壁的盥洗间。这里需要稍微打扫一下。嗯，要是你不介意的话……”当他在狭小的走廊上转身之际，他猛地撞到费奥多尔身上，发出一声道歉似的“哟”，一把抓住他的肩膀。他们返回门厅。“这是我女儿的房间，这是我们的。”他说道，指着左边和右边的两道门。“这是餐室。”打开深处的一扇门，他以那种开门的姿势扶住门几秒钟，似乎在制造一次定时曝光。费奥多尔的目光溜过桌子，一碗坚果，一只餐具柜。在远处的窗户旁边，靠近一张小小的竹桌，立着一张靠背扶手椅。两侧扶手上恬静地、漫不经心地躺着一件薄纱服，浅蓝色，很短（似乎是赴舞会的那种）。小桌上闪烁着一朵银色的花儿和一把剪刀。

“就这些，”西奥果列夫说着，小心地关上门，“你瞧——舒适，惬意，适合家庭生活。房子不大，但该有的东西都有。如果你希望跟我们一起吃饭，我们非常欢迎。我们会跟我太太谈这件事。你我私下说说，她的烹调手艺不赖。既然你是阿布拉莫夫太太的朋友，我们向你收的租金跟她一样。我们不会亏待你，你会住得像坐牢的囚犯一样舒服。”西奥果列夫发出娇滴滴的笑声。

“是的，我想这屋子会适合我，”费奥多尔说着，竭力不看对方，“说真的，我想星期三就搬过来。”

“悉听尊便。”西奥果列夫说。

读者可曾碰巧在舍弃你不爱的寓所时感到那种淡淡的惆怅？没有像舍弃心爱之物时那样心碎。潮湿的目光没有四下环顾，忍住一颗泪珠，似乎它情愿带走被遗弃的地点那晃动的影像。但在我们内心最好的角落里我们感到怜悯，为了那些我们没有用自己的呼吸赋予其生命的物体，为了那些平素不为我们注意、眼下即将永远离开我们的物体。这些已经闲置的存货将不会在人们的记忆里复活：床榻不会抬着自己跟随我们；穿衣镜里的映像不会从棺材里起身，只有窗外的情景将逗留片刻，犹如那张嵌在墓地十字架上的褪色的相片，上面是一位刚理过发、目光沉稳的先生，衣领浆得笔挺。我想跟你说再见，但你甚至听不到我的问候。虽说如此，再见吧。我在这里住了整整两年，在这里考虑过许多事情，我的车队的影子从这张壁纸上经过，从地毯上的烟灰中长出百合花——但现在旅行已经结束。书籍的湍流已经回归图书馆的海洋。我不知道我是否会读塞在我衣箱里内衣裤下的草稿和摘录，可我知道我将永远不会再朝这里瞅一眼。

费奥多尔坐在衣箱上将它锁好。他在屋里转悠，最后一次检查抽屉，什么也没发现。尸体不会行窃。一只苍蝇爬上窗台，情急中滑了一下，一半跌倒一半朝下飞。仿佛在抖掉什么，旋又开始爬行。对过的房子，他前年四月发现就已搭过脚手架，现在显然又需要修葺：人行道上堆着木板。他将自己的东西搬出门，去向房东太太道别，第一次也是最后一次握住她的手。它竟然那么干燥、结实和冰冷，还给她钥匙，然后离开。从旧居到新居的距离差不多相当于俄国某处从普希金大街到果戈理大街的距离。

第三章

每天早晨八点刚过，他被同样的声音从酣睡中唤醒。这些声音从距他的太阳穴两英尺的薄墙后面传来，是往玻璃架上更换一只边沿干净、圆底儿的玻璃杯时发出的响声，然后是房东太太的女儿清喉咙的声音。接着传来一张旋转着的圆柱唱片痉挛的响声，继而是水流冲洗声，哽噎，呻吟，戛然而止。接着是一只浴室水龙头内部怪异的哼哼唧唧声，最终转为淋浴的哗哗水声，一只插销喀哒一响，脚步声经过他门口渐渐远去。从一个相反的方向传来其他脚步声，沉闷而笨重，有点拖沓：那是玛丽安娜·尼古拉芙娜匆匆赶到厨房为她女儿取一些咖啡。你能听见煤气灶起初拒绝被点着时迸出的一连串噪声。被制服以后，它倏地蹿出火苗，发出稳定的嘶嘶声。第一串脚步声折回，现在是脚后跟触地。厨房里一场快节奏的愤怒和狂躁的对话已经展开。正如一些人说话操南方或莫斯科口音一样，母女二人的交谈也总是无一例外地带着吵架的腔调。她俩音质相仿，全都低沉而流畅，只是一个稍显粗糙，不知怎地有些颤抖，另一个则更加放肆、更加纯净。母亲的嘟嘟囔囔中有一种乞求，甚至是负疚的乞求；女儿愈益短暂的答话中则回荡着敌意。在这阵隐隐约约的清晨风暴的陪伴下，费奥多尔·康斯坦丁诺维奇会再次恬然入梦。

在他零碎稀薄的梦境里，他听出打扫的声音，墙壁将骤然坍塌在他身上。这意味着一只拖把始终挺不牢靠地倚在门上。每周一次，看门人的婆娘——肥胖，直喘粗气，散发着浓烈的汗馊味儿——拿来一台吸尘器。随即屋里闹翻了天，眼前的世界被撕成碎片，一阵地狱般刺耳的声音渗入人的灵魂，将其摧毁，逼迫费奥多尔起床走出屋子，离开这座公寓。不过通常，十点钟左右，轮到玛丽安娜·尼古拉芙娜进浴室。在她离开后，进来的是伊万·鲍里索维奇，边走边大声咳出痰。等到十点半钟，房里的一切归于平静：玛丽安娜·尼古拉芙娜已经出门购物，西奥果列夫去干那些见不得人的事情。费奥多尔·康斯坦丁诺维奇往下走入一个快活的深渊，那里睡眠温暖的残片与幸福的感觉融为一体，既有昨天的也有明天的。

现在他屡屡以一首诗作为一天的开端。仰面朝天地躺着，第一支味道绝佳，令他惬意。粗大且经久耐吸的香烟叼在他两片干裂的唇间，时隔十年，他开始再度创作那首独特的诗。这首诗将在傍晚做成一份礼品，以便让它映在已经将其运出去的波涛上。他将这些诗行的结构与其他诗行的结构进行比较。其他诗行的词语已被忘却。唯有这里那里抹去的字母间的韵脚得以保留，含蓄的夹杂着肤浅的：亲吻——狂喜，风儿在椴树——树叶间——悲恸伤神[①]。在他一生的第十六个夏天，他第一次着手进行诗歌的严肃创作。在那之前，除了昆虫学方面的打油诗以外，他什么也没写过。不过某种创作氛围他倒是早已熟悉：在家里，人人都会信笔写几句——塔妮娅写在配有一把小钥匙的小号照片粘贴簿里；母亲写朴实感人、绝少矫饰的散文诗，讴歌故乡原野的美丽；父亲和奥列格叔叔，也写些应景诗——这样的时机并不罕见；克谢尼娅舅妈——她只用法语写诗，写喜怒无常的与悦耳的诗，对音节清晰的诗的微妙之处不屑一顾。她激情迸发的诗作在圣彼得堡文学界深受欢迎，尤其是长诗《女人与豹子》以及阿普赫京[②]的《两匹枣红马》的译文——其中一节如下：

---

① 在英文中，“亲吻（kiss）”与“狂喜（bliss）”押韵；“树叶（leaves）”与“悲恸伤神（grieves）”押韵。

② Apukhtin（1840—1893），俄国诗人、评论家。

敖德萨魁梧的希腊人，华沙的犹太人，
年轻的中尉，年迈的将军，
他们都想在她身上寻找疯狂的生活，
在她的胸怀梦想瞬息即逝的爱情。

最后还有一位“真正的”诗人，母亲的表兄沃列霍夫斯基王子。他已经用绒面纸出版了印制精美、厚厚的、昂贵的、令人倦怠的诗集《晨曦与星辰》，全部配以意大利蔓叶花饰。书前是一帧作者像，书后附有一份面目可憎的勘误表。这些诗被分成不同的类别：梦幻曲、秋天的基调、爱情的心弦。它们大多饰有一段箴言，每首下面都有精确的日期和地点——索兰托、艾-托德或在火车上。这些诗的内容我俱已忘记，除了屡屡重复的词儿：“运输”，即便在当时，在我听来也像是从一地运到另一地的一种手段。

我父亲对诗没什么兴趣，唯独对普希金的诗例外。他了解普希金犹如某些人熟知礼拜仪式，喜欢在外出散步之际吟诵他的诗篇。我有时想，普希金的《预言家》的回音迄今为止依然在亚洲某个能迅速激起共鸣的隘谷里荡漾。他还引用了，我记得，费特那无与伦比的《蝴蝶》，以及丘特切夫的《此时淡蓝的阴影融为一体》。但是我们的亲属喜欢的、寡淡乏味、上世纪末容易记诵的、亟待谱上乐曲以治疗语言贫血病症的诗句，却被他弃置不顾。至于先锋派诗歌，他认为是垃圾——当着他的面我没有流露自己在这方面的热情。一次带着一种准备好了的嘲讽的微笑，他草草翻阅散乱地摊在桌上的诗集，而且不凑巧翻到最佳诗人的最差诗作。勃洛克的那首名诗中出现了一个不可能的、无法容忍的dzhentlemen[①]，代表埃德加·坡，另外其中的“地毯（kovyor）”一词，与英语的“先生（Sir）”一词押韵（音译为

① “dzhentlemen”系“gentleman”之误，意为绅士。

"syor")。我十分懊恼，忙将谢维里亚宁[①]的《高脚杯中泛起泡沫》推到他手上，以便他更好地将他的灵魂卸在上面。总之我考虑，倘若他暂且忘记被我愚不可及地称为"古典风格"的那种诗，而且不怀偏见地竭力掌握我如此热爱的东西，他就能理解已经出现在俄罗斯诗歌特色中的新的魅力，甚至在它的最荒谬的表现形式中，我也能觉察到的那种魅力。但当今天我计算这种新诗剩留给我的部分时，我看出幸存下来的微乎其微，幸存下来的正是普希金的自然延续。而成分杂乱的外壳，拙劣的赝品，平庸的伪装，天才的支撑物——我的爱曾经宽恕或从一个特殊角度看到的一切（以及在我父亲眼里似乎是创新的真实面目的一切——如他所说的"现代主义大杯"），如今已经完全过时，完全被人遗忘。而卡拉姆津[②]的韵文没有被遗忘。每当我在其他人的书架上偶然发现这本或那本诗集曾经跟我兄弟般地住在一起时，我从中感到只有父亲当年感到但其实并不为他所知的内容。他的错误不在于他不分青红皂白地毁谤所有的"现代诗"，而在于他拒绝从中觉察他喜爱的诗人赋予生命的长长的光线。

我在一九一六年六月份遇见她。她二十三岁。她的丈夫，我们的一个远房亲戚，在前线服役。她住在我们庄园范围内的一幢小别墅里，过去常常来看我们。由于她的缘故我几乎忘了蝴蝶，完全忽视了革命。一九一七年冬天她离家去新罗西斯克——只是在柏林我才偶然听说她的惨死。她是一个纤细的小东西，栗色的头发高高拢起，一对大大的眼睛露出愉快的神情，苍白的脸颊上有两个酒窝，娇嫩的嘴唇靠她用长颈小瓶里的宝石红醇香酒液涂抹，方法是将玻璃瓶塞紧贴唇边。从她所有的风度举止中我窥见一种可爱得催人泪下的气质，当时难以描述的气质。不过此刻在我眼里宛如一种惹人哀怜的逍遥自在。她不聪明，没念过什么书，就是说，跟你恰好相反。不，不，我

① Severyanin（1887—1941），俄国白银时代著名诗人，未来派的领袖人物。
② Karamizin（1766—1826），俄国作家，历史学家。

决不是说我爱她甚于爱你，或者那一次次幽会比我与你的黄昏幽会幸福……而是说她的所有缺点都被隐藏在魅力、温柔和优雅的这股潮流里。如此魅力从她倏忽即逝、完全不负责任的话语中流露出来，以致我准备永远凝视她、聆听她。但此时会发生什么，倘若她活转过来——我委实不知，你不该提出愚蠢的问题。晚上我常常送她回家。那些散步说不定哪天能派上用场。在她卧室里有一小张沙皇的全家照片以及屠格涅夫笔下一缕天芥菜的香气。我常在半夜以后才回家（我的老师，幸运得很，已经返回英国），我永远忘不了那种轻松、骄傲、痴迷以及夜里饥肠辘辘的感觉（我特别向往酥酪加黑面包）。我沿着忠实地、甚至谄媚地飒飒作响的林阴路走向黑暗的房子（只有母亲的屋里亮着一盏灯）时听见看家狗的吠叫。也正是那时我落下了作诗的毛病。

有时我坐在午餐桌边，目中无物，两片嘴唇翕动着——邻座请我递过糖罐，我却递上我的杯子或者一只餐巾环。尽管我有将溢满心田的爱情絮语改写成诗的不熟练的愿望（我清楚地记得奥列格叔叔说过，倘若他出版一部诗集，他定准取名为《心灵絮语》），我已经草草拼凑起我自己的，虽说贫乏粗陋的，语言艺术。因此，选择形容词时，我意识到诸如"无数的"或"无形的"一类词将简单方便地弥补豁开的缺口，它正期待放声吟唱，从主要停顿到行末的词儿（"因为我们将做无数的梦"）。另外还是为这最后一个词儿，你可以添加一个额外的形容词，仅有两个音节，以便将其与较长的占中心地位的词结合在一起（"说起无形且温柔的秀美"）。附带提一下，音调优美的套话已经产生了一种灾难性的影响，无论是对俄国还是对法国的诗歌。我知道三音节类型的灵便的形容词（这种三音节词，人们可以通过一张带有三个坐垫的沙发使其直观化——中间的坐垫凹陷下去）在俄语里不计其数。有多少诸如"沮丧的""陶醉的""反叛的"[①]的形容词被我糟

① 这三个词的英文分别为"dejected"、"enchanted"和"rebellious"，皆为三音节词。

蹋了！我知道我们有许多扬抑格，如“tender”（温柔的），少得多的扬扬抑格，如“sorrowful”（悲伤的），这些某种程度上都是可见的。我知道最后抑抑扬格和抑扬格的形容词相当罕见，而且是极端枯燥和不容变更的，如“incompléte”（不完整的）或“forlórn”（愁苦的）。我进而知道超长的词如“incomprehénsible”（无法理解的）和“infinitésimal”（微不足道的）将带着它们自己的乐器进入四音步诗行，知道“无用的和被误解的（unwanted and misunderstood）”这一组合赋予诗行某种波纹质地；这样瞅它——它是一个三音节音步，那样瞧它—— 一个抑扬格。稍后安德烈·别雷[①]对“半重音”［在诗行“Incomprehensible desires（无法理解的欲望）”中的comp和ble］的重要研究，即以图形标示和计算这些迅疾的诗行的系统令我昏昏欲睡，于是我从这种新视角出发，重读我以往所有的四音步诗，却被语调的停顿弄得痛苦不堪。绘成图表时，它们的图解证明是平淡且残缺的，没有显示出一丁点别雷为伟大诗人的四音步诗行找到的长方形和梯形的痕迹；因此在将近整整一年的时间里——堕落可耻的一年——我试图以产生尽可能复杂而丰满的疾飞图示[②]为目的从事写作：

在悲戚的冥想中，
加上刺鼻难闻的黑暗，
充满互相转换的忍耐，
半裸露的公园发出哀叹。

还有等等半打诗节：舌头打转但一个人的面子保住了。由图形表示，通过连接诗行中及诗行间的“半重音”（“ra”，“med”，“ar”，“cal”等等），这一怪物般、富有节奏的结构导致了某种产物，实质上等于咖

① Andrey Bely（1880—1934），俄国诗人，象征派的主要代表人物之一。
② scud-scheme，作者独创的一种分析诗歌韵律的方法。

啡壶、篮子、托盘和花瓶组成的晃晃悠悠的塔状堆积物，被一个马戏团小丑用一根木棍稳稳托住，直到他一头撞上表演场地的壁障，所有东西全部朝最前面的观众缓缓倾斜（可怖的尖叫），但在坠落之际被看出是安全地拴在一根线上的。

或许由于我的小小的抒情滚筒的微弱动力，我对动词和其他词性不大感兴趣。韵律和节奏的问题则不然。克服对抑扬格的一种自然偏爱，我转而追求三重韵律。后来我又迷上了摆脱韵律。其时，巴尔蒙特在他以"我将不计后果，我将勇敢无畏"打头的诗里首创了那种矫揉造作的抑扬格四音步，将一个多余音节的肿块置于第二音步之后。其中，就我所知，没有一首算得上好诗。我有意让这个欢欣跳跃的驼子背负日落或一艘船，却惊奇地发现前者消失后者沉没。勃洛克节奏的磕磕巴巴的呓语比较容易对付，但我一旦开始使用它们，符合特定程式的中世纪化的内容便难以察觉地渗入我的诗行——蓝色听差，僧侣，公主——类似于一个德国故事的情景。波拿巴的影子夜访古董收藏家施托尔茨，为的是寻找它的三角帽的幽灵。

随着我对音韵的寻觅的持续，它们适应了一套实际系统，有点依照索引卡片的顺序。它们分布在较小的类别里——韵丛，无韵。Letuchiy（飞）紧挨tuchi（云）下面的kruchi（陡坡）由zhguchey（燃烧的）沙漠和neminuchey（不可避免的）命运组成。Nebosklon（天空）让缪斯女神走上balkon（阳台），指给她一株klyon（枫树）。Tsvety（花朵）和ty（你）在temnoty（黑暗）中传唤mechty（幻想）。Svechi，plechi，vstrechi，rechi（小蜡烛，肩膀，会议，讲话）营造出一场舞会的传统气氛，在维也纳会议期间或镇长生日那天。Glaza（眼睛）闪烁着蓝光，有biryuza（绿松石）、groza（暴风雨）和strekoza（蜻蜓）为伴，最好不要陷入这组交替元音[①]。Derevya（树）发现它们自己干巴巴地与kochevya（游牧营地）成对，如同扑克牌游戏中发生的情形，

① 此处指biryuza、groza和strekoza三词中元音字母i，o，e的发音。

一个玩家得收集城市名称的牌，仅有两张代表瑞典（却有十二张代表法国）。Veter（风）没有伴侣，除了一个十分诱人的搭档在远处跑来跑去以外，但是通过转入属格，人们可以得到以meter（米）结尾的词儿来继续（vetra-geometra）[①]。还有某些宝贝怪词，它们的音韵，颇似集邮簿上的稀罕邮票，由空白处作为代表。于是我花了很长时间才发现ametistovyy（紫色的）可以与perelistyvay（翻过几页）押韵，与neistovyy（狂暴的）押韵，与一个完全不适宜的pristav（警员）的属格押韵。总之，它是一份贴有漂亮标签，被我一直放在手头的藏品。

我不怀疑即便在当年，在那丑陋破败的学校读书时（我本来可以几乎不必费心跟它打交道，倘若我是一位典型的诗人，从不受音调和谐的散文的诱惑），我仍然了解真正的灵感。那焦虑攫住我，用一块冰冷的薄板迅速将我遮蔽，挤压我的关节，猛拽我的手指。思想在疯狂的漫游中不知怎地发现了那扇门，在其第一千次通向花园喧闹的夜晚之际，心脏的扩张与收缩，时而如星空一般浩瀚，时而又像一滴水银那样渺小。一种含蓄拥抱的舒展的双臂，古典主义的神圣的震颤，窃窃私语，眼泪——所有这些全都属实。可是眼下，在为消除焦虑做出仓促而笨拙的努力时，我紧紧抓住手头第一组陈腐的词汇，抓住它们现成的连接，因此一俟我着手从事我所认为的创作，开始斟酌本应成为表达的素材，我天赐的激情与我的人性世界之间活生生的联系，一切全在词汇的一阵致命的疾风中殒命，然而我继续轮换表述词语，调整音韵而没有察觉裂隙、贬损和背叛——恰似某人叙述他的梦（与任何无限自由、无限复杂的梦境相仿，但苏醒时像血一样凝结）。他在不被自己及其听众注意的情况下使梦境变得饱满，同时将其拾掇干净，把它装扮成平庸的现实，而且如果他以“我梦见我坐在自己的屋子里”开始，想当然地认为这屋子与他现实生活中的屋子完全一致，梦本身也会变得俗不可耐。

---

① 用拉丁字母转写的俄文，vetra和metra分别为Veter（风）和meter（米）的属格。

永别：在一个冬日，硕大的雪花从早晨开始自天而降，随意飘移——垂直地，倾斜地，甚至朝上。她的大号保暖套鞋和小号御寒手筒。她随身带上所有的一切——包括他们曾在夏天晤面的公园。只剩下他那份押韵的个人鉴定外加他腋下的公文包，寒伧的公文包的主人是一位曾在学校跳过级的高年级学生。一种古怪的约束，想说什么要紧话的欲望，沉默，暧昧不明、无关紧要的词儿。爱情，简单地说，在最后离别之际重复羞涩的音乐主题，先于它的第一回公开表白。隔着面纱与她咸咸的两片嘴唇进行网状接触。车站里牲口的喧闹惹人生厌：这正是慷慨播撒幸福、阳光与自由的花朵的黑白种子的时候。现在它已发育成熟。向日葵遍布俄国。这是体型最大、脸膛最肥、生性最蠢的花朵。

诗歌：关于离别，关于死亡，关于往昔。不可能认定（但这似乎发生在国外）我对写作诗歌的态度发生变化的确切阶段，当时我厌恶创作室，词语的分类以及收集韵律。但要破坏、驱散和忘记那一切却又让人为难到倍觉苦恼的程度：错误的嗜好坚实地抱团，惯于麇集的词儿不愿被拆开。它们本身无所谓好坏，但其系列组合，音韵的相互保证，逐级发展的节奏——所有这些造成了它们的污浊、丑陋和死亡。认为自己平庸并不比相信自己是天才好到哪里去：费奥多尔怀疑前者，承认后者，但更重要的是，他竭力不向一张白纸那恶魔般的绝望投降。既然他想表达的事物，像肺叶需要扩张一样自然和不受羁束，适宜呼吸的词汇便理应存在。诗人们屡屡发出的怨言，唉，什么无词可用啦，词汇是苍白的尸体啦，词汇无法表达某某诗节末尾短行的感情啦（为了证明它有理，释放出一股扬抑格六音步诗行的汹涌急流），在他看来压根站不住脚，如同一个小山村最年长的居民根深蒂固的成见，认定既然那座山从来没有谁爬过，将来也永远不会有人爬。一个晴冷的早晨，出现了一位瘦长的英国人——兴致勃勃地登上峰巅。

第一阵解脱的感觉在他心头涌动，是在他写作那本薄薄的《诗集》之际，它两年前问世，在他的意识里向来是一种令人愉快的练习。那五十首八行诗中的一两首的确让他现在觉得害臊——例如关于自行车的，或者有关牙医的。但是另一方面，也有一些生动真实之作，例如《失而复得的球》。这首诗反响挺不错，它最后两行的节奏依然回荡在他耳际，带着与以往相同的凭灵感获得的生动性。他自费出版这本书（卖掉从旧时财富中偶然遗留下来的一只扁扁的金质烟盒，上面潦草地刻着一个遥远夏夜的日期——哦，她那被露水濡湿的边门的吱嘎声！），在付印的总共五百册中，四百二十九册依旧原封不动，积满灰尘，连边都没切，在发行商的仓库里堆成一座匀整的平顶山。十九册他分赠给各色人等，一册他留给自己。有时他好奇第五十一名买他书的人的确切身份。他想象一屋子的这些人（好似一次股东会议——“戈杜诺夫-切尔登采夫的读者们”）。他们全都有些相像，沉思的眼睛，柔弱的手上拿着一本白色小册子。他只确切打听到一本书的命运：它已经在两年前被济娜·梅茨买走。

他躺着吸烟，缓缓地平静下来，尽情享受床子宫般的温暖，公寓的安谧和时间慵懒的流逝。玛丽安娜·尼古拉芙娜一时半刻回不来，午饭不会早于一点一刻。在过去的三个月里，这间屋子已经完全适合家庭生活，它的空间运动与他的生活运动恰好相符。一把铁锤的敲击声，一台水泵的嘶嘶声，一部正在检修的引擎的轰鸣，德国声音的德式迸发——所有这些单调乏味的噪音的集合体，每天清晨来自院子左边的车库和汽车修理铺，早已变得熟悉无害——寂静中一个几乎不被注意的格局而不是对寂静的攘扰。他能用脚趾触及窗边的小桌，只要他从军毯下面尽量将它伸直，此外随着他的胳膊从一侧伸去，他能够到靠着左边墙壁的衣橱（附带说说，衣橱有时没来由地骤然打开，带着好管闲事的神情，像是某个傻乎乎的演员在错误的时间登场）。桌上放着莱希诺的照片，一瓶墨水，一盏罩在模糊的玻璃下的灯，一只沾有少许果酱的小圆碟。各种评论杂志摊了一桌：《苏维埃红色十一月》，流亡者杂志《当代纪事》以及刚出版的一小卷孔切耶夫的诗集《交流》。叠在他沙发旁小地毯上的是昨天的报纸和一本流亡者版《死魂灵》。

这些他此时一概看不见，但尽皆在此。这一小群物体经过训练变得隐而不现，而且在这当中发现它们的目的，唯有通过它们杂处一地的恒久不变才能得以实现。他的欣悦渗透一切—— 一片颤抖的薄雾蓦地用人声说出话来。世上没有任何东西能够优于这些时刻。独爱想象出来的和罕见稀有的东西；从遥远梦境偷偷溜出来的东西；被无赖判处死刑、为傻瓜所不容的东西。现在我们的机会来了。走失的狗和跛子独自醒着。夏夜是温和的。一辆车疾驰而过。那最后一辆车已经载着最后那位赌博的庄家永远驶出视线。紧傍街灯、纹理毕现的酸橙树叶佯装绿玉髓发出一束半透明的光线。那扇门后是巴格达弯曲的阴影，远处的星星将光洒在普尔考夫身上。哦，对我起誓——

从走廊上传来一阵丁零零的电话铃声，按照默契其他人外出时由费奥多尔接电话。倘若我现在还没有起床呢？电话铃一阵阵响个没完，其间只有短暂的停顿供它喘息。它不希望死去，那得将它处死。无法撑到最后，诅咒一声之后费奥多尔接过这个来路不明的电话。一个俄国人的口音愠怒地问说话人是谁。费奥多尔当即听出对方的声音：他是一个陌生人——鬼使神差地竟然是一个同胞。他在前天已经拨错过一次号码，因为两个号码极其相似，眼下再度冒冒失失地闯进错误的线路。“看在耶稣的分上滚一边去吧。”费奥多尔说着，厌恶地赶紧挂上话筒。他去了趟浴室，在厨房里喝了一杯冷咖啡，忙不迭地爬上床。我该叫你什么呢？半——摩涅莫辛涅[①]？你的姓中也有一半微光。在黑暗的柏林中漫游对我来说很奇怪，哦，我的一半幻想跟你一起。一张长椅置于半透明的树下。战栗和啜泣使你在那里复苏，我看见你凝眸中所有的生命奇迹，看见你头发的淡淡的金色光泽。为了在你的两片柔唇亲吻我的嘴唇之际表达我对它们的敬意，我什么时候可能设计一个隐喻：西藏的山峦上的雪，它们倾斜的闪光，蒙上白霜的花丛附近的一眼热泉。我们可怜的夜间财产——那湿漉漉的光

① Mnemosyne，希腊神话中的记忆女神，天王乌拉诺斯和大地女神盖亚的女儿。

亮平滑的沥青路面，那道栅栏，那盏街灯——凭借幻想的王牌让我们着手从黑夜中赢得一个美丽的世界。那些不是云朵，而是高及星辰的山嘴；不是灯光照亮的百叶窗，而是映在帐篷上的篝火！哦，向我起誓，在这维持生命的血液沸腾的当口，你不会辜负我们即将杜撰出来的东西。

正午时分听见一把钥匙（现在我们转到别雷的散文节奏上去）的碰撞声，门锁做出与自身特性相符的反应，喀哒作响：那是玛丽安娜（补缺者）从市场上回到家中，拖着沉重的步伐同时病态地嗖嗖挥动雨衣。她拎着三十磅重的一网兜所购之物经过他的房门，走进厨房。俄罗斯散文节奏的缪斯女神！向《莫斯科》作者偷工减料的扬抑抑格永远告别。所有的舒适感荡然无存，早晨充裕的时光一点也没留住。那张床已经变成一张床的仿造物。厨房里准备午餐的声音中掺杂着一阵令人不悦的指责，洗浴修面的视角似乎与早期意大利人的视角同样朦胧虚幻。带着这种感觉，你也得在某天告别。

十二点十五分，十二点二十分，十二点三十分……他允许自己抽最后一支烟，置身于床固执但已单调的温暖里。枕头的过时落伍变得愈益明显。未及抽完香烟他便起身，随即从一个不乏有趣特征的世界转入一个狭窄苛刻的世界，带着一种不同的压力，这压力立即使他身躯疲惫，脑瓜生疼；一个冷水世界：热水今天不流。

一种诗意的怅惘、沮丧，这“悲哀的动物”……前天他忘了用清水漂净安全剃须刀，齿缝里滞留着石青色的泡沫，刀片已经生锈——他没有第二把。一幅苍白的自画像从镜中朝外端详，带着所有自画像的严肃神情。在他一边下巴颏上疼痛发痒的部位，夜里长出的髭须中间（不知我一生将要剃去多少码长的髭须），已经出现了一个黄头脓疱，旋即成为费奥多尔的生活中心，所有不愉快的感情从他生命的不同部分缓缓进入其中的聚汇点。他将脓挤出——虽然他知道脓疱日后将肿胀三倍。这一切委实可怕。透过冰冷的刮脸皂沫，小小的红眼睛费力地张望：眼睛凝望着该隐。与此同时刀片对髭须不起作用，当他检查胡茬时手指的触摸产生了一种地狱般无望的感觉。细密的血珠出现在他的喉结附近，可是髭须仍在原处。绝望的干草原。比其他任何事情更糟的是浴室在光线较暗的一侧。就算他打开电灯，白昼电的不灭的黄色也根本无济于事。好歹刮完脸，他拘谨地钻进浴缸，在淋浴冰冷的冲击下呻吟着。而后他错拿了浴巾，凄惨地想到他将整天散发出玛丽安娜·尼古拉芙娜的气息。他脸上的皮肤一阵刺痛，讨厌地摩擦，下巴颏边上有一小块特别灼热的余烬。蓦地浴室门把手被人用力旋了几下（那是西奥果列夫回来了）。费奥多尔·康斯坦丁诺维奇等到脚步声远去，忙不迭地奔回自己的房间。

过后不久他走进餐室。玛丽安娜·尼古拉芙娜正从锅里往外舀汤。他吻了吻她粗糙的手。她的女儿刚刚下班到家，步履缓慢地来到桌前，恹恹无力，仿佛被她的工作弄得晕晕乎乎。她以优雅倦怠的姿势入座—— 一支香烟夹在修长的手指间，睫毛上沾了粉，一袭绿松石色丝绸无袖连衣裙，剪得短短的金发从鬓角往后梳齐，郁闷、沉默、苍白。西奥果列夫仰脖吞下少许伏特加，将餐巾塞入衣领，开始贪婪地喝他的汤。他目光越过汤匙，慈祥而谨慎地凝视着自己的继女。她正在慢吞吞地将乳白色惊叹号状的酸奶油搅入她的罗宋汤[1]，但是接着，耸耸肩膀，她推开自己的盘子。玛丽安娜·尼古拉芙娜，始终愀然不乐地注视着她，将自己的餐巾朝桌上一扔，离开餐室。

“来吧，吃啊，艾达。”西奥果列夫说着，噘起潮湿的嘴唇。没有一个字的回应，仿佛他不在场—— 只有她的窄鼻子和鼻孔翕动着。她在椅子上偏转脑袋，轻易自然地扭动颀长的身子，从她后面的餐具柜上取过一只烟灰缸，放在旁边并且往里面弹入一些烟灰。玛丽安娜·尼古拉芙娜从厨房回来，悲戚的神情阴影般笼罩在她那张胖胖的、俗气而涂脂抹粉的脸上。女儿将左胳膊肘支在桌上，身子微倾，开始慢慢地喝她的汤。

① borshch，以牛肉、卷心菜、土豆等或用甜菜煮成的浓汤。

"哟，费奥多尔·康斯坦丁诺维奇，"西奥果列夫说，已经驱走了第一阵饥饿感，"看样子事情已经到了非收拾不可的地步了！与英国完全断绝关系，欣楚克大获全胜！你知道事情已经开始变得严重。记不记得几天前我还说过克韦尔达的枪击是一个信号！战争！你得特别、特别幼稚才能否认它是不可避免的。你自个儿判断，在远东，日本不能容忍……"

西奥果列夫发起一场政治讨论。和许多不拿薪水、空话连篇的人一样，他认为他能将从报上读到的由领取薪水、空话连篇的人写的各种报道拼凑起来，形成一个有条不紊的思路，循着这条思路，一个逻辑性强的清醒的头脑（这里就是他的头脑）能毫不费力地解释并预见众多世界大事。国家的名称和它们的代表人物变成他手中某种性质上等于标签的东西，代表容量多少不等但形貌大致相当的容器，里面的内容他朝这边那边倾倒。法国害怕什么，因此决不会纵容它。英国正在力求什么。这位政治家渴望和睦，而那位则想提高他的声誉。某人正在密谋，某人正在争取什么。简言之，西奥果列夫创造的世界到头来是能耐有限、一本正经、缺乏个性、高深莫测的恃强凌弱者们聚集的场所。他在他们的互动中发现的机巧、诡诈和审慎越多，他的世界就变得越发愚蠢和庸俗。他与另一位类似的政治预见爱好者的不期而遇，往往是令人敬畏的。例如，有一位卡萨特金上校，偶尔来吃午饭，那时西奥果列夫的英国不是与另一个西奥果列夫的国家，而是与同样不存在的卡萨特金的英国发生冲突，因此在某种意义上国际战争转化为内战，虽说交战方存在于不同的层次，决不可能互相接触。眼下，在倾听房东说话之际，费奥多尔诧异于西奥果列夫提及的国家与西奥果列夫自己身体各部位之间的家庭相似性：于是"法国"等于他警告性地扬起的眉毛；某个"毗邻国家"类似于他的鼻毛；"波兰走廊"[①]之

① Polish Corridor，宽三十二到一百一十二千米的狭长地带，包括西普鲁士和波森省的大部分。根据《凡尔赛和约》（一九一九年），战败的德国将这一地带划归波兰。

类与他的食管相仿；但泽[①]是他牙齿的格格声；俄国是西奥果列夫的臀部。

他的谈话贯穿于下面两道菜的全过程（匈牙利红烩牛肉，水果汤[②]）。在那之后，他用一根断裂的火柴梗剔着牙齿，去睡午觉。玛丽安娜·尼古拉芙娜在做同样的事情之前忙着收拾餐具。她的女儿，始终未吐一字，又去办公室上班。

费奥多尔刚刚从长沙发上搬走被褥枕头，眼前就来了一名学生，一位流亡牙医的儿子。这是一个臃肿苍白的小伙子，戴一副角质架眼镜，胸兜里插着一支自来水笔。由于上的是一所柏林高中，可怜的小伙子深深地陷入当地习俗之中，以致即使在英语里，他也犯下任何一个满脑瓜废话的德国人有可能犯下的同样无法杜绝的错误。例如，世上没有力量能够阻止他用过去进行时而不是一般过去时。这赋予他前一天每个纯系偶然的活动一种白痴般的永恒。像对付德语的“也”一样顽固地对付英语的“也”，为了克服“clothes”[③]这个词棘手的结尾，他无一例外地添加一个多余的咝音节（“clothes-zes”），仿佛是在越过一道障碍后滑行。同时他相当随便地用英语表达自己的意思，并且只向一位私人教师求教，因为他想在期末考试中拿高分。他沾沾自喜，东拉西扯，表现出日耳曼式的无知。就是说，他以怀疑的态度对待他所不了解的一切。坚信事物幽默的一面早已在适合它的地方耗尽（一份带有插图的柏林周刊的最后一页）。他从不纵声大笑，或面带屈尊俯就的窃笑。唯一能够勉强取悦他的是一则关于精明理财的故事。他人生的全部真谛已经归结为一句再简单不过的箴言：穷人多愁，富人幸福。这类法律认可的幸福玩笑般地与从技术层面衡量属于一流的舞曲联系在一起。对于上课他一向竭力争取早些来，设法迟点走。

急着赶去经受下一场磨难，费奥多尔跟他一起离开，后者陪他一

① Danzig，波兰东北部港口城市，现称为格但斯克。

② Kissel，一种把果汁和淀粉混在一起的俄国传统甜品。

③ 英语，意为“衣服”。

直走到拐角，想免费学几个英语词汇，然而费奥多尔心里暗笑，说起了俄语。他们在十字路口分手。这是一个当风的、简陋的十字路口，没有完全发展到广场的规模，虽说已有一座教堂，一个公园，一家街角药铺，一个周围长着金钟柏的公共厕所，甚至还有一个三角形安全岛，上面有一家茶点亭，几个电车售票员在里面用牛奶款待自己。众多的街道朝各个方向岔开，从拐角后面蹿出，绕过上述祈祷和提神的场所，将所有一切变成那些小幅草图中的一幅，为引导新手司机，上面绘有该市的所有元素，所有造成交通事故的可能性。右边可以看见一家电车维修工厂的门，三株漂亮的白桦在水泥背景的衬托下显得格外醒目。假如，某个走神的电车驾驶员忘了在合法的电车站前三码处将车停在茶点亭旁（一个携带几只包裹的女人总是咋咋呼呼地要下车，却给每个人堵住），拉动操纵杆的铁把手（哎呀，这样的走神几乎从未发生过），电车将大模大样地拐进来，停在玻璃圆顶下过夜并且得到保养。左边教堂四周的墙上缠绕着一溜低矮的常春藤。环绕教堂的花圃里长了几簇缀着几朵紫花的乌黑的杜鹃。夜里我们常常见到一个神秘男子手提一盏神秘的灯寻觅草皮上的蚯蚓——为了他的鸟儿？为了钓鱼？马路对面的教堂正前方，草坪喷水器在跳华尔兹，一条彩虹的幽灵在它露湿的怀抱里。喷水器的光圈下面是一块长方形的绿草坪，两边长着小树（其中有一株银杉）。还有一条 π 形小径，在它最隐蔽的角落里有一个供孩子嬉戏的沙坑。但是我们只有在将我们认识的人埋入沙坑时才接触这种宝贵的沙子。公园后面是一个废弃的足球场。费奥多尔沿着它走向选帝侯大街。椴树的绿色，沥青的黑色，倚在汽车配件商店旁的栅栏上的卡车轮胎，在海报上展示一盒人造黄油的笑吟吟的年轻新娘。一家客栈的招牌的蓝色，随着渐渐接近林阴道越发显得古旧的房屋正面的灰色。所有这些第一百次闪烁不定地掠过他身边。跟往常一样，走到离选帝侯大街几步远的地方，费奥多尔瞧见他的公共汽车疾速驶过眼前的长条形景色：车站紧挨街角，可他来不及赶到那儿，只得被迫等下一辆。电影院门口上方已经竖起一个从纸板上铰下来的身穿黑衣的巨人，一双外八字脚，圆顶衣帽下白皙的面皮上有一片污斑似的髭须，手执一根弯曲的藤杖。隔壁咖啡馆的露台上的扶手椅里懒散地坐着姿势相同的商人们，双手在他们眼前形成相同的三角形遮篷，卷烟与领带全都彼此酷似，但是兴许在清偿债务的程度上却因人而异。路边停着一辆小汽车，挡泥板严重损坏，车窗玻璃破裂，脚踏板上有一块血迹斑斑的手帕。半打人仍在周围游荡，目瞪口呆地瞅着它。所有东西都被太阳晒得斑驳陆离。一个孱弱的老头，小胡子染了色，脚上蒙着布鞋罩，坐在绿色长椅上晒太阳，背朝行人车辆。而在人行道对过、他的正前方，一个上了年岁、脸颊红润的女乞丐，像尊胸像似的被放在墙角，正在出售荒谬可笑的鞋带。在一座座房屋之间可以看见一块空地上面什么东西正在朴实神秘而繁茂地生长。空地后面似乎已经转身离开的房屋络绎不绝的蓝黑色背面，饰有古怪诱人、仿佛纯粹是天生的、略显苍白的花纹，使人想起的倒不尽是火星上的远河，也不尽是缥缈恍惚、被忘了一半的什么东西，犹如一个附带的表达式，源自一个曾经听说的神话故事，或者某部无名戏剧中古老的一幕。

沿着停站的公共汽车的螺旋形梯级上来一双迷人的裹着丝袜的腿：我们当然知道在一千位男作家的努力下，这丝袜已变得又薄又旧，但它们到底还是上来了，这两条腿存心欺骗，那张脸惹人厌憎。费奥多尔爬上车，售票员在露天顶层用巴掌拍打金属板壁示意驾驶员可以开动。靠着这一侧，挨着柔软的枫树细枝末梢在其顶端沙沙作响的牙膏广告牌——如能从顶层俯瞰被视角抬高身价、轻盈滑行的街道，将是一件赏心乐事。可是萦绕心头、令人齿寒的想法破坏了他的心情：他这样一个特别的、罕见的、迄今未被描述和命名的男人中的异类，不知道在忙什么，赶一堂又一堂的课，为了枯燥空虚的工作虚掷青春，为了平庸的外语教学。其实他有他自个儿的语言，能从中创造出他所喜欢的一切—— 一只蠓虫，一头猛犸象，一千朵不同的云。他真正该教的是那种神秘高雅的东西，唯独他—— 一万个，十万个，甚或一百万个男人中的一个——知道怎样教。譬如——多层思维：你看一个人看得很清楚，好像他由玻璃制成，你是玻璃吹制工，而在丝毫没有影响这种清晰的同时，你注意到一些细枝末节——诸如听筒影子与一只略微压扁了的硕大的蚂蚁之间的相似性；（这一切同时发生）在这两个念头的交会处再增加第三个念头——关于一个俄国小火车站晴朗和煦的黄昏的回忆。就是说，这些意象与你正在进行的谈话没有合理的联系，而你的思维游离在你的语言之外，同时又沿着你的对话者的语言内侧游荡。或者，一种痛彻心扉的怜悯——为了一堆废弃残片中的锡盒，为了那张被踩烂在泥泞中、"全国服饰"系列的香烟画片，为了无故被骂的善良、弱小、有爱之人重复不连贯的、可怜的辩词，为了所有生活中的糟粕，经过一阵短暂神奇的净化——"高贵的试验"——转变为某种弥足珍贵、经久永存的东西。又或者：那种挥之不去的感觉，觉得我们这里的时光不过是些零用钱，几枚在黑暗中丁当作响的法寻，而真正的财富贮存在别处，生活应该从中了解如何获得如梦似幻的馈赠，幸福的眼泪，遥远的群山。所有这些及更多的内容（开头是极为稀罕和恼人的所谓"星罗棋布之感"，似乎仅仅在一部专著里提及［帕克的《心灵之旅》］，结尾是符合严肃文学领域中专业水准的生花妙笔），他本来都能教，而且教得很好，可以传授给任何一位需要的人，然而无人需要——而且无人能够需要。这委实可惜，否则他能按每小时一百马克收费，跟某些音乐教授一样。同时他发现驳斥自己是一桩趣事：这些都是胡诌，胡诌的阴影，专横放肆的梦幻。我仅仅是个可怜的俄国青年，从一个绅士的教养中兜售剩余货色，再利用闲暇信笔写就几首歪诗。这便是我微不足道的不朽的全部。但是即便是这一多面思维的背面，思想与其自身的互动也没有预期的学生。

汽车继续行驶，不久他到达目的地——一个孤寂的年轻女人的住处。女人尽管脸上有雀斑，却依然姿色撩人，总是穿一件领口敞开的黑色套裙，嘴唇犹如信上的封蜡，信里没有任何内容。她带着沉思和好奇的神态久久打量着费奥多尔，不仅对最近三个月里他一直与她共读的斯蒂文森的杰出小说不感兴趣（此前他们以相同的速度读过吉卜林），而且一句也不懂，同时记下一些语句，像记下你自知永远不可能上门拜访的某某人的地址。甚至此刻，确切地说正是此刻，带着超过以往的激情，费奥多尔（尽管爱上了另一个魅力和灵性无与伦比的人）揣度情形会是怎样，倘若他将手掌搁在这只十指尖尖，微微哆嗦，如此诱人地摊在近处的小手上。因为他知道会发生什么，他的心蓦地怦怦狂跳，嘴唇顿时发干。然而，此时此刻，因为她的某种音调，她浅浅的微笑以及那种对他倾心的女人常用的香水的味道——有点单调、微微发甜的沉闷的气味让他吃不消，他又不由自主地冷静下来。她是一个不中用的、狡黠的、灵魂懒怠的女人。但即使在当下，课程结束之后他走上大街，一股朦胧且恼人的情绪还是在他心里油然而生。他以胜过刚才的能耐想象，如若她露面的话，她那矮小壮实的身躯又该怎样快活、怎样柔顺地对一切做出反应。他痛苦而清晰地在一面假想的镜子里看见他的手搁在她的脊背上，她那光润的赭色脑袋朝后仰起，旋即镜子意味深长地变得一片空白，他体验了世上最无关紧要的感觉：错失的机会的猛然一击。

不，情况并非如此——他什么也没有失去。这些不能实现的拥抱的唯一乐趣在于它们便于召唤。在过去孤寂和备受压抑的十年间，住在终年都有残雪的悬崖上，与山脚以酿酒为业的小镇相距甚远，他习惯性地认为，在轻浮之爱的蒙骗与其诱惑的甜蜜之间有一个空隙，一个生活中的缺口，他不会采取任何真正的行动，因而有时，当他凝视一位路过的姑娘，他同时想象幸福的惊人的可能性和对其不可避免的瑕疵的憎恶。用一种浪漫的形象填满这一刻，同时删除三幅相连的画面的中间部分。他因而得知他们对斯蒂文森的阅读绝不会被一个但丁式的停顿所打断，知道假使这样的打断果真发生，他将不会有任何感受，除了一阵令人一蹶不振的寒战，因为想象的欲壑难填，因为凝视的空洞虚无（好在漂亮水润的眼睛使这种空虚得到宽恕），不可避免地与一个迄今仍被隐瞒的缺陷相呼应——同样空洞的乳房，不可能得到宽恕。不过他有时嫉妒其他男人简单的爱情生活以及他们兴许能边脱鞋边吹口哨。

穿过维滕贝格广场，这里与一部彩色影片里的情形相仿，环绕着一段通往地铁站的陈旧阶梯的朵朵玫瑰在微风中摇曳。他朝俄文书店走去：课与课之间略有一点余暇。跟往常一样，当他来到这条大街（始于一家大型百货商店的赞助，出售当地形形色色的庸俗物品，以几个岔路口过后中产阶级居民区的宁谧为终点，投上杨树阴影的沥青路面，被玩跳房子游戏的孩子们用粉笔涂得乱七八糟），他遇见一个上了年岁、病态且愤懑不已的圣彼得堡作家，夏天穿一件大衣，以掩饰他西装的寒碜。这是一个瘦骨嶙峋的男人，两只暴突的暗褐色眼睛，猿猴似的嘴唇附近堆满挑剔和厌恶的皱纹，阔鼻头上一个大而黑的毛孔里长出一根又长又弯的毛——这一细节对费奥多尔·康斯坦丁诺维奇的吸引力远远胜过这位精明的谋划者的谈吐。他无论遇见谁，都会赶紧聊起一桩富有寓意的事儿，一则冗长牵强的昔日趣闻，到头来却是关于某位熟人引人发笑的轶事的引子。费奥多尔刚刚摆脱他，便瞥见另外两位作家。一个秉性敦厚、满面阴霾的莫斯科人，他的马车和相貌令人多少想起荒岛岁月的拿破仑。还有一位柏林出版的俄国侨民报的讽刺诗人，一个孱弱矮小的男子，有一种亲切的睿智和低沉嘶哑的嗓音。这两人跟他们的前辈一样，时不时地出现在这个地区——他们用以悠然漫步、不乏偶然邂逅的场所。因此看起来这条德国大街似乎遭到徜徉在俄国的一条林阴大道上的幽灵的侵占，或者仿佛正好相反，俄国的一条大街上，有几个本地人正在闲逛，同时挤满了不计其数的外国佬的苍白的鬼魂，他们在本地人当中时隐时现，就像一种熟悉且几乎不被注意的幻觉。他们聊着刚才意外撞见的那位作家，而后费奥多尔继续快速行进。走了几步他发现孔切耶夫一边随意游逛一边阅读登在巴黎出版的俄国侨民报底端的小品文，圆圆的脸上露出天使般神奇的微笑。工程师克恩从一家俄罗斯食品店走出来，小心翼翼地将一只小包塞进紧贴胸口的公文包，在一条十字街上（好似一场梦中或屠格涅夫的《烟》的最后一章里人们的汇聚）他不经意间瞅见玛丽安娜·尼古拉芙娜·西奥果列夫与另一位留着"胡子"、极为壮实的妇女，兴许她是阿布拉莫夫夫人。过后一眨眼的工夫，亚历山大·雅科夫列维奇·车尔尼雪夫斯基穿过马路——不，错了——是一个甚至跟他并无多少相似之处的陌生人。

费奥多尔·康斯坦丁诺维奇抵达书店。他在橱窗里可以看见，在曲折线、苏维埃封面图案的齿轮和数字中间（目下时兴采用这样的标题，诸如《第三种爱》、《第六感官》和《第十七点》），陈列着好几种新的流亡者出版物：卡丘林将军的大部头的新编罗曼史《红色公主》，孔切耶夫的《交流》，两位德高望重的小说家纯白色简装本，里加出版的一部背诵诗歌选集，一位年轻女诗人巴掌大的微型作品，一本题为《司机须知》的手册，以及乌京博士的封笔之作《美满婚姻的基础》。此外还有几个圣彼得堡的雕刻作品——其中一个雕刻作品中的有喙形船首装饰的石柱，如镜中映像般，被置于邻近建筑物的错误的一侧。

书店老板不在店里，他去了牙科诊所，他的位置眼下被一位纯属偶然光顾的少妇所占据。她正在读凯勒曼[①]的《海底隧道》的俄译本，在角落里摆出一副老大不舒服的姿势。费奥多尔·康斯坦丁诺维奇走近陈列着各种流亡者期刊的桌子。他翻开巴黎出版的俄文《新闻》的文学专辑，随着一阵蓦然掠过的兴奋的寒战，他发现克里斯托弗·莫托斯的小品文是专门为《交流》而写的。"倘使他诋毁它又当如何？"费奥多尔怀着热望暗自忖度，不过，耳边响起的不是诽谤的旋律，而是震耳欲聋、气势雄浑的咆哮。他开始贪婪地读起来。

① Bernhard Kellermann（1879—1951），德国作家、诗人，代表作《海底隧道》。

“记不得谁说过——兴许罗扎诺夫[1]在什么地方说过这话。”莫托斯小心翼翼地开了头。在引用这句不足为凭的语录，继而照搬某人在一家巴黎咖啡馆等待某某演讲结束后表达的见解之后，他开始缩小这些簇拥在孔切耶夫周围的矫揉造作的圈子。但即便如此，直到结尾他仍未触及中心，只是间或从圆周朝中心做出一个催眠手势——接着重新兜起圈子来。其结果实质上等于薄纸板圆圈上的黑色螺旋，在柏林冰淇淋店的橱窗里没完没了地旋转，一门心思地想要变成公牛的眼睛。

这是一顿夹杂着鄙夷与倨傲的“训斥”，没有哪一句说到点子上，没有一个实例——与其说是评论者的措辞不如说是他的整个态度，使一个凄惨可怜、形迹可疑的幽灵走出一本书，莫托斯必定津津有味地地读过它，他避免从中寻章摘句，为了不让已写的和正在写的内容之间的差异殃及自己。整篇书评宛若一场召唤亡灵的降神会[2]，而这场降神会事先被宣布为，即便不是一场骗局，至少也是一种感官的错觉。“这些诗，”莫托斯这样收尾，“在读者心中引起一种无限的却又不可遏制的憎恶。欣赏孔切耶夫天赋的人兴许认为它们令人神往。我们将不再争论——或许果真如此。但是在背负新的职责的我们的艰难时刻，空气里渗透着一种微妙的道义上的忧虑（意识到这点是一位当代诗人内心‘真诚’的绝对可靠的标志），关于渺茫幻象的抽象而悦耳的小诗无法打动任何人。其实正是以一种愉快的慰藉，人们越过它们，转向任何一种‘人类的文献’，转向人们在某些苏维埃作者（没有天赋也照样得到认可）作品的字里行间能够读出的深意，转向拙劣而悲情的坦白，转向一份由感情与绝望口授的私人信件。”

起初费奥多尔·康斯坦丁诺维奇从这篇文章中体会到一种剧烈的近乎生理上的快感，但它旋即消散，被一种奇怪的感情所取代，仿佛他一直参与一桩诡诈险恶的勾当。他想起片刻之前孔切耶夫的微

---

① Vasily Rozanov (1856—1919)，一位百科全书式的传奇人物，集哲学家、思想家、文学家、政论家、教育家于一身，在白银时代的俄国文化中占有特殊地位。

② séance，一种以鬼魂附体者为中心人物设法与鬼魂通话的集会。

笑——不消说正是为这些诗行而发——他自然想到相似的微笑可能适用于他，戈杜诺夫-切尔登采夫，嫉妒使其与批评家结盟。此处他回忆起孔切耶夫在他本人吹毛求疵的书评里不止一次地——居高临下而且实际上同样肆无忌惮地——刺痛莫托斯（顺便提一下，这是他私人生活中的一位中年女性，几个孩子的母亲，年轻时曾在圣彼得堡评论期刊《阿波罗》上发表过一些优秀诗作，眼下在离玛丽·巴什基尔采夫[①]墓几步远的地方过着简朴的生活，她患有一种无法治愈的眼疾，这赋予莫托斯的每一行诗一种悲怆的价值）。当费奥多尔意识到此文在敌意中又带有无限的恭维时，他为没有人那样写他而深感失望。

他也浏览了一份由华沙的俄国侨民出版的带插图的小型周刊，发现一篇主题相同，但风格迥异的书评。它是一篇喜剧性的书评。当地有个叫瓦伦丁·利尼奥夫的，曾经逐期抛出他那杂乱无章、完全不合语法的文学杂感，因为无法理解且显然没有读完自己评论的书而声名在外。他乐颠颠地将作者当成一块跳板，醉心于他自己的释义，摘录片言只语支持他的错误结论，曲解头几页并由此精神抖擞地循着一条歧路，一直走进倒数第二章，像是一名满怀喜悦的旅客还不知道（就他而言绝对发现不了）他已经上错了火车。他总是在不假思索地匆匆翻阅一部长篇小说或一个短篇故事（篇幅在当中不起作用）之后，给书提供他自己的结尾——通常与作者的意图恰好相反。换言之，如果说果戈理是当代作家，利尼奥夫在评论他时仍会坚持赫列斯塔科夫的确是钦差大臣的幼稚信念。但当他如同眼下一样写诗歌评论时，他庸俗地采用所谓“引语内部的人行桥”的手法。他对孔切耶夫著作的探讨归结为替作者回答一种含蓄的粘贴簿式的问卷调查：你最喜欢的花儿？最喜爱的英雄？你最推崇哪种美德？“诗人，”利尼奥夫这样评论孔切耶夫，“喜欢使用一串引语，被它们的组合及宾格的需求强行扭曲。他畏惧诗句更多的血淋淋的残肢。他从中找到慰藉并感到同样

① Marie Bashkirtseff（1858—1884），乌克兰日记作者、画家和雕塑家。

的快乐；可是另一方面，一行的四分之三借助引文变成乏味的陈述，有时在他看来——”这里利尼奥夫漫不经心地摆脱了多少完整的东西：

> 葡萄成熟的日子！林阴道上，蓝色雕像。
> 晴朗的天穹倚在故国的雪肩上。

——此种情形恍若一把小提琴的声音骤然盖过一个愚侏病者衰老的哼唧。

在另一张桌上，稍远处，摆放着苏维埃版本，你可以俯在一堆乱糟糟的莫斯科杂志上，俯在无聊透顶的废物上，甚至力图弄清大写字母缩略语的令人痛苦的约束，它们像是在劫难逃的牲口被运往俄国各地，同时不无悚悸地想起刻在货车上的字（防撞栅[①]的砰砰撞击，哐啷哐啷），提着一盏灯的驼背润滑工，被上帝遗弃的车站那刺人心肺的阴郁，俄国枕木的战栗，路途无限遥远的火车。在《星星》与《红灯》（在铁路烟雾中发颤）之间放着一期苏维埃棋类杂志《8 × 8》。就在费奥多尔随意翻阅、为棋题的人类语言深感欣慰之际，他发现一篇短文，配有一幅插图—— 一个胡须稀疏的老头，从眼镜上方怒目而视。该文上方冠以《车尔尼雪夫斯基与象棋》的标题。他寻思这兴许能让亚历山大·雅科夫列维奇忍俊不禁。部分由于这个缘故，部分由于他大体上喜欢棋题，他拿起杂志。那个姑娘勉强放下凯勒曼的书，表示“说不出”它的价格，不过知道费奥多尔反正欠书店的账，便满不在乎地让他出门。离开书店时，他愉快地觉得他待在家里本来也能享有某些乐趣。不仅是个解题高手，而且被赋予最高级别的棋题设计能力，因此他不仅从文学苦役，而且从某些神秘课程中得到片刻休憩。身为作家的他正是从这些棋题的枯燥乏味中获得一些长进的。

一名棋局设计者无需棋艺高超。费奥多尔是一名非常平庸的棋

---

① buffers，火车轨道末端用原木和减震弹簧组成的防撞栅。

手，而且不太情愿跟人对弈。比赛过程中，他缺乏下象棋时所需要的思维持久性，这与比赛力求的惊叹号等级的才智之间的不协调，令他身心俱疲、怒不可遏。在他看来构思棋题不同于下棋，而从政治家的雄辩中引用一首被它证实的十四行诗，方法上却与下棋大致相当。这一棋题的构思远离棋盘（正如诗句的构思远离稿纸一样），始于沙发上身体的卧姿（即当身体变成一根遥远的深蓝色线条、它自己的地平线之时）。刹那间，从一种与诗歌灵感难以区别的冲动中，他想象一种奇怪的手段，体现这种或那种有关棋题的精炼的见解。比如，两个主题的结合，印度和布里斯托尔——或某种全新的内容。有一段时间他紧闭双目，喜不自禁，为了一个仅仅在他心目中实现的计划的抽象的纯正。接着他匆匆摊开他的摩洛哥棋盘，打开装着沉甸甸棋子的盒子。粗粗将它们布好，棋子滚动着，事情一下子变得很清楚，在这儿的棋盘上——为了使它脱摆它的厚厚的雕花贝壳——如此纯正的体现在他脑中的见解将需要难以想象的劳役，最大程度的费神，无休止的尝试与担忧，以及头等重要的一点——一贯的足智多谋，从这当中，以象棋而论，制造出真理。从揣度几种备用方案，如此这般排除累赘结构、援兵中因暴露而易被吃掉的子和不中用的子，跟双数较量中，他获得顶顶精确的表达和顶顶经济的协调兵力。要不是他已断定（如同他在文学创作方面一样）棋局已经存在于另一个世界，他只是将其转移到这个世界，棋盘上复杂持久的工作便会成为难以承受的心理负担，因为除了实现的可能性，还有可能性。渐渐地，棋子与棋格开始活跃起来，相互交换影响，棋后的原生力被转变成高雅权势，受到一套闪亮杠杆的系统的约束与引导。兵卒变得更加聪明，骑士以西班牙式半旋转腾跃快速行进。所有这一切已经具有意识的同时全被掩盖。每个创造者都是构思者，在棋盘上体现他的见解的全部棋子都在这里作为密谋者和巫师。只是在最后一刻他们的秘密才暴露无遗。

一两次力求完善的调整外加再次核验——棋题准备就绪。解题的关键一着，白子先行，以看似显而易见的荒谬为掩护——正是凭借这一点与炫目结局之间的距离才衡量出棋题的一个主要价值。在场的子儿，好像经油滋润似的一个挨一个地滑行，在溜过整个赛场，在前面一个子儿腋下爬行之后，造成一阵近乎实际的愉悦，一种兴之所至、激情难捺的感觉。此刻棋盘上闪耀着一个星座般的、令人销魂的艺术杰作，思想的天象图。这里的一切令棋手赏心悦目：威逼和防御的睿智，紧密互动的魅力，伙伴的纯正（这么多的子弹对付数量正好相等的心脏）。每一枚光滑的棋子似乎是专为它的棋格特制的。不过兴许最有魅力之物，还是大量欺诈行为精细的肌理，不计其数的隐秘尝试（对它的驳斥自有其本身附加的美妙）和为读者精心准备的众多条歧路。

那个星期五第三节课是和瓦西列夫一起的。柏林侨民日报的编辑，已经与一份默默无闻的英语期刊建立了关系，每周就苏维埃俄国及其形势向期刊提供一篇文章。对英语略知一二，他先写一篇草稿，其间夹杂着不少空白和俄语词汇，要求费奥多尔对领袖人物的惯用语进行字面上的翻译：青春一去不复返，奇迹永远不会停，这是一头狮子不是一只狗（克里洛夫），祸不单行，付给彼得钱不用劫保尔，样样通，样样松，劣材难成器，需要是发明之母，听茶壶说锅黑，只是情侣一时怄气，鸟以群分、物以类聚，可怜人动辄得咎，牛奶泼翻了哭也没有用，我们需要改革而不是改良。此外时不时地出现这样的说法："它产生了炸弹爆炸的直接效果。"费奥多尔的任务是通过瓦西列夫口授修改稿直接打字——这在瓦西列夫是再实际不过的事，但其实由于令人苦不堪言的停顿，口授拖沓到极端荒谬的程度。不过说来奇怪，引用古老谚语和寓言的手段反倒成了传播某种类似于"道德说教"的货色的一种简洁方式。随着费奥多尔在口授过程中读完垃圾似的修订稿，他透过别扭的译文和作者的新闻职业效果，窥见一种逻辑严密、说服力强的见解的运行，稳稳地朝它的目标推进——同时不动声色地在角落里将死一只王棋。

过后费奥多尔陪瓦西列夫走向门口，瓦西列夫猝然拧紧两撇短而硬的眉毛，张口就说：

“喂，你可看见他们对孔切耶夫干了什么吗？我能想象这对他产生了多大的影响，多大的打击，这是多大的失败。”

“他才不在乎呢，这我知道。”费奥多尔接过话茬，一种暂时受挫的表情浮现在瓦西列夫的脸上。

“哦，他不过是装成那样，”他机敏地反驳道，脸上又开朗了些，“其实他准给打懵了。”

“我看不是这样。”费奥多尔说。

“不管怎么说，我真诚地为他感到悲伤。”瓦西列夫最后说，执意摆出一副忧心忡忡的样子。

略觉疲倦但又庆幸工作日业已结束，费奥多尔·康斯坦丁诺维奇登上一辆电车，打开他的杂志（再度瞥见车尔尼雪夫斯基那张倾斜的脸——我对他的全部了解归结为他是“一支硫酸注射器”，诚如罗扎诺夫在什么地方所说，而他写过的小说《怎么办？》在我脑海里和另一位社会作家的《谁之罪？》混到了一起）。他变得热衷于将所有棋题审视一遍，很快让他聊以自慰的是，若非一位年长的俄国大师两场天才的残局，外加几篇从外国出版物上转载的有趣文章，这本《8×8》就不值得买。年轻的苏维埃棋题设计者煞费苦心编写的学生习题与其说是“难题”不如说是“作业”，他们笨拙地处理这个或那个单调的主题（比如“牵制”与“反牵制”），全无半点诗意。这些是象棋连环画，仅此而已，推推搡搡的棋子们带着无产阶级较真严肃的派头从事蹩脚的工作，安于平面变体上那些双重解决的存在和成群的宪兵。

尽管错过了他的站头，他还是设法在公园跳下车，急向后转，像某人猝然离开电车之后所做的一样，经教堂沿阿伽门农大街而行。这是黄昏，天空无云，凝滞沉寂的阳光赋予所有的物体一种节日的安谧抒情的气氛。一辆脚踏车，倚在一面黄光闪耀的墙上，微向外弯，俨若三驾马车的一匹鞍马，但是形状更完美的还是墙上透明的阴影。一位上了年纪、微微发胖的先生，不停地扭动屁股，朝网球场急急走去，穿着一件花哨的衬衫，一条城里人的裤子，拎着一只装有三个灰球的网兜。他身旁疾步走着一位足登球鞋、呼哧喘息的德国姑娘，长着一张橘红脸蛋和一头金发。在涂上鲜艳油漆的几台水泵后面，加油站的收音机正在播放乐曲。加油站罩棚上方，几个直立的字母被天穹的淡蓝色衬托得格外醒目——一家汽车公司的名称——在第二个字母"E"上(可惜不在第一个字母"B"上——本来可能成为字母花饰）栖息着一只紫色鹩哥，长着一只黄色的——为了节俭的缘故——喙，以高出收音机的音量放声啼啭。费奥多尔寓居的房子位于街角，像一艘巨大红船似的突出来，船首有一座复杂透明的塔楼状建筑，恍若一位面色阴沉、老成持重的建筑师陡然失去理智，开始了上天之旅。所有环绕房子成递升排列的小阳台上显现出某种绿色的东西。只有西奥果列夫的住宅邋遢凌乱，空荡荡的，低矮挡墙上有一只无人照管的花盆，另外晾着虫蛀的毛皮衣。

刚住进这套公寓时，费奥多尔寻思他在晚间需要绝对宁静，便保留了在自己屋里用晚餐的权利。在他的几本书之间，此时恭候他的是两块灰色三明治，当中夹着一截滑溜溜的、镶嵌画般的香肠，一杯陈茶和一盘粉红的水果汤（早晨剩下的）。连嚼带饮，他重新翻开《8×8》(他再度遭到伸着脑袋的N. G. Ch.[1]的白眼)，开始默默欣赏一篇研究棋路的文章，其中几枚白子虽然看似下临深渊，还是占了上风。随后他发现一位美国大师魔法般的一着四步棋，此着的高明之处不仅在于巧妙隐藏的配对手段，而且在于回击一次诱人上当、但并不正确的进攻时，黑子通过诱骗和堵住自己的同伙儿，设法及时制造一个使王棋受困的僵局。接着在一种苏维埃产品（特维尔地区的P. 米特罗法诺夫）中，出现了一个如何猛摔一跤的漂亮例子：黑子有九个卒子——第九个显然是在最后时刻添上的，以便挽回糟糕的棋局，仿佛一位作

① 车尔尼雪夫斯基姓名全称首字母的缩写。

家匆忙将校样上的“他将来肯定被告知”，改成更准确的“无疑他将被告知”，没有注意后面紧跟着“她的可疑的声望”。

刹那间他感到一阵剧痛——为什么俄罗斯所有的一切变得如此卑鄙，如此晦涩和灰暗？她怎么会遭到如此愚弄，变得浑浑噩噩？“朝着明灯”的古老愿望是否掩饰了一个致命的瑕疵，在朝目标前进的过程中变得愈益显豁，直到看出这盏“明灯”在一名狱卒的窗口闪亮，整个情形就是这样？到底什么时候出现过这种奇怪的依赖关系，在干渴的加剧与水源的混浊之间？在四十年代？在六十年代？现在**怎么办**？难道我不该摈弃对我的家乡的渴念，让它留在我心目中，直如海边的银沙，紧紧粘在我的脚底板上，生活在我的眼睛里、我的血液中，使生命的每个希望的背景都具有深度和距离？有朝一日，暂停写作，我将隔窗眺望一个俄罗斯的秋天。

西奥果列夫夫妇的几个朋友已经去丹麦度夏，最近留给鲍里斯·伊万诺维奇一台收音机。你能听见他将它瞎捣鼓一气，扼住短促刺耳的吱吱嘎嘎声，搬动鬼似的家具。一种怪诞的消遣！

同一时刻屋子已经变得昏暗起来，在院子后面变黑的房屋轮廓的上方，窗口已经亮起电灯，天空笼罩着一层佛青色，黑色烟囱之间的黑色电线里闪烁着一颗星星。它跟任何星星一样，只有通过转移目光，才能使其他所有的星星离开我们的视野，才能被我们恰当地看见。他将面颊支在拳头上，坐在桌边，瞅着窗外。远处一只大钟（它的位置他一再告诉自己要搞清楚，但总是忘记。也难怪会忘记，因为它的声音在白天声音的层层叠加下是根本听不见的）缓缓地敲响十二点。现在是去见济娜的时间。

他们通常在铁路桥的另一侧会面，在格鲁内瓦尔德附近的一条寂静的街上，那里的一座座楼房（深色纵横字谜，有些内容尚未被黄光填满）被荒地、菜园和煤窖隔断（“黑暗的密码和叹息”——孔切耶夫的一行）。那里有，顺带提一下，一道引人瞩目的栅栏，搭建材料取自什么地方（兴许在另一座小镇）拆掉的另一道栅栏。它原先环绕着一个流动马戏团的帐篷，但是后来木板的放置却依照毫无意义的顺序，仿佛由一个瞎子胡乱钉在一起，致使那些原先漆在上面、搬迁过程中重组的马戏团野兽，分裂成它们的许多组成部分。这儿一匹斑马的腿，那里一头老虎的背，某只小动物的腰腿看上去紧挨另一只动物上下颠倒的爪子。来世的生命承诺就栅栏而言得到了履行，但它上面世俗形象的破碎抵消了灵魂不灭的世俗价值。不过夜里能够从它表面看见的实在微乎其微，而树叶夸张的阴影（附近有一盏街灯）相当符合逻辑地投在木板上，井然有序——权作一种补偿。这在更大程度上是因为无法将它们转移到另一处，木板已经破碎并混淆了不同的图案：它们只能在小动物体内转移。连同整个夜晚。

等她到达。她总是迟到——而且每次来总跟他不同路。由此可知甚至柏林也可以是神秘的。街灯在椴树丛里眨着眼睛。一层幽暗而甜蜜的静谧笼罩着我们。一个人的阴影穿过路缘鬼鬼祟祟地移动，穿过树墩，紫貂也像这样潜行。夜空融入那扇门外的桃花。流水闪烁发光。威尼斯隐隐闪现。瞅着那条街——它直接通向中国，伏尔加河上方的那颗星多么明亮！哦，对我起誓，将你的希望带入梦里，只相信幻觉，切勿让你的灵魂在牢房里生锈，也莫伸伸懒腰说：一堵石墙。

她总是出人意料地从黑暗中露面，如同一个阴影离开类似的环境。最先出现的是她的脚踝。她挪动两个挨得紧紧的脚踝，仿佛走在一根细绳上。她的夏装很短，夜晚的本色，街灯与阴影的颜色，树墩与闪亮的人行道的颜色——比她裸露的胳膊白，比她的脸蛋儿黑。这首无韵诗是勃洛克献给格奥尔基·丘尔科夫[①]的。费奥多尔吻了吻她的柔唇，她将脑袋在他的锁骨上倚了片刻，随后，赶紧脱身，走在他旁边，起初满面愁容，似乎在他们分离的二十四小时里，发生了一桩闻所未闻的祸事，但她渐渐恢复了神志，现在露出白天从未有过的那种微笑。她身上究竟有什么东西把他弄得神魂颠倒？她健全的理

① Georgy Chulkov（1879—1939），俄国象征派诗人、作家、评论家。

解力，她喜欢他的心爱之物绝对达到极点的本能？跟她交谈有话尽管直说，无需兜圈子。他刚有时间察觉夜晚某种有趣的特点，就被她抢先道破。济娜不仅聪明高雅，经由命运煞费苦心为他量身打造，而且他俩合成一个影子，去估量他们虽然不甚了然，但却奇妙仁慈、持续包围他们的东西。

当初他搬进西奥果列夫的家，首次跟她见面便觉得他已经对她有很多了解，甚至她的名字也是早已熟悉，包括她的某些生活特点。但直到他跟她搭上话，都弄不清自己到底是怎么知道的。起先他只是在餐桌上看到她，他仔细观察她，捉摸她的每个举止。她很少跟他讲话，尽管根据某些迹象——与其说根据她的眼眸，不如说根据似在睨视他的眼眸的神采，他觉得她在留意他的每一瞥。他的全部动作均受制于她给他造成的一层极其淡薄的印象，因为他发现自己在她的生活中完全不可能占有任何一部分。他为觉察她身上某种特别令人痴迷的气质备受煎熬，他为窥见她美质中的某个瑕疵感到快乐和释然。她那艳丽夺目、不露痕迹地融入脑袋周围暖融融的空气的浅色秀发，她太阳穴上的淡蓝色血管，颀长柔嫩的脖颈上的另一条血管，她的巧手，她的线条分明的胳膊肘，臀部的狭小，肩膀的纤弱，她那优雅身躯特有的前倾，她像溜冰者加速似的仓促急行，仿佛她脚下的地板，总是向椅子或桌子的庇护地微微倾斜，桌椅上总是摆着她寻找的物品——所有这些被他痛苦不堪、确定无误地领悟，而后，在白天，在他的记忆里无止境地一再出现，懒散地、沉闷地、时断时续地返回，失去活力，逐渐缩小。由于机械重复的形象正在分裂成支离破碎、模糊不清的一幅速写，上面原先的生活荡然无存。但是一旦他再度见到她，整个这种旨在摧毁令他日趋恐惧的形象的下意识的工作，便被他置之脑后，美质重又熠熠生辉——她的近在身边，对他凝视的可怖的敏感，所有细节的重新拼装组合。如果，在那些日子里，他得站在某个超感觉的法庭上陈词答辩（记得歌德说过，用手杖遥指星空说“那里有我的良心”），他也很难下决心说他爱她——因为他早就意识到他不能将自己的整个灵魂托付给任何人或任何物。它的营运资本确有必要用于他的私人事务。然而另一方面，在他注视她的当儿，他即刻达到（以便一分钟后再度失足摔倒）温柔、激情与怜悯的顶点，没有几个恋人能达到如此之高的顶点。在夜里，尤其是在长时间的伏案劳神之后，在相当程度上脱离睡梦，不是照理依靠神志，而是通过谵妄的后门，带着一股狂热的、延续很久的痴迷，他感到她就在屋里的一张由道具管理员仓促间草草支起的折叠床上，与他近在咫尺。但是当他满怀激情，沉溺于诱惑、距离的短暂以及天国的种种可能性时，顺便提一句，其中没有一丁点肉欲的成分（确切点说，具有肉欲的某种甜蜜的替代物，用半梦幻似的词语加以表达），他在诱惑下返回睡梦的渺茫状态，从那里无望地退却，以为他依旧保存着奖品。其实她从未出现在他的梦里，而是继续满足于委派各类代表和女友，她们与她没有任何相似之处，但却产生了让他出丑的轰动效应——微微发蓝的晨曦便是见证。

而后，在清晨各种声响的伴随下完全醒来，他当即沉浸于正在吮吸他的心脏的厚厚一层幸福里。活着真好，雾霭里隐隐闪现着某桩即将发生的美好事件，但在试图想象济娜时，他所能目睹的仅仅是一幅暗淡的素描。墙后她的声音无法用生命使其灼热发光。一两个钟头之后他在桌边看见她。一切重新恢复了原貌，他重新懂得，缺了她就不可能有幸福的晨雾。

一天晚上，在他搬进来两周以后，她敲响他的房门，踩着傲慢的步子，脸上一副几近轻蔑的表情，走进屋里，手拿一本裹着红色封皮的小书。“我有一个请求，”她尖刻唐突地说，“您能否为我签个名？”费奥多尔接过书，认出封皮里面是一本经过两年使用而变得令人愉悦地破旧柔软的（这对他倒是一件新鲜事）他的诗集。他开始慢吞吞地旋开墨水瓶盖——虽说在其他时刻，他想写什么的当儿，瓶盖会像香槟酒瓶似的发出噗的一声。与此同时济娜，瞅着他的手指在瓶盖上一阵摸索，赶紧补充道，“只写您的大名，对不起，只写您的大名。”F. 戈杜诺夫-切尔登采夫签上自己的名字，正待加上日期，却又寻思还是不写为妙，唯恐她从中察觉出某种庸俗的一本正经。“很好，谢谢您。”她说着走出去，使这桩挺有面子的事件变得索然无味。

后天是星期日，约莫四点钟光景，忽然有迹象清楚地表明她独自待在家里。他正在他的屋里读书。她在餐室里，时不时地做穿过走廊、走入自己房间的短途旅行，边走边吹口哨。在她轻快的步履中有一种地形学方面的不解之谜，因为餐室的一扇门直接通向她的房间。不过我在读书，我们要专心读书。“更长时间地，更长时间地，尽可能长时间地，我将待在一个陌生的国度。尽管我的思想，我的姓名，我的作品将属于俄国，我自己，我这实实在在的个体将从它的土地上移往别处。”（与此同时，在瑞典数次散步时，这个能写此事的人，曾经用手杖击毙数只从前面路上溜过去的蜥蜴——“恶魔的一群崽子”——他说这话时，带着一个乌克兰人的审慎和一名狂热分子的憎恨。）一次难以想象的还乡！政治体制，我在乎什么！在君主制下——旗帜和鼓声，在共和制下——旗帜和选举……她再次走过。不，阅读已经结束——心情太兴奋，感觉太强烈，认为哪个人若是处在他的位置，准会在外面悠游闲逛，用漫不经心的老练口吻跟她打招呼。但这当儿他想象自己匆匆走出房间闪入餐室，不知该说什么，他开始巴望她赶紧出去或是马上回来。费奥多尔刚刚决定停止倾听，心无旁骛地思考果戈理，便迅速起身走进餐室。

她正坐在阳台门边，闪亮的嘴唇半张着，眼睛瞄准一根穿针而过的线。透过敞开的门，可以看到缺乏生气的小小阳台，听见陡降的雨滴打在锡皮上的清脆的啪哒啪哒声——这是四月里的一场急骤而温暖的阵雨。

“对不起，我不知道您在这里，”撒谎成性的费奥多尔说，“我只想说说我的那本书。它很不实在，诗写得很糟糕，我的意思是，它们并非都很糟糕，但大抵如此。我近两年陆续发表在《格兹塔报》上的诗要好得多。”

“我挺喜欢您在那次诗歌晚会上当众吟诵的那一首，”她说，“关于声声叫唤的燕子的那一首。”

“哦，您也在场？不错。不过我还有更好的，我向您保证。”

她蓦地从椅子上站起，将织补物扔到座位上，双臂晃荡，身体前倾，踩着轻捷的碎步，急急走进她的房间，回来时拿着几张报纸剪报——他和孔切耶夫的诗。

“不过我想这些并不是全部。”她说。

“我没料到会有这样的事情发生。”费奥多尔说。他旋即尴尬地补充道：“今后我得吩咐他们在诗周围用打孔机打出一圈小眼，这样您撕下它们就便当多啦。”

她继续忙着缝补一只绷在木蘑菇上的长统袜，眼皮没抬，但是脸上掠过一丝狡黠的微笑，然后说：“我还知道您过去住在坦嫩贝格大街七号，我常常去那儿。”

“您常去？”费奥多尔说着，来了兴致。

“我在彼得堡结识了洛伦茨的妻子——她给我上绘画课。”

“真奇怪。”费奥多尔说。

“罗曼诺夫眼下在慕尼黑，”她继续说，“一个顶讨厌的家伙，不过我一向喜欢他的作品。”

他们谈起罗曼诺夫其人其画。他已经达到完全成熟的境界。好多博物馆都在买他的画。经过各种尝试，积累了丰富的体验，他已经重新启用富于表现力的和谐线条。你可知道他的《足球运动员》？这本杂志上登出一张，在这儿。一个被从头到脚描绘的运动员，汗水淋漓、紧张地扭曲的苍白面颊，正准备以最快的速度使出全身力气射门。蓬乱的红发，蹭到太阳穴上的一片污泥，赤裸的脖颈上鼓鼓的肌肉。一件皱巴巴、湿漉漉的紫色运动背心，有几处紧贴他的上身，拖到他斑斑点点的短裤上，一道强有力的折痕奇妙地斜穿整件背心。他正在侧位用脚钩球；五指张开举起的一只手显示出紧张状态和冲击动作。然而顶要紧的，不消说，是两条腿：晶亮白皙的大腿，遍布伤痕的结实的膝盖，被黑烂泥弄得虚肿膨胀的靴子，厚厚的，没了原形，但是依然带有一种异常精确强健的风姿的痕迹。长统袜已经滑下一只用力扭歪的腿肚，一只脚陷入厚厚的淤泥，另一只准备踢——当然——那只丑陋的、黑乎乎的球。所有这些都在被雨雪浸透的惨淡背景的衬托下。观赏此画时，耳边已闻皮制品投射物的嗖嗖声，眼前已见守门员的拼死一扑。

"我还知道一件事，"济娜说，"您照理该帮我翻译一份材料，恰尔斯基对您说过，可是不知何故您没有露面。"

"真奇怪。"费奥多尔重复道。

走道上砰的一声——是玛丽安娜·尼古拉芙娜回来了。济娜从容起身，把剪报聚拢到手里，走进自己的房间。费奥多尔后来才明白她为何认为如此行事实有必要，不过眼下此举在他眼里甚为无礼——当西奥果列夫夫人来到餐室时，那情景好像他刚才一直从餐具柜里偷糖吃。

几天后的一个傍晚，他在自己屋里无意间听到一次愤怒的谈话——重要的是房客们不久就要回来，济娜该拿钥匙下楼了。他听见她走的声音，经过一阵短暂的内心斗争，他想象自己踏上一条小径——假定去公园旁的投币售货机买一枚邮票。为了完成这一错觉，他戴上一顶帽子，虽说其实他平素从不戴帽。那盏小灯在他下楼的当口陡然熄灭，但随着喀哒一声旋又亮起：那是她在楼下揿按钮。他发现她站在玻璃门旁，玩弄绕在她手指上的钥匙，她整个人被照得熠熠生辉，一切看上去亮锃锃的——连她衣裙的青绿色编织纹路，甚至前臂上的细微汗毛。

"门没插销。"她说。然而他停下脚步，两人开始透过玻璃注视着黑魆魆的、不安分的夜色，煤气灯以及栏杆的阴影。

"看样子他们不会来了。"她咕哝着，轻轻地把钥匙摇得叮当响。

"你大概等了很久吧？"他问，"如果你不反对，我来替你值一会班。"那一刻灯熄了。"如果你不反对，我可以整夜待在这儿。"他在黑暗中添了一句。

她笑了起来，接着唐突地叹一口气，仿佛等腻了似的。街上灰白惨淡的灯光透过玻璃落到他俩身上，门上铁饰的影子起伏着掠过她，随即又从他身上斜过去，像一根肩带，同时一道绚丽的“彩虹”映在墙上。于是，正如经常发生在他身上的一样——尽管这次比以往深刻——费奥多尔陡然感到——在这种光亮的黑暗中——生活的陌生，它的魔法的陌生，仿佛它的一角被瞬间折欠了起来，让他瞥见它独特的内衬。紧挨他脸庞的是她柔软的灰色面颊，被一个影子裁为两截。当济娜眼里带着几许神秘的惆怅和一抹活泼的光彩，将身子转向他时，那影子又从她唇边掠了过去，奇怪地改变了她。他利用这个影子世界的绝对自由，一把抓住她幽灵般的双肘，但她却溜出了这个花样，手指轻轻一戳，灯又亮了起来。

“为什么？”他问。

“改天我对您解释。”济娜答道，目光没有离开他。

“明天。”费奥多尔说。

“好吧，明天，只是我得预先提醒您，咱俩不可能在家里交谈。这是最关键的一点，而且永远如此。”

“那么让我们……”他开始说自己的想法，可是就在这当口，低矮粗壮的卡萨特金上校和他那高大憔悴的妻子影影绰绰地出现在门对面。

“祝您晚上幸福愉快，我的宝贝。”上校说着，朝夜晚猛地挥手一劈。费奥多尔出门走上大街。

第二天他想点子趁她下班回来时在街角拦住她。他俩商定晚饭后会面，地点是在前天晚上被他暗中瞅准的一条长椅旁。

“哎，为什么？”他们坐下后他问。

“有五个理由，”她说，“首先因为我不是一个德国姑娘，第二因为就在上个星期三我跟我的情人中止了关系，第三因为它将——嗯，没有意义，第四因为你压根不了解我，第五嘛……”她沉吟片刻，费奥多尔小心地亲吻她灼热柔软而又忧郁的嘴唇。“这就是为什么。”她说，她的手指摩挲着他的手指，而后用力攥紧它们。

就这样他们每晚见面。玛丽安娜·尼古拉芙娜从来不敢向她打听什么（任何发问的迹象都将引起熟悉的轩然大波），猜测她女儿是在跟谁约会，这在很大程度上是由于她说过这个神秘的情人。他是一个古怪病态和神经质的男人（那至少是费奥多尔根据济娜的描述对他做出的猜测——当然，那些被描述的人们大抵具有一种特征：他们从不微笑）。她十六岁那年第一次见到他，那是在三年前。他比她大十二岁，在年长之中还另外隐伏着某种阴郁、讨厌和痛苦的气质。再有，按照她的说法，每次约会他们从未有过任何缠绵意味的表示，因为她不曾提及哪怕是一次亲吻，于是他有了一个印象，这些约会不过是没完没了、无聊乏味的闲聊。她断然拒绝透露他的姓名甚至他的工作类型（尽管她使他相信，他过去是，在某种意义上，一个颇有才华的男人）。费奥多尔为此对她暗怀感激之情，认为一个没有姓名没有环境的灵魂更容易悄悄消逝——不过他感受到讨嫌的嫉妒引起的阵阵痛楚，他竭力不去探究这种嫉妒。可它近在眼前，想到什么地点，什么时间，说不定出乎他意料，他可能遇见这位先生一双热切而哀怨的眼睛，使他周围的一切具有夜间生活的习惯，如同月食发生时的自然界一样。济娜信誓旦旦地说自己从没爱过他，由于意志力的缺乏，她跟他旷日持久地拖着这段累人的恋情，而且还将继续拖下去，若不是费奥多尔插进来的话。但他看不出她身上的意志力有任何欠缺，倒是发现她兼具女性的羞涩和对任何事情坚毅决断的非女性化特征。尽管她的思维错综复杂，一种可靠的单纯在她说来是很自然的，以致她能放手从事许多换了别人无法对付的事情。他俩如此之快的交往，以她毫不掩饰的直率性格而论，在费奥多尔眼里是完全合乎情理的。

她在家里的行为举止，让人觉得设想她与这位客居异邦、郁郁寡欢的男子晚上幽会是何等荒谬。但这并非矫饰，而是直率的另一种特殊形式。一次他开玩笑将她堵在狭小的走廊上，她气得面色惨白，当晚没有来跟他见面。后来她逼迫他发誓从此决不再干那号事。很快他悟出个中缘由：她的家庭环境是如此卑微，在这种背景下，一位房客跟房东女儿之间的短暂接触能直接“进行下去”。

济娜的父亲奥斯卡·格里高利耶维奇·梅茨四年前在柏林死于心绞痛，他死后不久，玛丽安娜·尼古拉芙娜就嫁给一个若是梅茨在天有知，肯定不会让他跨进门槛的男人，一个目空一切、乡巴佬似的俄国人。他只要一有机会，便会品味“犹太人”一词，仿佛它是一只肥硕的无花果[①]。但是每当循规蹈矩的西奥果列夫出门以后，宅子里便相当轻易地冒出他的一位形迹可疑的生意朋友，一位骨瘦如柴的波罗的海男爵，玛丽安娜·尼古拉芙娜跟此人合伙欺骗他。费奥多尔凑巧见过一两次男爵，不禁厌恶得一阵哆嗦，暗自纳闷他俩能从对方身上发现什么。再则，如果确有发现，他们会采取什么步骤，一个是上了岁数、长了张蛤蟆脸的肥胖女人，一个是骷髅般干枯、牙齿腐朽残缺的老头。

明知济娜独处一室，而两人的约定又禁止他跟她攀谈，如果这有时使当事人处于极度痛苦之中，那么西奥果列夫独自在家则以一种截然不同的方式令他们痛苦不堪。不喜欢孤寂，鲍里斯·伊万诺维奇很快开始觉得腻烦，费奥多尔从他的房间里听见这种腻烦窸窸窣窣地生长，似乎整座公寓正在缓缓地长满牛蒡——现在已经发育成熟，蔓延到他门口。他向命运之神祈求什么法子能让西奥果列夫分神，但是（直至他搞到收音机）救星还是不见踪影。不可避免地传来不祥而乖巧的叩门声，鲍里斯·伊万诺维奇骇人地微笑着，侧身挤进房门。“您睡着了吗？我打搅您了吗？”他问，眼见费奥多尔仰卧在沙发上。接着，完全进入房间，他随手轻轻关上门，坐在费奥多尔脚头，唉声叹气。“太寂寞了，太寂寞了。”他说，继而聊起他特别喜欢的话题。在文学领域他对克洛德·法雷尔推崇备至，在哲学领域他对《锡安山[②]圣贤礼仪

① 英语中犹太人的贬称是“yid”，与“fig”（无花果）发音相近。
② Zion，耶路撒冷山名，古大卫王及其子孙的宫殿及神庙所在地。

集》素有研究。他能一连几小时谈论这两本书，仿佛此生没有读过其他任何作品。他慷慨地提供关于京都以外地区司法实践的故事和犹太人的种种轶闻。他不是说“我们喝了点香槟然后动身”，而是这样表达自己的意思：“我们砰地打开一瓶嘶嘶的气泡——然后一二一。”跟大多数爱唠叨的人一样，他对往事的回忆一向包括某个非凡的健谈者告诉他的不计其数的趣事。“我此生从未见过像他这般聪明的人。”他有些粗鲁地说。由于无法想象鲍里斯·伊万诺维奇扮演一个安静的聆听者，你得承认这是分裂人格的一种特殊形态。

一次，他发现费奥多尔案头放着一些文稿，他用一种新的诚挚动人的腔调说：“啊，只要我稍有闲暇，我能一气写出怎样的一部小说哟！根据现实生活。心中构想这档子事：一个老家伙——不过仍处于盛年时期，激情似火，渴盼幸福——结识了一个寡妇，她有个女儿，年纪尚幼的一个小丫头，你晓得我的意思，尚未成形，可她的走路姿势已经让你想入非非—— 一个小姑娘的过错，模样俊俏，皮肤白皙，眼睛下面涂成蓝色。当然她没拿正眼瞅那老东西。怎么办？嘿，顾不上多想，他突然娶了那个寡妇。好了。他们三人成了个家。这里你可以讲下去，随便怎么编——诱惑，无边的苦难，心痒难熬，疯狂的欲望。结局—— 一次失算。时光流逝，他变老了，她出落得更漂亮了—— 一点也没什么。充其量是打身边走过时用一种鄙视的目光热辣辣地烫你一下。嗯？你可觉得这是一部陀思妥耶夫斯基风格的悲剧？那个故事，发生在我的一个朋友身上，很久很久以前在仙境，那时的科尔老国王是一个快活的老人。”鲍里斯·伊万诺维奇乌黑的眼睛转向别处，噘起嘴唇，发出一声凄凉的悲嚎。

“我的较好的一半[①]，”他在另一次见面时说，“给了一个做了我二十年老婆的犹太女人，跟一大帮犹太姻亲厮混在一起。我得费好大

① 英国男子往往谐称自己的妻子为“较好的一半”（better half）。这里说话人自称“较好的一半”，是幽默的说法。

力气摆脱那群讨厌的家伙。济娜(他轮番用济娜或艾达称呼他的继女,取决于他的心境),感谢上帝,没有任何特别之处。你没瞧见她表妹那德性,那种头发深褐、肤色浅黑的胖丫头,你晓得,上嘴唇毛茸茸的。说真格的,我曾经想到我的玛丽安娜,一旦成为梅茨太太,兴许会有其他兴趣。一个人会不由自主地被他的亲戚所吸引,你知道。让她自个儿告诉你她在那种气氛里有多憋闷,她都有些什么样的亲戚哟——噢,我的上帝——全都挤在桌边喊喊喳喳,她一个劲儿地沏茶。想想她母亲是皇后的侍女,她自己曾上过培养年轻淑女的斯莫尔尼学校,后来她嫁给一个犹太人。时至今日她依然无法解释这是怎样发生的。他富有,她说,而她很傻,他俩在尼斯相遇,她跟他一起私奔到罗马。在露天幽会,你知道,那感受是不一样的。可是,当后来小小的家族包围她时,她才看出自己陷进去了。”

济娜的说法完全不一样。在她的叙事版本里,她父亲有点像普鲁斯特笔下的斯万:他与她母亲的婚姻以及婚后生活稍稍染上一抹浪漫的色彩。根据她的话,同时根据他的照片判断,他是个集优雅高尚、睿智仁慈于一身的男人。即使是这些呆板生硬、厚厚的衬板上饰有金质图案的签名的圣彼得堡六英寸照片——她在夜晚的街灯下拿给费奥多尔看,上面他那老式的浓密浅茶褐色髭须和高高的衣领,丝毫无损于他英俊的面容和含笑的凝视。她向他讲述他的洒了香水的手帕,他对慢跑比赛和音乐的酷爱,儿时击败一位来访的象棋大师的光荣时刻,以及他背诵荷马的神态。谈论他时,她撷取了能激发费奥多尔遐想的若干例子,因为她似乎从他对她叙述父亲旧事的态度中觉察出些许怠慢和厌倦,那是对她不得不讲给他听的最有价值的往事的反应。他自己注意到他的这种异常拖沓的反应。济娜有一种令他难堪的秉性:她的家庭生活在她身上培育了一种病态般的敏锐和高傲,因此即使是在跟费奥多尔交谈时,她也是以郑重其事的挑战性口吻提起自己的民族,似在强调这一她认为是理所当然的事实(一个不受重视的事实)。他看待犹太人,不仅没有大多数俄国人心目中存在的不同程度的敌意，而且不带勉强地表现出善意的淡漠的微笑。起初她将这些弦绷得紧紧的，致使他，总体上压根不赞成按种族或种族的相互关系将人分成不同类型的做法，开始为她感到尴尬。而另一方面，在她灼热而警惕的骄矜的影响下，他开始感到一种个人的耻辱，为了默默地听西奥果列夫的那些讨厌的蠢话，听他玩弄花招，肆意歪曲俄语，模仿一种滑稽的犹太人的说话腔调，例如，对某个刚刚在地毯上留下足印的湿漉漉的客人说："啪，好大的一块泥斑哟！"

在她父亲去世以后的一段时间里，他这一方的亲友自动地继续来看望她母亲和她，但是后来上门者日趋稀少。只有一对老夫妻长期坚持来她们这里，替玛丽安娜·尼古拉芙娜感到惋惜，为往昔感到惆怅，尽量对手拿一杯茶和一张报退回卧室的西奥果列夫做出视若无睹的样子。然而济娜继续与已经被她母亲抛弃的这个生活圈子保持联系。随着家人的故交一次次登门拜访，她开始惊人地一反常态，变得更温柔、更善良（她本人谈到这点），坐在茶桌旁那些悄声细语地聊着疾病、婚礼和俄罗斯文学的老人中间。

她在家里怏怏不乐，而且这种怏怏不乐她很鄙视。她同样鄙视自己的工作，尽管她的上司是一个犹太人——不过，是德裔犹太人，即首先是一个德国人，所以她毫不歉疚地在费奥多尔面前毁谤他。她极其生动、极其刻薄、极其厌恶地对他说起那家她已供职两年的律师事务所。她让他看见和嗅出一切，恍若他每天身临其境一般。她办公室的气氛使他不知何故想起狄更斯（按照德语的一种释义，的确如此）——一个半疯癫的世界，充斥着瘦弱沮丧的男人，肥胖讨嫌的男人，诡计，黑影，梦魇的口鼻，灰尘，恶臭以及女人的眼泪。它的起点是一截阴暗陡峭、破败得令人难以置信的楼梯，与事务所面目狰狞、倾颓失修的经营场所十分相称，唯独出庭律师的办公室例外，里面摆着加有厚软垫的扶手椅和巨大的玻璃面办公桌。主任办公室宽大、简陋，窗户没挂窗帘、瑟瑟颤抖。办公室里面塞满了长年积聚的脏兮兮、灰蒙蒙的家具——尤其可怕的是沙发，晦暗的紫色，凸出的弹簧，一个狞恶淫秽之物，在被弃于此处前缓缓地在三间办公室之间依次转了一圈。三位主任不可胜数的一只只书架遮蔽了每一寸墙壁，上面挤满了阴惨惨的蓝色文件夹，长长的标签拖出来。沿着它们不时爬过一只饥饿的、好打官司的床虱。窗边是四名正在工作的打字员：一号是个驼子，将薪水全部用于添置衣裳；二号是个纤细的、爱发奇想的小姑娘，她父亲，一个肉贩，被自己性子火爆的儿子用肉钩捅死了；三号是个没有自卫能力的年轻姑娘，正在慢慢置办一份嫁妆；四号是个有夫之妇，一个胸部丰满的金发女郎，她的灵魂差不多等于她的公寓的翻版，她绘声绘色地详细描述一天的脑力劳动之后，她多么渴望从事体力劳动，权作解困驱乏的消遣，于是一到家她便立即推开所有的窗户，心情愉快地开始洗洗涮涮。事务所主任哈梅克（一个臃肿粗鲁的畜生，脚上散发着臭气，颈背上有个不住渗血流脓的疖子，喜欢回忆在他的中士岁月他如何支使笨手笨脚的新兵用牙膏擦净营房的地板），常常兴致勃勃地捉弄后两个女人：一个因为丢了饭碗便意味着不能嫁人，捉弄另一个是因为她立马会哭鼻子——这些一触即发、源源不绝的嚷嚷着的泪水，向他提供了有益身心健康的乐趣。尽管字识不了几个，但是天生具有一副铁腕，能够迅速攫住任何一件案子中味道最不正的部分，他备受几位雇主的青睐——特劳姆、鲍姆以及卡泽比尔（一首完整的德国浪漫曲，几张小桌置于青枝绿叶间，怡人的景色）。鲍姆难得露面，事务所的女士们发现他打扮得衣冠楚楚，的确，他西装笔挺，浑似套在大理石雕像上，西裤腿上向来有两道褶子，彩色衬衫上系着一只白领结。卡泽比尔在他阔绰的委托人面前卑躬屈膝（关于这一点，他们三人全都卑躬屈膝），可是他只要对济娜发脾气，就会指责她拿架子。三人中的头儿特劳姆是个矮子，头发的分布按照一种能掩盖光秃部位的方式，侧影酷似半轮月亮。一双小手，不成形的躯体，与其说胖，不如说宽。他酷爱自己，自恋的源泉是一种炽热的、完全得到回报的爱，他娶了一位老大不小的阔寡妇，此外他的禀性中有一种演员的气质，任何事都得竭尽全力办得气派，为装门面一掷千金，为一个子儿跟秘书争执不休，他命令手下人管他妻子叫“夫人”（“夫人来电话了”，“夫人留下一个口信”），用对办公室的工作进展浑然不知来自我炫耀，尽管通过哈梅克，他其实无所不知，包括一个小小的纰漏。以法国大使馆法律顾问的身份，他经常去巴黎，由于他的特点是在捞取种种好处时表现出一种老于世故的放肆，因而拼命结交用得上的朋友，且又当场厚着脸皮请求举荐，纠缠一气，硬将自己塞给人家而不在乎被冷落怠慢——他的皮肤像是九绊犰狳身上的坚硬的保护层。为了能在法国小有名气，他用德语撰写法国题材的“小书”（例如《三幅画像》——尤金妮亚王后，白里安[1]和萨拉·伯恩哈特[2]），在准备它们的过程中，素材的收集变成了各种关系的收集。这些仓促编纂的作品，登在德意志共和国可怕的《现代风格》上（大体上稍稍让位于路德维希和茨威格的作品），由他在工作间隙向他的秘书口授，这当口他陡然装出灵感涌上心头的样子，它的涌动，附带提一句，向来是在他闲着的时候发生。某位他巧妙迂回地与之建立友谊的法国教授曾经答复他的极其微妙的一封信，里面包含（针对一位法国人）直言不讳的批评：“你写德夏内尔这个名字有时会带一个重音符号，有时又不带。鉴于此处需要某种一致性，倘若您能就打算遵循何种体系拿定主意，自此不渝，则实为幸事。倘若您出于某种原因决计正确书写这一名字，便不应加重音符号。”特劳姆立即回了一封饱含喜悦与感激之情的信，同时继续请求对方施惠。哦，他能多么出色地把一封信写得完美无瑕、讨人喜欢，在他那些字斟句酌的开头结尾，有多少日耳曼语柔和的颤音，鸟儿鸣啭的乐音，多少谦恭有礼的措辞：“请您务必……”

他的秘书多拉·维特根施泰因，在他手下工作已有十四年之久，与济娜合用一间狭小而又有霉味的办公室。这个苍老的女人眼睛下

① Briand（1862—1932），法国社会党政治家，十一次任总理，主张建立欧洲联邦，一九二六年获诺贝尔和平奖。

② Sarah Bernhardt（1844—1923），法国女演员，扮演过《李尔王》《费德尔》等剧中的主要角色。

面垂着眼袋，由于使用劣质古龙香水身上散发着一股腐肉般的难闻气味。工作时间过长，替特劳姆卖命使她心血耗尽，犹如一匹疲惫命贱的马儿，整个肌肉系统已被撤换，仅仅留下几根硬邦邦的肌腱。她肚里没有多少墨水，安排自己的生活，是根据两三个公认的观念，对付法语，则是以她自己的若干私人规则为指导。特劳姆写他的“小书”时，会把她叫到家里，为她的报酬讨价还价，将她留下来加班。有时她得意地告诉济娜说他的司机开车送她回家——或者至少一直送到电车站。

济娜不仅得从事翻译，而且像所有其他打字员一样，必须誊抄在法庭上出示的长篇申请。这些案子相当卑贱—— 一桩桩全由各种污秽和愚昧搅和而成。一个来自科特布斯[①]的男人，正在同据他说性情乖戾的老婆闹离婚，他指责她跟一只丹麦大狗打得火热。主要证人是女门房，据说她隔着门听见他老婆跟这只狗说话，对它身上某些细节的喜悦之情溢于言表。

“在你听来这只是滑稽而已，”济娜愠怒地说，“不过说真格的，我不能再干下去了，我不能。我会抛弃所有这些卑鄙龌龊的东西，假如我不知道另一家事务所照样有卑鄙龌龊的东西，甚至更糟。这种被拖垮的感觉在晚上非常强烈，它难以形容。我现在能干什么？由于伏在那台打字机上打字，我的脊椎骨疼得要命，真想放声干号。最要紧的是这样的日子永远没有尽头，因为一走到尽头，吃的东西就全没了——母亲什么事都做不了，连烧饭也不行，因为她只会在主人厨房里哭鼻子，摔碎盘碟。她那狗娘养的丈夫只知道怎样败家——照我看他刚刚出世就把家产败光了。你不晓得我有多么恨他，他是个下流坯，下流坯，下流坯……”

“你可以把他培养成一名蹩脚的演员，”费奥多尔说，“我也有过非常艰难的日子。我想为你写首诗，只是不知怎的，它还没有完全在我

① Kottbus，德国东南部一城市。

脑中成形。”

“我的心上人，我的欢乐，”她嚷道，“这一切可是真的？——这道栅栏跟那颗模糊的星星？小时候我不爱画任何没有尽头的东西，所以我不画栅栏，因为在纸上没有尽头。你无法想象一道有尽头的栅栏，不过我一向画完整的东西，一座金字塔，或者一座山上的一幢房子。”

“我顶喜欢地平线，以及下面渐渐消失的一笔一画——以代表大海那边太阳徐徐落下的踪迹，儿时最大的痛苦是一根没有削的或折断的蜡笔。”

“不过削尖的铅笔……你可记得那根白蜡笔？总是最长——不像红的和蓝的——因为它干不了多少活儿，你还记得吗？”

“可它多想讨好人哟！白化病患者的戏剧性效果。无用之美。不管怎样说，后来我让它干了个够。正是由于它描绘肉眼看不见的物体，才能让人想象很多东西。总之，等待我们的是无可限量的可能性。只是没有天使们罢了，或者如果非有不可，那也必须是一个天使，胸腔有一个巨大的空洞，长着与极乐鸟和兀鹫的混血种相似的羽翼，以及带走年轻灵魂的爪子——不是莱蒙托夫所说的‘拥抱’。”

“是的，我也认为我们不能在此打住。我无法想象我们能停止生存。不管怎么说，我不喜欢变成任何东西。”

“变成漫射光呢？你觉得那怎么样？不太妙，要我说，我坚信出人意料的怪事在等着我们。可惜我们想象不出我们不能将任何一种东西比做什么。天才是那个对雪进行幻想的非洲人。你知道第一批俄国朝圣者穿过大陆时最让他们惊诧的到底是什么？”

“音乐？”

“不，是城市里的喷泉，潮湿的雕像。”

“有时我为你没有乐感而暗暗生气。我父亲的耳朵灵得很，有时他躺在沙发上哼一整出歌剧，从头至尾。一次在他那样躺着的当口有个人走进隔壁房间跟母亲聊起来，他对我说：‘那是某某人的声音，我二十年前在卡尔斯巴德[1]见过他，他答应将来哪天来看我。'他的耳朵就灵到这个程度。"

"我今天碰到利斯耐乌斯基，他提到他的一位朋友抱怨卡尔斯巴德今非昔比。从前那才叫风光呢！他说，你端着水杯站在街上，你身旁就是爱德华国王……仪表堂堂的英俊男士……地道英国面料的礼服……你干吗这么不开心？怎么啦？"

"没什么。有些事你永远不会明白。"

"别这么说。为什么你的皮肤这儿烫那儿凉？你不冷吧？最好就着灯看那只蛾子。"

"我早就看过了。"

"你可想让我告诉你为什么蛾子朝亮光飞去？谁也不知道其中的缘故。"

"你知道吗？"

"我始终认为我一分钟内便能猜出答案，只要我用心去琢磨。我父亲曾经说过这种情形最像平衡的失去，好似你在学骑自行车的时候受到一道水沟的引诱。光与黑暗相比较而言是一个真空。瞧它在绕圈子！不过这里有更深邃的含意——只消一分钟我就能悟出来。"

"可惜你终究没有把你的书写出来，我有一千个为你准备的计划。我有一种清晰的感觉，将来哪天你准能一鸣惊人，写出气势恢宏的巨著，让每个人倒抽一口气。"

"我要写，"费奥多尔·康斯坦丁诺维奇诙谐地说，"一部车尔尼雪夫斯基的传记。"

"你喜欢写什么都行，但它必须非常、非常真实。不用说我非常喜欢你的诗，但是它们从未达到应达到的深度。所有的词汇都比你真正的词汇小一号。"

"一部小说也是这样。怪事，我好像能预见到我未来的作品，虽说

---

① Carlsbad，美国新墨西哥州东部的城市。

我甚至不清楚它们将围绕哪方面的内容。告诉我，顺便提一下，你倾向于如何看待这一点：我们终身都将像这样约会，肩并肩地坐在一张长椅上。”

“哦，不，”她用一种令人心神宁静的悦耳嗓音说，“冬天我们去跳舞。今年夏天嘛，等到我休假时，我将在海边待两个星期，再寄给你一张海水冲到岩石上浪花飞溅的明信片。”

“那我也去海边待两个星期。”

“我看不行，别忘了咱们什么时候得在动物园的玫瑰园里相见，那里公主的雕像上配有石扇。”

“愉快的前景。”

但是几天以后他又碰巧见到那本同样的《8 × 8》。他匆匆翻阅，寻觅未看完的小段文章，发现所有的棋题似乎都已有解，他的目光滑过占两栏篇幅的车尔尼雪夫斯基青年时代的日记摘录。他浏览着，微笑着，开始饶有兴致地读起来。怪诞而详尽的风格，谨慎插入的副词，对分号的酷爱，思绪在句中位置的受阻以及摆脱阻滞和笨拙的努力（于是它随即陷进别的什么地方，作者必须从头到尾开始为它绞尽脑汁），每个词儿内部鞭打、内部摩擦的声调，骑士棋子连走几步，对他的琐碎行为受到的无关痛痒的评论的鉴赏力，这些行为的黏稠的愚笨（好似一些作坊胶水沾到此人手上，两只手给留下来），严肃，软弱，诚实，贫穷——所有这些使费奥多尔满心欢喜，同时又因为这样的事实忍俊不禁：具有如此思想和文字风格的作者被认为已经影响了俄国文学的命运，翌日早晨他将从国立图书馆登记借走车尔尼雪夫斯基全集。他读着，越发惊愕不已，这种感觉含有一种独特的狂喜。

一周以后，他接到亚历山德拉·雅科芙列芙娜的一个电话邀请：“怎么老见不到您呢？告诉我，您今晚有空吗？”他没有把《8 × 8》带给他的朋友看：这本小小的杂志现在对他有一种情感价值，是一次邂逅的回忆。在客人当中他发现工程师克恩和一位肩宽背阔、面颊光滑、寡言少语的先生，他有一张胖胖的、老派的脸，名叫戈里亚伊诺夫，此人名闻遐迩，是因为他能漂亮地模仿（通过使劲撑大自己的嘴巴，发出湿润的反刍声以及用假声说话）某位可怜而古怪、口碑不佳的记者。他对这一形象已经习以为常（此举使他遭到报应），致使他不仅在仿效其他熟人时嘴角使劲朝下撇，而且即使在平常交谈时也是一副相同的模样。亚历山大·车尔尼雪夫斯基病愈后人瘦了话少了——这是他将健康赎回一段时间的代价——那天晚上好像又变得格外活跃，甚至他的口头禅也重新挂在嘴边。但是雅沙的鬼魂却不再坐在角落里，头枕在胳膊肘上，周围是凌乱的书。

“你对你的住所还满意吧？”亚历山德拉·雅科芙列芙娜问道，“那我就开心了。你没跟那个姑娘调情吧？没有？附带提一下，我几天前想起我和梅茨曾经有过一般的交往——他是个了不起的男人，无论从哪方面说都是正人君子。不过我估摸她不太情愿说出自己的出身。她照实说了？哦，我不知道。我觉得你不太了解这些事情。”

“不管怎么说她是一个有特点的姑娘，”工程师克恩说，“我曾经在舞蹈协会的一次会议上见过她。她鼻子翘得老高，什么也不放在眼里。”

“那么她的鼻子是什么样的？”亚历山德拉·雅科芙列芙娜问道。

“这么说吧，实不相瞒，我并没有仔细打量。归根结底，姑娘们全都巴不得自己能出落得漂漂亮亮。我们还是别太刻薄的好。”

戈里亚伊诺夫两手相握搁在肚子上，默不吭声地坐着，只是偶尔随着古怪的猝然一动，翘起肥厚的下巴，尖声清一下喉咙，像是在召唤什么人似的。“是的，谢谢，我确实需要。”每当侍者端来果酱或茶时他都这样颔首致谢。如果他有话要跟邻座说，并不侧转身子，而是将脑袋靠上去，两眼依然瞅着前方，事情说完或问题提出后再慢慢将脑袋复归原位。和他聊天时，会多次出现奇怪的间隔，因为他压根不答你的话茬并且不看你，而是任他那双在庞大身躯衬托下愈发显得渺小的眼睛里流露出的阴郁目光在屋里四下游移，同时阵发性地清清喉咙。每回谈及自己，他总是用一种凄楚中透出幽默的口吻。他的整个相貌由于某种缘故激起这些老掉牙的联想，诸如：内务部门，冰冷的菜汤，光滑的橡胶运动鞋，窗外飘落的程式化的雪，执拗，斯托雷平，政客。

“哎呀，我的朋友，”车尔尼雪夫斯基口齿不清地说着，挪到费奥多尔旁边的座位上，“你还有什么可为自己辩解的？你看上去气色不太好。”

“你可记得，”费奥多尔说，“三年前有一回你及时恰当地建议我描写那位享有声望、与你同姓的人吗？”

“一点也记不得。”亚历山大·雅科夫列维奇说。

“可惜——因为我眼下正考虑着手进行此事。”

“哦，是吗？你这话当真？”

“完全当真。”费奥多尔说。

“不过这个怪主意是怎样钻进你脑瓜的？”车尔尼雪夫斯基夫人插嘴道，“依我看，你应该写——我说不准——比如，巴秋什科夫或杰利维格的传记，多少受到普希金影响的人。可是车尔尼雪夫斯基有什么意义？”

“射击训练。”费奥多尔说。

“这个回答，最起码，是令人费解的。”工程师克恩说。他的夹鼻镜的无框镜片，在他试图用双掌劈碎一只胡桃的当儿闪烁发亮。戈里亚伊诺夫拎着胡桃夹的一条腿，把它递到他手里。

“为什么不呢？”亚历山大·雅科夫列维奇说着，从一阵短暂的沉思中回过神来，“我开始喜欢这个主意了。在我们可怕的当今岁月里，个人主义被踩在脚底，思想遭到扼杀，一位作家沉浸于六十年代那个辉煌时期，准是一件赏心乐事。我对此表示欢迎。”

“不错，可它距离他太遥远了！”车尔尼雪夫斯基夫人说，“没有延续性，没有传统。说实话，我在俄国上大学时，不会十分热衷于回顾这些旧事。”

“我叔叔，”克恩说着，一边敲击一只胡桃，“因为阅读《怎么办？》被校方开除。”

“你有何高见？”亚历山德拉·雅科芙列芙娜对戈里亚伊诺夫说。

戈里亚伊诺夫摊开双手。“我没有任何特别的看法，”他用细弱的嗓音答道，仿佛在模仿什么人，“我从没读过车尔尼雪夫斯基的作品，但是当我想起他时……一个最无聊的人物，上帝宽恕我！”

亚历山大·雅科夫列维奇稍稍仰靠在扶手椅上，眼睛眨动，肌肉抽搐，脸上时而展颜微笑，时而神色黯然。他说：“不管怎么说我赞成费奥多尔·康斯坦丁诺维奇的见解。当然今天某一类人在我们看来既滑稽又无聊。但在那个时代却有某种神圣的、某种永恒的东西。功利主义，对艺术等等的否定，所有这些不过是一层次要的包装材料，从下面不可能认不出时代的基本特征：对全人类的尊敬，对自由的膜拜，平等的观念——权力的平等。那是一个伟大的解放时代，农民摆脱地主的压迫，公民摆脱国家的统治，妇女摆脱家庭的束缚。别忘了，不仅俄罗斯解放运动的最佳原则在当时诞生——对知识的渴求、精神的恒久不变、英勇的自我牺牲，而且正是在这个时代，由于以这种或那种方式受到它的哺育滋养，像屠格涅夫、涅克拉索夫[①]、托尔斯泰、陀思妥耶夫斯基这样一批文学巨匠在成长。另外，不用说，车尔尼雪夫斯基本人学识渊博，多才多艺，具有极大的创造性意志力，他忍受了各种巨大的苦难，为了他的意识形态，为了人类，为了俄罗斯，大大抵消了他的批评观中一定的苛刻和迂执。再者我坚持认为他是一位出类拔萃的批评家——犀利，坦率，无畏……不，不，妙极了，你当然应该写下来！”

工程师克恩早已离开座位，一直在屋里四下转悠，他摇摇脑袋，憋不住要说什么。

“我们在议论什么？”他突兀地嚷道，抓住一把椅子的椅背，“谁会注意车尔尼雪夫斯基对普希金的看法？卢梭是一个蹩脚的植物学家，无论如何我都不会愿意让契诃夫大夫给我治病。车尔尼雪夫斯

① Nekrasov（1821—1878），俄国诗人，代表作《故园》《大门前的沉思》。

基首先是一位博学的经济学家，我们就应该这样看待他——尽管我对费奥多尔·康斯坦丁诺维奇的诗歌天赋怀有无限敬意，但对于他能否理解他的同胞的《论约翰·斯图亚特·穆勒[①]》的优缺点，还是有些怀疑。"

"你的比较是绝对错误的，"亚历山德拉·雅科芙列芙娜说，"荒唐！契诃夫没有在医学领域留下一点点痕迹，卢梭的音乐创作纯粹是偶尔为之。但在这方面，没有一部俄罗斯文学史能够省略车尔尼雪夫斯基。可是我还有一事不明，"她语速极快地继续说，"费奥多尔·康斯坦丁诺维奇有什么兴致去写那些与他的整个心性格格不入的人物和时代？我当然不知道他将用什么手法。不过假使他，让我们说白了，想要表现进步的科学，那么这种努力是划不来的：沃伦斯基和艾兴瓦尔德早就这么做了。"

"哦，且慢，且慢，"亚历山大·雅科夫列维奇说，"一位年轻作家对俄国历史上一个至关重要的时代产生了兴趣，打算写一部该时代一个主要人物的文学传记。我看不出这事到底有什么奇怪。逐渐熟悉这个题材并非难事，他能搞到的书绰绰有余，剩下的便完全取决于天赋。你老是说手法、手法，但是如果作者被赋予处理某一题材的天才手法，那就得首先排除讽刺，因为它不相干，至少在我看来是这样的。"

"你看到孔切耶夫上周是怎样遭到抨击的吗？"工程师克恩问道，话题转向另一个方面。

外面大街上费奥多尔正在向戈里亚伊诺夫道别，后者让前者的手滞留在他自己柔软的大手里，觑起双眼说："跟你说吧，我的小伙子，你可真逗。最近去世的社会民主主义者别伦基——算得上是永久的流亡者，就是说，他遭到沙皇和无产阶级的双重放逐。因此每当他沉湎于往事时，都是这样打头'在我们日内瓦这里'，兴许你也要写他？"

① John Stuart Mill (1806—1873)，或译约翰·密尔，英国心理学家、哲学家和经济学家，代表作《论自由》。

“我怎么不明白？”费奥多尔半询问地说。

“你是不明白，不过从另一方面来说我完全明白。你正准备写车尔尼雪夫斯基，正如我在着手写别伦基一样，可是你后来却愚弄了你的读者，挑起了一场有趣的争论。一切顺利，晚安。”他转身离去，步履沉重缓慢，拄着一根拐杖，一个肩略高于另一个肩。

在研究父亲活动的时候曾经令费奥多尔痴迷的那种生活方式，现在又为他恢复了。这正是其中一种重复，其中一种旋律，上帝根据和声的构成原则，用它来丰富善于观察的人的生活。不过目前，在经验的指导下，他在使用资源过程中不允许自己像从前那样散漫，甚至连最小的注释他也要提供其出处的一个精确标记。在国家图书馆前，石头水池旁边，一只只鸽子咕咕叫着，在草坪上的雏菊丛中溜达。出借的图书用小车沿着倾斜的铁轨推到貌似窄小的场地尽头，等待分发，那里的书好像没多少，散乱地摆在书架上，其实汇集了足有数千本。

费奥多尔将搂着他的一份，竭力同它那足以把人压垮的重量搏斗，走到汽车站。从一开始，他这本酝酿已久的书的格调和轮廓便异常清晰地呈现在他眼前，他觉得对于他终于找到的每一个细节，他都已经准备好一个位置，就连寻觅素材的工作也沐浴在即将问世的书的光辉里，宛若大海将一片蓝光洒在渔船上，渔船本身连同它的光倒映在海里。“听我说，”他对济娜解释道，“我想将所有一切原封不动地置于那滑稽的模仿诗文的边缘。你可知道那些愚蠢的小说体传记，作者冷冰冰地悄悄塞给拜伦一个选自他本人诗作的梦？另一方面，肯定有一个严肃的深渊，我得另辟蹊径，沿着我自己的真实和对它的滑稽模仿之间这道狭窄的山脊。最要紧的是，必须有一个不间断的思维过程。我削苹果应该落下一整圈果皮而无需挪动刀子。”

他在研究此项专题的过程中逐渐明白，为了使自己完全沉溺其中，他得依照或前或后的方向将他的活动领域拓展二十年。因此时代的一个有趣特征显现在他眼前——总体上微不足道，但正在变成一个有价值的指导原则：在功利主义批评盛行的五十年间，从别林斯基[1]到米哈伊洛夫斯基，没有哪一位观念塑造者不抓住机会嘲笑费特的诗。这些唯物论者对这个或那个议题的最严肃持重的判断，有时变成何等玄奥的怪物，似乎理念一词，正在为自己受到冷落向他们进行报复！别林斯基，那个讨人喜欢的浑噩无知之辈，喜欢百合花和夹竹桃，用仙人掌装饰他的窗户（正如爱玛·包法利一样），将五个戈比[2]、一只软木塞和一粒纽扣置于被黑格尔遗弃的空匣里，死于肺结核，一篇向俄国民众发表的演说还沾在血迹斑斑的唇边，用这样的现实主义的珠玑激发了费奥多尔的想象力。例如："自然界里的一切都是美丽的，除了自然界本身遗弃的某些丑恶现象，未经最后加工，隐匿于大地或水的黑暗里（软体动物，昆虫，纤毛虫，等等）。"同样，在米哈伊洛夫斯基的作品中很容易发现一种仰面飘浮的比喻，例如："（陀思妥耶夫斯基）像一条鱼似的与冰搏斗，有时到头来陷入脸面丢尽的处境；这条含羞蒙辱的鱼对查阅'报道当今话题的那位记者'的全部文稿的人进行奖赏。"从这儿有一个直接过渡，转向当代的战斗词汇，转向斯捷克洛夫[3]在谈及车尔尼雪夫斯基时代的当儿所体现的风格（"蜷缩在俄国生活的毛孔里的平庸作家……用他思想的攻城槌[4]使惯常的见解显得与众不同"），或者转向列宁的个人用语，他在论辩的白热阶段达到激动的顶点："这儿没有遮羞布……理想主义者将他的手直接伸向不可知论者。"俄罗斯散文体，人们以你的名义犯下了什么样的罪行！一位当代批评家这样评论果戈理："他的亲属是畸形怪物，他笔下的人物是灯笼的影子，他描写的事件是荒诞的、不可能的。"此言与斯卡比切夫斯基

---

① Belinski（1811—1848），俄国文学批评家、政治家和哲学家，著有《亚历山大·普希金作品集》以及短篇论文《文学的幻想》《智慧的痛苦》等。

② kopeck，俄罗斯等国的辅币，一百戈比等于一卢布。

③ Steklov（1864—1926），著名的俄罗斯数学家，著有《车尔尼雪夫斯基：生平与活动》一书。

④ battering ram，古代和中世纪的攻城器械，系一大梁木，悬于高架下，用以冲击城门或城墙。

和米哈伊洛夫斯基对契诃夫的见解如出一辙——他俩的见解，恰似当时点燃的一根导火索，如今已将这些评论家炸成齑粉。

他在读波米亚洛夫斯基[1]（诚实充当了悲剧性的角色）的作品时，发现了这一份词汇式水果沙拉："樱桃般的紫红色小嘴。"他读涅克拉索夫，从他（常常引人入胜）的诗中察觉出某种都市记者的缺陷：他发现，尽管涅克拉索夫多次漫游乡间，他还是将牛虻混同于熊蜂和黄蜂（[畜群坊] 有"一大片焦躁不安的熊蜂"，以及十行以后，马儿在一堆篝火的烟雾掩护下"躲避黄蜂"，这一发现明显解释了他那部平庸的《俄罗斯妇女》中出现的俚俗词语）。他读赫尔岑[2]的作品，再次更好地理解他推论中的谬误（拙劣地玩弄漂亮词藻），注意到这位作者英语知识少得可怜（有他残存的自传材料为证，开头是引人发笑的法语风格的"I am born"[3]），混淆了英语单词"beggar"和"bugger"[4]的读音，并且据此做出关于英国人如何尊敬财富的一个出色的推论。

这种评价方法，推行到极端，甚至比视作家和评论家为一般理念的拥护者还要愚蠢。苏霍绍科夫所说的普希金不喜欢波德莱尔[5]究竟有何意义？对莱蒙托夫的诗文的指责是否公正，就因为他两度提及某种难以置信的鳄鱼（一次是在正儿八经的、另一次是在插科打诨的比较里）？费奥多尔及时打住，使他因发现了一条容易实施的标准而产生的愉悦感不致因被滥用而受损。

他博览群书——阅读量超过以往任何时候。研究六十年代作家的短篇和长篇小说，他对他们执意让书中人物以各种方式互相致意的写法惊讶不已。他反复揣度俄国思想所受的奴役，这个或那个金帐汗

---

① Pomyalovski（1835—1863），俄国作家，深受革命民主主义者特别是车尔尼雪夫斯基的影响，代表作《小市民的幸福》。

② Herzen（1812—1870），俄国作家、哲学家和革命活动家，著有《科学上的一知半解》和《自然科学通信》等哲学著作。

③ 法语的"我出生"为"Je suis né"。

④ "beggar"意为"乞丐"，"bugger"意为"下贱的人"，两词发音相似。

⑤ Baudelaire（1821—1867），法国诗人，法国象征派诗歌的先驱，现代主义的创始人之一，主要作品有《恶之花》。

国[1]的某个永恒的进贡者，他痴迷于种种怪异的比喻。因此，一八二六年颁布的书刊审查法规的第一百四十六节，明确规定作者必须"维护纯洁高雅的道德品行，切勿仅仅用想象的美妙来取代它们"，只需用"纯洁高雅的"或类似其他词取代"公民的"，以获得激进批评家们绝密的书刊审查代号。同样，当那个反动的保加利亚人要在一封密函里通知政府他准备对自己正在创作的小说里的人物进行渲染以迎合审查官的口味时，我们会情不自禁地想起就连屠格涅夫这样的作者也免不了在进步民意法庭上一味逢迎巴结的情景。我们会想起激进的谢德林[2]，将一根手推车把手作为武器，同时嘲讽陀思妥耶夫斯基的疾病，或者安东诺维奇，把那位作家称为"一头遭受鞭笞、奄奄待毙的牲口"，跟那个迫害倒霉落拓的诗人纳德松的右翼分子布列宁没什么两样。在另一位激进的批评家扎耶采夫的作品中，荒谬可笑的是，早于弗洛伊德四十年发现这样的理论："所有这些'提高我们心性'的审美情绪和类似的幻觉只是性本能的变体……"还是这位扎耶采夫，把莱蒙托夫说成是一个"理想破灭的白痴"，在洛迦诺悠闲的流亡岁月里养蚕（它们从来没有结茧），经常因为目力不济骨碌碌滚下楼梯。

费奥多尔试图从当时那堆哲学思想的大杂烩中理出一个头绪。他觉得正是在这份名单上，在他们滑稽的和谐里，显现出一种与思想作对的罪过，对思想的揶揄，时代的一个污点，有些人对康德滥施溢美之词，另外一些人把孔德[3]捧上了天，其他人则对黑格尔或施莱格尔[4]赞不绝口。另一方面他开始渐渐理解像车尔尼雪夫斯基这样强硬的激进分子，虽然铸下所有这些荒唐而惊人的大错，还是堪称——无论

① Golden Horde，十三世纪上半叶成吉思汗之孙拔都建立的封建国家。

② Shchedrin（1826—1889），俄国杰出的现实主义作家，曾一度与陀思妥耶夫斯基等人称霸俄国文坛。

③ Kont（1798—1875），法国哲学家，实证主义者和社会学创始人，主要著作有《实证哲学教程》等。

④ Schlegel（1767—1845），德国文学批评家、语言学家、翻译家，对梵文和东方语言均有研究，著有《关于文学和艺术的讲稿》等。

你怎样看待它——与政府管理秩序（比文学批评领域里他们自身的昏庸更加可憎、更加俗陋）较量的真正的英雄。同时他懂得其他反对者，自由党人或斯拉夫派成员，他们冒的风险较少，由于同样缘故，其自身价值略逊于这些性格倔强、专爱抬杠的人。

他衷心佩服车尔尼雪夫斯基的行事方式，这个死刑的仇敌，对诗人茹科夫斯基[①]那充满臭名昭著的仁慈和居心叵测的崇高的提议竭尽讽刺挖苦之能事，这位诗人提议让刑场蒙上一层令人敬畏的神秘气氛（因为，他说，死刑犯在众目睽睽之下满不在乎地仰起勇敢的脸庞会使法律蒙受耻辱），使那些围观绞刑的人看不见但只能听见从帘幕后传来的庄严肃穆的教堂圣歌，因为行刑场面必须感人。读到这里，费奥多尔想起父亲说过每个人心里都有一种与生俱来的对死刑深恶痛绝的感觉，犹如一面穿衣镜里的行为怪异的颠倒，使人人成为左撇子。眼前一切的颠倒对行刑人而言并非毫无意义。强盗拉津给押上绞架后，有人将马颈圈倒悬其上；把酒倒给刽子手不是借助手腕的自然转动而是依靠反手倾斜；况且，按照《士瓦本法典》[②]，行为人如果受到冒犯，可以通过猛击冒犯者的影子来获得补偿，在中国却恰恰是行为人—— 一个影子——履行刽子手的职责，仿佛整个义务都脱离尘寰，转变成镜子的里外颠倒的义务。

他从政府级别的“沙皇—解放者”的行动中分明觉察出一种诡诈，解放者很快便对所有这些赋予自由的使命心生厌倦，因为给反应定下主要基调的正是沙皇的厌烦。宣言颁布之后，警察在车站向民众开火。费奥多尔满是隽语的血管被毫无趣味的诱惑挠得痒痒的，憋不住将俄罗斯统治者的未来命运视为“无尽的”和“尽头”这两个车站之间的路程。

渐渐地，由于所有这些对俄罗斯思想史的突然发难，他萌生了一

① Zhukovski（1783—1852），俄国十九世纪初消极浪漫主义的代表作家，代表作有长诗《十二个睡美人》等。

② Swabian code，德国封建社会时期（十三世纪）出现的比较重要的地区性法典。

种不如以往具体的对俄罗斯的向往，一种向她坦白什么并使她信服的危险的渴望。在积累知识的同时，在将他完成的作品从这座山中费力取出的同时，他想起了另外的情景：亚洲一个山口上的一堆石头；奔赴战场的勇士们每人往那儿放一块石头；归途中每人从石堆上各取一块；剩下的石头永远代表阵亡者的数目。于是透过石堆帖木儿[①]预见到一座纪念碑。

到冬天他已经开始着手写它，不知不觉地从积累转向创作。冬天，犹如最值得纪念的冬天，犹如所有为了一个叙事性用语而被当作开场白的冬天，被证明是（它们在这些情况下一向"被证明是"）非常冷的。晚上他跟济娜在一家空荡荡的小咖啡馆幽会，这里的柜台漆成靛蓝色，形似侏儒的暗蓝色电灯，凄惨地装扮成释放暖意的容器，在六七张小桌上方闪烁着微光。他向她朗读自己白天写的草稿，她听着，垂下涂黑的睫毛，一只胳膊肘撑在桌面上，玩弄着手套或烟盒。有时店主的狗溜过来，那是一只肥胖的杂种母狗，耷拉着几对奶子。它将脑袋枕在济娜膝上，那只已经往后捋平狗儿柔软浑圆的额头上的表皮的手此时正在来回摩挲，在它下面狗儿双眼开始射出一丝睨视的目光。递上一块方糖，它会接过去，神态悠闲、摇摇晃晃地走进一个角落，身子蜷成一团，喀嚓喀嚓地大声嚼起来。"挺好，可我说不准你是不是能用俄语那样说。"济娜有时说，一番争论之后他会改掉这个被她质疑的用语。她将车尔尼雪夫斯基简称为车尔尼希，习惯认为他属于费奥多尔，一部分属于她，以致他过去的真实生活在她眼里似乎带有几分剽窃的味道。费奥多尔打算根据圆环的形状来构思他的传记，末端挂着一首新约外传十四行诗的钩子（结果将不是一本书的形式，因为书总有尽头，不同于一切循环往复的存在物，而是一个蜿蜒向前、无穷无尽的句子）。这一设想起初在她看来无法成为平展的长方形稿纸

① Tamerlane（1336—1405），帖木儿帝国的创建者，兴起于撒马尔罕，先后征服西察合台、波斯、阿富汗直至小亚细亚，暴卒于东侵中国的途中。

上的具体形象——不过当她注意到一个圆圈正在形成时，她简直欣喜若狂。她完全不担心作者是否会毫不动摇地坚持历史事实——她不假思索地相信这些是事实，因为若非如此，那就根本不值得写这本书。另一方面，他独自为之承担责任，只有他能够发现的、一个更深奥的事实是，在她看来言谈中任何一点拗口或含糊之处似乎都是一个纰漏的萌芽，都得立刻根除。具有极富弹性的记忆，像常春藤似的缠绕在被她觉察的东西周围，通过重复她特别喜欢的词汇组合，济娜用她自己秘密的盘旋结构提高了它们的身价。每当费奥多尔不管出于何种原因改变她记得的一个用语的特点时，门廊的废墟久久伫立在金色的地平线上，不愿意消逝。在她的敏感里有一种非凡的优雅，不被觉察地作为调节器供他使用，如果不是作为向导的话。偶尔碰到至少三位顾客聚在一起的时候，一位戴着夹鼻镜的弹钢琴的老太太会坐在立式钢琴边，将奥芬巴赫[①]的《船歌》弹成一支进行曲。

他已经接近作品的尾声（主人公的出生，确切地说），有一天济娜说出去散散心对他没什么害处，于是星期六他俩将一起参加在她一位搞艺术的朋友家中举行的化装舞会。费奥多尔舞跳得不好，受不了德国放荡不羁的文化人生活，直截了当地拒绝将一件制服弄得花里胡哨，而这恰恰是化装舞会需要的效果。作为互相妥协的结果，他答应戴上半只面具，穿上一件大约四年前做的、迄今为止只穿过四次的无尾礼服。“我去该打扮成——”她神情恍惚地刚开口，倏地打住。“只要不是波雅尔[②]的女仆，不是科伦巴茵[③]就行，求求你。”费奥多尔说。“那倒是挺像我的。”她揶揄道。“我担保你会过足了瘾。”她语气柔和地补充道，以驱散他心头的愁云。“为什么这么说呢，毕竟咱俩会被孤零零地撇在人群里。我好想去哟！我们通宵待在一起，谁也不晓得你是

① Offenbach（1819—1880），法国作曲家，创作歌剧一百余部，主要作品有轻歌剧《地狱中的奥菲欧》《美丽的海伦娜》等。

② boyar，沙俄一贵族阶层的成员，地位仅次于王公，此阶层后被彼得大帝废除。

③ Columbine，意大利传统喜剧及哑剧中丑角阿尔乐金的情人。

谁，我已经琢磨出一套专门展示给你看的行头。”他凝神想象她的模样，柔嫩裸露的脊背，白中透蓝的胳膊。但是这里各种亢奋而淫荡的面孔非法地悄悄穿过，德国式的嘈杂喧哗、尽兴狂欢的猥琐社会渣滓中间。劣酒把他的喉咙烧得滚烫，吃进肚里的蛋泥三明治使他打着饱嗝。但他再度将正在向音乐旋转的思维凝聚在济娜太阳穴处透明的血管上。“到时候肯定很欢乐，我们当然得去。”他信心十足地说。

两人当下谈妥，她九点动身，他一小时后跟上。迫于时间限制，晚饭后他没有伏案工作，而是拿着一本新的流亡者杂志闲荡，那上面两次简略地说到孔切耶夫，这些漫不经意的提及，意味着诗人广泛的知名度，其价值甚至超出那篇为他说尽好话的评论。仅仅六个月前，这在他心里激起的将是普希金笔下那个妒忌成性的萨列里[①]的感觉，不过眼下他却为自己对旁人声誉的无动于衷而感到震惊。他看看手表，慢吞吞地开始更衣。他翻出那件看上去昏昏欲睡的无尾礼服，接着陷入沉思。依然默默地想着心事，他取出一件上过浆的衬衫，系上他那不听使唤的领结，费力地穿上身，僵硬冰冷的衬衫使他直打寒战。他又一动不动地停了片刻，然后机械地套上那条有一道杠的黑裤子，想起直到那天早上他才拿定主意删去前一天写的最后一个句子，他俯身趴在已经改得密密麻麻的纸页上。他读完这个句子，心里纳闷——不知是否应该原封不动地把它保留下来，接着添上一个插入的符号，写下另一个形容词，冲着它发愣——飞快地删去整个句子。但是依原样保留此段，就是说，使它的建筑凌空悬于一片峭壁之上，带着一扇钉上木板的窗户和摇摇欲坠的门廊，在外形上是行不通的。他检查了他做的这部分记录，倏忽间——他的笔微微移动，飞舞起来。等到他再看自己的表，已经是凌晨三点，他直打哆嗦，屋里的一切都在烟雾中显得影影绰绰的。同时他听见那把美国锁的喀哒声。他的房门虚掩着，济娜从过道里经过时隔着门瞥见他——脸色苍白，嘴巴张得老大，穿着

---

① Salieri，普希金创作的歌剧《莫扎特与萨列里》中的人物。

纽扣没系上的浆过的衬衫，裤子的背带拖在地板上，手里抓着笔，桌上的半张面具，在稿纸的白色的衬托下清晰地显现出黑色。她砰的一声将自己锁在屋里，一切归于寂静。“真是一团糟，”费奥多尔悄声嘀咕道，“我干了些什么？”就这样，他始终没发现济娜穿的是什么衣裳。好在书稿已经完成了。

一个月以后的星期五，他把这本颇有希望的书带给瓦西列夫，后者早在去年秋天，得知他的研究工作以后，差不多主动提出由附属于《格兹塔报》的出版社出版《车尔尼雪夫斯基传》。之后那个星期三，费奥多尔又去了那里，悄声细语地跟老斯图皮申闲聊，这老头过去常常在办公室穿拖鞋。顷刻间，书房的门打开了，门框里填满瓦西列夫庞大的身躯，他愠怒地打量了费奥多尔一阵，接着冷漠地说了声儿“请进”。瓦西列夫身子挪到一边，让他通过。

“嗯，你读过它了吧？”费奥多尔问道，一边坐在桌子对面的一张椅子上。

“读过了。”瓦西列夫用低沉抑郁的嗓音答道。

“就我个人而言，”费奥多尔兴致勃勃地说，“但愿它能在今年春天出版。”

“这是你的手稿，”瓦西列夫突然说，皱着眉递上文件夹，“拿去吧，要我支持本书出版是决不可能的。我原以为这是一部严肃的作品，谁知却是一部草率的、反社会的、恶作剧般的即兴之作。我对你深感惊讶。”

“哎，这是胡扯，我说。”费奥多尔说。

“不，我亲爱的先生，这不是胡扯。”瓦西列夫大声咆哮，愤怒地拨弄桌上的东西，卷起一枚橡皮图章，改变“供评论”的几本温顺的书的位置，它们被偶然叠在一起，绝无永远幸福的希望。“不对，我亲爱的先生！俄国公众生活里有一些传统，正直诚实的作家是不敢放肆嘲笑的。我压根不关心你是否有天赋，我只知道奚落挖苦一个用自己的作品和苦难哺育了几百万知识分子的人，这种行为与任何天赋都是不相称的。我知道你不愿听我的话，尽管如此，”瓦西列夫，脸因痛苦而扭曲，揪住自己的胸口，“我作为朋友恳求你不要设法出版这种东西，你会毁了你的文学生涯，记着我的话，谁都会转身让脊背朝着你。”

“我倒乐意瞧见他们的后脑勺呢。”费奥多尔说。

那天晚上他打算应邀去车尔尼雪夫斯基夫妇家，不料亚历山德拉·雅科芙列芙娜在最后一刻拦住他：她丈夫“患感冒倒在床上”，而且“发高烧”。济娜跟谁看电影去了，因此他只得在第二天傍晚跟她会面。“‘第一次努力失败了，’按照你继父过去的说法。”他这样回答了她的询问，接着（正如他们以往会写下来一样）简要叙述他在编辑办公室的谈话。愤慨，对他的爱怜，立刻帮他的冲劲，全都随着一阵催人进取的活力迸发出来。“噢，原来是这样！”她大声嚷道，“好吧，我来筹集出版费用，这事包在我身上。”

“为了孩子的一顿饭，为了父亲的一口棺材。”他说（改自涅克拉索夫一行诗的原话，诗中描写一位勇敢的妻子出卖肉体以换取丈夫的一顿晚餐），换了其他什么时候，她准会为这句放肆的笑话动怒。

她在什么地方借了一百五十马克，加上她自己省下来过冬的七十马克，但还是不够。费奥多尔决定写信给美国的奥列格叔叔，鉴于后者定期接济他母亲，以前还间或寄给他几美元。然而，这封信的起草一再遭到拖延，正如他不顾济娜的屡屡敦促，总是不愿做出努力，以便让他的书在巴黎一家侨民文学期刊上连载，或者使那家曾经出版孔切耶夫诗集的出版社对其产生兴趣一样。她开始利用业余时间在她的一位亲戚的办公室用打字机打手稿，并且跟这个亲戚借了五十马克。让她生气的是费奥多尔的惰性——他讨厌所有实际事务的一个后果。在此期间他心情轻松地致力于设计棋题，做梦般地出门授课。他白天给车尔尼雪夫斯基夫人打电话：亚历山大·雅科夫列维奇的感冒已经转成急性肾炎。一天他在俄文书店里发现一位高大魁梧的先生，长了一张五官硕大的脸，戴一顶黑毡帽（一绺栗色发丝从帽檐下露出来），和蔼地瞥了他一眼，目光中甚至带有些许鼓励的意味。我在哪儿见过他呢？费奥多尔飞快地开动脑筋，竭力不看对方。那人走上前来伸出一只手，慷慨地、天真地、毫无防范地张开，说话……费奥多尔想起来了：他是比施，两年半前在那个文学圈子里朗诵自己的剧本。最近他发表了这个剧本，眼下用臂部顶顶费奥多尔，用胳膊肘轻轻推他，一丝幼稚的笑意在他高贵的、一向微微汗湿的脸上颤动。他掏出一只皮夹，从皮夹里掏出一张信封，从信封里掏出一张剪报—— 一篇可怜巴巴的微型评论，登在里加的侨民报纸上。

“眼下，”他的话音里带着令人畏怯的分量，“这东西也在德国出版。还有，我正在写一部小说。”

费奥多尔想摆脱此人，可是后者却跟他一起离开书店，并建议他俩同行。因为费奥多尔是在外出授课途中，被束缚在一条固定线路上，他唯一能尝试避开比施的做法是加快脚步，可是这反倒加快了他同伴的语速，结果他只得忐忑不安地再度慢行。

“我的小说，”比施说着，遥望远方，同时朝旁边伸出一只手，从他的黑大衣袖子里露出一截格格作响的袖口，以便阻止费奥多尔·康斯坦丁诺维奇（大衣、黑帽以及那绺发丝赋予他一副催眠大师、象棋大师或音乐家的尊容）。“我的小说是一位已经发现绝对准则的哲学家的悲剧。他说过这样的话，”犹如一个魔术师，比施从空中掏出一个笔记本开始边走边读，“‘谁要从原子的事实中无法推断宇宙本身仅仅是一个原子的事实，那他准是一个地地道道的蠢驴，或者说得更精确些，大约百万兆分之一的原子。这一点已经被那位天才的布莱兹·帕斯卡[①]凭直觉意识到了。但是让我们继续深入，路易沙！’”乍一听这个名字，费奥多尔吃了一惊，他分明听见德国近卫军列队行进的声音：“永——别——了，路易沙！擦干眼泪别哭泣；不是每颗子弹都能射死一个好人的。”而后这喊声久久回荡，似乎从比施后来的词语窗户下

① Blaise Pascal（1623—1662），法国数学家、物理学家、哲学家，提出圆锥曲线内接六边形，其三对边的交点为共线的定理（帕斯卡定理）。

经过。“‘尽量集中，我亲爱的，你的注意力。首先，让我举一个随便想出来的例子。让我们假设某位物理学家已经成功地找到，从总数绝对无法想象的组成宇宙的原子中，那个与我们的推理有关的决定性的原子。我们假设他已经将他的分解进行到那个关键原子的最小的要素，在那个时刻，一只手的阴影（物理学家的手）落在我们的宇宙上，带来灾难性的后果，因为宇宙只有一个，我想，中心原子的最后一小部分，是由它组成的。这不太好懂，可是只要你理解这一点，便能理解一切。来自数字的监狱！整体等于整体的最小部分，各部分的总和等于总和的一部分。这是世界的秘密，绝对——无限的标准，不过做出这一发现以后，人性便再也不能继续行走交谈了。闭嘴，路易沙！’那是他在跟一个俏妞儿说话，他的情人。”他宽厚温蔼地补充道，耸了耸一只魁梧的肩膀。

“如果你有兴趣，哪天我可以从头读给你听，”他继续说道，“这个主题特别罕见。你呢，我能不能问，你在干啥呢？”

“我？”费奥多尔微微一笑，“我也写了一本书，一本关于批评家车尔尼雪夫斯基的书，只是找不到一个出版它的书商。”

“嗬！德国唯物主义——黑格尔的诽谤者的唯物主义——的推广者，粗野邋遢的哲学家！非常荣幸。我越发坚信我的出版商将乐于接受你的大作。他是个滑稽人物，对文学一窍不通。不过凭着我作为他顾问的身份，他得倾听我的意见。留下你的电话号码。我明天就去见他——如果他原则上同意，我将浏览一遍手稿，我希望自己以最讨人喜欢的方式来推荐你的大作。”

多么荒唐，费奥多尔暗想。因此第二天那个善良的伙计果真打电话来时，他感到十分意外。出版商原来是个圆滚滚的男人，长了个惨兮兮的鼻子，使他多少想起亚历山大·雅科夫列维奇，同样的红耳朵，光溜溜的秃顶两侧各有一撮缀上去的黑发。他出版的书不多，但是五花八门、品种丰富：几本德国心理分析小说的译作，译者是比施的一个叔叔；阿德莱德·斯韦托扎罗夫的《囚犯》；一本滑稽故事集；一首未具作者姓名、题为《我》的诗。但是在这堆垃圾中倒有两三本正儿八经的书，诸如赫尔曼·兰德的那本令人称奇的《通向云层的阶梯》，还有他的《思维的质变》。关于这本书的发行，费奥多尔在写作过程中压根没考虑过。第二次会面时，出版商——显然是世上最善良的人——答应在复活节出版此书，就是说，在一个月的时间里。他没有预付稿酬，而是答应提供首印千册的百分之五的版税，同时又将重印千册的作者版税提高到百分之三十，费奥多尔觉得这样既公平又慷慨。然而他对做交易和流亡作家的作品销售数量很难超出五百册的事实毫不在意。其他情绪沉甸甸地压在他的心头。握过容光焕发的比施潮湿的手之后，他出现在外面的大街上，恰似一位飞也似的奔上灯火辉煌的舞台的芭蕾舞女演员。毛毛细雨像一片令人目眩的露水，幸福滞留在他的喉咙里，一个个虚无缥缈的光环在一盏盏街灯周围瑟瑟颤抖，他写好的那本书扯开嗓门和他聊天，时刻陪伴着他，宛若墙那边的一股湍流。他朝济娜工作的办公室走去。黑楼上的几扇貌似仁慈的窗户俯身朝向他。在楼对面，他发现了他俩约好见面的酒吧。

“喂，情况怎么样？”她问，同时快步走进店门。

“不好，他不愿意接受。”费奥多尔答道，两眼满含透出喜悦的专注神情，瞅着她那张罩上一层愁云的面颊，同时像游戏般对待自己对它的支配权，期待着他即将使之呈现的微妙的光。

第四章

> 唉！史官刺探调查却一无所获：
> 长风依旧，鲜艳的长袍依旧
> 真理向变成杯状的手指俯首；
>
> 带着女人的微笑和孩子的忧虑
> 审视她怀中的某物
> 由她的肩膀挡着避开了我们的视线。

这首十四行诗表面上是绊脚石，然而也许事实上却提供了一条解释一切的秘径——只要人们的思想能够承受这样的解释。灵魂沉入一段转瞬而逝的梦境。此刻，仿佛舞台上借尸还魂的形象，他们音容俱现，迎上前来：加夫里尔神父手持一根牧杖，身披暗红色丝绸十字褡，腰间系着一条绘有图纹的饰带，身旁是一个已经沐浴在阳光中的极其迷人的幼童，红润，娇弱，拘谨。他们走近了。摘掉你的帽子！尼古拉。他的头发闪烁着赤褐色的光芒，玲珑的前额上点缀着雀斑，一双眼睛像其他近视的孩子一样圣洁、澄澈。后来（在他们那些贫穷、僻远的教区的静谧中）那些名字取自柏树、天堂和金色羊毛的牧师不无惊讶地回想起他那惹人怜爱的娇羞：这位小天使，哎呀，原来粘在僵硬的姜饼上，许多人啃不动它。向我们打过招呼以后，尼古拉重新戴上他的灰色高顶绒帽，不声不响地走开。他那身家里自制的外套和紫花裤子很讨喜。而他的父亲，那位和善的初涉园艺的牧师，则谈起萨拉托夫的樱桃、李子和梨，让我们乐一乐。一股扬起的灼热烟尘遮没了画面。

正如所有文学传记开头千篇一律地提到的那样，这个小孩酷嗜读书，学习成绩十分优异。在初次写作练习中，他费力地重申"遵从你那至高无上的意志，敬重它，屈从它的种种规范"，他的食指关节的凹陷处因此永远染上墨渍。如今三十年代已经结束，四十年代刚刚开始。

十六岁时，他已经精通好几门语言，能够阅读拜伦、欧仁·休[①]以及歌德的作品（一直到临终都为自己发音不标准而羞惭不已），并已掌握了学习神学所需的拉丁语，这得益于他父亲的学识渊博。除此之外，他还向一位叫索科洛夫斯基的人学习波兰语，而当地的一位橘子商则教他波斯语——并引诱他吸烟。

进入萨拉托夫神学院的那一刻，他就证明自己是个温顺的学生，从未受过一回体罚。有人给他取了个"小公子"的绰号，事实上他并不厌恶一般的消遣和游戏。夏天他玩纸牌，并戏水取乐。但是他却未能学会游泳，也未学会用黏土捏麻雀或织网捕鱼。他织的网眼大小不匀，丝线也缠在一起——鱼比人类的灵魂更难捕捉（然而后来连灵魂也从网眼中溜掉了）。冬天，遇上雪花纷飞的夜晚，一群吵吵嚷嚷的小家伙会乘着一架巨大扁平的马拉雪橇冲下山来，扯开喉咙朗诵扬抑抑格[②]的六音步诗。此刻警察局长头戴睡帽，拉开窗帘，并咧嘴露出怂恿的笑容，他心里窃喜，因为神学院的学生们将用他们的种种把戏吓退任何夜幕下的不速之客。

他本来可以成为一名牧师，像他父亲一样，并且极可能升上高位——倘若不是因为与普罗托波波夫少校之间的令人遗憾的纠葛。后者是该区的地主，年纪轻轻，喜爱养狗。正是他的独生子被加夫里

① Eugène Sue（1804—1857），法国十九世纪中叶著名小说家，代表作《巴黎的秘密》。
② dactyl，一个强音或长音后接两个弱音或短音。

尔神父当作私生子，草率地登记在教区记事本上。就在同时，事件的原委真相大白：少校婚礼的庆贺仪式——没有铺张，的确，但很体面——是在孩子出生前四十天举行的。被解除宗教法庭成员一职之后，神父的情绪万分低落，头发因而变得花白。“这就是他们对于穷牧师们辛劳的报酬。”他的妻子愤怒地一再埋怨——因此他们决定对尼古拉进行世俗教育。小普罗托波波夫后来怎样呢？他是否在某一天发现由于他的缘故……他是否被一阵神圣的激情攫住……或者很快厌倦了洋溢着活力的青春乐事……逃避现实……

纯属偶然：不久前带着奇妙的倦怠的风景画卷，沿着不朽杰作《四轮马车》的段落展开；整个俄罗斯民族的风土人情是如此无拘无束，令人热泪盈眶；田野、山丘和长方形流云之间那满含谦卑的凝视；那位深情缱绻、充满期待的美人只要稍闻你的叹息便会扑上前来，分享你的眼泪。总之，果戈理盛赞的景色不被觉察地从十八岁的尼古拉·加夫里洛维奇眼前飘过。他正和母亲乘着自家的马车行驶在从萨拉托夫到圣彼得堡的旅途上。一路上他总在读一本书，不用说，他偏爱“文字的博弈”，胜过“匍匐在尘土里的麦穗”。

作者这里写道，在业已完成的几行诗句中，一粒豌豆在他全然不知的情况下继续发酵、生长、膨胀，或者，更为确切地说：在某个时候既定主题的发展变得显而易见——姑且以写作实践的主题为例。早在学生时代，尼古拉·加夫里洛维奇就已经出于利己的目的模仿费尔巴哈的《人如其食》。这篇文章的德文版读起来更加流畅，而借助于眼下公认的俄文拼写（chelovek est' to chto est[①]）则效果更佳。我们还注意到“近视”的主题也已形成，其发端是这样一个事实。儿时的他只认识自己亲吻过的脸庞，在大熊星座的七颗星中他也只能看到四颗。他第一副铜框眼镜是在二十岁时戴上的。花六卢布买的一副教师专用银框眼镜，是为了看清军校的学生。戴上公众舆论铸造的金边眼镜

① 用拉丁字母转写的俄文，人如其食。

时,《现代人》正在渗入俄国乡村大多数寓言般的腹地。复又戴上他的铜框眼镜,购买它的地点是在贝加尔湖对岸一个兼卖毡靴与伏特加的小货栈。在从雅库茨克地区寄给儿子们的一封信中,他表达了对眼镜的渴望——需要某某度数的镜片(并划线标出他所能辨认字迹的距离)。眼镜的主题暂时黯淡下去了。让我们转向另一个主题——“天使般的圣洁”。它后来的发展是这样的:耶稣出于对人类的热爱甘愿为他们而死,我也热爱人类,也愿意为他们而献身。“成为第二位救世主吧。”他最要好的朋友向他建议——他何等踌躇满志——哦,胆怯!哦,脆弱!(一个几近果戈理式的惊叹号在他学生时代的日记中乍现即逝。)但是“圣灵”必须被“常识”所取代。难道贫穷不是万恶之源吗?耶稣本应首先给每个人穿上鞋,并给他们戴上花冠,然后才向他们宣讲道德。这位耶稣二世将首先致力于消除物质贫困(依赖我们已经发明的机器)。说来奇怪,但……什么东西成了现实——是的,似乎什么东西成了现实。他的传记作者们为他荆棘丛生的道路标上福音的记号(众所周知俄罗斯的评论家越是左倾,其偏爱类似“革命的各各他[①]”的词语的弱点就越明显),车尔尼雪夫斯基在抵达耶稣时代之际开始产生激情。此处犹大的角色由弗塞沃洛德·科斯托马罗夫取代。彼得的角色则让给著名的诗人涅克拉索夫,后者拒绝探视这位囚徒。体态臃肿的赫尔岑躲在伦敦,他将车尔尼雪夫斯基的批评专栏称为“与十字架配对的物件”。在涅克拉索夫一首著名的抑扬格诗中,诗人更多地提及耶稣被钉上十字架,车尔尼雪夫斯基“受命提醒耶稣在尘世间的君王们”。最终,在他完全死去,人们给他擦洗身体时,他的瘦弱,那一根根突起的肋骨,那暗淡无光的皮肤,以及那些长长的脚趾使人隐约想起一个与他酷似的形象。《搬下十字架》[②]——由伦勃朗所绘,对吧?然而即使这也不是主题的结尾:还有他死后的义愤,缺了

① Golgatha,耶稣被钉死在十字架上的地方。

② The Removal from the Cross,影射伦勃朗的《基督下十字架》(*The Descent from the Cross*)。

它，任何圣洁的生命都是不完整的。所以那只银铸花环，飘带上题有“哈尔科夫市高等教育学院敬赠真理的使徒”，五年后被人从那座钢构架小教堂偷走。而且还有一位风风火火、冒犯神灵的人打破了暗红色的玻璃，用一块玻璃碎片将他的姓名和打破窗子的日期刻在窗框上。接着第三个主题即将展开——而且特别离奇地展开，倘若我们稍不留神的话。“旅行”的主题，天晓得会发展成什么：可能是一辆由身穿三色制服的宪兵驱赶的俄式四轮马车，更有甚者—— 一辆由六条狗牵拉的雅库茨克雪橇。天哪，那个维柳伊斯克的警察上尉也叫普罗托波波夫！然而此刻一切都是那么安谧。舒适的旅游车滚滚向前，尼古拉的母亲欧金尼娅·叶戈罗夫娜用手帕盖住脸打着盹儿，儿子倚在她旁边读一本书。路上的某个坑失去了其所以为坑的意义，仿佛只是印刷时的凸凹不平，一行中跳过了几个字。接着，一个个词儿复又均匀地相继经过眼前，一棵棵树木相继经过，它们的阴影掠过一页页纸，终于到彼得堡了。

他醉心于涅瓦河的湛蓝明净——首都的水源是多么丰沛，水质是多么纯净（他因为饮用此水很快损伤了脾胃），然而他尤其喜爱这儿整齐有序的水网分布，许多充满灵性的运河。多么美妙啊，你可以将这一条与那一条、那一条与这一条相连，从这种难分难舍的状态中可以获取一种友善的情意。无数个凌晨，他推开窗子，怀着被此情此景的整个文化层面激发的敬畏之情，在胸口画个十字，面朝一座座闪烁的穹顶，正在兴建过程中，全身搭满脚手架。我们得写信向神父描述穹顶上面“燃烧着的金叶”，再写一封信给祖母谈谈火车头……是的，他确实看见了火车——对此，可怜的别林斯基（我们主人公的前辈）不久前还望眼欲穿，当时他肺功能衰竭，脸色苍白，身体战栗。他惯于连续几小时眼含公民的喜泪，想象第一座火车站的兴建——同样一座车站，几年以后，在它的月台上几近疯狂的皮萨列夫（我们主人公的继承者）面罩黑纱，戴着绿手套，将一根短马鞭向英俊的对手脸上狠命抽去。

在我的作品中（作者坦言），思想与主题在我既不知情又不同意的情况下继续发展——它们当中有些纠缠在一起。我清楚症结之所在："机器"挡住了去路。我必须从已完成的句子中捞取这棘手的游戏棒。一个巨大的解脱。主题是永恒的运动。

慢条斯理地对付永恒的运动大约五年之后，直到一八五三年，此时已是一名教师并已结婚，他烧毁了一份绘有表格的信件。他准备此信是担心自己将死于当时时兴的一种病——动脉瘤，来不及向世人奉献永恒且极为廉价的运动。在他对于种种荒唐尝试的描述，以及对它们的议论中，在这种无知与推理的混合物中，你可以发现一个几乎不被人察觉但却致命的弱点，使他后来的言论带有些许欺骗性。这虚幻不实的暗示，因为我们得牢记这个人恰似橡树的树干一样率直可靠，"老实人中最老实的"（他妻子的评语）。然而车尔尼雪夫斯基却处处碰壁，屡遭厄运：无论他涉及哪个主题，它都将显示——阴险地，同时带有最具讽刺意味的不可避免性——与他的构想截然相反的含义。譬如，他渴望综合归纳，渴望引人入胜的力量，渴望活生生的联系（阅读小说时，他总要亲吻作者深深吸引读者的书页），然而他获得的答案是什么呢？分裂，孤寂，疏离。他宣扬一切事物中的情理与常识，然而仿佛回应着某人嘲讽的召唤，他的命运中充斥着傻瓜、疯子与狂人。为了这一切，他得到的回报是"千百倍的否定"。按照斯特兰诺柳布斯基的快乐的说法，为了这一切他被自己的逻辑猛踢一脚，为了这一切他遭到众神的报复。为了他对诗人的虚假玫瑰的清醒认识，为了通过小说创作的方式积德行善，为了他对知识的信念——这种报复呈现出何等出人意料、何等狡诈诡谲的形式！他在一八四八年苦思冥想，要是将一根铅笔缚在水银温度计上，让它随着温度的升降而游移，结果又当如何？前提是温度成为永恒的东西——但是对不起，此人是谁，谁在辛辛苦苦地做记录，破译他那些苦心孤诣的玄想呢？一位年轻的发明家，无疑拥有一双慧眼，拥有一种天赋，能够拴牢、连接、焊合各个冥顽不灵的部件，由它们孕育出运动的奇迹。瞧吧！织布机已经嗡嗡作响，一台烟囱高耸、上面坐着一名头戴高帽的驾驶员的机车正在超越一匹训练有素的良马。这儿正是报复的滋生地的裂隙，因为这位明白事理的年轻人——我们切勿忘记——只关心全人类的利益，有一双鼹鼠似的眼睛。而他那双盲目、清白的手则与他那虽不完善但却执拗强健的头脑在不同的平面移动。他碰到的一切化作碎片。阅读他的日记片断令人伤感，读到他曾试图利用的各种器具——秤杆、秤锤、软木塞、脸盆——没有一样旋转，或者即使其中一样转起来，也只是遵循一系列令人生厌的法则，与他所需的方向相反。一台倒行的永动机而已。为什么呢？这是一场彻头彻尾的噩梦，终止一切幻想的幻想，带有一个负号的无穷大，外加一个破碎的瓦罐。

我们已经——有意识地——超前了，还是让我们返回那种缓行，返回我们的耳朵已经适应的尼古拉的生活节奏吧。

他选择了语言学院。他的母亲进而向教授们献殷勤，讨好他们，起初她的话里话外透着奉承，渐渐地开始掉眼泪和擤鼻涕。在所有圣彼得堡的商品中，她对水晶制品情有独钟。最后“他们”（当他提及自己的母亲时使用的充满敬意的代词，那个奇妙的俄语复数代词，后来成为他自己的美学，即“试图用数量表示品质”）回到了萨拉托夫。为了归途的需要她特意买了一株巨大的芜菁。

起初，尼古拉·加夫里洛维奇和朋友住在一起，但是后来又与表妹及表妹夫合住一套公寓。这类公寓的格局，与他的其他住宅一样，被他在信中加以描绘。对不同事物之间的关系的准确描述总是使他着迷，他喜欢格局、数列以及事物的视觉代表，而且越陷越深，因为他那煞费苦心、依环境而定的风格无论如何都不能补偿文学描写的艺术，后者对他而言是不可企及的。他写给亲戚的信像出自一位模范青年的手笔：促使他写信的并非想象力而是深受他人喜爱的乐于助人的善良天性。饱受敬爱之人喜欢各种新闻——幽默的或恐怖的事件——数年来，他的儿子一直小心翼翼地提供给他。我们发现信中提及伊兹勒的款待，他描摹了卡尔斯巴德具体而微的温泉胜地，富有冒险精神的圣彼得堡的贵妇们曾在此乘着系留气球冉冉上升。涅瓦河上一艘蒸汽船撞翻小划船，造成一片惨象，罹难者中有一位子女众多的上校；用来药耗子的砷混进面粉毒死了一百多人。当然，当然，还有新的时尚，转灵桌[①]——这些依两个通信者之见尽是受骗与骗人的行为。

正如在西伯利亚的阴沉岁月一样，他信中的主旋律之一是对妻儿的宽慰——以同样一种高调失当的口气——他有很多钱，请不必汇款。年轻时写给父母的信也是一样，一面嘱咐他们不要挂念自己，一面靠着每月二十卢布勉强度日，其中大约两个半卢布用以购买白面包和糕点（他忍不了只喝茶，就像他忍不了光读书，比如，他读书时嘴里总习惯嚼点什么，《匹克威克外传》配姜饼，《辩论报》配烤面包），蜡烛、笔、鞋油和肥皂花去一个卢布。我们应当注意到他在生活习惯方面邋里邋遢、不修边幅，同时总算已经长大成人，除此之外，糟糕的饮食，无休止的腹部绞痛，以及与肉体的欲望进行的力量悬殊的搏斗，以秘密的让步而告终。结果他看上去一副病态，目光黯淡，年轻人的光彩所剩无几。只有在他所敬重的人物对他以礼相待时，他的脸上才会闪现些许动人的无奈。“他对我—— 一个胆怯、顺从的年轻人——和蔼可亲。”他事后这样描述大学者伊里纳尔科·弗登斯基，言内透出一股哀婉动人的拉丁语的腔调：animula vagula blandula[②] ……他本人从不怀疑自己相貌平庸，接受了这一看法，但却羞于照镜子。尽管这样，每当他准备外出访客，尤其是看最好的朋友——像罗勃多夫斯基夫妇，或者希望弄清被冒昧瞪视的缘由时，他才会神情黯然地端详自己的映像，看见褐色的汗毛直竖着，仿佛嵌入面颊，细数成熟的粉刺——并挤压它们，但用力过猛，以致事后不敢外出见人。

罗勃多夫斯基夫妇！他朋友的婚礼给我们二十岁的主人公留下无比奇特的印象，它使一个年轻人半夜只穿一件贴身内衣写下当天的

---

① table-turning，降神会的一种，指桌子的非人力转动，用以表示亡人显灵的一种手法。

② 拉丁文，飘忽、温馨的小心灵，引自罗马帝国皇帝哈德良临终前创作的一首短诗。

日记。那场激动人心的婚礼是在一八四八年五月十九日举行的，十六年后的同一天车尔尼雪夫斯基被处以死刑[①]。周年纪念的一个巧合，日期的一张索引卡片。命运就是这样把它们归为一类，预先考虑到研究者的需要。这是一种值得称道的省力的做法。

他为这次婚礼感到高兴。此外，他从他的基本快感中获得了一种次要的快感（"这意味着我能够培养一种对于一位女子的纯洁的爱慕之情"）。是的，他一直尽力调整自己的心态，让其中的一面映现在理性的明镜中。或者，像他最优秀的传记作家斯特兰诺柳布斯基描述的那样："他在逻辑的蒸馏器中提炼自己的感情。"但是谁能够断言他当时沉湎于爱的遐想呢？多年以后在他的妙笔生花的《生活随笔》中，就是这位瓦西里·罗勃多夫斯基因为疏忽，出了一个纰漏，声称婚礼上他的男傧相，一位名叫"克鲁舍多宁"的学生，看上去神色凝重，"仿佛他正沉浸在对几部英国学术著作的详尽无遗的分析之中"。

法国的浪漫主义向我们提供爱情的诗篇，德国的浪漫主义向我们提供友谊的诗篇。年轻的车尔尼雪夫斯基的多愁善感，是对这个友谊崇高而伤感的时代的一种让步，车尔尼雪夫斯基常常心甘情愿地哭泣。"三颗泪珠滚落下来。"他以特有的精确在日记中写道——读者常常因为这个不自觉的念头而感到一时苦闷：一个人的眼泪是成奇数吗？抑或仅仅由于存在两眼泪泉而使我们的眼泪成双成对？"天啊，不要向我提起我无数次洒落的愚蠢的泪珠，我当时昏昏沉沉。"尼古拉·加夫里洛维奇面对凄怆的青年时代在日记中这样写道。然而，聆听涅克拉索夫的平民歌声时，他的确曾掉过一滴眼泪。"手稿上此处有一抹溢出的泪痕。"他的儿子米哈伊尔在注脚中评述道。另一抹泪痕越发灼热、苦涩、珍贵，保存在他那封著名的发自要塞的信中。然而根据斯特兰诺柳布斯基的说法，捷克洛夫对于第二滴眼泪的描述并不准确——对于这一点我们将在以后讨论。后来在他被流放，尤其是身陷

① 事实是统治者对车尔尼雪夫斯基处以凌辱性的假死刑。

维柳伊斯克的地牢的岁月里——不过且慢！眼泪的主题已经延伸得够出格的了……还是让我们回归分离的那一刻吧。比如说，眼下人们正在为一名学生举行葬礼。淡蓝色的棺柩中躺着一位苍白的年轻人。另一位学生塔塔里诺夫（在他患病期间照料他，但是在此之前与他几乎素昧平生）向他诀别："他久久注视着他，亲吻他，再一次凝望，目不忍离……"学生时代的车尔尼雪夫斯基，草草记下这些，他自己伤心得柔肠寸断。斯特兰诺柳布斯基在评述这段文字时，暗示它与果戈理凄恻的《别墅之夜》的片断之间存在着相似之处。

不过平心而论……年轻的车尔尼雪夫斯基有关爱情与友谊的梦想并没有因其精妙而显得高尚。他越是屈从于它们，它们的错误便愈益显豁——其中的世俗考虑，他能够将最荒诞的幻想折起，塞入一只逻辑的马掌。反复思考这样的事实，他由衷钦佩的罗勃多夫斯基已身染肺病，娜杰日达·叶戈罗芙娜因而沦为年轻的寡妇，贫困无助。他追求一个特定的目标。他需要一个虚假的形象，以证明他有充分的理由爱上她，因此他代之以急于帮助一个可怜的女人的冲动，或者换言之，将自己的爱意放在一个实用的基础上。因为除此之外，一颗爱人之心的悸动是无法用粗俗的实利主义的有限手段加以解释的，而他却早已无望地听任它的种种摆布。然后就在昨天，当娜杰日达·叶戈罗芙娜"闲坐时没有披上披肩，当然她的'传教士'（一件质朴的衣裳）前面开了个狭长的口子，从这儿你可以窥见脖子下面的某个部位"（这一措辞与左琴科[①]作品中人物的口头禅惊人地相似，作者利用他们展现了苏联豢养的市侩之人的嘴脸），带着真诚的忧虑，他扪心自问，在好友婚后最初的一段日子里，他是否会凝视"那个部位"。接着，渐渐地将好友埋藏在梦里，叹息一声，带着无奈的神情，仿佛迫于某种责任，他看见自己决定要娶这位年轻的寡妇—— 一次凄婉的结合，一次纯洁的结合（后来他与奥尔嘉·索克拉托芙娜结婚，日记中这些虚假

① Zoshchenko（1895—1958），俄国著名的幽默讽刺作家。

的形象更加完整地反复出现)。这个可怜的女人是否真的美丽动人，仍然值得怀疑。车尔尼雪夫斯基为了证实她的美貌而选用的方法却决定了他日后的审美态度。

他首先在娜杰日达·叶戈罗芙娜身上建立优雅风度的最佳典范：命运向他提供了一幅带有田园诗风格的活生生的情景，虽然有些沉重。“瓦西里·彼得罗维奇面朝椅背跪在椅子上，她走上前，开始摇动椅子，她使它倾斜了一些，接着将自己的小脑袋靠在他的胸前……茶几上立着一支蜡烛……烛光泻在她的脸庞上，即，半束光，因为她位于她丈夫的阴影里，但很清晰。”尼古拉·加夫里洛维奇定睛凝视，试图寻觅一点不太对劲的地方。他没有发现任何粗糙的线条，但他依然踌躇不决。

下一步该怎么办呢？他频频将她的容貌与其他女子的容貌进行比较。然而视力上的缺陷却使他无法积聚一种比较所需的活生生的范例。他只得求助于由他人理解和描绘的美丽，即女子的肖像。因此从一开始艺术观念对于他—— 一位目光短浅的物质主义者(它本身是一个荒谬的组合)就成为某种附带和实用的东西。如今他能够用实验的方法检验爱情已经向他暗示的某种品质：娜杰日达·叶戈罗芙娜的美丽的优势(她的丈夫称她“小亲亲”和“小娃娃”)，那是生命，对于所有其他的“雌性脑袋”的美丽而言，那是艺术。“艺术”！

在涅夫斯基大街上，动人的图画陈列在容克尔和达齐耶商店的橱窗里。他仔细研究它们以后，回到家中将观察的结果记录下来。哦，多么了不起的奇迹！这种比较研究的结果总能提供必不可少的答案。木刻画中卡拉布里亚[①]的美人的鼻子不过如此：最大的败笔是她的眉宇和鼻子附近的部位，位于鼻梁两侧。一周以后，仍然不能断定真相是否已经过足够的检验，或是渴望再度陶醉于实验的已然熟悉的屈从，他重返涅夫斯基大街，去看一个橱窗里是否又增添了新的美人

① Calabria，意大利南部的一个大区。

像。跪在一个洞穴里，玛丽·玛格达莱妮正面对一具骷髅和一只十字架祈祷，不可否认她的脸庞在灯光的照耀下显得格外妩媚，但是娜杰日达·叶戈罗芙娜半明半暗的面容却远非她所能及！海上的白色平台上面有两个姑娘：其中一个皮肤白皙，举止优雅，正与一名小伙子坐在一张石凳上，他们在互相亲吻；另一位皮肤黝黑、举止优雅的姑娘在望风，掀开猩红的窗帘，“将平台与屋子的其他部分隔开”，和我们在日记中写的一样，因为我们总喜欢在特定的细节与其不确定的环境之间建立某种关系。自然娜杰日达·叶戈罗芙娜纤细的脖子要动人得多。于是产生了一个重要的结论，与绘画相比，生命更加令人赏心悦目（因而更好）。形式最纯粹的绘画、诗歌，甚至于各种艺术到底是什么？它是“一轮深红的落日沉入湛蓝的大海”，它是服饰上花哨的褶痕，是“无聊的浓妆淡抹”。浅薄的作家们企图以此为自己浮华的篇章增光添彩。它是花环，是搔首弄姿的仙女，是拿腔作态的牧神，是芙莱妮[①]……它越是渲染，越是漫漶；废物般的见解随之而生。女子形态的奢侈眼下意味着经济意义上的奢侈。“幻想”的概念在尼古拉·加夫里洛维奇眼中蜕变成那位通体透明、丰乳酥胸的小气仙的形象，没有穿紧身裙，几乎全裸，玩弄着轻薄的面纱，飞向这位浪漫多情、点化万物的诗人。两截圆柱，两株树——既不全是柏树，又不全是白杨，某种对尼古拉·加夫里洛维奇几乎没有诱惑力的瓮。纯艺术的鼓吹者必然会鼓掌喝彩。浅薄的家伙！无聊的庸人！其实，有谁会陶醉于这堆垃圾？谁能不喜欢对当代风情，民众怨忿以及真诚坦率、音韵铿锵的话语的如实描绘呢？

你完全可以认为，就当他在商店橱窗前流连忘返的那几分钟里，他那篇言不由衷的硕士论文《艺术对现实的审美关系》便已完全成形了（难怪后来他能即刻写完、直截了当，连用三个晚上。然而令人百思

---

① Phrynae，公元前四世纪时希腊名妓，画家阿佩莱斯名画《海中升起的阿佛洛狄忒》的原型。

难解的是他竟能在六年的漫长等待之后，为此获得硕士学位）。

好几个沉闷昏黑的夜晚，他平躺在他那张可怕的长皮沙发上面——一个鼓鼓囊囊的破烂货，源源不断地（只要一拉）供应马鬃——“由于我奇怪的心跳，由于米什莱[①]的首页，由于基佐[②]的观点，由于娜杰日达·叶戈罗芙娜的思想，由于所有这一切”，然后，他开始荒腔走板地唱起来，声音里满含悲戚。他唱的是《玛格丽特之歌》，同时他不禁想起了罗勃多夫斯基夫妻之间的关系——“泪珠从我的眼中轻轻滚落”。他倏地从沙发上站起来，决意立即去见她。我们想象，这是十月的一个夜晚，一朵朵云在天上急驰，从马具师和马车制造商的店里飘来一股酸臭味，这些店铺位于几座被漆成暗黄色的房屋的底层。身穿罩衣和羊皮外套的商人们手拿钥匙正在关门上锁。一个人撞在他身上，但他很快走了过去。那是一个衣衫褴褛的点灯人，他的手推车在卵石上面辘辘作响。他正在给木柱上奄奄一息的灯运送灯油，用油腻的抹布擦了一下玻璃灯罩，继续推着车子咯吱咯吱地向下一盏灯走去——一条漫长的道路。天上开始下起毛毛细雨，尼古拉·加夫里洛维奇一路急行，步履匆匆，活像果戈理笔下的一个可怜的人物。

夜里，他久久难以入睡，为了许多问题辗转苦思：瓦西里·彼得罗维奇·罗勃多夫斯基会不会把妻子狠狠地教训一顿，从而使她成为自己的帮手呢？为了激起他朋友的怒气，他是否应当寄，譬如，一封匿名信点燃她丈夫的妒火？这已经在预示车尔尼雪夫斯基小说里的主人公们使用的策略。同样，虽经仔细斟酌，但显得稚拙荒唐的种种方案，被流放的车尔尼雪夫斯基、垂暮之年的车尔尼雪夫斯基想出，以达到最动人的目标。且看这一主题是如何钻了暂时未加注意的空子并进一步发展的吧。停一下，再翻回去。其实，无需如此超前。在学生时

① Michelet（1798—1874），法国历史学家，认为历史就是人类反对宿命、争取斗争的历史，主要著作有《法国史》等。
② Guizot（1787—1874），法国政治家，第二十二任首相。

代的日记中你可以发现下面一个关于谋划的例子：印发一项虚假的通知（宣布废除兵役法），以便依赖这一骗局激发农民的干劲。但是不久他就放弃了这一计划，作为辩证论者和基督徒，他深知内部的腐烂终将侵蚀精心营造的整个结构，而且美妙的结局固然能够证实不择手段的合理性，最终却只能暴露出它与这些手段之间致命的亲缘关系。于是政治、美术，甚至演讲艺术均与尼古拉·加夫里洛维奇胸中的情欲快乐地交织在一起，难分彼此。（我们已经回归分离这一论题）。

他多么寒酸，多么邋遢马虎，距离奢侈的诱惑多么遥远……注意！这与其说是无产者的安贫守节，还不如说是禁欲主义者天生的疏忽大意，无论是对于那件经年累月的刚毛衬衣[①]的刺痛，还是对于不思迁徙的虱子的噬咬，他们均不闻不问。然而，即使是一件衬衣偶尔还得修补一番。当这位富于创造力的尼古拉·加夫里洛维奇考虑缝补他的旧裤子时，我们就在近旁。可是他没有黑线，所以只得将现成的线浸入墨水中，一本德国诗集恰好就在附近，它翻在《威廉·退尔[②]》的首页上。由于他拎着线晃来晃去，为了将它晾干，几滴墨水溅到书页上。这本书并不属于他，他在窗后发现一只装在纸袋中的柠檬，并试图用它擦去墨渍，然而他只是弄脏了柠檬，此外，还殃及他放置那根有害的线的窗台。接着，他求助于一把刀，开始刮起来（这本带有几首被戳破的诗的诗集如今收藏在莱比锡大学图书馆。不幸的是无法弄清它是如何被收藏在那儿的）。墨水，其实是车尔尼雪夫斯基与生俱来的组成部分（他完全浸在墨水里）。鞋油用完时，他总是将墨水涂在鞋子的裂缝上，或者，为了掩饰鞋子的一个洞眼，他会用黑领带把一只脚裹起来。他打碎陶器，污损各种物件。他对物体的酷爱没有获得回报。后来，在服苦役期间，他不仅无法承担分派给犯人的任何一项特殊工作，而且还因为不能从事任何手工劳动而闻名。与此同时，

① hair shirt，苦行者或忏悔者贴身穿的刚毛衬衣。

② *William Tell*，瑞士传说中反奥地利统治的民族英雄，被迫用箭射落置于其子头顶的苹果，结果成功，儿子安然无恙。

他还不断站出来帮助难友。“别多管闲事，你这个道德的台柱子。”其他犯人总是这样厉声呵斥。我们已经瞥见这位行色匆匆、神情茫然的年轻人在街上被人推来搡去。他很少动怒，然而，他不无自豪地记叙了他如何报复了一个用棍子猛击他的出租车司机：他一声不吭地冲过两个惊慌失措的商人腿间的雪橇，揪下对方的一绺头发。总之，面对各种侮慢他态度温和、心胸开阔，然而在内心深处，他感到自己能够采取“孤注一掷、极端疯狂”的行动。此外，他已开始与农夫促膝谈心，鼓吹他的思想，偶尔也加上一个涅瓦河的渡船工人或一个警觉的烘饼的厨师。

进入有关面点铺的主题，它们曾在兴旺的年代里目睹了许多事件。在决斗之前，普希金正是在那儿将一杯柠檬水一饮而尽，然后上场决斗。索菲娅·佩罗夫斯基与他的同伴们也是在此各取了一份（什么？历史没有完全能够……），然后他们奔赴运河码头，行刺亚历山大二世。我们的主人公年轻时也曾对这些面点铺迷恋不已，以致后来在要塞绝食时，他——在《怎么办？》中——让这篇或那篇演讲稿充满一阵阵不由自主饥肠辘辘的哀号：“你们附近有一家面点铺吗？我不知道它们有没有现成的胡桃水果馅饼——它们很合我的口味，是最好的果馅，玛丽娅·阿列克耶芙娜。”然而与他未来的回忆相反，这些面点铺和自助餐馆吸引他的并非那儿的吃喝——不是那些用臭烘烘的黄油制成的夹心面点，甚至也不是樱桃酱面包圈。各种各样的报纸，谈吐文雅的人，这些才是它们的魅力所在！他吃过各种各样的餐馆——挑那些报纸最多、抑或陈设更简单、气氛更自由的馆子。所以，在沃尔夫餐馆“最后两次吃的不是他的（读作Wolf's）白面包，而是我要的咖啡，再加一份（读作my）五戈比的混合酒，最后一次没有躲躲藏藏”，即，这最后两次的第一次（他在日记中对于细节的精雕细琢使人头皮发痒）他躲了起来，不知道他们将如何接受外来的面点。他躲藏的地方温暖而安静，只是偶尔会从报纸的纸页间刮来一缕西南风，吹得烛焰摇摆不定。“骚乱已经波及上帝委托我们照管的俄罗斯。”诚如沙皇所言。“给我一份《比利时独立》，好吗？谢谢。”烛火重新挺直，它悄无声息（但是嘉布遣大街上枪声大作，革命正在逼近杜伊勒里宫）——眼下路易·菲利普已经逃亡，沿着讷伊大街，乘坐一辆小型出租马车。

这以后他经常感到心口灼热不适。他既穷愁潦倒，又不圆滑世故，所以一般靠各种残羹剩饭填充肚皮。涅克拉索夫的歌谣用在这儿十分贴切：

因为各种佳肴硬过
我将吃坏的锡皮器皿，
我将忍受胃痛的折磨
致使死亡本身显得温馨。
怀着那种情绪我要走数十英里
我将夜里读书直到破晓。
我的卧室天花板垂得很低
在里面吸烟是何等逍遥！

顺便提一下，尼古拉·加夫里洛维奇每次吸烟都有缘由——他正是靠吸茹科夫香烟，以减轻消化不良（和牙痛）。他的日记，尤其是写于一八四九年夏秋两季的日记，含有大量的精确记录，提及他怎样和在何处呕吐。除了吸烟以外，他还享用兑了水的朗姆酒，热油，英国盐，翼枝美苦草[①]加苦橘叶。他经常谨慎地带着莫名其妙的兴致求助于古罗马的疗法——他也许终将因精疲力竭而死，倘若作为候选人留在大学里从事高等研究，没去萨拉托夫的话。

后来在萨拉托夫……但是无论我们如何情愿不失时机地走出这条死胡同，有关法式糕点的讨论已经引导我们朝它走去，并且穿过它，

① centaury，学名centaurium，传说半人半马神发现其药性，故名。

走到生活的光明面来。我们仍然（为了上下文的彼此暗合）得在此逗留一会儿。一次，迫于无奈，他闯入格罗哈瓦亚大街上的一座宅子（接下来是一段冗长的描述——包括后来添加的内容——交代房屋的位置）。正当他整理身上的衣服时，一位“红衣女子”打开了门。刚刚瞥见他的手——他已经准备抓住门——她尖叫一声。“正如通常的情形一样。”门的沉重的吱嘎声，它那锈蚀松动的门闩，熏鼻的恶臭，刺骨的严寒——这一切都很可怕……尽管如此，这个举止奇特的年轻人完全做好准备，以真正的纯洁为题与自己展开辩论。他满意地写道：“我甚至没有试图发现她是否长得漂亮。”在梦中，另一方面，他的目光却非常犀利。比起他的公开命运，睡梦中的偶发事件反而更加纯良无害。不过即使在这里，在梦里三次亲吻一只戴上手套的手，它的主人是一位“金发耀眼的女士”（一位预先假定的学生的母亲，在他的梦里庇护他，完全依照让·雅克[①]的风格），他也没有一丁点儿肉欲的念头，费不着自责。他的回忆结果也变得如目光一般清晰——当他想起对美貌的那种拐弯抹角、年轻幼稚的追求时。五十岁时，在寄自西伯利亚的信中，他勾勒出一位天使的形象，那是他年轻时在工农业展览会上曾经留意关注的少女。“此时走过一个贵族少女，”他用日后形成的《圣经》般徐缓的风格写道，“她吸引了我，这位少女，她的确吸引了我……跟在后面，离她三步远，暗暗崇拜她……她们显然属于最上流的社会，对于这一点每个人都可以从她们优雅非凡的举止中看出来。（“在这股甘甜缠绵的柔情之中有一只狄更斯的苍蝇”，正如斯特兰诺柳布斯基即将指出的那样；然而正如斯捷克洛夫公正地指出的那样，我们不能忘记写下这段文字的老人已经被苦役压得喘不过气来。）人群在他们前面纷纷散开……我自由无碍地和他们保持三步远的距离，目光始终盯牢那位少女（可怜的追随者！）。此种情形持续了一个多小时。”

① 指让·雅克·卢梭，此处似是影射卢梭作品《一个孤独漫步者的遐想》中年长的贵妇人华伦夫人对“我”的庇护。

（说来奇怪，从总体上看展览会，例如一八六二年伦敦和一八八九年巴黎的展览会——对于他的命运具有深刻的影响。因此布瓦尔与佩居榭[①]，在描述安古莱姆公爵的生活经历时，才会惊讶于桥牌……在其中所起的作用。）

这之后，他一到萨拉托夫就情不自禁地爱上了索克拉特·瓦西列夫医生二十一岁的女儿，一位年轻的吉卜赛女郎，两片狭长的耳垂下面坠着耳环，它们在乌黑的鬈发之中半隐半显。一位爱捉弄人、卖弄风情的尤物，“外省舞会上的焦点与点缀”（按照一位不知名的同时代人的说法），她引诱我们这位懵懵懂懂的童男，把他弄得神魂颠倒，凭借帽子上的天蓝色花结的沙沙颤音和说话的婉转动听。“瞧，多么小巧迷人的手臂！”她会说，并将它伸到他那模糊的眼镜片下面——裸露、浅黑的胳膊表面闪动着红润的光泽。他将玫瑰精油用力涂在身上，脸也刮出了血。他构想出何等严肃的恭维。“你真该住在巴黎。”他热切地说，不知从哪里获悉她是“民主派”。然而，巴黎于她，并不意味着科学的中心，而是妓女的王国，因此她动了气。

我们眼前是《我与目前构成我的幸福的她之间的关系的日记》。斯捷克洛夫认为这篇独特的作品（使人首先想起一篇煞费苦心的商业报告）“是一曲热情洋溢的爱情的颂歌”。这篇报告的撰写者拟订了一份蓝图，公布他的爱情计划（它精确无误地于一八五三年二月生效，并及时获得批准），加上赞成和反对结婚的几点看法（譬如，他担心这位不安分的配偶会突发奇想穿上男装——按照乔治·桑的作派），同时预算婚后的开支，绝对是包罗万象：用于冬夜照明的硬脂蜡烛，十戈比的牛奶，戏票。同时他告诉新娘根据他个人的想法（“我既不怕污浊又不怕醉醺醺、手持木棍的被释放的农民，也不怕大屠杀”）迟早他会被捕。而且为了进一步表明自己的坦诚，他向她讲述了伊斯坎德

① Bouvard and Pécuchet，十九世纪法国小说家福楼拜未完成的一部同名长篇小说中的两个主人公。

尔（赫尔岑）妻子的不幸。她当时正怀着孩子（"原谅我深入此类细节"），惊闻她的丈夫在意大利被捕并押往俄罗斯，"当即倒地死亡"。奥尔嘉·索克拉托芙娜——阿尔达诺夫也许会在此补上一笔——绝不会倒地身亡。

"如果有一天，"他继续写道，"你的名声遭到谣言的玷污，结果你无法指望拥有一位丈夫时……只消你一句话，我随时准备成为你的丈夫。"多么慷慨无私的立场，然而它依据的却远不是慷慨无私的前提，这一性格特征引导我们即刻重返早期阶段亦真亦幻的爱情的熟悉的小径，带着他对自我牺牲的复杂的渴望，以及他的怜悯的保护色。所有这些未能使他的虚荣心免除伤害，在他的新娘提醒说她并不爱他时，他的订婚阶段带有几分日耳曼的色彩，其间既有席勒的歌声为伴，又不乏帐房里的温存抚摸。"我解开了她披肩头巾上的纽扣，首先两粒，继而三粒……"他迫不及待地要将她的脚（套在用彩色丝线编织而成的灰色平趾袜中）搁在自己的头顶上：他的肉欲靠各种象征供养。有时候他给她读莱蒙托夫或科尔佐夫；然而他朗读诗歌就像圣诗讲授者一样平淡乏味。

但是在这本日记中占据突出地位并对我们理解尼古拉·加夫里洛维奇的许多遭遇至关重要的内容，却是他对那些使萨拉托夫晚会增色不少的闹剧的精细描绘。他跳波尔卡[①]，舞步很不娴熟，跳"爷爷舞"[②]也是蠢态百出。但是另一方面他却喜爱扮演小丑，常常将一圈卵石放在受他青睐的女士周围，此刻他的憨态纵使企鹅也自叹不如。年轻人如他所述，聚作一堆，开始施展当时盛行的一种卖弄风情的手段。在她们当中，奥尔嘉·索克拉托芙娜会坐在桌边，用一只盘子给这位或那位男客喂食，仿佛他们还是孩子。尼古拉·加夫里洛维奇则在一旁模拟妒火中烧的样子，将餐巾紧贴胸前，扬言要以刀叉刺破自己的

① polka，盛行于十九世纪的一种轻快的双人舞。

② Grossvater tanz，德语，指盛行于十七世纪的一种传统的民间舞蹈。

胸膛。轮到她表演时，她佯装和他发生了争论。他继而死乞白赖地求得她的原谅（这一切既可怕又无趣），并亲吻她胳膊上裸露的部分，她却竭力躲闪，一边大叫："无耻！""企鹅"一脸严肃、悲哀的神情，因为他很可能已经说了许多疯话，换了另外一个姑娘（即不像那样蛮横的姑娘）也会因此而动怒的。节假日，他在神殿里玩同样的把戏，以取悦未来的新娘。然而马克思主义评论家（即斯捷克洛夫）却错误地以为从中发现了"健康的亵渎"。作为牧师的儿子，尼古拉在教堂里感到很自在（因此当这位年轻的王子用自己父亲的冠冕为一只猫加冕时，他显然不是在表达对于人民政府的同情）。人们更不会因为他在每个人的背后画个十字而指责他戏弄十字军义士，那是奥尔嘉·索克拉托芙娜的患相思病的崇拜者们的符号。在此类闹剧又发生了几次之后，发生了——让我们记住这个——挥舞棍棒的模拟决斗。

几年以后的今天，当他被捕时，警察没收了这本旧日记。字迹工工整整，绝少涂抹的痕迹，而且使用了一种自创的代码。其中有一些缩写，例如weakns（weakness）！ Sillns（silliness）！ lbrty = ty（liberty，equality）[①]以及ch-k（chelovek，人——不是cheka，列宁的警察）[②]。

解读这本日记的人显然不是内行，因为他们犯了一些错误，例如，他们把dzrya读成druzya（朋友），而不是podozreniya（怀疑），从而把"我将引起人们的严重怀疑"歪曲成"我有一些牢靠的朋友"。车尔尼雪夫斯基抓住这一点，进而申辩整部日记是一部小说的草稿，一位作家的发明。因为他，他说，"当时没有任何在社会上举足轻重的朋友，而日记中的人显然在政府部门拥有一些权势煊赫的朋友"。他是否准确无误地记起日记中的原话已并不重要（尽管这一问题本身很有意思），真正重要的是他后来在《怎么办？》中，为这些话找到一个离奇的借口，"原稿"的内在节奏已经完全确定下来（例如野餐时在一位少

① 括号中英文单词的意思分别为"软弱""愚蠢""自由""平等"，其中"lbrty = ty"，因"="（等于）的英文是"equal"，故有"equality"。

② chelovek，用拉丁字母转写的俄文，人；cheka，即契卡，苏联情报组织。

女的歌声中呼唤："哦，少女啊，我住在阴暗的树林里，我是个堕落的朋友，我的生活将充满艰辛，下场将十分悲惨"）。躺在狱中，得知那本危险的日记正在被解读，他急忙给议会送去了"我的手稿的样品"。他特意写下这些东西，是为了给自己的日记正名，追认它为一部小说的草稿。（斯特兰诺柳布斯基干脆做出直截了当的假设，正是这一点迫使他在狱中写下了《怎么办？》，将其献给——顺便提一下——他的妻子，他将该书献给自己的妻子，而且故事始于圣奥尔嘉日。）因此他能够对他那些虚构的场景被赋予某种法律意义，表现出愤慨情绪。"我将自己和其他人物放在各种情形中，并且随心所欲地拓展他们。一个'我'谈起了被捕的可能性，另一个'我'则在他的恋人面前被别人用木棍揍得鼻青脸肿。"当他回忆起那本年代久远的日记时，他希望人们将有关客厅闹剧的细致描绘视为"异想天开"，因为一个老成稳重的人几乎不……不幸的是，在政界人们不认为他是一位老成稳重的人，而是一个不折不扣的小丑。正是从《现代人》的报纸撰稿人插科打诨的技巧中他们觉察出有害思想的可怕渗入。为了圆满地结束萨拉托夫文字游戏的主题，不妨让我们更进一步，直至劳役刑罚。它们的余音依然回荡在他为自己的同志创作的短剧，尤其是在小说《序曲》中（一八六六年写于工厂）。其中有一位悲怆地充当笑料的年轻人，以及一位给她的崇拜者喂食的美人儿。如果我们补充说，当主人公（沃尔金）和妻子谈起即将袭来的危险时，提到婚前他给她的一个警告，那就不可能不得出结论，我们最终拥有的这一切姗姗来迟的实据，是由车尔尼雪夫斯基嵌在这里，以支撑他那本日记仅仅是作品草稿的古老断言……因为《序曲》的肌理，透过微弱构思的所有渣滓，现在看起来确实是萨拉托夫札记的小说化延伸。

他在那里的一所高级中学从事语法和文学教学，成为一名极受欢迎的老师。男生们暗地里对所有教师进行了准确迅速的划分，他被归入神经兮兮、心不在焉、脾性温和的那一类。他们动辄发怒，却又容易在别人的引导下跑题——即刻落入经典艺术温柔的爪子里（小费奥列托夫就是这样)。有时候某些学生不熟悉课文内容,而校工就要鸣铃下课。在这大祸将临的危急关头,他会问一个补救性的纯属拖堂的问题:“尼古拉·加夫里洛维奇,这儿有一个关于国会的问题……”尼古拉·加夫里洛维奇立刻兴奋起来,来到黑板前捏紧粉笔,用力画出一七九二年至一七九五年间国会会议大厅的示意图(正如我们所知,他是绘制示意图的高手)。接着,他喜不自禁,会进而指出各党成员的座次安排。

在外省的那些年月里,他的举止极其粗鲁,简单到了肆无忌惮的地步,用他那些粗糙的观点和草率的行径吓唬温和保守的人物和畏惧上帝的青年。至今还流传着一则稍加渲染的故事。大意是在他母亲的葬礼上,灵柩刚刚入土,他就点燃一支香烟,挽起奥尔嘉·索克拉托芙娜的胳膊扬长而去,十天以后他娶她为妻。然而高年级学生却被他弄得神魂颠倒。他们有些人后来开始依恋他,怀着在这个崇尚权威的年代,年轻人对即将成为领袖的老师趋之若鹜的狂热。谈到“语法”,平心而论,他的弟子们连如何使用逗号也没学会。四十年以后他们当中有很多人参加了他的葬礼吗?根据一些资料有两个人,根据另一些资料一个人也没去。当出殡行列准备停在萨拉托夫学校门前唱一段祈祷文时,校董事差人通知牧师说此举甚为不妥。于是在颤巍巍的十月长风的陪伴下,送葬队伍怆然离去。

他转至圣彼得堡之后担任的教学工作比他在萨拉托夫的工作更加糟糕。一八五四年他连续几个月在第二陆军学校教书。这儿的孩子们在他的课堂上吵吵嚷嚷,向其中的几个懦夫厉声怒吼只能推波助澜。面对那里的蒙塔格纳德人[①],你丝毫也兴奋不起来。有一次课间休息时,一间教室内发出吵闹声,值班的学监走进去一阵咆哮,离开时秩序相对恢复了一些。与此同时,车尔尼雪夫斯基夹着公文包步入的另一间教室又爆发出一阵嘈杂声(休息时间已过)。车尔尼雪夫斯基

① Montagnard,加拿大落基山区的印第安人。

转身朝向那位学监，用手碰了他一下，迫使他站住。车尔尼雪夫斯基从眼镜上方盯着对方，忍住怒气对他说："不，先生，你现在不能进来。"学监觉得受了侮辱，这位教师却拒绝道歉，转身离去。从而开始"官员"的主题。

教化民众的想法，作为他后半生的基础此时已经形成。从一八五三年到一八六二年他的新闻活动始终充溢着一种渴望，他要用丰富多彩的知识盛宴哺育孱弱的俄国读者：份额很多，面包的供应取之不竭，星期天提供胡桃。在尼古拉·加夫里洛维奇强调政治与哲学这类肉食是何等重要的同时，他也并未忘记甜食。从他对阿马兰托夫的《室内魔术》的评论可以看出他曾在家中试验这种趣味物理学，尤其是对于最令人捧腹的游戏"用筛盛水"。他还加上了自己独创的新意：像所有的宣传家一样，他嗜好这种Kunststücke[①]（特技）。我们也不应忘记，他和父亲达成他将永远摒弃永恒运动的念头的协议还不到一年。

他爱读年鉴。为了向《现代人》订阅者提供常识，他注明"一基尼合六卢布四十七点五戈比；一美元合一银卢布三十一戈比"，或者他还会让他们知晓"敖德萨和奥恰基夫之间的所有电报塔是靠捐款建成的"。一部地道的百科全书，一个伏尔泰式的人物——重音当然落在第一个音节上。他慷慨地抄录了几千页（他随时准备拥抱像卷起的毯子一般意想不到的主题，并向读者展现它的全部风采），翻译了全部藏书，将各种体裁的作品全都培育成诗歌。直到生命的最后一刻他都梦想着要编写一部《思想与事实批评词典》（这使我们想起了福楼拜的讽刺文章，他那《庸见词典》[②]中的讽喻——"多数永远有理"——车尔尼雪夫斯基定会一本正经地接受这一观点）。就这一主题，他从

---

① 德语，（尤指杂技演员、魔术师等的）特效。

② *Le Dictionnaire des IDees Reçues*，一八八〇年福楼拜去世，人们在他遗留的档案中发现了他的未竟之作《布瓦尔和佩居榭》没写出的最后两章的大纲，研究者据此编成这部《庸见词典》（上海译文出版社，二〇一〇年）。

要塞写信给他的妻子，用热烈、惆怅和哀婉的口吻介绍自己力图完成的那些皇皇巨著。之后，在他幽居西伯利亚的整整二十年里，他从这一梦想中获取慰藉。但在他临终前一年，当他听说《布罗克豪斯词典》时，他仿佛看见自己的梦想成了现实。于是他渴望将它翻译出来（否则"他们就会给它塞满各种垃圾，诸如微不足道的德国艺术家"），认为这部著作将成为他整个一生的顶峰。事实证明这项伟业也已经有人从事了。

在其创作实践的初期，当论及莱辛[①]时（莱辛比他早出生整整一百年，他承认自己与莱辛有些相像），他说："由于这些天性，存在着一项比致力于个人偏爱的专业更美好的服务——为他的同胞的发展做出贡献。"和莱辛一样，他也习惯于从许多具体的细节中发展普遍的观点。想到莱辛的妻子死于分娩，他不禁为奥尔嘉·索克拉托芙娜担心起来，他曾就她的第一次分娩用拉丁文给他父亲写信，这与一百年前莱辛的做法如出一辙。

让我们在此说明一下：一八五三年十二月二十一日，尼古拉·加夫里洛维奇暗示，根据有经验的妇女的建议，他的妻子怀孕了。生产过程比较艰难，产下的是个男婴。"我的小甜甜、小乖乖。"奥尔嘉·索克拉托芙娜对着她的第一个孩子温柔地呼唤着。然而不久以后，她就对小萨沙失去了当初的迷恋。医生警告他们第二个孩子将会要她的命。但是她又怀孕了——"能多少赎回我们的罪孽，虽然违背我的心愿"。他怀着忧愁与淡淡的哀恸给涅克拉索夫写道……不，真正使他感到压抑的不是对妻子的担心，而是某种更加强烈的情绪。根据一些资料，车尔尼雪夫斯基在五十年代曾考虑过自杀；他甚至看上去还喝醉了酒—— 一幅多么令人敬畏的景象啊！一个醉醺醺的车尔尼雪夫斯基！无需掩盖这一点，婚姻是不幸的，三度不幸。甚至到了晚年，在

---

① Lessing（1729—1781），德国文艺理论家、剧作家，主要著作有《拉奥孔》《汉堡剧评》等。

他借助回忆“将往昔冰冻于恬静的快乐之中”（斯特兰诺柳布斯基）时，他依然带着那种命中注定、万劫不复的痛苦的烙印——它产生于怜悯、嫉妒和受伤的自尊，对于这一伤痛，另一位与他性格迥异的丈夫曾经体验过，并用一种截然不同的方式将其克服：普希金。

最终他的妻子和婴儿维克托侥幸活了下来。一八五八年十二月在分娩第三个儿子米沙之际，她再度濒临死亡。令人不可思议的时刻——勇敢的，多产的，身穿一件粗布大褂——生育能力旺盛的象征。

“他们聪明，很有教养，待人和善，这一点我很清楚。而我却呆头呆脑，没有文化，性情粗暴。”奥尔嘉这样提到（被称为“nadryu”的灵魂，不禁一阵痉挛）她丈夫的亲戚——佩平等堂兄妹。他们尽管心地善良，却没有宽恕“这个歇斯底里、疯疯癫癫、脾气令人难以忍受的荡妇”。她曾经随心所欲地将盘子摔得满地都是！哪一位传记作家能够把这些残片重新拼在一起呢？还有她那好动的天性……那些稀奇古怪的微恙……到了老年，她总爱回忆巴甫洛夫斯克的那个灰尘弥漫、阳光充足的黄昏。她乘坐一辆四轮马车，赶上康斯坦丁大公时，忽然扯下蓝色面纱，向他投去火辣辣的一瞥。或者她会回忆自己怎样和那个波兰流亡者伊万·费奥多罗维奇·萨维茨基一道欺骗丈夫，此人以两撇长长的小胡子而闻名。“拉菲（卡纳什卡，一个粗俗的诨名）知道这事……我跟伊万·费奥多罗维奇待在凹室中，他则坐在窗台边的书桌前继续写东西。”人们十分同情拉菲。他心里肯定痛苦不堪，饱受煎熬，看到许多小伙子环绕着自己的老婆，跟她眉目传情，肌肤之亲的程度因人而异。车尔尼雪夫斯基夫人的聚会被一伙高加索的学生弄得格外热闹。尼古拉·加夫里洛维奇难得出来参与他们在客厅的活动。有一次，在新年除夕，乔治亚娜姐妹在喜爱吵闹的戈戈别里泽的带领下，闯入他的书房，将他拖出来，奥尔嘉·索克拉托芙娜将披肩抛向他，迫使他跳舞。

是的，人们同情他——然而……他本来可以用皮带狠狠抽她一顿，送她去见鬼；或者在一部小说里刻画她的种种罪孽、号啕、游荡和难以计数的背叛，以此消磨狱中时光。可是不！在《序曲》中以及在《怎么办？》的部分章节里，他为恢复妻子名誉所做的种种努力打动了我们。在她周围没有那帮情人，只有一群诚心诚意的崇拜者。那种廉价的调情也消失了，它曾使男人们（她称他们“汉子”，一个可怕的昵称）认为她很容易亲近，尽管事实并非如此，人们在此读到的是一位机智、美丽的女子身上奔放的活力。荒淫无度变成了性格解放，她对于奋斗不息的丈夫所怀的敬意（她对于他的确抱有些许敬意，然而徒劳无益）支配了她的所有其他感情。《序曲》中的学生米罗诺夫，为了迷惑一位朋友，告诉他沃尔金的妻子是个寡妇。这使沃尔金夫人痛苦得大哭起来——同样，《怎么办？》里的女主人公，代表同一个女人，在轻佻陈腐的套话中苦苦思念她那被捕的丈夫。

沃尔金离开印刷所，匆匆赶到歌剧院，他在那里透过双筒望远镜仔细察看观众席的一侧，继而另一侧。温柔的泪水从他镜片底下簌簌涌出，他开始证实他的妻子，端坐在自己的包厢里，魅力和风度超过其他任何人——其手法与车尔尼雪夫斯基年轻时将娜杰日达与“硬币正面的女人头像”相比的方式完全相同。

这里我们发现自己再度为他的审美呼声所包围——车尔尼雪夫斯基一生的各种主题如今已听命于我。我已驯服了它们，它们已经习惯于我的笔。我微笑着听任它们自行其是：在发展的过程中它们仅仅形成一个圆圈，犹如一枚飞镖或一只猎鹰，以便最终返回我的手中。纵使某个主题远远飞去，超越了我的纸页的范围，我也毫不惊慌，它终将飞回来，正如这个主题曾经飞去飞回一样。

于是一八五五年五月十日，车尔尼雪夫斯基在圣彼得堡大学为我们已经熟悉的论文进行答辩，题目为《艺术对现实的审美关系》。它写于一八五三年八月份的三个晚上，就是说，正是在那个时候，他青年时代的“那股朦胧而又充满诗意，曾经启发他从一幅美丽少女的肖像的角度考察艺术的感情终于成熟，此刻产出这枚多汁的果实，与他那婚姻的激情有着天然的关联”（斯特兰诺柳布斯基语）。正是在这场公开辩论中,“六十年代的学术趋势”被首次公布,谢尔古诺夫事后回忆道,并以令人气馁的天真口吻指出大学校长普列特尼奥夫丝毫也不为这位年轻学者的讲演所动,也未能赏识他的天赋……另一方面,听众却欣喜若狂。许多人蜂拥而入,有的只得站在窗台上。“他们仿佛苍蝇叮腐肉一般扑了下来。”屠格涅夫对此嗤之以鼻,他肯定感到自己身为专业审美权威的能力受到了伤害,虽然他本人并不反对取悦苍蝇。

正如尚未脱离肉体或被肉体排斥的不完善的思想常有的情形,在这位“年轻学者”的审美观念中,你可以觉察出属于他个人的强悍风格,他的尖利刺耳的声音,咄咄逼人的语调。“美就是生活。使我们愉悦的东西是美丽的。生活以各种健康形态使我们愉悦……谈论生活吧,而且只谈论生活(这一声音萦绕不绝,被那个世纪的主旋律欣然接纳)。如果人们的生活没有人情味——那么,教他们如何生活,为他们描绘人类精英与和谐社会的生活。”因此艺术是生活的替代物或仲裁者。然而它绝不等同于生活,正如“蚀刻画在艺术上远逊于当初取材的图画”一样(一个奇妙无比的譬喻)。“不过,只在一点上,”这位演讲者申明,“诗歌高于现实,这就是当我们对事件添枝加叶时,通过补充相关后果,同时使所描述的人物性格符合他们参与的事件。”

因此,在谴责“纯艺术”的过程中,六十年代的人们,以及自此直至九十年代的善良的俄罗斯民众事实上在谴责——由于消息有误——他们自己对它的错误观念。二十年以后社会问题作家迦尔询在谢米拉茨基(一位粗鄙的院士)的画卷中窥见了“纯艺术”——这就好比禁欲主义者能够幻想的一桌即将使享乐主义者作呕的盛宴。于是车尔尼雪夫斯基,对艺术的本质不甚了解,为世俗浮华的艺术(即反艺术)中发现了它的极致,并为之奋斗——扑了空。同时我们不能忘记另外一个阵营,一个“唯美主义者”的阵营——发现庸俗的柔光的评论家德鲁日宁,或者那位“幻想”过于优雅、误引意大利风情的屠格涅夫——时常向对手提供的正是那种令人生厌、最容易遭到攻讦的材料。

尼古拉·加夫里洛维奇严厉抨击“纯粹的诗歌”，不论在何处发现——在最意想不到的冷僻领域。在《现代人》（一八五四年）上用数页的篇幅指责一本参考书，他援引了一张在他看来词条内容过于冗长的单子：“迷宫”、“月桂”以及“朗克洛”（尼农·德·）[①]。还有一张过于简短的词条单子：“实验室”、“拉法耶特[②]”、“亚麻布”和“莱辛”。一位能言善辩的批评家！一则符合他的整个学术生涯的座右铭！“诗歌”石印油画的波涛孕育出（正如我们已经看见的那样）胸脯丰满的“奢侈品”。“异想天开的东西”开始进行严肃的经济转向。“灯光……彩纸从气球上飘到街上，”他继续列举（主题是为庆祝路易斯·拿破仑的儿子受洗而举办的宴席和馈赠的礼物），“硕大无比的糖果盒降落在降落伞上……”以及富人所拥有的：“花梨木的床……镶有铰链和拉镜的衣柜……饰有花纹的幔帐……然而在那边是穷困潦倒的劳苦者……”联系已经找到，对偶也已获得。凭借巨大的谴责力量以及大量列举家具的文章，尼古拉·加夫里洛维奇揭露出隐匿其中的所有不道德行为。“令人惊奇的是，被赋予姣好容貌的缝纫女工日益放松自己的道德准则……令人惊奇的是，已经用她那件洗了一百回的平纹细布衬衣换了一条饰带，不惜多少个通宵不眠的夜晚守在一截缓缓燃烧的蜡烛头旁干活，为了在公共舞会或城郊狂欢会度过其他多少个通宵不眠的夜晚，她头晕目眩……”（经过一番思索，他推翻了诗人尼基京，并非因为后者的诗写得很蹩脚，而是因为作为沃罗涅什边远蛮荒林区的居民，他根本无权谈论大理石的柱廊和风帆）。

德国教育家坎佩，一双小手交叉着放在肚子上，曾经说过：“纺一磅羊毛比胡诌一册诗歌有用。”我们和他一样客观严肃，也讨厌诗人，讨厌那帮健康无病的家伙，他们如若无所事事倒还好些，却偏要忙于将“好端端的彩纸剪成碎片”。拨云见日吧，掩人耳目的骗子；删繁就

① “迷宫”“月桂”“朗克洛”对应的英文分别为“Labyrinth”“Laurel”“Lenclos”，其中朗克洛（Ninon de Lenclos，1620—1705）是十七世纪法国著名的交际花。

② Lafayette（1757—1834），法国君主立宪派将军，以参加北美独立战争荣立战功闻名。

简吧，故弄玄虚的家伙。“艺术的力量在于它的平易浅显”，别无其他。最使评论家感兴趣的应当是作家在作品中所表达的信念。沃伦斯基和斯特兰诺柳布斯基都在这里注意到一个令人费解的矛盾（在我们这位主人公的整个人生道路上暴露出的那些致命的内部矛盾中的一个）：在一元论者车尔尼雪夫斯基的审美观中存在的二元论——其中“形式”与“内容”泾渭分明，“内容”占据主导地位——或者，更为确切地说，“形式”承担灵魂的职责，“内容”发挥肉体的作用。然而这一“灵魂”由机械成分组成的事实加重了混乱程度，因为车尔尼雪夫斯基认为作品的价值不是一个质化观念而是一个量化观念。另外，“如果有人打算捡起一车遭人遗忘的凄凉小说，细心挑选作者观感中的所有亮点，他会获得一大批佳句，它们在价值上与那些构成受我们崇拜的作品的句子并无二致。”更有甚者，如果“你看一看在巴黎精制的工艺饰物，欣赏一下造型优美的青铜器、瓷器和木器，你就会明白今天要想划清工艺品与非工艺品的界限是根本不可能的”（这种精致考究的青铜器说明了许多问题）。

像词语一样，事物也有它们的格。车尔尼雪夫斯基用属格观察万物。其实，当然任何一股真正的新潮无非是国际象棋中的马的一次移动，阴影的一次变换，或镜子错位的一次挪移。他是一个严肃的人，温文尔雅，尊重教育、艺术和工艺，一个已经在思想领域积累形成了丰富的价值观的人——在积累它们期间他也许展露出一种超越时代的分辨力，但他此刻绝对不愿意让这些价值观突然受到重新评估，离经叛道的改革比愚昧守旧的黑暗更容易激怒他。于是，车尔尼雪夫斯基和众多的革命者一样，在艺术和科学品位上是一个地地道道的资产阶级分子。因此，“求取靴子的平方”抑或“从靴口处提取立方根”一类的妄语使他愤懑不已。“整个喀山都认识洛巴切夫斯基，”他在七十年代从西伯利亚给儿子的信里这样写道，“所有的喀山人都认为这个人是个彻头彻尾的傻瓜……究竟什么是‘射线的曲度’或‘弯曲的空间’？缺了平行公理的几何还能叫几何吗？没有动词可以写俄文文章吗？是的，可以——开个玩笑。喃喃低语，胆怯的喘息，夜莺的鸣转，出自一个叫费特的人的手笔，和他同时代的一位著名诗人。一个几乎无人能及的白痴。他一本正经地写下这些，人们却为他笑到肚疼。”他讨厌费特，正如他讨厌托尔斯泰一样。一八五六年，在讨好屠格涅夫时——他在《现代人》上想与之交谈——他写信告诉对方无论是《青年》（托尔斯泰的《童年》与《少年》）[1]甚至于费特的诗歌，都不足以降低公众的品位，仅仅因为公众不可能……紧跟着是一句粗俗的恭维。

一八五五年，在详述普希金，希望举一个“词语的混乱组合的”例子时，他迫不及待地援引他自己别出心裁的“蓝色的声音”——预言性地使勃洛克那半个世纪以后奏响的“蓝色的鸣铃时间”降临在他自个儿头上。“科学分析表明这样的组合是荒唐的。”他写道，不清楚“听觉色彩”的生理事实。“这难道不是一回事吗？”他问新米尔歌罗德[2]的读者，他们欣然接受他的观点，“无论我们有一条蓝鳍梭子鱼还是（像杰尔查文诗中描述的那样）一条长有蓝鳍的梭子鱼（当然，我们也许会大声疾呼，第二种表达在形式上看起来更自然），因为真正的思考者，如果他在公开场合比在书房待的时间更长，没有时间为这些琐屑小事操心。如果他待在广场上比待在书房里时间长，就更是如此了。”“总体轮廓”则是另外一码事。正是对泛泛而论（百科全书）的喜爱和对拘泥细节（专著）的憎恶，致使他责备达尔文幼稚、华莱士愚蠢（“……所有这类专门学问，从研究蝴蝶翅膀，到研究卡菲尔人[3]的方言”）。车尔尼雪夫斯基与他们截然相反，知识范围大到可怕的地步，而且抱着一种满不在乎、自以为是、“万事皆可”的态度，使他的专门性研究罩上一层疑云。然而他对于“大众兴趣”做出了自己的诠释，其前提是读者大多喜欢事物“富有成效”的一面。在评论一本杂志（一八五五年）时，他赞扬了《地球的寒暑状况》和《俄罗斯的煤田》等

① 指托尔斯泰的三部曲《童年》《少年》《青年》。
② 乌克兰中部一城市。
③ Kaffir，南非班图人的一支。

文章，而对于人们唯一渴望阅读的《骆驼的地区性分布》，他却毫不留情地斥之为过于专业。

特别是车尔尼雪夫斯基试图证明（一八五六年的《现代人》）三音步（抑抑扬格和扬抑抑格）对于俄文而言比二音步（抑扬格和扬抑格）更加自然。其中三音步（除非用于构成堂皇、“神圣”——因而令人生厌——的扬抑抑格六音步）在车尔尼雪夫斯基看来更加自然，“赏心悦目”，这就好像一位拙劣的骑手认为疾驰比小跑更加“容易”一样。然而问题并不在于此，而是在于他用以规范所有事物和人物的“统一原则”。虽然车尔尼雪夫斯基对于涅克拉索夫的自由体和科尔佐夫的初级抑抑扬格（“为何沉睡，muzhichyók[①]”）感到困惑不解，他却在他们的三音步中间嗅到了某种平民气息，它“奔放”且蕴含哲理，令人心旷神怡，与抑扬格的贵族气息截然相反。他认为凡是希望说服别人的诗人都应当运用抑抑扬格。然而，这还不是全部。在涅克拉索夫的三音步诗中常常是单音节或双音节词充当音步的轻读部分，失去了它们自身的重读特征，不过都增强了整体韵律，牺牲局部以保全整体（例如，三音步的诗行“Volga, Vólga, in spring overflowing[②]”，当中第一个“Volga”就占据了首音步的前两个轻读音节：Volga Vól）。我所说的一切当然没有得到车尔尼雪夫斯基本人的任何印证。然而奇怪的是在他创作于西伯利亚夜晚的那些诗歌中，在其带有些许痴狂意味的可怕粗糙的三音步中，不经意间套用了涅克拉索夫的技巧，把它发挥到了荒唐的地步，将通常不是在第一个音节（如“Volga”）而是在第二个音节上重读的双音节词填入轻读的位置，而且在同一句当中重复了三次——有一个确凿的证据“Remote hills, remote palms, surprised girl of the north”[③]（见写给他妻子的诗，一八七五年）。让我们重申：所有这些对按照某些社会经济名流的形象和化身创作的一行

① 用拉丁字母转写的俄文，农民。
② 英文，意为“伏尔加，伏尔加，在春天泛滥”。
③ 英文，意为“遥远的群山，遥远的棕榈，北国那位惊讶的姑娘”。

诗的偏爱，就车尔尼雪夫斯基本人而言，是纯属无心的，但是只有通过阐明这种创作倾向，你才能理解他的古怪理论的真实背景。因此他既无法认识抑抑扬格小提琴似的实质，也无法领略抑扬格，后者在将重音节转化为对音步的节奏性偏离时，是最灵活的韵律，这些偏离根据车尔尼雪夫斯基对神学院的回忆是非法的。最终他无法理解俄罗斯散文的节奏，因此，他用以证明其理论的方法对他进行报复，也就毫不足怪了。在他引用的几段散文里，他根据重音数量划分音节，获得三个音步。结果本该是两个，他说，倘若二音步更适合俄文的话。但是他未曾考虑到一个关键因素：一长三短的古音步！因为在他援引的几段文字中，整个整个的句子遵循无韵诗疾行如飞的韵律，所有音步中最典雅的一种，即：标准的抑扬格！

一位参观阿佩莱斯[①]的画室并对他难以理解的作品挑三拣四的靴匠恐怕是一位平庸的靴匠。这一切是否都源于他那些学问精深的经济论著中的数学观点，其中的分析要求研究者具备超越常人的好奇心？它们是否真的深刻，他那些对于经济学家穆勒的论述（他在其中力图重建一些理论“以符合刚刚产生于他的思想与生活的平民观点”）？他做的所有靴子真的合脚吗？抑或仅仅是一个老人的轻率，才促使他二十年以后得意洋洋地回忆起曾经就农业发展对于谷物收成的影响所进行的对数运算中的错误？可悲啊，所有这些，多么可悲。我们的总体印象是这一类型的唯物主义者陷入了一个致命的错误：忽略事物本身的品质。他们持续将自己那套极端唯物主义的方法仅仅用于物体之间的关系，用于物体之间的空隙，而不是用于物体本身。换言之，恰恰是在他们最希望脚踏实地的那一点上，他们因为深奥莫测而显得幼稚天真。

在他的年轻时代曾经有一个不幸的早晨。他认识的一个书贩找

① Apelles，公元前四世纪的希腊画家，曾给马其顿的腓力二世及亚历山大大帝充当宫廷画师。

上门来，鼻子高高的老头瓦西里·特罗菲莫维奇被装满一大帆布袋的禁书和半禁书压弯了腰，仿佛是一个巴巴-亚加。他既不通外语，也拼不出几个罗马字母，而且在朗读标题时还操着一口奇特浓重的土音，但是他却本能地猜出这本或那本德国书的煽动性达到什么程度。那天早晨他卖给尼古拉·加夫里洛维奇（他们俩蹲在一堆书旁边）一卷尚未拆封的费尔巴哈的作品。

当时，安德烈·伊万诺维奇·费尔巴哈比叶戈尔·费奥多罗维奇·黑格尔更受欢迎。“费尔巴哈”这个词的意思是一块具有思考能力的肌肉。安德烈·伊万诺维奇发现人与猿的差别仅仅存在于观点；然而，他几乎不可能已经研究了猿。半个世纪以后列宁批驳了“地球是人类七情六欲的总和”的理论，运用“地球存在于人类之先”的理论。他在《贸易宣言》中说：“我们现在借助有机化学将康德的不可知的‘本身固有的事物’转化为‘为我们的事物’。”他严肃地补充道：“鉴于茜素[①]已经在我们没有察觉的状况下存在于煤中，因此事物肯定独立于我们的认知而存在。”同样，车尔尼雪夫斯基解释道，“我们看见一棵树，另一人注视同样的物体。我们借助他眼中的映像知道确立的树的形象与我们的完全一致。因此我们所有人看到的物体，全都是它们实际存在的形态。”所有这些胡言乱语都有它自己隐秘的滑稽逗噱的偏执：“唯物主义者”对于树木的一味迷恋，尤其令人忍俊不禁，因为他们对于自然，尤其是对于树木特别陌生。那种可以触摸的物体在车尔尼雪夫斯基看来，“其行动威力远远超过它的抽象概念”（《哲学中的人类学原理》），远远超出了他们的认识范围。且看“唯物主义”引出，归根结底，一个多么可怕的抽象概念！车尔尼雪夫斯基弄不清一张铁犁与木犁的区别；他将啤酒与马德拉葡萄酒[②]混为一谈。除了野玫瑰以外，他列举不出任何一种野花的名字，不过十有八九这种植

① alizarin，一种可用于制造染料和红色颜料的物质。

② Madeira，产于北大西洋马德拉群岛。

物学知识的匮乏被一种"综合概括"的能力迅速弥补。他怀着一个无知者的信念，认为"它们（西伯利亚松林中的花朵）和开遍俄罗斯的花朵一模一样！"。一个秘密的惩罚，隐藏在这样的事实中：凡是将自己的哲学建立在了解社会的基础之上的人到头来被赤裸裸、孤零零地抛掷于西伯利亚东北部那着了魔的、草木异常茂密、尚未被完整描述的自然界。一种原始的、弥漫着神话色彩的报应，没有被他的富有人情味的鉴定者考虑到。

仅仅几年前，果戈理的彼得鲁什卡[①]的气息就已通过"世间万物皆有理性"这一事实的解释而被消除。但是热诚的俄罗斯黑格尔主义的时代已经过去。观念塑造者们不能理解黑格尔生机勃勃的真理。这一真理没有像浅水似的停滞，而是像血液一样，流贯认知的全过程。费尔巴哈更加合乎车尔尼雪夫斯基的口味。然而此处始终存在一个危险，即某个字母会脱离宇宙体系。这一危险没有在《公有制》一文中被车尔尼雪夫斯基回避。此时他利用黑格尔那诱人的三位一体的理论行事，列举一些例子，诸如世界的气态是论题，大脑的柔软性是综合体，抑或：一根木棍变成一把卡宾枪。"在三位一体的理论中隐藏着，"斯特兰诺柳布斯基指出，"一个隐隐约约的圆周的形象，控制着思维的所有生命，思维被无法逃遁地禁锢在其中。这就是真理的旋转木马，因为真理永远是圆形的。所以，在生命的各种形式的发展过程中，可能会出现某一条可以宽恕的曲线：真理的隆起；别无其他。"

车尔尼雪夫斯基的哲学穿越费尔巴哈，回归百科全书派。相反，实用的黑格尔主义逐渐朝左偏斜，穿越同样的费尔巴哈，加入马克思，后者在他的《神圣家族》中这样表达自己：

> ……无需出色的智力
> 也能分辨唯物主义的传授

---

① Petrushka，果戈理《死魂灵》中的一个仆人。

与人天生向善的

倾向之间的联系

彼此平等的每个人的能力——

一般被视为智能的能力；外部环境

对人施加的极大影响；

全能的经验，习惯以及

教养的支配；勤奋的

极端重要性；对快乐以及共产主义

享有的道德上的权力。

为了使它读起来不至于乏味我已将它译成无韵诗。

斯捷克洛夫认为，虽然车尔尼雪夫斯基天资出众，却无法与马克思相提并论，他若和马克思站在一起，就好似巴尔瑙尔[①]的工匠波尔祖诺夫与瓦特站在一处。马克思本人（那个“彻头彻尾的小资产阶级”，按照巴枯宁[②]的说法，此君无法忍受德国人），曾有一两次提到车尔尼雪夫斯基的“杰出”作品，但是在他的代表性经济论著《关于伟大的俄罗斯学者》（马克思总的来讲不喜欢俄国人）的空白处却留下不止一处的轻蔑的注释。车尔尼雪夫斯基以其人之道还治其人之身。已经身处七十年代的他对于一切新生事物都表现得漠不关心，充满敌意。他尤其厌恶经济学，因为对他而言经济学已经不再是一件武器，这暗示着在他心目中它已沦为一个空洞的玩具，一种“纯粹的科学”。利亚茨基铸成大错——当他怀着对当时通用的航海类譬喻的一腔热情，把流放中的车尔尼雪夫斯基比作一个人“正在荒僻的海岸上注视一艘巨轮（马克思的轮船）行驶在发现新大陆的途中”时。这一说法在涉及这一事实时尤为不幸，因为车尔尼雪夫斯基本人，似乎预见到这一

① Barnaul，俄罗斯西西伯利亚南部城市。

② Bakunin（1814—1876），俄国早期无产阶级革命者，著名的无政府主义者。

类比喻并希望提前予以反驳。他这样提及《资本论》(于一八七二年寄到他手中):“我只是翻了翻,但没有读它,我把它一页一页撕下来,折成一只只小船,让它们航行在维柳伊河上。”

列宁认为车尔尼雪夫斯基是“一位真正伟大的作家,始终设法坚守在牢不可破的哲学唯物主义层面上,从五十年代直到一八八八年”(他去除了一年)。一次,在一个刮风的日子里,克鲁普斯卡娅[①]转向卢那察尔斯基[②],带着淡淡的惆怅对他说:“弗拉基米尔·伊里奇几乎从未像这样喜欢过任何一个人……我觉得他和车尔尼雪夫斯基有许多共同之处。”“是的,他俩的确很相似。”卢那察尔斯基说,他一开始对于这句话还抱有怀疑态度,“他们都具有风格的明晰,语言的灵活……判断的广度与深度,革命的热情……博大的胸怀与谦逊的外表的结合,最终是他们共同的道德气质。”斯捷克洛夫将车尔尼雪夫斯基的文章《哲学中的人类学原则》称为“俄罗斯共产主义最早的哲学宣言”。耐人寻味的是这第一份宣言是一位在校学生对深奥无比的道德问题的描绘和幼稚的评估,“欧洲的唯物主义理论,”斯特兰诺柳布斯基说,多少有点套用沃伦斯基的话,“利用车尔尼雪夫斯基呈现出一种简化的、混乱而奇谲的形式,对叔本华做出轻蔑放肆的评价,然而在叔本华针砭一切的下面,他那些轻浮的思想连一刻也不能存活。他结合所有的前辈思想家,根据自己的错误回忆对一个个理念进行奇怪的联想,意识到只有斯宾诺沙和亚里士多德,才是他觉得自己正在延续其思想的人物。”

车尔尼雪夫斯基将他那套不成熟的三段论拼命钉在一起。然而他刚走,三段论即刻崩溃,只留下显眼的钉子。在推翻抽象的二元论的过程中,他又陷入直观的二元论,已经漫不经心地将物质视为首要原则,他绝望地迷失于一大堆概念之间。它们预先假定了构成我们对外部世界本身的看法的那种东西。职业哲学家尤尔克维奇毫不费力

---

① Krupskaya (1869—1939),全名N. K. 克鲁普斯卡娅,列宁夫人。

② Lunacharski (1875—1933),俄国文学家、教育家、美学家和政治活动家。

地把他扯成碎片。尤尔克维奇一直琢磨车尔尼雪夫斯基如何解释神经有形的移动正被转变为无形的情感。车尔尼雪夫斯基没有答复这位可怜的教授的内容翔实的文章，而是在《现代人》上原封不动地照搬了三分之一的内容（就是说，在法律许可的范围内），并在一个单词中间陡然打住，不加任何评论。他毫不理会专家的意见。他看不出对正在探讨的主题的细节一无所知有什么害处：细节对他而言仅仅是我们这个充满笼统概念的国度的一种贵族成分。

“他的大脑思考全人类的问题……而他的双手却从事着粗笨的活计。”他这样描述“心系社会的工人”（由此我们不禁想起古代的解剖图谱的木刻画，上面神情开朗的青年若无其事地倚着一根柱子，向文明社会袒露自己的脏腑）。但是那种政体，理当作为命题出现在三段论里，其中的论题是公社，更加类似于他那个时代的乌托邦，而不是苏维埃俄罗斯。傅立叶的世界，十二种强烈情感的和谐共处，集体生活的幸福，戴上玫瑰花环的工人——所有这些无不使一直在追求“和谐”的车尔尼雪夫斯基感到快慰。让我们想象一下那些住在宫殿里的法朗吉[①]：一千八百个灵魂——全都幸福快乐！音乐，彩旗，蛋糕。整个社会靠数学进行管理，而且管理得井井有条。傅立叶在我们的欲求和牛顿的万有引力定律之间建立的对应关系尤其令人陶醉，他确立了车尔尼雪夫斯基一生对牛顿的态度。将牛顿的苹果与傅立叶的苹果做比较是有意思的。傅立叶的那只苹果让一位旅行推销商在一家巴黎餐馆付出了整整十四苏，这一事实促使傅立叶对于工业机械化的混乱本质进行深刻思考，正如马克思通过摩泽尔河谷[②]的制酒商（“小农”）的问题熟悉经济问题一样：宏伟理论的一个优雅的起源。

车尔尼雪夫斯基维护土地公有制，因为它简化了俄罗斯的合作社组织，同时他准备同意解放没有土地的农民，因为土地所有制终将

① phalanstery，指法国空想社会主义者傅立叶所幻想建立的社会的基层组织。
② Moselle Valley，位于卢森堡市东边，是欧洲别具田园风光的葡萄酒产区。

沦为新的枷锁。就在此刻我们的笔尖迸出了火花。农奴的解放！伟大变革的时代！难怪年轻的车尔尼雪夫斯基一时兴起，展望未来，在一八四八年（有人将这一年称为“新世纪的开端”）的日记中这样写道：“如果我们眼下确实生活在西塞罗和恺撒的时代又当如何？如果seculorum novus nascitur ordo①，如果出现一个新的弥赛亚②，一种新的宗教，一个新的世界……”

五十年代的风采现在尽现眼前。人们可以在街上吸烟，可以蓄胡须。每一场音乐会上都会雷鸣般地演奏《威廉·退尔》。谣言不胫而走，说首都正在迁往莫斯科，说旧历即将被新历所取代。以此为掩护，俄罗斯正忙着为萨尔蒂科夫③那种原始而富于刺激性的揶揄提供素材。“人们谈论着弥漫在空气中的一种新精神，我倒想知道它是什么，”祖巴托夫将军说，“除了势利小人变得放肆以外，其他一切都跟原先完全一样。”地主尤其是他们的老婆做着各种匪夷所思的噩梦。一种新的邪说悄然滋生：无政府主义。“这是一种令人讨厌，违反道德的邪说，它排斥一切不可感触的东西。”达尔在给这个怪词下定义时也不禁一阵战栗（其中“无政府”，即虚无，似乎相当于“物质”）。牧师们眼前出现了一幅幻景：身材魁梧的车尔尼雪夫斯基头戴阔檐帽，手持一根木棒沿着涅夫斯基大道阔步前进。

还有以维尔诺行政长官纳济莫夫的名义发布的第一份敕令！另有沙皇本人的签名，何等潇洒，何等遒劲，缀有两个丰满硕大的花饰，后来被一颗炸弹炸成碎片。还有尼古拉的狂喜：“脾性温顺的人们被许诺将有好日子过，和事佬们为亚历山大二世加冕，而其他欧洲君主却无此福分……”

然而省城委员会成立不久，车尔尼雪夫斯基的热情便冷却了：大

---

① 拉丁文，新时代诞生了新秩序。
② Messiah，犹太人盼望的复国救世主。
③ Mikhail Saltykov-Shchedrin（1826—1889），俄国杰出的现实主义作家，代表作《一个城市的历史》《戈洛夫廖夫老爷们》等。

多数达官贵人的谋求私利把他给激怒了。一八五八年下半年他的梦想彻底破灭。补偿金可怜巴巴！配给量微不足道！《现代人》也变得语锋犀利，毫无顾忌起来。“可耻”、“不要脸”一类的词语给原本沉闷的杂志平添了许多活力。

主编的生活平淡无奇。很长时间公众不识他的尊容。他从不露面。已经出名的他，一直待在他那忙碌健谈的思想之翼里。

如同当时的惯例一样，他总是身穿睡衣（甚至后面也沾上斑斑点点的烛油）整日待在狭小的书房里。墙上糊着蓝色墙纸——有益于眼睛，窗户俯瞰院子（看见被雪覆盖的圆木堆），面前的宽大书桌上高高地堆着书、校样和各种剪报。他疯狂工作，拼命抽烟，觉却睡得极少。他制造的印象总是令人心悸：骨瘦如柴、神经兮兮。他的目光时而锋利，时而黯淡，双手哆哆嗦嗦，话语急促飘忽（然而他却从来不犯头痛病，他天真地将这视为心灵健康的迹象，并引以为豪）。他的工作能量大得惊人，在这一点上，他和上世纪大多数的俄罗斯评论家一样。对他的秘书斯图丹斯基，一位来自萨拉托夫的神学院毕业生，他一边口授施洛瑟历史书的译文，一边趁他记录的当儿继续为《现代人》撰稿，抑或读一大本书，在页边上作眉批。来客的拜访搅得他不得安宁。他不知道该如何躲避一位不速之客，只能越来越深地陷入一次交谈，这使他懊悔不迭。谈话时他总是将一只胳膊肘搁在壁炉架上，用手拨弄着什么，他用尖利聒耳的嗓音说话。但是每当他走神之际，他就会拖长腔调，呆板地吮吸嘴唇，一迭声地说着“好”。他会发出一种古怪的窃笑（令列夫·托尔斯泰惊出一身冷汗），但当他笑出声时，他便一阵阵笑个不停，同时发出震耳欲聋的吼声（倘若屠格涅夫从远处听见这些华彩经过句[①]，准会忙不迭起拔腿开溜）。

诸如辩证唯物主义的这套思想方法与肆无忌惮的专利药品广告有着惊人的相似之处，它们即刻治愈百病。话虽如此，这样的权宜之

① roulade，指音乐中音阶式或琶音式的急速的、装饰性的滚奏。

计偶尔能帮助对付感冒。在出身高贵的当代作家们对待出身寒微的车尔尼雪夫斯基的态度里，的确有一些颐指气使的味道。屠格涅夫、格里戈罗维奇和托尔斯泰称他为“散发着床虱臭味的绅士”，并变换各种花样竞相讥笑他。一次，在屠格涅夫的乡间住宅里，前两位与博特金、德鲁日宁一道自编自演了一出家庭滑稽剧。其中有一场一只长沙发照理该着火，屠格涅夫得一边叫着一边逃出来……此处，朋友们的共同努力说服他发出据说他在青年时代曾经在失火的船上向一位水手吐出的不幸的词儿：“救救我，救救我，我是妈妈的独生子。”毫无天资的格里戈罗维奇根据这出闹剧拼凑了一部极为平庸的作品《礼仪学校》，他赋予其中的一个人物，性情乖戾的作家切尔努辛，一副尼古拉·加夫里洛维奇的相貌：一双莫名其妙地睨视的鼹鼠眼，薄薄的嘴唇，扁平起皱的脸，左边太阳穴上一片蓬松的姜黄色头发，身上散发着一股烧糊的朗姆酒的淡淡的臭味。奇怪的是，臭名昭著的哀号（“救救我”等等）竟出自切尔努辛之口，从而使斯特兰诺柳布斯基提出的屠格涅夫与车尔尼雪夫斯基之间存在某种神秘联系的看法显得真实可信。“我曾读过他那部令人作呕的书（论文），”前者在信中告诉其他嘲笑车尔尼雪夫斯基的同行们，“Raca！ Raca！ Raca！[①]你知道世上没有任何东西比这句犹太人的诅咒更可怕。”

“这些‘raca’或‘raka’一类的诅咒，”传记作家迷信地认为，“七年以后印证在拉基夫（逮捕这个遭到诅咒的人的上校警官）身上。屠格涅夫写那封信的日期正好是七月十二日，车尔尼雪夫斯基的生日……”我们觉得斯特兰诺柳布斯基似乎有点牵强附会。

同年屠格涅夫的《罗亭》问世了。但是车尔尼雪夫斯基直到一八六〇年才对它进行抨击（因为它对巴枯宁的丑化），此时屠格涅夫对于《现代人》已经无足轻重，屠格涅夫之所以离开是因为杜勃罗

① 拉加，“凡骂弟兄是拉加的，难免公会的审断”（《新约·马太福音》，第五章，第二十二节），在阿拉姆语中，“拉加”是辱骂人的话，含有无用、无知的意思。

留波夫将一片嘘声对准他的《前夜》，托尔斯泰无法忍受我们的主人公。“你始终听见他，”他写道，“低声细气、不堪入耳的嗓音，尽讲些粗俗、令人费解的事情……看着他待在角落里不断生闷气，直到有人喝斥‘住嘴’，并逼视他时，方才打住。”“贵族们沦为粗鄙的痞子，”斯捷克洛夫在这里说，“当他们与下等人交谈或谈论他们时。”然而下等人也毫不示弱。知道屠格涅夫多么重视每一句对托尔斯泰不利的话，车尔尼雪夫斯基在五十年代随意谈论托尔斯泰的poshlost（粗俗）和hvastovstvo（骄矜）——“一只大头孔雀吹嘘它那甚至遮不住自己肮脏屁股的尾羽”等等。“你不是奥斯特洛夫斯基或托尔斯泰之类的人。”尼古拉·加夫里洛维奇补充道，“你是我们的光荣。”此刻《罗亭》已经出版——已经出版了两年。

其他文学评论刊物竭力挑他的刺。批评家杜德什金（在《国家评论》上）怒气冲冲地用陶制烟斗指着他：“诗歌于你不过是改写成韵文的政治经济学的篇章。”神秘营地那些巴不得他倒霉的人说起车尔尼雪夫斯基的“邪恶的魅惑”，说起他在外貌上与魔鬼的相似（例如科斯托马罗夫教授）。其他记者，比较普通的一类，诸如布拉格斯维特洛夫（他自以为风流倜傥，尽管他思想激进，雇的小听差却是一个货真价实、未染色的黑人），谈到车尔尼雪夫斯基那双脏兮兮的胶鞋和他那身德国人兼教堂司事的装束。涅克拉索夫半带微笑地挺身为这位“理智的伙伴”进行辩护（他曾亲自为《现代人》招募此人），承认他已经设法给杂志盖上单调乏味的标记，通过使大量谴责受贿行径和警察的故事充斥其间的做法。但是他高度赞扬他的同事富有成效的工作：由于他的努力，该杂志一八五八年拥有四千七百名订阅者，三年以后，上升到七千名。尼古拉·加夫里洛维奇与涅克拉索夫关系友好，但并无深交。有迹象表明他曾经因为钱财分配不公而闷闷不乐。一八八三年，为了取悦这位老人，佩平建议他写点“往事印象”，车尔尼雪夫斯基描绘了自己与涅克拉索夫初次见面的情景，他那精细繁琐的风格已为我们熟悉（不厌其烦地刻画他们相互间在屋中的每一个举动，包括实际迈出的步数)。这种百无遗漏的细致描述听起来像是强加于时间老人和他勤勉工作的一种侮辱,如果我们记得采取这些都是三十年前的事情。他将诗人涅克拉索夫置于其他一切诗人之上(高于普希金、莱蒙托夫和科尔佐夫)。《茶花女》曾使列宁落泪,同样,车尔尼雪夫斯基坦言在他看来,心灵的诗歌比哲理诗更加珍贵,也曾在阅读涅克拉索夫的诗歌时失声痛哭(纵使是抑扬格)。因为它们表达了他所经历的一切:他年轻时遭受的所有磨难,他对于妻子从初恋到热恋的各个阶段。难怪涅克拉索夫的这些抑扬格五音步的诗句令我们陶醉,尤其是它那催人上进、哀婉动人和预知未来的力量,以及第二个音步后面的富有特色的主要停顿[①],这一主要停顿在普希金的手中只是控制诗句节奏的基本器官,而到了涅克拉索夫手中却变成了真正的呼吸器官,仿佛它已经从裂纹变为裂口,或者诗句中的两音步部分与三音步部分骤然崩裂,在第二个音步后面留下一段充满音乐的间隙。当车尔尼雪夫斯基倾听这些沉闷的诗句,这些粗嗄的呜咽声时——

噢,不要埋怨你的生活多么黯淡,
也莫将一名囚徒称做行尸!
在我眼前豁开裂口变成深渊。
爱神在你眼前舒展她的双臂。
我知道,另一个更称你的心,
抛弃我等待他令你神伤意烦。
噢,容忍我吧!我的末日正在临近,
让命运之神平息她挑起的事端!

——他情不自禁地觉得他的妻子,不应急不可耐地欺骗自己;情不自禁地将末日的临近与正向他延伸的监狱的阴影混为一谈。不

① caesura,诗行中根据意思而作的主要停顿。

仅如此，显然这种联系被觉察——不在于理智的，而在于玄奥的判别力——也被写下这些诗行的诗人所觉察，因为正是它们的韵律（“噢，不要埋怨”），带着一种萦绕于心头的神奇音质回荡在他后来写的那首关于车尔尼雪夫斯基的诗里：

噢，不要埋怨他已掉以轻心，
是他本人铸成了自己的不幸……

所以涅克拉索夫的声调在车尔尼雪夫斯基听起来很悦耳。换言之，它们碰巧符合那种基本的审美观，车尔尼雪夫斯基误以为它是依照他自己的次要情感所得出的一切。我们绘出一个大圆圈，纳入与车尔尼雪夫斯基对各类学科部门的态度有关的事情，却又丝毫不曾损坏我们流畅的弧线，眼下我们带着新的力量重返他的艺术哲学，此时，我们不妨总结一下。

像我们其他所有喜欢不劳而获的激进的批评家一样，他不去肉麻地吹捧女作家，同时不遗余力地抨击埃夫多基娅·拉斯托普钦或阿夫多季娅·格林卡。“一段草率失实的废话”（正如普希金所言）没能让他动摇。他和杜勃罗留波夫一道猛烈攻击文学创作中搔首弄姿的行径——但在实际生活中……嗯，瞧瞧人们怎么对付他们，瞧瞧瓦西列夫医生的女儿们的一串串笑声，如何使他坐立不安，受尽折磨（泉水女神放声大笑，她们身边的溪水在隐居之所和其他灵魂救赎之地的附近缓缓流淌）。

他的品位十分呆滞，他被雨果弄得神魂颠倒。史文朋给他留下了深刻印象（只要想一想，这一点也不奇怪）。他在要塞时阅读的书目中，拼写福楼拜的名字用了一个“o”——事实上，他将福楼拜置于扎赫尔-马索赫和施皮尔哈根之下。他像法国普通百姓一样喜欢贝朗热[①]。

① Béranger（1780—1857），法国民主主义诗人，民歌作家，写有大量清新明快的歌谣。

"天哪！"斯捷克洛夫惊呼，"你说此人缺乏诗人气质？咳，你难道不知道他在朗诵贝朗热和雷列耶夫[①]时会流出喜悦的泪水吗？"他的品位只是在西伯利亚才失去活力——由于历史微妙奇特的安排，在他被流放的二十年间，俄罗斯产生的（到契诃夫为止）真正的作家没有哪一位的发迹他不曾在他一生的活跃时期亲眼目睹。八十年代他在阿斯特拉罕的一次谈话中明确表示："是的，先生，正是伯爵的头衔，使人觉得托尔斯泰是'俄罗斯土地上的一位伟大作家'。"当好事的客人问他谁是当时最优秀的作家时，他列出一个完全无足轻重的名字：马克西姆·别林斯基。

他年轻时在日记中这样写道："政治文学是最高级的文字。"五十年代他详细议论别林斯基（维萨里昂），当然，此事为政府所不容。他紧随其后说："文学不可能不服务于这种或那种意识形态的潮流。""如果我们身边的历史变革所取得的成绩不能使作家们产生共鸣和鼓舞的话……那他们在任何情况下都不可能创作出任何伟大的作品。因为历史从未听说过一件单纯依照美感构思的艺术品。"在四十年代，别林斯基坚持认为"乔治·桑应当无条件地被纳入欧洲诗人的行列（德文意义上的诗人），而把果戈理与荷马、莎士比亚的相提并论简直是对高雅与常识的亵渎"。塞万提斯、瓦尔特·司各特和库柏，作为卓越的艺术家，还有斯威夫特、斯特恩[②]、伏尔泰和卢梭，他们在整个文学史中占有无可比拟的重要地位，远非果戈理所能及。别林斯基的观点三十年后得到了车尔尼雪夫斯基的拥护（的确，当时乔治·桑地位上升，库柏沦为小儿科）。车尔尼雪夫斯基说："果戈理是个微不足道的小人物，例如与狄更斯、菲尔丁或斯特恩相比。"

可怜的果戈理！他的呼喊（犹如普希金的呼喊）"俄罗斯"被六十年代的人们心甘情愿地一再重复。而今，三驾马车需要的却是铺好的

---

① Ryleyev（1795—1826），俄国诗人，出版商，十二月党人领袖。

② Sterne（1713—1768），英国小说家，其所著小说《项狄传》全书无情节，写法奇特怪诞，被认为是小说的意识流手法之先驱。

公路，因为就连俄国的toska（渴望）已经变得具有功利性。可怜的果戈理！尊重批评家纳杰日金（他过去写“literature”[①]一词常用三个“t”）身上那股神学院学生的气质，车尔尼雪夫斯基发现他对果戈理的影响，本来会比普希金的影响更有益，同时为果戈理对原则的浑然不觉而深感痛惜。可怜的果戈理！唉，那个忧郁蠢笨的马特维耶神父也曾责令他放弃普希金……

莱蒙托夫的结局比较幸运。他的散文从别林斯基（后者热衷于征服技术）身上猛然抽出那个令人惊诧又富有无穷魅力的比喻，彼乔林[②]被比作蒸汽发动机，它将所有不小心滚入它轮下的人全都碾得粉碎。在他的诗歌里，中产阶级知识分子感到一种社会抒情诗般的品质，后来被称为“纳德松[③]主义”。在这个意义上莱蒙托夫是俄罗斯文学史上的第一位纳德松。他的“平民”诗直至并包括《你们作为受害者在决战中阵亡》（本世纪初一首有名的革命诗歌），其中的韵律，音质，泪水稀释的苍白成语，所有这些源于莱蒙托夫的这几行诗：

> 永别了，亲爱的战友！啊，你没有
> 久久凝视大地上那位蓝眸歌手！
> 你已获得一枚普通的木质十字勋章，你的
> 回忆将永驻……

莱蒙托夫的真正魅力，他诗歌中那些令人销魂的连绵回忆，天堂般的绚丽多彩，他的湿润诗行之间美轮美奂的透明性——这些，当然是车尔尼雪夫斯基之类的人全然无法领略的。

现在我们正逼近他最脆弱的部位。人们早已习惯于以其对普希

① 英文，意为“文学”。
② Pechorin，旧译毕巧林，莱蒙托夫最具影响力的长篇小说《当代英雄》的主人公，因为自己半真半假的恋爱游戏和冒险行动，而给别人带来痛苦与不幸。
③ Nadson（1862—1887），俄国诗人，曾任军官，写有大量抒情诗。

金的态度来衡量一位俄罗斯评论家的眼光、悟性和天赋的等级。此种情形将一直延续到俄罗斯评论界摈弃社会学、宗教、哲学和其他教科书，它们只能帮助平庸之辈自我陶醉。只有到那时，你才能畅所欲言。你那时可以批评普希金背叛了他在紧要关头的思考，同时保持你的天赋和荣誉。批评他让一个六音步悄悄潜入《鲍里斯·戈杜诺夫》的五音步中（第九幕），指责他在《瘟疫期的盛宴》第二十一行中犯了一个音韵错误，并说他在《暴风雨》中在短短十六行里重复“每一分钟”达五次之多。不过看在上帝的分上，结束这些不达要点的闲聊吧！

斯特兰诺柳布斯基将六十年代有关普希金的各种评论与三十年前警察局长本肯安朵夫伯爵抑或第三处处长冯·福克对他的态度进行了一番颇有见地的比较。平心而论，车尔尼雪夫斯基对一位作家的最高赞誉，犹如君主尼古拉一世或思想激进的别林斯基的褒奖，是完全理智的。当车尔尼雪夫斯基或皮萨列夫把普希金的诗歌称为“垃圾和奢侈品”时，他们只是在复述《军中辩才》的作者托尔马乔夫的话。此人在三十年代曾经这样评论普希金的作品：“微不足道和华而不实的东西。”当车尔尼雪夫斯基说普希金“不过是拜伦的一个拙劣的模仿者”时，他是在用令人不可思议的精确性复制沃龙佐夫伯爵（普希金在敖德萨的上司）所下的定义：“不过是拜伦勋爵的一个拙劣的模仿者。”“普希金缺乏扎实、深厚的教育基础。”这个深受杜勃罗留波夫喜爱的观点与沃龙佐夫的评语彼此友好地遥相呼应：“一个人如果不能持之以恒地拓宽自己的知识面，他就不能成为一位真正的诗人，而他的知识是不够的。”“单单创作《叶甫盖尼·奥涅金》不能算是天才。”进步的纳杰日金写道，将普希金比作一位裁缝，一位背心图案的设计者，从而与反动的教育大臣乌瓦罗夫伯爵达成了理智的默契，乌瓦罗夫在普希金的葬礼上评论说：“写出音韵铿锵的诗并不意味着事业有成。”

车尔尼雪夫斯基将天才与常识等量齐观。如果普希金是天才，他困惑不解地问道，那么你怎样解释他手稿中大量的涂抹修改呢？你可以把它理解为誊清的文稿中的“一些润饰”，但是这本身是一件粗糙的作品。它本应洋洋洒洒，因为常识即刻吐露自己的思想，因为它明白自己想说什么。此外，作为一个对于艺术创作陌生到了荒唐可笑地步的人，他以为“润饰”发生在纸上，而“真正的工作”——即“酝酿整体框架的任务”——形成于“头脑之中”。这是植入他那“唯物主义”的危险的二元论的又一个标志。由此将钻出不止一条蛇，在他一生中偷咬他。普希金的标新立异使他忧心忡忡：“诗歌作品称得上优秀，须得人人读过之后都这样说：不错，这不仅貌似真实，而且不可能出现相反的情况，因为这就是事物的一贯面目。”

普希金没有将送给坐困要塞的车尔尼雪夫斯基的那些书算在自己的作品中。所以难怪：虽然普希金有许多贡献（“他发明了俄罗斯诗歌并且教上流社会阅读它”——这两个毫无根据的说法），但他首先是一个善于写风趣短诗，描绘女人小脚的诗人——而且是带着六十年代腔调的“小脚”。当时整个大自然被一窍不通的门外汉称为travka（“草”的指小表爱）和pichuzhki（“鸟儿”的指小表爱）。它们的意思已经与普希金的“小小的脚”大相径庭，眼下倒是更接近令人作呕的“小脚”。使他（同时也使别林斯基）惊讶不已的是，普希金在接近生命终点时变得特别“超然冷漠”，那些友好情谊已经结束，它们的标记便是那首存留至今的诗作《阿里翁》，车尔尼雪夫斯基顺便做了解释。但是对于《现代人》的读者来说，这句偶尔涉及当时讳莫如深的十二月党人[①]的话，对于《现代人》的读者却充满了神圣的意味。我们忽然想象他们心不在焉，饥肠辘辘，一口咬住苹果——将阅读的欲望转移到苹果上，继而又用目光咀嚼词语。由此可见，尼古拉肯定被《鲍里斯·戈杜诺夫》倒数第二场的舞台说明气得不轻，这一舞台说明类似一个狡黠的暗示和一次对人民的桂冠的窃取，那个编造“粗言秽语”的作者几乎不配戴上它（参看车尔尼雪夫斯基对于《伊斯坦布尔现在

① 一八二五年十二月反对沙皇尼古拉一世的武装起义者。

受到异教徒的赞美》一诗的评语)："普希金出来时被人民簇拥包围。"

"重读最恶毒的评论，"秋天普希金在波尔金诺写道，"我发现它们很滑稽，我真不懂我为什么会为它们生气。在我看来，假如我想讥笑他们，除了不加评论地将它们照印一份以外，我想不出其他更好的办法。"奇怪的是，这与车尔尼雪夫斯基当初对待尤尔克维奇教授的文章如出一辙：一个荒诞不经的重复！此刻"普希金的一束光线从俄罗斯批评思想的百叶窗帘幕间射入，照亮了一粒旋转着的微尘"，且用斯特兰诺柳布斯基的辛辣的比喻。我们没有忘记命运的以下有趣的经历：车尔尼雪夫斯基在萨拉托夫写的日记中将普希金在《埃及之夜》中的两行诗移入自己的情书，完全误引了第二行，带有一种典型的（对他这个听觉迟钝的人来说）歪曲："我（他）接受激情的挑战/仿佛日后必将迎接战火的考验一样"（原诗为"仿佛他将在战火纷飞的日子里/接受野蛮肉搏的考验"）。因为这样"我必将"，命运——诗神的同盟者（她是创造条件的专家），对他进行报复——而且使用了在惩罚的进化过程中变得如此高雅、不露痕迹的手段！

在这段倒霉的文字误引与十年后车尔尼雪夫斯基的评论之间仿佛存在着某种联系："如果人们能够在……会议上就公共事务发表他们的所有见解，那么是不是将没有必要根据他们的见解在杂志上撰文？"然而，就在此刻复仇女神已经苏醒。"人们将以说代写，"车尔尼雪夫斯基继续写道，"如果这些观点得让所有未参加会议的人知道，可以由一名速记员将它们记下来。"复仇的帷幕于是开启：在西伯利亚，倾听他诉说的仅有落叶松和雅库特人。"讲坛"和"演讲大厅"的形象时常浮现于他的脑海，演讲厅十分便于公众聚集，会场将做出热烈的反应，究其根源，他，作为普希金作品的即兴朗诵者（《埃及之夜》中的他），但又是比较拙劣的韵文作者，已经为他的职业选择了——以后作为一个不切实际的理想——某一主题的几种变体。在他的垂暮之年，他在一部作品中寄托了他的梦想：临终前，他从阿斯特拉罕给拉夫罗夫寄去了他的《在斯塔罗博尔斯基公主宫中之夜》，准备登在文学评论杂志《俄罗斯思想》上（但是该刊发现无法印刷它们）。紧接着他又寄去一份“插页”——直接寄给印刷商：

> 那一部分提到人们从雅座餐厅，走进正式的沙龙，这里已经做好准备让他们聆听维亚佐夫斯基的童话故事，有一段关于大厅陈设的描述……将男女速写员分别置于两个区域，分坐在两张桌边。没有显示这种安排，抑或未曾令人满意地显示这种安排。在我的原稿中这段文字如下所述：“讲台的两侧立着两张供速记员使用的桌子……维亚佐夫斯基走向速记员，与他们握手，站着与他们闲聊，其他与会者同时入座。”清样中的那几行与引自原稿的一段意思相吻合，应该被以下几行替代：“男人们，形成一个紧缩的边框，站在讲台旁边，并且挨着后排椅子之后的墙壁。乐手们和他们的乐谱器占据了讲台两侧，即席赋诗朗诵者受到四面响起的震耳欲聋的掌声的欢迎……”

对不起，对不起，我们全给搅混了——联系普希金的《埃及之夜》中的一节。让我们恢复刚才的情形：“讲台和大厅半圆形听众区的最前排之间（车尔尼雪夫斯基给一位并不存在的印刷商写道），在讲台左右两侧稍远处各放置了一张桌子。如果你站在讲台左前侧，从半圆形区域的正中向讲台看……”还有许多诸如此类的话，然而都不知所云。

“这儿有一个适合它们的主题。”恰尔斯基对即席赋诗者说。然而“诗人亲自为他的诗歌选择题目，大众无权引导他的灵感”。

普希金主题在车尔尼雪夫斯基一生的推动作用和演化发展已经指引我们走了很长一段路。与此同时，一位新人——他的名字已经有一两次不安分地探出头来，闪入我们的讨论——正期待着登场。现在正是他露面的时刻——他终于出现了，身穿蓝领大学生制服，纽扣紧扣，周身上下散发着“进步原则”的气息。行为笨拙，一双小小的近视眼，系了一条寒酸的纽波特饰带。他的络腮胡子对于福楼拜来说显得意味深长。他猛地伸出手来，古怪地把手往前一推，大拇指外翻。他用一种黏糊糊的、推心置腹的低音介绍自己：杜勃罗留波夫。

他们的首次见面（一八五六年夏天）在几乎三十年后被车尔尼雪夫斯基忆及（当时他也在进行关于涅克拉索夫的创作）。他那为我们所熟悉的大量细节，琐碎的笔法，虽然在本质上呈现病态，且毫无意义，但却应该激发思想与时间打交道时那种无可指责的特性。友谊将这两位男子的首字母紧紧连在一起，一百个世纪也无法将它们拆散（相反：它在子孙后裔的意识中变得更加牢固）。这里不是详述这位年轻人的文学创作活动的地方。让我们只说他粗野天真到笨拙的地步，说在那篇讽刺评论《口哨》中他讥笑当时声誉卓著的皮罗戈夫博士，却模仿莱蒙托夫（利用莱蒙托夫的一些抒情诗歌作为揶揄人物事件的新闻笑话的背景在当时十分盛行，它最终演化为对纯粹模仿艺术的嘲讽）。让我们说，借用斯特兰诺柳布斯基的话，“在杜勃罗留波夫的推动下，文字顺坡滚滚而下，奔向注定的结局——它刚刚跌至零点，便被置于颠倒的逗号里：这位学生带来了一些‘文学’（意思是‘宣传手册’）。”你还能添加其他货色吗？杜勃罗留波夫的幽默？噢，那些令人陶醉的时光。蚊子本身就很滑稽，一只落在某人鼻尖上的蚊子就更滑稽了。还有一只蚊子飞入政府办公室叮咬一位公务员，使听众哼哼唧唧，同时笑弯了腰！

比杜勃罗留波夫的晦涩凝重的评论（这些激进评论家中的佼佼者其实是用他们的双脚写作）更令人着迷的是他生活中轻浮放荡的一面。他那如痴如狂、浪漫好动的天性为车尔尼雪夫斯基描写列维茨基（在《序曲》中）的“风流韵事”提供了素材。杜勃罗留波夫极易堕入爱河（我们在此瞥见他正一本正经地玩傻瓜游戏，一种简单的纸牌游戏，他的对手是一位身上挂满勋章的将军，他正在追求这位将军的女儿）。他在旧鲁萨[①]有个德国女朋友，强大而又累赘的束缚。车尔

① Staraya Russa，位于俄罗斯诺夫哥罗德州的西部，是俄罗斯最古老的城市之一。

尼雪夫斯基态度坚决地阻止他的这种不道德的幽会，简直到了不遗余力的地步。他们长时间地扭作一团，两人倦怠乏力，站立不稳，浑身汗湿——在地板上滚来滚去，与家具相撞——整个过程始终一语不发，你只能听见他俩喘着粗气。接着，他们跌跌撞撞地走向对方，两人同时在翻倒的椅子下面寻觅各自的眼镜。一八五九年初，谣言传到车尔尼雪夫斯基耳朵里，说杜勃罗留波夫（和丹泰斯一样），为了掩盖自己与奥尔嘉·索克拉托芙娜的"艳情"，准备和她的妹妹结婚（而后者此时已经有了情人）。这两位年轻女子都放肆地捉弄杜勃罗留波夫：她们将他带到一个假面舞会上，自己装扮成一位嘉布遣会[①]修女或一位冰淇淋贩子，向他倾吐她们心中的秘密。与奥尔嘉·索克拉托芙娜的散步使他"乐不可支"。"我明白我在这里将一无所获，"她给一位朋友写道，"因为没有哪一次谈话她不提到尽管我是个好人，却拙手笨脚，几乎令人生厌。我知道我不应当企图以任何方式获得任何东西，因为不管怎样我喜欢尼古拉·加夫里洛维奇胜过爱她。但同时我又无法把她独自撇在一旁。"听到这些流言，尽管尼古拉·加夫里洛维奇对于妻子的道德从不抱有任何幻想，依旧感到有些愤懑：这种背叛是双重的。他和杜勃罗留波夫开诚布公地做了一番解释，不久他乘船来到伦敦"斥责赫尔岑"（正如他后来表达的那样）。换言之，狠狠地谴责他在《钟声》上对同一个杜勃罗留波夫的攻击。《钟声》是国外出版的一份开明期刊，然其观点并不像地方性杂志《现代人》那样激进。

或许，此番晤面的目的不仅在于为朋友求情，杜勃罗留波夫的名字（尤其后来，与他本人的死亡联系在一起），被车尔尼雪夫斯基十分娴熟地当成"一种革命策略"。过去的有关报道说他来拜访赫尔岑的主要目的是为了商讨《现代人》在国外出版的问题：每个人都预感到它不久将要停刊。但是总体上讲这次旅行笼罩在一层迷雾中，在车尔尼雪夫斯基的作品中没有留下什么痕迹，所以他尽管去了美国，人们

① Capuchin，为天主教方济各会的一支，该会会服附有尖顶风帽。

却乐于相信这段经历纯属虚构。他对英国一直很感兴趣，他曾让狄更斯的作品滋养自己的心灵，《泰晤士报》丰富他的智慧——他饱览那儿的秀色时本该多么酣畅淋漓，他猎取的景观本应令他目不暇接。他后来在记忆中本应频频回顾这段经历，事实上，车尔尼雪夫斯基从未提及这次旅行，无论受到谁的逼迫，他都会轻描淡写地答道："嗯，那儿有什么可谈的——那儿有雾，船来回晃荡，除此以外还有什么呢？"于是，生活本身（至今不知有多少次）驳斥了他的箴言："可感物体的作用远远大于该物体的抽象概念。"

无论实际情形如何，车尔尼雪夫斯基于一八五九年六月二十六日（新的风格？）来到伦敦（所有人都以为他在萨拉托夫），并一直待到三十日。一束淡淡的光线穿过这四天的浓雾，图奇科夫－奥加廖夫夫人穿过客厅走进一个阳光充足的花园，怀抱她那一岁的女儿，裹在一块小小的绣边披肩里。客厅里（这一幕发生在帕特尼·赫尔岑的家中），亚历山大·伊万诺维奇踱来踱去（这些室内的散步在当时很时髦），旁边有一位中等身材的绅士，虽然其貌不扬，"却有某种坚忍克制、顺天应命的动人神情映照在他脸上"（这极可能只是传记作家的一个幻觉，因为他是通过已经注定的命运的棱镜来回顾这张脸的）。赫尔岑将自己的伙伴介绍给她。车尔尼雪夫斯基摸摸婴儿的头发，轻轻地说："我的一些孩子也像这样，但是我难得见到他们。"（他常常将自己孩子们的名字混在一起：小维克托在萨拉托夫，他在那里不久就死了，因为儿童的命运不能宽宥这样的笔误——而对于已经被带回圣彼得堡的"小萨沙"，他寄去了一个吻。）"说'你好'，把你的小手给我们，"赫尔岑语气急促地说，紧接着开始回答车尔尼雪夫斯基提到的问题，"是的，一点儿也不错——那就是他们被送往西伯利亚矿井的原因。"图奇科夫夫人这时轻飘飘走进花园，那束淡淡的光线永远熄灭了。

肺结核加上糖尿病和肾炎很快结束了杜勃罗留波夫的生命，一八六一年的秋天，他正处于弥留之际。车尔尼雪夫斯基每天都去看望他，并在那儿开始酝酿他的反抗活动。他们极其巧妙地瞒过警察暗探的眼睛。当时人们普遍认为他是《致地主的农奴们》这篇宣言的作者。“没有什么演讲。”舍尔古诺夫回忆道（他写了《致士兵们》那篇宣言）。甚至连弗拉季斯拉夫·科斯托马罗夫——他们印刷了这些呼吁书，也显然不能断定车尔尼雪夫斯基的作者身份。宣言的风格颇能令人想起拉斯托普钦伯爵那篇讨伐拿破仑侵略的老一套的文告：“所以这就是它的目的，这种真实彻底的自由……让法庭公正，让人在正义面前平等……仅仅在一个村庄掀起暴动又有何用？”如果，这确系车尔尼雪夫斯基所写（巧合的是，“布尔加”和“吵闹”是伏尔加河流域的词汇），那么润饰一定出自其他人之手。

据来自人民自由组织的消息说，车尔尼雪夫斯基曾在一八六一年六月向斯列普佐夫和他的战友们建议，建立一个五人组织—— 一个“地下”社会的核心。该系统的关键在于每个成员另外构成他自己的组织，因而只知道有八个人。唯有中心人物了解所有成员的情况。只有车尔尼雪夫斯基认识所有成员，这则传闻似乎未能免于固定程式。

但是让我们重申：他谨小慎微，到了近乎完美的地步。在一八六一年十月的学生骚乱以后，他处于永久监禁的状态下，然而特务工作的不同凡响之处并不在于它的含蓄微妙：尼古拉·加夫里洛维奇雇了楼房管理员的老婆给自己做饭，一个身材高大，脸颊红润的老太婆。她的名字有点出人意料：穆萨。她毫不费力地给收买了——五卢布买咖啡，她一喝咖啡就上了瘾。作为回报，穆萨将主人废纸篓中的内容提供给警察。

与此同时，一八六一年十一月十七日，二十五岁的杜勃罗留波夫离开了人世。葬于沃尔科夫公墓，装在“一具简陋的橡木棺柩里”（这种情形下的棺柩总是简陋的），与别林斯基为邻。“忽然从人群中走出一位精力充沛、胡子刮得光光的绅士。”一位目击者回忆道（车尔尼雪夫斯基的容貌依然不为众人所知），看到到场的人寥寥无几，他火了，开始喋喋不休、含讥带讽地谈起这种状况。就在他大发议论的当儿，奥尔嘉·索克拉托芙娜浑身战栗地流下眼泪，倚在一个学生的肩膀上，他和其他几个忠心耿耿的学生始终陪着她。另一个，除了他自己的学生帽外，手里还抓着“老板”的浣熊皮帽。“老板”敞着毛皮大衣，不顾寒气袭人，掏出一本作业本，开始操着愤怒的、说教的口吻朗读上面杜勃罗留波夫那些粗糙而灰暗的诗歌，描写的是诚实的原则和逼近的死亡。霜雾闪耀在白桦林中。靠近树林一侧，有一群掘坟者和其中一人的母亲，在这位瑟瑟颤抖的女人身旁站着一名秘密警察局的特务，穿着新毡靴子，满脸的谦恭。“是的，”车尔尼雪夫斯基总结道，“我们这里并不关心这一事实：通过将他的文章删减得支离破碎，新闻审查制度使杜勃罗留波夫染上肾炎。为了个人的荣耀他已经做了足够的努力，为了他自己，他没有理由继续苟活。对于这种类型的怀有种种抱负的人，生活别无恩赐，唯有极度的痛苦。诚实的原则——那是他的痼疾。”用卷起的笔记本指着另一侧邻近的空处，车尔尼雪夫斯基高喊：“俄罗斯没有一个人有资格占据那座坟墓！”（已经有人了：它很快被皮萨列夫占据。）

我们很难摆脱这种印象，车尔尼雪夫斯基年轻时曾经梦想成为一场全国起义的领袖，此时正陶醉在一股笼罩着他的罕见的恐怖气氛里。他不可避免地从他的国家的诡秘生活中获取意义。通过与他所处的时代的默契，眼下看起来，他所需要的只是一天，历史游戏里一小时接二连三的好运，机遇和天意瞬间狂热融合，以便扶摇直上。期待一八六三年发生一场革命，而且在未来合法政府的内阁中，他被列为总理。他胸怀怎样的激情！那神秘的“什么东西”被斯捷克洛夫谈论，而不理会他的马克思主义，它在西伯利亚熄灭（虽然他的“学识”、“逻辑”和“不平”得以保留），然而在车尔尼雪夫斯基被放逐西伯利亚之前无疑存在于他胸间，并以不同寻常的力量展现自己。它蛊惑人心，极其危险，政府对它的畏惧远远超过任何宣言。“这帮狂徒嗜血如命，暴虐成性，”这些报道激愤地说，“将我们从车尔尼雪夫斯基的控制下拯救出去……”

"荒凉……孤零零的山脉……星罗棋布的湖泊和沼泽……生活必需品匮乏……办事拖沓的邮差……(所有这些)甚至使天才失尽耐性。"(这一段摘自地理学家赛尔斯基为雅库茨克省写的地方志,被他抄录在《现代人》上——思考某些事情,揣测某些事情——或许蕴含着某种暗示。)

在俄罗斯,新闻审查部门兴起于文学之前,它那命中注定的老资格始终有案可稽:改善它的欲望是何等强烈!车尔尼雪夫斯基在《现代人》的活动,变成了对新闻审查制度的轻狎非礼,而它无疑是我国最受人关注的制度之一。当时,在政府担惊受怕之际,例如,唯恐"音符掩蔽用密码写的反政府宣传",所以不惜重金委托一些行家解读它们,车尔尼雪夫斯基在他的杂志上,以精心装扮的小丑为掩护,热情地传播费尔巴哈的思想。无论何时,在介绍加里波第[①]或加福尔[②]的文章(谁也不愿计算这位不知疲倦的人从《泰晤士报》翻译过来的那些长达数英里的小号字)和他对意大利时势的评论里,他实际上每隔一句就会执拗地在括号里重复"意大利"、"在意大利"、"我在谈论意大利"——早已受其感染的读者清楚他的言下之意是他在谈论俄罗斯和农民问题。或者:车尔尼雪夫斯基佯装喋喋不休地闲聊脑中出现的任何话题,仅仅为了营造一种飘忽空灵的絮谈气氛。然而蓦地,饰以词汇的条纹和斑点,罩上语言的彩衣,他极欲表达的重要思想会偷偷溜过去。这类"把戏"的整个过程最终由弗拉季斯拉夫·科斯托马罗夫小心翼翼地拼凑在一起,作为向秘密警察提供的情报。这一做法虽然卑鄙,却从本质上反映了"车尔尼雪夫斯基那些非常手段"的原貌。

还有一位科斯托马罗夫教授,在什么地方说车尔尼雪夫斯基是一流棋手。事实上无论科斯托马罗夫还是车尔尼雪夫斯基,对于棋术都知之甚少。尼古拉·加夫里洛维奇年轻时的确买过一副棋,甚至试图

---

① Garibaldi (1807—1881),意大利民族解放运动领袖,领导罗马共和国的保卫战,解放西西里和那不勒斯。

② Cavour (1810—1861),意大利君主立宪派领袖,撒丁王国首相,意大利王国首任首相。

掌握一本棋书，多少学会几招，摆弄了一阵子（而且极为细致地记下了摆弄的感受）。终于，他厌倦了这种无聊的消遣，便将这些东西一股脑儿地移交给了一位朋友。十五年后（记得莱辛通过棋盘与门德尔松相识），他创建圣彼得堡国际象棋俱乐部，它于一八六二年一月开放，持续存在了一个春天，接着每况愈下，即便不是因为涉及“圣彼得堡大火”而被停业，它也会自动倒闭。它只不过是一个文学和政治社团，位于所谓的鲁阿泽议院大楼。车尔尼雪夫斯基来到这儿，坐在一张桌子边，一边用一只“车”敲击桌面（他将“车”称作“城堡”），一边聊些无伤大雅的轶闻。激进的谢尔诺-索洛维耶维奇会突然到场——这是屠格涅夫式的闯入，与待在偏僻一隅的某个人攀谈起来。屋子里空荡荡的。一帮酒友——次要作家波米亚洛夫斯基、库罗奇金、克罗尔——在酒吧里大声喧嚷。其中第一位把他自己的货色鼓吹了一番，推销文学合作化的构想。“让我们组织，”他说，“一个作家—劳动者社团，研究我们社会生活的各个方面，诸如乞丐、针线商、点灯人、消防员，把我们获得的材料汇入一份专刊。”车尔尼雪夫斯基嘲笑他，于是传出一则笨拙的谣言说波米亚洛夫斯基“一拳砸扁了他的杯子”。“这全是无稽之谈，我对您极其尊敬，决不会干出那种事。”波米亚洛夫斯基给他写道。

一八六二年三月二日，在那座相同的鲁阿泽议院大楼的会场里，车尔尼雪夫斯基进行了第一次公开演说（要是不把他的论文答辩和大冷天的墓畔演讲计算在内的话）。当晚的收入表面上将资助贫困学生，然而事实上将用于援救刚刚被捕的政治犯米哈伊洛夫和奥布鲁切夫。鲁宾斯坦气势恢宏地演奏了震撼人心的进行曲。巴甫洛夫教授谈起俄罗斯的辉煌时代——还模棱两可地补充说如果政府停止第一步（解放农民），“将不啻崖畔止步——让那些长着耳朵的人去细细聆听吧。”（他们听见了他的声音，他旋即遭到放逐。）涅克拉索夫读了几首蹩脚却“浑厚有力”、纪念杜勃罗留波夫的诗歌。库罗奇金朗读了贝朗热的《小鸟》的译文（囚犯的忧郁和骤然获得自由的狂喜）。车尔尼雪夫斯基演讲的主题依然是杜勃罗留波夫。

受到响亮掌声的欢迎（那个年代的年轻人有办法在鼓掌时使掌心凹陷，这样的结果犹如礼炮齐鸣），他站立片刻，微笑着眨眨眼睛。他的长相没能取悦正热切期待见到这位民众代言人的女士们——他的肖像无法搞到。一张令人厌烦的脸，她们说，发型像俄国农民，不知何故，穿的不是燕尾服，而是一件饰有穗带的短上衣，系着一只可怕的领结——“一场颜色灾难”（见奥尔嘉·雷日科夫的《六十年代的一个女人：回忆录》）。此外他来时不知何故没做好准备，演讲对他来说还很陌生，为了掩饰自己的激动他采用了一种娓娓而谈的口吻，然而对于朋友它太客套，对于心怀叵测的人它又太熟悉。他首先谈起自己的公文包（他从包里取出一本笔记本），解释说此包的不同凡响之处是那把装有一只小齿轮的锁。“瞧，你只要转一下，包就锁上了，如果你想锁得更严实，它就以一种不同的方式转动，随即回复到原先状态，并且受制于你。在原处，就在这块饰板上，雕有若干阿拉伯式的花饰，真是精美极了。”接着他提高嗓音，带着训示的口吻开始朗读杜勃罗留波夫的一篇无人不知的文章，但又蓦地打住（犹如《怎么办？》中作者的偏离主题），友好地将听众带入他心中的秘密，开始详细解释自己从未当过杜勃罗留波夫的向导。他一边说，一边不停地拨弄他的表链——此物深深嵌入所有传记作家的脑海，并将为嘲讽他的记者们提供一个主题。但是，在你想到它之前，他也许一直都在拨弄那块手表，因为留给他的自由时间的确已经所剩无几（总共四个月！）。他的语调“缺乏生气”，正像他们常常在学院里所说的那样，他的演讲毫无革命启示，使他的听众很生气。他没有任何成功可言，而巴甫洛夫几乎主宰了一切。传记作家尼古拉泽指出巴甫洛夫刚刚被驱逐出圣彼得堡，人们便理解和佩服车尔尼雪夫斯基的谨慎了。他本人——在西伯利亚的荒原，一座活跃热烈的大厅只是在狂乱的梦境中才出现在他眼前——却为那次蹩脚的演讲，那次可耻的失败痛惜不已，怨恨自己没有抓住那个千载难逢的机会（因为他本来就是在劫难逃），没有在鲁阿泽议会厅的讲台上发表一篇铁与火的演讲。那正是他小说的主人公极有可能发表的演讲，当时他刚刚重返自由，跳上一辆四轮马车对车夫喊道："去美术馆！"

许多事件在那个多风的春天接连发生。这里那里燃起大火，倏地——在这片橘黄和黑色相间的背景下—— 一个幻景。手拿帽子一路奔跑，陀思妥耶夫斯基匆匆而过：去哪儿？

圣灵降临的星期一（一八六二年五月二十八日），天上狂风呼啸，利果夫卡刚吐出熊熊烈焰，暴徒又点燃了阿普拉欣市场。杜勃罗留波夫正在狂奔，灭火员策马飞驰。"他们穿梭的身影倒映在药店的窗户里和艳丽的玻璃球中。"（被涅克拉索夫亲眼看见。）远处，浓烟在丰坦卡运河上空翻滚，朝着切尔内绍夫大街蔓延，那儿很快升起一股黑色的烟柱……正在这时陀思妥耶夫斯基赶到现场，他赶到黑暗的中心——车尔尼雪夫斯基的住所，开始歇斯底里地乞求他制止这一切。这里有两个有趣的因素：对尼古拉·加夫里洛维奇魔力的深信不疑，以及有谣言说整个纵火过程是按照彼得拉舍夫斯基早在一八四九年制定的计划实施的。

秘密特务，话音里不无莫名的惊恐。报告说在灾难最深重的那一夜"从车尔尼雪夫斯基的窗户里传出笑声"。警察认为他像魔鬼一样诡计多端，从他的每一个举动中嗅出狡黠的气息。尼古拉·加夫里洛维奇全家来到距离圣彼得堡几英里的巴甫洛夫斯克消夏，那里纵火事件发生几天后，准确地讲是六月十日（薄暮，蚊虫，音乐），一个叫柳别茨基的乌蓝德近卫军团的副官少校，一个花花公子，起了个像是接吻的名字，他在正要离开"沃克斯霍尔"之际发现两位女士发疯般地蹦蹦跳跳，他在最质朴的内心深处将她们视为Camelias（荡妇）。"他企图同时搂住她俩的腰。"她们身边的四名学生立刻将他围住并扬言要报复他，声称其中一位女士是大作家车尔尼雪夫斯基的妻子，另一位是她的妹妹。这位丈夫，按照警察的看法，有什么企图呢？他试图将此案提交法院官员协会——不是出于荣誉的考虑，而是出于把军队和学生牵扯在一起的不可告人的目的。他得在六月五日拜访受理他投诉的宪兵处。波塔波夫，该处处长，驳回他的诉状，告诉他根据自己得到的情报，乌蓝德近卫军团准备向他道歉。车尔尼雪夫斯基断然放弃了任何要求，转而问道："前两天我已将家人送往萨拉托夫，现在我也想到那儿休息一下（《现代人》已经停刊）。如果我想携妻出国，去洗温泉——你知道她患了神经性疼痛——我能够畅行无阻吗？""当然可以。"波塔波夫友好地说，两天以后发生了逮捕。

在这一切之前发生了这样一件事："国际博览会"在伦敦刚刚开幕（十九世纪尤其热衷于展示自己的财富—— 一份数量充裕但粗俗没品的嫁妆已经遭到本世纪的挥霍浪费）。到场的有游客、商人、记者以及暗探。在某日举行的一次盛大宴会上，赫尔岑一时疏忽，在众目睽睽下将写给激进记者谢尔诺-索洛维耶维奇的一封信递给准备启程前往俄国的韦托什尼科夫，信中要求谢尔诺-索洛维耶维奇将车尔尼雪夫斯基的注意力吸引到《钟声》上关于该杂志有意在海外出版《现代人》的启事上。但是还没等到这位信差灵活的双脚踏上俄罗斯的土壤，他就被捕了。

车尔尼雪夫斯基当时住在位于圣弗拉基米尔教堂附近（后来他在阿斯特拉罕的地址也证实与某座圣殿为邻）的一座宅子里，这里在他之前曾经住过穆拉维约夫（后来的一位内阁部长），后来他在《序言》中带着不由自主的憎恶描绘此人。七月七日，两个朋友来看他，一位是博科夫医生（他后来经常给这位流放者送来医药方面的建议），另一位是安东洛维奇（"土地与自由"的一名成员，他尽管与车尔尼雪夫斯基过从甚密，却未曾怀疑后者与该组织有联系）。他们坐在客厅里，很快拉基夫上校加入了他们的谈话。这位警官臃肿矮小，身穿黑色制服，相貌凶恶，令人讨厌。他很随便地坐下，仿佛是个客人，其实，他来是为了逮捕车尔尼雪夫斯基。历史的形式再度进行那种神秘的接触，激发了一位历史学家身上钻营投机的天性（斯特兰诺柳布斯基）。正是这位拉基夫，代表了政府急不可耐的卑劣嘴脸，把普希金的灵柩匆匆搬出京城，将已故的他流放到远方。出于礼貌，闲聊了几分钟，接着拉基夫向车尔尼雪夫斯基恭维地笑笑（使博科夫医生“心里一阵哆嗦”），说要和他单独谈谈。“那么让我们到书房吧。”后者答道，蓦地朝书房走去。拉基夫，虽然并没有仓皇失措——他毕竟惯于此道——但是觉得自己作为客人不宜以相同的速度紧随其后。然而车尔尼雪夫斯基很快又回来了。在他用冷茶灌下什么东西之际（据安东洛维奇不祥的揣测吞下的是手稿），喉结剧烈地颤动，眼光越过镜片上方，他让客人先进去。他的朋友们，没有更好的事可做（他们在客厅里等候，大多数家具罩着防尘套的客厅显得异常凄凉），便出门溜达（“这不可能……我简直难以相信。”博科夫不断重复）。他们返回宅子，博利绍耶·莫斯科夫斯基大街的第四座建筑，吃惊地发现门口停着—— 一副温顺的模样，因而处于越发令人厌恶的期待的状态中—— 一辆囚车。博科夫进门首先向车尔尼雪夫斯基继而向……道别。尼古拉·加夫里洛维奇坐在桌边，摆弄着一把剪刀，上校坐在旁边并跷着二郎腿。他们闲聊着——仍然是出于礼貌——巴甫洛夫斯克相对于其他度假胜地的优越性。“而且那儿的伙伴是那么出色。”上校说着，轻咳了一声。

“怎么，你们不等我就出去了？”车尔尼雪夫斯基问道，转身朝向他的门徒。“真是不幸，我得……”安东洛维奇不知所云地回答。“那好，再见了。”尼古拉·加夫里洛维奇用调侃的口吻说，他高高举起自己的一只手，又倏地放下握住安东洛维奇的手。这种同志般的告别方式很快在俄罗斯的革命者中间传播开来。

“就这样，”斯特兰诺柳布斯基在他那部空前绝后的专论的最宏伟的篇章开头大声疾呼，“车尔尼雪夫斯基被捕了！”当夜，被捕的消息迅速传遍全城。许多人满腔义愤，大放悲声。许多人攥紧拳头……但是也不乏幸灾乐祸的嘲笑者：啊哈！他们终于逮住那个恶棍，除掉了那个“厚颜无耻，大呼小叫的乡巴佬”。女小说家科哈诺夫斯基（虽然嗓音微微嘶哑）就是这样说的。接下来斯特兰诺柳布斯基酣畅淋漓地描述了当局为制造证据而不得不从事的复杂工作。“这个证据本应存在，实际上却没有。”因为产生了一个极为奇特的现象。从法律上讲这次逮捕没有依据，他们得搭一座脚手架供法律爬上去生效。于是他们利用“虚假的数量”行事，打算在由法律包围的空寂被事实填补时，才小心翼翼地消除所有虚假的货色。起诉车尔尼雪夫斯基的理由纯属幻觉。然而它是个虚幻的罪名却又有真实的负疚。不久从外边煞有介事地，通过一条拐弯抹角的路线——他们终于觅得解决问题的一个办法，与真正的方法碰巧相符。

我们有三个顶点C、K和P。首先在C与K之间画一条直线，抵消车尔尼雪夫斯基，当局挑出一位已经退役的乌蓝德骑兵掌旗官，弗拉季斯拉夫·德米特里耶维奇·科斯托马罗夫，他于去年八月份在莫斯科因为印刷煽动性出版物而被降为普通士兵——一个有些疯疯癫癫的家伙，带着些许彼乔林式的习气，也喜欢写写诗文。作为外国诗歌的翻译者，他在文学作品中留下一串蜈蚣的足迹。接着在K与P之间画第二条直线，评论家皮萨列夫在期刊《俄罗斯语言》上撰文评述了这些翻译。对作者“粲然似法罗斯岛灯塔的冕状头饰的熠熠光芒”（引自雨果）横加指责，同时赞赏他对彭斯几行诗的“朴素动情”的翻译。（译文是：“顶顶要紧，顶顶要紧/让天下人诚实可靠/但愿人人彼此信赖/首先成为挚友……”）科斯托马罗夫曾告诉读者海涅到死都是一个罪孽深重、不知悔改的人，评论家对此不无戏谑地奉劝这位“无情的谴责者”“好好检点一下自己的公开活动”。科斯托马罗夫精神错乱的明证在于他浮华的文风和癫狂的写作状态，在于他梦游时浑浑噩噩地（尽管按照顺序）对夹杂着法语词汇的伪造文字的行文，以及他那令人惊骇的游戏作风。他在寄给普季林（一名侦探）的几份报告上署名：Feofan Otchenashenko[①] 或 Ventseslav Lyutyy[②]。他不苟言笑，

① 用拉丁字母转写的俄文，意为“显灵的我们父子”。
② 用拉丁字母转写的俄文，意为“恶魔文策斯劳斯”。

心地歹毒，疯疯癫癫，行为莽撞，自吹自擂，令人望而却步。他具有许多奇特的本领，他能用女子的笔迹写作——他自己解释道“塔玛拉女王的灵魂曾在月圆之夜拜访过他”。他平素的笔迹酷似车尔尼雪夫斯基的笔迹，除此以外他还能够模仿许多种笔迹，从而极大地提高了这位善于掩人耳目的内奸的价值。因为车尔尼雪夫斯基在《致地主的农奴们》那份宣言书中的作者身份没有公开，科斯托马罗夫接受的第一个任务就是伪造一张据称是出自车尔尼雪夫斯基之手的短笺，要求对宣言中的一个词进行更改。第二个任务是准备一封信（致“阿列克谢·尼古拉耶维奇”），借此进一步证实车尔尼雪夫斯基曾积极参与革命活动。上述两封信都是科斯托马罗夫一手炮制的。这些笔迹的伪造成分一目了然。一开始这个伪造者还颇费气力，然而不久他好像已经感到厌倦，赶紧干完了事。就以“我”为例（它在俄文手稿中俨若校对人员的删除号）。在车尔尼雪夫斯基的原件中，该字的末笔是笔直遒劲的一撇——而且甚至向右稍稍弯一点——而在这份伪造书中这一撇却带着莫名的欢畅拐向左上侧，仿佛ya在向你致敬。

当这些准备工作正在进行之际，尼古拉·加夫里洛维奇被囚禁在彼得—保罗要塞的阿列克谢耶夫斯基V形棱堡中，紧挨二十二岁的皮萨列夫，后者比他早四天入狱，命中注定的三角CPK合并成形。起初，狱中生活没有使车尔尼雪夫斯基感到压抑：没了不速之客的造访，他反而觉得舒心惬意……但是不久这种与世隔绝的沉寂就使他烦躁起来。“深深的”地席不留痕迹地吞噬了狱卒沿着过道来回走动的脚步声……来自外界的唯一音响是钟摆庄严的敲击，它久久回荡在你的耳际……描绘这样的生活需要作家使用大量的省略号……正是从这样一种冷漠的俄罗斯式隔绝中萌生出俄罗斯式的对于热烈人群的梦想。撩起绿色台面呢窗帘的一角，狱卒就可以透过门上的窥视孔看见这位囚犯。坐在绿色的板床上或椅子上，身穿绒线睡袍，头戴鸭舌帽——这儿的犯人被允许戴自己的帽子，只要不是高顶黑色大礼帽——此举虽为制造与政府融洽和睦的感觉增色不少，然而通过否定法则却创造出一个相当顽强的形象（至于皮萨列夫，他惹人注目地戴着一顶土耳其毡帽）。此外，车尔尼雪夫斯基获准拥有一支鹅毛笔，囚犯可以在带有一只滑动抽屉、漆成绿色的小桌上写字。“桌脚犹如阿喀琉斯[①]的脚踵，光秃秃的，没有上漆”（斯特兰诺柳布斯基）。

秋天过去了，监狱的院子里长出一株小小的山梨树。九号犯人忽然不喜欢走动了。但是起初，他每天都出来走走，并且寻思（他特有的一个怪异的念头）此时他的牢房遭到了搜查——如果他最终拒绝外出的话，看管人员一定会怀疑他在里面藏匿了什么东西。但是当他确信情形并非如此（将线头到处乱扔作为标记），他心情轻松地坐下来写作。到了冬天，他已经译完了施洛瑟的作品，并已经开始翻译格维努斯和T. B. 麦考利[②]的作品。他自己也写了一两部作品。让我们回忆那本日记，让我们从更早的一段中，摘取暗示他将在要塞写作的句子的几个语意含混的末尾——哦，不——如果你愿意，让我们回到“催人泪下的主题”，它开始在我们这部神秘旋转的小说的最初几页上旋转。

我们眼前是车尔尼雪夫斯基一八六二年十二月五日写给妻子的那封著名的信：他那众多尘封的作品中间的一块黄色钻石。我们审视这种貌似粗糙丑陋却极易辨认的笔迹，词尾的笔画坚毅果断，P与R形成许多个弧圈，形成“刺目标记”的宽大炽热的十字——此刻我们的肺部溢满一股久违的纯情。斯特兰诺柳布斯基恰如其分地将此信称作车尔尼雪夫斯基短暂成熟的发端。所有的激情，所有分配给他的毅力和才智——理应在一场全国起义爆发之际喷涌而出的一切——喷涌而出，紧紧抓住支撑点，即便仅有短暂的一刻，至高无上的力量……猛烈地拉扯缰绳，或许用鲜血染红俄罗斯的嘴唇，染红后腿直立的战马——所有这些在他的信中获得了病态的宣泄。你可以说，事实上，这是他一生中辩证思维的目标和顶峰，长期以来一直在朦

① Achilles，希腊神话中的英雄，出生后被其母握脚踵倒提着在冥河水中浸过，因此除脚踵外浑身刀枪不入。

② T. B. Macaulay（1800—1859），美国政治家、演说家、历史学家，曾著《美国史》。

胧的思想深处酝酿积聚。这一封语气强硬、义愤填膺的信，写给审查他的案子的委员会，后来被他收录在写给妻子的信中，他做自我申辩时喜怒交织的语气，以及铁链哗啦作响时的傲气充分展现。“人民将满怀感激地记住我们。”他给奥尔嘉·索克拉托芙娜写道。事实最终证明他是正确的：正是这种声音发出回音，传遍本世纪剩下的所有空间，使几百万有知识的外地人的心脏顺着真诚崇高而又温柔的节奏跳动。我们已经提到过他曾经在信中谈论编字典的计划。“亚里士多德也是如此”后面是这样的话：“然而我已经开始讲述我的思想：它们是秘密。关于我单独对你说的话千万别向任何人透露。”这儿，斯捷克洛夫评论道：“一滴眼泪落在这两行字上，车尔尼雪夫斯基不得不重写那些模糊的字母。”但是事实并非如此。泪水（靠在纸张折叠处）早在这两行之前就已经滴落。车尔尼雪夫斯基得重写两个词，“秘密”和“关于”（一个位于第一行的开端，另一个位于第二行的开端），他每次遇到潮湿的地方总要重新勾画它们的轮廓，因此它们始终处于未完成状态。

两天以后，他变得越发愤怒，同时越发相信自己的无懈可击，便开始“抨击”他的法官。他写给妻子的这第二封信可以归纳为如下几点：一、关于我可能被捕的种种传言，我可以告诉你我与任何事件都没有牵连。如果当局逮捕我的话，他们将不得不向我道歉。二、我之所以这样认为，是因为我知道他们在跟踪我——他们吹嘘自己干得挺漂亮，我也听任他们自吹自擂，因为我估计他们了解我的起居活动之后，会觉得自己的那些怀疑是毫无根据的。三、这是一种愚蠢的猜测，因为我也清楚在我们国家没有人能把哪件事做得恰如其分。四、所以逮捕我就意味着他们已经削弱了政府的威信。五、“我们”能做什么呢？道歉吗？但是如果“他”不接受我们的道歉，反而说“你既然已经向政府妥协了，我就有责任向政府做出解释”，又该如何？六、所以“我们”将推迟这种不愉快的交锋。七、但是政府一再询问车尔尼雪夫斯基是否有罪——政府终将得到答复。八、我等待的正是那个答复。

“车尔尼雪夫斯基的一封离奇古怪的信的抄件，”波塔波夫用铅笔补充道，“但是他错了，谁也不用道歉。”

这事发生几天之后他开始写他的小说《怎么办？》。到一月十五日他给佩平寄去第一部分样稿，一个星期以后他又寄去第二部分，佩平将它们作为《现代人》的稿件交给了涅克拉索夫，《现代人》已经获准复刊（从二月开始）。与此同时，《俄罗斯语言》在类似的停刊八个月之后也获准复刊。在急不可耐地期待盈利时，那位头戴土耳其毡帽的危险邻居已经拿笔蘸墨水了。

能够说明在这个节骨眼上，某种神秘的力量试图帮助车尔尼雪夫斯基至少摆脱这一混乱局面，是一件令人欣慰的事。他的处境十分艰难——谁能不心生怜悯呢？二十八日，由于政府被他的不断抨击弄得恼羞成怒，驳回他看望自己妻子的请求，他开始了一场绝食。绝食行为在当时的俄罗斯尚属罕见，他们发现这位倡导者十分笨拙，看守发现他日渐消瘦，但是食物又似乎吃过了……然而四天后，牢房里的腐臭引起了狱卒的注意。经过一番搜索，他们断定固体食物已经被藏在书里，而白菜汤则被倒入了地板缝。在礼拜天，二月三日下午一时许，要塞的军医检查了这位囚犯的身体，发现他面色苍白，舌苔发白，脉搏有点微弱——就在这一天的同一时刻，涅克拉索夫乘坐出租雪橇在回家途中的拐角弄丢了装有两部手稿的粉红色纸袋，纸袋四角用线拴牢，上面写着《怎么办？》。虽然他绝望中清醒地记得经过的整个路线，却想不起快要到家时他曾经将那只袋子放在一旁以便取钱包——雪橇正好在此拐弯……打滑时发出一阵嘎吱声……《怎么办？》不被觉察地落到地上。这就是那股神秘的力量—— 一股离心力——企图没收那本书，书的成功势必给作者的命运带来灾难性的影响。但是这番努力失败了：在临近玛丽宁思克医院的雪地上，那只粉红色纸袋被一个贫苦的职员捡起来，他得负担一大家子的生活。缓慢吃力地走到家里，他戴上眼镜，检视他的发现，觉得它好像是某部文学作品的开篇，没有丝毫战栗，没有烫着懒洋洋的手指，他将它抛在一边。“毁了它！”一个无望的声音哀求着，未能奏效。它的遗失启事后来登在圣彼得堡的《警署公报》上。这位职员将这只袋子交到指定地点，为此获得了允诺的酬金：五十银卢布。

这期间看守已经开始向尼古拉·加夫里洛维奇提供一些开胃酒，他喝了两次，接着，感到撑得难受，他宣布今后决不再喝一滴酒，他绝食并非因为他没有食欲，而是出于一时的心血来潮。六日早晨，“因为他缺乏经验，看不出病痛折磨的症状”，遂停止绝食，开始吃早餐。十二日波塔波夫通知委员会的负责人在车尔尼雪夫斯基完全康复之前，不能允许他看望妻子。第二天那位负责人报告说车尔尼雪夫斯基很健康而且正在全力以赴地写作。奥尔嘉·索克拉托芙娜来时大肆诉苦——说自己身体欠佳，说佩平如何如何，说自己手头拮据，眼泪汪汪地嘲笑丈夫唇边长出的一小撮胡子，最后她变得越发伤感，开始拥抱他。

“够了，我亲爱的，够了。”他平静地连连说道——用的是平素与她交往时一贯保持的那种不甚热情的腔调，事实上他疯狂无望地爱着她。“无论是我还是其他任何人都没有理由认为我不会被释放。”分手时他用特别强调的语气对她说。

又一个月过去了。三月二十三日他与科斯托马罗夫发生了冲突。弗拉季斯拉夫·德米特里耶维奇怒目而视，显然陷入了他自己的谎言中。车尔尼雪夫斯基露出一丝鄙夷的冷笑，用唐突而又轻蔑的语气回击对方。他的优越感令人难忘。“想想吧，”斯捷克洛夫大声喊道，“此时此刻他在写那部玲珑清扬的《怎么办？》。”

唉！在要塞中写《怎么办？》与其说令人吃惊不如说鲁莽轻率——甚至单单为了当局将它与他的案子扯在一起的缘故。总之，这部小说问世的历史极为有趣。新闻审查机构之所以同意它在《现代人》上发表，是考虑到这样的事实：一部在“最大程度上反对艺术”的小说，必将推翻车尔尼雪夫斯基的权威。他只能招致众人的嘲笑。说到底，譬如，小说中那些“轻佻”的场景有什么价值可言呢？“韦罗奇卡[1]理应为自己的婚礼喝下半杯酒，为自己的店喝下半杯，为朱丽叶的健康喝半杯（朱丽叶是一位迷途知返的巴黎妓女，现已成为书中某个人物的女友）。她和朱丽叶开始互相追逐，伴随着一阵阵尖叫和嬉闹……她们扭在一起，一块倒在沙发上……她们再也不想起来，只是继续尖叫、大笑，两人都睡着了。”其中的遣词用语时而透出几分有民间特色的兵营书卷气，时而又带有……佐琴科的味道。“喝完茶以后……她回到自己的屋里躺下。她在舒适的床上读书，然而书却渐渐下沉，脱离她的视线，此时薇拉·帕芙洛芙娜暗暗思忖，为什么近来我有时感到无聊乏味呢？”还有多处迷人的笔误——这是其中一例：当书中的一个人物，一位医生，染上肺炎并请来一位同事时，“他们长时间地触摸其中一人的两肋。”

但是没有一个人发笑，甚至连俄罗斯的大文豪们也没有笑。虽然赫尔岑觉得它“写得糟糕透顶”，却又忙不迭地以此缓和语气：“另一方面，书中有许多积极健康的成分。”尽管如此，他还是不由自主地指出小说结尾出现的不单单是一个法朗吉，而且是“妓院里的法朗吉”。因为不可避免的事情理所当然地发生了：纯洁无邪的车尔尼雪夫斯基（他从未去过妓院），怀着用特别花哨的装饰品打扮公共爱情的天真抱负，不自觉地凭借单纯的想象，男女已经取得进展，已经接近那些声名狼藉的场所中由传统和惯例逐渐形成的理想。他的欢快的“晚间舞会”建立在两性自由平等的基础上（先是一对继而另一对男女消失然后重又返回），它使我们很快想起了泰利那夫人的《当权者》末尾的舞会场面。

然而只要一拿起这份载有该小说连载第一部分的旧杂志（一八六三年三月），人们心里就不可能不掠过一阵战栗。这儿还有涅克拉索夫的诗《绿色噪音》（“能忍就继续忍吧……”）以及对阿列克

① Verochka，薇拉（Vera）的小名。

谢·托尔斯泰的浪漫故事《谢列布里亚内王子》的讥评……代之以预期的冷嘲热讽,《怎么办?》周围产生的是一种广泛而虔诚的崇拜的气氛。人们像读祈祷书一样地读它——屠格涅夫或托尔斯泰的任何一部作品都未能形成如此巨大的影响。富于灵感的俄国读者们理解这位缺乏天赋的小说家未能表达的善意。看起来,意识到自己失算以后,当局本应中止《怎么办?》的连载。但当局做得更加巧妙。

车尔尼雪夫斯基的邻居这时也已经写了一点东西,他不断收到《现代人》,十月八日他从要塞给《俄罗斯语言》寄去一篇文章——《关于俄罗斯小说的几点思考》。议院趁机告诉总地方行政长官这篇文章正是对车尔尼雪夫斯基小说的分析,有对这部作品的赞颂和对其中唯物主义观点的具体阐释。为了描绘皮萨列夫的性格,文中暗示他易患"痴呆忧郁症",为此已经接受了治疗。一八五九年他在一家精神病院里待了四个月。

正如他儿时曾将所有的笔记本套上五颜六色的封皮一样,作为成年人,皮萨列夫会突然抛开某项紧急工作,以便不辞辛劳地给书上的木刻涂上色彩,或者临下乡时,他会从裁缝那儿定制一套红蓝两色的平纹布夏装。这位自封的实用主义者的精神病以一种古怪的审美观为显著特征。有一次在学生聚会上,他突然站起来,优雅地举起弯曲的手臂,似乎想请求说什么,以这种雕塑般的姿势晕倒在地。另一次,面对目瞪口呆的女主人和其他几个客人,他开始脱衣服。他情绪热烈、动作敏捷地脱去绒面夹克,杂色马甲和方格裤子——这时众人上前阻止了他。滑稽的是,竟有评论家将皮萨列夫叫做"艺术鉴赏家",指的是他写给母亲的那些信——那些不堪卒读、暴躁乖戾、令人牙齿发颤的讴歌美好生活的词语。或者为了说明他"冷静现实的态度",他们援引了他的一封表面上合乎情理、思路清晰,但其实荒唐至极的从要塞写给一位无名少女的信。信中他向她求婚:"愿意照亮并温暖我的生活的女人将获得我全部的爱,这种爱情遭到拉伊萨的唾弃,她当时正搂着她那只英俊的雄鹰的脖颈。"

眼下，被判处四年徒刑，由于他稍稍卷入当时普遍的骚乱（这场骚乱在一定程度上基于人们对印刷物，尤其是秘密印刷物的盲从）。皮萨列夫撰文评论了《怎么办？》。随着该小说在《现代人》上逐期连载，他在《俄罗斯语言》上对其逐加评论。这类文章没有嘲笑小说的风格，而是对其中的思想大加赞赏，议院对此感到惊愕，担心这些赞赏可能会对青年一代产生有害的影响。当局很快意识到在当前情况下通过这种途径掌握车尔尼雪夫斯基险恶居心的全貌是何等重要，科斯托马罗夫当初在他开列的那份"特殊手段"的单子上，对此仅做了概略的介绍。"当局，"斯特兰诺柳布斯基说，"一方面允许车尔尼雪夫斯基在要塞中写一部小说；另一方面允许皮萨列夫，他的狱友，撰文阐释这部小说的意图。政府保持完全警惕，充满好奇地等待车尔尼雪夫斯基喋喋不休地把话说完，瞧瞧最后结果如何，这位隔壁生产大户大量产出的是什么。"

此事进展顺利，而且前景美妙，不过有必要给科斯托马罗夫施加压力，因为需要获得一两个确凿的罪证。然而车尔尼雪夫斯基怒气不息，继续大肆嘲讽，将委员会斥为"小丑"以及"一片自相矛盾、愚蠢至极的沼泽"。于是科斯托马罗夫被带到莫斯科，在那儿公民雅科夫列夫，他的前任抄写员，一个醉鬼、流里流气的痞子，提供了重要的证词。（为此他得到一件外套，他在特维尔用它换酒喝，喝时嘴里乱嚷嚷，结果他给穿上束缚疯子双臂的约束衣。）在他誊写《为了花园凉亭里的夏天》时，他声称自己在尼古拉·加夫里洛维奇与弗拉季斯拉夫·德米特里耶维奇臂挽臂地散步时听到了他们的谈话（一个并非难以置信的细节），谈到表达良好祝愿的人们对农奴的问候（在这事实与提示混杂的陈述里很难弄清事情的原委）。在第二次接受讯问时，当着握有新证的科斯托马罗夫的面，车尔尼雪夫斯基不无遗憾地说自己仅仅去找过他一次，而且他恰好不在。接着他有力地补充道："直到垂暮之年，直到最后死去，我也决不能改变我的证词。"自己不是宣言作者的证词被他用颤抖的手写下来——不是出于恐惧，而是出于愤怒。

然而不管情形如何，此案正接近尾声。接下来是参议院的“解释”，参议院冠冕堂皇地认定车尔尼雪夫斯基与赫尔岑之间的不法勾当没有事实根据（赫尔岑对参议院的“判决”见本段末尾）。至于宣言书《致地主的农奴们》……弄虚作假、暗中贿赂的棚架上的果实已经成熟。起初议员们在道德上对车尔尼雪夫斯基是宣言作者的坚定不移的信念，凭借一封致阿列克谢·尼古拉耶维奇的信转化为法律依据（阿列克谢·尼古拉耶维奇显然指A. N. 普列谢耶夫，一位温和的诗人，被陀思妥耶夫斯基戏称为“一位多才多艺、金发碧眼的白皮肤男子”。但是不知何故，谁也不执意认为他在此事中起了什么作用）。所以他们在车尔尼雪夫斯基身上所谴责的只是一个酷似他的幻影。捏造的罪名经过精心修饰，俨然成了真的一般。这一判决相对较轻，而人们惯常能设计出的判决是：他得发配边疆，服十四年的苦役，在西伯利亚度过余生。“判决”从参议院“野蛮的无知者”手里转给国会“头发灰白的恶棍”，他们对此完全赞成，继而又转给王室，后者批准了这一裁决，但是将劳役刑期减半。一八六四年五月四日，法庭向车尔尼雪夫斯基宣布了判决，十九日上午八时，在梅特宁广场，他被处以死刑。

天上飘着毛毛细雨，一张张伞此起彼伏，广场上泥泞光滑，一切都湿漉漉的；宪兵的制服，绞架发黑的木头——拖着铁链的光滑的黑柱，在雨中闪耀着光泽。囚车蓦然出现。从中极为迅速地出现，好似滚出一般的是身穿大衣的车尔尼雪夫斯基和两个庄稼汉模样的刽子手，他们三个沿着一列士兵疾速走向绞刑台。人们纷纷挤上前来，宪兵队将前几排人用力往后推。到处有人压低嗓音喊道：“把伞合上！”一位军官开始读判决书，车尔尼雪夫斯基早已了解其中的内容，神情阴郁地环顾四周。他用手指摸了摸胡须，整了整眼镜，啐了几口唾沫。当那个人结结巴巴地勉强吐出“社会主义思想”时，车尔尼雪夫斯基微微一笑，接着，认出人群中的某个人，点点头，咳了几声，调整一下站姿，大衣下胶靴上的黑裤子皱巴巴的。站在近处的人们可以看见在他胸前挂着一块长方形木牌，上面刻着两个字：STATE CRIMIN[①]（最后一个音节漏掉了）。念完之后，刽子手按着他跪在地上，年纪较大的那个反手一击，将帽子从他那向后梳理的淡褐色长发上打落在地。他的脸，两侧朝下颌变得越来越尖，宽大的脑门闪闪发光，此刻低垂着。随着响亮的劈啪声，他们在他头顶掰断了一柄钝得不足以切开任何东西的剑。接着他们抓起他的双手，此刻显得特别惨白无力，将其插入拴在铁柱上的黑色铁圈。他必须以这种姿势站立一刻钟。雨越来越大，年纪较轻的刽子手捡起车尔尼雪夫斯基的帽子，扣在他低垂的脑袋上。当链条妨碍了他时，他缓慢而艰难地把它抖一抖。在栅栏后面靠左侧你可以瞧见一座建造中的房屋周围的脚手架，工人们从另一面攀上栅栏。他们靴子的摩擦声清晰可闻。他们登上去，立在半空中，从远处诅咒这位囚犯。雨继续下着，年长的刽子手看了看银质怀表上的时间。车尔尼雪夫斯基不断微微转动他的手腕，始终垂着头。蓦地，从人群中比较富有的那一片开始飞出一束束鲜花。两个刽子手，连蹦带跳，企图从半空中截住它们。玫瑰花在空中四散飞舞。霎时间你可以目睹一幅罕见的组合画面：一个警察脖子上套着花环；梳着短发髻，身披黑斗篷的女士们扔出一串串紫丁香花；就在这时车尔尼雪夫斯基被迅速从链子中放出来，他的尸体被抬走。不——这是笔误，啊，他还活着，他甚至兴致勃勃的。学生们在囚车旁边跑边喊："别了，车尔尼雪夫斯基！再见！"他将头伸出窗外，向那些最狂热的学生笑着，摇了摇手指。

"天啊，还活着！"我们一声惊呼，因为我们怎么会不情愿他被判处死刑，让这个被绞死的人在丑陋的躯壳中抽搐而死，而希望在无聊枯燥的二十五年后参加那场车尔尼雪夫斯基这号人命中注定会摊到的葬礼。他刚被遣送到西伯利亚，遗忘的爪子就开始在他活生生的形象里渐渐收拢。哦，对，哦，对，多年来学生们的确在唱这首赞歌："让

① 英文，应为"STATE CRIMINAL（国家罪犯）"。

我们为《怎么办？》的作者干杯吧……”但是他们为之举杯的是往昔岁月，是往昔的魅惑与丑行，是一片阴影……但是如果是一个哆哆嗦嗦的小老头带着一句口头禅，在那些传奇般的蛮荒林区的什么地方为雅库特的孩子们折一只只形状难看的纸船，谁还会为他干杯呢？我们认定他的书激发了他个性中的全部激情，并将其积聚在书中。这股激情虽从静态的严谨结构中丝毫也觉察不出来，它却似乎裹藏在字里行间（仿佛只有面包是热的），并注定会随着时间的推进而播撒四方（正如只有面包知道怎样发霉变硬一样）。今天，这本僵死的小册子蕴含的幽灵般的伦理道德，似乎仍然只能激发马克思主义者的兴趣。为了轻而易举、不受束缚地遵循普遍利益的绝对规则，这里是研究者们在《怎么办？》中发现的“基于理性的利己主义”。为了获得滑稽的宽慰感，让我们回忆一下考茨基关于利己主义思想与商品生产的发展有关的推测，以及普列汉诺夫的结论：车尔尼雪夫斯基依然是一位理想主义者，因为他在书中声称普通民众必须通过计算赶上知识阶层——计算是一种见解。但是问题没那么复杂。计算是一种行动（或英雄壮举）的想法导致荒谬，计算本身可以是勇敢的！进入人类思维中心的一切都被赋予实质意义。因此唯物主义者的“计算”更加崇高；因此，对于那些知情者而言，物质转化为神秘力量的一种非物质的游戏。车尔尼雪夫斯基的道德结构以其特有的方式成为建造同样的老式“永动机”的一种努力，这台机器中的物质互相推动。我们巴不得是这样的旋转：利己主义——利他主义——利己主义——利他主义……但是轮子由于摩擦力而停转。怎么办？生活，阅读，思考。怎么办？根据个人自身情况工作以便达到生活目标，即幸福。怎么办？（然而车尔尼雪夫斯基的个人命运将这个严肃的问题变成具有讽刺意味的感叹。）

车尔尼雪夫斯基本可很快被转到一个幽僻的住所，倘若不是由于卡拉科佐夫分子惹出的事端（卡拉科佐夫的追随者，企图在一八六六年行刺亚历山大二世）。法庭在审讯他们时才弄清楚他们曾经想给车尔尼雪夫斯基提供机会，让他逃离西伯利亚，领导一场革命运动——

或者至少在日内瓦发表一篇政治评论。通过核对日期，法官们发现《怎么办？》中有对行刺沙皇的日期的预测。小说主人公拉赫梅托夫，在出国途中，在谈论其他事情时说起三年后他将重返俄罗斯，因为似乎不是当时，而是三年之后（我们作者典型的意味深长的重复）俄罗斯将需要他。与此同时，小说的最后一部分也于一八六三年四月四日签名付印。整整三年以后的这个日子有人图谋暗杀。结果就连数字，尽管被车尔尼雪夫斯基当作金鱼百般珍惜，都泄露了他的秘密。

拉赫梅托夫今天已经被人遗忘，但是在当时他创造了一整套生活方式。读者们无比虔诚地吸收小说中放荡的、革命的成分。拉赫梅托夫选择了拳击手的食谱，同时遵循一套辩证体系："因此，如果上的是水果他肯定吃苹果，绝对不吃杏子（因为穷人不吃杏子）；他在彼得堡吃橘子，但不会在外省吃，因为你知道彼得堡的普通百姓吃橘子，但在外省他们却从来不吃。"

那张骤然闪现的年轻的、圆圆的小脸来自何方，连同它那显然充满稚气的宽脑门和状若茶杯的面颊？

这个姑娘到底是谁呢？她貌似医院里的护士，身穿一件白领翻下的黑色上衣，一根带子上拴着一只小小的手表？她就是索菲娅·佩罗夫斯基，由于在一八八一年暗杀沙皇将被绞死。她于一八七二年来到赛瓦斯托波尔，徒步走遍了邻近的村落，以便了解农民的生活状况。她正处于她的拉赫梅托夫主义的阶段——以稻草为床，以牛奶稀饭为食。回到当初的出发点，我们重复：索菲娅·佩罗夫斯基转瞬即逝的命运远比一位改革家日益黯淡的荣耀更值得人嫉羡，因为正如载有该小说的一本本《现代人》经过辗转相传变得越发破损不堪，车尔尼雪夫斯基的魅力也日渐衰微。人们对他的致敬，早已蜕变为一种感情用事的惯例。一八八九年他的去世再也不能使民众心里产生炽热的真情。葬礼悄无声息地结束了，报纸上没有几篇评论，在圣彼得堡为他举行的安魂弥撒上，死者的朋友为了营造气氛雇来的工人身着城市居民的服装，被一群学生当作便衣，遭到羞辱。此举恢复了某种平衡：当初站在栅栏外面谩骂跪倒在地的车尔尼雪夫斯基的工人不正是这帮工人的父亲吗?

那场绞刑闹剧之后的第二天黄昏时分,"脚上锁着镣铐,心事重重的"车尔尼雪夫斯基永远离开了圣彼得堡。他乘坐一辆俄式四轮马车,由于只有过了伊尔库茨克以后才允许他"途中读书",因此他在头一个月和一半的旅途中感到无聊至极。七月二十三日他们终于将他带到位于卡达亚的涅尔琴山区矿井:距中国十英里,距圣彼得堡四千六百英里。他们没让他干多少活。他住在一间门窗隙缝没有填塞的小屋里,并且得了风湿病。两年过去了,突然发生了一个奇迹:奥尔嘉·索克拉托芙娜准备和他一起待在西伯利亚。

据说,在他囚居要塞的大部分时间里,她一直在几个省之间忙碌奔波,丝毫不关心丈夫的命运,结果她的亲戚不禁怀疑她神志是否失常。在他公开遭辱的前夜,她匆匆赶回圣彼得堡,二十日清晨又匆匆离开。若不是我们已经了解她能够轻松自如、乐此不疲地从甲地赶到乙地,我们永远无法相信她竟会长途跋涉来到卡达亚。他望眼欲穿地等待她的到来!她于一八六六年夏初动身,同行的是七岁的米沙和一位帕夫利诺夫医生(孔雀医生——我们再度进入姓名迷人的领域),她一直走到伊尔库茨克,在那儿耽搁了两个月之久。他们待在一家旅馆里,它的招牌如白痴一般迷人(这或许出于传记作者的有意歪曲,然而更可能源于狡黠命运的精心挑选),叫做"爱与同伴旅店"。到了这儿以后,帕夫利诺夫医生不能再继续随行了。一个名叫赫梅列夫茨基的宪兵上尉(一个帕夫洛夫斯克式的风流英雄的最佳范例)取代了他。上尉脾气急躁,嗜酒贪杯,恬不知耻。他们于八月二十三日到达目的地。为了庆贺夫妻二人重逢,一位波兰流亡者,加富尔伯爵[①]的前任厨师特地为他们烘制了一种面点。已故伯爵,一位意大利政治家,

① Count di Cavour(1810—1861),意大利政治家,意大利统一运动的领导人物,也是后来成立的意大利王国的第一任首相。

曾经被车尔尼雪夫斯基用笔大加挞伐，生前常常用这种面点果腹。然而这次重逢并不成功，令人奇怪的是，凡是生活为车尔尼雪夫斯基制造的悲怆激越的东西，总有令人讨厌的荒诞气息如影相随。赫梅列夫茨基在奥尔嘉·索克拉托芙娜身边转来转去，一刻也离不开她。在她吉卜赛人的眼睛里仿佛潜伏着某种令人寤寐相求，又使人魂不守舍的韵致——也许有违她本人的意愿。据说为了报答她的情意，他还主动提出要帮助她的丈夫逃跑，但是遭到了后者的断然拒绝。简而言之，这个无耻之徒的频频出现把事情搞得很难办（我们做了怎样的安排啊），致使车尔尼雪夫斯基本人劝妻子动身踏上归途，于是她在八月二十七日启程，就这样跟丈夫待了四天——在长达三个月的跋涉之后，仅仅四天，诸位读者！这以后她将离开丈夫约十七年之久。涅克拉索夫曾经将《乡间儿童》献给她，可惜车尔尼雪夫斯基没有把他的《俄罗斯妇女》献给她。

在九月的最后几天，车尔尼雪夫斯基被转移到阿列克山德洛夫斯基·扎沃德，距离卡达亚二十英里的一个居民点。他在监狱里同一些卡拉科佐夫分子以及起义叛乱的波兰人一道度过了整个冬天。这座地牢配有蒙古人的一种特产——“桩”，即笔直地插入地面、将整座监狱密密围成一圈的一根根木棍。第二年六月，在服完缓刑期以后，车尔尼雪夫斯基获得假释，居住在一位教堂司事家中的一间屋子里，此人和他长得十分相像。灰色的眼睛看东西时一片模糊，胡须稀稀落落，长发乱糟糟的。他总是喝得微醉，整日里长吁短叹。对于好事者提出的问题，他总是悲哀地答道：“这位可爱的朋友不停地写啊，写啊！”但是车尔尼雪夫斯基在那儿仅仅待了两个月。他们在审理政治案件时轻蔑地提到他的名字。那位愚笨的工匠罗扎诺夫证实说，叛乱分子企图拘禁一个“具有王室血统的家伙以赎出车尔尼雪夫斯基”。舒瓦洛夫伯爵[①]给

① Count Shuvalov（1827—1889），俄国伯爵、外交家和警察首脑，亚历山大二世的顾问之一。

伊尔库茨克的总督拍了一份电报：流亡犯的目的是营救车尔尼雪夫斯基，采取一切与他有关的措施。与此同时，遭到流放的克拉索夫斯基曾经和他同时被送到其他地方，前者逃跑了（他遭劫后死在松林里），所以完全有理由关押危险分子车尔尼雪夫斯基，并剥夺他一个月的通信权利。

因为饱受寒风之苦，他从不脱去衬有毛皮的晨衣或羊皮绒帽。他走来走去，犹如一片被风吹拂的树叶拖着蹒跚不稳的步子，他尖利的嗓音随处可闻。他那掩人耳目的逻辑推理越发根深蒂固——“行为举止酷似那位跟他岳父同名的人”。斯特兰诺柳布斯基用戏谑的口吻这样说。他住在“办公室”里，一间被隔成两半的宽大的屋子。“低矮的睡架”犹如一座平台，几乎遮住了整堵墙。那儿仿佛是个舞台（抑或人们在动物园里展出一头忧郁的灰色食肉猛兽，置于其故乡的乱石丛中），上面搁着一张床和一张桌子，他整个一生中必不可少的陈设。他过去通常到正午才起床，然后一直是喝茶，躺在床上看书，到了午夜他才会坐下来认真写点东西。他之所以这样安排是因为，整个白天他的邻居们，那帮鼓吹民主主义的波兰人，完全忽视他的存在。他们一个劲地拉小提琴，用滞涩的琴声折磨他。其实就职业而言，他们只是些修车匠而已。他常常在冬夜里对另一些流亡犯朗读自己的作品。然而有一次他们注意到，虽然他在朗读那些情节曲折并通常伴有“技术性”补叙或发挥的故事时显得不慌不忙，流畅自然，但是他注视着的却只是一本空白的日记本。一个多么可怕的象征！

正是在那时，他创作了一部新的小说。仍然沉浸在《怎么办？》成功的喜悦中，他对新小说的期望值很高——首先他指望它在海外发行以后能够如愿以偿地以某种方式给他的家庭提供更多的钱。《序曲》完全是自传性的。有一次提起它时，我们说到它想为奥尔嘉·索克拉托芙娜恢复名誉的良苦用心。它掩盖了另一个——按照斯特兰诺柳布斯基的看法——为作者本人恢复名誉的意图，因为他一方面强调沃尔金的影响，他一时间如日中天，以致“达官贵人纷纷通过攀附他的妻子向他邀宠”（他们估计他与“伦敦”，即赫尔岑有联系，刚刚变得羽翼丰满的自由主义者们都对赫尔岑怕得要死）；另一方面作者又执意认为沃尔金多疑、胆怯，行动迟缓，“不计时日地一等再等，尽量不出声地等待”。这部小说给你的印象是顽固的车尔尼雪夫斯基意欲在辩论中获得最后的发言权，将他向法官反复重申的话毅然记录在案：“对于我的评判必须以我的行动作为基础，然而我没有任何行动，也不可能采取任何行动。”

对于《序曲》中那些“轻浮”的情景我们最好保持沉默。通过那病态的、源于环境的性欲，读者可以感到他对于妻子的这样一股有节奏地颤动着的柔情，以致任何一句最微不足道的引语，都仿佛是夸大其词的戏言。所以还是让我们聆听这个纯正的声音——在那些年月里他给妻子写的信。“我最最亲爱的，我感谢你给我的生活带来了无限光明。”“即便在这里我也将成为世上最幸福的人，倘若我没有想到这种命运，尽管它对我个人极为有利，但其结果却对你的生活过于无情，我亲爱的朋友。”“你能原谅我使你遭受的种种痛苦吗？”

车尔尼雪夫斯基对创作效益的渴望落空了。那些流亡者不仅盗用他的姓名，而且非法印刷他的作品。营救他的种种努力使他完全陷入绝境，这些努力本身是勇敢的，但在我们看来却是愚不可及，因为我们能够站在时间的巅峰看出，那位“戴着镣铐的巨人”的形象和真实的车尔尼雪夫斯基之间的差异。营救未遂者们的多方努力只能使他无比愤怒。“这些先生们，”他后来埋怨道，“竟然不知道我不会骑马。”这种内部的自相矛盾导致胡言乱语（早已为我们所知的废话的某种特别的阴影）。据说，伊波利特·梅什金化装成宪兵军官去维柳伊斯克，要求该地区的警长将犯人交给他，但是他将右边的肩饰错误地佩在左肩上，结果毁了整个营救计划。此前，即一八七一年，洛帕金也曾做过营救的努力，其中的一切都很荒唐。他当时正在伦敦将《资本论》译成俄文，为了帮助已经学会阅读俄文的马克思找到《关于伟大的俄罗斯学者》，他突然放下了手中的翻译，装扮成地理协会的成员长途跋涉来到伊尔库茨克（西伯利亚的居民误以为他是一位隐姓埋名的政府监察员）。来自瑞士的密告把他送进了监狱。他越狱后又再度遭捕；最后他在给东西伯利亚的总督的信中以令人费解的坦率口吻全面叙述了整个计划。所有这些使车尔尼雪夫斯基的处境越发艰难。根据法律他的移居应在一八七〇年八月十日开始。然而一直拖到十二月二日他才被转移到另一个地方，远比服劳役刑更受罪，他被转移到维柳伊斯克。

“他被上帝遗弃在亚洲的尽头，”斯特兰诺柳布斯基说，“远离东北地区，位于雅库茨克地区的腹地，维柳伊斯克只不过是一座巨大沙丘上的一小片村落。整个沙丘经河水冲积而成，四周是一望无际的沼泽，上面长满了矮松林木。”那儿的居民（五百人）是哥萨克人，天性好斗的雅库茨克人和为数不多的地位低下的中产阶级公民（斯捷克洛夫极其生动地描写这一类人：“当地的社会由一对官员，一对牧师和一对商人组成”——仿佛他正在谈论诺亚方舟）。车尔尼雪夫斯基被安置在最好的房子里，最好的房子原来是监狱。他潮湿囚室的门框上嵌入黑色的油布。两扇紧挨栅栏的窗户装上了一根根铁条。没有其他流亡者作伴，他发现自己完全与世隔绝。绝望，无助，意识到自己受人蒙骗，恍恍惚惚地觉察到不公正，写作生涯的种种丑恶的弱点，所有这一切几乎令他丧失理智。一八七二年七月十日清晨，他忽然开始用一对钳子撬门锁，将它拼命地扭来扭去，嘴里咕哝着，嚷着：“莫非国王或者哪位大臣已经驾到，警长敢在夜里锁上门？”到了冬天，他稍稍平静了些，但是时而传出一些报道……我们在此获得了一点稀罕难得的蛛丝马迹，它让研究者引以为豪。

有一次（一八五三年）他的父亲给他写了一封信（关于他的《希帕蒂娅编年史辞典初编》）：“你如果写点故事什么的，感觉就会好多了……故事在上流社会依然很时髦。”许多年以后，车尔尼雪夫斯基告诉妻子他已经在监狱里完成了酝酿构思，打算着手写“一篇别具一格的小故事”，他将用两个姑娘的形象描绘她的风姿：“这将是一则非常不错的故事（重复父亲的节奏）。当描写年纪小一些的姑娘那种种疯疯癫癫的欢快举动时我总是笑得喘不过气来，然而当我转而描述年长的姑娘那些感伤的沉思时，我又会柔肠百转、泣不成声，我多么希望你能了解这一切啊！”“到了晚上，车尔尼雪夫斯基，”他的狱卒报告说，“一会儿唱一会儿跳，一会儿哭哭啼啼。”

雅库茨克每个月只往外发一次邮件，《圣彼得堡》杂志一月刊要拖到五月份才能收到。他试图借助一本教材治疗日趋严重的疾病（甲状腺肿）。学生时代曾使他气虚体弱的胃黏膜炎现在再次发作，而且带着前所未有的离奇症状。“‘农民’和‘农民的土地所有权’的话题使我感到恶心。”他给儿子写道，为了让他消遣解闷，儿子给他寄来一些经济方面的书籍。这儿的饭食令人作呕，除了煮熟的燕麦他几乎什么也不吃。他直接从锅里舀——用一把银勺，二十年间，银勺在陶土烧制的锅沿上磨去了将近四分之一，而他本人也渐渐失却往日的活力。在温暖的夏日，他卷起裤腿在浅溪中连续站立几小时（这几乎不可能产生任何疗效）。为了抵御蚊虫，他用毛巾裹住脑袋，看起来犹如一位俄罗斯农妇。他拎着编织的蘑菇篮子沿着林中小径悠然漫步，从不走入密林深处。有时候他会将香烟盒子遗忘在一棵落叶松下面，此后他会回到那儿待上一阵，研究它与普通松树的区别。他将采集来的花儿（他不知道它们的名字）夹在香烟纸中间寄给自己的儿子米沙，后者以这种方式获得了“维柳伊斯克植被的一小部分标本”。所以在涅克拉索夫的那首关于十二月党人的妻子们的诗歌中，沃尔孔斯基王妃将“收集而来的蝴蝶和赤塔[①]植物的标本”遗赠她的孙子、孙女们。有一次，一只老鹰出现在他的院子里……“它为啄食他的肝脏而来，”斯特兰诺柳布斯基评论道，“却没有在他身上发现普罗米修斯的影子。”

年轻时他曾经从圣彼得堡的河流整齐有序的分布中获得乐趣，现在终于引起了姗姗来迟的回音：百无聊赖之际他开凿了几条运河——

① Chita，俄罗斯西伯利亚南部城市。

差点淹没了维柳伊斯克居民最心爱的一条小路。为了满足自己传播文化的渴望，他向雅库茨克人传授各种礼仪，然而跟从前一样，当地居民远在二十步以外摘掉了帽子，以那种姿势毕恭毕敬地挨冻。过去一直被他推崇的务实和合理的做法，如今沦为他建议挑水的人用木头扁担代替毛发编织的钩子，因为钩子划破了他的手掌，但是雅库茨克人却依然我行我素。在这个小镇，人们不是玩牌，就是面红耳赤地争论中国棉花的价格，所以他对公众活动的渴望使他转向旧礼仪派教徒。车尔尼雪夫斯基就他们的境况写了一篇极为冗长繁复的回忆录（甚至包括在维柳伊斯克散布的流言蜚语），并且冷静地将它寄给沙皇，善意地透露出自己对他们的谅解，因为他们“尊奉他为圣人”。

他写了不少篇幅，然而差不多全给他烧了。他告诉自己的亲戚这部“学术作品”的成果势必会得到人们的理解。这部作品是一堆灰烬，一个幻景。在他创作于西伯利亚的那一大叠文稿中，除了《序曲》以外，唯有两三个短篇和“一系列”未能完成的“中篇小说”最终保留了下来……此外他还创作诗歌，它们在结构上与他在神学院时曾经受命撰写的韵文并无区别，当时他曾将大卫的赞美诗改编如下：

> 我肩负唯一的职责——
> 看护好父亲的羊群，
> 我早早唱起赞歌
> 歌颂我主的恩情。

他分别于一八七五年给佩平以及一八八八年给拉夫罗夫寄去“一首古老的波斯诗歌”：一篇糟糕透顶的东西！在其中一段颂歌中代词“他们的”重复达七次之多（“他们的国家土地贫瘠，他们的身体瘦骨嶙峋，透过他们的破衣烂衫，他们的肋骨清晰可见，他们的脸庞很宽，他们的五官扁平无奇，他们的扁平五官缺乏灵性”），而在属格的可怕的镣铐束缚下，“他们渴望鲜血而痛苦地悲嚎”。而今，在与文学分别之际，在一轮低垂的太阳下面，作者平素对于连贯顺畅的偏爱的证据清晰可见。他给佩平写了几封读来使人肝肠寸断的信，表达他抗拒政府、从事文学创作的执着的意愿。"这篇东西（《青山学院》，署名为登齐尔·艾略特——据说是英国人所写）具有很高的文学价值……我有耐心，但是——但愿没有人阻挠我为自己的家人工作……我在俄罗斯文学界以散漫随意的文风而闻名……然而只要我愿意，我可以用各种优秀的风格进行创作。"

> 你哭泣吧，噢！为了利利巴厄姆[①]；
> 我们跟你一起哭泣。
> 你哭泣吧，噢！为了阿格里真托[②]；
> 让我们等候援军。

"这首唱给天仙的颂歌出自何处呢？它是一篇描写恩培多克勒[③]孙子的小说中的一则轶事……"这则轶事又缘自何处呢？它是《青山书院》众多故事中的一则。坎特郡公爵夫人和一群时髦的朋友登上一艘游艇，穿过苏伊士运河前往东印度群岛，察看与戈尔康达[④]毗邻，位于青山脚下的她的小小的王国。在那儿他们像所有头脑聪明、迎合时尚的好人儿一样，讲述各种故事——这类故事将被登齐尔·艾略特装入包裹，寄给《欧洲信使》的主编（斯塔休列维奇没有刊发其中任何一则）。

你感到头晕目眩，一个个字母在你的眼睛里游移不定，越来越模糊，我们在此再度拾起车尔尼雪夫斯基的眼镜的主题。他要求亲戚们

① Lilybaeum，即马尔萨拉，意大利港市，位于西西里岛西部。

② Agrigentum，位于西西里岛南海岸的中央点，曾是古希腊最重要的城镇之一，下文恩培多克勒的故乡。

③ Empedocles（约公元前493—约公元前432），古希腊哲学家，是故乡阿格里真托推翻暴君斗争的策动者。

④ Golconda，印度南部一古都，曾以出产金刚石著名。

寄一副新眼镜来，然而尽管他努力用专业术语对它进行了一番解释，到头来却弄巧成拙。六个月以后，他们给他寄来的是“四点五度而不是五度或五点二五度”。

为了宣泄其好为人师的热情，他给萨沙写信谈数学家费马①，给米沙写信谈教皇与皇帝之间的明争暗斗，又给妻子写信谈论医药、卡尔斯巴德、意大利……结果不出所料，政府要求他停止写此类“学术信件”。这使他感到愤懑和震惊，以致他连续六个月一封信未写。（当局从来没有在哪一天收到他一封谦恭的请愿书，例如，像陀思妥耶夫斯基从塞米巴拉金斯克②向世界的强者寄去的那一种。）“爸爸那儿杳无音信，”奥尔嘉·索克拉托芙娜一八七九年给儿子写信时说，“不知道他，我的心上人，是否还在人世。”她用这种语气是可以原谅的。

突然，一个名字末尾带着“ski”的冒失鬼无中生有地冒了出来。“您的一位不知名的学生维特弗斯基（Vitevski）。”他在一八八一年三月十五日这样介绍自己。然而据警方的情报他是一个嗜酒贪杯的医生，在斯塔夫罗波尔的地区医院工作，给远在维柳伊斯克的自己发来一份电报，用纯属过量的激烈语气抨击一则有关车尔尼雪夫斯基应当对行刺沙皇负责的来源不明的传闻。“您的作品洋溢着和平与博爱的气息，您决不会有类似企图（诸如行刺）。”不知是由于这些并不高明的文字，还是由于其他什么原因，当局的态度有所缓和，到了六月中旬，甚至对这位监狱的住户显示出一点点体贴怜悯之意。牢房的四面墙壁糊上了珍珠灰色的纸，四周还镶着花边，屋顶覆着一层印花布，总共耗费了国库四十卢布八十八戈比，超出了雅科夫列夫的外套和穆萨的咖啡。第二年，自愿保卫团（秘密警察）和地下人民自由组织的执行委员们就亚历山大三世加冕期间的治安与秩序问题进行了磋商，他们双方为车尔尼雪夫斯基是否阴魂不散展开的争论宣告结束，结论是

---

① Fermat（1601—1665），法国数学家，微分学的创始人，提出至今尚未解决的费马大定理。

② Semipalatinsk，即现在的哈萨克斯坦东北部城市塞米伊（Semey）。

只要加冕仪式进行得一帆风顺，车尔尼雪夫斯基将得到释放。就这样他被用来与沙皇做一笔交易——沙皇被用来与他做交易（这一过程在后来苏维埃政权撤去萨拉托夫的亚历山大二世雕像，换上他的塑像时得到了具体体现）。一年以后，在五月份，有人冒用他的儿子们的名义提交了一份请愿书（他当然对此一无所知），用的是那种难以想象的词藻华美、催人泪下的文风。司法大臣纳博科夫写出了措辞得体的报告："皇帝陛下屈尊恩准将车尔尼雪夫斯基迁往阿斯特拉罕。"

一八八三年二月底（沉重的岁月已经难以拽住他的命运不放），宪兵队对刚刚下达的命令只字未提，突然将他押往伊尔库茨克。不管怎样，离开维柳伊斯克本身是一桩令人兴奋的事情。夏天这个老人沿着漫长的勒拿河（它的迂回曲折的程度与伏尔加河几乎完全一致）前行，其间他不止一次手舞足蹈，吟诵扬抑抑格的六音步诗行。九月份跋涉结束后，随之而来的是获得自由的强烈感觉。在第一个晚上，伊尔库茨克看起来宛若巍巍耸立于外省密林深处的炮台。次日清晨宪兵司令凯勒前来拜访他。尼古拉·加夫里洛维奇的臂肘倚着桌边，他坐着，没有立即做出反应。"皇帝陛下已经赦免了你的罪过。"凯勒说，发现对方显然似睡非睡或如堕雾中，他提高嗓门又重复了一遍。"我？"老人蓦地说了一声，随即站了起来，将手搭在这个传递佳音的人肩上，他不住地摇着脑袋，失声痛哭起来。到了晚上，他觉得自己大病初愈，尽管身体依然虚弱，却感到有一股甜蜜的气息流贯全身。他待在凯勒家中喝着茶，给主人的孩子们多少讲几个波斯神话故事——"什么驴子啦，玫瑰啦，强盗啦……"其中的一位小听众后来回忆道。五天以后，他被送到克拉斯诺亚尔斯克，从那儿又被送往奥伦堡——秋末的一个傍晚，六点多钟，他乘着邮车穿越萨拉托夫。那儿，在宪兵队开的一家客栈的院子里，在活动的阴影里，一盏劣质小灯在风中摇摆不定，你简直无法辨认奥尔嘉·索克拉托芙娜裹在羊毛头巾里的那张多变的，忽而衰老忽而年轻的脸——为了这次意外的重逢，她一路匆匆赶到此地。当夜车尔尼雪夫斯基（谁能猜透他的想法）又被送往更远的地方。

运用高超的技巧和绝顶生动的叙事手法（它几乎能被人视为怜悯），斯特兰诺柳布斯基描述了他在阿斯特拉罕安顿住处的情况。没有人张开双臂欢迎他，也没有人请他到家中做客，不久他就意识到那些作为他在流放期间的唯一支柱，眼下肯定渐渐消融在明晰到荒唐的地步且有条不紊的沉寂中。

除了西伯利亚的病痛以外，他在阿斯特拉罕又染上黄热病。他不断感冒。他得了急性心悸症。他接二连三地胡乱吸烟，最糟糕的是，他已变得神经过敏。在跟人谈话的当儿，他会古怪地跳起来——这一突兀的动作始于被捕的那一天，当时他抢在阴险的拉基夫前面冲进书房。在大街上他可能会被人们误认作身材矮小、上了年纪的工匠：弯腰驼背，穿一件廉价的夏装，戴一顶皱巴巴的帽子。“但是告诉我……”“但是你不觉得……”“但是……”那些游手好闲、多嘴多舌的人们总是用此类无聊的问题招惹他。演员瑟罗勃娅茨基不断询问他：“我该不该结婚？”另有两三声微弱的诅咒犹如潮湿的烟头发出一阵嘶嘶声。和他交往的朋友是些当地的亚美尼亚人——杂货店老板和男装零售商。然而不知何故，他对公共事务没有多少兴趣，受过教育的有识之士们对此大惑不解。“唔，你想要什么？”他总是冷冷地答道，“我能做什么呢？我为什么要出头呢？我从来没有出席过一次由陪审团进行的审判会，也没有出席过地方自治机构召集的会议。”

头发向两边均匀地分开，两只裸露的耳朵对她显得过大，头顶下方有一只“鸟窝”——她再次和我们待在一起（她从萨拉托夫带来了糖果和小猫）。她那两片长长的嘴唇上依然挂着一丝含讥带讽、似有若无的微笑，眉宇间受苦受难的痕迹更加清晰，上衣的袖子在肩部鼓起。她已年过半百（一八三三——一九一八），然而性情却丝毫未变，神经过敏，任性顽皮。有时她歇斯底里，严重时会发展为抽搐。

在他生命的最后六年里，年迈无用、贫困潦倒的尼古拉·加夫里洛维奇，像机器一样按部就班地为出版商索尔达琴科夫，一卷接一卷地翻译奥格·韦伯的《全球史》。与此同时，表达自己的观点这一古老的按捺不住的需要驱使他试图通过韦伯，渐渐输入自己的一部分见解。他在自己的译本上署名"安德烈耶夫"。但是一位批评家在针对第一卷的评论文章中（刊登在一八八四年的《检察者》二月刊上）指出这是"一个笔名，因为在俄罗斯安德烈耶夫就像伊万诺夫和彼得罗夫一样不计其数"。接着他毫不客气地提到译本的风格过于滞重，对于翻译的动机他也颇有微词："安德烈耶夫先生其实没有必要在序言里对韦伯的优缺点进行详细议论，因为后者早已为俄罗斯读者所熟知，他的课本早在五十年代就已问世，随之出版了由E. 科尔什和V. 科尔什合译的《全球史教程》……他如果放聪明点，就不会忽视前辈的译著。"

E. 科尔什热爱原始的俄罗斯术语，不喜欢那些被德国哲学家所接纳的术语，他现在已是一位八十岁高龄的老人。作为索尔达琴科夫出版商的助理，他负责校对这位"阿斯特拉罕译者"的作品，他所进行的一系列增删修改使车尔尼雪夫斯基怒不可遏，后者在给出版商的信中以自己惯用的方式对叶夫根尼·费奥多罗维奇严加"斥责"。一开始他气呼呼地要求把校对工作交给旁人。"此人更加懂得在俄罗斯没有谁像我一样熟谙俄罗斯文学语言。"当他如愿以偿之后，又采用另一种策略："我难道真会在意这类琐事吗？不过，如果科尔什还想继续校阅的话，让他别做任何修改，他的那些改动实在荒谬。"他接着又用同样辛辣的讥笑口吻驳斥了扎哈宁。后者出于善良的天性就发给车尔尼雪夫斯基的月薪（两百卢布）向索尔达琴科夫提出建议，谈及奥尔嘉……的挥霍无度。"你被那个厚颜无耻的家伙愚弄了，他的神志已经因为酗酒过度变得不可理喻。"车尔尼雪夫斯基给索尔达琴科夫写道，并且因此启动了他那一整套独特的思维方式——锈迹斑斑，嘎吱作响，但是依然像以往一样在往前蠕动。他首先为自己的愤怒进行辩护，依据的事实是他被人视为企图窃取钱财的小偷，继而解释说自己的愤怒只不过是为奥尔嘉·索克拉托芙娜着想的一场骗局。"幸好她得知我要在给你的信中提到她的恣意挥霍，要我语气缓和些，我没答应，也幸好她没有突然发作。”这当儿（一八八八年末）出现了另一篇简短的评论——至今为止是对韦伯第十卷的评析。他的可怕的思维状态，受伤的自尊心，一个老人的胡思乱想，以及最后一次无望地打破沉寂的努力（这一壮举的难度甚至超过了李尔王试图让自己的怒吼压倒暴风雨的努力），当你透过他的眼镜阅读这篇掩藏在《欧洲信使》的淡红色封面下的评论时，务必记住所有这一切。

> ……不幸的是，从前言中可以看出这位俄国翻译家仅仅在前六卷恪守他作为一名译者的简单职责，从第七卷开始他承担了一项新的职责——“清洗”韦伯。我们实难对他心存感激，因为他那种翻译对原作者进行了“整修”，而且还是韦伯这样一位权威作者。

“看起来，”斯特兰诺柳布斯基在此评论说（在某种程度上若干种譬喻杂糅在一起），“通过这漫不经心的一踢，命运给为他铸造的因果报应的链条添上了最后一个适当的环节。”但是事实并非如此，留待我们检验的还有一个更加—最可怕、最完整、最终的惩罚。

在所有将车尔尼雪夫斯基的生活撕成碎片的疯子中，最糟糕的是他的儿子。当然不是他的小儿子米哈伊尔（米沙），他过着平静的生活，煞费苦心地钻研那些税务问题（他受雇于一家铁路部门）。他由父亲的“正数”演变而来，是一个好儿子，因为一八九六年至一八九八年他那位挥霍成性的哥哥（这构成一幅道德教育的图画）出版自己的《荒诞故事集》和一部毫无意义的诗集时，他正无比虔诚地开始编纂他已故父亲的一个里程碑式的版本，这项工作结束于一九二四年实际上也就是他在备受公众敬重的情况下去世时。十年以后，亚历山大（萨沙）在罪孽深重的罗马，在一间铺有石板的小屋中猝然死去，临死前他还高声宣称自己对意大利艺术非凡的热爱，在发狂的灵感的强烈驱动下高呼：人们只要能够倾听他的心声，生活将大为不同！萨沙——构成他的一切都让他父亲无法忍受——还没等到童年时代结束，就热烈地爱上了所有那些奇谲怪诞，令他的同龄人无法理喻的东西。他醉心于E. T. A. 霍夫曼和埃德加·坡，不能自拔，理论数学令他痴迷，不久他又在俄罗斯率先欣赏起法国的“该死的诗人”。他父亲正远在西伯利亚过着无所事事的生活，无法亲自照料儿子的成长（他是由佩平抚养长大的），所以他只能按自己的方式来解释他获得的信息。因为他们向车尔尼雪夫斯基隐瞒了萨沙的荒诞行径，他就越发被蒙在鼓里了。然而渐渐地这种数学式的纯粹性开始激怒车尔尼雪夫斯基——你不难想象这位年轻人读着父亲寄来的那些冗长的信件时，心里会做何感想。这些信的开头总是一个故作轻松的玩笑，接着是犹如契诃夫笔下的人物的谈话（开始总是相当精彩——“一个校友，你懂的，一个不可救药的理想主义者”）。结尾总是愤怒的诅咒。这种对数学的激情使他怒不可遏，不仅仅因为它是某种不切实际的幻想的反映：通过嘲讽所有现代的东西，已经被生活隔开一段距离的车尔尼雪夫斯基将说出对天底下所有标新立异者、性情乖戾者和失败者的隐忧。

他那位好心的堂兄佩平在一八七五年一月给待在维柳伊斯克的他寄来一封信，信中无比动人地描述了他正在上学的儿子，信里的消息不仅可能使这位拉赫梅托夫的缔造者感到满意（“萨沙”，他在信中写道，“为了体锻订购了一只十八磅的铁球”），而且必将使所有的父亲都感到骄傲。佩平怀着适度的温情回忆了自己年轻时与尼古拉·加夫里洛维奇的友谊（他对此人感恩戴德），提到萨沙和他的父亲一样面容清瘦、行事朴素，而且笑声也一样洪亮……一八七七年秋天，萨沙突然加入了涅夫斯基步兵团，然而没等他正式加入战斗（俄罗斯和土耳其两国之间当时正在交战），他就患了伤寒（从他接连遭受的不幸中你可以发现他父亲的影响，后者也是做什么都半途而废）。回到圣彼得堡以后他一人独居，外出授课，同时发表探讨概率理论的文章。

一八八二年以后，他的脑疾恶化了，他不止一次住进疗养院。他害怕空间，更确切地说，他害怕滑入一个不同的范围——为了逃避死亡，他紧紧地抓住佩拉格娅·尼古拉耶夫娜·范德弗利特（也叫佩平）

的安全厚实、打着欧几里得式褶裥的裙子。

在车尔尼雪夫斯基迁至阿斯特拉罕之后，他们继续对他隐瞒实情。带着一种施虐狂的执拗，以及与狄更斯和巴尔扎克笔下阔绰的中产阶级相符的迂腐冷漠，车尔尼雪夫斯基在信里把自己的儿子称作“荒唐可笑的怪物”和“怪僻的贫民”，并批评他“安于做一个乞丐”的心愿。结果佩平实在忍无可忍，带着有点激动的情绪向这位堂弟解释说，尽管萨沙也许没有变成一个“冷静且精于算计的商人”，但作为补偿“培养了纯洁磊落的心灵”。

不久萨沙来到阿斯特拉罕。尼古拉·加夫里洛维奇望见那一双明亮而鼓突的眼睛，听到那种陌生且闪烁其词的话语……萨沙已经开始为油商诺贝尔工作，一次受命押运一艘驳船驶过伏尔加河，在一个酷热难当、油味四处弥漫、如撒旦一般邪恶的中午，他在途中忽然甩手打掉会计的帽子，将钥匙扔进漂着油花的水中，径直回到阿斯特拉罕的家中。同年夏天，他的四首诗出现在《欧洲信使》上。它们闪烁着一抹天赋的亮光：

> 如果你认为生活的时光充满苦涩，
> 切莫怨天尤人，最好承认
> 你天生怀有仁慈心肠
> 这本身是一个错误。
> 倘若你不愿承认
> 如此明显的一个错误……

（顺便提一句，让我们注意“life’s hou-urs”中一个多余的音节的鬼魂，它与zhiz-en’而不是zhizn’相称[①]，后者正是那些愁眉苦脸、失衡的俄罗

---

① zhizn’，用拉丁字母转写的俄文，意为“生命”，前一个拼法“zhiz-en’”同样有一个多余的音节。

斯诗人的特性。这个瑕疵似乎等同于他们生活中缺乏的某样东西，本来能够将生活转变为歌的某样东西。不过援引的最后一行诗却蕴含着一种纯正的诗歌韵律。）

父子俩共同的一间囚室是一座共同的地狱。车尔尼雪夫斯基喋喋不休的教训逼得萨沙苦不堪言，得了失眠症（作为一个“唯物主义者”，他情绪狂热、厚颜无耻地认为萨沙神志不清的首要原因在于他的“可怜的物质条件”），而他本人也远比在西伯利亚时更加痛苦。所以当萨沙在那年的冬天离开时，他们彼此都松了一口气。萨沙首先随着为其做家庭教师的那一家人去了海德堡，随后，又来到圣彼得堡，为了“获得医药方面的建议”。种种无关紧要、看似滑稽的灾祸继续向他袭来。从他母亲的信中（写于一八八八年）我们获知“萨沙乐滋滋地外出游逛，他住的房子被烧毁了”，他拥有的一切也付之一炬，而今他一贫如洗，只得搬到斯特兰诺柳布斯基（批评家的父亲？）的乡间住宅。

一八八九年车尔尼雪夫斯基获准去萨拉托夫。虽说他听到这个消息可能会百感交集，然而此时发生的一桩令人担忧、实难忍受的家庭变故，却抵消了他的欢喜劲儿。萨沙对于各种展览一直怀着一种病态的狂热，忽然出人意料地开始了极为奢侈、极为幸福的巴黎之行，去参观“万国博览会”。起初他滞留柏林，必须用领事的名义给他汇款，同时请求把他送回来。但是他没回来，他收到钱后随即去了巴黎，饱览了“奇妙的车轮和体积庞大又制作精美的铁塔”——结果再度身无分文。

车尔尼雪夫斯基对韦伯那些卷帙浩繁的作品拼命的翻译使他的大脑蜕变为一座强行运转的工厂，实际上代表了对人类思维的最大嘲讽。他的收入不够抵偿一笔笔意想不到的开销——日复一日地口述，口述，口述，他渐渐感到自己不能继续下去，无法将世界历史变成卢布——同时他心里饱受恐惧的煎熬，忧心忡忡，唯恐萨沙会突然从巴黎闯进萨拉托夫。十月十一日，他给萨沙写了一封信，信中说母亲已经给他寄钱让他返回圣彼得堡，而且第一百万遍地建议他从事任何一项工作，并且做上司可能吩咐他做的任何一件事："无论哪个上司都不会容忍你对上司的无知荒唐的说教。"（"写作的主题"就此结束。）他喃喃自语，哆哆嗦嗦地将信封起来，接着去车站寄信。刮过全城的一阵狂风，在第一个拐角处将这位急匆匆、怒气冲冲、衣着单薄的小老头冻得浑身颤抖。第二天，尽管发着高烧，他依然翻译了十八页印得密密麻麻的文字。十三日，他还想继续译下去，但是别人劝他停下来。十四日，他染上谵妄症："Lnga inc（词不达意的胡说，接着是一声叹息），我简直坐卧不宁……新的一段……如果大约三万瑞典士兵能够被送往石勒苏益格—荷尔斯泰因[①]，他们仍将轻而易举地击败原有的丹麦军队，并占领……所有的岛屿，也许哥本哈根除外，哥本哈根人将负隅顽抗，但是在十一月，括号里写上第九，哥本哈根也投降了，分号。瑞典人把这座丹麦都城的所有居民都变成了闪闪发光的银子，将几个爱国组织的骁勇的成员放逐到埃及……是啊，是啊，我说到哪儿了……又是一段……"他就这样没完没了、絮絮叨叨地说着，从假想的韦伯那里跳入他自己的假想的回忆录中，喋喋不休地叙述着同一个事实，此人最细微的结局已经命中注定，他已在劫难逃……尽管微小难辨，在他血液里已经发现了一粒小小的脓疱，他的命运早已注定……他是在说自己吗？他是否真正感觉到这粒小脓疱在不断地暗中破坏他在生活中所做的、所经历的一切呢？一位思想家，一个埋头苦干的人，一个头脑清晰的人，靠一群速记员来普及他那些不可能实现的改良计划——他总算能活着瞅见一位秘书记下自己的临终呓语。十六日夜间，他中风发作——他感到舌头有点发黏，很快他就死了。他的遗言（十七日凌晨三点）是："真奇怪，这本书竟然丝毫没有提及上帝。"遗憾的是我们无法准确地知道他临终时正在读什么书。

眼下，他躺在无人问津的韦伯全集之间，盒子里的一副眼镜始终碍手碍脚的。

---

① Schleswig-Holstein，德国最北面的一个州，北邻丹麦。

一八二八年第一批公共汽车在巴黎诞生，当时萨拉托夫的一位牧师在他的祈祷书中这样写道："七月十二日，临晨三点，降生了一个婴儿，尼古拉……十三日上午在市民面前为他施行了洗礼，教父为大祭司费奥多·什泰夫·维亚佐韦茨基"……而今整整六十一年过去了。后来当车尔尼雪夫斯基在西伯利亚创作短篇故事时就为文中的主人公及叙述者起了这样一个名字，也因此，或者说几乎是因此有了《世纪》杂志上面（一九〇九年十一月）一位不知名的诗人的一首十四行诗。据我们掌握的消息，是献给这位N. G. 车尔尼雪夫斯基的——一首平庸但却别具一格的十四行诗，我们在此照录如下：

它将说些什么，你后世子孙的声音——
歌颂你的一生还是对它严加抨击
说它令人心悸？说兴许另一番经历
会少一些苦涩？说那是你的决定？
说你的高尚行为影响深远，用美妙
的诗篇照亮你乏味的劳役
用一圈朦胧的光环，在身受束缚
的殉道者的额头周围环绕？

第五章

《车尔尼雪夫斯基传》问世大约两周以后，引起了第一阵直率的反响。瓦连京·利尼奥夫（在一家华沙出版的侨民报纸上）撰文评述：

“鲍里斯·切尔登采夫的新书开头是六行诗，作者不知何故称其为十四行诗？其后是对闻名遐迩的车尔尼雪夫斯基生平的矫揉造作、杂乱无章的描述。

“车尔尼雪夫斯基，作者说，是‘一位和蔼可亲的神职人员’的儿子（却未提及他何时何地出生）；他修完神学院的课程，在他父亲结束了圣洁的、连涅克拉索夫也从中受到启示的一生，去世之后，这位年轻人的母亲送他去圣彼得堡深造。他在那里立即，说穿了是在车站上，结识了当时人称‘观念塑造者’的皮萨列夫和别林斯基。小伙子进入大学，致力于技术发明，学习异常刻苦，并且开始了第一次谈情说爱的不平凡经历，恋人柳博芙·叶戈罗芙娜·洛巴切夫斯基，用自己对艺术的热爱感染了他。在因为某桩风流韵事与巴甫洛夫斯克的某位官员发生冲突以后，他被迫返回萨拉托夫，在那里向他未来的新娘求婚，不久便娶她为妻。

“他回到莫斯科，致力于哲学研究，写了不少东西（小说《我们该做什么？》），与当时的杰出作家建立友谊。渐渐地，他在别人劝诱下参与革命工作，在一次闹得不可开交的会议上，同杜勃罗留波夫和大名鼎鼎、当时还很年轻的巴甫洛夫教授一起发言。会后他被迫离开了俄罗斯寻求避难。他在伦敦住了一阵，与赫尔岑合作，后来又返回俄国，随即被当局逮捕。他们指控车尔尼雪夫斯基策划暗杀亚历山大二世，遂判处他死刑，并当众将其处死。

“这便是车尔尼雪夫斯基的生平概略，本来一切都很正常，要不是作者认为有必要在叙述之上添加大量毫无必要而又混淆视听的细节，以及各种围绕五花八门的主题的冗长的题外话。尤其糟糕的是，在已经描写了绞刑场面、让他的主人公死去以后，他意犹未尽，用了更多不堪卒读的篇幅，反复揣测最后的结局会怎么样。‘倘若——倘若车尔尼雪夫斯基，比方说，没被流放到西伯利亚，像陀思妥耶夫斯基一样。’

“作者使用的语言与俄语没什么共同之处。他喜欢生造词语。他偏爱冗长复杂的句子，诸如：‘命运整理（?）他们预计（?）研究者的需要（?）’！或者他将庄重但不太符合语法的箴言塞入他的人物嘴里，像‘诗人自己为他的诗选择题材，大众无权引导他的灵感’。”

几乎与这篇妙趣横生的评论同时问世的，是一位名叫克里斯托弗·莫托斯的先生在巴黎发表的评论——它激起济娜的满腔怒火，以至于打那以后只要稍稍提及这个名字，她便两眼圆睁鼻孔扩张。

“提到一位新的年轻作者时（莫托斯不动声色地写道），当事人通常生出一种尴尬的心情：我会不会把他惹恼，会不会伤害他，因为一句过于‘轻率’的议论？在我看来，在此刻谈及的例子里没有理由这样担心。戈杜诺夫-切尔登采夫是一位新手，不假，但又是一位自信心极强的新手，要想激怒他恐非易事。我不知道他的书是否预示了未来的‘成就’，但假使这是一个开端的话，也不能被称为一个令人欣慰的开端。

“且容我对此加以描述。严格地说，戈杜诺夫-切尔登采夫的努力是否值得称道完全不重要。某人写得好，某人写得糟，而在路的尽头恭候每个人的是主题，谁也回避不了。我想，这是一个截然不同的问题。评论家或读者首先感兴趣的是一本书的‘艺术’质量或天赋的精确等级，那样的黄金时代已经无可挽回地消逝了。我们的流亡文学——我说的是真正的、‘毋庸置疑’的文学，品位纯正的人明白我的意思——已经变得更简单、更严肃、更干瘪，以损害艺术为代价，不过或许，作为补偿它创造了（在齐普奥里奇和鲍里斯·巴尔斯基的某些诗里以及科里多诺夫的散文里……）如此的悲音，如此的音乐以及如此'无望'的超凡魅力，因此实际上被莱蒙托夫称做'世间的单调乐曲'的东西不值得人们为之惋惜。

"写一本有关六十年代某位社会名流的书，这个念头本身不含任何应受指摘的成分。作者坐下来写它——很好；它出版了——很好。比那蹩脚的书不也出来了么？但是作者通常的情绪，他进行'思考'的气氛使你心里充满古怪而讨厌的忧虑。我不打算探讨这个问题。时下这样一本书的问世到底有多恰当？毕竟，谁也不能禁止一位作家写他喜欢写的东西！不过依我之见——有这种感觉的并非仅有我一人——在戈杜诺夫-切尔登采夫的书的深处蕴藏着某种本质上极不得体的东西，某种不和谐的、唐突的东西……他有权，当然（虽说即便这点也可以怀疑），对'六十年代的人'持这种或那种态度。但在'驳斥'他们的同时，他势必会唤起任何一位敏感读者的惊诧和憎恶。这一切是多么不相干！多么不合时宜！让我解释我的意思。这一毫无趣味的活动正是在此刻、正是在今天开展，这一事实本身是对某种重要而苦涩的、突突直跳的东西的公然侮慢。它在我们时代的地下墓室里渐渐成熟。哦，不消说，'六十年代的人'，尤其是车尔尼雪夫斯基，他们的文学评论里也有许多错误和荒谬之处。谁没有犯下这种罪？这是不是一桩大罪，说到底？不过在他们批评的总'音调'里却透露出某种真理——这种真理，无论怎样看似有悖常情，已经接近我们，为我们所理解。正是在此刻，正是在今天。我们现在谈的既不是他们对受贿者的抨击，也不是妇女解放……那些自然不是重点！我以为我会得到人们的正确理解（在一个人能够被理解的范围内），假使我说在某种关键的、绝对可靠的意义上他们的需要跟我们的不谋而合。哦，我知道，我们比他们当时更敏感、更理智、声音更悦耳。我们的终极目标——在那黑亮的天幕下生活受这个目标的驱使源源不断地流动——不单是‘公社’或‘推翻暴君’。不过对于我们，跟对于他们一样，涅克拉索夫和莱蒙托夫，尤其后者，跟普希金相比离我们更近。我只举这个最简单的例子，因为它将很快阐明我们跟他们的——密切关系——如果不是亲缘关系的话。那种冷漠，那种矫揉造作，那种‘不负责任’的特性，被他们在普希金诗歌的某一部分中察觉，我们同样也能感知。你可以反驳说我们更聪明，悟性更强——是的，这我赞成。不过说到底这个问题与车尔尼雪夫斯基的“唯理主义”无关（或者别林斯基的，或者杜勃罗留波夫的，名字与日期并不重要），而是涉及这个事实，那时跟目前一样，思想进步人士懂得单纯的‘艺术’和‘里拉’并不是一种充足的精神食粮。我们作为他们高雅而疲惫的后裔，也需要某种首先符合人性的东西，需要对灵魂至关重要的价值观念。这种‘功利主义’或许比他们的高尚，但在某些方面甚至比他们所推崇的功利主义更为紧迫。

“我已经偏离了我文章的主题。不过有时，作者反而能够更精确更可靠地表达他的观点，通过‘在主题附近’徘徊——在它肥沃的周边地区……事实上，对任何一本书的评论都是令人难堪、不得要领的。何况，我们感兴趣的不是作者完成他的‘任务’的方式，或者甚至‘任务’本身，而仅仅是作者对它的态度。

“我再补充一点：它们是否真有必要，这些深入历史王国的观光旅行，带着它们程式化的龃龉和故作积极的生活方式？谁愿意了解车尔尼雪夫斯基跟女人的关系？在我们这个苦涩脆弱、苦行禁欲的时代，没有一席之地留给这种恶作剧式的研究，因为这种无聊的文学——无论如何，并不是没有一种倨傲放肆的意味——注定会引起即便是态度最温和的读者的反感。”

在这之后，各种评论纷至沓来。布拉格大学的阿努钦教授（一位社会知名人士，一个品行纯洁、出类拔萃、具有极大勇气的人物。正是这位阿努钦教授，在一九二二年被驱逐出俄国之前，当几个手持左轮手枪，身穿皮夹克的家伙上门逮捕他，却又对他收藏的古钱币发生兴趣，带走他的动作慢下来时，他指着自己的手表平静地说："先生们，历史是不容耽搁的。"）在巴黎出版的一份侨民期刊上登出了一篇对《车尔尼雪夫斯基传》的详细评论。

"去年（他写道），波恩大学的奥托·莱德雷尔教授出版了一本引人注目的书——《三暴君》（神秘的亚历山大，冷酷的尼古拉，昏聩的尼古拉）。在对人类精神自由的高度热爱以及对压制者的刻骨仇恨的驱使下，莱德雷尔博士在他的一些评论里有失偏颇——丝毫不考虑，例如，强有力地突出王冠象征的俄罗斯人的民族主义热情。但是极度的热情甚至盲目，在揭露罪恶的过程中得到的理解和宽恕的程度，始终超过微不足道的对公众认为客观上好的东西的嘲弄——无论这种嘲弄如何巧妙。然而，正是这第二条路，尖刻而又折中的道路，已经被戈杜诺夫-切尔登采夫先生选中，用在他对N. G. 车尔尼雪夫斯基生平和著述的诠释中。

"作者无疑已经以其特有的方式对他的题材了如指掌，同样毋庸置疑的是，他的文字显露出才气——他提出一些见解，这些见解的并列，无疑是很有见地的。但是有了这一切他的书却令人厌恶。让我们心平气和地审视这一观感。

"作者选择了一个时代并且挑出其中一位代表人物。但是作者是否吃透了'时代'的概念？没有。首先人们从他身上绝对感受不到那种时间划分的意识，缺了它历史就变成彩斑的任意旋转，变成一种印象派风格的图画，上面有一个头朝下、脚朝上行走的人物，顶着自然界里并不存在的绿天。但是这种手段（糟蹋了，顺便提一下，讨论中的这部作品的任何学术价值，尽管它标榜自己渊博）并不构成作者的主要失误。他的主要失误在于他描述车尔尼雪夫斯基的方式。

"车尔尼雪夫斯基对诗歌问题的理解抵不上现今一位年轻的唯美主义者，这完全无关紧要。车尔尼雪夫斯基在他的哲学观念里对戈杜诺夫-切尔登采夫先生所热衷的那些超自然的微妙之处敬而远之，这完全无关紧要。重要的是，无论车尔尼雪夫斯基对艺术及科学的观点可能是什么，它们都代表那个时代最进步人士的世界观，而且与社会观的发展、与它强烈而有益的推动力联系紧密。正是从这一方面，从这个唯一的、真实的角度看，车尔尼雪夫斯基的思想体系具有的重要意义远远超出那些毫无根据的争论的意义——这些争论与六十年代毫无关联，被戈杜诺夫-切尔登采夫先生用来蓄意嘲弄他的主人公。

“但他嘲弄的不仅仅是他的主人公，他同样嘲弄他的读者。在研究车尔尼雪夫斯基的权威人物中作者列出一个子虚乌有的人物，并且假装对他曲意逢迎。我们不澄清这个事实，难道还能有别的做法吗？在某种意义上如果不可能宽恕，至少可能理解对车尔尼雪夫斯基的揶揄。倘若戈杜诺夫-切尔登采夫先生热烈支持那些遭到车尔尼雪夫斯基抨击的人，它将至少是一种观点。读者读这本书时，将对作者有失偏颇的写法不断做出调整，以期探明真相。然而很遗憾，对于戈杜诺夫-切尔登采夫先生而言，没有任何东西可以调整，观点‘无处不在又无处可觅’；不仅如此，一旦读者刚刚走下一个句子的必经之路，以为他至少已经驶入一片宁静的水域，驶入一个思想王国，里面的思想兴许与车尔尼雪夫斯基的观点相左，但显然与作者不谋而合——因而可以权作读者做出判断、接受指导的基础——作者给他一阵突如其来的刺激，敲掉他身子下面那根想象的支柱，致使他再一次意识不到戈杜诺夫-切尔登采夫在他反对车尔尼雪夫斯基的战役中站在哪一边。是站在为艺术而艺术的拥护者一边呢，还是站在政府一边？抑或站在不为读者所了解的车尔尼雪夫斯基的其他一些敌人一边？就对主人公的奚落而言，作者在这里超越了所有的界限。没有一个细节过于可恶，以致遭到他的鄙视。他兴许会回答说所有这些细节都将在年轻的车尔尼雪夫斯基的‘日记’中找到。不过它们各得其所，在它们合适的环境里，按照正确的顺序和角度，置身于其他许多价值更高的思想感情之间。但正是这些作者已经捞出并放在一起，仿佛某人已经试图再现一个人的形象，凭借精心搜集他梳下的发丝、剪下的指甲以及身体的排泄物。

“换言之，作者在整本书里处处嘲笑自由俄罗斯最纯洁最无畏的儿子——更不用说顺便踢几脚，作为他对进步的俄国思想家的报偿。在我们的意识里，对他们的尊敬是他们历史唯物主义本质的一个内在的部分。他的书完全游离于俄罗斯文学的人道主义传统之外，因而游离于整个文学之外，书中没有事实的虚假（如果排除已经提及的杜撰的'斯特兰诺柳布斯基'，两三个可疑的事实以及几处笔误），但它包含的那种'事实'却比偏见最深的谎言还糟，因为此类事实与那种崇高纯洁的真相势不两立（丧失后者就等于剥夺历史上被伟大的希腊人称为'取向'的东西），那种真相是俄国社会思想中不可剥夺的珍宝之一。如今，感谢上帝，人们不再用篝火焚烧书籍了。不过坦白地说，假使这种习俗依然存在，戈杜诺夫-切尔登采夫先生的书将无可非议地首先被我们选中，作为广场上取暖的燃料。"

此后孔切耶夫在文学年刊《灯塔》上发表了他的看法。开头他描绘了一场侵略或地震发生时的一幅逃难图，逃难者随身带走所有他们能找到的东西，有个人硬是吃力地捧着嵌在画框里的大幅肖像，上面是一位早已被他忘却的亲戚。"这幅肖像，"孔切耶夫写道，"对于俄国知识界而言正是车尔尼雪夫斯基的化身，被流亡者自发地、但却偶然地带到国外，连同其他更有用的物品。"孔切耶夫这样解释费奥多尔·康斯坦丁诺维奇作品的问世引起的迷惘："某人陡然没收了这幅肖像。"接下来，在一劳永逸地完成了对意识形态本质的思考，并着手将此书作为一件艺术品加以审视之后，孔切耶夫开始以一种动听的腔调为它唱赞歌，致使费奥多尔在读这篇评论时，觉得自己的面孔周围正在形成一圈炽热的光环，血管里涌动着水银。此文以这样一段结尾："唉！在移民当中我们很难凑拢一打人，能够领悟这篇妙趣横生、独领风骚的文章的激情与魅力。我本来会坚持认为你在今天的俄国甚至找不到一个它的知音，倘若不是凑巧知道存在两位这样的人物的话，一位住在涅瓦河北岸，另一位在遥远的西伯利亚的某个流放地。"

君主主义的喉舌《王权》用了寥寥数行去评论《车尔尼雪夫斯基传》，指出剥去"布尔什维主义的一位意识形态导师"的伪装的意义和价值已被作者庸俗的自由化大大减弱，他动辄完全倒向他那可怜而又恶毒的主人公一边，只要长期受难的沙皇最终将他安全地隐藏起来……“总之，”评论家彼得·列夫琴科补充道，“我们必须立即停止围绕对谁都不感兴趣的‘纯洁的人’来描写‘沙皇统治时期’的所谓暴虐。红色共济会只会为戈杜诺夫-切尔登采夫伯爵的作品欢欣鼓舞。令人惋惜的是，享有这种名望的人竟然参与吹捧‘社会理想’，其实它们早已沦为廉价的偶像。”

柏林的共产主义俄文报纸《起来！》（这类报纸无一例外地被瓦西列夫的《格兹塔报》称为“马屁精”），载文纪念车尔尼雪夫斯基百年诞辰。文章得出这一结论：“他们还在我们尊敬的侨民身上大做文章；一个叫戈杜诺夫-切尔登采夫的，虚张声势、轻率鲁莽地匆匆炮制出一本小册子——为此他曾在当地到处搜集素材——以《车尔尼雪夫斯基传》为题抛出他那无耻的毁谤。布拉格的一位教授之类的人物迫不及待地声称这部作品是‘天才的、一丝不苟的’，每个人都乐呵呵地随声附和。文章笔力遒劲，在其内在风格方面无异于瓦西列夫的领导们的《布尔什维主义气数将尽》。”

最后的挖苦尤为有趣，因为瓦西列夫坚决反对在自己的《格兹塔报》上引用费奥多尔书中的任何只言片语，坦率地告诉他（其实对方并没有问）要不是看在过去跟他交情不薄的分上，他一定会发表一篇文笔犀利的评论——把《车尔尼雪夫斯基传》的作者“驳得体无完肤”。总之，围绕此书的流言蜚语甚嚣尘上，从而促进了它的发行。与此同时，虽然屡受攻击，戈杜诺夫-切尔登采夫反倒很快名声大噪，凌驾于各种批评意见的喧嚣之上，完整地看见每一个人，目光炽热坚定。可是有一个人的观点费奥多尔却再也捉摸不透。亚历山大·雅科夫列维奇·车尔尼雪夫斯基已经在本书出版前夕去世。

当法国思想家德拉朗德在某人葬礼上被问及他为何不脱帽致敬时，他答道：“我在等待死神带头这样做。”这当中缺少一种玄奥的豪侠风度，不过死神应得的也不能再多。恐惧酿成神圣的敬畏，神圣的敬畏竖起一座献祭的圣坛，欠身施礼的恐惧向它念一篇祷文。宗教与人在天国的状态，跟数学与人在尘世的状态具有相同的关系。这两种关系都仅仅是游戏规则而已。相信上帝与相信数字：当地的真理与位置的真理。我知道，死亡本身与来世的地形毫无关联，因为门只是房子的出口，而不是它环境的一部分，比如一棵树或一座山。人们总得出门，“但我认为，门就是一个洞，一件木匠活儿。”（见德拉朗德的《关于影子的演讲》第四十五页。）另一方面，人脑习以为常的“道路”的可怜形象（人生作为一种旅行）是一个愚蠢的幻觉：我们哪儿也不去，我们就坐在家中。来世始终包围着我们，根本不是某次朝圣的终点。在我们世俗的住宅里，窗户被镜子取代。门呢，始终紧闭，直到某个特定的时刻。然而空气钻进缝隙。“对于我们待在家里的意识而言，那些环境终将随着尸身的解体呈现在我们眼前，而我们将来理解它们以后得到的最清晰的概念，便是把灵魂从尸身的眼窝中拯救出来，以及我们转化为一只完整自由的眼睛，从而能够同时看清各个方向。或者换句话说：一种超感觉的眼光，洞悉在我们的精神参与陪伴下的世界。”（同上，第四十六页。）不过所有这些只是象征—— 一旦受到头脑的仔细审视便成为其负担的象征……

有没有可能更简单地理解，以一种令灵魂更加满意的方式，而无需借助于这位高雅的无神论者，同样无需借助于普遍的信仰？因为宗教本身含有一套自带出口的可疑的设施，损毁了宗教启示的价值。倘若心灵贫困者进入天国，我想象得出那是多么快乐。我在人间已经看够了他们。其他还有谁能组成天国的人口？一群尖声叫嚷的兴奋的布道家，邋遢的修道士，许许多多面颊红润、目光近视的家伙，多少是新教徒的产物——让人厌烦透顶！我现在高烧发到第四天，书再也读不下去了。奇怪——我在那之前曾经认为雅沙一直在我身旁，认为我已经学会跟鬼魂交流。可是此刻，在我大概就要咽气之际，这种对鬼魂的信任似乎成了世俗的东西，与最低级的世俗感觉有关，跟发现天堂般的美洲没有任何联系。

不知怎地变简单了。不知怎地变简单了。不知怎地立刻！一次努力——我将理解一切。寻找上帝：任何猎犬对主子的渴盼。给我一位主人，我将跪在他的一双大脚下。所有这些都是世俗的。父亲，校长，教区长，董事长，沙皇，上帝。数字，数字——人们巴不得觅到最大的数字，这样其他一切都能有一种不同寻常的意义，同时爬到什么地方。不成，那样的话你最终会陷入密封的死胡同——所有一切都不再有趣。

不用说，我即将离开人世。这后面的钳子，这刺骨的疼痛是再清楚不过的了。死神从身后偷偷袭来，抓住你的两侧。滑稽的是，我琢磨了一辈子死亡，如果说我算活过的话，也只是生活在我从没本事读过的一本书的页边空白处。那么他是谁呢？哦，几年前在基辅……啊呀，他叫什么名字？他会取出一本图书馆的书，一本他读不懂的外文书，在上面做些记录后随便摊在那儿，这样借书者便会暗想：他懂葡萄牙语，阿拉姆语[①]。我做了同样的事。幸福，悲哀——页边上的感叹号，对内容却一窍不通。一桩蛮好的事情。

离开生命的子宫是极其痛苦的事。出生时死一般的恐怖。出生的孩子能感受到母亲的痛苦和折磨。我可怜的小雅沙！真是不可思议，我在临终之际离他越来越远，照理应该正好相反——应该渐渐靠近……他吐出的第一个词儿是"苍蝇"。随即警察打来电话：速来认尸。我现在将怎样离他而去呢？在这些房间里……没有人会被他缠住……因为她不会注意……可怜的姑娘。多少钱？五千八……加上另外一笔钱……总共是，让我想想……后来呢？大卫兴许能帮忙——但也许不能。

……总之，生命里从来就是一无所有，除了做好准备接受一次检查——就这样还是没有人能为此做好准备。"死亡对人对螨来说同样

① 属闪米特语族，公元前九世纪通用于叙利亚，犹太人文献及早期基督教文学多以此语写成。

可怕。”我的朋友都将经历死亡吗？不可思议！《古老的历史》：我和桑德拉在雅沙死前去看的一部电影的名字。

哦，不行。在任何情况下都不行。她可以随心所欲地持续谈论这个话题。她不是昨天还谈到它的吗？抑或多年以前？不行，他们不能带我去任何一家医院。我就躺在这儿。我住够了医院。住院意味着等不到出院人又会发疯。不，我就待在这儿。扭转一个人的想法真够难的：就像搬动原木一样。我觉得自己病得太重，死不了。

“他这本书写的是什么，桑德拉？喂，告诉我，你应当记得！我们曾经谈过一次。写的是一位牧师——不是？唉，你从来没有……任何事……糟糕，难了……”

此后他难得开腔，陷入一种迷离恍惚的状态。费奥多尔被准许走进他的房间，事后永远记得他凹陷的脸颊上的胡茬，他的秃脑壳上晦暗的光影，长了厚厚一层灰色湿疹的手像只龙虾似的在床单上蠕动。他在第二天去世，但是咽气前神志清醒了片刻，诉说自己身上的疼痛，然后发出感慨（由于百叶窗拉下的缘故，屋里光线黯淡）：“真是胡扯。人死后当然一无所有。”他叹了口气，听着窗外流水滴答滴答的声音，用异常清晰的声音重复道：“一无所有。就像天在下雨这个事实一样明确。”

与此同时，窗外春天的阳光正在屋顶的瓦片上嬉戏，天上万里无云，如梦似幻，令人悠然神往，楼上的房客正在她的阳台边上浇花，水不断淌下来，发出滴滴答答的声响。

坐落在恺撒大道拐角的殡葬店橱窗里展出了一种旨在引诱顾客的（诚如餐厅会展出铂尔曼酒店的模型）微型火葬场的内部：一个微型布道坛前的几排微型木椅，上面坐着一只只微型玩偶，跟弯曲的小指同样大小；前面稍远处，你可以凭借被主人举到脸前的那块一平方英寸的手帕认出那个小寡妇。模型所具的德式诱惑一直令费奥多尔忍俊不禁，因此现在走进一个真正的火葬场不免心里作呕，店里几盆月桂的枝叶下面一副装着真尸的真棺材，在笨重的管风琴音乐声中垂直下降，进入地下的示范区，而后直接送进焚尸炉。车尔尼雪夫斯基夫人没拿手帕，而是一动不动、端端正正地坐着，她的眼睛隔着黑色绉丝面纱闪闪发亮。朋友和熟人的脸上露出在这类情形下常见的表情：伴随着颈部肌肉紧绷的一阵眼眸的转动。恰尔斯基律师真诚地擤着鼻子；瓦西列夫，身为公众人物多次见识过葬礼，小心翼翼地仿效教区牧师的停顿（亚历山大·雅科夫列维奇竟然在最后一刻成为一名新教徒）。克恩工程师若无其事地用他夹鼻镜的镜片反射亮光。戈里亚伊诺夫屡屡帮助他那臃肿的脖颈摆脱衣领的束缚，但是没有放肆到清喉咙的地步。曾经登门拜访过车尔尼雪夫斯基夫妇的女士全都坐在一起。作家们也都坐在一起——利希涅夫斯基、沙赫玛托夫和西林。还有许多费奥多尔不认识的人——比如，一位装束整洁、蓄着金黄色短须、嘴唇红得反常的先生（似乎是死者的一位表兄）。还有一些德国人，将高顶黑色的大礼帽置于自己膝头，乖巧地坐在后排。

仪式即将结束时，在场的哀悼者，根据火葬场葬礼司仪的安排，照理应该依次走到死者遗孀的身旁，说一两句表示哀悼的话，但是费奥多尔打定主意避开这个场面，溜到外面的大街上。一切都是潮湿温暖，而且不知何故赤裸裸、亮晶晶的。在点缀着嫩草的黑乎乎的足球场上，穿着运动短裤的女士们正在做健身操。火葬场闪亮的灰色古塔胶穹顶后面，可以看见一座清真寺的绿松石色的塔楼。在广场另一侧熠熠生辉的是一座白色的帕斯科万式教堂的绿色穹顶，刚刚从拐角的住宅群中崛起，而且由于建筑学的伪装色的缘故，颇有几分卓然超群的味道。在公园入口处旁边的一座平台上，两尊制作粗劣的拳击手铜像，也是最近竖立的，最后凝固的姿态与拳击术那种互相补偿的和谐毫无共同之处。没有镇定自若、蹲伏迎战、肌肉浑圆的优雅魅力，而是两名赤条条的士兵在澡堂里擦身子。几棵树后面一片空地上放飞的一只风筝，成为蓝天上一个高而小的红色菱形。既惊又恼的费奥多尔，发现自己无法将思想集中在那个人的形象上。那人刚刚化为骨灰，消失殆尽。他尽量集中思绪，默默地想象他们活生生的交往尚存的余温，可是他的灵魂却拒绝挪动，躺在那儿，睡眼紧闭，满足于它的囚笼。《李尔王》中那句断断续续的台词，全部由五个“永不”组成——是他唯一能想到的。“如此说来我永远见不到他了。”他自言自语、缺乏创意地说。但是这一轻微的刺激骤然中断，而没有代替他的灵魂。他竭力思考死亡，但又揣想那绵软的天空，一侧镶着一朵长长的白云，浑似一片狭长的洁白柔软的脂油，本来会像一片火腿，倘若蓝变成粉红的话。他试图想象亚历山大·雅科夫列维奇超越生活角落的某种拓展——但同时又情不自禁地发现，隔着正教会教堂附近的一家熨洗作坊的窗户，一个伙计利用魔鬼般狂热的劲头和过量的蒸汽，仿佛置身地狱，正在折磨一条平整的裤子。他想向亚历山大·雅科夫列维奇坦白什么，至少忏悔几句，为了他脑中转瞬即逝的那个残忍阴险的念头（关于谋划以自己那本书作为一份他意想不到的讨嫌的礼物）。霎时间他回想起一件庸俗的琐事：西奥果列夫一次在偶有所感时说：“每当我的好朋友离世时，我总是认为他们将在那上面做些什么来改善我在这里的命运，嗬，嗬，嗬！”他处于一种烦恼迷惘的精神状态，他对此感到费解，正如周围的一切全都让他感到费解一样，从天空到沿着霍亨索伦大街畅通的铁轨（雅沙曾经沿着它走向死亡）隆隆前行的黄色电车。但是渐渐地，他对自己的愠怒消失了，怀着一种如释重负的感觉——仿佛他的灵魂不归他管，而是由某个知晓灵魂全部意义的人负责。他觉得这一团散乱的思绪，也类似于其他一切——春日的接缝和稀松，空气中的褶裥，嘈杂的声音里的那些针头线脑——只不过是一件精美织物的反面，其正面缓缓形成他肉眼所看不见的一幅幅活跃的情景。

他发现自己就在拳击手的铜像旁。在他们周遭的花坛里，轻轻荡漾着染上黑斑的暗淡的三色堇（面部与查理·卓别林稍稍相似）。他坐在一张他曾跟济娜夜里共同坐过一两回的长椅上——因为最近一种躁动不安已经携着他们超越了那条阴暗宁谧的小巷的界限，他俩起初曾经寻求它的庇护。附近有一个女人在织毛衣，她身边的一个小孩，从帽顶的一颗绒球直到脚上的鞋襻，全身裹在淡蓝色的毛里，正在用一辆玩具坦克熨长椅。一只只麻雀在灌木丛中叽叽喳喳，时不时地合伙向草皮、雕像发起袭击。从杨树芽蕾上飘来一股湿热的气息，远离广场的穹隆形火葬场，此刻露出一副吃干抹净后的餍足的神态。费奥多尔能够看见远方几个渺小的人影正在消散……他甚至能辨认出有人正领着亚历山德拉·雅科芙列芙娜走向一辆玩具轿车（明天他得拜访她），和她的一群朋友聚集在电车站。他瞧见他们有一刻被停下来的电车遮住。而后，不知谁变了个戏法，遮挡物一移开，他们便没了人影。

费奥多尔正打算步行回家，忽闻身后一个口齿不清的声音在叫他：说话人是西林，《古老的深渊》（含有《约伯记》[①]的一段引语）的作者，该书赢得了流亡评论家们极大的同情。（"主啊，我们的圣父！沿着百老汇大街，在美元狂乱的摩擦声中，高等娼妓和商人冒着劈里啪啦的雨点，推推搡搡，倒在地上，气喘吁吁，追逐那头金牛犊[②]。它用力挤出一条路，身子撞在两排摩天大楼之间的墙壁上，继而将它那张瘦脸转向电光闪闪的天空，发出凄厉的长嚎。在巴黎，在一家下等酒吧，有个叫拉雪兹的老头子，一度曾是航空事业的先驱，如今却沦为衰朽的流浪汉，将一名年老的妓女'羊脂球'踩在皮鞋底下。天哪，怎么了——从莫斯科的一间地下室里走出一名杀手，蹲在一个狗窝旁，开始哄一只毛发蓬乱的狗崽子。小东西，他一迭声地说，小东西……在伦敦，贵族们和夫人们跳起苏格兰舞，品尝着鸡尾酒，不停地朝舞台上瞟，一个大块头黑人已经将他那位金发对手一拳打倒在十八世纪拳击台边的地毯上。在北极的冰雪中，探险家埃里克森坐在一只空空的肥皂箱上神色黯然地思忖：北极，或者不是北极……伊万·切尔维亚科夫小心翼翼地修剪他仅有的一条长裤上的流苏。主啊，你为何纵容这一切？"）西林是个体格壮实的汉子，剃了个微微发红的板寸头，脸上

---

① *Book of Job*，《圣经·旧约》中的一卷。
② the golden calf，《圣经》中摩西上西奈山领受十诫时，以色列人制造的一尊偶像。

总是胡子拉碴的，戴一副大眼镜，镜片后面，如同在两只鱼缸里，一双透明的小眼睛游移不定——它们不能产生任何视觉印象。他和弥尔顿一样瞎，和贝多芬一样聋，而且是个傻瓜。由于丧失观察能力而自得其乐（于是对周围世界茫然无知——完全叫不出任何东西的名字）是俄国普通的文人学士身上常有的一种本性，仿佛仁慈的命运女神拒绝将感知能力赐给平庸之辈，以免他们随心所欲地混淆视听。当然，凑巧的是，这种愚昧无知的人有一盏自己的灯在心里闪烁——更不用说在那些已知的情形中，由于喜欢惊人的调整和替代的善变的本性，这样一盏心灵之灯异常明亮——足以引起脸色最红润的天才的妒忌。不过即使是陀思妥耶夫斯基，也不知何故经常想起白天亮着灯的那间房子。

费奥多尔眼下跟西林一起穿过公园时，从这个有趣的念头中获得了无私的乐趣：现在陪伴他的是一个既聋又哑、鼻孔堵塞，却对这种现状满不在乎的人，尽管他有时乐于天真地感叹知识分子跟自然之间的脱节：最近利希涅夫斯基提到西林曾约他见面谈动物园的事情，聊了一个钟头后，当利希涅夫斯基漫不经心地将西林的注意力吸引到笼中的一只鬣狗上时……他才恍然大悟，原来西林几乎不知道人们把动物关在动物园里，他朝笼子瞟了一眼，机械地说："是的，我们这号人对动物了解得不够。"旋又继续讨论生命中最让他牵肠挂肚的事：俄国作协理事会的活动和组织。眼下他处于极度激动的状态，因为"某件大事已经到了紧要关头"。

理事会主席是格奥尔基·伊万诺维奇·瓦西列夫，这样安排当然是有充分的理由的：他在前俄时期的声望，他多年的编辑活动，最重要的是——使他声名远播的那种不容改变、几乎令人生畏的诚实。另一方面，他的坏脾气，争辩时的不留情面，以及（虽说有从事公务的丰富经历）对人的全然无知，不仅丝毫无损于这种诚实，反而赋予它一种独特的魅力。西林的不满并不针对他，而是针对理事会的其余五名成员，首先因为他们中没有一人（附带提一下，他们的人数占成员总数的三分之二）是职业作家，其次因为其中三人（包括会计和副主席），即便不是怀有偏见的西林认定的无赖，至少也是行事忸怩但不乏技巧的喜阴的家伙。一段时间以来，一个相当滑稽（费奥多尔的观点）、极端无耻（西林的术语）的事件出在理事会的基金上。每次会员申请贷款或补助时（两者之间的差别大约相当于九十九年租期和永久所有权之间的差别），他得追查到这些基金，而它们，只要当事者稍稍做出赶上它们的努力，就变得出人意料地轻灵缥缈，似乎它们一直等距离地位于分别由会计和两名理事代表的三个点之间。致使追查复杂化的是这样的事实：迄今为止瓦西列夫跟其他三位理事一直保持着互不搭话的关系，甚至拒绝与他们书面交流，发展到最近先由自己垫钱分配贷款和补助，再让其他人从理事会拿钱还他。拖到最后钱总能零零星星地拿到，但这些钱通常是会计跟一个局外人借的，结果这一笔笔现金业务从未引起基金幽灵似的状态的改变。特别频繁地恳求补助的新会员们显然开始变得惴惴不安。下月将召开全体会议，西林为会议起草了一份采取果断行动的方案。

“有段时间，”他说着，和费奥多尔一起大步走在公园的小径上，自动循着它那巧妙、不显眼、蜿蜒的线路，“有段时间，我们作协理事会的所有成员都是极受尊崇的人物，比如波乔尔阿金、伊万·卢任、齐兰诺乌，可惜有些死了，有些在巴黎。不知怎的，古尔曼悄悄混进来，而后渐渐拉入他的同伙。对这个三人小帮派来说，规规矩矩的正派人的消极参与——我没别的意思——是指特别迟钝的克恩和戈里亚伊诺夫，是一个很方便的掩护，一种伪装。另外古尔曼与格奥尔基·伊万诺维奇的紧张关系也确保了后者的无所作为。应该为这一切承担责任的正是我们，作协理事会成员。若不是因为我们的散漫，疏忽，组织不力，对理事会心不在焉的态度以及社会工作方面明显的不切实际，古尔曼和他的同伙决不至于年复一年地选他们自己或是跟他们情投意合的人，现在得结束这一局面。按惯例他们的名单将在下次选举时流通……不过我们到时候会提出自己的人选，清一色的职业作家：主席是瓦西列夫，副主席是格兹，理事会成员有利希涅夫斯基、沙赫玛托夫、弗拉基米罗夫、你和我。然后我们将重组审计委员会，这在很大程度上是因为别伦基和车尔尼雪夫斯基已经脱离了尘世。”

“哦，别，求求你，”费奥多尔说（顺便称赞西林给死亡下的定义），“别把我算上。我过去从来没有、将来也不会参加任何委员会。”

“闭嘴！”西林嚷着，皱紧双眉，“那不公平。”

“恰恰相反，非常公平。再说——要是我当上委员，那只能是阴差阳错。说真的，孔切耶夫让出这一切是对的。”

“孔切耶夫！”西林愤怒地说，“孔切耶夫是个一点本事也没有的手艺人，只晓得单干，对公众利益没有丝毫兴趣。不过你应该关心理事会的命运，只要你——恕我直言——跟它借钱。”

“问题就在这儿。假使我当上委员，就不可能把补助留给我自己。”

“瞎扯。为什么不能呢？这是一道完全合法的程序。你只需起身去一趟卫生间——就能暂时成为一名普通会员，可以这么说，让你的同事讨论你的请求。所有这些是你刚刚想到的无用的借口。”

“你的新小说进展如何？”费奥多尔问道，“差不多写完了吧？”

“我们此刻不是在谈我的小说。我郑重其事地要求你表示同意。我们需要新鲜血液。这份名单我已经和利希涅夫斯基斟酌过多次。”

“在任何情况下都不可能，”费奥多尔说，“我不想干傻事。”

“嗯，要是你把履行你的公共义务说成干傻事……”

“要是我当上委员那当然是干傻事，因此我出于对职责的尊重予以拒绝。”

“真可悲，”西林说，“难道非得让罗斯季斯拉夫·斯特兰尼代替你不可？”

“当然！太棒了！我崇拜罗斯季斯拉夫。”

“其实我已经为他保留了审计委员会的位置。还有比施，不用说……不过务必请你用心想一下。这不是一桩小事。我们将对这帮无赖发起一场正规战。我正在起草一篇到时候肯定让他们坐不住的发言稿。你再考虑一下，你还有整整一个月呢。”

在那个月里，费奥多尔出版了他的书，发表了两三篇短评，去出席了全体会议，喜滋滋地觉得他在那儿将发现不止一个怀有敌意的读者。会议照例在一家门面挺大的咖啡店的二楼举行。他进场时人全都到齐了。一个手脚异常麻利、眼神缥缈的男招待正在端上啤酒和咖啡。会员们坐在一张张茶几旁。富有创造性的作家们组成一个紧密的团体，人们已经能够听见沙赫玛托夫那底气十足的“嗨、嗨”声，因为侍者上错了他点的饮料。店堂后部一张长桌后面坐着理事会成员：高大魁梧、特别沮丧的瓦西列夫，戈里亚伊诺夫和克恩工程师坐在他右边。克恩的主要兴趣在涡轮机上，不过他曾经与亚历山大·勃洛克以及前政府某部门的一位前官员有过一段交情；戈里亚伊诺夫能够奇迹般地背诵《智力的悲哀》以及伊凡雷帝[1]与立陶宛大使的对话（他曾经惟妙惟肖地用波兰腔模仿过一回），他们有自己的冷静特性，跟三个心术不正的同事已绝交多时。在这三人当中，古尔曼是个胖子，秃脑壳的一半被一个咖啡色胎记占据，厚实倾斜的肩膀，微微泛紫的唇上露出一丝鄙夷愠怒。他和文学的缘分仅限于跟某个提供技术指导的德国书商之间短暂且纯粹商业性的联系；他个性的主题，他存在的要旨，是投机——他尤其留意苏维埃汇票。他身旁坐着一位个头偏矮但体格健壮、精力充沛的律师，下巴向外突出，右眼闪烁着贪婪的光芒，左眼天生是半闭的，嘴里一整副金属假牙——一个警觉且暴躁的人，可以说是一个自行其是的恃强凌弱者，总是向人们发起挑战，要求进行仲裁。当我向他挑战时，他拒绝了，摆出冷酷的决斗者的疾言厉色的派头。古尔曼的另一个朋友，肌肉松弛、肤色灰暗，恹恹无力，戴着仿角质镜架，整副尊容酷似一只神态安详的蟾蜍，只有一种需要——独处于一块湿地的绝对的宁静之中。他在某时某地写过几篇有关经

① Ivan the Terrible（1530—1584），又被称为“恐怖的伊凡”，是俄国历史上的第一位沙皇。

济问题的短评，虽说惯于恶语中伤的利希涅夫斯基就连这也矢口否认，赌咒发誓地说他唯一的文学成就是革命以前写给敖德萨一家报社编辑的一封信，他在信中愤慨地否认他跟一个与他同名的恶人有任何关系，孰料此人原来是他的亲戚，继而变成形貌酷似他的人，最后竟是他自己，仿佛毛细现象不可逆转的法则在这里起了作用。

费奥多尔坐在小说家沙赫玛托夫和弗拉基米罗夫之间，身旁一扇宽大窗户后面的夜幕隐约闪烁着潮湿晦暗的微光，那是被照亮的两种色调（柏林式的想象力不能再有任何扩展）的标牌——臭氧蓝和波尔图红——隆隆作响的电气火车，里面一节节车厢被迅速清晰地照亮，沿着一条高架铁路疾驰而过。紧挨下面的拱门，几辆吱吱嘎嘎、缓缓蠕动的电车似乎在不停地互相碰撞，却找不到一个空子。

与此同时，理事会主席已经起身提议选举一名会议主席。从不同的座位上传来声音："克拉耶维奇，我们推选克拉耶维奇……"于是克拉耶维奇教授（跟物理学教材的作者没有任何亲戚关系——他是国际法教授），一个表情多变、瘦骨嶙峋的老头儿，穿着羊毛背心和未扣上纽扣的夹克，倏地蹿上远得出奇的主席台，左手插进裤兜，右手捏着夹鼻镜细绳末梢甩来甩去。他在瓦西列夫和古尔曼之间坐下（古尔曼满面愁容地慢慢将香烟捻进琥珀色烟嘴），旋又起身，宣布会议开始。

不知道，费奥多尔暗忖，一边斜觑弗拉基米罗夫，不知道他是否读过我的书？弗拉基米罗夫放下杯子，瞅着费奥多尔，不过一声未吭。他在夹克里面穿了一件英国运动衫，三角形领口镶着一道黑橙两色的阔边。从前额两侧往后渐趋稀疏的头发使他的前额显得更宽，大鼻子的鼻骨很硬，灰黄的牙齿在他微微翘起的上唇下面闪着令人作呕的光，眼神透露出机智和淡漠。他似乎曾就读于英国的一所大学并且时时炫耀一种假英国派头。二十九岁那年他已是两部小说的作者——小说以清晰透彻、敏捷有力的风格著称——这触怒了费奥多尔，正因为他觉得自己与弗拉基米罗夫有些相仿。作为一个交谈者，弗拉基米罗夫平淡无味到极点。人们指责他荒谬、傲慢、冷淡，不善于用和缓的口吻进行气氛融洽的探讨——但他们也这样议论孔切耶夫和费奥多尔本人，对于任何一个其思想居住在私宅而不是营房或酒馆的人都是如此。

同样选出一位秘书以后，克拉耶维奇教授提议全体与会者起立哀悼协会的两位已故会员。在这丧失活力的五秒钟里，被逐出集体的侍者扫视着一张张桌子，忘了他刚用托盘端来的火腿三明治是谁点的。每个人都尽可能地站着，古尔曼，比方说，垂下花斑色秃脑壳，掌心朝天地将一只手摊在桌上，仿佛他刚刚掷出一粒骰子，为自己的失手惊得瞠目结舌。

“喂！这儿！”沙赫玛托夫嚷道，他始终在眼巴巴地期待那一刻——侍者赶紧竖起食指（他想起来了），步履轻盈地溜到他身边，当啷一声将盘子放在仿大理石桌上。沙赫玛托夫随即开始切三明治，手中的刀叉呈十字形相交；盘子边上一团黄色芥末中，和平常一样，露出一只黄色羊角。沙赫玛托夫那张拿破仑一世似的谦恭的脸，一绺向鬓角倾斜的铁青色发丝，在此享用美食之际尤其让费奥多尔感兴趣。他身旁坐着《格兹塔报》的讽刺作家，喝着柠檬茶，本人犹如柠檬一般，眉毛凄惨地蹙成拱形。他的笔名叫Foma Mur[①]，据他称，这个名字含有“整整一部法国小说（女人，爱情），一页英国文学（托马斯·莫尔），以及稍许犹太教的不可知论（使徒托马斯）”之意。西林正对着一只烟灰缸上削铅笔，他为费奥多尔拒绝“出现”在选举名单上憋了一肚子火。出席会议的还有下列作家：罗斯季斯拉夫·斯特兰尼——一个面目狰狞的人，汗毛浓密的手腕上套了一只手镯；头发乌亮、肌肤如羊皮纸般苍白的女诗人安娜·阿普捷卡里；一位剧评家——一个皮包骨头、异常沉默的小伙子，身上有一种难以捉摸的气质，令人想起俄国四十年代用达盖尔银版法[②]拍的照片；和蔼的比施，他的目光慈

① Foma Mur连读跟法语“femme”（女人）“amour”（爱情）谐音。

② daguerreotype，世界上第一个成功的摄影方法，以法国画家和物理学家达盖尔（Daguerreo，1787—1851）的姓氏命名。

父般地滞留在费奥多尔身上，后者竖着半只耳朵听作协会长的报告，已经将目光从比施、利希涅夫斯基、西林以及其他作家身上转向出席会议的大多数人。他们当中有若干名新闻工作者，比如年迈的斯图皮申，他的调羹正执著于一块楔形咖啡巧克力蛋糕，许多记者，另外还有独坐一隅、天晓得凭什么获准入场的柳博芙·马尔科芙娜，夹鼻镜后面隐隐露出怯意。总之有不少被西林刻薄地称为“外来分子”的人：仪表堂堂的恰尔斯基律师，一向抖个不停的白皙的手上捏着当晚的第四支雪茄；一个身材矮小、满面络腮胡子的批发商，曾经在一家崩得派[①]的报纸上刊登过一则讣闻；一位举止斯文、面色苍白的老头，正在品尝一点苹果酱，已经热诚地履行了他身为教堂唱诗班领唱的职责；一个神秘莫测的壮汉，隐居在柏林郊区的松林里，有人说是在洞穴里，在那里编纂了一本苏维埃轶事集；一群自成一派的无赖，自以为是的失败者；一个乐呵呵的年轻人，经济能力及社会地位均不为人所知（“一个苏维埃间谍”，西林简单地、愤懑地说）；另一位女士——某人的前任秘书；女士的丈夫—— 一位著名出版商的兄弟。从醉意蒙眬、目光滞钝的粗鄙懒汉，他写的带有威胁意味的神秘诗文还没有哪一家报纸同意登载，到身子小得不堪入目、几乎可以任人携带的律师波希金[②]，跟人交谈时把“我放”（I put）读作“我方”（I pot），“坐垫”（cushion）读作“锉垫”（coshion），仿佛是在为他的名字确立一套说辞，所有这些人，在西林看来，损害了作协的尊严，都应被立即驱逐出去。

“现在，”瓦西列夫在读完报告后说，“我提请会议代表注意，我将辞去作协会长一职并且无意谋求连任。”

他坐了下来。一股寒意贯穿全场。在悲怆的重压下，古尔曼合拢沉甸甸的眼皮，一列电动火车像滚球似的从一根低音琴弦上滑过。

---

① Bundist，正式名称为立陶宛、波兰和俄罗斯犹太工人总联盟，一八九七年在维尔纽斯建立，呼吁取消对犹太人的歧视，主张俄国实行联邦制。

② Poshkin，系作者生造的名字，影射普希金（Pushkin），引出后文。

“下面是……”克拉耶维奇教授说着，将夹鼻镜举到眼前细瞧会议议程，“财务主管的报告。有请。”

古尔曼的富有活力的邻座，即刻使用一种咄咄逼人的腔调，一只好眼睛闪闪发光，同时用力扭歪塞满宝贝的嘴唇，开始读起来……一个个数字像火花似的喷射，金属般刺耳的词的跳动……“进入本年度”……“记账”……“查账”……与此同时，西林开始在烟盒背面草草记着什么，再加起来，扬扬得意地跟利希涅夫斯基互递眼色。

念到最后，财务主管啪哒一声闭拢嘴唇，台下稍远处审计委员会的一位委员已经起身，一名格鲁吉亚的社会主义者，满脸痘痕，黑发亮似鞋油，简单列举了他的几点好印象。在这之后西林要求发言，场上立刻透出一点让人既喜又忧，同时有些出格的迹象。

他的发言首先抓住新年慈善舞会的开支大得不可思议的事实，古尔曼想进行辩解……会议主席拿铅笔对准西林，问他是否已经讲完。“让他说完，别打断他！”沙赫玛托夫从座位上嚷道——主席的铅笔像巨蟒舌头似的微微颤动，瞄准沙赫玛托夫，继而转向西林。西林欠欠身，坐了下去。古尔曼吃力地站起来，鄙夷而无奈地怀着压在心头的悲戚，开始发言……可是西林很快截断他的话头，克拉耶维奇抓起摇铃。古尔曼讲完，财务主管随即要求发言，不过西林已经站起来继续说道：“股票交易所这位尊敬的先生的解释……”主席鸣铃请他克制些，威胁将不允许他发言。西林再度欠身致意，说他只有一个问题：协会的基金，按照财务主管的说法，共计三千零七十八马克十五芬尼，他能否当场见到这笔钱？

“讲得好！”沙赫玛托夫吼了一声——这位理事会最没魅力的委员、神秘的诗人，狂笑，鼓掌，差点从椅子上跌下来。财务主管脸上渐渐失去血色，最后变成一片惨白的雪光，开始喋喋不休地唠叨起来……就在他的发言被难以招架的听众的叫嚷声打断之际，一个叫舍夫的身体单薄、下巴光溜、模样有点像红发印第安人的家伙离开角落，橡胶底运动鞋悄悄走向委员会办公桌，红拳头突然往桌上重重一擂，连摇铃也跟着跳了一下。“他在撒谎！”他怒吼一声，返回座位。

四下里骤然炸开锅，西林如梦方醒，一时叫苦不迭，原来还有另一帮人图谋篡权——也就是一向被忽视的那群人，包括诗人、红发印第安人、满脸络腮胡子的小矮子和几个衣衫不整、精神错乱的家伙。其中一个当即读起那张委员会成员候选人名单，上面的人选没有一个能被人接受。由于有三方参战，这场战斗出现了新的转折点，场面相当混乱。诸如“黑心商人”“你不配参加决斗”“你已经被彻底打垮了”之类的表达比比皆是。就连比施也开了腔，试图掩没喷涌而出的有辱人格的话语。但是由于他的风格天生晦涩费解，谁也搞不懂他在说什么，直到他坐下来解释说他完全赞同前面一位发言者的观点。古尔曼忙于拨弄自己的烟嘴，单靠鼻孔表示了下嘲讽。瓦西列夫离开他的座位，退到角落佯装读报纸。利希涅夫斯基一番压倒性的发言主要针对那位如安详的癞蛤蟆般的常务理事，后者只是摊了摊手，朝古尔曼和财务主管投去无奈的一瞥，他俩竭力回避他的目光。最后，神秘诗人站起来，身子颤巍巍地歪向一侧，汗津津、粗糙的脸上露出一丝大有希望的微笑，开始长篇大论。这当儿主席气鼓鼓地鸣铃宣布暂时休会，随后是预定的选举。西林匆匆走到瓦西列夫身边，开始对他苦苦相劝，费奥多尔则顿觉无聊，赶紧找到自己的雨衣，出门走上大街。

他生自己的气：想不到为了这种荒唐的消遣竟然不惜牺牲与济娜夜间幽会的恒星！即刻见到她的欲望以它似非而是的不可能性折磨着他：倘若她不是睡在距他床头六码开外的地方，跟她接触就便当多了。一列客车横贯整条高架铁路：坐在第一节车厢灯火明亮的窗前的一个女人开始打的呵欠被另一个女人完成——在最后一节车厢里。费奥多尔·康斯坦丁诺维奇沿着通向电车站的黝黑而喧嚣的马路漫步。一家音乐厅的霓虹灯招牌上的字母呈阶梯状垂直排列，它们齐刷刷地熄灭后，灯光再度往上攀爬：巴比伦语的哪个词儿终将抵达天宇？……代表一万亿种事物的一个复合名：diamondimlunalilithlilasafieryviolentviolet[①]等等——还有许许多多！或许他该试着打个电话？他兜里只有十分钱，他得做出决定：打电话意味着他无论如何都不能乘坐电车，但是打电话找不到人，就是说，没有跟济娜本人直接通话（通过她母亲找她不合规矩）然后步行回家，这有点太丢面子了。我得冒个险。他走进一家啤酒屋，拨了号码，转瞬间一切全都泡了汤！他拨的是一个错误的号码，那位总是跟西奥果列夫夫妇联系的姓氏不明的俄罗斯人一直期待的正是这个号码。那又怎样——他只得步行回家，换了鲍里斯·伊万诺维奇就会这样说。

在下一个拐角，他的临近触动了一贯在此巡逻的妓女们身上玩偶似的机关。她们当中的一个甚至试图摆出一副在商店橱窗旁留连忘返的姿势，想想真是可悲，这些金色人体模型上的粉红紧身胸衣她已烂熟于心，烂熟于心……“亲爱的，”另一个说着，露出一丝探询的微笑。薄薄一层星幕下的夜晚是温暖的。他步速极快地走着，夜间醉人的空气使他裸露在外的脑袋感到轻便——再往前，当他走过花园之际，迎面飘来丁香花的幻影、枝叶的暗影以及草地上弥漫着的赤裸迷人的香气。

他身上燥热，额头滚烫，等到最后轻轻地咔哒一声关上房门，他发现自己待在黑暗的过道里。济娜房门上方的不透明玻璃浑似一片明晃耀眼的大海。她准是躺在床上看书，他想。但就在他驻足凝视这块神秘莫测的玻璃的当儿，她咳嗽起来，一阵窸窸窣窣之后，灯随即熄灭。多么荒唐的折磨。走进去，进去……谁会知道呢？她母亲和继父那样的人会像农民那样睡得全然不省人事。济娜的小心审慎：她绝不会因听见指甲的轻轻叩击就开门。不过她知道我正站在漆黑的过道里几乎透不过气来。近几个月，这禁屋已经变成一种痼疾，一种负担，他自己的一部分，但已被充气密封：夜晚的气胸。

① 生造词，里面包含“钻石”（diamond）“暗月”（dim luna）“火一般暴烈的紫”（fiery violent violet）等词。

他又站了一阵——然后踮着脚尖偷偷溜进他的房间。总而言之，法国人的情绪。女人，爱情。睡眠，睡眠——春天的沉重全无才华可言。控制自己：修士的双关语。下一个是什么？我们究竟在等什么？无论如何我都不愿找一个更好的妻子。可我果真需要一个妻子吗？“把那把里拉挪开，我没有地方转身……”不，我永远不会听见她说这话——这是关键。

几天之后，简单地甚或有些愚蠢地，有人示意用某种方法解决一个难题，可是这个难题似乎过于复杂，致使人们不禁寻思它的结构是否有误。鲍里斯·伊万诺维奇，他的事业在最近几年每况愈下，却出乎意料地获得由柏林一家公司提供的一个相当体面的驻哥本哈根的代表的职务。在截至七月一日的未来两个月内，他得搬到那里至少住一年，或许是永远，如果诸事顺遂的话。玛丽安娜·尼古拉芙娜因为某种缘故喜爱柏林（熟悉的常去之地，再好不过的卫生设备——虽说她自己邋遢得要命），为离开它愀然不乐。然而一想到等着她的是生活的改善，她的忧戚便烟消云散。于是两人谈妥从七月起济娜独自留在柏林，继续为特劳姆工作，直到西奥果列夫在哥本哈根“替她谋得一份工作”，“一听到召唤”济娜便动身去那里（说穿了，那是西奥果列夫夫妇的想法——济娜拿定的主意跟它截然不同）。剩下的便是公寓问题。西奥果列夫夫妇不愿把它卖掉，于是他们开始寻找租户。他们找到了这样的人。一个商业前景远大的德国小伙子，由他的未婚妻陪同—— 一个相貌平平、未施粉黛、穿一件绿色外套、在家庭事务上自有主见的姑娘——前来查看公寓。餐室、卧室、厨房，躺在床上的费奥多尔让他们感到满意。不过，德国小伙子打算从八月份才开始入住，因此在西奥果列夫夫妇离开后，济娜和她的房客能够在这儿再呆一个月。他们一天一天地数着日子：五十、四十九、三十、二十五——每个数字都有自己的相貌：一个蜂窠，树上的一只喜鹊，一位骑士的轮廓，一个年轻人。自春天以来，他俩的夜间幽会超出了起初那条街的范围（街灯、酸橙、栅栏），现在他们不知停歇的漫游带着他们沿不断扩展的圈子进入城市遥远的、常新的角落。眼下是运河上的一座桥，继而是公园里攀附在格子棚架上的一片灌木丛。公园后面一盏盏灯疾驰而过，接着是几堆影影绰绰的垃圾之间一条未铺砌的街道，上面停着几辆黑魆魆的运货车，临了是一些白天不可能被发现的怪异的拱廊。迁徙前习惯的改变；亢奋；肩胛里一阵令人倦怠的痛楚。

报上预测刚刚开始的夏天会异常炎热，好日子连成一条长长的虚线，当中时不时插入一场雷雨。上午，济娜被办公室里臭烘烘的热气弄得萎靡不振（单是哈梅克夹克腋窝处的汗渍就够受的了……何况还有打字员们像蜡一样熔化的脖颈、复写纸黏糊糊的黑色呢？费奥多尔打算在格鲁内瓦尔德度过整个白天，放弃授课，竭力不去考虑拖了很久的房租。他以前从来没有在七点起床，那样似乎太可怕了——但是此时在生活新的光辉里（其中不知怎地融合了他渐趋成熟的天赋，对新任务的预感，以及与济娜共享的完整幸福的临近），他体验到一种直接的乐趣，从这些早起的快捷和轻松中，从动作的那种干脆利落中，从三秒钟穿戴完毕的理想的单纯中：衬衫，长裤，光脚上的帆布胶底运动鞋——之后他将一块旅行毛毯夹在腋下，里面裹着他的游泳裤，穿过走廊时将一只橘子和一块三明治揣进兜里，匆匆奔下楼梯。

一块边角翘起的擦鞋垫使门处于敞开的状态，看门人正在用力掸掉垫子上的灰，方法是将它往无辜的酸橙树身上猛掼：我做错了什么？凭什么这么对我？沥青仍然在房子的深蓝色阴影里。人行道上闪烁着一只狗的第一堆新鲜粪便。从昨天起就停在维修店外的黑色柩车，此时小心地驶出大门外，拐进阒无人迹的街道。车里，在玻璃后面和仿真的白玫瑰中间，躺着的不是一具棺材，而是一辆脚踏车：谁的？为什么？乳品店已经开门，但是懒惰的烟店老板仍在酣睡。阳光在街右侧形形色色的物体上嬉戏，宛如一只喜鹊正啄食明晃耀眼的颗粒。街的尽头与铁路宽阔的沟壑相交，这里，从跨越信号架的右侧陡然冒出一团机车的烟雾，在铁肋上面碰得粉碎，稍后复又变成白色，赫然耸现于另一侧，波涛般地从林木隙缝间流走。这之后穿过信号架，费奥多尔跟以往一样心里乐滋滋的，因为铁路两侧陡坡美妙的诗意，因为它们的自由和多样化的本性：洋槐和黄华柳丛生，野草，蜜蜂，蝴蝶——所有这些孤寂而无忧地生活在恶劣的环境里，与煤灰比邻而居，煤灰在下面五股铁轨之间微微闪着光亮，快乐地远离上面的城市侧面布景，远离一座座老房子起皱剥落的墙壁。这些老房子在早晨的阳光下烘烤它们文有刺青的脊背。信号架过去，小公园附近，两名上了年纪的邮政员工，完成了对邮票自动出售机的检查，忽然变得顽皮起来，蹑手蹑脚地走出茉莉花丛，一个尾随另一个，一个模仿另一个的姿势，走向第三者。他双目紧闭，在工作日开始前坐在长椅上进行谦卑而短暂的放松——为的是拿花儿轻触自己的鼻子。我应该将夏天清晨赏给我的所有这些礼物置于何处——只奖给我一人？将它们贮存起来，用在未来的书中？当即将它们用作素材，提供给一本实用手册：《怎样才能幸福？》？抑或深入下去，直至事物的底层，理解隐藏在这一切后面的东西——在枝叶的嬉戏、闪耀、浓厚的绿色油彩后面？因为确实有什么东西！我想表达谢意却又无人可谢。捐赠物品的单子已经拟出：一万天——捐赠者不为人知。

他继续前行，走过铁轨，走过银行家别墅里幽邃的花园，连同洞室的阴影，黄杨树，缀满水珠的常青藤和草坪。榆树和酸橙树中间已经出现了第一批松树，比格伦沃尔德松林更早长出枝芽（或者，正好相反：落在后面？）。面包房的一名伙计经过他身边时响亮地吹着口哨，从（上坡）三轮车踏板上高高立起。一辆洒水车缓缓行进，发出一阵潮湿的嘶嘶声——轮子上的一头巨鲸慷慨地浇灌沥青路面。某人夹着一只公文包，一把推开漆成朱红色的花园大门，动身前往某个不知名的办事处。费奥多尔跟着他出现在大街上（同样是那条霍亨索伦大街，他们在街头烧死了可怜的亚历山大·雅科夫列维奇），公文包就是在那儿追赶一辆电车的，包上的锁闪闪发光。现在离树林不远，他加快脚步，已经感到太阳炽热的面罩正蒙在他那仰起的脸上。栅栏上一道道尖木桩从他身边一闪而过，所见之物因而沾上许多斑点。昨天的空地上正在建造一座小型别墅，由于天空正透过未来窗户的缝隙朝里窥探，由于牛蒡和阳光利用施工的缓慢让自己舒适地待在尚未完工的白墙里，这一切便获得了废墟发人幽思的气质，恰似“某时”一词，既为往昔又为将来服务。朝费奥多尔走来一位年轻的姑娘，手拿一瓶牛奶。她跟济娜有些相像——或者不如说含有一丁点那种魅力，既特殊又隐晦，在许多姑娘身上都找得到，但在济娜身上表现得尤为充分。因此她们都与济娜有着某种神秘的亲缘关系，这一点只有他知道，尽管他完全不能确切地说明此种亲缘关系的征象，这种关系之外的女人只能激起他痛苦的憎恶。此刻，他回眸打量她，瞥见她那早已为他熟知且难以捉摸、倏忽间永远消失的金色轮廓。他有一刻感到无望的欲念的影响，这种欲念的所有迷人和可贵之处在于它的不可遏制。哦，廉价的刺激是多么平庸邪恶，切莫用口头禅“我的类型”来引诱我。不是那个，不是那个，而是那以外的什么东西。释义总是有限的，但是我继续竭力追求遥远。我超越了障碍（词汇的、感官的、世界的），寻觅广阔无垠的境界，所有、所有的线索都在那里相交。

在大街尽头，松林的绿色边缘进入视线，连同一座刚刚落成的凉亭华丽而俗气的柱廊（在亭子正厅里可以发现各种类型的厕所——男人的、女人的、儿童的）。穿过它，根据当地勒诺特们[①]的设计——你得继续前行，以便首先进入一个新建的假山庭院，阿尔卑斯山的植被点缀在几条几何形的小径旁，它们充作——仍旧按照相同的设计——松林的一个令人赏心悦目的入口。然而费奥多尔往左拐，避开了进口：那条路近些。松林依然开阔的边缘绵延不绝地沿着一条汽车道延伸，但是下一步对于城市元老而言却是不可避免的：用绵延不绝的栅栏将这整个自由通道围起来，以使门厅成为不可或缺的进口（从最贴近字面、最基本的意义上说）。我为你造出这个观赏物，可你不感兴趣。所

① Lenôtres，这里作者借法国园林设计大师勒诺特（André Lenôtre，1613—1700）来指代当地的园林设计师们。

以现在对不起：它既具观赏性又有强制性。不过（借助于一个思维跳跃复又返回：f3—g1[①]）原先的境况几乎是再好不过的了，当年这片林子——如今已经退却，如今簇拥在湖周围（和我们一样，我们在告别毛茸茸的祖先时，仅仅保留了沿岸植被）——曾经一直延伸到现在这座城市的心脏，一群吵吵嚷嚷、自命不凡的乌合之众骑马奔驰在它的荒野里，带着号角、猎狗以及受雇拍打树丛以惊起猎物的人。

我所见到的林子依然充满活力，枝叶繁茂，鸟儿很多，有金黄鹂、鸽子和松鸦。一只两翼急速起伏的乌鸦飞过。一只红头啄木鸟正朝着松树的树干笃笃笃地敲击。有时我想，它鸣叫时是在模仿它自己的敲击，因此听起来格外响亮动情（为了雌鸟的缘故）；事实上，自然界中没有什么比她那在意想不到的地方突发的巧妙骗术更神圣迷人：于是树林里的一只蚂蚱（启动它的微型引擎，却从来不能驱使它前进：嘶格-嘶格-嘶格，骤然打住），已经纵身跳到地上，旋即重新调整姿势，通过偏转身子，使他黑色斑纹的方向与落地针叶（或者与它们的阴影！）的方向相符。不过当心：我想要回忆父亲写过的话："在近距离——无论多近——观察的过程中，注意提防我们的理智——那个一向跑在前头的饶舌的恶人怂恿我们做出种种解释，而后这些解释开始难以觉察地影响观察的过程并对其加以歪曲：结果工具的阴影落在真相之上。"

把你的手给我，亲爱的读者，让我们一起走进树林吧。看！首先——在林中空地的一片片大蓟、荨麻或千屈菜之间，你将发现各种废旧杂物，有时甚至是一块边缘参差不齐、弹簧生锈断裂的床垫。切莫鄙视它！这儿是一片幽暗矮小的冷杉树丛，我在里面曾经发现一个坑，是由躺在它旁边的那头畜生在咽气之前精心细致地刨出的：一只口鼻细长、岁数不大的狗，含有狼的血统，身子蜷成一条优雅绝伦的弧

---

① 指走棋。国际象棋棋盘为正方形，由横纵八格、颜色一深一浅交错排列的六十四个小方格组成。八条纵线从白方（浅）左边到右边依次用小写字母a—h表示，八条横线从白方到黑方（深）依次用数字1—8表示。

线，爪与爪相叠。现在出现的是几个光秃秃的小山丘，底部没有灌木丛——只有一层厚厚的褐色松针，铺在过于简单的松树下，几棵树之间绷了一张帆布吊床，上面堆满某人松弛倦怠的肉体—— 一只废弃灯罩的金属丝骨架也在这儿，躺在地上。再往前，我们来到一块不毛之地，四周环绕着刺槐，那边滚烫发黏的灰色沙地上坐着一个女人，身穿内衣，一双可怖的裸腿伸出来，正在织补一只长袜，有一个孩子在她附近爬来爬去，胯下被地上的灰蹭得乌黑。你从这儿还能瞅见那条大街以及疾驶而过的汽车散热器的闪光。不过你只需稍许深入一些，林子便能重申自己的权威，松树变得更加高贵，苔藓在脚下吱吱作响，某个流浪汉总是在这里熟睡，一张报纸盖在他脸上：哲人喜欢苔藓胜于玫瑰。这是几天前一架小飞机坠落的确切地点：某人早晨带着女儿在晴空中翱翔，欢喜过头，操纵杆失灵，随着一阵刺耳的尖啸和轰然爆裂，飞机径直栽进树林。很遗憾我来得实在太迟。他们已经抓紧时间清理了残骸，两名骑警正缓缓地骑着马朝那条路走去——不过莽撞致死的印痕依然可见，一棵松树让一只机翼全身刮了个遍。牵着狗散步的建筑师正在向一个保姆和她照看的孩子解释发生的事情。但几天之后所有的痕迹全消失了（只留下松树上的一块黄色伤疤），在毫不知情的状态下，一个老头儿和他的老太婆就是在这儿面对面进行并不复杂的体育锻炼——她穿着紧身胸衣，他穿一条衬裤。

再往前，景色变得十分美妙：松树已经进入枝叶繁茂的状态，在它们微呈粉红、覆满鳞片的躯干之间，矮矮的花楸的柔软叶片和橡树的茁壮葱郁将林间太阳的光束分割成一只栩栩如生的花斑动物。在一株橡树稠密的深处，当你从下面朝它凝望时，阴影笼罩的和阳光照亮的叶片的重叠，墨绿的和光灿夺目的翡翠，恍若一幅七巧板图案，它们的波纹状边缘严严实实地拼在一起。在这些叶片上，时而任阳光抚摸它那黄褐色的柔软身段，时而紧紧地闭拢双翼，栖息着一只钩蛱蝶，斑驳暗淡的蝶翼底面有一个白色括号；受到人身上汗味的引诱，蓦然起飞，落在我赤裸的胸脯上。在我仰起的脸庞之上更高的地方，青松的树巅和躯干参与了阴影之间复杂的互换，它们的叶子使我想起在清澈的水里轻轻摇曳的水藻。倘若我把头再往后仰一点，使后面的草（从这个仰起的视角看去，绿到难以言传的地步，从远古直到如今）仿佛正在朝下成长为空虚透明的光。我体验到的情绪，类似于曾经飞上一个星球（具有不同的引力，不同的密度以及对意识的不同强调）的某个人必然获得的强烈感受——尤其是当一家人外出散步上下颠倒走过身边时，他们跨的每一步变成一种奇怪的、有弹性的颠簸，一个以高弧线抛出的球似乎正在降落——越来越慢——坠入一个令人目眩的深渊。

如果谁再继续下去——不是朝松林漫无际涯地延伸的左边，不是朝右边，那里有一片幼小的白桦矮林新近天真地散发着俄国气息，将松林阻断。松林重新变得稀疏，失去了它的林下灌木丛，零星散布在多沙的斜坡上，坡脚宽阔的湖面浮现在一道道光柱里。太阳变化多端地映照对面的湖岸，以一朵云为起点，整幅天幕似乎已经关闭，犹如一只蓝色巨眼，转瞬间复又缓缓张开，一侧的湖岸总是落后于另一侧，在逐渐暗淡和发亮的过程中。对面其实没有沙土边界，所有的树全都朝着下面茂密的苇丛倾斜，而在高一些的地方，我们可以发现炽热和干燥的土坡上长满红花草、酢浆草和大戟，周边镶有橡树和山毛榉浓重的墨绿，战战兢兢地一直延伸到下面那些潮湿的洞穴，其中一个是雅沙·车尔尼雪夫斯基开枪自杀的地点。

早晨我步入这个松林世界，凭借自己的努力拔高了它的形象，使其超出那些拙劣的礼拜日印象（废纸造成的垃圾，一群野餐者），从中产生了伯林纳[①]“关于格鲁内瓦尔德”的构想。在这些炎热的夏季工作日里，我走到它的南端，走进它的深处，走向荒芜隐蔽的地点。我感到无比喜悦，仿佛这是一个远古时期的天堂，离阿伽门农大街两英里。

① Berliner（1851—1928），美国发明家，发明电话听筒、唱片录音系统，晚年研究儿童保健和营养学，推广牛奶低温消毒法。

来到一个我喜欢的偏僻处，它利用灌木丛提供的庇护魔术般地把自由流动的阳光聚拢到一起。我剥光衣服，仰卧在一小块地毯上，不需要的行李箱枕在脑后。多亏覆盖我周身的日光（只有我的眼睛、手掌以及眼睛周围射线般的皱纹保持了它们的自然色调），我觉得自己是一名运动员，一个泰山，一个亚当，你喜欢的任何一个人，唯独不是一个赤身裸体的城市居民。由裸身引起的尴尬程度，通常取决于我们是否意识到自身这种毫无防备的白，它与周围世界的各种颜色早已失去联系，也因此发现自己与周围世界之间有一种人为的不和谐。好在太阳的影响弥补了这一缺陷，使我们在裸身的权利方面与自然界保持平等，古铜色的躯体再也不会蒙受耻辱。这一切听起来像是一篇针对裸体主义的宣传手册——但是一个人亲历的真相不应受到指责，如果它与某个可怜的家伙借用的真相恰好相符的话。

太阳缓缓下沉。它大而光滑的舌头舔遍我的全身。我渐渐觉得自己正在变得滚烫而又透明，周身遍布火焰，自己仅仅存在于火焰存在的范围内。正如一本书转变为一个带有异国情调的习语一样，我被转变为太阳。瘦削的、怕冷的、冬季的费奥多尔·戈杜诺夫-切尔登采夫眼下与我相距遥远，仿佛我已经将他流放到雅库茨克省一样。他是我的一个毫无生气的翻版。我自个儿的我，写书的这一位，热爱词汇、颜色、心灵的烟火、巧克力和济娜的这一位——不知何故已经解体融化。在光的力量使它变得清澈透明以后，又将它与夏天树林的微微闪光混为一体，连同林子的软缎似的松针和碧绿的树叶，连同在旅行毛毯经过美化、色泽最明艳的羊毛上到处乱窜的蚂蚁，连同鸟儿，气息，荨麻的灼热呼吸和阳光晒暖的青草受精似的味儿。也连同蓝天上嗡嗡飞过的一架架高高的飞机，机身上似乎薄薄地覆盖着尘雾、苍穹的蓝色精髓。飞机略带蓝色，正如一条鱼在水里是湿的一样。

一个人可能会那样完全融化。费奥多尔从地上直起身子，坐在原处。汗珠汇成的一股小溪淌下他那汗毛剃尽的胸脯，流入由肚脐眼充当的贮液槽。他平坦的腹部闪耀着珍珠母的褐色光泽。在他阴部几小撮微微发亮的鬈毛上方，一只离群的蚂蚁正在紧张不安地往前爬。他的胫部闪耀着亮光。松针陷入他的脚趾间。他用游泳裤擦擦剪得短短的平头，黏糊糊的颈背和脖子。一只脊背拱起的松鼠蹿过草皮，从一棵树溜到另一棵树上，沿着一条波浪式、几近笨拙的路线。矮小的橡树，年长的灌木，一片小小的流云，丝毫没有污损夏日的面貌，摸索着缓缓经过太阳旁边。

他站起来，走了一步——蓦然间一片薄薄阴影的没有重量的爪子落在他的左肩。走出第二步后它又从肩头滑落。费奥多尔察看了太阳的位置，将自己的旅行地毯朝旁边拖了一两码，以免遭到树叶阴影的暗中偷袭。光着身子游来荡去给他带来惊喜——他腰胯附近的自由更是使他乐不可支。他躺在灌木丛中，谛听虫子的颤音和鸟儿的啁啾声。一只鳾鹅像耗子似的爬过矮小橡树的叶簇；一只沙蜂低低地飞过，挟着麻木的毛虫。他刚才瞅见的那只松鼠贴着树的表皮往上爬，发出一阵痉挛似的刮擦声，附近什么地方响起女孩子似的声音。他在一个阴影的图案中停下来，它沿着他的胳膊静止不动，但却在身体左半边两肋之间有节奏地突突颤动。一只矮墩墩的金色小蝴蝶，饰有两个黑色的逗号，落在一片橡树叶子上，微微张开它那倾斜的双翅，像一只金色蝇子似的蓦然飞走。正如在林区岁月经常发生的情形一样，尤其是当费奥多尔瞥见熟悉的蝴蝶时，他想象父亲在其他林子里的孤寂——巨大的，无限遥远的。相形之下眼前这个林子只能算是灌木丛，一截树墩，废物。然而他却体验到某种东西，类似于铺展在地图上的那种亚洲式的自由，类似于他父亲徒步漫游的精神。这里最难以置信的是，尽管享有自由，尽管享有蓊郁的草木和幸福的、阳光斑驳的幽暗阴影，他父亲还是离开了人世。

各种声音听起来近，旋又往后退去。一只不被觉察地停在他腿部的马蝇用喙蜇了他一下。苔藓，草皮，沙土，全都以各自的方式与他的光脚底板进行交流，太阳和树阴以各自的方式抚摸他滚烫光滑的肌肤。他的神志因为无限制的热量而变得敏锐，同时又受到林间邂逅的可能性的撩拨。他宁可损寿一年，甚至一闰年，只要让济娜待在这儿——或者是她的任何一支伴舞队。

他重新躺下，复又起身。他心里怦怦乱跳，倾听诡秘的、隐隐透出指望的喧噪。接着，仅仅套上游泳裤，将旅行地毯和衣裳藏在一簇灌木丛里，他转身走开，在环湖的树林里随意闲逛。

到处——这在工作日很少见——露出或多或少的橘黄色身体。他避免趋前细看，唯恐对方从潘[①]变为潘趣[②]。不过有时，在一只书包对面，在倚在树干上的一辆闪亮的脚踏车旁边，一位孤零零的美女懒散地摊开手足躺在地上，她的双腿裸露到胯部，看上去像麂皮一样柔软，两只胳膊肘朝后翘起，腋毛在日照下微微闪着亮光。诱惑之箭还没来得及嗖的一声飞来将他穿透，他就发现，不远处与圆心等距的三个点，形成一个迷人的三角形。围绕谁的战利品？树干之间可以看见三个互不相识、一动不动的猎手：两个年轻人（一个俯卧，一个侧躺），另一个上了年纪，没穿外衣，衬衫袖子上套着臂章，稳稳地坐在草地上，纹丝不动，永无止境，眼里露出哀怨而克制的目光。看样子这三双瞄向同一地点的眼睛终将借助于阳光，在那位可怜的德国少女的黑色紧身游泳裤上烧出一个洞，她始终没有抬起她那糊满油膏的眼睑。

他往下走到湖畔的沙滩上，在鼎沸的嘈杂声中，他精心编造的、似有魔法护佑的结构裂为碎片，他厌恶地瞧见皱巴巴、变形的，被人生的东北风吹成畸形、几乎全裸或者说多少有点衣物的——后者更加骇人——游泳者的躯体（小资产者，游手好闲的工人）在肮脏的灰沙上挪动。在湖畔公路与狭窄的湖口平行的地方，湖口被一排木桩隔在外面，它们支撑着松垂的电线看上去饱受折磨的残余部分，木桩旁边的位置尤其受到湖畔常客的青睐——一方面因为可以方便地悬挂裤子，将背带套在上面即可（内衣裤搁在灰扑扑的荨麻上）；一方面因为人

① Pan，希腊神话中人身羊足、头上有角的畜牧神，爱好音乐，创制排箫。
② Punch，英国传统滑稽木偶剧《潘趣和朱迪》中鹰鼻驼背的滑稽木偶。

背后的那道栅栏带来的朦胧的安全感。

老头们的布满浓密汗毛和肿胀血管的灰色双腿；平脚板；皮肤如玉米的黄褐色外衣；肥猪似的粉红色大肚子；身子潮湿、哆哆嗦嗦、肤色苍白、嗓音喑哑的少年；圆球似的乳房；肥厚的臀部；松弛的大腿；微蓝的水痘；鸡皮疙瘩；两腿向外弯曲的姑娘长满小脓胞的肩胛；肌肉发达的小流氓结实健壮的脖颈和臀部；满意的脸上无望的、不信神灵的空虚茫然；嬉耍；狂笑；聒耳的溅泼声——凡此种种，形成了那种享有声誉的德国人的好脾性的典范，它能在任何一刻轻而易举地变成疯狂的喧嚣。在这一切之上，尤其是在星期天拥挤达到不可收拾的地步时，一股令人难忘的气味占据了统治地位：灰尘、汗水、水中黏液、肮脏的内衣裤、被风干的贫困的气味，被风干、烟熏、罐装、一美分一片的灵魂的气味。不过湖本身，凭借对岸鲜绿的树丛以及湖中心的一片微微荡漾的波光，保持了它自己的尊严。

选中掩映在香蒲丛中的一条僻静的小溪以后，费奥多尔下水游起来。水的温暖的黑暗裹住了他，太阳的光斑在他眼前闪耀。他游了很久，半小时，五小时，二十四小时，一个星期，又一个星期。终于，六月二十八日下午三点钟光景，他出水走上对岸。

走出湖边的菠菜地，他即刻发现自己来到一片小树林里，他从这儿爬上一个晒得滚烫的山坡，赶紧在阳光下晒干身子。他右边是一个长满灌木丛和刺藤的山谷。今天，正如他每回来时一样，费奥多尔往下走进那个一向吸引他的山谷，仿佛他不知何故为那个陌生小伙子的死感到内疚，他在此处开枪自杀——正是此处。他想起亚历山德拉·雅科芙列芙娜过去常来这儿，用她那双戴着黑手套的小手有目的地拨开灌木丛……当时他不认识她，不可能看见那幅情景——但是根据她对自己多次来此地的叙述，他觉得准是这个情形。对什么东西搜索一番，草叶的沙沙声，又戳又捣的雨伞，明亮生辉的眼眸，随着阵阵啜泣不住翕动的嘴唇。他想起今年春天他见到她的情景——最后一次——在她丈夫去世以后，想起那些令他不知所措的奇怪感受，当时他正在凝眸注视她低垂的面孔和那种超凡脱俗的眯眼蹙额的表情，仿佛他俩平素从未谋面，眼下他正从她脸上捕捉她与已故丈夫的相似之处，他的死通过某种隐匿至今、令人悲郁的血缘关系表现在脸上。次日她动身去里加的亲戚家，她的面颊，有关她儿子的故事，她家里的文学晚会，以及亚历山大·雅科夫列维奇的精神病——刑期已满的这一切——此时出于自愿卷成一团来到终点，恰似一个生活包袱，横着打上结，将被长期保留，但永远不可能被我们懒惰成性、一再耽搁、薄情寡义的双手解开。他惶惶不安地生出一个决不允许它深藏并迷失在他灵魂储藏间的角落里的欲望，一个利用所有这一切的欲望，用于他本身，用于他的来世，用于他的真相，以利于它按照一种新的方式迅速成长。有一种方式——唯一的方式。

他登上另一个山坡，在坡顶一条复又往下斜的小径旁，坐在一株橡树下的长椅上的，是一位肩膀浑圆、一身黑色西服的年轻人。他肯定热得吃不消，赤身裸体的费奥多尔暗想。坐着的人抬起头张望……太阳转过来，用摄影师的一个微妙的手势略略抬起他的面庞，一张没有血色的脸，两只间距过宽、近视的灰眼睛。在他浆硬的衣领（在俄国一度被称为“狗的喜悦”）的两个尖角之间和松弛的领带结之上是一枚闪闪发光的衬衫饰纽。

“你让太阳晒得这么黑，”孔切耶夫说，“这样不会对你有什么好处。请问，你的衣裳呢？”

“在那儿，”费奥多尔说，“在对岸，树林里。”

“它们保不准会给谁偷走，”孔切耶夫说，“有句谚语不无道理：慷慨大方的俄罗斯人，扒窃有术的普鲁士人。”

费奥多尔坐下来说：“根本没有这句谚语。顺便问一下，你可知道咱俩在什么地方？那几片黑刺莓灌木丛过去，那下面，是车尔尼雪夫斯基家的男孩，那个诗人开枪自杀的地方。”

“哦，是这儿吗？”孔切耶夫的话音里不含特别的兴趣，“你知道，他的奥尔嘉刚刚嫁给一位皮货商，去了美国。跟普希金的奥尔嘉嫁给的那位持矛轻骑兵不完全是一个类型，但仍然……"

"难道你不觉得热吗？"费奥多尔问道。

"一点儿都不热。我胸部发虚，总是手脚冰凉。当然，谁要是坐在一个赤条条的汉子身边，他的身体意识到世上存在着男式服装商店，却仿佛失去了知觉。另一方面，我以为任何脑力劳动对于在这种一丝不挂的状态下的你来说都是断然不可能的。"

"这一点说得好，"费奥多尔咧嘴笑着说，"一个人似乎生活得更加肤浅——在他自己皮肤的表面……"

"言之有理。你唯一关心的是巡查自己的身体，同时追随太阳的踪迹。不过思想喜欢帷幔和暗箱。阳光的好处在于其提高了阴影的价值。一座不设狱卒的监狱，一个没有园丁的花园——这是我心目中理想的安排。告诉我，你有没有读过我对你的书的评论？"

"读过。"费奥多尔答道，一边注视着一只尺蠖蛾的幼虫察看两位作家之间相隔几英寸。"我确实读过。我原先打算给你写一封感谢信——你知道，用动人的笔触提到你文章中的过誉之处及其他内容——稍后又觉得这样做会把让人难以忍受的人类气息引入自由观点的范畴。更何况——如果我写出一本好书，我应该感谢自己而不是你，正如你得为欣赏书中的精彩之处感谢你自己而不是我一样——难道不对吗？倘若我们开始互相鞠躬致意，那么，一旦我俩当中谁停下来，另一个会觉得挺不是滋味，继而愤然离去。"

"我没有料到你说出这些不言自明的实话。"孔切耶夫微微一笑，"不错，你说的全都在理。我一生中有一回，只有一回，感谢一位评论家，他的反应是：'嗯，我真的喜欢你的书！''真的'这两个字让我一辈子清醒。顺便提一下，关于你，我想说的话还没有统统说出来呢……你为并不存在的缺陷受到这样的批评，使我永远不想翻来覆去地念叨那些在我看来再明显不过的毛病了。此外，在你的下一部作品中，要么你改掉它们，要么它们将发展成纯粹属于你自己的独特的长处，就像胚胎上的一点变为一只眼睛。你是动物学家，对吧？"

“在某种程度上—— 一名业余研究者。不过这些缺陷是什么？不晓得它们与我所知道的是否一致。”

“第一，对词汇的极度信任。为了阐述必要的思想，偶尔将它偷运进来。句子也许挺出色，但仍然依靠走私，而且是无缘无故的走私，因为合法的道路是畅通的。不过你的走私者利用一种晦涩的文体为掩护，带着各种复杂的雕琢痕迹，任意进口那些免税商品。第二，在原始素材的加工中有些笨拙。你好像吃不准是该把你自己的风格强加给昔日的讲话和事件，还是凸显它们自己的风格。我花工夫将你书中的一两段与车尔尼雪夫斯基全集的背景进行对照，全集肯定是你用过的同一版本，因为我发现纸页间有你的烟灰。第三，你有时将模仿诗人提升到写真主义的水准上，使其实际上成为一种严肃认真的思想，但在这个层面上它顿时踉踉跄跄，堕入一种你自己的癖性，而不是对一种癖性的模仿，尽管它恰好是你正在嘲弄的那种东西——仿佛某人正在模仿一位演员懒洋洋地朗读莎剧，一时间被剧情吸引，开始一本正经地发出洪亮的声音，不料无意中读错了 行。第四，我们从你的一两个转折中觉察到某种若非自动便是机械的成分，表明你正在发挥你自身的优势，并且走上一条你发现的坦途。在其中一段，譬如，单单一个双关语便用做这样一种转折。第五，也是最后一点，你有时说的话主要是为了刺痛你的同龄人，但是任何一个女人都可以告诉你，没有哪样东西能像一枚发夹那样轻易丢失——更不用提时尚之风突然转向能让发夹成为废物。想想有多少锐利的小玩意儿被发掘出来，没有哪位考古学家能说出它们到底派上什么用场！真正的作家应该忽略各类读者，除了将来的读者，因为到那时他们仅仅是映现在时间里的作者。这几点，我想，概括了我对你的批评意见，总而言之它们微不足道。它们完全被你成就的光辉所掩盖——关于这一点我可以多谈一些。”

“哦，那就不怎么有趣喽。”费奥多尔说道，他在对方发表长篇大论（屠格涅夫、冈察洛夫、萨利阿斯公爵、格里戈罗维奇以及博博雷金曾经写下这样的字眼）时带着赞同的神态频频颔首。“你对我的缺点做出了非常出色的诊断，”他继续说，“它们与我对自己的批评意见不谋而合，尽管我无疑是把它们按照不同的顺序排列——某几点是并列的，而其他几点进一步细分。不过除了你在我书中发现的缺陷，我还意识到至少另外三点——它们也许是最要紧的。只是我永远不会告诉你而已——它们也不会出现在我的下一本书里。你现在想谈谈你的诗吗？”

“不，谢谢你，还是不谈的好，”孔切耶夫怯怯地说，“我有理由相信你喜欢我的作品，可是我本能地讨厌谈到它。小时候，睡觉前我总要念一大段晦涩费解的祷文，是由我母亲—— 一位虔诚但很不幸的女人教给我的（她当然会说这两点互相矛盾，但即便如此幸福也确实没披上修女的面纱）。我记得这段祷文，持续念了好几年，几乎直到长成一个小伙子为止，不过有一天我仔细琢磨它的意义，理解了所有的词儿——刚刚理解便忘得干干净净，似乎破坏了一种无望复原的魔力。我觉得我的诗也可能发生这样的情形——倘若我试图使它们合乎理性，便会在一瞬间丧失写诗的能力。我晓得你很久以前用词汇和意义使你的诗讹误迭出——你现在几乎不再继续写诗了。你太富有，太贪婪。缪斯的魅力在于她的贫穷。”

“你知道，说来也怪，”费奥多尔说道，“大概三年前，我曾想象过与你就这些话题展开一场极为生动的对话——你知道实际交谈居然与它有些相似！尽管你无疑是在不知羞耻地讨好我，使尽浑身解数。我与你素不相识却对你十分了解的事实带给我的幸福真是难以置信，因为这意味着世上有些结合完全不取决于牢靠的友谊，愚蠢的嗜好或‘时代精神’，也不取决于诗人们那些神秘的组织或学会，一打紧密团结的平庸之辈在那儿依靠他们的共同努力‘发光发热’。”

“不管怎样我想提醒你，”孔切耶夫坦率地说，“不要因为我们的相似之处而忘乎所以。你我在许多方面大相径庭，我们有不同的兴趣，不同的习惯。譬如，你的费特，我就不能忍受，另一方面我又是《双重人格》和《群魔》的作者[1]的忠实崇拜者，你却对他不屑一顾……你身上有很多我不喜欢的东西——你的圣彼得堡风格，身为法国人的污点，你的新伏尔泰主义以及对福楼拜的癖好。我发现，恕我直言，你淫秽放荡的裸体实在不堪入目。不过话说回来，虽然有这些保留，这样说兴许不无道理，在某个地方——不是这儿而是在另一个高度，顺便说一下，你对视角的看法甚至比我还要模糊——在我们人生边缘的某个地方，十分遥远，非常神秘，难以言传，我们之间正在形成一条相当神圣的纽带。不过也许你感觉并说出这一切是因为我称赞你出版的书的缘故——这种情况也会发生，你知道的。"

"是的，我知道。我考虑过这一点。尤其因为我曾经妒忌你的声誉。不过凭良心说——"

"声誉？"孔切耶夫打断他的话，"别逗我发笑了。谁知道我的诗？一千，一千五，顶多两千个有些灵性的侨民，其中百分之九十的人不理解它们。三百万流浪者中的两千个！那是一般的成就，谈不上声誉。将来或许我能获取补偿，不过得过很久，普希金那首《纪念碑》中的通古斯人[2]和卡尔梅克人[3]才会开始争夺我的《交流》，芬兰人在一旁羡慕地观看。"

"可是还有一种令人欣慰的感觉，"费奥多尔若有所思地说，"可以靠传承的力量获得。有朝一日，就在此地，在这个湖畔、这株橡树下，一位来访的空想者坐定，想象你我一度坐在这里的情形，这种假设对你来说难道不是很有趣吗？"

"那位历史学家会干巴巴地告诉他，我们从来没有在一起散过步，我们几乎素不相识。如果我们确实见过面，也仅仅是谈论一些日常琐事。"

"不过且试试看！试着体验那种奇怪的、将来的、怀旧的兴奋……灵魂上的所有汗毛根根直竖！终止我们半开化的时间观念大抵是一

---

① 即陀思妥耶夫斯基。

② Tungus，西方和日本对操阿尔泰语系通古斯满族语言的人的泛称。

③ Kalmuk，居住在苏联高加索东北部和中国新疆北部的蒙古族人。

桩好事。当人们谈论地球将在一万亿年内凝固，万物将不复存在，除非我们的印刷车间及时迁往另一个邻近的星球时，我觉得格外舒心。或者有关永恒的蠢话：已经有这么多时间拨给宇宙，它的末日本该已经到了，正如不可能在一小段时间内设想有绵延不绝的行军队伍的路上会躺着一枚完整的鸡蛋。我们将时间混同于一种成长的感觉是我们本身的局限引起的结果，它永远处于眼前的层次，意味着它在往昔积水的深渊和未来缥缈的深渊之间不断地上升。生存因而是未来朝向往昔的一种永恒的转变—— 一个大致捉摸不定的过程——只是发生在我们身上的物质形变的一种反映。在这些情况下，理解世界的尝试沦为理解被我们自己故意弄得无法理解的事物的一种企图。敏锐的思想达到的荒唐程度只是它属于人类的一种自然且通用的标志，努力获得一个答案无异于要求鸡汤发出格格声。我所发现的最诱人的理论——世上没有时间，万物都如一道光圈似的位于我们的混沌之外的眼前——只是一个虚无且有限的假设，正如所有其他理论一样。‘等你长大后便会明白。’这是我所知道的至理名言。如果再补充说自然界创造天下万物时将一切视为成双成对（哦，这种无法逃避、受到诅咒的配对：马——牛，猫——狗，耗子——老鼠，跳蚤——臭虫），活的躯体结构的对称性是双重世界旋转的结果（一个旋转了足够长时间的顶端兴许将开始生活、成长并繁衍），在我们竭力追求不对称、追求不平等时，我能察觉渴望真正自由的一声嚎叫，挣脱圆周的一种欲望……”

“先生，报纸上登了，明天肯定会下雨。”年轻的德国人终于开了腔，此人紧傍费奥多尔坐在长椅上，在他眼里酷似孔切耶夫！

又是想象——不过真可惜！我甚至替他虚构了一位已故母亲以便诱捕现实……为什么和他的谈话从来不能发展成为现实，挣脱束缚冲向现实？或者这是一种现实，不需要其他更好的东西……鉴于一次真正的交谈只能使人理想破灭——伴以结结巴巴的叙述，吞吞吐吐、支支吾吾的揶揄，以及小词的残骸？

“云层将要到来。”那位填补孔切耶夫的德国人继续说，同时指着西边天空冉冉升起的一朵胸脯丰满的云。(一名学生，极有可能。也许富于哲学家或音乐家的气质。此时雅沙的朋友在哪里？他几乎不可能来这里。)

“大约四点钟到。”他补充了一句，作为对费奥多尔问题的回答，一边拿起手杖，起身离开长椅。他那黝暗、伛偻的身影沿着阴影笼罩的小径渐渐远去。(兴许是一位诗人？毕竟，德国准有诗人，孱弱的诗人，土生土长的诗人——然而终究不是屠夫。或者仅是肉食的一道配菜？)

他懒得游回对岸，慢悠悠地走在湖边的小径上。在一面宽阔的沙土斜坡浸入湖水的地方，担惊受怕的松树支撑着浮动的堤坝，裸露出根部。还有几个人，下边的一片草地上躺着三具赤裸裸的尸体，白色的、粉红的、褐色的，恰似太阳行动之下的三种样品。再往前，沿着湖泊的弯曲部分，是一条蜿蜒泥泞的小径，下面暗得近黑的土沾在他的光脚板上，使他身心爽快。他重又爬上一座覆满松针的斜坡，穿过光影斑驳的树林朝他的秘密藏身处走去。一切都是欢快的、悲凄的、明亮的、幽暗的——他不想回家，可是现在已经到时候了。有一刻他躺在一棵老树旁，依稀觉得它曾经向他点头示意。“让你看一样有趣的东西。”一支小曲在林间响起，随即进入视线、疾速而行的是五位修女，黑衣衫白头巾——这支小曲，吟唱者半似女生，半似天使，久久萦绕在她们周围。第一位和第二位边走边俯身拔一朵羞答答的花儿(费奥多尔肉眼看不见，虽说他躺在近旁)，然后敏捷地将其捋直，同时拔高到与其他花儿平齐的位置，凭借一个田园诗般的手势(拇指和食指触摸的一瞬间，其他手指优雅地弯曲)，伴着节奏将这朵鬼花加在一束幽灵似的花中——浑似舞台上的场景。这一切事物中包含多少技艺，魅力和技艺又有怎样的无限性，什么样的一位导演隐匿在松树后面，一切计算得多么巧妙。她们稍稍偏离秩序地行走，然后又恢复正常的排列，前面三个后面两个，后面的一个短促地格格傻笑(典型的修道院式的幽默感），因为倏忽间前面一个有点儿兴奋过度，双手几乎是在一个无比美妙的音符上乱拨一通。歌声渐远渐弱，而另一只肩膀依然微倾，手指寻觅一根草茎。不过后者，仅仅摇了摇，继续在阳光下闪烁……以前这个发生在何处——什么曾经挺直腰肢开始摇曳？现在她们全都从林间离去，穿着缀有纽扣的布鞋。几个半身赤裸的小男孩，佯装在草丛中找一只球，粗鲁呆板地重复一小段她们的歌（用的是音乐家所说的“小丑吟唱副歌”的腔调）。为它配备了怎样的服装布景和道具！有多少劳动投入这轻松短暂的场景，投入这机敏熟练的横越，什么样的肌肉裹在那看似厚重的黑布下面，代人祈求的祷告结束之后将换上质地轻薄的芭蕾舞长裙！

一朵云挡住了太阳，树林里的光线飘忽不定，渐渐变得越来越暗。费奥多尔走到他留下衣裳的那片隙地。拨开一簇向来体贴入微地掩蔽它们的灌木，他在下面的洞里仅仅寻见一只帆布胶底运动鞋。他的旅行毛毯、衬衫和长裤都已消失。有一则故事，大意是一位不小心从车窗失落一只手套的旅客赶紧抛出它的伴侣，这样发现它们的人至少能有完整的一双。照目前的情况，窃贼的行径正好与之相反。那双破烂不堪的运动鞋兴许对他无甚用处，不过为了取笑受害者，他拆散了这一对。此外，还在鞋里留下一张报纸的残片，上面有一个铅笔签名——“非常感谢”。

费奥多尔四下信步闲逛，没有发现任何人、任何东西。那件衬衫领边袖口已经磨损，丢了他并不在乎，只是他有些心疼那块彩格呢旅行毛毯（大老远地从俄国买来）和最近刚买的那条优质法兰绒长裤。跟长裤一起遭窃的有二十马克，两天前取出来的，多少应付一部分房租。另外丢失的还有一小截铅笔，一块手帕，一串钥匙。最糟糕的兴许是后者。如果家里正好没人，十有八九会是这样，那就不可能进入公寓。

一朵云的边缘开始燃烧，发出耀眼的光芒，太阳跃出云层。它释放出无比炽热、带来福祉的能量，致使费奥多尔忘记自己的烦恼，躺在苔藓上仰望第二个硕大无朋的雪白的巨物渐渐临近，它一边前进一边吞噬蓝色。太阳平稳地滚进云团，它的适于葬礼的烈焰边缘在它滑过白色积云之际不停地颤抖和爆裂。接着，它找到一条出路，首先射出三道光线，继而扩展，使眼睛里充斥着斑驳的火花，同时开始排斥眼睛（于是无论你将目光投向何方，都有多米诺骨牌的图形从眼前掠过）。随着光线变强或变弱，树林里的所有阴影呼吸着，上下起伏。

偶然让他略感宽慰的是这样的事实：由于西奥果列夫明天要离开此地去丹麦，因此会多出一串钥匙——意味着他可以对他那串钥匙的丢失只字不提。离开，离开，离开！他想象着最近两个月他不断想象的事情——开始（明晚！）与济娜的充实生活——那种放松，那种满足。与此同时，一团裹住太阳的云，膨胀，扩展，带着隆起的青绿色筋络，孕育雷电的根部一个火烧火燎的疥疮。它那笨拙臃肿的庞大身躯巍然矗立，拥抱他、天空和树。接受这种压力似乎是人无法承受的一种怪异的喜悦。一缕轻风掠过他的胸脯，他的激情缓缓消退。空气变得昏暗窒闷，应该立刻赶回家。他重新在灌木丛下摸索一阵，耸耸肩膀，收紧行李箱上的皮带——动身踏上归途。

当他离开树林开始横穿马路时，光脚板底下柏油的黏性给他一种愉悦的新奇感。走在人行道上也挺有趣。梦境的轻浮。一个头戴黑毡帽的上了年纪的行人，停下脚步，回头目送他走远，吐出一句粗鲁的议论。随即，作为幸运的补偿，一位双目失明的男子，膝上搁着一架六角手风琴，背倚一堵石壁而坐，小声嘟囔着乞求施舍，挤出不规则的乐声，似乎这样没什么不妥（这很怪，不过——他明明听出我光着脚）。两名上学的男孩朝这位赤身裸体的行人大声嚷嚷，同时骑着车经过他身边，紧贴着一辆有轨电车的屁股。一群麻雀返回两道车轨之间的草皮，它们刚刚给哐啷哐啷的黄色电车吓得魂飞魄散。雨滴开始坠落，好像什么人正将一枚银币贴在他身体的不同部位上。一位年轻的警察离开一个书报摊，来到他面前。

“不准你这样在市内走来走去。”他说着，两眼直勾勾地盯着费奥多尔的肚脐。

“我的东西全给人偷了。”费奥多尔简单地解释说。

“不可能发生这种事。”警察说。

“是不可能，不过它确实发生了。”费奥多尔点点头说（几个过路行人已经在他们身边停下脚步，倾听这场对话）。

“无论你是否遭劫，不准你赤身裸体地在大街上乱走。”警察说，平添了几分愠怒。

“是这理，不过我总得走到出租车站吧——不是吗？”

“这副模样不行。”

“很遗憾我无法化成烟或变出一套衣裳来。”

“告诉你，不准你这样走来走去。”警察说。（“闻所未闻的恬不知耻。”从后面传来什么人粗声大气的评论。）

“要是那样的话，”费奥多尔说，“就得劳驾你替我叫一辆出租车，我待在这儿。”

“裸身站立也是不允许的。”警察说。

“那我脱掉短裤，模仿一尊塑像？”费奥多尔提议道。

警察掏出笔记本，猛地将铅笔拔出笔套，一失手铅笔落在人行道上。某个工匠谦卑地俯身将它拾起。

“姓名？地址？”警察怒气冲冲地问。

“费奥多尔·戈杜诺夫-切尔登采夫伯爵。”费奥多尔答道。

“不准耍花招，告诉我你的姓名。”警察大声咆哮。

另一名警察来到现场，警衔高他一级，询问到底是怎么回事。

“我的衣裳在树林里给人偷了。”费奥多尔耐心解答，蓦地觉得自己被雨淋得全身透湿。一两个行人在一道凉棚的掩蔽下跑起来，一个紧挨他的胳膊肘站着的老太太撑起雨伞，险些剜出他的一只眼珠子。

“谁偷的？”警察小队长问道。

“不知道，再说，我也不在乎，”费奥多尔说，“眼下我想回家，却被你们扣押在这儿。”

雨骤然变急，扫过柏油路。它的整个表面仿佛布满蹦蹦跳跳的小蜡烛。两个警察（被雨水淋皱涂黑）大概已将暴雨视为一种环境，它使游泳裤变得即便不适宜、至少也是可接受的。年轻一些的警察再次企图获得费奥多尔的住址，可是他的上司却挥挥手。他们两人稍稍加快均匀的步速，从一家杂货店的凉棚下转身离去。闪亮生辉的费奥多尔·康斯坦丁诺维奇迅速穿过哗哗泼洒的雨水，拐一个弯，飞快地钻进一辆轿车。

到家后吩咐司机在门外等候，他摁响晚上八点前自动开启前门的门铃，匆匆奔上楼梯。他被玛丽安娜·尼古拉芙娜迎进客厅。里面全是人和杂物：西奥果列夫穿着衬衫，两个伙计正在捣鼓一只木箱（里面看样子是一台收音机），一位面容清秀的女帽设计师，身旁放着一只帽盒，一卷电线，一堆从洗衣房取回的内衣裤……

“你疯了！”玛丽安娜·尼古拉芙娜嚷道。

“看在上帝的分上替我付出租车费。”费奥多尔说着，扭动他冰冷的身子穿过在场的人和杂物——临了，跨过几只行李箱组成的屏障，磕磕绊绊地走进自己的房间。

那天晚上他们聚在一起吃晚餐，稍后将到的有卡萨特金夫妇，波罗的海男爵，其他一两位……餐桌上费奥多尔将他的不幸遭遇添枝加叶地叙述了一番。西奥果列夫开怀大笑，玛丽安娜·尼古拉芙娜想了解（不无缘由地）那条长裤里有多少现金。济娜只是耸耸肩，用异乎寻常的坦率口吻敦促费奥多尔喝些伏特加，显然担心他着凉感冒。

“嘿——我们的最后一晚！”鲍里斯·伊万诺维奇说着，心满意足地笑了一阵。“祝你好运，先生。有人几天前告诉我，你快速写完一篇恶语中伤彼得拉舍夫斯基的文章。难能可贵。我说，老婆，那儿还有一瓶，我们喝了没啥意思，还是给卡萨特金两口子吧。”

“……这么说你打算继续做孤儿，”他继续说，同时开始对付意大利色拉，带着十足的醉意狼吞虎咽，“照我看我们的济娜伊达·奥斯卡洛芙娜不会很好地照顾你。嗯，公主？”

“……是的，就是这么回事，我亲爱的老兄，意想不到遇背运，国王如今成下人。我从不认为命运之神会朝我展颜微笑——但愿交好运[①]，但愿交好运。唉，去年冬天我反复琢磨该怎么办。勒紧裤腰带呢，还是拿玛丽安娜·尼古拉芙娜卖几个钱？你我同住了一年半的时间，我说这话请勿介意。明天我们分手——兴许永无重逢之日。人受命运捉弄。今朝逍遥快活，明朝得过且过。”

晚餐结束，济娜下楼开门迎进房客之后，费奥多尔悄无声息地退回自己的房间，风雨为那里的一切注入了活力。他虚掩上那扇竖铰链窗，但是片刻之后黑夜说：“不可。”它带着一种天真的执拗劲儿，暗中不屑一顾的神气，撞击着进入屋里。“我十分欣慰地获悉塔妮娅生了一个小姑娘，我真为你和她感到高兴。几天以前我给塔妮娅写了一封抒情诗般的长信，不过我有一种不舒服的感觉，因为上面的地址写错了。我写的不是‘122’，而是其他数字，不假思索地，正如我以前曾经做过的那样，我不知道这为何发生。那个地址你写过不知多少遍，丝毫不爽，忽然你犹豫起来，你仔细注视它，发现自己对它没把握，它似乎变陌生了——真奇怪……你知道，就像看一个简单的词儿，比方说‘天花板’，看着看着就像‘干花板’或‘天化板’，直到最后变得完全陌生，野蛮，恍若‘大花阪’或‘天笔返’。[②]我以为有朝一日整个人生也会出现这种情况。不管怎样，但愿塔妮娅得到的一切都是愉快的，绿色的，犹如莱希诺的夏季。明天我的房东夫妇要出远门，我高兴得不知所措。不知所措—— 一种令人无比快慰的情形，犹如在屋顶上过夜。我将在阿伽门农大街再待一个月，然后搬到别处。我不知道结果会怎样。顺带说一句，我的《车尔尼雪夫斯基传》非常畅销。究竟是谁告诉你布宁说过它的好话？此时它们在我看来已经像是古代历史，我写书时的殚精竭虑，那一次次的心潮澎湃，对钢笔的维修护理——眼下

---

① touch wood，按西方迷信说法，用手碰木头可以带来好运。

② “天花板”“干花板”“天化板”“大花阪”“天笔返”对应的原文分别为“ceiling”“seaing”“sea-ling”“ice-ling”“inglice”。

我空空荡荡，干干净净，准备接纳新的房客。你瞧，格鲁内瓦尔德的太阳把我晒得像吉卜赛人一样黑。某样东西正开始成形——我考虑写一部传统小说，带有某些‘模式’的爱情，命运，对话……”

门忽然打开。济娜探进半个身子，顾不得松开门把手，将什么东西掼在他的书桌上。

“把这钱付给房东。”她说。她觑了他一眼，旋即消失。

他摊开那张钞票。两百马克。这个数目似乎很庞大，但是瞬间的计算表明它仅够付上两个月的欠账——八十加八十，三十五马克用于下个月，从现在开始不包伙。但是当他凝神寻思时，一切都变得莫名其妙，上个月他没吃过一顿午餐，不过另一方面他顿顿都能吃到比较丰盛的晚餐。此外他还在那段时间捐献了十（抑或十五）马克。他还欠着打电话的钱，以及其他一两笔微不足道的款项，诸如今天的出租车车费。解决这个难题超出他的能力，使他感到厌烦。他把钱塞到一本词典下面。

“……带有对大自然的描写。我很高兴你正在重读我写的东西，不过现在到了忘掉它的时候——它不过是一篇习作，一次尝试，学校放假前的一篇小品文。我一直非常惦念你，也许（我重复一遍，我不知道它将怎样……）我打算来巴黎看你。总之明天我将遗弃这个国家，像头痛一样实难忍耐的国家。这里的一切在我眼里面目可憎，与我格格不入。这里一部关于乱伦或某一垃圾题材的小说，某个卖弄辞藻、使人恶心、伪装野蛮的战争故事被视为文学之巅。这里其实没有文学，而且此种状况由来已久，这里拨开那极为单调、极为民主的沉闷压抑——又是伪装——的浓雾，出现在你眼前的是同样破旧的长统靴和钢盔。在这里的文学中，我们民族被强加的‘社会意图’已经被社会机遇取代——等等，等等……我可以继续写很多——有趣的是，五十年前每个拎着皮箱的俄罗斯思想家曾草草记下相同的内容—— 一个再明显不过、以致变得甚至陈腐乏味的指控。早些时候，另一方面，在上个世纪中期的黄金岁月，天哪，什么样的交通工具！‘小小的舒适宜人的德国’——砖砌的村舍，孩子们去上学，农民不用棍子打他的马……别急，他自有一套折磨它的德国方式。在一个温暖的隐蔽处，用烧红的烙铁。是的，我早应离开，但由于某些个人环境（更不用提我在这个国家美妙的独居与周围冷冰冰的世界之间绝妙有益的反差。你知道，寒冷的国家的住宅比我们温暖的南方住宅，绝缘保暖性能较好），不过就连这些个人环境也能出现这样一个转折，以致我也许将很快离开这个禁锢人的国度。我们何时重返俄国呢？何等愚蠢的矫情、何等贪婪的呻吟将由怀着天真愿望的我们传达给俄罗斯民众！不过我们的思乡病不是历史造成的——仅仅是人性使然——怎么才能向他们解释呢？这事对我当然要比对另一个住在俄国以外的人容易，因为我断定自己将重返俄国。首先由于我带走了开启她的钥匙，其次由于，无论何时，一二百年间——我将生活在我的书里——或者至少是在某位研究者的脚注里。此刻你萌生一个历史性的希冀，一个文学性暨历史性的希冀……‘我渴盼不朽的声望——甚至渴盼它的世俗的阴影！’今天我给你写滔滔不绝的废话（滔滔不绝的思绪），因为我健康愉快——此外，所有这些都与塔妮娅的孩子有某种间接的联系。

“你询问的文学评论杂志名为《灯塔》。这本杂志我手头没有，不过我想你可以在任何一家俄文书店找到。奥列格叔叔没来信。他什么时候寄出的？大概你记错了。好吧，就这样。多保重，拥抱你。夜晚，雨水悄然而落——它已经发觉它夜间的韵律，现在能持续到永恒的境界。”

他听见客厅里充满宾客出门的杂沓声响，听见某人的雨伞落地，被济娜召唤的电梯轰鸣着缓慢上行，然后停下来。一切复归寂静。费奥多尔走进餐室，西奥果列夫坐在桌边敲最后几只核桃，半边腮帮子在用力咀嚼，玛丽安娜·尼古拉芙娜在收拾桌子。她那胖乎乎的暗红色脸蛋，泛着光泽的鼻翼，紫色的眉毛，杏黄色头发在剃净的肥厚颈背上变成粗糙的蓝色，她蔚蓝的眼珠连同被睫毛膏玷污的眼角，将它的凝视短暂浸入壶底浑浊的渗流，她的戒指，她的深红色胸针，她肩膀上饰以花卉图案的方形披巾——所有这些加在一起构成了一幅质地粗糙但用浓艳色调信笔涂抹的图画，风格多少有些平庸。她戴上眼镜，取出一张写有数字的纸，这时费奥多尔问自己欠她多少钱。闻听此言西奥果列夫惊讶地蹙起眉毛。他早已断定他们将无法再从他们的房客那儿拿到一个子儿。本质上他是一个仁慈和蔼的人，昨天还建议妻子不要硬逼费奥多尔，而是过一两个星期从哥本哈根写信给他，扬言要跟他亲戚联系。结完账，费奥多尔从两百马克中留下三个半马克，转身回房睡觉。在过道里他遇见从楼下返回的济娜。"怎么样？"她问，将一只手指摁在开关上—— 一个半是询问、半是催促的感叹号，意思相当于："你要从这儿过吗？我正要关掉这儿的灯，快点呀。"她裸露的臂膀上的凹痕，穿着天鹅绒拖鞋、裹着浅色丝绸的双脚，低垂的脸蛋。黑暗。

他上了床，开始枕着淅沥的雨声入眠。正如介于知觉与睡眠之间的一贯的情形，各种言辞的拒绝带着光芒和清脆的声响，强行闯入。"那个基督徒的夜晚的清脆响亮，喀嚓喀嚓的咀嚼，上方是一颗金黄色的星"……他谛听片刻，渴望聚拢它们，利用它们同时形成自己的思想：亚斯纳亚波利亚纳[①]消逝的光线，普希金之死，遥远的俄国……然而由于这不起作用，韵律的效果进一步扩展："一颗正在坠落的星，一块正在巡游的橄榄石，一名飞行员的化身……"他的头脑越来越低地陷入鳄鱼般皱裂的头韵的地狱，陷入词语在阴间的合作性组织。通过它们荒谬的聚积，枕套上的一枚圆纽扣硌着他的脸颊。他翻过身，在漆黑的背景下，赤身裸体的人们跑进格鲁内瓦尔德湖，一个被灯光映亮的花押字，状若纤毛虫，循着对角线轻盈地滑向他眼睑下方视野的最高角落。他脑袋里某一扇紧闭的门后，他握住门把手正要转身离去。他的思想开始与某人讨论一个复杂且重要的秘密。然而门敞开一分钟，显示出他们的话题是椅子、桌子、马厩。霎时间，在

① Yasnaya Polyana，托尔斯泰的诞生地，距莫斯科约两百公里。

渐趋浓密的雾团里，通过理智的最后一道收费口，传来一只电话铃的银色的战栗，费奥多尔翻身俯卧，下坠……战栗滞留在他指间，仿佛一根荨麻戳了他一下。在客厅里，济娜已经将听筒放回黑盒子，站立不动，看样子吓得不轻。“有关你的事情，”她压低嗓音说，“你以前的房东施托博伊夫人。她想让你赶紧过去，有人在她住的地方等你，快点。”他套上一条法兰绒长裤，气喘吁吁地走上大街。柏林每年这时候总有某种与圣彼得堡的白夜相仿的东西：天空灰暗而清澈，一座座房屋滑过身边，浑似肥皂泡映出的幻景。几个夜班工人已经破坏了街角的人行道，行人得缓缓走过一块块石板之间的狭窄通道，每人在入口领到一盏小灯，走到出口时得将它挂在拧入一根柱子的铁钩上或者干脆搁在人行道上的空牛奶瓶旁。放下灯后，他急急跑过几条昏暗无光的街道，某件难以置信、仿佛喜从天降的预感在他的心头激荡，幸福和恐惧像雪花一般混杂着簌簌落在他的心坎上。黑暗中，一群戴着墨镜的盲童成双结对地走出一座学校大楼，经过他身边。他们晚上学习（他们就读的学校为了节俭陷入黑暗，白天容纳眼睛看得见的孩子），陪伴他们的牧师酷似莱希诺乡村学校的校长贝奇科夫。倚着一根灯柱，耷拉着毛发蓬乱的脑袋，裹在条纹灯笼裤里一双镰刀似的腿呈八字形张开，双手插进裤兜，站在那儿的是一个枯瘦的醉汉，仿佛刚刚走下一份破旧的俄罗斯讽刺画报的纸页。俄文书店依然亮着灯——他们向夜间出租车司机供应书刊。隔着黄色的不透明玻璃，他发现了米沙·别列佐夫斯基的轮廓，他正将皮特里[①]的黑色地图册递给什么人。晚上工作肯定很辛苦！他刚到达他先前常去的地方，激情便重新开始鞭打他。他跑得上气不接下气，卷成一捆的旅行毛毯沉甸甸地压着他的手臂——他得加快，可又想不起街道的布局，灰黑的夜晚使一切混沌不清，像在一张底片上一样改变黑暗与明亮两部分之间的关系。没有人可以问路，每个人都睡觉了。前面

① 推测为英国考古学家皮特里（Flinders Petrie，1853—1942），埃及考古领域的先行者。

赫然出现一棵杨树，后面是一座高大的教堂，一扇紫红色窗户分隔为若干个色彩绚丽的菱形。教堂里面在举行一场晚礼拜，一位身着丧服、眼镜和鼻梁间塞了棉球的老太太急着登上台阶。他找到自己的街道，不巧它尽头的一根柱子上一只戴了长手套的手，指示行人应从邮局所在的另一端进入，因为在这一端已经为明天的喜庆活动准备了一堆彩旗。不过他担心在兜圈子的过程中错过它，还有邮局——那是后话——倘若母亲尚未收到电报的话。他的目光匆匆掠过布告牌，电话亭，一个头发拳曲的掷弹兵，瞥见熟悉的住宅，几个工人已经将一块狭长的红地毯铺在人行道上，从门口一直延伸到路缘石，过去每逢举行舞会的夜晚，他们在位于涅瓦河堤畔的住宅门前也是这样。他匆匆跑上楼梯，施托博伊夫人随即将他迎进门。她满面红光，套着一件医院的白大褂——她曾经行过医。“千万别太激动，”她说，“快去你自己的房间，等在那儿。你得做好一切准备。”她以颤抖的嗓音补充道，一边把他推进他原以为今生永远不会走入的房间。他抓住她的胳膊肘，一时无法自持，但是被她扭动身子挣脱了。“有一个人来见你，”施托博伊夫人说，“他在休息……稍等片刻。”门砰的一声关上了。房间的格局就像他一直住着的样子：壁纸上同样的天鹅和百合，天花板上装饰着同样美丽的西藏蝴蝶（比如那是一只贝蒂灰蝶）[①]。期待，敬畏，幸福的霜冻，阵阵啜泣，令人眼花缭乱的激情，他站在屋子当中动弹不得，倾听并注视着门口。他知道须臾间谁将进入房间，为自己曾经怀疑他的归来而感到吃惊：疑虑此刻在他仿佛具有一个智残者愚钝的偏执，一个野蛮人的怀疑，一个浑噩无知者的自鸣得意。他的心脏即将迸裂，浑似一个临刑前的犯人。不过同时这死刑又如此富有情趣，使得生命在它面前黯然失色，他不能理解他惯常体验

① 根据布赖恩·博伊德的说法，这里费奥多尔显然知道，“博物学家通常会将一种普通的属名比如‘Theda’（灰蝶）缩写为首字母，这样那个蝴蝶就叫T. bieti，其实是‘西藏’的离合字”（见《纳博科夫传：俄罗斯时期》六〇七页，广西师范大学出版社二〇〇九年版）。

的厌恶，尽管在仓猝构成的梦里，他曾唤起如今正出现在现实生活中的东西。霎时间，门剧烈颤动起来（另一扇遥远的门已经在它后面什么地方敞开），他听见一阵熟悉的脚步声，一种室内摩洛哥皮革踩出的低沉的声音。悄然无声但用惊人的力气将门骤然推开，门槛上站着他的父亲。他头戴一顶镶上金边的船形帽，身穿粗纺厚呢夹克，两只胸兜里分别揣着烟盒和放大镜。他的褐色面颊，两道清晰的沟纹从鼻翼两侧往下延伸，刮得异常光溜。下颌的一撮黑色山羊胡子里的灰色杂须像盐粒似的微微闪亮。他的两眼从密如蛛网的皱纹中间露出诚挚憨厚的笑意。可是费奥多尔站在那儿，无法挪动一步。他父亲嘀咕了一句，然而声音极低，不可能听出任何意思，尽管当事人约略知道此话与他的归来有关，无损、完整、真实、具有人性。即便如此，要靠近他还是挺可怕，以至于费奥多尔觉得只要进来的这个人朝他移动，他便会即刻殒命。后屋的什么地方回荡着他母亲的告诫性的痴狂笑声，而他父亲则发出软柔的咂咂声，嘴唇几乎没有翕动，和他过去做决定或在书页间寻觅什么时一样……然后他重新开腔——这重新意味着一切正常且简单，意味着这是真正的复活，意味着它不可能是别样，此外，意味着他满足于他的捕获物，他的回归，他儿子的那本有关他的书。最终一切变得容易起来，透进一束光，他父亲满怀喜悦地张开双臂。发出一声哀叹一声悲泣，费奥多尔朝他父亲跨出一步，在由棉夹克、大手和平整的胡髭柔软的刺戳凝聚而成的感觉里，涌起一股令人欣喜若狂、充满活力、如在天堂的巨大暖流，他的冰冷的心脏在里面消融。

起初，某某在某某之上的叠置，以及上升的、突突颤动的浅色条纹实在让人费解，犹如被遗忘的语言的单词与被拆下的引擎的零部件。这种毫无意义的交错纠结使他周身掠过一阵痛苦的寒战：我已经从坟墓里苏醒过来，在月亮上，在昏暗肮脏、虚无缥缈的地牢里。不过他脑中某个念头一转，定下神来，忙不迭地描绘真相——他明白此刻他正凝视着一扇半开的窗户，凝视窗前的一张桌子：这是与理智缔结的条约——描绘世俗习惯的戏剧效果和临时物质的装束。他将脑袋埋入枕头，试图抑制一种难以捉摸的感觉——温暖，奇妙，阐明一切。不过他做的新梦是一部缺乏创意的选辑，将白天生活的残存部分拼凑在一起，使它们与之相称。

早晨阴霾密布，颇有凉意，院子里的沥青表层上有几个灰黑色的水坑，你可以听见拍打地毯的单调难听的声音。西奥果列夫夫妇已经打点好行装。济娜已经去上班，约好在沃特兰德与她母亲一起吃午餐。幸好她们没有提议费奥多尔与她们共进午餐——相反，玛丽安娜·尼古拉芙娜，在她为穿着晨衣坐在一旁的他热咖啡的当儿，被公寓里临时露营地似的气氛弄得窘迫不安，提醒他贮藏室里留了一些午餐吃的意大利沙拉和咸肉。他们偶然发现，原来那个刚刚误拿了他们号码的倒霉的人儿，昨晚已经打来一个电话：这回他极为不安，真出了什么事——某桩仍然不为人知的事情。

鲍里斯·伊万诺维奇第十次将一双装有鞋楦的鞋子从一只旅行包挪进另一只，鞋子纤尘不染、油光闪亮。他对穿在脚上的东西总是特别挑剔。

然后他俩穿戴整齐地出了门，这时费奥多尔开始刮脸，开始进行颇有成效的长时间连续几次沐浴，剪脚指甲——顶顶惬意的是摸到一个紧贴的拐角下面，喀嚓！剪下的指甲迸满整个浴室。看门人敲门但无法进入，因为西奥果列夫夫妇用那把美国锁锁住了客厅门，而且费奥多尔的钥匙永远不见了。隔着信箱，啪哒一声弄响活动遮板，邮差扔进贝尔格莱德[①]的报纸《为了沙皇与宗教》，这是鲍里斯·伊万诺维奇订的，后来有人塞入（使其像船一样两头翘起）介绍一家新开张的理发店的广告传单。十一点半从楼梯上传来响亮的狗吠声以及阿尔萨斯狼狗狂躁不安地下楼的声音，此时它被人领着出去遛一圈。他手拿一把梳子走上阳台，看看天空是否正在放晴，可是尽管现在没下

① Belgrade，塞尔维亚首都，地处巴尔干半岛核心位置。

雨，天空依然是毫无指望的病态的白色——无法相信昨天人们还能够睡在树林里。西奥果列夫夫妇的卧室里凌乱散布着废纸片，一只衣箱敞开着——顶端一件梨状橡胶制品躺在一条薄薄的毛巾上。一个走街串巷的大胡子来到院子里，带着铙钹，一面鼓，一根萨克斯管——演奏着金属般的乐曲，伴随着美妙的旋律，牵着一只套上红色紧身衣的猴子—— 一只脚轻敲地面，同时发出丁零当啷的声音——然而没能够盖过雨点般抽打支架上的毯子的声音。谨慎地推开房门，费奥多尔参观济娜的屋子，这里他以前从未来过，怀着一种有幸搬进此屋的古怪感觉，他久久打量着轻快地滴答作响的闹钟，插在玻璃杯中、根茎上缀满水泡的玫瑰花，夜里变成床的长沙发，以及晾在暖气片上的长统袜。他吃了一口东西，坐在桌前，拿钢笔蘸一下墨水，冲着一张白纸发怔。西奥果列夫夫妇回来，看门人过来，玛丽安娜・尼古拉芙娜摔坏一瓶香水——他仍然坐在桌前俯看那张怒视他的白纸，直到西奥果列夫夫妇准备动身去车站时才回过神来。火车还有两小时才开，可是火车站离这儿很远。“我得说实话——我情愿在鸡叫时赶到那里。”西奥果列夫愉快地说着，一边捏牢衬衫袖口，以便套上大衣。费奥多尔试图帮助他（对方发出一声礼貌的惊呼，仅仅穿进一半便羞怯地躲开，蓦地射进角落里，蜷缩成一个令人毛骨悚然的驼子）。随后他去向玛丽安娜・尼古拉芙娜告别，后者脸上露出一副奇怪地变化了的表情（仿佛她正在失去光泽，同时耐心地摆弄镜中的映像），正站在穿衣镜前戴上一顶配有蓝色面纱的蓝帽子。转瞬间，费奥多尔莫名其妙地替她感到惋惜，思索片刻之后，他主动提出去停车处叫一辆出租车。“好的，谢谢。”玛丽安娜・尼古拉芙娜说着，慌乱地奔向沙发去取手套。

谁知停车处没有一辆出租车，所有的车都已租出，结果他只得穿过广场四下寻找。当他终于乘车赶到公寓时，西奥果列夫夫妇已经自个儿提着衣箱下楼（“笨重的行李”已经在前一天托运），站在门口了。

“嗯，上帝保佑您。”玛丽安娜・尼古拉芙娜说着，用古塔胶似的嘴唇吻了吻他的额头。

"萨洛茨卡,萨洛茨卡,记住给我们发一份电报!"西奥列果夫模仿诗文作者鲍里斯嚷着,挥挥手,车子拐了个弯,一溜烟驶远了。

永别了,费奥多尔如释重负地想道,吹着口哨走上楼梯。

在这儿他才想起他无法进入公寓。掀起铜质邮箱活动遮板,凑近看到客厅地板上星星一样摊开的一串钥匙时,他尤其心烦:玛丽安娜·尼古拉芙娜随手锁上门后把钥匙朝后挪了挪。他以远比他刚才上楼时慢得多的速度走下楼梯。他知道济娜正打算从上班的地方去车站:鉴于火车将在两小时后离站,乘公共汽车得花一小时,她(和钥匙)将在三小时之后返回。街上风很大,一片灰暗。他没有地方可去,他从不单独进酒馆或咖啡店,他对它们深恶痛绝。他衣兜里有三点五马克。他买了些香烟,由于跟济娜见面的恼人的需要(眼下对他没有任何束缚)确实正在剥夺街上、天空中和空气里的所有光线和知觉,他匆匆赶到公共汽车势必停靠的拐角。他脚穿一双拖鞋,身上是一套老掉牙的皱巴巴的礼服,胸前斑斑点点,裤子上缺了一粒纽扣,膝盖鼓鼓囊囊,臀部有一块他母亲缝缀的补丁,这些没有给他带来任何烦恼。他那晒得黝黑的肤色以及衬衫上敞开的领口赋予他一种我行我素的愉快感觉。

今天是某个法定假日。住宅的窗户外面悬挂着三种旗子:黑黄红三色旗、黑白红三色旗以及单纯的红旗;每一种意味着什么东西,最滑稽的是,这种东西能够激发某人内心的骄傲或憎恨。有大旗有小旗,缚在短旗杆或长旗杆上,只是这种公民兴奋之情的展现没有给城市增添任何魅力。在陶恩齐恩大街,他乘坐的汽车遭到一列情绪低落的游行队伍的拦截。缠着黑色裹腿的警察乘坐一辆缓缓行驶的卡车殿后,在那些旗帜当中有一面绣着一句俄文题词,上面有两个错误:serp(镰刀)被误写成serb,molot(锤子)被误写成molt。他蓦然想起俄国的官方假日,身穿下摆很长的大衣的士兵,对坚挺的下颌的膜拜,巨大的标语牌上一句叫嚣着、用滥了的套语,裹着列宁的衣帽,在愚蠢的喧嚣、无聊乏味的定音鼓声、取悦奴隶的壮观场面中夹杂着廉价真理的短促尖叫。那就是无休止的、在其尽兴时愈发丑陋怪异的霍登广场加冕典礼[①]的一次重演，连同免费赠送的糖袋——瞧瞧它们的容量（此刻比先前大出许多）——还有组织得豪华气派的死尸迁葬……哦，让一切成为过去，被人遗忘。两百年后一位雄心勃勃的失败者将把他的失意再度发泄在一个憧憬美好生活的傻瓜身上（倘若我的王国不来的话，在那个王国人人严守内心的秘密，没有平等但也没有当权者——可如果你不需要它，我既不坚持也不在乎）。

波茨坦广场总是被城市建设搞得面目全非（哦，那些旧时明信片上的它，一切都是那么宽敞，敞篷四轮马车夫神情愉快，腰带束紧的女士们的裙裾在尘土里拖曳——不过还有同样的胖乎乎的卖花姑娘）。菩提树下假冒的巴黎人。这条街后面几条商业街的狭窄。桥梁，游艇，海鸥。二等、三等、一百等旅馆的死眼睛。再行驶几分钟，终于到达车站。

他瞥见身穿原色哔叽呢衣、头戴小白帽的济娜正跑上台阶。她跑的时候，用两只粉红色的胳膊捂住两肋，腋下夹着手提包。他赶上她，搂住她的半个身子，她转过脑袋，露出他们幽会时她一向用来迎接他的温柔朦胧的微笑和悲喜交集的目光。"听着，"她说，语气有些慌乱，"我迟到了，咱们快跑吧。"可他回答说他已经跟他们说过再见，宁愿在外面等她。

低垂的太阳歇在屋顶后面，似乎已经从遮蔽天幕其余部分的云层里坠落（但是这些云此刻非常柔软，游离在外，仿佛是用正在融化的波浪形曲线绘在淡绿色天花板上的）。那儿，在那条狭缝里，天空正在燃烧，对面的一扇窗户和几个金属字母镶上了古铜色的光辉。一个搬运工颀长的身影，推着一辆独轮车的身影，被那片阴影吞噬但在拐弯处又清晰地凸出，形成一个尖锐的角度。

---

① Hodynka coronation，又称"霍登惨案"。一八九六年五月十八日，尼古拉二世在莫斯科的霍登广场举行隆重的加冕典礼，因现场分发赠礼，典礼吸引近百万民众，后演变为踩踏事件，近两千人死亡。

“我们会想你的，济娜，”玛丽安娜·尼古拉芙娜隔着车窗说，“可是无论如何你得在八月份去度假——兴许你能永远留在那儿呢。”

“我想不会的，”济娜说道，“哦，对了，我今天把我的钥匙给了你。别把它们带走，拜托。”

“我把钥匙留在客厅里……鲍里斯的钥匙在书桌里……没关系，戈杜诺夫会让你进门的。”玛丽安娜·尼古拉芙娜宽慰地补充道。

“哦，哦。但愿一切顺利，”鲍里斯·伊万诺维奇在他妻子浑圆的肩膀后面说着，两只眼睛滴溜溜地转。“嗯，津卡，津卡[①]，你只管过来骑自行车，痛饮牛奶——那种生活可真带劲！”

火车一阵颤抖，开始徐徐移动。

玛丽安娜·尼古拉芙娜长时间不停地挥手。西奥果列夫像乌龟似的缩回脑袋（已经坐下来，兴许还发出一声俄式嘟哝）。

她蹦蹦跳跳地跑下台阶——她的包此刻吊在她的手指上，当她奔向费奥多尔时，夕阳的余晖使一缕古铜色的光晕在她的眸子里欢快地跳荡。他俩热烈地亲吻，仿佛长期别离以后她从远方刚刚赶到这里。

“我们现在去吃点晚饭吧，”她说着，挽起他的一只胳膊，“你肯定饿坏了。”

他点点头。该怎样解释呢？为什么有这种奇怪的尴尬——而不是我孜孜以求的令人狂喜的那种任我尽情倾诉的自由？看样子我已经对她失去作用，或者无法使我自己和她，那个从前的她，适应这种自由。

“你怎么啦——你好像有点不舒服？”沉默片刻之后，她打量着他说（他俩正朝公共汽车站走去）。

“跟那个‘开心鬼’鲍里斯分手挺让人难受。”他答道，想知道一个笑话能否缓解她的精神压力。

“大概是昨天的恶作剧闹的吧。”济娜说着，微微一笑，他从她的嗓

① Zinka，济娜的小名。

音里捕捉到一丝神经高度紧张的语气，以其特有的方式类似于他自己的窘迫，就这样强调并加剧了这种窘迫。

“胡说。雨挺暖和的。我觉得很舒服。”

一辆汽车辘辘驶来，他俩登上车。费奥多尔用手掌上的钱买了两张票。济娜说道：“我明天才能领到薪水，因此眼下我只有两个马克。你手上有多少钱？”

“一点点。你给的那两百马克我只留下三点五马克，而且已经让我花掉一半多了。”

“不过我们吃晚饭的钱够了。”济娜说。

“你是不是特别想下馆子？我并不太想。”

“别介意，那你得受点委屈喽。现在健康的家庭烹调大体上已经不时兴了。我连一只煎蛋卷都不会做。我们应该琢磨怎样对付这些事情。不过眼下我知道一个很好的地方。”

几分钟的沉默。街灯和商店橱窗开始发出亮光。这种未成熟的光使街道看上去皱巴巴、灰蒙蒙的，不过天幕显得明亮而宽阔，日暮时分的碎云被装饰成一只火烈鸟。

“瞧，照片洗出来了。”

他从她冰冷的手上拿过照片。济娜站在她办公室门口的大街上，双腿紧紧并拢，一棵酸橙树躯干的阴影横贯人行道，犹如低垂在她眼前的一根吊杆。济娜侧身坐在窗台上，冠冕似的一圈阳光环绕着她的脑袋。济娜在工作，照片拍得很差，面部黝黑。不过为弥补这点，那部气派的打字机被置于前景醒目的位置，托架杆上闪烁着一丝光亮。

她把照片塞进包内，掏出电车票，将其插入塑料票夹，又掏出一面小镜子，对着它一阵端详，露出前排牙齿当中的补牙，把镜子放回包里，喀哒一声合上包，放到膝上，瞧瞧自己的一侧肩膀，拂去上面的一小撮绒毛，戴上手套，脑袋转向窗户——连续不停地做着这一切，五官处于运动状态，眨着眼睛，不停地咬和吮吸双颊的内壁。然而此刻她一动不动地坐着，挪开视线，白皙的脖颈上的道道青筋绷得紧紧的，戴着手套的双手搁在手提包泛着光泽的皮面上。

勃兰登堡门的狭道。

车子驶过波茨坦广场，就在他们接近运河之际，一位高颧骨、上了年纪的女士（我好像在哪儿见过她），胳膊下夹着一只两眼暴突、浑身乱颤的小狗，忙不迭地冲向出口，摇摇晃晃的，像是在跟幽灵搏斗。济娜抬起头，朝她投去天使般的迅疾一瞥。

“你认出她了吗？”她问。“她是洛伦茨。我寻思她恨透了我，因为我从来不给她打电话。一个极其浅薄的女人，真的。”

“你脸上有一块脏斑，”费奥多尔说，“小心别碰到它。”

又是手提包，手帕，镜子。

“咱们得赶紧下车，”少顷她说，“你怎么啦？”

“没什么。我赞成。你愿意下，我们就下。”

“下吧。”两站过后她说，捏住他的胳膊肘，因为车子的颠簸重新坐下，终于起身，像捞鱼似的拖起她的手提包。

街灯已经有了足够的亮度，天空光线黯淡。街上驶过一辆满载年轻人的卡车，他们结束了某项以市民身份胡作非为的活动，挥舞着乱七八糟的东西，乱嚷一气。一个硕大的长方形花坛加上邻近的一条小径构成了一个没有长树的公园，公园正中是一片盛开的玫瑰花。公园对面一家餐馆（六张小桌）敞开的狭小场地和人行道被顶端覆盖着白色矮牵牛花的一道白色屏障隔开。

他们身旁一头公猪和一头母猪正在进食，招待的黑指甲浸入调味汁。昨天，一片生了疮的嘴唇贴着我的啤酒杯的金边……淡淡的愁雾笼罩着济娜——她的面颊，她眯缝着的双眼，她喉部的凹陷处，她脆弱的锁骨。她的惆怅又因为她香烟淡淡的烟雾平添了几分。行人曳足而行的脚步声似乎打破了越发浓重的黑暗。

刹那间，在袒露的夜空，高高地……

“瞧，”他说，“多美哟！”

一枚镶有三粒红宝石的胸针轻盈地掠过黑色的天鹅绒面——实

在太高，甚至连引擎的声音也听不见。

她微微一笑，双唇微启，朝天空仰视。

“今晚？”他问道，也把目光投向天空。

只是在此刻，他刚刚进入他曾经向自己预示的多种感情的序列，便一本正经地想象他们将如何悄悄摆脱两人幽会时渐渐成为习惯的一种束缚，即便这种束缚是基于某种矫揉造作，某有煞有介事。眼下似乎不可思议的是，在那四百五十五天当中的任何一个日子里，她和他为什么没有干脆搬出西奥果列夫的公寓住到一起。不过同时，他在头脑基本清醒的状态下，知道这个表面上的障碍仅仅是一个借口，仅仅是命运的一种惹人注目的手段，它匆匆筑起第一道现成的屏障，以便同时从事需要进展迟缓、重要且复杂的秘事，而这种迟缓似乎取决于自然的阻碍。

潜心思索命运的手段（在这个白色的、被照亮的狭小场地里，在济娜金色的周围，在矮牵牛花被切割的光辉背后温暖而凹陷的黑暗的参与下），他终于发现了一个线索，一个隐匿的灵魂，一个为他那部几乎尚未考虑过的“小说”想出的点子。他在昨日给他母亲写的信中对此已简略提及，仿佛它真是他的幸福的最好、最正常的表达——同时还在一个更加通俗的版本里对它加以表达。借助于这些事物：空气的轻柔，街灯下三片翡翠色酸橙树叶，冰冷的啤酒，马铃薯泥的月亮火山，模糊的语言，脚步声，云朵碎片间的星辰……

“我想做一件事，”他说，“这件事类似于命运为我俩做的工作。想想看，命运怎样在大约三年半之前开始着手……撮合我们的第一次尝试是多么粗糙与沉重！比方说那次搬运家具，我从中窥见命运某种炫耀的成分，某种‘不遗余力’的成分，因为将洛伦茨一家和他们的所有行李物品搬进我刚刚租下一个房间的公寓是多么费事！这个主意不够巧妙：试图通过洛伦茨的妻子安排我俩见面。为加速事情进展，命运领来罗曼诺夫，他打电话邀请我去他住处参加一个聚会。但是在这个节骨眼上命运出了一个纰漏：媒介选得不对。我讨厌罗曼诺夫，于是得到一个相反的结果。由于他的缘故我开始回避洛伦茨夫妇的一位熟人——于是整个笨重的结构遭到毁灭，命运手上只剩下一辆家具搬运车，花销也没有收回呢。”

“当心，”济娜说，“这番批评可能会惹她生气，促使她实施报复。”

“耐心听下去。命运进行了第二次尝试，这回比较简单，但是成功的把握更大，因为我需要现钱，本该抓住别人提供的工作——帮助一位素不相识的俄国姑娘翻译一些文件，但是这一回又没有奏效。首先因为恰尔斯基律师原来也是一位不合适的中间人，其次因为我不喜欢从事将俄文译成德文的工作——于是它再度受挫。最后，在这次失败之后，命运决定不再冒险，而将我安置在你住的地方。她没有选择第一位来人作为中间人，而是选择了我们所喜欢的积极张罗此事、同时不容我回避的人。在最后一刻，的确，发生了一个故障，把一切都搞砸了。由于她的仓促——抑或吝啬，命运没有让你在我上门时露面。当然，在与你继父聊了五分钟之后——命运不小心把他放出囚笼——我决定不要这个我从他身后瞥见的毫无吸引力的房间。接着，命运计穷智短，无法当即让你露面，只能向我展示椅子上你那件稍稍发蓝的舞会礼服，作为最后一次绝望的努力。说也奇怪，我自个儿说不出是怎么回事，反正这次努力获得了成功，我可以想象命运肯定发出了一声如释重负的叹息。”

“不过那不是我的衣裳，是我侄女拉伊萨的——她心眼挺好可是样子太丑——我寻思她把衣裳留给我，是想让我折掉上面的什么，或者把什么缝上去。”

“不过那还是挺有心计的。真是足智多谋！自然界和艺术中最有魅力的事物建立在欺骗的基础上。喏，你知道——它始于一阵不顾后果的冲动，以绝妙的点睛告终。那不就是一部杰出小说的情节吗？多么出色的主题！只是它一定得通过浓密的生活逐渐积聚，并且被这种生活掩盖、包围——我的生活，我的职业激情和职业烦恼。”

“不错，可是那样的结果是一部将好朋友统统处决的自传。”

“嗯，我们不妨假设我如此调整、歪曲混淆、重新咀嚼再吐出一切，加上自个儿的调味品，使这些东西充满我自己，致使这部自传只剩下尘埃——当然，是那种使天气呈现最深的橘黄色的尘埃。我目前不会写它，我得花很长时间准备，兴许得好几年……不管怎样，我将先做别的事情。我打算用自己的风格翻译一位法国哲人的某部作品，以便实行对词语的绝对专政，因为在我的《车尔尼雪夫斯基传》里，它们还在闹着要选举。”

“那真是妙不可言，”济娜说，“我非常喜欢它。我觉得你是一位前所未有的伟大作家，俄罗斯一定会苦苦思念你——在她为时过晚地恢复理智之后……不过你爱我吗？”

“我现在说的其实就是一种爱情宣言。”费奥多尔答道。

“‘一种’还不够。你知道我有时可能会为了你难受到发狂的地步。不过总的看来这不算什么，我准备勇敢地面对这种情况。”

她微微一笑，睁大眼睛，眉毛上扬，身子在座椅上稍稍后倾，开始在自己的面颊和鼻子上扑粉。

“哦，我必须告诉你——真了不起——他有一个著名的段落，我想我能一口气背下来。所以别打断我，一段基本符合原意的翻译：从前有一个人——他像一位真正的基督徒那样生活。他做了大量好事，有时通过语言，有时通过行为，有时通过沉默。他节制饮食。他喝山谷里的泉水（这很好，对吧？）。他培养静思和审慎的精神。他过着一种纯粹的、艰难的、明智的生活。可是当他意识到死亡将临时，他没有考虑死，没有流下悔悟和悲哀地辞别人世的泪水，没有请僧侣和身穿黑衣的公证人上门，而是邀请客人出席一场盛宴，包括杂耍艺人、男演员、诗人、一群舞女、快活的托伦伯格学生和一位来自塔甫洛巴那的旅行者。在美妙悦耳的诗篇、面具和音乐中，他喝光一杯酒后死去，脸上浮现出一丝无忧无虑的微笑……太棒了，对吧？如果哪天非死不可，我希望就像他那样死去。”

“只是得去掉舞女。”济娜说。

“咦，那只不过是快活同伴的一个象征……也许现在我们可以走了？”

“我们得付账，”济娜说，“叫他过来。”

付完账他们还剩下八芬尼，包括一两天前她从人行道上拾起的那枚发黑的硬币。它将带来好运。他俩沿着大街往前走去，他觉得一阵战栗倏地掠过脊背，重新感到那种精神上的束缚，不过此刻换了一种不同的、懒洋洋的形式。这是一段通往公寓的二十分钟慢行。空气，黑暗，开花的椴树发出的甜蜜的芳香，在他胸腔底部产生了一种吸吮引起的痛楚。这股芳香在一棵棵椴树间逐渐消散，正被一缕黑色的新鲜气息所取代。接着，在另一片天宇下面，将再度聚集一块令人窒息的乌云。济娜会说，同时收紧鼻孔：“哦，闻闻这股味儿。”黑暗中那股气息将再度消散，代之以浓郁的蜜香。它今晚真会发生吗？它现在真会发生吗？极乐狂喜的沉重和威胁。当我与你一道步行之际，走得如此缓慢，我扶着你的肩膀，周围的一切轻微晃漾，我的脑袋嗡嗡作响，我觉得自己正拖着双腿。我左边的拖鞋已经脱落，我们在薄雾中爬行，游荡，缩小——此刻我们几乎完全消融……有朝一日我俩将想起这一切——椴树，墙上的阴影，一只鬈毛狗的未修剪的爪子敲击黑夜的石板路。还有那颗星星，那颗星星。这儿是广场，黑暗的教堂和它的钟面闪烁的黄光。这儿，在街拐角，是公寓。

别了，我的书！像凡人的眼睛一样，想象之眼终有合上的那一天。奥涅金将站起身——他的缔造者却已走远。然而耳朵无法作别音乐，听任故事渐渐消逝。命运之弦将继续颤动。没有什么可以妨碍圣者存在，尽管我已收尾：我的世界的影子逾越了书页，如次日的晨霾一般青灰——这也不是收篇。